TORMENTA

JAMBÔ

APRESENTA

LEONEL CALDELA

O INIMIGO DO MUNDO

PORTO ALEGRE
2025

O INIMIGO DO MUNDO

CRÉDITOS

EDIÇÃO: J. M. Trevisan

REVISÃO: Guilherme Dei Svaldi

PROJETO GRÁFICO: Samir Machado de Machado

CAPA: Samuel Marcelino

ILUSTRAÇÕES DE ABERTURA: Henrique Dld

CARTOGRAFIA: Leonel Domingos

EDITORA-CHEFE: Karen Soarele

DIRETOR-GERAL: Guilherme Dei Svaldi

JAMBÔ

Rua Coronel Genuíno, 209
Porto Alegre, RS • CEP 90010-350
contato@jamboeditora.com.br • www.jamboeditora.com.br

4ª edição: abril de 2025 | ISBN: 978858913493-4
Dados Internacionais de Catalogação na Publicação

C146i Caldela, Leonel
O inimigo do mundo / Leonel Caldela; edição de J. M. Trevisan. — Porto Alegre: Jambô, 2025.
512p. il.

1. Literatura brasileira — Ficção. I. Trevisan, J. M. II. Título.

CDU 82-312.9

Baseado no universo criado por
Leonel Caldela, Marcelo Cassaro,
irmãos Dei Svaldi e J.M. Trevisan

Dedicado a todos os
leitores e jogadores de *Tormenta*

O Reinado de Arton
1388
1 - Cosamhir
2 - Thartann
3 - Horeen
4 - Var Raan
5 - Kriegerr
6 - Gallienn
7 - Sagrann
8 - Fillene
9 - Giluk
10 - Adolan
GRANDE SAVAN
RIO DOS
NAMALK
TAPISTA
Catedral de Gelo
YUDE
MONTANHAS UIVANTES
ZAKHAROV
HERSHEY
PETRYNIA
FORTUNA
LOMATUBAR
TOLLON
DEHEON
AHLEN
COLLEN
TYRONDIR
MAR NEGRO
Torre de Andaluzia

MONTANHAS SANGUINÁRIAS
Para TAMU-RA
SCKHAR-SHANTALLAS
TREBUCK
USES
PONDSMÂNIA
SAMBÚRDIA
LLISTIA
NOVA GHONDRIANN
Fazenda da família Domat
SALISTICK
UNIÃO PÚRPURA
8
PORTSMOUTH
HONGARI
7
FELD
GRANDE OCEANO
KHUBAR
N
Escala em Quilômetros
0 250 500 750 1000
Para LAMNOR
e o reino de
LENÓRIENN

CONHECIMENTO

A ORDEM MORTA DA VIDÊNCIA E NUMEROLOGIA NUNCA recebia visitantes.

Seus membros eram os maiores devotos de Tanna-Toh em todo o mundo de Arton, mais fiéis até que os clérigos da Deusa do Conhecimento. Pois os Videntes Mortos não eram clérigos, não recebiam o favor da deusa, nem nunca eram escolhidos para passar a eternidade ao seu lado após a morte. Mesmo assim, sua lealdade era de ferro. Aceitavam viver e morrer dentro do seu mosteiro, nascendo de mães e pais que pertenciam à Ordem, crescendo em meio às crianças da Ordem, trabalhando nela por toda a vida e por fim sendo cremados dentro do mosteiro, enquanto suas almas eram aprisionadas pela eternidade em artefatos de metal e vidro. Tudo porque seu poder era grande demais para ser compartilhado.

Há muito os membros da Ordem Morta de Vidência e Numerologia haviam entendido que um padrão permeava toda a existência, todas as vidas dos mortais e as ações dos deuses. Assim podiam prever o futuro do universo. Faziam isso por meio de números. Suas equações infinitas, complexas além de tudo o que era conhecido, calculavam as possibilidades e variações do destino da Criação. Produziam augúrios embasados em probabilidades e estatísticas, profecias calculadas e transcritas em longos pergaminhos repletos de números. Por isso, estavam mortos para o mundo. Na verdade, nunca haviam nascido.

Os clérigos de Tanna-Toh nunca podiam deixar de responder qualquer pergunta. Era a doutrina da Deusa do Conhecimento, a lei pela qual aqueles que recebiam seu favor deveriam viver. A vida dos membros da Ordem Morta de Vidência e Numerologia era negar-se a responder. O Helladarion, o artefato que era o sumo-sacerdote de Tanna-Toh, possuía todo o conhecimento de todos os maiores clérigos da deusa que viviam e já haviam vivido. O conhecimento da Ordem deveria estar fora do alcance do Helladarion, e portanto seus membros nunca poderiam ser clérigos. Mesmo em morte nunca poderiam arriscar a revelar o que sabiam, e eram aprisionados pela eternidade no interior dos globos de vidro, um infinito escuro e imóvel. Este era o preço do conhecimento, e da devoção suprema à sua deusa.

As visitas de Tanna-Toh, a única dentre deuses e mortais que conhecia a Ordem, eram o ápice da vida de qualquer membro, embora várias gerações se passassem sem que a deusa surgisse. Mesmo assim, o trabalho continuava com diligência; os números, os cálculos, o futuro e o destino do mundo, e o próprio destino de quem nascia na Ordem traçado desde o começo. E a morte ainda na infância para aqueles que os números indicavam que seria um rebelde. Os Videntes Mortos rezavam para que nunca errassem um cálculo. Mas Tanna-Toh nunca respondia.

Por tudo isso houve pânico quando chegou um visitante ao mosteiro envolto em brumas da Ordem Morta de Vidência e Numerologia.

A elfa caminhou distraída por entre os vários humanos, quase todos enfiados em mantos cinzentos, que corriam em todas as direções. Logo foi interpelada por uma dezena de homens com espadas, alabardas e arcos.

— Você tem duas escolhas — disse o que parecia ser o líder, armado com uma espada que tinha quase a sua altura. — Viver aqui pelo resto de sua longa vida, ou morrer agora mesmo. A existência deste lugar não deve deixar estas paredes.

As ameaças eram reais. Parte dos membros da Ordem treinava com fanatismo no uso de armas, para dar cabo de qualquer intruso que, por um infortúnio qualquer, encontrasse o mosteiro, que era escondido dos olhos mortais e divinos por brumas impenetráveis. O homem que empunhava a espada sabia que, em outra parte, outros Videntes Mortos já estavam a postos para destruir todos os registros da Ordem, caso a intrusa provasse ser poderosa demais para seus irmãos armados. Melhor destruir o trabalho de eras do que revelar o conhecimento proibido.

Os dez guardas aguardaram por um momento de silêncio. Na falta de qualquer resposta, fizeram menção de atacar.

A elfa levantou os olhos, e todos viram em seu rosto mais tristeza do que julgavam existir. Alguns caíram de joelhos, chorando em convulsões.

Outros ficaram apenas imóveis, tomados por uma vontade súbita de confortar aquela criatura de miséria infinita. Todos deixaram as armas caírem no chão. Os cabelos curtos e púrpuras da elfa, mesmo caindo pelo rosto em displicência, não escondiam suas lágrimas. Ela continuou andando, arrastando os pés. Um rastro de lágrimas em seu caminho, e onde as lágrimas caíam, nasciam flores, apenas para em seguida murcharem, marrons ou enegrecidas. A beleza da elfa era paralisante, mas por onde ela passava, desolação e o fedor de rosas mortas.

A agitação cessou em pouco tempo, à medida que os Videntes Mortos percebiam quem era sua visitante. Nenhuma de suas equações previra esse evento. O mosteiro se calou; mesmo as crianças silenciaram suas vozes pequenas, mesmo os bebês pararam de chorar, mesmo os animais ficaram quietos. Nem mesmo um grilo, nem mesmo um rato. Apenas os passos da elfa e os soluços daqueles que sentiam sua tristeza, uma tristeza que somente a morte e a destruição, sem sentido e sem propósito, podem causar. A tristeza de uma raça que, há alguns dias, havia começado a morrer. Todas as mães que adivinhavam os filhos mortos pelas partes desencontradas de seus corpos, todos os filhos que viram os pais cuspirem sangue, todos os maridos que enterraram as esposas esquartejadas choravam com aquela elfa, e a eles se juntaram os Videntes Mortos.

A elfa subiu longas escadas, espalhando sua dor insuportável, e chegou à sala do Mestre da Ordem Morta de Vidência e Numerologia. Um grande livro, quase tão alto quanto dois homens e grosso como o tronco de uma árvore adulta, dominava o ambiente, apoiado em uma estrutura de ferro maciço. Havia outros livros e pergaminhos aos milhares, e penas e tinta e ábacos, e números, mais números do que um homem poderia contar em toda a sua vida. Cheiro de mofo, forte. Em um canto, um velho, embrulhado em seus mantos cinzentos, encolhido no chão, seu corpo saltando com soluços dolorosos. Conseguiu olhar na direção da elfa e falar apenas uma palavra.

— *Chega...*

A mulher suspirou. Limpou os olhos com as costas da mão, com a deselegância de quem já não se importa mais. Suas roupas estavam bastante sujas, sua tristeza não era digna nem heroica. Era só tristeza, e nenhuma palavra poderia amenizá-la.

— Diga-me então o que acontecerá. O que eu posso fazer.

O velho conseguiu se recompor, secando as lágrimas, saliva e muco que haviam se espalhado por seu rosto no meio do choro desesperado. Catou um pequeno par de óculos do chão, olhou a figura à sua frente e decidiu que era melhor ficar no borrão da miopia. Empertigou-se, de um suspiro engoliu os soluços. Estava prestes a fazer o que centenas de seus antecessores, seus pais e os pais de seus pais, haviam se sacrificado para garantir que nunca acontecesse. Por fim, respondeu a pergunta.

— Haverá uma tempestade...

A elfa voltou ao seu lar. Quase todas as suas árvores estavam mortas, e ela, aos poucos, descobria que já não tinha mais forças para cuidar daquelas que ainda viviam. Era crepúsculo já há vários dias por ali, e todos temiam o que poderia acontecer quando finalmente anoitecesse. Uma velha senhora humana estava sentada no chão, em meio a um monte de folhas mortas. Levantou-se quando viu a elfa chegar, e caminhou até ela com lentidão. Em um lugar tão desolado, era difícil não ser moroso.

— E então, Glórienn? — disse a velha senhora. — Descobriu o que queria?

Glórienn, a Deusa dos Elfos, olhou para sua visitante. Sentiu quando, subitamente, outro de seus filhos morria. Fez uma careta de dor.

— Sim — disse entre dentes. — Descobri uma arma. Eu vou vencer.

Tanna-Toh olhou Glórienn com uma piedade impotente. Há poucos dias, o reino dos elfos, Lenórienn, havia sido devastado pela Aliança Negra, um imenso e terrível exército de globlinóides que ninguém até então pensava possível. Liderada pelo general monstro Thwor Ironfist e fiel ao deus Ragnar, a Aliança havia chacinado milhares de elfos em pouco tempo, e por causa disso Glórienn consumia a si mesma em ódio. A Deusa dos Elfos era o tipo de vítima que continuava a machucar a si própria mesmo depois que seu algoz havia partido.

— Ragnar vai cair — Glórienn falou com uma certeza e crueldade que assustava até mesmo a outra deusa. — Ironfist vai morrer. Toda a sua raça vai morrer. Todas as raças goblinoides. Cada um deles...

Sua raiva transformava-se em dor física, em um engasgo e sensação de afogamento. Glórienn apertou os dentes até trincarem e enterrou as unhas fundo nas palmas das mãos, até que sangue escorresse de seus punhos.

— Criança — começou Tanna-Toh, mas logo foi interrompida.

— Se todos os elfos morrerem, vou me tornar Deusa da Vingança. Serei mais cruel que Keenn.

Tanna-Toh conhecia aquelas ameaças vazias. Havia pouco que Tanna-Toh não conhecesse.

— Você sabe que isso não é possível. Você é a Deusa dos Elfos, sempre foi e sempre será. Antes de os elfos existirem, você era a deusa do conceito de elfos e dos valores élficos, e antes que criasse estes, ainda assim era a deusa que iria criá-los. Não podemos mudar. Você sabe disso.

Glórienn não respondeu. Continuava a apertar os punhos e os dentes. Deixou escapar um gemido débil.

— Assim como Khalmyr era o Deus da Justiça mesmo antes de inventar a justiça, e eu era a Deusa do Conhecimento mesmo antes de criá-lo. Somos imutáveis. Por isso os mortais sempre serão superiores.

A outra deusa relaxou as mãos e a boca, e abriu os olhos. Respirou com dificuldade; ainda tinha a sensação de estar se afogando.

— Não é verdade. Não pode ser. Os mortais nos cultuam.

— Os mortais fazem o que querem, Glórienn — disse Tanna-Toh. — E são o que querem. Podem ser ferreiros, sapateiros, magos ou guardas. Enquanto nós estamos para sempre presos em nossas celas de poder imensurável. Nunca poderemos mudar.

A Deusa dos Elfos parecia prestes a desmoronar outra vez. Seu corpo todo tremia.

— Pode ser fácil para você falar. Você é a Deusa do Conhecimento, cultuada por todas as raças. Mas o que eu farei se todos os meus filhos morrerem? — agora, Glórienn parecia mais uma criança confusa, fazendo perguntas à mulher mais velha enquanto odiava-a por saber as respostas.

— Acredite ou não, somos todos tão frágeis quanto você. Se todas as bibliotecas queimarem, todo o conhecimento do mundo não durará mais do que algumas gerações dos mortais, e nós sabemos como eles morrem rápido. Se Nimb fizer algum movimento mais ousado, toda a justiça de Khalmyr pode desaparecer, e mesmo ele terá dificuldade em ensiná-la de novo a um mundo caótico. É por isso que somos todos tão frágeis, e é por isso que devemos manter o equilíbrio.

Glórienn sabia a frase que viria a seguir, mas não evitou um esgar de nojo ao ouvi-la.

— E é por isso que você não pode, *nunca*, destruir Ragnar. Caso um de nós caia, ninguém sabe — foi interrompida novamente pela Deusa dos Elfos, desta vez com um urro.

Tanna-Toh esperou com paciência até que a outra silenciasse. Continuou mirando-a com seus olhos de avó até que Glórienn falasse.

— Eu tenho medo. *Tanto medo...* E se eu...

— Morrer? — disse Tanna-Toh, impassível. Na verdade, uma minúscula fagulha de curiosidade brilhou em seus olhos, com a impiedade dos cientistas dedicados. — Ninguém sabe. Nunca descobrimos o que houve com Sszzaas. Se algum dos Deuses Maiores morrer, então nós descobriremos, finalmente, qual o nosso destino após a morte. E haverá conhecimento novo.

A conversa com Tanna-Toh não serviu em nada para dissuadir Glórienn. Tanna-Toh devia aquilo a ela, todos os outros deviam, por não haverem intervindo quando a Aliança Negra destruíra Lenórienn. A revelação da existência e localização da Ordem Morta de Vidência e Numerologia havia apenas começado a pagar essa dívida. Mas Glórienn sabia que agora teria uma arma, se conseguisse botar seu plano em prática. A tempestade que viria de longe varreria todos os seus inimigos.

Moveu a primeira peça. Anos antes, em algum lugar de Arton, uma menina meio-elfa foi adotada pelas clérigas de um templo de Lena, que decidiram chamá-la Nichaela.

PERSEGUIÇÃO

CAPÍTULO 1

O INTRUSO

DOIS GUARDAS INVESTIRAM CONTRA O DESCONHECIDO, e o primeiro morreu em seguida, com uma faca de cozinha entre os olhos. O segundo guarda hesitou, pisou em falso e foi derrubado por um salto do estranho, que subiu em seu peito com os joelhos. O guarda sentiu um agarrão firme trancando o braço, os ossos do pulso quebrando e uma dor aguda; mordida na garganta. O intruso se levantou, a boca e o peito encharcados de vermelho, e olhou à sua volta.

Estava cercado. Seis outros guardas à sua volta, o senhor que gritara e dois rapazes jovens, mas o intruso não contou quantos eram. Talvez não se importasse, ou talvez não conseguisse. Certamente não entendia por completo o que estava acontecendo. O intruso era mais animal do que gente.

Entrara na casa porque sentira fome, lá havia cheiro de comida. Dos dois homens que haviam tentado barrar sua passagem, matara apenas um; não se importava, contanto que chegasse ao seu objetivo. A casa tinha dois andares, era cheia de cômodos e móveis, mas ele achara logo a origem do cheiro. Duas mulheres haviam feito a menção de berrar quando ele se aproximara, mas agora jaziam de pescoços quebrados, em silêncio. Ele não aguentava mais todo aquele barulho, aquelas vozes incessantes em ajuntamentos intermináveis de animais e pessoas e coisas, sempre fazendo ruído. Olhara dentro da panela grande, pegara-a com as mãos, soltara um ganido de dor e deixara-a cair. O conteúdo fumegante havia se espalhado pelo chão, e ele se abaixara para devorá-lo. Então chegara à cozinha o homem calvo, que gritara, e chamara todos os homens armados.

Agora estava sujo de sangue e sopa crua. Seu corpo todo tenso, esperando os guardas atacarem. O intruso sabia que o homem calvo, embora fosse o mais fraco, era o líder por lá. Os dois rapazes mais jovens estavam próximos ao tal líder, sem terem certeza entre protegê-lo ou fugir.

— Trennay, chame o capitão da milícia — disse o homem calvo para o menor dos rapazes. — Diga-lhe que precisamos de reforços.

O rapaz saiu correndo para fora da casa. Por um momento, o estranho deteve seu olhar no menino, e então dois dos seis guardas atacaram.

O estranho girou o corpo, tentando esquivar-se, mas foi atingido. Duas espadas atravessaram seu estômago e peito, entrando pelas costas e saindo ante seus olhos. Ele terminou o giro, voltando-se de novo para os inimigos. As mãos enormes agarraram os rostos dos dois guardas. Um som nauseante de ossos se quebrando enquanto o estranho apertava as duas mãos, estraçalhando os dois crânios. Um dos inimigos sobreviventes não conteve o vômito. Os corpos foram arremessados, derrubando um dos guardas restantes, enquanto outro escorregava em uma farta poça de sangue. O único em condições de lutar foi atacado pelo estranho, que agarrou-o em um abraço, perfurando-o com as pontas de espadas que brotavam de seu próprio corpo.

Desvencilhou-se com dificuldade do cadáver e partiu em direção ao homem calvo e ao rapaz. Eles voltaram a gritar, e correram, mas os braços longos do intruso pegaram-nos pelas roupas, e trouxeram-nos para junto de si.

— Só. Quero. Embora — disse o estranho, com dificuldade. Tropeçava nas palavras, era difícil lembrar de todas elas.

O homem calvo virou a cabeça, olhando aterrorizado para o intruso.

— Vá. Por favor — disse. — *Apenas vá*.

Talvez o intruso não tenha entendido o que o homem dizia, ou talvez tenha decidido que não valia mais a pena. Com um gesto violento, bateu a cabeça do homem na parede, e mais três vezes, até que um riacho vermelho se despejasse. De novo, gritos do menino. O estranho, sem paciência, largou o corpo do homem calvo e quebrou o pescoço do rapaz. Olhou os guardas, mas nenhum deles ousava enfrentá-lo. De repente, ouviu atrás de si uma voz fina, e sentiu a picada de muitas flechas em suas costas.

O primeiro dos meninos havia voltado, com vários outros guardas. Estes não queriam chegar perto, atiravam com arcos e bestas. O intruso olhou diretamente para o rapaz, sorriu com dentes vermelhos de sangue e decidiu começar por ele.

Irynna não viu sua mãe ser morta, apenas encontrou o corpo na cozinha. Não conseguiu gritar. Ao lado, também estirada no chão, uma criada. Irynna espiou tudo, oculta no escuro de um armário, enquanto o intruso matava vários guardas da milícia. Um deles tinha quase a sua idade, e já havia, de maneira tímida, flertado com ela. Morreu. Outro, ela sabia, tinha um filho de dois anos com um pé aleijado. Morreu. Outro era um desconhecido, embora ela sempre o visse pela cidade. Morreu.

Viu morrer Dressen, seu irmão mais novo, e depois seu pai. Pensou que Trennay, o caçula, fosse escapar, mas o homem atacou-o inesperadamente, ignorando as flechas que se enterravam na sua carne em intervalos regulares. O combate deixou a casa, e ela perdeu o estranho de vista, mas antes prestou muita atenção nele. Afinal, ele havia matado toda a sua família. Era a pessoa mais importante da sua vida.

O intruso era muito alto, talvez o humano mais alto que ela já vira. Sua pele era branca como cal, seus cabelos curtos quase da mesma cor. Os olhos eram vermelhos. Talvez fosse natural de Collen, pensou Irynna.

Mas não. Era só um albino.

O intruso vestia roupas muito menores que ele mesmo. Tinha uma casaca vermelha que já devia ter pertencido a um nobre, calças de montaria beges, e um avental de açougueiro, branco e imundo. Por cima de tudo, uma capa esfarrapada e negra. Não calçava sapatos — certamente não conseguira encontrar nenhum par que servisse, pensou Irynna. Tinha pés enormes.

Muitas horas depois, o capitão da milícia achou-a, ainda fechada dentro do armário. Ele tentou explicar o que havia acontecido, mas Irynna interrompeu-o.

— Minha família morreu. Eu sei. Eu vi.

Ela percebera o quanto o capitão estava arrasado por ter de lhe dar a notícia. Achou melhor simplificar tudo. O capitão também disse que o intruso havia fugido, sumido no meio da floresta, mas Irynna também já sabia. Ela achava que saberia, caso o intruso morresse.

O capitão da milícia, relutante, mandou recolher todos os corpos e organizou uma caçada. Dez de seus homens haviam morrido naquela tarde. Todos estavam em silêncio. Aquele era Petrynia, o Reino das Histórias, mas aquela era uma história que ninguém queria contar.

— Coma — disse Athela, a clériga de Lena, olhando impotente para Irynna. As duas se conheciam desde crianças.

— Não quero — disse Irynna. — Não tenho fome, você sabe.

Athela levantou-se e pousou a tigela e a colher sobre uma mesa simples. As duas estavam em um templo de Lena, a Deusa da Vida. Athela morava lá, e Irynna também, há quatro dias, desde que o estranho visitara sua casa. Athela havia aprendido a ser calma e gentil quando assumira o clericato, mas agora sentia vontade de dar um tabefe na amiga. De alguma forma, tirá-la de sua apatia.

— Não quero mais comer, Athela, nem dormir. Até que ele esteja morto.

A clériga andou um pouco pelo quarto, sem ir a lugar algum. Irynna estava deitada, como estivera nos últimos quatro dias, com a mesma roupa e a mesma expressão — indiferença e certeza.

— É mentira — disse Athela, esboçando um sorriso açucarado. — Você dormiu ontem e anteontem. Eu vi.

Errado, disse Irynna. Ela havia apenas fechado os olhos e ficado imóvel, e controlado sua respiração por oito horas. Não dormira um minuto sequer. Sabia que a clériga não dormiria enquanto não julgasse que ela própria adormecera, por isso havia fingido.

Athela estremeceu, porque sabia que era verdade. Mas tentou convencer-se do contrário.

— Minha vida acabou, Athela. Eu não preciso mais disso, só preciso que ele morra, e então posso ir também. Eu já acabei aqui.

— É mentira também — a clériga quase gritou. — Você pode continuar o negócio do seu pai. Pode casar. Está na idade.

— Meu pai está morto — disse Irynna. — E eu também.

Como toda clériga de Lena, Athela havia dado à luz antes de poder entrar para a ordem. Apenas gerando a vida, pregava a deusa, as clérigas entenderiam o porquê de nunca tirá-la. Athela imaginou se não ficaria como Irynna, caso sua filha morresse.

— Você tem dinheiro — disse, sem convencer nem a si mesma. — Pode fazer o que quiser.

— Este dinheiro já tem um fim. Contratar alguém para caçá-lo e matá-lo.

Athela suspirou. Era só o que fazia ultimamente; suspirar e afundar na tristeza da amiga. Rezou a Lena para que a miséria de Irynna não a engolisse.

— Se é isso mesmo o que quer — mais um suspiro — eu tenho uma amiga que pode ajudar você.

Pela primeira vez em quatro dias, uma fagulha no olhar de Irynna.

— Mesmo? — quase um sorriso. — Quem é ela?

— É uma heroína.

CAPÍTULO 2

A PONTE

HAVIA UMA BELA PLANÍCIE CONTORNADA POR UMA FLORESTA, e um rio cortado por uma ponte. O sol já se preparava para se esconder, e o céu era laranja. A relva era verde, escurecendo enquanto escurecia o céu, e, por enquanto, aquele era um bom lugar, e bonito. Mas talvez em breve não existisse mais. Muitas coisas naquele mundo, em breve, deixariam de existir.

Collen era uma ilha; uma ilha bela e tranquila; uma bela ilha, tranquila e estranha ilha. Todos os que nasciam em Collen tinham olhos exóticos, de cores díspares. Muitas vezes amarelos, vermelhos, lilases, inteiramente negros ou com pupilas verticais de gato. Era o que os diferenciava, isso e nada mais. Não havia guerras em Collen, não havia quase heróis, e nem batalhas ou histórias trágicas a serem contadas. Collen era uma ilha no mundo de Arton, isolada, pelo mar e pela paz, do turbilhão de acontecimentos do continente.

Por isso era claro que as sete pessoas que cruzavam a planície eram todos estrangeiros. Portavam armas, armaduras e muitos apetrechos; cobertores de inverno e facas e flechas, pederneiras, botas de viagem, amuletos, bainhas bordadas com fios de ouro. Nenhum deles tinha olhos exóticos, embora fossem um grupo notável em qualquer lugar.

Havia uma grande criatura com chifres e músculos rotundos. Talvez um monstro para quem o visse de longe, mas reconhecido por seus companheiros como um homem, e um homem valoroso. Quase um sábio. Havia uma mulher tão pequena e inofensiva que se poderia pensar ser uma criança. Seus companheiros, vez por outra, chamavam-na de menina, e ela nunca se importava. Tinha orelhas pontudas como folhas de árvore, mas não era uma elfa: havia sangue humano misturado em suas veias.

Havia dois homens; um, pouco mais que um adolescente, o outro, de longe o mais velho do grupo. O garoto parecia um camponês, com roupas simples escondidas por baixo de uma capa pesada e marrom de couro. O mais velho, ao contrário, trazia alguma pompa em seu vestir, com mantos azuis escuros, quase negros, com cascatas de tecido vermelho carmesim. Mas, em nome da praticidade, suas botas eram grosseiras e resistentes, boas para caminhar muito, e a bainha de seus robes estava amarrada às pernas, evitando a maior parte da lama. Ele era um pouco calvo, sua testa se alongando e devorando os cabelos negros. Devido à altura atarracada e ao estômago um pouco farto, ofegava enquanto, juntamente com o rapaz, carregava um fardo envolto em panos brancos.

Havia uma mulher, que caminhava à frente do grupo, às vezes parando, correndo em direções oblíquas e forçando a vista à procura de perigos que ninguém mais podia ver. Seus cabelos louros, amarrados em duas tranças grossas, juntavam-se à pele branca, avermelhada de calor, para denunciar que ela vinha de terras geladas. Usava roupas suficientes apenas para cobrir o que a modéstia obrigava; era claro que, mesmo no entardecer fresco, sufocava naquele clima.

Logo atrás dela, um homem e uma mulher, ambos jovens, caminhavam sem preocupação. Carregavam mais armas que qualquer um naquele grupo; de suas roupas, cinturas, mochilas, pendiam espadas, arcos, aljavas cheias de flechas. Davam-se as mãos, como um casal de camponeses, sem a vergonha, a discrição e o refinamento das cortes.

Eram estranhos àquela terra, mas não estavam perdidos. Com uma troca rápida de palavras, o casal parou.

— Andilla! — disse o homem jovem. — Onde estamos? Quão longe?

Andilla Dente-de-Ferro, que ia à frente, perscrutou mais uma vez em volta, apertando os olhos contra a escuridão que caía, e retornou alguns passos na direção de seus companheiros. Todo o grupo agora estava parado.

— Aquele é o Coraan — disse ela, apontando para o rio à frente. — Depois que passarmos por lá, mais um dia.

— Algum perigo? Algo que devamos temer? — disse dessa vez a jovem, segurando a mão de seu companheiro. Ela era bela como um lobo.

Andilla riu.

— Você está ficando cautelosa com a idade, Ellisa — todo o grupo compartilhou da risada, menos a garota meio-elfa. — Estamos em Collen, qual é a pior coisa que poderia acontecer? Os aldeões olharem atravessado para nós?

Mais uma gargalhada rugiu em meio ao grupo. Os dois que carregavam o fardo aproveitaram para pousarem-no e descansarem os braços. O que quer que levassem por baixo dos panos brancos (agora já bastante sujos) era algo comprido, como um tapete enrolado; pesado e incômodo. O garoto sentou-se no chão, abriu o cantil e bebeu um gole. O homem mais velho espanou a poeira dos mantos. Como se houvessem combinado, todo o grupo voltou-se de uma vez para a meio-elfa.

— Tudo bem, Nichaela? — a voz da criatura de chifres soou como uma corneta de guerra. Tinha-se a impressão de que era possível escutá-lo na morada dos deuses. — Precisa de algo, irmãzinha?

A meio-elfa sorriu para cima, para o rosto bestial do amigo. Era muito difícil decifrar as expressões na face de um minotauro, mas a convivência ensinara Nichaela que aquilo era preocupação genuína. Apressou-se em dizer que estava bem, e que seguissem viagem logo.

— Mas obrigada, Artorius — mais uma vez, iluminou o seu redor com um sorriso.

— Muito bem! — gritou o que parecia ser o líder, agarrando de novo a mão da jovem ao seu lado. — Chega de amolecer nossos traseiros! Vamos em frente.

Sem demora, todos se puseram em marcha rápida; Andilla correndo à frente em busca de problemas. O garoto, tirando seus cabelos compridos e revoltos dos olhos, pegou uma das extremidades do fardo, enquanto esperava que seu companheiro apanhasse a outra.

— Não é justo, não acha, Rufus? — disse o rapaz, rindo. — Ninguém nunca perguntou para mim *"Ashlen, está tudo bem? Quer algo? Uma massagem nos pés ou um chá com mel?"* — voltou a rir, mas o outro não o acompanhava. Parecia ocupado demais em recuperar o fôlego.

— Ela é uma clériga, merece respeito, devoção, cuidado — disse Rufus Domat, sem conseguir esconder uma ponta de amargura. — Mesmo quando se é um clérigo minotauro, aparentemente se é bom demais para carregar peso. Mesmo quando se é um servo do Deus da Força, vejam só!

Ashlen afastou de novo os cabelos que insistiam em atrapalhar a visão e lançou um olhar de estranhamento para o companheiro.

— E não me venha com *"massagem nos pés ou chá com mel"* — Rufus fez uma tentativa de humor. — Seria melhor lhe oferecer uma rapariga de taverna ou um odre de vinho — não foi bem-sucedido. Talvez estivesse ficando velho demais. Talvez estivesse ficando velho demais para tudo aquilo.

Ashlen não disse nada. Rufus também preferiu ficar calado e manter os olhos na estrada à frente. Contudo, seus olhos estavam muito mais voltados para os companheiros, que viajavam na frente e ganhavam mais distância à medida que seu cansaço deixava-o para trás.

O casal, Vallen Allond e Ellisa Thorn, destacava-se, mesmo com a presença do minotauro, da meio-elfa e de todos os outros. Vallen, com seus cabelos rebeldes louros de palha, exalava uma confiança que fazia dele o líder natural daquelas pessoas. Ellisa era seu par ideal, bonita e feroz. Eles sempre pareciam saber o que fazer, pensou Rufus. Sempre fortes, capazes, precisos. Ambos bem mais jovens, e no entanto ele os seguia. O pior: Rufus sabia que isso era certo. Sabia, e o tempo provara repetidas vezes, que as decisões de Vallen eram as mais acertadas; e, sob sua liderança, o bando florescera, triunfara. Todos tinham esperanças de marcar seus nomes na história de Arton, confiando em Vallen para levá-los rumo às vozes dos bardos. Esta missão era só mais um exemplo.

Rufus pensou em abandonar aquela liderança, aquele grupo — estabelecer-se em uma vila sonolenta de Collen? — mas lembrou-se de sua vida anterior, antes de Vallen Allond. E soube que continuaria.

Avistaram a ponte sobre o Coraan. Era estreita, modesta como tudo em Collen. Já estava quase completamente escuro.

— Vamos parar e encher nossos cantis — disse Vallen, e, como se ele fosse um general, todos obedeceram sem hesitar. — Apenas alguns momentos, e seguimos.

Artorius enchia o cantil de Nichaela, sob protestos de que ela mesma poderia fazê-lo. Andilla tentava escutar por cima do murmúrio das águas. Ashlen conversava qualquer coisa com Vallen, e Ellisa Thorn aproximou-se de Rufus.

Ele estava com o cantil cheio, mas fingiu se ocupar de enchê-lo de novo.

— Já está escurecendo, é a hora das feras — disse Ellisa. Para qualquer um, sua voz era grito de guerra. Para Rufus Domat, era música de harpa. — Apesar do que Andilla falou, precaução nunca é demais. Conjure alguma proteção para ela, caso alguma coisa nos ataque.

Rufus se atrapalhou um pouco com o cantil, acabou derramando de verdade o conteúdo. Suspirou e pôs-se a enchê-lo mais uma vez.

— Não tenho mais nenhuma proteção — disse. — Usei a que tinha em mim, pela manhã.

Que usasse algum augúrio, então, disse Ellisa, para prever se enfrentariam problemas.

— Não tenho mais adivinhações — disse Rufus de novo, encolhido como um carneiro. — Só o que tenho são conjurações de ataque.

— Que diabos, Rufus Domat! — Ellisa chutou uma pedra. — Que espécie de mago é você?

Ele gaguejou, sentiu a garganta seca.

— A magia não é uma ferramenta. Não é tão simples. É preciso respeitá-la, entender que é sutil, misteriosa.

— Errado — Ellisa direta como uma flecha. — Sua magia é uma ferramenta, é o que lhe faz útil neste grupo. Se é tão misteriosa e sutil a ponto de ser inútil, então abandone-a e aprenda a brandir uma espada.

Rufus fez uma careta. Aprendera há muito a respeitar a magia, evitar usá-la com vulgaridade, reverenciar Wynna, sua deusa.

— Não vê nenhum de nós carregando apenas armas, sem nenhum outro equipamento. Então por que carrega apenas feitiços de combate?

Se bem que, atualmente, Rufus reverenciava muito mais Ellisa Thorn.

— Desculpe. Mas, se encontrássemos problemas, pensei que seriam úteis.

— Pense melhor da próxima vez. Todos nós podemos sangrar inimigos. Estude magias que possam fazer o que nenhum de nós pode.

Ela se virou, e foi ter com Nichaela e Artorius. Talvez um dos dois pudesse orar aos seus deuses para que concedessem a proteção de que o mago fora incapaz.

Talvez encontrasse uma garota aqui em Collen, pensou Rufus. Uma garota, ou uma mulher de sua idade, talvez não tão bela, mas ele não seria exigente. Mesmo enquanto pensava isso, sabia que era tolice.

Ao comando de Vallen, todos se aprumaram e começaram a cruzar a ponte. Pararam quando, na direção contrária, vinha um guerreiro.

Vallen tomou a frente do grupo, seguiu caminhando com lentidão, tentando analisar o homem. Suas mãos estavam prontas para pularem nas duas espadas que carregava na cintura. O guerreiro também avançava lento, tentando analisar o grupo no escuro.

Com mais proximidade, Vallen parou onde estava, sem ter certeza do que fazer. À sua frente, estava um guerreiro, sim, mas diferente de todas as pessoas que ele já vira. Sua armadura cobria o tronco e os ombros, muito trabalhada, trazendo a figura de um tigre na área entre o peito e a barriga. O resto das roupas era igualmente refinado, de cores fortes, verde e vermelho. O guerreiro trazia o cabelo negro preso em um coque no alto da cabeça, e sua pele era amarelada. Os olhos eram pequenos e rasgados, pareciam trazer uma espécie de ferocidade estrangeira, e ele também carregava duas espadas. Uma bastante curta e outra longa, ambas de lâminas esguias e curvas. O guerreiro segurou a bainha da espada longa com uma das mãos, e a outra foi ao cabo da mesma espada. Não fez menção de tocar na lâmina curta.

Vendo o gesto, Vallen cruzou os braços na frente do corpo, cada mão agarrando o cabo de uma espada. Suas lâminas também tinham comprimentos diferentes, mas as duas eram retas e grossas, e, diferente do outro homem, ele não tinha pudor em usar ambas.

— Quem é você? — disse Vallen.

— Apenas um bárbaro faz tal pergunta sem se apresentar primeiro — foi a resposta.

O grupo permanecia em tensão atrás de Vallen. Ellisa já tinha o arco em suas mãos, enquanto que Andilla empunhava um machado.

— Quem é você? — repetiu Vallen, com mais rispidez.

O guerreiro abriu a boca para responder, mas a voz de Ashlen interrompeu-o.

— Ele é tamuraniano.

Todos os olhares se voltaram para Ashlen, mas logo após, alguns continuaram a observar o recém-chegado.

— Ele é de Tamu-ra — repetiu Ashlen, calmo, didático. — É uma ilha, vocês sabem. Todos lá têm estas feições. Para um tamuraniano, ele fala muito bem o nosso idioma — acrescentou.

A explicação não serviu em nada para diminuir a tensão do grupo. Vallen ainda segurava suas espadas, Ellisa ainda tinha uma flecha pronta.

— Pela aparência, ele é samurai — continuou Ashlen. — Uma casta de guerreiros. Eles servem ao Imperador, e ao deus Lin-Wu.

Alguns olhavam Ashlen com um pouco de espanto, inclusive o tamuraniano.

— Sou Ashlen Ironsmith — falou em direção ao homem.

O estrangeiro pareceu mais satisfeito com aquelas palavras.

— Sou Masato Kodai, Executor Imperial.

Mas logo depois completou:

— Agora voltem por onde vieram, para que eu passe.

Todos sabiam o que viria a seguir, e Nichaela ainda tentou interromper aquela situação, mas a voz do líder trovejou mais alto.

— Acho melhor que você recue, Masato Kodai. Nós não recuaremos para você.

Houve um silêncio espesso.

— Entenda que minha posição em minha terra é privilegiada e superior — Masato Kodai permanecia impassível, seus olhos pequenos indecifráveis. — Assim como minhas armas. É seu dever recuar.

— Você não está na sua terra — rosnou Vallen. — Eu não recuarei para ninguém.

Todos no grupo conheciam o orgulho de Vallen Allond. Era parte da razão pela qual Artorius, um minotauro e um clérigo de Tauron, o Deus da Força, o seguia. Era parte da razão pela qual Ellisa Thorn o amava. Era parte da razão pela qual Nichaela, clériga de Lena, a Deusa da Vida, achava que era seu dever acompanhá-lo. E era parte da razão pela qual Rufus Domat o temia.

— Então que nossas armas decidam por nós, inimigo.

Masato Kodai sacou sua espada, polida e reluzente como nenhuma outra que eles jamais haviam visto, e Vallen Allond também sacou as suas, que eram ainda mais impressionantes. A espada longa, retirada da bainha, rugiu com pequenas chamas, que corriam em linha recobrindo a lâmina. A espada curta gelou o ar e recobriu-se de uma camada fina de geada branca, produzindo mais gelo enquanto os flocos caíam como neve minúscula de toda a sua extensão. Inverno e Inferno, era como Vallen as chamava, e todos os seus inimigos haviam aprendido a respeitá-las, a maioria tarde demais.

O samurai controlou sua admiração ao ver as armas. Colocou-se em posição de combate, imóvel, uma estátua de aço.

— Não irão me impedir de chegar a Horeen.

Vallen, ainda segurando as espadas, sorriu. Mas foi de Ashlen que veio uma risada.

— Horeen fica para o outro lado — disse Ashlen. — Nós estamos indo para lá.

O samurai desconcertado.

O fardo, que Ashlen e Rufus haviam posto no chão, começou a se remexer. Masato olhou com estranhamento, até que por fim revelou-se um corpo enrolado nos panos brancos, e o corpo retirou-os de seu rosto, e começou a se levantar com dificuldade, auxiliado por Nichaela. Era um homem, de longos cabelos lisos e castanhos, e um bigode que emendavase em uma pequena barba que recobria apenas seu queixo. Talvez vinte e poucos anos. Pálido como um cadáver.

— Parece que mais uma vez eu ia ficar de fora da diversão — disse o homem, num esgar de sorriso. Masato viu que, em seu torso nu, ele tinha inúmeras cicatrizes, tantas que deveria mesmo ser um cadáver.

— Carregam seu companheiro ferido desta forma? — bradou Masato Kodai, novamente preparando a espada. — Ou este é um prisioneiro, bárbaros?

— Oh, eu não estava ferido — disse o homem que se levantava. — Estava morto. Meu nome é Gregor Vahn. Sou um paladino de Thyatis. Este é o melhor jeito de carregar um cadáver, não acha?

Decidiram caminhar juntos até a cidade de Horeen. Masato e Vallen não estavam muito satisfeitos com a presença um do outro, mas aventureiros aprendem rápido a tolerar pessoas estranhas.

— Então, somos nove — disse Ashlen. — De alguma forma, parece um bom número.

CAPÍTULO 3

A VELHA DA TAVERNA

ESTAVAM NA TAVERNA DO OLHO DO GRIFO, EM HOREEN, senta-dos em uma mesa no canto.

— Sempre morremos, mas sempre voltamos — disse Gregor Vahn para Masato. — Assim são os paladinos de Thyatis. É a bênção que o Deus da Ressurreição nos concede. É útil — riu.

Masato Kodai observava aquelas pessoas com interesse e cuidado. Mesmo após um mero dia de convivência, pareciam tê-lo aceitado; conversavam com ele como se fosse um companheiro. Estranho, guerreiros, magos e sacerdotes se comportarem assim. Em Tamu-ra, o populacho falava daquele modo entre si, mas as castas superiores obedeciam protocolos formais o tempo todo. Mesmo tendo os mesmos objetivos, ele e o grupo eram muito diferentes.

Já fazia meses que Masato andava pelas terras bárbaras do continente — embora Collen fosse uma ilha, o povo tinha os mesmos modos do continente — mas nunca se acostumara. Os olhares fixos nele e nos outros incomodavam-no. Talvez, como Executor Imperial, Masato Kodai estivesse mais acostumado com o olhar dos mortos.

Os outros pareciam ignorar o escrutínio dos clientes da taverna. O Olho do Grifo era um lugar amplo, com paredes feitas de pedras grandes encaixadas, e um segundo andar, onde ficavam os quartos, de madeira sólida. Havia uma dúzia de pessoas no salão comunal, mais o grupo, e ainda assim mesas vagas na casa. Um cheiro quente de especiarias dominava o ar, até saturar os narizes e fazer com que os clientes nem o sentissem mais.

Mais calor ainda emanava da cozinha, de onde três moças — uma deixando de ser criança, outra na idade indecisa e a última começando a ser adulta — traziam bandejas sem fim de comida farta e fumegante. A cerveja era escura, forte e grossa, mas os canecos da mesa do canto já estavam vazios, e Andilla Dente-de-Ferro levantou-se para buscar mais.

— Fomos emboscados por orcs — Gregor Vahn continuou para o samurai. — Criaturas estúpidas, geralmente, mas conseguiram levar a melhor. Eram mais de vinte. Tombamos a maior parte, mas eu acabei sofrendo mais golpes do que planejava.

— Gregor é o nosso escudo — riu Ashlen. Para um rapaz tão pequeno, ele certamente bebia muito, pensou Kodai, e falava mais ainda. Em Tamu-ra, Ashlen não teria idade para se aventurar sozinho.

Enquanto Gregor e Ashlen conversavam com o tamuraniano, Nichaela observava a conversa, fazendo parte mas nunca falando. Vallen, Ellisa e Artorius discutiam planos de batalha sobre um mapa rascunhado. Andilla também fazia parte da discussão, mas estava ocupada com as cervejas. Rufus Domat lia em silêncio. Seus olhos insistiam em fugir da página para Ellisa Thorn.

Andilla carregava três canecas cheias até as bordas, e sentia o escrutínio dos clientes na sua aparência estrangeira, no seu grande machado, nas suas roupas breves, no seu corpo exclamativo. Era mais estranho ainda saber que os olhos pesando sobre ela eram amarelos, ou verdes e fosforescentes, ou totalmente azuis, ou com tantas outras características bizarras. Ela largou as bebidas sobre a mesa com um estrondo, e se voltou, retornando os olhares.

Uma das garçonetes, com um olho lilás de manchas douradas, tinha parado de esfregar o balcão para deter-se no rosto da cliente. Seu próprio rosto traía um canto de admiração, um pouco de escândalo e uma vontade irresistível de comentar com as amigas. Andilla ignorou-a, pois julgava mais ofensivos os olhares de vários dos homens, que detinham-se mais abaixo e não traziam nem um pouco de admiração. Ela escolheu um deles e caminhou a passos de ameaça. Chegou muito próxima do cliente, um homem de meia-idade aparentando poucas posses e pouca educação (e ainda menos dentes), com um olho quase todo branco, trazendo uma minúscula íris azul do tamanho da cabeça de um alfinete. Na mesa dele, estavam outros dois (todos com poucas posses, educação e dentes), e todos se calaram. Andilla estava de pé, e eles sentados. Como se já não bastasse, ela era uma mulher alta e poderosa, e parecia uma gigante perto dos aldeões recostados.

Mandou que o homem se levantasse.

Obedecida, ela ainda tinha uma cabeça a mais de altura. Sentia o hálito do homem, e ele o dela, de tão próximos estavam. O que, com certeza, era mais agradável a ele.

— Gostaria de falar comigo? — disse com sua voz limpa e alta de gongo. Jogou para trás uma das tranças louras, grossas como cordas de navio. — Tem algum assunto? Algo a dizer?

Os poucos clientes que ainda não haviam detido seu olhar na estrangeira agora o fizeram. Na mesa do canto, Ellisa Thorn murmurou algo e deixou a cabeça pender, mas, como Vallen observava divertido, ninguém fez menção de intervir.

— Não — foi a resposta pequena do homem pequeno.

— Então por que me olhava?

Nada.

— Responda-me! Por que me olhava?

Houve risadas de um lado, mas bastou um olhar de Andilla Dente-de-Ferro para que cessassem. Não havendo resposta, nem coragem para uma, ela voltou a falar.

— É casado?

— Sim, senhora — fitando os sapatos, o homem achou por bem chamá-la de "senhora".

— O que sua mulher acha de que se ponha a olhar desconhecidas na taverna?

Mais uma vez, nada. Os sapatos ainda eram o alvo do olhar do homem, enquanto que, pela taverna, as cervejas e pratos de comida ficavam cada vez mais interessantes. Apenas na mesa do canto os olhos voltavam-se para Andilla.

— Vá para casa, homenzinho — foi o veredicto. O homem apressou-se em deixar alguns Tibares sobre a mesa e sair.

— Eu falei que ela resolveria — disse Vallen Allond.

— Mesmo assim, foi um risco — retrucou Ellisa Thorn, enquanto a companheira se sentava.

— Como eu já disse, você está ficando cautelosa com a idade, Ellisa — Andilla riu enquanto bebia metade da caneca que trouxera.

Houve mais risadas, e a Taverna do Olho do Grifo voltou ao seu burburinho enquanto todos viam que os estrangeiros da mesa do canto estavam entretidos com seus próprios assuntos. O homem que fora escorraçado por Andilla até mesmo retornou, e ninguém lhe dispensou atenção a não ser algumas pilhérias ácidas.

— Muito bem — Vallen falou sério e, automaticamente, a mesa se pôs em silêncio. Rufus Domat abaixou o livro, que, de qualquer forma, não estava conseguindo ler.

— Kodai. Quer dizer que está aqui pelo mesmo motivo que nós? — disse Vallen.

— Caçar o fugitivo, sim — Masato Kodai não bebera nada além de água. Não apreciava a bebida amarga do continente. — Como já disse, sou Executor Imperial. Este é meu dever.

— Se me permite interromper, Executor Imperial — disse Ellisa — o que exatamente nosso amigo fez na sua terra, e como ele veio parar em Petrynia? Não acha improvável que seja o mesmo homem?

— Ora — interrompeu Ashlen — um humano albino, alto como um ogro, capaz de sobreviver a chuvas de flechas e paredes de lâminas? Se houver mais de um desses por aí, vou me mudar para Lamnor!

Ashlen se referia ao continente ao sul, onde ficava o reino élfico de Lenórienn. Todos fulminaram Ashlen com olhos de reprovação, exceto o samurai e Nichaela.

— Muito polido de sua parte trazer esse assunto quando temos Nichaela por perto, Ashlen Ironsmith — disse Artorius, o minotauro. Nas raras vezes em que se ouvia a sua voz, Artorius falava como um sargento. Ele também não bebia, porque seus modos frugais proibiam tais excessos. Além disso, comia pouco, sempre em disciplina.

Mencionar a terra de Lenórienn, ou mesmo apenas o continente sul, na presença de um elfo, era o mesmo que falar de pais mortos para um órfão. Os elfos travavam há séculos a Infinita Guerra contra os monstruosos hobgoblins e muitos haviam morrido em suas batalhas. Os que viviam longe de sua terra natal se sentiam culpados por não ajudar a defendê-la e ao mesmo tempo ressentidos pelas mortes provocadas pelo conflito.

Ashlen começou a murmurar desculpas, mas Nichaela interrompeu-o:

— Por favor, eu já disse. Não sou elfa, vocês sabem. Nunca vi o reino de Lenórienn, pelo que eu saiba. Fui criada, desde que me lembro, no templo de Lena.

— Nós sabemos — disse Andilla — mas isto não quer dizer que seja algo agradável para se falar — deu um tapa atrás da cabeça de Ashlen.

— Voltando à pergunta de Ellisa — Vallen botou fim à discussão. — O que nossa presa fez em Tamu-ra?

Masato empertigou-se antes de começar a falar. Não era um assunto fácil, e ele sabia que teria de deixar algumas partes de fora.

Rebanhos estavam sendo atacados, ele começou, animais estavam sendo mortos e devorados por algum tipo de fera. Não era assunto oficial, e certamente não era algo com o que o Imperador devesse se preocupar. Como era o costume, os camponeses se organizaram para caçar o animal. Os problemas começaram quando nenhum deles retornou. Ainda houve resistência dos senhores de terras para mandar soldados, mas, quando uma casa foi invadida e um casal de velhos aldeões foi chacinado, ficou claro que aquela era uma ameaça verdadeira. Os soldados que se embrenhavam nas matas não voltavam, e várias semanas transcorreram sem pistas da fera — agora já considerada algum tipo de monstro. Mas ela própria decidiu se mostrar quando atacou o palácio de um *daimyio* — um senhor feudal — e dizimou a maior parte da guarda.

— E era o seu monstro? — disse Vallen.

— E era o seu homem — disse Masato. — Com a pele branca de nuvem, cabelos pálidos e olhos vermelhos. Alto como uma torre.

— Sabem por que ele atacou o palácio? — Ellisa deu um gole em sua bebida. — Estava atrás de algo, alguma relíquia, algum artefato?

— Não tirou nada de lá — Masato ficou um tempo calado, olhando para a mesa. — Quando foi encontrado, estava nu, e já havia devorado o *daimyio* e a maior parte de sua família.

Nichaela fez uma careta e desviou os olhos. Artorius bebeu o resto de sua água. Ashlen não encontrou nada para falar.

— Como as pessoas da vila disseram — era Vallen. — Mais animal do que gente. Mas ainda assim, não sabemos como ele veio de Tamu-ra a Petrynia, ou qual o seu objetivo.

— Se é que tem algum — disse Ellisa.

Era estranho, todos concordavam. Não seria tão surpreendente ver um homem-bicho com aquela aparência exótica em um mundo onde monstros, deuses e magos tornavam a paisagem colorida e traiçoeira. O estranho era sua maneira de agir, atacando sem padrão aparente dois lugares tão distantes, e demonstrando ao mesmo tempo inteligência e desapego por qualquer tipo de posse material.

— Uma coisa é certa — disse Gregor — de Tamu-ra até Petrynia, ele aprendeu a usar roupas.

— Ou puseram-nas nele — falou Rufus, pela primeira vez desde que haviam pisado na taverna. — Ele pode ter sido capturado por um circo, ou um colecionador, ou algo assim. E depois fugido, não?

Era uma possibilidade, exceto que o desconhecido havia dado cabo da guarda inteira de um palácio, que contava com magos e clérigos. Com certeza, era preciso uma força significativa para enjaular a criatura, e quem quer que houvesse despendido ouro suficiente para fazê-lo não desistiria tão fácil. Não havia recompensa, nem notícias da coisa em parte alguma, exceto em Petrynia e, agora, Tamu-ra.

— Para nossa sorte, um homem como ele não passa desapercebido facilmente — continuou Vallen, profissional. — Conseguimos um rastro dele, ainda que tênue. Sabemos que ele está indo na direção de Kriegerr, uma cidade portuária ao norte. Precisamos de um mapa para chegar até lá, já que o que temos só é capaz de nos trazer até aqui.

— E de uma noite de descanso — disse Rufus. — Nos últimos dias, temos caminhado desde antes do amanhecer até depois que já está escuro. Precisamos de uma cama. E de um banho.

De novo, sua tentativa de humor foi perdida. *Ashlen teria se saído bem com esse comentário*, ele pensou. Mas Rufus Domat só conseguiu balançares de cabeça.

— Apenas mais uma dúvida — disse Ashlen para Masato. — Entendo que um imperador mobilize suas forças para caçar o assassino de um lorde feudal, mas por que mandar seu executor? Não seria mais inteligente enviar algum tipo de investigador, ou uma força de guerreiros? Você não deveria estar cortando as cabeças de homens desonrados?

Masato Kodai fez um momento de silêncio. Depois disse:

— É nosso costume. Você não entende.

Mas Ashlen não se convenceu. Nem um pouco.

E, alguns meses antes, eles em meio à morte, e os abutres voando em círculos.

A pequena cidade de Adolan, em Petrynia, havia sido atacada por um humano estranho. A terra estava gorda com cadáveres.

Eles em meio à morte, no templo da Vida.

— Que bom que vieram — disse Athela, a jovem clériga de Lena. Abraçou Nichaela. Ambas divididas entre a tristeza derramada com sangue e a alegria de se reverem.

Todos os aventureiros entraram com reverência no Templo de Lena. Era um lugar que convidava ao respeito e comedimento. A maior parte deles carregava muitas armas, e sentiam-nas incômodas, pesadas e desconfortáveis. Algumas noviças do templo se ofereceram para levar as armas, mochilas e capas, e desapareceram em meio aos apetrechos pesados.

— Elas foram ordenadas juntas, não é? — disse Vallen, apontando com o queixo para Nichaela e Athela. — Estranho duas clérigas da Vida se encontrarem assim.

— Os funerais reúnem a família — disse Gregor Vahn.

O templo era simples e muito branco. Amplo e modesto. Fresco e acolhedor. Não era grande, nada opulento, um lugar entre parênteses. Mas tinha-se a impressão de que quem vivia por lá já tinha aprendido a não ligar para luxos. Havia um salão grande, onde eram conduzidas orações; um lugar comprido e repleto de camas, onde eram tratados enfermos de procedência variada, e diversos quartos, onde viviam as clérigas e noviças. Afora isso, havia cozinha, depósitos, latrina e os quartos de caridade, que abrigavam andarilhos, mendigos e outras pessoas cuja sorte estivesse falhando. E, nos últimos tempos, ninguém com menos sorte tinha vindo ao Templo de Lena do que Irynna, uma filha de comerciante.

Athela guiou o grupo até o quarto onde a garota permanecia deitada já há duas semanas.

— Ela não comeu durante os quatro primeiros dias — disse Athela, gentil mas endurecida por anos de descrições de sintomas, gemidos de dor e doenças à farta. — Depois que eu chamei vocês, ela concordou em comer um pouco. Mas diz que não dorme desde o que aconteceu. Não sei se é verdade.

O alívio estava desenhado com clareza no rosto de Athela. Era bom dividir o fardo. Era bom estar com pessoas que não se voltavam para ela, para a clériga, em busca de respostas. Naqueles dias, as perguntas eram muito difíceis.

Nichaela entrou no quarto da jovem de cama, seguida por Vallen. O resto do grupo permaneceu de fora.

— Eu trouxe a pessoa de quem lhe falei — disse Athela. — Minha amiga.

— A heroína — Irynna sorriu fraca. Era uma visão deplorável: os dias sem alimentação e sem ânimo haviam erodido sua carne e colado a pele aos ossos. Onde não estava grudada, a pele pendia frouxa, pastosa e suja. Os cabelos eram grossos e compactos, unidos em uma massa uniforme. Ela vestia uma camisola leve, curta, suave, mas não se importava com quem a pudesse ver. A única coisa que continuava forte em Irynna eram os olhos.

Estes traziam certeza, e até uma certa alegria. Vallen reconhecia o sentimento: era a alegria de um guerreiro nos primeiros instantes do combate, quando explode a perspectiva de matar o inimigo.

Nichaela sentou-se na beirada da cama e afastou os cabelos para trás das longas orelhas.

— Athela disse que você queria me ver — falou, doce.

A jovem esforçou-se para sentar na cama. Sua voz saiu com um vigor inesperado.

— Sim, ela me falou de você. Disse que era uma aventureira, uma heroína, que lutava contra o mal. O mal veio até aqui, minha senhora, é preciso lutar contra ele.

Nichaela não era muito mais velha que Irynna, e o tratamento por "senhora" não encaixava bem. Mas quem olhasse para o fogo no rosto de Irynna, para seus olhos arregalados e a boca sorridente, aberta e débil, pensaria que ela falava com uma deusa.

— Na verdade, acho que o mal ainda está aqui, Irynna — disse Nichaela, séria, tocando com suavidade o peito da garota. — O criminoso já foi embora, mas você continua na cama. É preciso lutar contra o mal, mas acho que quem deve lutar é você, com a ajuda de sua amiga Athela.

Irynna fez uma careta.

— Minha senhora, minha dama, minha abençoada senhora, não me peça isso! — Irynna agarrou com fraqueza forte a mão de Nichaela, e teve energia para curvar-se para perto de seu rosto. As duas clérigas de Lena se entreolharam. — Morreu minha mãe, senhora, morreu meu pai, e meus irmãos. Não é necessária punição por isso, minha senhora, minha santa senhora, não é necessário um castigo? Diga-me, não é?

— Castigo é diferente — Nichaela retirou sua mão do aperto da garota — de vingança.

Vallen permanecia de pé, em silêncio. Estava lá como líder, para avaliar se, caso Nichaela decidisse que eles deveriam atender o pedido de Irynna, aquilo era viável como missão para o grupo. Ele não era bom com este tipo de dilemas, e sentia-se sobrando em meio às três mulheres.

Irynna hesitou um pouco. Estava decepcionada: imaginara que, uma vez tendo encontrado o grupo de aventureiros de que Athela falara, a caçada começaria imediatamente. Pensara no ouro que podia oferecer, pensara em quanto tempo aquilo podia demorar, mas não pensara que um de seus heróis pudesse tentar dissuadi-la.

— Eu sei que posso estar com o sentimento errado em meu coração — contudo, Irynna era uma garota inteligente. — Mas disso Athela pode cuidar. Pode me ajudar a purgar essa amargura. Mas vocês podem impedir que isto aconteça de novo, com outra família, com outra filha como eu.

Nichaela mordeu os lábios. Aquilo era inegável.

— Concordo em lutar contra o mal dentro de mim — disse Irynna — se houver quem lute com o mal lá fora.

Houve silêncio. A clériga meio-elfa olhou para Vallen, seu líder.

— O que ela fala é verdade — disse ele. — Se acha que devemos, Nichaela, então eu digo que iremos.

Mais silêncio.

— Devemos.

E Irynna chorou de felicidade.

A jovem filha de comerciante havia sido eloquente além de suas forças naquela tarde, e seguiu falando muito e raciocinando com coerência enquanto perguntava a Vallen Allond de quanto ouro eles necessitariam. Ela tinha bastante, e isto era um incentivo, mas poucas pessoas tornavam-se aventureiros por pura cobiça — para isso, o trabalho de mercenário era mais fácil. O desejo de Vallen em punir o intruso, o desconhecido, o assassino de tantos homens, foi o que o fez tomar a decisão.

Eles saíram de Adolan, uma vila pequena e quieta, uma vila no Reino das Histórias sobre a qual quase nenhuma história existia, uma vila que não possuía milícia, porque os homens da milícia haviam sido mortos. Saíram de Adolan com os bolsos pesados de ouro e a alma pesada de dever.

Isto fora há alguns meses, mas agora eles já estavam na estrada, desde então no rastro do intruso, e esperavam encontrá-lo na cidade de Kriegerr.

— A cerveja aqui é boa — Gregor esvaziou mais um caneco da escura bebida do Olho do Grifo — mas nós devemos descansar. Vamos pagar por uma noite nos quartos, e amanhã acordaremos bem cedo.

Todos assentiram. A noite ainda era jovem, mas os corpos reclamavam do cansaço. Ashlen, que cuidava do dinheiro do grupo, começou a separar os Tibares para pagar pela refeição e pela noite. Vallen ainda discutia alguns detalhes com Ellisa, Andilla e Artorius. Gregor levantava-se para falar com algum dos nativos a fim de conseguir o mapa de que precisavam, quando abriu-se a porta e a taverna se calou.

A porta permaneceu aberta por um longo tempo, enquanto quem quer que estivesse do outro lado entrava, movendo-se com lentidão. Até que um dos clientes se levantou e foi segurar a porta e, com vagar, revelou-se uma velha senhora, com um vestido cor de rato que parecia um grande saco por cima do corpo gordo e hesitante.

Os olhos de todos os nativos estavam sobre a senhora, e, assim, os olhos do grupo foram atraídos também. Ela era muito baixa, pouco mais alta que uma criança, e já tinha a idade em que o corpo se recurva e encolhe. Tremia de ossos fracos, juntas fracas, músculos flácidos quase a ceder. Apoiava-se pesadamente em uma bengala de galho de árvore. Seus cabelos eram brancos e desfiados, e em muitos lugares podia-se ver o tom rosado da pele do crânio. O rosto tinha pelos grossos e compridos, brancos como os cabelos, brotando em lugares variados (e também do nariz), mas o que mais chamava a atenção eram seus olhos. Um deles era pequeno, quase fechado, soterrado por uma pálpebra gorda. O outro era grande e arregalado, parecia querer saltar para fora da cabeça torta, e tinha uma cor roxa que atraía e repugnava. Inquieto, o olho disparava para vários lugares do salão comunal, arrancando reações diversas.

Com a mesma lentidão com que entrara, a velha se sentou a uma mesa, que fora desocupada e limpa às pressas assim que ela começou a se aproximar. Caiu com todo o seu peso sobre uma cadeira, levantou as pernas finas e permaneceu olhando aleatoriamente pelo salão. Logo, sem que ela pedisse, foi depositada uma caneca fumegante de chá escuro à sua frente. A velha sorveu com grande ruído.

Ninguém falava na taverna do Olho do Grifo. Os aventureiros se entreolhavam, um pouco divertidos e um pouco alarmados. Por todo lado, se ouviam pequenos cumprimentos sussurrados em direção à senhora, mas esse era o único som, fora o sorver do chá quente. Depois de alguns minutos, um homem, mais bem vestido e limpo do que a média, se levantou e postou-se humildemente de pé, ao lado da mesa da velha.

— Senhora Raaltha — falou, sem olhar diretamente para ela. — Nos honra com sua visita.

Ela resmungou alguma coisa que ninguém conseguiu entender e, depois de algum tempo, o homem voltou a se sentar em sua mesa. Alguns voltaram a comer, mas a maioria simplesmente olhava a senhora.

— Fazendeiro Rudolph — ela falou de repente, com uma voz de serrote. — Sua colheita será boa, e a febre de seu filho passará em três dias.

— Obrigado, senhora Raaltha — disse um homem ao fundo.

Vallen fez um sinal para o grupo, sorrindo com o canto da boca, e todos se sentaram, observando o que acontecia.

— Fromaahn — voltou a falar a velha, olhando para o seu chá, e outro homem se levantou, cheio de expectativa. — Sua mulher irá lhe deixar dentro de dois meses. Nada do que você fará poderá segurá-la.

O homem pareceu desconcertado, mas ainda assim agradeceu. Não houve qualquer piada ou comentário.

— Lenisa — novamente a voz de serrote, e uma das garçonetes largou uma bandeja, a respiração presa. — Você está grávida, e acabará se casando com Warras — a jovem deu um gritinho e corou. — Não se preocupe — acrescentou a senhora. — Será tão feliz quanto a maioria das pessoas consegue.

E, por diversos minutos, todos os olhares continuaram a estar na velha, e ela dizia os destinos dos frequentadores da taverna, e todos acreditavam. Um sapateiro teria sucesso em seu negócio, o celeiro de um negociante queimaria, o irmão de um ferreiro morreria após cair de um cavalo. Os bons augúrios vinham na mesma proporção que os maus, e ninguém questionava nenhum, apenas lamentava ou agradecia a sorte.

De repente, o olho andarilho deteve-se na mesa do canto. Os nove pares de olhos retornaram a atenção.

— Uma nuvem negra — disse a velha. — Vejo uma nuvem negra sobre estas pessoas.

Houve um engasgo geral. Os aventureiros sentiram ao seu redor; conheciam medo quando o viam.

— Existe uma nuvem negra, e os olhos dos deuses e os demônios dos demônios — continuou a velha. — Eu vejo uma morte em pouco e muitas por muito tempo, e eu vejo os olhos cegos do futuro, e os que se cegaram por vontade própria. No futuro, ninguém conseguirá ver o que acontece, nem olhar para o passado, e, olhando para cima, as mãos estarão atadas, por causa de quem escolheu não ver.

Ninguém parecia estar certo do que aquilo significava, mas não era bom.

— Vocês devem voltar — disse a velha. — Desistir do que estão fazendo, esquecer tudo o que já viram, e não procurar ver mais. Vão! Vão embora! Vocês trazem a morte!

Os olhos estavam pesados e hostis para a mesa do canto. Por instinto, Artorius e Andilla apertavam o cabo de seus machados. Ashlen começou a pensar em rotas de fuga. Vallen levantou-se, com as mãos espalmadas no ar em um gesto de paz.

— Não há por que nos temerem — disse, conciliador. — Não desejamos o mal de ninguém, apenas queremos um mapa e uma noite de descanso.

— Vão embora! — a velha cuspiu no chão. — Eu vejo a morte e a cegueira em vocês. São corvos negros, prontos a arrancar nossos olhos!

Os clientes da taverna, um a um, começaram a se levantar. Podiam ser homens pequenos e simples, mas eram muitos, e tinham a seriedade dos que estão dispostos a ir às últimas consequências.

Vallen ainda tentou argumentar, mas foi interrompido por mais uma profecia acusatória.

— Assassinos! Assassinos do mundo! Partam! Desistam!

Masato Kodai, que até agora estivera quieto, levantou-se de súbito, com as mãos prontas a sacar sua espada longa e curva.

— Retire o que disse, mulher! — Masato postou-se à frente do grupo. — Uma plebeia não fala assim com um samurai, e nem com quem não lhe fez mal.

Nichaela protestou, mas sua voz foi afogada pelo som de armas. Por toda a taverna, facas de cozinha, garfos, canecos e outros objetos eram apanhados para servirem como ferramentas de luta. Na mesa do canto, Andilla e Artorius já agarravam os machados, e Ellisa tinha uma flecha encaixada na corda retesada do arco.

— Assassinos! — gritou de novo a mulher. — Abutres!

Os aventureiros se moveram com lentidão, olhando ao redor para ver que estavam entre inimigos. Nenhum deles queria ferir simples aldeões, e começar uma luta ali seria a garantia de um massacre. Um jovem partiu correndo pela porta da taverna.

— Não queremos problemas — Vallen disse mais uma vez. Ele ainda não havia pego em armas. — Apenas nos deem algumas direções, indiquem-nos nosso caminho, e nos deixem sair.

Quem quer que fosse a velha que os habitantes de Horeen chamavam de Raaltha, ela era respeitada o suficiente para retirar o temor daqueles plebeus. Mesmo com suas armas improvisadas, eles ameaçavam e grunhiam como uma horda em cerco. Os aventureiros ganharam lentamente o meio do salão comunal, e estavam cercados.

Vallen abriu a porta, com as costas vigiadas por Ellisa, que apontava sua flecha para várias direções, mantendo os aldeões afastados. Quando a noite se revelou do lado de fora, havia dezenas de pessoas em volta da Taverna do Olho do Grifo. Traziam ancinhos, tochas, pedaços de pau. O homem que saíra correndo da taverna havia chamado outros, e a notícia espalhara-se como um incêndio, e golfadas sem fim de aldeões hostis postavam-se em ameaça silenciosa contra o grupo. Não apenas homens; mulheres, velhos e crianças também. Todos olhavam para a porta e reconheciam imediatamente os forasteiros, com seus olhos idênticos e modos de longe. Mais pessoas chegavam a cada momento. Uma boa parte trazia armas verdadeiras, espadas que pendiam em paredes, lembranças de antepassados guerreiros e relíquias que não tinham mais uso. Vallen Allond engoliu em seco. Antes, ele tinha medo de causar um massacre. Agora, se as coisas dessem errado, seriam eles as vítimas.

A multidão se abriu e vieram soldados, portando armas novas e de verdade. O que parecia ser o capitão falou em um brado:

— A senhora Raaltha disse que não são bem-vindos. Saiam de nossa cidade antes que seu sangue esteja sobre o chão.

— Não queremos problemas — repetiu Vallen de novo.

— Ela viu o futuro, e vocês trazem um futuro negro. Como se não bastasse, ousaram ameaçá-la. Saiam de Horeen.

— Podemos com eles — disse Andilla baixinho.

— Só queremos um mapa — ainda suplicou Vallen.

— Fora!

E assim, o grupo foi escoltado para fora da cidade. De longe, a multidão os seguia, mais assustadores do que uma turba de bandoleiros, porque estavam prontos a lutar por algo em que acreditavam. Via-se as inúmeras tochas ao longe, quando eles se afastavam de Horeen, e as silhuetas de anciinhos, foices, tridentes de feno, e lanças, espadas, alabardas contra o laranja das chamas. Uma voz de serrote ainda gritava, mal ouvida:

— Assassinos! Corvos negros!

E o grupo estava fora de Horeen, afastando-se tão rápido quanto podia, numa terra estranha que não era mais tão tranquila. Apenas mais tarde Ashlen perceberia que eles haviam deixado sobre a mesa o mapa tosco que possuíam. Estavam perdidos.

CAPÍTULO 4

UMA MORTE, E DEPOIS

— Oficialmente — disse Ashlen. — Perdidos.

A noite era escura e nublada. Não era possível ver as estrelas, e eles tinham apenas uma ideia vaga de para onde estavam indo. Sabiam que era, mais ou menos, a direção contrária àquela que deveriam tomar. O que talvez parecesse idiotice, mas ir para o norte naquelas condições era pedir problemas. Acabariam ainda mais confusos. Além disso, na pressa haviam fugido de Horeen na direção sul, e não desejavam passar perto da cidade de novo. Melhor voltarem à região que já conheciam, e, quando houvesse luz, tentar novamente o rumo certo.

— Vamos seguir aquele rio — dissera Andilla. — Acho que, pelo seu tamanho, ele deve cruzar o Coraan em algum ponto. Então estaremos em terreno conhecido de novo — como sempre, o grupo acatara sua decisão.

Andilla Dente-de-Ferro podia se orientar mesmo em uma região desconhecida, apenas analisando a geografia, as plantas e os animais. Viera de um lugar por demais diferente da ilha amena de Collen — as gélidas e inclementes Montanhas Uivantes — mas a paisagem falava com ela, e ela traduzia sua linguagem como indicações em um mapa. Ellisa Thorn também tinha habilidades semelhantes, era capaz de rastrear uma presa, encontrar comida nos ermos e sobreviver muito bem longe da civilização. Contudo, o que para Ellisa era treinamento, para Andilla era um dom.

Masato Kodai fizera questão de externar seu descontentamento. Cada passo que davam para o sul (ou para uma direção que, pelo que sabiam, era semelhante o bastante a sul) era um passo mais longe da cidade portuária de Kriegerr, onde eles achavam que estava o fugitivo. O homem que perseguiam, o monstro que matara uma família em Petrynia e devorara um *daimyio* em Tamu-ra, era escorregadio, e o samurai odiava dar-lhe qualquer minuto de vantagem. Mas Kodai era apenas um, e quase um desconhecido para aquela gente; mais exótico com sua pele amarelada, seus olhos cortados a navalha e suas maneiras impermeáveis do que o minotauro ou a meio-elfa. Aquele grupo ouvira Andilla Dente-de-Ferro e obedecera sem questionar a Vallen Allond, e os dois decidiram, e isso foi o fim da discussão.

A paisagem que atravessavam era típica, comum em boa parte do Reinado (a região mais civilizada e conhecida de Arton), e na verdade não trazia muitas surpresas. Qualquer bando de aventureiros tão experiente quanto eles já havia cruzado inúmeras regiões como aquela: uma planície, uma floresta, um rio. A planície, atapetada por grama macia, era salpicada de arbustos baixos e pequenos retalhos de bosque. A floresta era bastante fechada, pelo que podiam ver à frente, e deveria ser bem escura, principalmente naquela noite sem lua. O rio não era dos maiores, grande o suficiente apenas para ser registrado em um mapa, e seguia enviesado dividindo a planície até sumir dentro da floresta.

— Estranho este rio não estar no mapa que tínhamos — disse Andilla.

— Aquele mapa não era lá muito confiável — era Ashlen.

— O que não era razão para que você o deixasse na taverna — como sempre, a voz de Artorius, o minotauro, saiu como um martelo de forja.

Entre o grupo, eles procuravam não culpar uns aos outros, não alimentar pequenas rivalidades ou desconfianças. *Entre na batalha com sangue ruim, e logo ele será derramado*, como dizia Vallen Allond. Mas naquele momento todos estavam cansados e ainda um pouco tensos do incidente em Horeen, e era difícil não procurar um bode expiatório. Pulavam com a mão nas armas a cada sombra que se movesse, e a reação natural era deixar de procurar fantasmas (ou aldeões irados) e pular sobre o alvo mais próximo. Que era, claro, um companheiro.

Ashlen se encolheu de vergonha e quase um pouco de medo. Sabia que Artorius era incapaz de lhe fazer mal, mas mesmo assim músculos e chifres não eram bem-vindos em alguém que lhe repreendia. Tinha medo também de lhes ter colocado em um problema pior do que esperavam.

— Chega — disse Ellisa Thorn. Sendo a mais próxima de Vallen, ela tomava suas vezes na liderança quando percebia que o amado já tinha muito em suas mãos. — Vamos seguir aquele rio, seja ele qual for, e passaremos a seguir o Coraan quando os dois se cruzarem. Então vamos para Kriegerr, caçar o nosso alvo e voltar a Petrynia, e pagaremos a um bardo qualquer para que conte nossas histórias.

— De preferência bem exageradas — disse Gregor Vahn, e houve uma sombra de riso.

Quem não ria, nem mesmo tentava, era Rufus. O mago sentia mais do que todos a falta de uma noite de descanso, pois precisava deixar a mente relaxar por algumas horas, e estudar mais. Wynna, a Deusa da Magia, era generosa e criativa, e muitos eram seus dons, mas ela exigia tributo. A vida de um mago era de estudo sem fim, a cada noite ou manhã memorizando de novo os feitiços de um grimório, apenas para que se apagassem da mente assim que fossem conjurados. Era assustador quando se parava para pensar: o que há meros minutos fora tão claro, natural e rápido como qualquer movimento do corpo, depois da magia realizada era estranho, alienígena, desconhecido. Wynna apagava qualquer traço da memória, e os magos não se lembravam nem mesmo da primeira palavra da conjuração, nem mesmo de como ela soava.

Rufus Domat não sabia como os outros magos se adaptavam àquilo, mas para ele era sempre perturbador. A magia era um êxtase — o que dava sentido à vida — mas o momento logo após, quando se percebia que um pedaço da mente havia sumido, era terrível. Em segredo, Rufus estudava com afinco extra, para que cada magia permanecesse na memória, resistindo a uma ou mesmo duas conjurações. Alguns magos, principalmente os jovens estudantes da Academia Arcana, chamavam isto de *"memorizar duas vezes"*, por mais estranha que a expressão pudesse parecer. Contudo, a impressão que se tinha era mesmo aquela, que o feitiço estava em dobro, ou em triplo, na memória, e que o tributo de Wynna era capaz de apagar apenas uma das memorizações. Rufus sempre procurava manter uma lembrança dos feitiços que usava e, obviamente, isto limitava em muito o que ele podia fazer com sua magia. Do total que sua mente podia suportar, metade estava preenchido com o estudo extra, com as "repetições", para que não houvesse o momento de desespero quando sumia uma lembrança tão próxima. A mente de um mago se expandia com o estudo e com a prática — a magia abrindo espaço para mais magia — mas Rufus era um aluno lento, e já fazia algum tempo que não era capaz de compreender nenhum feitiço novo. Sentia sua mente como um tecido já velho, sem elasticidade, que rangia ao se expandir, e ameaçava se romper.

Rufus não gostava de saber sobre aqueles que tinham sido seus colegas na Academia Arcana, pois o destino dos magos velhos era, em geral, o poder, o dinheiro fácil ou a morte em aventuras ou experimentos. Ele não alcançara nenhum dos três, mas continuava dizendo a si mesmo que, assim que obtivesse a fama — desgraçadamente sob a tutela de Vallen Allond — reuniria a velha turma, e contaria suas histórias.

Rufus obrigou-se a remoer amargores para desligar-se dos pulmões que queimavam na garganta. Passo após passo com pernas doídas, acompanhou os outros no caminhar puxado, que durou metade da noite.

Estavam frente à tal floresta, e ainda faltavam várias horas para o amanhecer. As árvores tinham copas de verde bem escuro, que era negro contra o céu, e os troncos tinham cascas marrons e escuras, que eram negras contra o céu. A floresta era junta consigo mesma, compacta como uma parede, e abria uma bocarra para engolir o rio. As copas misturavam-se umas com as outras, e gavinhas, cipós, parasitas faziam uma rede de uma árvore a outra, como uma teia de aranha ou um bordado que se espalhasse pela mata.

O grupo parou por algum tempo na entrada da floresta, deliberando o que deveriam fazer. Rufus Domat estava curvado, as mãos apoiadas nos próprios joelhos, e o coração insistia em pular à boca, voltando ao peito em cada batida, fazendo mexer o manto pesado.

— Acampar aqui ou seguir em frente? — disse Vallen.

Talvez o mais sensato fosse acampar naquele local. Talvez fosse melhor deixar a viagem para as horas de luz. Mas, por outro lado, qualquer hora de descanso era uma hora em que a presa não descansava: fugia.

— Vamos seguir. Já perdemos tempo o bastante — disse Masato.

— Esta floresta não vai ser muito melhor de dia do que de noite — falou Andilla.

— Sem descanso — disse Artorius.

— Para os diabos, vamos seguir — Ashlen, ainda culpado.

Respiraram um momento, beberam um gole de água e comeram em pé um pedaço de ração. Checaram as armas e estavam prontos para ir em frente.

— Como está, irmãzinha? — disse Artorius para Nichaela, curvando muito o corpanzil. — Pode seguir? Está bem? Precisa descansar?

Nichaela sorriu com a catarata de perguntas. Era mesmo curioso ver a criatura de força e luta sendo tão gentil. Ninguém conhece a doçura dos olhos de um minotauro até ver um deles falando a alguém que ame de verdade.

— De tudo com que Lena me abençoou hoje, ainda conservo a maior parte. Estou forte, e Lena me dá mais força. Vamos continuar — pois Nichaela não era fraca, embora parecesse frágil. Os clérigos, como Nichaela e Artorius, recebiam bênçãos diárias de seus deuses e, da mesma forma que os magos, utilizavam-nas como pequenos milagres, "magias clericais". Quanto mais virtuoso, experiente e fiel o clérigo, mais o deus lhe abençoava. Os mais poderosos eram capazes de ressuscitar os mortos e fazer o mundo se voltar contra seus inimigos, conjurando tempestades de relâmpagos e nuvens de insetos. Mas na verdade não havia nenhum clérigo poderoso em Arton. Todo o seu poder vinha dos caprichosos deuses.

Todos sentiam um ânimo novo (exceto, talvez, Rufus). As palavras de Nichaela, quando ela falava com fervor, eram suaves e sua voz era baixa, mas tinham mais firmeza do que a maior bravata dos guerreiros do grupo.

— Ellisa! — chamou Vallen, checando com os últimos membros.

— Estou bem.

— Kodai!

— Temos um dever. Vamos.

— Rufus!

— Estou bem — ofegou o mago. *Sempre por último*, ele pensou.

E por último Rufus Domat entrou naquela floresta, cujo nome ninguém sabia, seguindo o rio também desconhecido.

Carregar uma tocha significava uma mão a menos para atacar o inimigo. Todos no grupo sabiam que um guerreiro não podia se dar ao luxo de sacrificar uma arma a mais, ou um escudo, ou mesmo uma firmeza extra nas armas de duas mãos, apenas para iluminar o caminho. Por isso Vallen exclamara:

— Luz!

E, mediante uma frase curta e um gesto rápido, Rufus fez com que uma das adagas de Ashlen se acendesse como um lampião. Era uma luz branca e limpa, muito melhor do que o bruxulear de uma chama, e muito mais reconfortante. A adaga exalava um pedaço de dia, e essa era a única luz que havia na floresta.

O grupo caminhava junto, em uma formação compacta. A mata era um breu ao seu redor, mas o rugir calmo e constante do rio servia para lhes guiar pelo caminho certo. Não era possível ficar muito próximo à margem, pois, na escuridão, a terra molhada e fofa era traiçoeira, e um corpo seria perdido facilmente dentro das águas pretas e rápidas. O chão gemia enquanto eles pisavam em um tapete perpétuo de folhas podres, e não havia grama no solo. Aquela terra escura quase não via o sol, tão unidas eram as copas acima. Muitos cogumelos cresciam no pé das árvores, um tributo à umidade e à podridão, e a vegetação que havia era malsã.

— Não há plantas malignas — dissera Andilla para si mesma. — É o escuro da noite metendo fantasmas na nossa cabeça.

Eles caminhavam juntos, até que isso não foi mais possível. A mata ficava cada vez mais densa, e as árvores pareciam se encolher de algo, crescendo próximas umas das outras como uma multidão que recuasse. Em certo momento, Ellisa parou para analisar as raízes, sem entender como, grossas que eram, entremeavam-se sob o chão. Eles acabavam por seguir em fila, já que a mata fornecia apenas corredores estreitos por onde passar. Os troncos caídos eram muitos, e grandes e, embora significassem uma árvore a menos no caminho, forçavam o grupo a contorná-los ou passar por cima, e os pés muitas vezes eram enganados pelo que estivesse atrás. Havia poças fundas de água e lama e coisinhas podres em vários pontos, e as botas que afundavam tinham de ser descalçadas, para que nada se infiltrasse para morder os pés.

O progresso era lento, ainda mais lento do que se esperava. Ashlen, relutante, ia na frente junto a Andilla. Isto não era algo que ele gostasse de fazer — este não era um local no qual ele gostasse de estar — mas ele tinha a adaga iluminada, e se sentia meio responsável por esta expedição na mata lúgubre. Rufus procurava ficar perto da vanguarda também, porque seus olhos já não eram os de um jovem, e ele precisava da luz. Nichaela vinha em seguida, logo depois de Artorius, posta no meio do grupo para maior proteção. Depois, Ellisa (cujas flechas podiam alcançar inimigos de qualquer um dos lados), Kodai (mantido sob a vista de todos), Vallen e Gregor (que tinham a importante função de vigiar a retaguarda).

O grupo havia pensado em dispensar as armaduras mais incômodas em nome da velocidade, mas, depois de algum tempo sob o teto de escuridão verde, preferiu-se acalmar os espíritos com placas de metal. Gregor usava uma armadura pesada de batalha, que o fazia mover-se com vagar, e mesmo Vallen e Artorius tinham seus ombros pesados por uma cota de malha e de talas, respectivamente. As armaduras, além de forçarem as costas para baixo e deixarem as pernas pesadas, feriam a pele em vários pontos, mordiam a carne em algumas juntas e deixavam os guerreiros muito conscientes de sua presença. Todos que as usavam no grupo estavam acostumados, eram experientes com o metal, mas mesmo assim, e principalmente em um terreno traiçoeiro, sentiam uma coceira em um lugar inacessível, um certo movimento que não podiam mais fazer ou o esfolar lento e constante de um cotovelo. Gregor, com o vasto disco de metal que era seu escudo, ainda era mais desajeitado. Aquelas proteções eram feitas para combate, não para viagens.

Os barulhos dos animais da noite eram um sinal de que tudo estava, aparentemente, dentro do normal. Andilla e Ellisa eram capazes de reconhecer com facilidade os pios das corujas, o farfalhar que alguns predadores provocavam na folhagem. Andaram por pouco mais de três horas, quando Andilla deteve o avanço.

— Está ouvindo, Ellisa? — chamou a mulher de tranças louras.

Ellisa Thorn apenas assentiu com a cabeça, lentamente.

— Ouvindo o quê? — disse Gregor.

As duas rastreadoras se entreolharam, depois para Gregor.

— Nada.

Esse era o problema. Não havia nada para ser ouvido. Há algum tempo, haviam cessado os pios das corujas, e apenas o vento farfalhava o verde. Não havia uivos, nem silvos, nem cricrilares.

— Isto nunca é bom — disse Ellisa.

O caminho continuava claro: embora um pouco distante, o rugido do rio era um guia. Como sempre faziam em situações como aquela, o grupo não deliberou; simplesmente esperaram a decisão de Vallen.

— Vamos voltar.

Vallen Allond deixou uma das mãos repousando sobre o cabo de Inferno, sua espada longa, chamou Ashlen e Andilla com um gesto e retomou a marcha, dessa vez em sentido oposto. Voltariam apenas até um ponto conhecido, por onde já houvessem passado e que os animais não evitassem, e então descansariam. Ao amanhecer, viajariam de novo, talvez por outra rota. Kodai ia protestar contra a demora, mas, silenciado por Ellisa, não pôde nem começar.

Por mais duas horas eles caminharam, guiados pela luz da adaga, mas não ouviram os animais de novo. O rugido da água também ficava mais e mais distante. Andilla, sem parar de andar, chamou Vallen.

— Está percebendo? — perguntou.

— Que estamos cada vez mais longe do rio, sim — disse Vallen. — E que ainda não ouvimos nenhum animal, ou pelo menos eu não ouvi. Estamos perdidos de novo?

— Não — Andilla balançou a cabeça. — Ou talvez até estejamos — falou mais baixo. — Mas a questão é que *já deveria ter amanhecido, Vallen.*

Aquilo não era algo com que a maioria das pessoas se preocupasse, e talvez por isso o resto do grupo não tivesse notado. O tempo podia mesmo se arrastar em uma caminhada lenta sem progresso aparente por um local estranho. O sol marcava o tempo, e não era comum questioná-lo. Mas, agora que Vallen pensava, seu corpo lhe dizia que a manhã já deveria ter chegado.

— Há pelo menos uma hora — falou Andilla.

Então estavam sob efeito de alguma magia. Eles já haviam lutado contra magia; embora fosse poderosa e muitos a temessem, não era invencível. Na verdade, Vallen não conhecera nenhum mago que resistisse a meio metro de aço no estômago. Era enervante, mas, depois que se soubesse que em Valkaria era ensinada como as letras para uma criança ou um estilo para um espadachim, a magia perdia muito da sua capacidade de meter medo.

Mais uma vez, Vallen parou o grupo. Explicou o que acontecia, e o que achava. Perguntou a Rufus o que ele sabia.

— Gerar escuridão não é complicado — explicou o mago. — Qualquer amador pode fazer. Mas algumas criaturas têm essa capacidade, e não são magos. Essas podem ser perigosas.

— Qualquer mago que se utilize destes truques não deve ser tão poderoso — disse Gregor Vahn, apertando as tiras de seu escudo. — As chamas da fênix de Thyatis queimarão um covarde que se esconda atrás de truques de festa — Gregor era um espírito tão livre e descontraído que, por vezes, os outros se esqueciam de como ele era devotado a seu deus. Como paladino, ele não temia a ninguém, desde que sentisse a presença da divindade.

E ninguém mais falou nada, deixando que a jornada seguisse sob as palavras confiantes de Gregor Vahn.

Andilla seguiu ainda mais atenta do que antes. Parecia um gato, com orelhas em pé e olhos arregalados, narinas se dilatando e contraindo. E, devido à atenção extra, eles eram ainda mais lentos. E o som do rio fugia cada vez mais para longe.

— Estou tentando nos levar para a margem — disse Andilla para Vallen. — Já tentei duas direções opostas, e cada vez nos distanciamos mais.

O queimar em seus estômagos dizia que já deveria ser a metade da manhã, e eles pararam e comeram. Alguns, como Artorius, Ellisa e Gregor, conseguiam ter a frieza que mantinha o apetite naquela situação. Outros, como Ashlen e Rufus, deixavam que o nervoso lhes embrulhasse as entranhas, e qualquer comida nauseava. Vallen Allond não sentia medo por si (apenas o medo que mantinha vivo qualquer guerreiro), mas temia pelo grupo, e rejeitou a ração que era compartilhada. Seus olhos pulavam da estrada para o céu invisível, para a mata em breu, para Ellisa, para Nichaela, para o recém-chegado Kodai.

Andilla fizera marcas pelo caminho, para garantir que não estivessem andando em círculos. Eles nunca mais as viram, porque pareciam estar andando em alguma direção desconhecida, que os mapas ainda não houvessem catalogado. Por fim, não ouviram mais o rio. Quando mais uma vez fizeram uma pausa na marcha, não havia som, exceto o do vento. Até que este cessou e havia silêncio e respirações.

— Talvez seja melhor descansar — disse Vallen. — O que quer que esteja nos caçando, é melhor enfrentá-lo do que permanecer assim. E, com o descanso, Rufus pode estudar alguns feitiços que nos tirem dessa.

Ninguém mais havia notado, mas Ellisa Thorn preocupou-se com seu amante Vallen. *"Talvez seja melhor descansar"*. Talvez: esta era uma palavra que Vallen Allond nunca usava, exceto quando não tinha ideia do que fazer. Também notara que Rufus Domat fora a primeira alternativa que o líder do grupo havia citado. Como naturais do reino de Portsmouth, Vallen e Ellisa tinham uma desconfiança típica por magos e magia. Embora, diferente da maior parte dos nativos do reino, houvessem aprendido a respeitar os magos, esses dificilmente seriam sua primeira opção para resolver qualquer problema. As coisas estavam sérias.

— Eu posso tentar subir em uma árvore — disse Ashlen, querendo parecer animado. — Talvez consiga ver mais adiante.

Por que eu não pensei nisso?, Vallen deu um soco na própria cabeça.

— Faça isso — e Ashlen, livrando-se da capa de couro, escalou o tronco, rápido e em zigue-zague como uma aranha.

A escalada era traiçoeira. Os primeiros galhos começavam já muito alto, e o tronco era coberto de muco — em alguns pontos sangrava seiva. A árvore escorregava os pés, esfolava as mãos e mordia os dedos com pedaços afiados de casca que se aninhavam debaixo das unhas. Mas Ashlen se sentia feliz em contribuir com algo, até que gritou e se ouviram dois estampidos.

Dois objetos caíram pesados. O primeiro afundou na terra fofa e quebrou-se em um ponto; o segundo era Ashlen. Tremia, mesmo no calor da mata: era o frio do medo. Coberto de lama, o garoto resvalou até pôr-se de pé e apontou para a coisa quebrada no chão.

Era uma estátua. Uma estátua de um homem, cobrindo seu rosto com as mãos, agachado e com expressão de pavor. Um aventureiro, pelas roupas, pelas armas e pelas cicatrizes. Talvez um grupo menos experiente se perguntasse *"quem colocaria uma estátua neste lugar?"*, mas eles já haviam caminhado por Arton bastante tempo.

— Petrificação — Ellisa disse o que todos pensavam.

Gregor explicou a Kodai, o único que parecia não entender, que havia magias que transformavam um homem em pedra. Uma morte horrível. Nichaela fez uma prece rápida. Eles ouviram um som.

Armas saltaram às mãos. Todos olhavam ao redor, e foi Kodai quem viu pela primeira vez que estavam ao lado de uma grande clareira. Não havia como não terem visto antes, um vasto espaço desprovido de árvores, onde a grama até mesmo crescia. Mas ninguém se lembrava também de ter visto as árvores lá. Na verdade, parecia que eles simplesmente *não haviam olhado naquela direção.*

Detiveram-se por um momento na clareira, e procuraram a fonte do ruído, quando três árvores tombaram atrás do grupo e uma bocarra se abriu, e chegou a morte suspensa no ar.

Três flechas voaram em sucessão rápida do arco de Ellisa, enquanto os outros recuavam rumo à clareira. Artorius e Gregor, ao mesmo tempo, entoaram preces que se confundiram uma com a outra numa cacofonia devota, e investiram contra a coisa. A boca repleta de dentes como grandes estacas afiadas se moveu com rapidez, e o corpo da criatura saiu do caminho da espada de Gregor Vahn. Ao mesmo tempo, o machado de Artorius encontrava o seu couro grosso, mas não houve sangue: era como golpear uma rocha.

Alguns gritavam em desafio guerreiro, mas havia um pouco de pavor misturado aos gritos de batalha. E, enquanto as vozes de Vallen, Gregor, Artorius, Andilla, Kodai se sucediam em uma ária de urros, o inimigo era silencioso, e apenas olhava.

Era uma coisa bizarra, um gigantesco globo de carne que flutuava à altura de suas cabeças, e no centro do globo havia um imenso olho, e a bocarra aberta com dentes finos e agudos e longos. Dentes demais. Do globo saíam inúmeras hastes, e na ponta de cada uma um olho, e eles olhavam para todas as direções, e o monstro parecia muitos, sendo apenas um. Uma das hastes olhou para Artorius. O corpo do minotauro corcoveou como se tivesse recebido um golpe. Ele cambaleou para trás, babando uma espuma avermelhada, e caiu de costas.

Vallen sacou Inverno e Inferno, olhou para Kodai e ambos avançaram contra a criatura, cautelosos. Guerreiros de muitas batalhas, os dois lutavam como se fossem companheiros há muito. Enquanto iam para os flancos do ser, este avançou rumo a Ellisa. Flutuava mais rápido do que um homem correndo, e sua boca estava voltada com os dentes protuberantes contra a jovem. Disparando duas flechas, ela correu para longe do monstro, enquanto Andilla tomava o seu lugar e atacava. O machado da mulher acertou em cheio as grossas gengivas à mostra, mas resvalou sem que ela o sentisse penetrando carne. Na lâmina, muco ao invés de sangue.

O monstro havia passado diretamente por Vallen e Kodai, mas eles voltaram e atacaram. Pela primeira vez, viu-se o sangue da criatura, de um verde enegrecido que não existia nos animais. Inverno e Inferno penetraram fundo em estocadas gêmeas no couro resistente, e a lâmina curva de Masato Kodai fez um talho raso mas extenso. A criatura não urrou, não gemeu. Apenas voltou-se, e mordeu, arrancando um pedaço do ombro de Kodai. A espada curva caiu na terra úmida, e o samurai esteve de joelhos, segurando o grande ferimento.

Ashlen, Rufus e Nichaela haviam conseguido recuar até a clareira, onde Ashlen havia sumido. A adaga iluminada, única fonte de luz, foi deixada no chão, para que continuasse a ser um farol. Ellisa correu desajeitada até o mago e a clériga meio-elfa. Rufus gaguejou algumas palavras, mas mesmo assim um feitiço, na forma de um grande relâmpago branco-azulado, saltou de suas mãos para atingir o corpo esférico do monstro. A criatura se voltou para Rufus, que estremeceu dentro das botas. O relâmpago, embora tivesse deixado a marca preta de um ferimento queimado, ricocheteou na carapaça do monstro, e voltou-se na direção da clareira. Rufus saltou para um lado e Nichaela para outro, e o relâmpago atravessou o espaço vazio, fazendo um novo estrondo e incendiando algumas árvores.

De um galho alto voou um virote de besta. Era Ashlen, tentando tirar proveito da surpresa e do esconderijo, mas a arma bateu no gigantesco globo de carne e caiu sem se cravar.

O grande olho central estava em Rufus, e ele falou mais palavras na língua arcana, mas nada aconteceu. Seu feitiço falhara, apenas se desvanecera da memória para deixar um buraco de dúvida, e ele não sentira a energia mágica fluindo.

— Um tirano ocular! — gritou, finalmente se lembrando do monstro.

Fora apenas o pânico que o fizera esquecer de uma criatura tão singular. Um tirano ocular, um monstro perigoso e inteligente, e o pior de tudo, *maligno*. Não era apenas um predador, era terrivelmente sagaz, e cada um de seus muitos olhos tinha um poder diferente.

Por um momento, Rufus Domat raciocinou sobre o inimigo, e em seguida sentiu seu corpo enrijecer. Uma das hastes olhava para ele e, de repente, doía respirar, e seus braços não respondiam A visão foi lhe ficando turva.

Poder, dinheiro ou morte, pensou Rufus enquanto seu corpo virava pedra. Mas, de algum modo, ele teve forças para não morrer ali. Apenas caiu pesado (sentia-se meio pedra) de joelhos. Bateu os dentes, e um se quebrou, e ele cuspiu dois pedaços pequenos de rocha.

A criatura estava cravejada das flechas de Ellisa, mas parecia não lhe dar atenção. Gregor Vahn, berrando por Thyatis, correu até a clareira, a espada erguida, e, com um pequeno salto, desceu-a com força em uma das hastes do monstro. O fim da protuberância caiu em um corte limpo, e o sangue nauseabundo espirrou longe. Ainda assim, o tirano ocular não gritou. A bocarra mordeu na direção de Gregor, mas encontrou o escudo de metal, que amassou sob os dentes afiados mas resistiu. Pelo outro lado, o machado de Andilla golpeou de novo e, desta vez, a lâmina pesada penetrou na carne da fera. O tirano ocular estava cercado, mas era claro que o grupo ainda estava em desvantagem.

Vallen investiu mais uma vez e, embora tenha conseguido um corte superficial com Inverno, a lâmina de fogo resvalou inofensiva. Kodai, sangrando em profusão do ombro mastigado, atacou mais uma vez, mas o monstro foi rápido em sair de seu caminho.

Nichaela rastejou enquanto os outros lutavam, até o corpo de Artorius. Viu o minotauro e a espuma de sangue que brotava de sua boca, e soube que poderia curá-lo. Conhecia um milagre semelhante que alguns sacerdotes de deuses de batalha usavam; era suficiente para levar uma pessoa à beira da morte, mas não para matá-la de verdade.

— *Lena, por favor devolva a saúde a meu amigo guerreiro* — suplicou, com as mãos sobre o vasto peito do minotauro. A deusa lhe atendeu, pois as mãos de Nichaela brilharam com luz pura e refrescante, e Artorius se ergueu de um salto, violência no olhar.

— *Tauron, dê-me a força para massacrar meus inimigos* — a súplica de Artorius mais parecia uma exigência, mas ele fechou os olhos, e seu corpo inteiro pulsou e brilhou avermelhado, e súbito parecia ainda maior. Gritando, o minotauro brandiu seu machado contra a criatura.

O tirano ocular teve tempo de se voltar para receber a lâmina de Artorius no meio da boca. Penetrando por entre os dentes, o machado dividiu a gengiva, e fez com que uma das presas pontudas se soltasse. O sangue verde brotou farto.

Ao invés de atacar o minotauro, a criatura olhou mais além, para fora da clareira, e viu Nichaela. Atropelando os que estavam em seu caminho, foi com rapidez na direção da meio-elfa.

Nichaela tentou correr, mas as raízes e galhos eram ainda mais traiçoeiros agora, e a luz era fraca e distante, e ela caiu. O tirano ocular abria a boca mortífera e sanguinolenta para sua cabeça e ela se encolhia, quando um machado cruzou o ar e enterrou-se fundo até o cabo no alto do globo monstruoso.

Andilla havia arremessado a arma, e corria, gritando como um bicho, trazendo nas mãos só uma faca de caça. Ouviu-se de alguém um *não*, mas a mulher investia com os dentes à mostra, e o tirano ocular soube que ela era seu maior problema naquele momento. A faca de Andilla se cravou no couro do ser; a lâmina se partiu. O tirano ocular se virou com rapidez e mastigou o braço que ainda segurava o cabo inútil. Andilla Dente-de-Ferro conseguiu puxar o membro ferido, mas ele era uma massa vermelha. Tiras de carne pendiam do pulso, e em alguns pontos via-se o branco do osso. Ela urrava. Os outros, que estavam na clareira, fizeram menção de correr em seu auxílio. Uma pequena nuvem de faíscas surgiu à frente do monstro, e então um relâmpago derrubou uma árvore que jogou Vallen no chão, e bloqueou o caminho.

O monstro se virou de novo para Andilla. Atrás, Nichaela apenas olhava em terror. Houve um momento de calma estranha entre os outros, *resignação*, e Masato Kodai viu aquilo e não entendeu.

— Nichaela! — gritou o samurai em seu sotaque carregado. Arremessou sua estranha espada na direção da clériga, e a lâmina veio se cravar no chão à frente dela, balançando, pronta.

— Use a espada! — gritou de novo Kodai. Mas Nichaela apenas olhou para a arma. E para ele. E para o monstro. E para Andilla.

O tirano ocular retorceu suas hastes, e uma delas se inclinou em direção a Andilla, que segurava o que fora sua mão. Houve um pequeno brilho no olho que a fitava, e então ela começou um grito, e ele cessou súbito porque ela desaparecera. Em seu lugar, apenas uma poeira fina, que não encheria um dedal.

Artorius já havia conseguido erguer o tronco, e os outros passavam. Ellisa, dentes rilhados e lágrimas, chovia flechas sobre a criatura. Masato não entendia.

O tirano ocular teve de se distrair de seu intento de matar também Nichaela, e se voltou para o grupo, e isto foi seu erro, porque quatro flechas, uma após a outra, entraram no seu grande olho central, estourando-o como uma bolha de muco amarelado. Rufus descobriu que podia fazer magia de novo, e vários projéteis de energia esverdeada castigaram o monstro, desviando-se dos mais diversos obstáculos, serpenteando e retorcendo-se como se fossem vivos para atingir o alvo.

As lâminas castigaram o monstro, Vallen, Gregor e Artorius desenhando um mosaico de cortes na carapaça do ser. O tirano ocular viu que não iria triunfar, e começou uma retirada, mordendo em ameaça para um lado e para outro. De repente, sentiu um baque e um peso em cima de seu corpanzil de esfera. Era Ashlen, que saltara de uma árvore sobre a criatura, com uma adaga nas mãos. Em um movimento de acrobata, Ashlen segurou-se com as duas pernas numa das hastes de onde brotavam os muitos olhos. Deixou o corpo pender para frente, e a mão que carregava uma adaga penetrou fundo no olho central, já furado, até encontrar uma resistência fibrosa que a ponta rompeu.

O monstro abriu a boca, ainda sem emitir som, e suas hastes ficaram moles. Ele permaneceu flutuando, mas a bocarra pendia frouxa, e o tirano ocular estava morto.

Eles estavam feridos e assustados, e Andilla Dente-de-Ferro não mais. Não fora transportada para outro lugar. Não podia ser curada. Não havia nem mesmo corpo. Só a poeira patética que já havia sido carregada pelo vento, e se misturara à terra preta cheia de folhas podres.

Kodai tentava fazer uma pergunta. Ninguém ouvia. Eles rezavam para não haver outros monstros como aquele, pois precisavam lamentar. Ninguém dizia nada, até Ashlen quebrar o silêncio.

— Agora somos só oito.

— Assassina! — Masato Kodai choveu perdigotos amargos sobre Nichaela.

Artorius, o minotauro, foi uma presença vasta atrás do samurai, e sua mão gigantesca sobre o ombro que não estava ferido disse sem que ele precisasse falar.

Eles estavam sentados sobre a terra úmida, ainda no escuro. Haviam se afastado um pouco do corpo flutuante da besta, que já atraía um pequeno enxame de moscas famintas. Vallen e Ellisa se abraçavam, mantendo ambos um braço livre para uma arma. Ashlen apenas soluçava, segurando com força os cabelos castanhos. Era a morte.

— E isto não é tão ruim assim — disse Gregor. — Andilla está com os deuses.

— Ela podia tê-la salvo! — urrou Kodai. Ele não entendia. Desde os momentos finais da luta não entendera mais nada. Uma boa lâmina fora a ponte que levaria Andilla Dente-de-Ferro à vida, e Nichaela decidira ignorá-la.

Era difícil falar. Ninguém estava disposto a dar explicações. Mesmo o minotauro desistiu de sua postura ao notar que o samurai estava em desespero além de qualquer coerção.

Para Artorius, Nichaela era sua irmãzinha, mas Andilla fora a mais parecida com ele. Tão semelhante a ele quanto uma humana poderia ser. Talvez a humana com quem...

— Traidora! — gritou de novo Kodai.

Nichaela, ajoelhada em reza, chorava baixinho. A morte, para uma filha de Lena, era anátema, contra tudo em que ela acreditava. Este era o maior sofrimento das Clérigas da Vida: ter como inimigo um fato inexorável da existência. Era o único momento em que Nichaela questionava os deuses. Por que fim?

Rufus tentava colocar sua cabeça em ordem (conferindo egoísta os feitiços ainda lembrados). Ele sabia ser um monstro porque uma parte sua se felicitava por ter sobrevivido a uma batalha em que uma dos guerreiros morrera. Por outro lado, *eu ainda tenho que esperar. O dia que virá de um jeito ou de outro.*

Ashlen só chorava.

A apatia era demais, e Masato agarrou com violência Nichaela pelos dois braços, e a forçou de pé. Ela continuou olhando para baixo e para o lado, longe da face amarela, e deixando as lágrimas escorrerem. O samurai tomou o rosto dela com uma mão, apertando as bochechas contra os dentes, e a fez encará-lo.

— Por quê? — as palavras rasgando sua garganta. — Por que não a salvou?

— Já chega — Vallen ergueu apenas a cabeça do ombro da amada, e houve algo de realeza em sua voz. Masato largou a meio-elfa. — Ela não lhe deve explicações.

— Eu devo — falou Nichaela. — Ele não sabia das minhas obrigações quando se juntou a nós.

Masato não falou. Apenas continuou olhando para Nichaela, muito de perto, e com os olhos inquiria.

— As clérigas de Lena não podem lutar — disse ela, muito calma. — Nunca.

— Mas por isso ela morreu.

— Nunca.

A clériga falava aquilo com tamanha simplicidade, com tamanha naturalidade, que as palavras viravam um fato incontestável afundando pesado no estômago de Kodai. Não lutar. Nem mesmo para salvar uma vida.

— Nem mesmo a sua própria?

— Claro que não — disse Nichaela. — Muito menos a minha.

Nunca ser responsável por uma morte. Kodai pensava naquilo e parecia algo tão distante que era o paraíso. Nem mesmo a própria morte, nem mesmo a de inimigos, nem a de amigos. Tudo nas mãos dos deuses. Que felicidade.

Artorius viu que os gritos de acusações haviam cessado. Alívio, porque, se aquilo continuasse, ele precisaria proteger a meio-elfa, e precisaria de força que não tinha.

— *Tauron, não me deixe fraquejar agora* — murmurou.

Não havia mulheres entre os minotauros. O povo de Artorius tinha filhos com humanas ou meio-elfas. Os meninos que nasciam eram minotauros, e as meninas eram da raça da mãe. Artorius soube naquela hora que nunca teria filhos.

Talvez ainda com as escravas. Mas de uma escrava não sairia um filho forte como o que ele desejava. E esse, nunca mais.

— Mas ela morreu — insistia Kodai.

— E está com os deuses — disse Nichaela. — Como Gregor falou.

Havia inquietude. Pés chutando a terra, mãos em punhos ou apertando armas.

— Mas você segue a Vida! Como uma morte pode seguir os preceitos de sua deusa?

Era o que Nichaela muitas vezes ouvira. Era uma das retóricas mais comuns entre os que questionavam Lena, e todas as suas clérigas sabiam de cor a resposta. Uma morte, uma morte apenas, era um infortúnio. Já o uso de violência por parte de uma clériga da Vida era uma vitória dos Deuses da Guerra e da Morte. Quanto maiores as provações que as clérigas sofriam, maiores eram as vitórias de Lena. Uma morte causava dor, e saudade e arrependimento, mas a quebra daquele dogma tinha consequências muito maiores, cósmicas entre os deuses. Era uma tentação constante, para alguém ensinada a amar, pegar em armas para defender aqueles a quem amava. Contudo, Nichaela sabia que fazendo isso estaria colaborando, no fim das contas, para a miséria deles próprios.

— Apenas *um* ato de violência — ainda disse Kodai. — Não irá condenar sua deusa.

— Este é outro engano comum, Masato Kodai. Se nós não tomarmos a responsabilidade — Nichaela limpou o rosto com as costas da mão. Já não chorava — quem tomará?

Kodai, de novo, viu uma existência sem morte. Tinha uma calma de desistir.

Devagar, começou a surgir luz, escorrendo escassa por entre as folhas acima. E, na clareira perto da carcaça medonha, já era farta. Azgher, o Deus Sol, mostrou seu olho redondo e eles souberam que a manhã já amadurecia, indo dar lugar à tarde quente.

— Não entendi — disse Vallen Allond. — Mas a luz voltou, e isso é ótimo. Vamos embora daqui.

E eles se mexeram com lentidão, indo um atrás do outro em derrota morosa. Vallen e Ellisa haviam poupado os outros dos detalhes mórbidos: com a morte de Andilla, outra pessoa devia tomar a frente. Foi Ellisa.

E Kodai, atrás de todos, olhava Nichaela, ainda fascinado. Ela nunca mataria. Era baixa, e tinha uma beleza branca que ameaçava se quebrar a qualquer minuto. Cabelos lisos e cinzentos, escorrendo bem ordenados até pouco depois dos ombros, acabando retos, e uma franja também reta que quase ocultava as sobrancelhas. As orelhas pontudas apareciam com facilidade, emergindo dos cabelos finos. Vestia mantos verdes e brancos, e por trás deles, era difícil imaginar se era menina ou se era mulher. Ela nunca mataria. Kodai olhava.

E, que Lin-Wu lhe ajudasse, era a criatura mais bela que já havia visto.

CAOS, SORTE E AZAR

UM HOMEM PASSOU CORRENDO, NU, E DESAPARECEU EM MEIO À neve. Trovejava, o vento rugia para todos os lados, e todos os sapos e libélulas estavam inquietos. Os vermes despencavam do céu, leves como penas de raposa e escamas de porcos magros, rodopiando felizes por não existirem. Da floresta saíam todos os cavaleiros, e atrás deles seus reis e uma princesa casada com um macaco. As margaridas piscaram seus olhos para Glórienn enquanto ela caminhava pelo Reino de Nimb, o Deus do Caos.

Uma família cortava seus dedos dos pés, sentados no chão de pregos e sorrindo com dentes verdes. A filha menor repreendia os pais, furando seus olhos com agulhas. Havia elfos por lá, Glórienn observou, brincando de suicídio com orcs e anões e halflings. Todos eram irmãos na loucura. O céu vomitou mais um pouco e a Deusa dos Elfos apertou o passo. Teve medo pois se sentia cada vez mais em casa por ali.

Chegou ao palácio de Nimb em meio a um cheiro avassalador de estrume, e bateu na porta feita de ossos de galinha e crianças pequenas.

— Os guardas foram embora, entra quem quiser — disse a porta. — Todos são livres, todos são bem-vindos.

— Não aceito suas boas-vindas — disse Glórienn, sabendo aonde toda aquela liberdade levaria. — Não sou livre, não moro aqui. Sou visitante, preciso da permissão do seu lorde.

A porta remexeu-se, admirada com a sagacidade da elfa. Era verdade que a loucura admitia todos, e eram raros os que não aceitavam seu abraço quente como urina.

— Aqui o lorde é mendigo, e o oleiro lava nossas calças. Mas se quer falar com Nimb, entre sem medo.

A porta se abriu e Glórienn passou, sem olhar para ela de novo.

— Sempre terá um lar aqui! — ainda disse a porta, mas Glórienn não olhou para trás.

Passou por uma câmara revestida de órgãos sexuais, um palco onde crocodilos atuavam para a diversão de príncipes, e uma planície onde a chuva fugia de uma horda de máquinas feitas de carne crua. Por fim, em uma pequena sala, o Deus do Caos olhava para dentro de uma bacia com água.

— Minhas saudações, lorde Nimb. Venho aqui com uma proposta.

Nimb levantou a cabeça para olhar Glórienn. Estava sentado em uma cadeira feita de unhas. Um dragão pendia do teto, caçando peixes. Os olhos de Nimb eram negros e vazios, e, de repente, Glórienn entendeu que, embora houvesse tantas coisas, tantas pessoas e animais naquele Reino, esse vazio era sua verdadeira natureza.

— A Deusa dos Elfos! — disse Nimb, sorrindo com dentes podres. Saltou da cadeira, ficando de pé com sua estatura baixa. — Imaginei que viria para cá. Muitos dos seus filhos chegaram nos últimos dias.

Glórienn engoliu em seco. Sabia que, caso se ofendesse e discutisse com Nimb, ele acabaria arrastando-a para dentro de seus pensamentos frenéticos.

— Venho com uma proposta — repetiu. — Só você, Deus do Caos, pode me ajudar.

Nimb observou-a divertido. Em seguida, semicerrou os olhos, como se nunca a houvesse visto.

— A Deusa dos Elfos! Imaginei que viria para cá. Muitos dos seus filhos chegaram nos últimos dias.

— Venho aqui com uma proposta — por um instante, Glórienn pensou ser um jovem molusco. Agarrou-se à memória da chacina de seus filhos para lembrar-se do que viera fazer. — Venho aqui com uma proposta.

Nimb tirou a cartola, de onde saiu uma nuvem da gafanhotos.

— Sempre direta, minha amiga. Nem me deu a chance de cumprimentá-la.

— Venho aqui com uma proposta — disse mais uma vez a elfa. Glórienn sabia que apenas insistindo de forma estoica conseguiria prender Nimb a uma linha de raciocínio.

Nimb pegou um pedaço de madeira do chão e pôs-se a devorá-lo.

— Diga-me sua proposta, então.

Glórienn rapidamente foi uma pedra no castelo de um rei apaixonado por um tigre aleijado. Forçou-se a continuar.

— Haverá uma tempestade. Muitos morrerão. Mesmo agora as criaturas responsáveis olham para Arton, pensando no arauto que irão enviar.

Nimb ficou em silêncio. Depois disse:

— Mesmo agora um menino mata formigas com óleo de lampião, sem saber que elas o cultuam como a um deus.

— A tempestade, Nimb! — exclamou Glórienn. Ela não sabia por quanto tempo conseguiria manter sua mente intacta.

— Quer que eu ajude a detê-la? Não me interessa. Peça a Khalmyr.

Não. Glórienn não queria deter a tempestade. Queria garantir que ela viesse.

Nimb sorriu. Foi até uma mesa que já fora um menestrel e serviu-se de uma taça de saliva de cachorro. A taça retorceu-se em sua mão.

— Todo Arton pode ser destruído — continuou Glórienn. — Mas ela deve vir. Depois nós iremos detê-la, depois que meu objetivo for cumprido. Não conheço seu poder total, mas julgo que nós, os deuses, juntos, poderemos detê-la.

Nimb bebeu um gole e seguiu ouvindo, com a atenção de um obsessivo.

— Sei que é o Deus do Caos, não da Morte. Sei que não é maligno. Mas deixe-me explicar por que quero arriscar tanto.

— Não é necessário — interrompeu Nimb. — Venha, olhe isto.

Glórienn acompanhou-o até uma cabeça empalhada de golfinho.

— Olhe — disse o louco, fitando um dos olhos de vidro da cabeça empalhada.

Glórienn olhou dentro do outro olho, e viu uma cena em Arton. Um homem, de cerca de quarenta anos, sentado em uma cadeira e em frente a uma mesa simples, observava um cesto de pães.

— Um dos pães está envenenado — disse Nimb. — São seis ao todo, e um deles está envenenado. Ele sabe disto. Tem uma chance em seis de morrer, caso decida comer um pão.

O homem estendeu o braço e pegou um dos pães. Depois soltou-o e escolheu outro. Levou-o lentamente até a boca.

— Por que ele vai comer? — disse Glórienn. — Está faminto? É miserável? Isso é algum tipo de pilhéria dos seus clérigos, Lorde Louco?

— Não — riu Nimb, sem tirar os olhos da cena. — Ele vai comer porque quer. Na verdade, ele vem fazendo isso todas as manhãs, há um mês.

Glórienn deixou de olhar o olho do golfinho empalhado e voltou-se para Nimb. Começou a entender. Era apavorante.

— Isto é Caos, Glórienn. Ele está prestes a arriscar tudo, *tudo*, sem razão alguma. Isto é entregar-se aos dados. Isto é confiar na Sorte, não temer o Azar.

Glórienn, súbito, estava consciente de onde estava, e do quanto isto era terrível.

— Se eu quero que venha a Arton uma tempestade que pode acabar com nossa criação? Eu não quero o fim da Criação, Glórienn. Eu *não* quero destruí-la. Eu *não* quero que tudo acabe. Mas eu *quero* arriscá-la, Glórienn, ah, como quero! É fantástico! Eu mesmo estarei à mercê do caos, da sorte, do azar! E, caso vença, que delícia! Caso perca, posso até morrer, não é? Diga-me que sim!

— Sim — disse Glórienn, muito quieta, afastando-se de Nimb com passos pequenos. Na verdade, ela não sabia disto, mas era o que temia.

— Garantirei que sua tempestade venha, Glórienn! Ah, ela virá! Virá como os reis gorilas da primavera!

Nimb começou a gargalhar, todo o seu corpo pequeno convulsionando, as grandes argolas de ouro que pendiam das suas orelhas chocando-se contra o rosto, fazendo hematomas roxos. O dragão no teto encolheu-se de medo.

— Irei partir, então — disse Glórienn, olhos arregalados. — Nosso assunto está acabado.

— Não pode partir, você mora aqui — falou Nimb, de repente sério. — Você é Puwick, o filho de um comerciante de Sambúrdia, não lembra? Um dia resolveu investigar os gemidos que vinham do sótão e encontrou sua tia, que seus pais haviam dito que estava morta. Não lembra?

Nimb olhava Glórienn com um sorriso muito aberto, e uma expressão de pura maldade em todo o seu rosto exceto os olhos. Seus olhos não traziam maldade, apenas breu, vazio, desespero. Nada. Glórienn olhou dentro daquelas órbitas negras e começou a entender que não havia vida, nem sonhos, nem esperança, nem vingança, nem propósito; não havia o que entender. Só caos, esquecimento a cada segundo, abismo, queda sem fim.

— Lembra-se do que ela fazia? — continuou Nimb. — Ela comia as próprias fezes. E o cheiro, lembra-se? Dos restos de comida que os empregados colocavam lá todos os dias. A janta de ontem e de anteontem, apodrecidas, lembra? Lembra-se dos vermes? Lembra da expressão de sua tia, Puwick?

Glórienn lembrava.

— E o diário? *Lembra-se do diário?* Quando ela ainda era sã, e a tinta da pena ainda não havia secado. A última anotação era de três anos atrás, não é? Já incoerente. Mas, nas anotações anteriores, o registro de como seu pai havia arrancado a língua dela, Puwick. Porque o que ela gritava, lá em cima, no sótão, assustava as crianças! Assustava você! Lembra-se?

E Glórienn era Puwick, o filho do comerciante de Sambúrdia que tinha cortado a língua da própria irmã.

— Diziam que ela era louca, não é? E você, não ficou um pouco, também, depois de ver sua tia, de sentir aquele cheiro?

Era verdade. Glórienn/Puwick havia enlouquecido, e sabia disso. Havia fugido, empregado-se numa caravana e fugido de casa, do horror.

— E então, o que aconteceu, Puwick?

— A caravana foi atacada — disse Puwick/Glórienn. — E eu morri.

— E veio parar aqui.

— E vim parar aqui.

— Muito bem — disse Nimb, satisfeito. — Agora, volte a seus afazeres. Acredito que você tenha de alimentar os cavalos com outros cavalos.

Puwick, que já fora Glórienn, virou-se e partiu, para cumprir a ordem de Nimb, seu lorde. Quando estava prestes a sair pela porta, observado pelo dragão do teto, seu corpo teve um espasmo de dor. Em Arton, outro elfo morria, vítima dos ferimentos sofridos no ataque a Lenórienn. A dor trouxe a deusa de volta.

— O que foi isto? — rugiu Glórienn, que já fora Puwick.

Nimb riu.

— Apenas uma brincadeira. Agora vá, Deusa dos Elfos. Cumprirei o que combinamos.

Glórienn hesitou, estremecendo, enquanto Nimb voltava a se sentar em sua cadeira de unhas, olhando para dentro da bacia com água.

— Isto é outro instrumento divinatório? — disse Glórienn, antes de ir. — Está olhando a loucura de outro de seus seguidores, Deus do Caos?

— Não — respondeu Nimb. — Estou olhando uma bacia com água.

CAPÍTULO 5

O CAÇÃO CEGO

NÃO PODERIAM ESTAR MAIS LONGE, EM CORPO E ESPÍRITO, de onde queriam. Seu destino era Kriegerr, vila pacata de mar e pesca; estavam em Var Raan, cidade duvidosa, com povo sinistro e reputação de adaga nas costas. Não bastasse, Kriegerr ficava no extremo norte de Collen, e Var Raan na ponta sul.

— Mas há barcos — disse Ashlen.

— Há piratas — cuspiu Vallen. Inverno e Inferno, as lâminas irmãs, imploravam para pular de suas bainhas.

Eles haviam esperado estar na parte fácil da jornada. Uma viagem por Collen, o Reino dos Olhos Exóticos, onde nada de muito grave poderia acontecer. Contudo, já haviam sido ameaçados, escorraçados, e haviam perdido uma amiga querida para uma aberração medonha. Sem Andilla Dente-de-Ferro, eles foram incapazes de retomar o caminho para o norte em tempo hábil. Haviam seguido uma trilha ditada por Ellisa Thorn para chegar até um lugar onde pudessem adquirir suprimentos e transporte. Por infelicidade, o lugar era Var Raan, uma cidade suja que, pelo que sabiam, tinha a fama de abrigar piratas. Mas era melhor do que a mata escura e maligna na qual haviam estado há pouco mais de uma semana.

Haviam decidido ficar em Var Raan o mínimo possível. Sem descanso, sem perda de tempo: apenas contratar um barco e comprar a comida necessária.

De fato, a cidade não convidava nem um pouco. O cheiro de maresia e peixes mortos empesteava cada canto, e as habitações eram sujas e decadentes. Não havia prédios altos, apenas casebres precários e a ocasional construção de pedra feia, que reunia tipos insalubres. O povo de Var Raan olhava os aventureiros com o rosto torto, e muitos preferiam virar a cara a responder uma pergunta simples. Por um lado, este era exatamente o tipo de lugar que se esperaria que escondesse criminosos. Por outro, talvez toda essa desconfiança fosse fruto de anos de escárnio e da marca de "vergonha de Collen". O sol que ardia com força não parecia iluminar direito a cidade: tudo por lá tinha um tom fosco de madeira podre e escamas de peixe, que resistia ao brilho de Azgher. O único efeito da luz do meio da tarde era aumentar a força do fedor e fazer brotar um suor cinza do povo hostil de Var Raan. Quase todos tinham roupas maltrapilhas, e até as crianças pareciam velhos.

Nada disso importava a Vallen Allond. Ele só notava que um número incomum de aldeões portava armas.

Dividiram o grupo. Enquanto a maioria foi percorrer o pequeno mercado atrás de suprimentos, Vallen, Ellisa e Ashlen entraram num dos tais prédios de pedra feia que abrigavam tipos insalubres. Artorius e Gregor haviam insistido em se juntar a eles, mas Vallen apenas disse:

— Vocês dois não vão gostar do que nós vamos ter que fazer por lá — e estava decidido.

Lá dentro, diversos homens bebiam em silêncio ou grunhidos. Alguns jogos de azar eram disputados sob olhos atentos e alguns Tibares trocavam de mãos, sem que sua origem ou finalidade fosse questionada. A luz era fraca, o cheiro era de respiração suja e não se via o lado de fora pelas janelas escurecidas.

— Era tudo que eu esperava — disse Ashlen em voz baixa. — Procurem por um homem com perna de pau e tapa-olho!

Vallen e Ellisa não riram. Embora aquela fosse realmente uma taverna saída de histórias de piratas para assustar criancinhas, isso não era engraçado. Piratas de histórias riam e bebiam rum, e faziam andar na prancha. Piratas de verdade matavam os homens e estupravam as mulheres.

Aproximaram-se do balcão e pediram três doses de aguardente. O taverneiro, um homem de muitos pelos e poucos banhos, olhou-os por um momento e despejou as bebidas em pequenos copos sujos, sem falar nada. Ellisa sentiu os olhos em seu corpo, e dois homens em particular que prestavam muita atenção. Os dois comentaram algo em voz baixa rasgada e depois explodiram em riso. Ela não dirigiu o olhar para eles, apenas tocou com calma na espada que carregava na cintura. Houve mais comentários, desta vez em voz mais alta, e Ellisa, Vallen e Ashlen puderam ouvi-los claramente.

Diferente de Artorius, Vallen e até mesmo Gregor, Ellisa não gostava de lutar. Para ela, as armas eram um meio para um fim. Não sentia o estouro de felicidade no começo de uma batalha, como os homens falavam. Para os que viviam a luta, havia um momento, logo após o temor maior, quando o combate se mostrava inexorável e o corpo, ignorando os apelos de cuidado da mente, era tomado por uma onda de frenesi, e os guerreiros entravam em um estado abençoado de abandono. Era quando as armas passavam a ser continuações dos braços, quando as pernas se moviam com rapidez desconhecida e quando nada ocupava o cérebro. Um combate poderia durar poucos minutos, e tinha-se a impressão de que haviam se passado horas. Tudo o que se via eram borrões e lembranças fugazes de cenas desencontradas na luta. Era realmente uma bênção, pois os que morriam em batalha não tinham tempo para o desespero, e partiam com surpresa e rapidez misericordiosa. Contudo, Ellisa Thorn não sentia nada disso. Na luta, ela era sempre consciente e metódica. Não entendia, embora não desaprovasse, como botar a vida em risco podia ser prazeroso. Ela sabia que, por melhor que fosse o guerreiro, metal afiado era sempre metal afiado, e mesmo um aldeão bêbado podia ter um golpe de sorte. Para ela, era muito melhor uma posição segura e um ou dois tiros certeiros. Não que fosse covarde, apenas tinha muito a perder.

Por tudo isso, Ellisa escolheu ignorar os comentários dos clientes imundos da taverna. Sabia que Vallen, se pudesse, gostaria de esfregar a cara dos dois desgraçados no chão, mas a última coisa que eles queriam em Var Raan eram problemas. Além disso, e Ellisa sabia muito bem, uma aventureira estava fadada a ouvir com frequência comentários que fariam uma dama desmaiar.

— Onde podemos arranjar um barco? — disse Vallen ao taverneiro, empurrando uma pequena pilha de moedas.

O homem olhou-os mais uma vez. Tinha um olho verde escuro e o outro azul, mas totalmente coberto por uma película branca grossa. Era quase impossível ver a cor por baixo da membrana leitosa. Por fim, respondeu:

— No mar — e empurrou de volta os Tibares.

Os três se entreolharam. Ashlen deu um aceno imperceptível com a cabeça e foi até uma mesa no fundo do salão, começando uma conversa de monossílabos com três sujeitos picotados de cicatrizes. Esperava arrancar deles algo mais útil.

— O dinheiro está farto, homem? — disse Vallen, aumentando a pilha de moedas. — Não precisa de mais?

O taverneiro, mais uma vez, mirou o ouro no balcão. Fungou com grande ruído.

— Procurando perder os olhos, forasteiro? — disse simplesmente, e voltou a esfregar um copo com um pano enegrecido de sujeira.

Ashlen, tentando entreter seus colegas de mesa com uma história dos bordéis de Valkaria, roubou um olhar inquieto para Vallen e Ellisa. Ambos eram ótimos em cortar gargantas, pensou, mas não tão bons em usar as suas próprias. Se continuassem a mostrar dinheiro daquele jeito, os fregueses da taverna estariam em cima deles como gaviões assim que pusessem os pés do lado de fora.

— Perder os olhos? — Vallen se inclinou no balcão, mirando o homem. — Faria o favor de esclarecer isto?

— Quem tem dois olhos iguais não se aventura em Var Raan, forasteiro — cessando o esfregar do copo, o homem deixou as duas mãos para baixo, invisíveis atrás do balcão. — Não se não quiser que os dois acabem na ponta de uma adaga.

— Ouvi dizer que isso é um destino bem pior para um colleniano.

Ashlen tentou segurar seus interlocutores na mesa, mas todos se levantaram. Por todo o salão, os jogos continuavam, os Tibares trocavam de mãos, mas os olhos espiavam os três forasteiros. *Qual é o problema deste povo com tavernas?*, pensou Ashlen Ironsmith, enquanto voltava à companhia de Vallen e Ellisa.

— Cavalheiros! — uma voz se sobressaiu de uma mesa encolhida. — Tibares são Tibares, e moedas não têm olhos!

Houve um grunhido coletivo. Um homem idoso foi até o balcão com passos firmes.

— Meu nome é Balthazaar — estendeu uma mão para Vallen Allond. — Acho que posso ajudá-los.

Vallen pegou de volta as moedas e colocou-as na algibeira. Manteve os olhos nas costas enquanto falava com o velho, mas os frequentadores daquela taverna pareciam, lentamente, perder o interesse por eles.

— Vallen Allond — disse, seco. Achou o velho solícito demais. Apertou a mão do homem, e sentiu-a amolecida e flácida.

— Procuram um barco, então? — disse Balthazaar enquanto cumprimentava o jovem Ashlen e fazia uma mesura curta para Ellisa Thorn. — Posso ajudá-los, de fato posso. Vejo que são homens de armas, e disso devem entender, mas, quando se trata de negócios, é melhor procurar um comerciante — fez um sorriso afetado. — No caso, eu.

Os três, acompanhados por Balthazaar, saíram da taverna. O homem falava muito, e nenhum dos aventureiros confiou nele por completo. Ele lhes explicava a desconfiança natural dos nativos de Var Raan, como a cidade não recebia a proteção adequada do regente de Collen, e como, desta forma, boa parte da população tivera mesmo que se voltar ao roubo e pirataria.

— Jeito fácil de comprovar uma tese, não acham? — dizia Balthazaar. — Faça com que vire verdade!

O velho não parecia tão desonesto, embora, e ele mesmo não negasse, tivesse interesses próprios. Ele dizia que o jeito mais rápido de se conseguir um barco era realmente com algum pirata. Mas havia aqueles entre os piratas que eram leais ao ouro, e não trairiam quem quer que os estivesse pagando.

— Honra entre ladrões, como dizem! Mas, caso vocês fossem algum tipo de milícia, não sobreviveriam — Balthazaar conduzia-lhes até o porto. — Se bem que quase não há milícia aqui, e aquela que existe só se diferencia dos bandidos por causa do uniforme. Não têm coragem, veem? E, assim, quem faz a lei são mesmo os malfeitores.

Enquanto o grupo entrava em uma ruela, o tagarelar do velho foi interrompido pelo aparecimento de quatro homens, marcados de sujeira e cicatrizes. Os aventureiros os reconheceram como clientes da taverna. Em seguida, mais três sujeitos rudes bloquearam o caminho atrás. Havia uma mulher arrastando dois filhos pequenos na rua estreita, mas ela sumiu com rapidez assim que os sete tipos surgiram.

Vallen, Ellisa e Ashlen olharam em seguida para Balthazaar, mas o homem parecia tão assustado quanto eles.

— É melhor que você não seja um bom ator — rosnou Ellisa Thorn.

Os recém-chegados apertaram o círculo. Em suas mãos havia espadas curtas, sabres, ganchos, um arpão de pesca. Um deles mostrou os dentes podres num sorriso de maldade.

— Tem mais dinheiro de onde veio aquele? — disse numa voz catarrenta. — E mais mulheres de onde veio esta?

— O que aconteceu aqui? — disse Gregor Vahn, vendo seus amigos surgirem de um beco, deixando para trás sete corpos estendidos.

— Nada — respondeu Vallen. — Tivemos um problema menor. Mas agora já temos uma boa indicação de por onde começar.

— Eles estão...? — começou Nichaela.

— Vivos.

— Apenas por ordem de Vallen — disse Ellisa Thorn. Ela não gostava de lutar, mas, uma vez no combate, preferia pôr um fim em qualquer assunto pendente.

Atrás deles, caminhava um velho, de jeito assustado e roupas de quem, um dia, já tivera bastante ouro. Aparentando pouco menos de sessenta invernos, o senhor traía modos refinados, embora já estivessem dilapidados por uma vida entre a ralé. Seus cabelos eram penteados com esmero, muito brancos mais ainda fartos, fixos para trás com óleo, desgarrando-se em pontas que chegavam até o final da nuca. Ele exibia um bigode também branco, e também farto e bem-cuidado. Era franzino, pouco mais alto que Ashlen. Ostentava alguns anéis com pedrarias, e retorcia as mãos para escondê-los cada vez que alguém suspeito passava. Era nativo de Collen. Um de seus olhos era do castanho mais ordinário que se poderia ver, e o outro de um laranja brilhante, parecendo algum tipo de joia incrustada na face.

— Quem é? — disse Artorius.

— Balthazaar — novamente uma mão estendida. Contudo, o minotauro não o cumprimentou.

— Acho que ele não teve nada a ver com esse ataque — disse Vallen. — *Acho.*

Relutante, Artorius estendeu a própria mão, que engolfou a do velho. Ele não parava de falar, explicando sobre um conhecido, infelizmente um pirata, vejam só como é a vida, que força mesmo os mais honestos ao crime, que poderia, por um preço módico, não mais certamente que aventureiros bem-sucedidos poderiam pagar, levar-lhes até Kriegerr.

— Não adianta mais nada — disse Masato. — Já perdemos o rastro.

— Mas talvez possamos conseguir uma pista — era Vallen.

Artorius, ao primeiro olhar, já não gostara do velho. Ele exalava fraqueza. Falava muito, bajulava e movia-se em excesso. Em Tapista, o Reino dos Minotauros, não duraria uma semana.

Mas Balthazaar levou-os até o tal homem, um jovem alto de ombros largos, com longos cabelos negros em trança e uma cicatriz grossa que dividia-lhe o rosto da testa até o queixo. Dizia chamar-se Sig, e tinha a alcunha de "Olho Negro" por causa do globo ocular direito, que era preto como piche.

O barco de Sig Olho Negro era o "Cação Cego IV", uma embarcação de médio porte que podia navegar por mares e rios profundos.

— O que houve com os outros três? — perguntou Ashlen.

— Serpente marinha, maremoto, motim — foi a resposta do jovem capitão, entre uma e outra cuspida negra de fumo de mascar.

— Sua tripulação se amotinou?

— Oh, não — sorriu Sig, limpando com um dedo o pretume dos dentes. — Quem se amotinou fui eu. Infelizmente o barco não resistiu — limpou o dedo nas calças enquanto sorria, cheio de dentes grandes. — mas ainda guardo os olhos do antigo capitão — e apontou para um frasco onde, com efeito, boiavam dois globos oculares díspares.

A tripulação do "Cação Cego IV" era de homens robustos e horrendos. Todos tinham idade indistinguível, já que anos de vida rude no mar, lutas e embriaguez haviam retirado todo o viço dos jovens, e endurecido os velhos. Na massa de desdentados com barba por fazer, destacavam-se apenas o capitão Sig, que era um homem belo apesar da cicatriz, e seu imediato, que era assim chamado por falta de outro termo, já que era uma mulher. Chamava-se Izzy. Era uma jovem ruiva de beleza estonteante. Trajava roupas de homem, embora fossem limpas e caras — na verdade, cheiravam de longe a butim de navios ricos. Izzy não era collleniana — tinha dois olhos muito verdes, mas idênticos. Algumas sardas no rosto e acima dos seios lhe davam um jeito de criança, mas o corpo, acentuado pelas roupas práticas e muitas vezes coladas com umidade, era voluptuoso. Notava-se, contudo, que, afora o capitão, ninguém no navio ousava nada além de olhares de vontade frustrada. Sig Olho Negro era pródigo em contar histórias e, dentro em pouco, já havia explicado que Izzy era uma nativa de Fortuna que entrara como clandestina, e fora feita sua amante.

— Ensinei a ela tudo o que sabe — riu o jovem capitão, dando um tapa do traseiro da moça. Com um olhar escarninho, ela arremessou uma adaga que passou a centímetros de sua orelha. Olho Negro deu uma gargalhada. — Inclusive isto.

Izzy, segundo a história de Sig Olho Negro, havia sido criada num convento, e um dia decidira fugir de um casamento arranjado. Acabou encontrando o antigo imediato do "Cação Cego", um velho que a escondeu no navio até ser descoberta pelo capitão. Izzy era de uma inocência impressionante quando chegara, mas adotou os modos dos homens do mar, e conquistou o respeito da tripulação antes mesmo de poder se defender. Hoje em dia, ele falava, ela podia lavar o convés com qualquer um daqueles marujos. Quando o antigo imediato decidiu firmar o pé em terra, Izzy foi a melhor candidata para assumir o posto.

— E o velho tolo morreu de febre, poucos anos depois, vejam só — outra gargalhada.

Apesar de repulsivo, Sig Olho Negro não deixava de ser fascinante. Nichaela olhava seu rosto e via, escrito com clareza, um amor forte tanto por Izzy quanto pelo falecido imediato. Confirmando a suposição da meio-elfa, o capitão afogou a lembrança com um gole farto de aguardente.

— Uma história linda — interrompeu Ellisa Thorn. — Mas queremos apenas que nos leve daqui.

Eles estavam na cabine pessoal do capitão, dentro do "Cação Cego", que estava ancorado há três semanas no porto apertado de Var Raan. Artorius, Masato e Rufus haviam preferido ficar de fora, no convés, observando a atividade do porto. O minotauro e o samurai haviam começado uma improvável conversa, descobrindo pontos em comum em seus modos rígidos de pensar, enquanto que Rufus se entretinha em rememorar os encantos da magia e de Ellisa Thorn.

Balthazaar estava junto ao grupo na cabine, e claramente já era um conhecido antigo do capitão Olho Negro. O velho intercedia em favor do grupo, regateando um preço mais ameno até ser calado rispidamente pelo homem mais jovem, apenas para recomeçar a tagarelice assim que a oportunidade surgia. As negociações demoraram um longo tempo, mais por causa da generosidade com que o pirata falava do que por dificuldade ou tensão reais. Enfim, foi acertado um preço (que cortaria uma fatia considerável do ouro que fora pago por Irynna), e eles partiriam na manhã seguinte. Durante todo o tempo, Izzy se manteve perto do capitão como um cão de guarda, exibindo o corpo e o sabre que carregava na cintura. Deixava a cabine apenas por breves momentos para berrar ordens aos marujos.

Por insistência de Ellisa e Gregor, o acordo foi oficializado com palavras e nomes em um pergaminho. A igreja de Tanna-Toh se esforçava para espalhar o conhecimento da escrita por Arton, e assim não era difícil encontrar quem soubesse ler e escrever, principalmente entre os que viajavam muito. O trajeto, as condições e a quantidade de ouro foram detalhados em tinta, e por fim Vallen e Sig releram o documento e aprovaram-no, escrevendo seus nomes. Ashlen notou que Baltahzaar, ao examinar o pedaço de pergaminho, aproximou muito o rosto da folha, espremendo os olhos díspares por um certo tempo, até que pareceu conseguir fazer sentido das linhas.

O dia transcorreu sem mais problemas na vila triste de Var Raan. Balthazaar indicou uma estalagem mais limpa onde poderiam passar a noite (cuja dona, uma velha amedrontada, parecia ansiosa por ter visitantes armados que pudessem defendê-la dos vizinhos). Nichaela abençoou-os antes de dormir, Rufus estudou com calma e Artorius se acomodou como pôde na cama muito menor do que ele. Vallen e Ellisa aconchegaram-se nos braços um do outro, e o dia acabou.

"Cação Cego" era um nome agourento para um navio colleniano. Para um habitante de Collen, ser privado da visão era algo pior que a morte, e a sugestão desse destino, pintada em letras orgulhosas no casco da embarcação, fazia muitos marujos experientes rezarem para o Grande Oceano, visando espantar o mal. A tripulação do barco, contudo, desdenhava das superstições, dizendo que o que afundava os navios não eram os nomes, mas os homens frouxos. A própria aparência de Sig Olho Negro, ele mesmo contara sem ser perguntado, fora considerada um mau agouro. Sua mãe pensara que o olho de piche era cego, e tentara afogar o filho ao nascer. Foi um irmão que o salvou de nunca viver, conseguindo adiar a morte do bebê até provar que este enxergava bem dos dois olhos.

— E, no final, quem se afogou foi ele — riu o capitão, com mais um gole de aguardente.

Toda a reverência com os olhos, o verdadeiro culto à visão que havia em Collen, era visto com um pouco de desprezo pelo pirata. Ele já estivera em muitos lugares onde um olho não era nada mais que um instrumento do corpo, assim como um pé ou mão. Na verdade, ele dizia, para um fazendeiro perder um daqueles seria muito pior do que perder um olho. Todos os sinais e presságios que os collenianos viam em olhos cegos, olhos furados, olhos imperfeitos, eram bobagens para Sig. Dizia que não havia sorte.

— Afinal, ela mesma é de Fortuna, o Reino da Boa Sorte — dizia, com um aceno de cabeça para Izzy. — E veja como a sorte lhe tratou! — emendava mais um tabefe maroto ou um beliscão na garota, e cobria o rosto do revide.

O caminho pela água era comprido. Saindo de Var Raan, eles rumariam para oeste, evitando a sinistra Ilha das Cobras, e passando entre a grande ilha que era Collen e a minúscula ilha de Lardder. Em seguida, costeando entre Collen e Tollon, seguiriam pelo norte até Kriegerr, onde os aventureiros iriam desembarcar e o Cação Cego continuaria. Balthazaar não os acompanhou, e na verdade, após recolher sua parcela do negócio que ajudara a fechar, o velho não foi mais visto por nenhum dos aventureiros. Era uma viagem pelo mar, e portanto o barco sacolejava e os estômagos se revoltavam, mas foram alguns dias em que um mal estar era o pior dos problemas do grupo. Por isso, eles agradeciam aos deuses.

Na terceira noite, Nichaela foi acordada por um som estranho, e seguiu-o até o quarto improvisado que Ashlen dividia com Gregor. O sono do paladino de Thyatis era pesado e ele não acordara, mas a meio-elfa foi capaz de distinguir o barulho por trás do chiado constante das ondas e da atividade perpétua da tripulação do navio. Eram soluços. Encontrou Ashlen retorcendo-se de pranto em sua cama.

Nichaela sentou-se na beira do leito forrado com palha. Ashlen, se notou sua presença, não fez nenhuma menção disso. Apenas continuou com o rosto afundado no travesseiro, sufocando as lágrimas gordas e se afogando em desespero e muco.

— Ashlen — a voz de Nichaela foi uma carícia, enquanto passava a mão pelos longos cabelos revoltos e castanhos do rapaz.

Ashlen Ironsmith demorou algum tempo até conseguir controlar os soluços. Lentamente, virou o rosto vermelho de olhos inchados para a clériga. Ambos eram bastante jovens e, embora ele fosse apenas pouco mais novo que ela, naquele momento parecia uma criança.

— Ela morreu — ele disse com um fio de voz.

Nichaela abriu os braços e aninhou a cabeça do companheiro no colo. Não havia o que dizer, e ela sabia: Andilla Dente-de-Ferro estava morta.

— Morreu — repetiu Ashlen. — E foi culpa minha.

Nichaela conhecia aquilo: era uma das leis do universo em que as clérigas de Lena mais acreditavam. A vida era oportunidade de paz; a morte vinha com ódio e culpa e dor, e atormentava os vivos. Alguns viam a morte como um alívio, um descanso eterno ou a chance de estar para sempre na companhia dos deuses e de entes queridos. Mas as devotas de Lena viam-na como uma praga que afligia um mundo repleto de vida. Para elas, aquilo não era um ciclo natural, da mesma forma que a doença ou a guerra também não eram. Nichaela sabia que deveria aplacar aquela culpa, antes que a morte engolisse mais um.

— Não — ela disse. — Se a culpa foi de alguém, foi minha. Afinal, fui eu que não a salvei. Pergunte a Masato — Nichaela, é claro, não acreditava nisso. Mas era melhor falar algumas mentiras do que deixar o amigo ser soterrado por aquele peso insuportável.

Contudo, Ashlen via a si mesmo como único responsável. Ele havia perdido o mapa, ainda que precário, que eles possuíam. Era por causa disso que eles haviam entrado naquela floresta, e enfrentado o monstro. Mais tarde, eles descobririam que aquela era a Mata dos Cem Olhos, como era conhecida pelos collenianos. Nenhum deles sabia por que os habitantes não lhe davam um nome mais agourento, que sugerisse o que havia por lá.

De novo, Nichaela conhecia aquele sentimento. A morte trazia culpa. Nos outros quartos, certamente Artorius se culpava por ter sido fraco e não conseguido salvar a amiga; Vallen se culpava por não ter previsto aquele perigo; Ellisa se culpava por haver estado longe do monstro, na segurança do seu arco; Gregor se culpava por não poder dividir seu dom de ressurreição com os outros; Masato se culpava por apressar o grupo, levando-os a uma decisão inconsequente; Rufus se culpava por não ter sido capaz de conjurar seus feitiços ou identificar a criatura. Ela só estava errada quanto a Rufus.

— Deve haver um jeito — continuou Ashlen, a voz embargada de choro. — Podemos trazer ela de volta, deve haver algum artefato, algum clérigo que possa fazer isso!

Mas, mesmo enquanto dizia, adivinhava ser tolice (rezando para ser verdade). Seu corpo convulsionava de choro. Nichaela observava: por mais que os bardos e poetas floreassem, a tristeza não era bela. Não havia lágrimas que não fossem feias. Chorava-se quando se era impotente, quando não se podia fazer nada além de chorar, quando o destino era demasiado.

— Eu também não entendo — a voz grossa de Gregor Vahn veio da cama próxima. Ele se sentou na palha, nu da cintura para cima, o rosto inchado de sonolência e os cabelos compridos mal-arrumados. — Não entendo como alguém pode morrer para sempre. Se vocês soubessem. É tão *simples*.

Gregor e Nichaela tinham visões opostas da morte, embora as duas levassem a caminhos semelhantes. Para Nichaela, era algo horrendo, repulsivo, a coisa mais medonha que os deuses haviam criado. Para Gregor, era trivial, sem consequência, um assunto menor. Mas ambos tinham um só objetivo: vida. E ambos, com sorrisos tristes e meneios de cabeça, mais uma vez eram obrigados a encarar a verdade: a morte, sua inimiga, era o que definia a vida.

— Gostaria que o dom de Thyatis viesse para todos — continuou Gregor Vahn. — Para que vocês entendessem como a morte *não é nada*. Para nós — falou, referindo-se aos paladinos do Deus da Ressurreição — voltar à vida é como o bater do coração, é como piscar os olhos ou respirar.

Ashlen levantou-se do abraço de Nichaela e limpou o rosto. O barco oscilava de um lado para o outro, cada vez mais forte.

— Nunca ninguém lhe tinha morrido, Ashlen Ironsmith? — disse Gregor.

— Nunca — depois fez uma tentativa de riso triste. — Minha avó, mas eu era muito pequeno. Nem lembro dela.

— Eu perdi um irmão — disse Gregor, amarrando os cabelos lisos. — Foi horrível, mas foi há muito tempo. Às vezes me esqueço que ele existia. Acho que é a única forma de viver.

— Eu também nunca havia perdido ninguém — disse Nichaela. — Mas também nunca tive muito. Não me lembro de meus pais, só das clérigas do templo — suspirou e deu de ombros. — Talvez seja melhor assim. Afinal, todos sabem como nascem a maior parte dos meio-elfos.

Todos sabiam. Ou talvez fossem apenas histórias de preconceito, mas a maior parte dos meio-elfos eram filhos do estupro.

— Pode ter sido diferente — tentou Gregor.

— Mas provavelmente não. De qualquer forma, não importa — ela se levantou da cama de Ashlen e sentou-se em um banco atarracado, espremido em um canto. — Eu aprendi a amar e a valorizar toda a vida. As clérigas de Lena veem a todos como pais, filhos, irmãos.

— Deve ser maravilhoso — disse Ashlen.

— Por outro lado, sempre há uma morte na família — e todos concordaram em silêncio.

Naquele momento, sentiam-se como guerreiros veteranos trocando histórias de batalha. Dentre eles, apenas Gregor vivia pela espada, mas todos tinham convivido com as armas tempo suficiente para saber que, entre soldados, mesmo aqueles que já haviam sido inimigos, havia uma espécie de camaradagem que só histórias de vida semelhantes podem trazer. Eles eram como soldados, assim como eram soldados todos os que viviam em Arton. Enfrentando as mesmas batalhas, vendo o mesmo mundo e admirando, temendo ou apenas observando os mesmos deuses, heróis e monstros. Até os aldeões mais humildes ou os burgueses de vida mais pacata eram soldados veteranos naquele sentido.

E, de todos os aventureiros daquele grupo, quem mais se aproximava de uma dessas pessoas de vida pacata era Ashlen Ironsmith. Ele não era órfão, não fora escolhido por nenhum deus, não vira sua cidade sendo atacada, não tinha pais mercenários ou grandes aspirações a heroísmo. Era filho de uma família rica de Valkaria, a maior cidade do Reinado e capital de Deheon, o que a fazia, para todos os efeitos, a capital do mundo conhecido. Tinha vários irmãos, que moravam na mesma grande casa ou nas imediações, em um bairro abastado. O negócio de ferreiro, que seu pai herdara do pai dele e antes disso do avô, trazia Tibares fartos à casa, e os irmãos seguiam no ofício. Até mesmo o nome da família fora dado pela atividade, já há mais de um século. Ashlen era o único que não desejava seguir a tradição: decidira se juntar ao grupo de Vallen Allond e ver o mundo antes de assumir aquela responsabilidade. De início, a única coisa que Ashlen trazia ao bando era dinheiro e uma curiosidade juvenil, intensa e duradoura. Com o tempo, foi se tornando um membro valorizado, e vira ainda a adição de Artorius depois dele próprio e, mais recentemente, de Masato. Nos planos de Ashlen nunca estivera a morte. Risco, sim, talvez algumas derrotas, uma fuga desesperada para ser relembrada depois, na taverna, mas em geral vitória e tesouros. Não se interessava por tesouros (os tinha à vontade em casa), então voltava seus olhos para vitória e maravilhas. Já vira monstros, magos, masmorras, lugares encantados e inimigos temíveis; já até mesmo cruzara com alguns heróis famosos. A vida ia bem para Ashlen Ironsmith, até que a morte lhe cruzou o caminho e lhe roubou Andilla, e ele percebeu, enfim, onde estava.

O silêncio entre os três era reconfortante. A convivência trazia tensão e conflito, mas também um tipo de amizade que só quem vive aventuras conhece. Súbito, o diálogo sem palavras foi interrompido por um barulho alto. O som de passos e correria encheu o navio, e os três saltaram alarmados.

Um chute decidido abriu a porta sem nem mesmo testá-la, e havia seis membros da tripulação invadindo o quarto, apontando bestas. Gregor, vestido apenas com a calça leve com a qual dormira, pulou em direção à sua espada, mas seu corpo foi cravejado por quatro setas e tombou inerte. As outras duas bestas permaneceram apontadas para Ashlen e Nichaela, que levantavam as mãos, rendidos.

Enquanto os que já haviam disparado recarregavam as bestas e um verificava que Gregor, realmente, estava morto, os dois restantes conduziam Ashlen e Nichaela, sob mira, para fora do aposento. Ambos já procuravam os outros membros do grupo. Ashlen em particular examinava as cordas, mastros e velames do "Cação Cego" em busca de trunfos para serem usados em uma luta. Contudo, quando chegaram ao convés, viram seus companheiros amarrados, e boa parte da tripulação em volta, armas prontas. Artorius estava bastante ferido, desacordado, e Izzy tinha a lâmina de seu sabre encostada no pescoço de Ellisa. Vallen, de joelhos e com as mãos atadas atrás das costas, grunhia, sangue escorrendo da boca e do nariz. À frente de todos, com um sorriso largo, estava o capitão Sig Olho Negro.

— Já lhes contei como derrotei o antigo capitão? — disse, em voz muito alta e divertida. — Adaga, enquanto ele dormia. Infelizmente o cão era mais esperto do que eu, e me fez esta cicatriz lamentável! — Olho Negro continuava rindo. — Mas ele se saiu pior. No final da luta, já não era mais homem — e houve uma gargalhada de todos os marujos.

Ashlen e Nichaela foram colocados de joelhos junto a seus amigos, com os pulsos amarrados e sob o escrutínio atento da tripulação armada.

— Fui posto a ferros, vejam só! — continuou o capitão. — Mas a tripulação era mais leal a mim, e depois me soltaram, e o desgraçado foi dormir com os peixes.

Vallen tentava observar tudo com cuidado, procurando alguma chance de saída. Notara que Gregor não estava lá, e trocara olhares significativos com Ashlen. Contudo, momentos mais tarde o corpo do paladino de Thyatis foi arrastado como um saco de batatas por um marinheiro gordo.

— Depois eu matei a tripulação também, é claro — Sig Olho Negro afetou uma seriedade súbita. — Afinal, não se pode confiar em traidores! — e uma nova gargalhada explodiu.

O capitão andou pelo convés úmido, examinando de perto os aventureiros cativos. Trajava roupas folgadas e pretas, que, junto com o longo cabelo trançado e com o olho, davam a ele a aparência de um grande corvo.

Continuou uma história inócua sobre como havia envenenado a antiga tripulação, e como o conflito subsequente havia posto fogo no navio. Depois despejou uma saraivada particularmente criativa de insultos na direção do grupo, detendo atenção especial a Vallen Allond.

— O que esperavam? — bafejou álcool no rosto de Vallen, abaixando-se. — Somos piratas! Saídos diretamente das histórias de suas mães — catou um pedaço de madeira do chão. — Tome sua perna de pau! — arremessou a madeira, errando a cabeça de Ashlen por poucos centímetros. Novamente, a tripulação rugiu em gargalhada.

Fez um gesto para dois marujos, e eles ajudaram a carregar o corpo de Gregor Vahn.

— Só me falta um papagaio!

Colocaram o corpo debruçado na amurada, as setas projetando-se do peito e das costas.

— E agora ele vai caminhar na prancha — Sig abriu um sorriso pesado de sarcasmo. — Sejamos piratas, não? Yo, ho, ho, e uma garrafa de rum.

Os dois tripulantes derrubaram o corpo massivo de Gregor Vahn, que caiu ao mar com grande barulho. Os aventureiros olhavam em horror. Ashlen quase petrificado: há poucos minutos, discutia o sentido da vida com Gregor.

— Ora, não sejam maricas — Sig fez uma careta de desdém. — Ele é um servo de Thyatis, vai sair desta — e um risinho. — Se for homem o suficiente.

A tripulação explodiu em júbilo, invocando o nome de Hyninn, o Deus dos Ladrões, e do Grande Oceano, o Deus dos Mares. Alguns ainda cuspiram em tom de pilhéria o nome de Sszzaas, o Deus da Traição, que estava morto.

— Aos deuses piratas! — bradou Sig. Apenas Izzy estava quieta, somente com um riso frio no rosto.

No meio daquela devoção bizarra, Ashlen rezou para que Nimb, o Deus do Caos, da Sorte e do Azar, lhe rolasse alguns dados melhores dali por diante. Mas nunca fora muito religioso, e teve a impressão que o deus, em algum lugar, estava lhe dizendo algo como "bem feito".

CAPÍTULO 6

CONVERSA À MESA

ANTES.

Em outro lugar, havia um casal de velhos. Possuíam uma fazenda. Estavam sentados à mesa longa de madeira, que um dia estivera repleta de filhos se acotovelando. Os lampiões estavam acesos, porque era noite. Os dois velhos estavam imóveis em suas cadeiras. E havia uma terceira pessoa.

Depois de muito tempo de silêncio intacto, o fazendeiro se levantou.

— Sente-se! — latiu a terceira pessoa da mesa. Não era um filho ou um amigo, nem mesmo um conhecido ou um viajante. Era um intruso.

Um intruso albino que, há pouco, havia matado os dois cachorros de guarda.

— O que você quer? — gemeu a velha. Não era a primeira vez que fazia esta pergunta; o albino chegara estraçalhando os animais e batendo no seu marido, e não dissera palavra. Apenas ordenara que se sentassem à mesa e ficassem quietos.

O albino, vestido em uns farrapos curtos que deixavam longas partes de seus braços e pernas de fora, segurava a cabeça com força, com ambas as mãos. Os cotovelos se apoiavam sobre a mesa de madeira velha e enrijecida pela fumaça, e o corpanzil se arqueava. As têmporas latejavam. Era tanto barulho! O albino sentia o corpo frágil doer (e a cabeça ainda mais) com a algaravia que faziam os habitantes daquela terra. Queria um pouco de calma. Calma e respostas, e forçaria aqueles dois espécimes a providenciarem ambos.

Prestou atenção de novo à sensação de vazio dolorido no estômago. Lembrou-se: era fome. Mais uma fraqueza a que se acostumava lentamente. Ordenou que trouxessem comida.

— O que quer comer? — choramingou a mulher de novo.

— Comida! — vociferou o albino. Gente estúpida, tinham uma palavra para cada tipo de substância que usavam para satisfazer aquela necessidade. O albino odiava palavras, porque era difícil lembrar de todas. Além do mais, a mente que estava encerrada naquele corpo patético era elementar e pobre, capaz de voos de consciência muito menores do que aqueles aos quais ele estava acostumado. Tentava entender como aqueles seres medíocres podiam memorizar todos os seus códigos.

A velha hesitou, fazendo uma careta como se, a cada instante, esperasse ter o mesmo destino de seus cães, e se levantou para ir pegar a comida.

— Se tentar... — o albino sacudiu a cabeça, procurando a palavra. — Se tentar *fugir* — lembrara-se — devoro ele — apontando para o senhor ao seu lado.

O corpo da velha começou a corcovear, com ruídos surdos e compassados, e a água salgada que era característica da fraqueza verteu de seus olhos. Outro hábito daqueles seres.

O albino também se ergueu, agarrou a velha nos braços e lambeu-lhe o rosto. Deteve-se em sentir o gosto das lágrimas e comprovou que, de fato, era salgado. Era importante confirmar seus achados.

Ela sumiu em outro cômodo simples. A casa era sólida e modesta, com a franqueza confiável dos pobres honestos. O albino vasculhara todas as peças, procurando mais algum habitante (arrastara as carcaças dos cachorros por alguma razão, e agora um rastro de sangue fétido se espalhava por tudo), mas não havia mais ninguém. O que era bom, porque, em grandes quantidades, os habitantes daquele mundo tinham o hábito de fazer barulho e criar desordem, e aí ele tinha de matá-los.

— Por que não tem filhotes? — dirigiu-se, de repente, para o velho. Falou escolhendo as palavras, satisfeito em verificar que elas vinham cada vez mais naturalmente.

O homem de barba cinzenta estremeceu com a pergunta. Por um momento, apenas piscou os olhos desiguais (um azul e o outro cinza chumbo, combinando com o cabelo ainda farto e com a barba que lhe cobria o rosto). Depois balbuciou algo, e por fim respondeu:

— Já cresceram. Foram embora.

O albino assentiu. Isso ele entendia: mesmo em sua terra eram criados substitutos, que nasciam muito mais fracos do que seus genitores. Mas aqui as proles nasciam inúteis, e eram protegidas para que não morressem. De onde ele vinha, alguém incapaz de sobreviver por si mesmo — e evoluir por si mesmo — era descartado. Por que alguém zelaria por um rival, um ser que vinha para tomar seu lugar? Afinal, o novo sempre tende a matar o velho.

— O que são seus filhotes? — disse o albino. Sua voz, embora gutural e carregada com o peso de uma língua sem hábito, era muito menos hostil do que já fora a outros seres menos cooperativos.

— Um é soldado — respondeu o velho, após ter certeza de ter entendido a pergunta. — O outro é escriba — havia mais, mas o velho sentia como se estivesse traindo os garotos ao falar deles para aquele homem. Sua trupe barulhenta de rapazes saudáveis, era como se blasfemasse ao mencioná-los ali.

A senhora voltou com a comida. O albino devorou pão, linguiça, mel, carne seca, leite e batatas cruas. Demorou a perceber quando já estava satisfeito e, assim que parou de comer, sentiu-se um pouco nauseado. Grunhiu para que a velha se sentasse.

— O que é escriba?

O casal se entreolhou. O homem tentou um olhar de segurança para sua esposa, mas estava tão apavorado quanto ela.

— Alguém que escreve — disse o velho, enfim. — O trabalho de meu filho é escrever.

O albino aproximou sua cara suja de comida do rosto forte e enrugado do outro e, por um instante de delírio e coração disparado, o velho pensou que iria morrer ali mesmo. Mas o albino apenas olhou em seus olhos díspares, com seus próprios olhos vermelhos e perturbadores e, quando abriu a boca de novo, inundou o nariz do outro com mau hálito e perdigotos.

— O que é escrever?

Alguém que tem poder sobre outra pessoa é muito perigoso se estiver disposto a usar tal poder. Mais perigoso ainda se for desconhecido, impenetrável. E ainda mais perigoso se for ignorante. O velho fazendeiro percebia que seu interlocutor era do tipo mais perigoso de pessoa, e pensou em uma forma de explicar algo tão óbvio sem provocar ira ou confusão.

— Escrever... Desenhar sons no papel. Desenhar o que falamos.

O albino esboçou um sorriso quase tolo, que poderia chegar a ser cômico se não viesse de um assassino. Agora entendia como eles podiam se lembrar das palavras — tinham um meio de registrá-las. Mas, depois de um instante de raciocínio, deu-se conta do poder disto.

— Você tem esta ciência? — berrou, batendo na mesa e jogando o jarro de leite ao chão. — Por que não me disse? Quer me enganar? — deu um tabefe no ouvido do fazendeiro, fazendo o sangue brotar, escorrendo pelo lóbulo e pela mandíbula.

— Senhor — ganiu o velho. — Mas se todos sabem...

Não estava longe da verdade. Embora vivessem em um reino pacato e bem-estruturado, aqueles dois camponeses não eram exceção em Arton. Pelos esforços da igreja de Tanna-Toh, a Deusa do Conhecimento, a palavra escrita fora difundida em cada canto do Reinado. Não era raro ser alfabetizado, mesmo sendo pobre.

O albino mirou aqueles dois seres patéticos (por que nunca tinham evoluído?), e ponderou sobre o poder incrível que conheciam. Suas unhas compridas e duras arranharam a mesa de madeira, tirando lascas e farpas que vinham se acomodar na carne macia dos dedos. Aquela era uma disciplina impressionante — a capacidade de capturar conceitos, ideias, coisas ainda imateriais de pleno ar, e fazê-las visíveis com movimentos codificados. Era tão enorme que ele tinha dificuldade para manter a ideia em mente.

— Me ensine a usar essa arma — rosnou.

— Não é arma — tentou o fazendeiro. Um segundo safanão derrubou-o da cadeira e arrancou três dentes.

— Uma coisa poderosa como essa não é arma? — o albino teria rido, se soubesse como. — Não tente me enganar.

— Não usamos para isto — disse o velho, levantando-se e já protegendo o rosto.

— Se podem transformar ideias em objetos — era uma frase difícil, e ele demorou a conseguir pronunciá-la. — Por que não usam como arma? Em que usam? Religião?

— Sim — interrompeu a mulher. Ela achava que entendera algo do pragmatismo do visitante intruso. — Usamos para religião.

O albino fez que entendia. Embora a relação daquele povo com seus deuses fosse estranha (devoção e respeito), a prática religiosa era algo que ele podia compreender.

— É um ritual então? — agora falava com a velha.

— Sim. Um ritual.

— Mostre.

Pedindo licença e anunciando cada movimento, a senhora desencavou um pedaço de pergaminho há muito inútil, uma pena, e um frasco de tinta que quase já secava. Deliberadamente lenta, desenhou algumas letras trêmulas. O que ela escreveu era:

"Fuja. Eu distraio ele."

O homem leu aquilo e mordeu o lábio, trancando uma respiração no peito.

— O que você capturou aí? — latiu o albino. A velha não soube o que responder.

— Um deus — decidiu-se, hesitante.

— Há um deus aí? — o albino gritou enquanto se erguia, derrubando a cadeira. Era um poder impressionante.

— Ele não pode sair — tentou a velha.

— Mas pode ser levado... — murmurou o albino para si mesmo. — Está preso...

Fossem devotos de Tanna-Toh, o casal poderia estar fascinado com a descoberta da mente alienígena de seu algoz. Poderiam estar fascinados também pelo processo de aprendizado que se dava ali, em frente aos seus olhos. Mas eram só fazendeiros, e estavam mais interessados em viver. O homem tomou o pergaminho e a pena.

"Não. Eu distraio ele, você foge. Pegue um cavalo e tente chegar à cidade."

O albino observava o vai e vem do pergaminho que se enchia de símbolos. Perguntava a cada golpe de pena o que estava sendo capturado, e parecia satisfeito com as respostas.

"Se eu fizer isso você vai morrer." A velha segurando lágrimas.

"Se não fizer, morremos os dois."

O albino, poder de vida e morte, olhava boquiaberto.

"Prefiro morrer com você."

"Quero que você cuide dos meninos." O velho mal conseguia escrever, tanto que lhe tremia a mão.

"Você sabe que eu te amo."

O albino pensava em como aquela ciência prodigiosa iria beneficiar os seus mestres.

"Eu também te amo."

E enquanto, no pergaminho, o casal capturava todas as suas vidas em poucas frases de adeus, o albino olhava. A pena caiu à mesa num momento infinito, e pareceu fazer um estrondo enorme, quando o velho saltou como uma fera jovem sobre o estranho invasor. E, por um minuto, seus braços foram fortes de novo, pois ele conseguiu lutar por tempo suficiente para que sua esposa corresse e chegasse a um dos cavalos. Eles nunca haviam lutado, mas agora tinham a rapidez e a força de dois animais em desespero. A velha imaginou se o belo cavalo pardo seria capaz de correr mais que o albino.

Não era.

CAPÍTULO 7

A BALADA DE IZZY E SIG OLHO NEGRO

O NOME MAIS APROPRIADO PARA SER EVOCADO ALI, pensou Vallen Allond, era mesmo o de Sszzaas, o Deus da Traição. Ou, se houvesse, o de algum Deus dos Idiotas.

Ele não podia acreditar em como fora tolo. O capitão Sig Olho Negro, jovem comandante da nau "Cação Cego IV", os havia pego na mais simples das traições. Enquanto dormiam, em seus respectivos aposentos improvisados no barco, haviam sido rendidos e subjugados. Houvera sentinelas, é claro, e turnos de guarda, mas isso não adiantara de nada. Artorius, o gigantesco minotauro, fizera questão de ficar acordado até que outro tomasse seu posto, e rondara em vai e vem as portas fechadas dos colegas que ressonavam. O próprio Vallen, junto com Ellisa, dormira de armadura, com as espadas ao pé da cama e uma faca sob o travesseiro. Contudo, eles não contavam em como fosse difícil lutar no navio oscilante.

Vallen, embora tivesse pouco estudo (suas letras eram fracas, e tinha treinado com aplicação apenas algumas frases como "rendam-se" ou "estamos em maior número") era um homem inteligente. Não demorou a raciocinar que o ataque havia sido desferido, de propósito, quando o navio balançava mais selvagemente, e as ondas eram mais bravias. Todos os tripulantes do "Cação Cego" eram experientes em lutar no oceano. Na verdade, pensou Vallen, como piratas, aquilo era sua vida. Entre os marujos, havia a expressão "pernas do mar", que designava os movimentos daqueles acostumados a compensar o chacoalhar do oceano. Aquilo fizera falta no combate curto que se sucedera.

Artorius fora emboscado por cinco homens, e ainda conseguira derrubar dois antes de ser posto ao chão. Um dos marujos estava morto, mas o outro sobreviveria. Kodai enfrentou com ferocidade outros cinco, e foi quem mais teve sucesso: cortou as mãos de um e matou outros dois antes de ser rendido. Vallen e Ellisa tiveram a duvidosa honra de lutar contra Sig Olho Negro e sua amante Izzy. Ambos eram combatentes temíveis, tão bons quanto o casal de aventureiros, e não receberam um arranhão na luta. Sig, em uma bravata ostensiva, fizera questão de golpear Vallen com o punho de seu sabre, produzindo alguns hematomas doloridos, mas nenhum dano permanente. O maior ferimento de Vallen Allond era em seu orgulho. E ele suspeitava que, por mais que Ellisa dissesse que desprezava as glórias guerreiras, daquela vez tinha um real desejo de desforra.

Mas o mais impressionante fora a rapidez e silêncio com que tudo fora feito. Quatro membros do grupo haviam sido pegos de surpresa, ainda em suas camas. Rufus, que estava nauseado desde que o barco zarpara, foi rendido com uma adaga no peito ao acordar. Gregor, Ashlen e Nichaela, mesmo acordados, foram emboscados com bestas. E Gregor morrera.

Eles sabem muito sobre nós, pensou Vallen, preso no convés, observando os marujos limparem a bagunça da luta — incluindo os corpos dos companheiros de tripulação. *Sabem até demais*.

Olho Negro sabia que Gregor Vahn era um paladino de Thyatis e, assim, virtualmente imortal. Citara até mesmo um pedaço da conversa deles (*"tome aqui sua perna de pau"*) na anônima taverna onde tinham conhecido Balthazaar.

— Balthazaar — Vallen rosnou para si mesmo.

Contudo, o capitão ouviu, e, com uma risada:

— Balthazaar! De fato! — abrindo uma porta que levava ao porão: — Junte-se a nós, Balthazaar.

O velho foi arrastado do porão por dois marujos e uma dose azeda de respeito. Caminhava em passos de criança, olhando para o chão. Evitou os olhares de juramento amargo e, com um repuxão brusco, recebeu um abraço agressivo de Olho Negro. Tinha os ombros encolhidos e os braços juntos na frente do corpo, e mastigava com insistência o lábio inferior.

— Balthazaar foi nosso salvador aqui! — Sig exibiu os grandes dentes brancos em um de seus sorrisos enormes. — Nosso enviado dos deuses, nosso avatar, nosso paladino defensor.

O pirata virou Balthazaar de frente para si, pegou-o pelos dois braços e olhou-o no rosto, afetando comoção.

— Que morra o Grande Oceano, Balthazaar. Você é o meu deus agora — e, de novo, uma de suas risadas escandalosas. Balthazaar ainda olhava o chão do convés, o mar, as amuradas, tudo menos qualquer um daqueles rostos.

Izzy perdera o interesse em ameaçar o pescoço de Ellisa, e ocupara-se em berrar com os marujos que trabalhavam.

— Há uma recompensa por nós? — Vallen cuspiu uma saliva grossa com sangue. — Quem está lhe pagando por isso?

Sig Olho Negro lançou um meio riso de escárnio.

— Não se valorize tanto, meu caro Vallen Allond. Só me interessam seus tesouros.

E Vallen tentou evitar que seu queixo despencasse.

— Vocês são verdadeiros faróis! Espadas, arcos, flechas, armaduras, escudos. Todos encantados!

Balthazaar tentou sair sorrateiro, mas foi puxado de volta por Sig.

— Nosso amigo Balthazaar é capaz de ver auras mágicas, sabia? — havia tanto triunfo na voz dele que o estômago de Vallen se revirou. — É bastante equipamento mágico, mesmo para um bando de mercenários.

— Não somos — começou Vallen.

— Por favor! — Olho Negro bufou — Não me venham dizer que são heróis ou, a pior de todas, *aventureiros*. Quem mata por dinheiro é mercenário, ou assassino.

Vallen ia responder, mas percebeu que estava preso, no meio da noite, em um barco cheio de inimigos, com dois companheiros mortos e um espancado até a inconsciência. Trocar insultos com o capitão pirata não iria ajudá-lo, e para os demônios com seu orgulho. Estava entregue.

E não houve escapada miraculosa nem ideia brilhante. Sig Olho Negro pretendia deixá-los em uma ilhota qualquer para apodrecer. Ficaria com todos os itens encantados do grupo, em troca de uma pequena quantia para Balthazaar, e de tirá-lo de Collen. Mas os aventureiros não ficaram sabendo de nada disso, pois o capitão não lhes contou seu plano, não fez mais bravatas nem lhes subestimou para provar a própria superioridade. Apenas trancou-lhes no porão, e só abriu a porta dois dias depois.

Doeram seus olhos quando, depois de dois dias de escuro, uma nesga de luz surgiu da porta entreaberta. Estavam famintos, e as gargantas queimavam de sede.

— Que ninguém diga que sou cruel — disse Sig Olho Negro, enquanto alguns marujos depositavam tigelas de água e pedaços de pão no assoalho à frente do grupo.

— Desamarre-nos para comermos — a voz de Vallen raspou a garganta seca.

— Vocês têm bocas.

Abaixaram-se para lamber a água das vasilhas e catar os pedaços de pão duro. Apenas Masato e Artorius preferiam continuar sofrendo a se humilhar.

— Deixem de ser idiotas — disse Ellisa Thorn, erguendo o rosto de uma tigela. — Vamos precisar dos dois fortes para lutar mais tarde.

Artorius concordou, relutante. Masato permaneceu irredutível.

Durante dois dias, Ashlen lutara com as amarras, retorcendo os pulsos na tentativa de escapar. Tudo o que conseguiu foi deixá-los em carne viva, raspando contra a corda. Durante dois dias, Artorius forçara os músculos, mas tudo o que conseguiu foram feridas. Durante dois dias, todos foram acordados pelo mordiscar de ratos.

Sig Olho Negro observou-os comer e beber. Em nenhum momento seus homens deixaram seu lado. Foi o maior tempo que os aventureiros já o tinham visto ficar em silêncio. Quando acabaram, não havia uma migalha ou gota de água. Os marinheiros retiraram as tigelas.

— Não, senhores — Olho Negro voltou com sua arenga jocosa. — Que não digam que sou cruel. Na verdade — agachou-se próximo a Nichaela — posso ser muito carinhoso.

Sig, com uma mão, acariciou suavemente os cabelos de Nichaela. Jogou o outro braço em volta da meio-elfa, e aproximou sua respiração do rosto dela.

— Muito carinhoso.

Artorius soltou um urro que fez quatro marujos correrem ao porão, para checar. Os olhos do minotauro ardiam, cheios de pequenas veias vermelhas. Forçou os braços até as cordas morderem fundo, cortando seu couro, e os músculos queimarem até que ele sentiu que iriam romper.

Sig Olho Negro apenas ergueu uma sobrancelha, e deu um risinho divertido. Notou quem era o ponto fraco daquele grupo.

— Qual o problema? O Reinado não encoraja o tratamento misericordioso dos prisioneiros? — deu uma pequena lambida no rosto de Nichaela, virado em nojo do bafo de aguardente. Ela tinha os olhos arregalados de medo, mas não do pirata: temia o que Artorius acabaria fazendo consigo mesmo.

O minotauro desejava fazer as piores ameaças a Sig Olho Negro. Desejava jurar comer seu coração, esfolá-lo vivo e estrangulá-lo com as tripas. Desejava suplicar a Tauron por força, mas só conseguia gritar. Os aventureiros haviam visto poucas vezes Artorius assim, seu comportamento igual à sua aparência: fera. Não conseguia fazer sentido dos urros que emitia, apenas berrava até acabar a respiração. Mal foi ouvida a voz de Sig quando ele disse:

— Calem-no.

Enquanto o capitão se levantava e saía lentamente do porão, cinco homens bateram em Artorius até que ele rolasse nas tábuas do piso. E ainda assim, chutaram seu estômago até que vomitasse. No final, havia alguns de seus dentes espalhados. As cordas que o prendiam foram substituídas por correntes fortes, e ele foi deixado estendido, com a grande cara voltada ao chão, para acordar apenas no dia seguinte, quando veio mais pão e água. Mas não para ele.

— Mau comportamento — disse Sig Olho Negro, entre goles volumosos de aguardente.

Já há quatro dias prisioneiros, quando mais uma vez o capitão veio lhes ver.

— Um presente — disse com um floreio.

Jogou um monte embolado de tecido sobre Nichaela. Em seguida, dois marujos ajudaram-na a se levantar. Desamarraram seus pés e, desajeitada, ela conseguiu desfazer o bolo de panos, revelando que era um vestido.

— Para a mais bela das damas — Sig fez uma zombaria de pose galante. — Melhor do que este saco que veste, não acha?

Os robes clericais de Nichaela não eram pesados, mas caíam retos sobre o corpo, escondendo a figura da meio-elfa. O vestido que Sig lhe jogara era recatado (o vestido de uma jovem de boa estirpe), mas feito para exaltar as feminilidades.

— Experimente para mim — com essa frase, a maior parte do grupo tentou saltar, mesmo preso às cordas. Alguns caíram no chão.

— Faça isso e eu arranjo um jeito de matar você — rugiu Vallen.

— Por favor. Sou um cavalheiro — afetou Sig, colocando um lenço imundo próximo ao nariz, à maneira dos nobres. — Izzy! — ergueu a voz.

A jovem demorou instantes para surgir na porta. Caminhava orgulhosa, mão na cintura próxima ao sabre pendurado, mas parou, chocada, por um instante, ao ver o capitão e a clériga que estava de pé.

— Acompanhe a senhorita para provar seu vestido novo — riu Olho Negro, com um tapa desleixado no traseiro de Izzy. — Estes bárbaros estavam sugerindo que ela se trocasse aqui, na frente de todos, acredita?

Vallen apenas observou, e sua respiração era pesada de raiva. As duas mulheres, sem uma palavra, caminharam até atrás de alguns caixotes, onde Nichaela foi desamarrada e, ante a ponta da lâmina, trocou os robes pelo vestido.

— Você não precisa disso — disse a meio-elfa, movendo a cabeça em direção ao sabre. — Sou proibida de lutar.

Izzy não falou nada. O vestido era um tanto pequeno demais, mas bonito e bem-feito. Revelou um corpo que, inequivocamente, era de mulher e não de menina.

— Ora, ora, ora, Nichaela, que surpresa! — era Sig Olho Negro, quando as duas voltaram à sua vista. — Dê uma voltinha.

Nichaela corou sem querer. Foi colocar no chão os robes, que carregava dobrados nos braços.

— Izzy, apanhe o saco que ela vestia.

A jovem tomou os robes, e Nichaela, lentamente, girou o corpo sob o escrutínio do pirata.

— Bom — Sig bateu palmas, meneando a cabeça em aprovação. — *Muito bom.*

Por fim, depois de observar com cuidado os seios da clériga, o capitão julgou que era suficiente, e ordenou que ela fosse novamente amarrada.

— Fique com o vestido — disse. — É um presente. — e depois, com um beliscão jocoso na barriga de Izzy: — Não se importa em dá-lo à nossa convidada, não é, meu amor?

O capitão se virou, caminhando relaxado em direção à porta. Izzy seguiu atrás dele, e, depois de checarem as amarras dos prisioneiros, os marujos também.

— Já não o usa há anos...

Antes de fechar a porta, Izzy olhou para trás. E, neste olhar, Nichaela viu algo.

A porta foi trancada, e mais um dia de escuro.

— Hoje, só água — a voz de Sig Olho Negro começava a doer mais do que as feridas e o queimado das cordas.

Obedientemente, os aventureiros bebiam como cachorros. Masato não conseguira manter a dignidade por muito tempo e, já há alguns dias, fora obrigado a se curvar e lamber a água como todos. Rufus Domat, a cada dia, era amordaçado com firmeza, para que não fosse capaz de usar nenhum tipo de feitiço. Com nada além de algumas roupas, nenhum dos aventureiros tinha condições de tentar uma fuga. Não que não insistissem mesmo assim. Agora, contudo, já estavam no limite de suas forças.

O capitão provocou Vallen um pouco, mas este já estava exaurido para jurar vingança.

— Vocês são tão enfadonhos — suspirou Olho Negro.

Nichaela, como todos os outros, se curvava para beber da tigela quando o capitão a interrompeu:

— Não, pelos deuses, não! — com seus marujos mantendo os outros sob a ponta das espadas, aproximou-se a ajudou a clériga a se levantar. — Para uma princesa como você, minha Nichaela, apenas o melhor.

E, depois de desatar-lhe os pés, uma mesura elaborada:

— Um banquete na minha cabine.

— Toque nela e eu te mato — Artorius falou com dificuldade, através das gengivas e lábios inchados.

— Não fique de mau humor; amanhã lhe trarei algum capim para pastar — disse Sig, com um gesto de desdém, enquanto seus marujos riam como crianças.

Nichaela, enfiada no vestido que pertencera a Izzy, acompanhou o pirata até sua cabine, onde, de fato, dois pratos estavam dispostos em lados opostos de uma mesa. No centro, uma bandeja com comida variada. Num canto, Izzy de braços cruzados.

— Você por aqui, vejam só — disse o capitão para Izzy, numa voz suave e cantada, enquanto puxava a cadeira para Nichaela com um floreio exagerado.

— Para que ela não tente nenhum truque — disse a jovem, seca.

Sig foi até sua amante, murmurando obrigados, e beijou-lhe o pescoço, esfregando-se lascivo. Nichaela viu mais uma vez o rosto de Izzy, olhando para longe enquanto o capitão estava entretido mordiscando-lhe a orelha, e soube de novo o que já havia notado antes. Respirou fundo, reunindo coragem para o que faria.

— Desculpe a interrupção — Olho Negro sorriu cheio de dentes, sentando-se à frente da clériga. Desamarrou-lhe as mãos, e os dois puseram-se a comer.

Nichaela se sentia culpada por isso, mas sua boca salivava apenas com a visão daquela comida. Sig não mentira: aquilo era o mais próximo de um banquete que poderia haver no "Cação Cego". Havia peixe assado, batatas e verduras. Havia três ânforas de vinho, que a clériga bebericou e o pirata engoliu como água. Ela pensava em seus companheiros só a pão, e nem aquilo aquele dia, mas repetia em sua cabeça: *viver*. E o desejo de viver era voraz nela; feroz, guloso, ávido.

Durante o almoço, ela escondeu alguns bocados nas dobras do vestido. Como previra, Izzy percebeu mas não disse nada. Contudo, desapontou-se ao ver que Sig parecia não notar.

— Por que não nos solta? — disse, após um longo tempo de silêncio e olhares carregados de malícia.

— Você é uma criminosa — falou Olho Negro, empurrando uma boca cheia de peixe com uma golada farta de vinho.

Ante a dúvida da clériga:

— Roubou meu coração — e gargalhou, inclinando a cadeira para trás e segurando os lados do estômago.

Sig Olho Negro atormentou-a com comentários do tipo, e ela roubando comida. Até que, a bandeja quase vazia, ele limpou os lábios, arrotou e afetou desculpas, e disse que ela poderia voltar ao porão.

Não deu certo, Nichaela sentiu as entranhas gelarem.

— Mas antes vamos examinar o que você surrupiou, safadinha.

Nichaela negou, mas não muito, e o pirata insistiu, mas não foi preciso muito.

— Vamos ter de revistá-la.

E ordenou que Nichaela tirasse a roupa.

Ela afetou um pouco mais de vergonha do que realmente sentia, mas seu corpo todo estava corado de verdade. À medida que foi retirando o vestido, apareceram os petiscos escondidos. Mesmo depois que tudo estava de volta à mesa, ele a fez continuar se despindo, e ela estava nua ante o capitão. Izzy dura, franzindo o cenho.

Ele a olhou um pouco, rindo com a língua espiando entre os lábios, e por fim ordenou que se vestisse. Dois marujos retiraram-na, enquanto ele se voltava para Izzy, agarrando-a e já lhe desabotoando a blusa.

Naquela noite, todos dormiam um sono de exaustão, menos Nichaela e Masato Kodai. Ela chorava com as lembranças do que havia feito. Com dificuldade, ele se arrastou até ela.

— Você tem que continuar — disse o samurai, com seu sotaque esquisito.

Ela se assustou. Perdida no seu mundo, era como se Kodai tivesse brotado do chão.

— Não entendo — ela gaguejou.

— Não finja — ele sussurrava para não acordar os outros. — Eu vi o que você está fazendo. E você tem que continuar.

Ela deu um suspiro fundo. Por fim, cedeu em dividir o plano.

— Eu não vou contar aos outros — disse Masato.

E, realmente, seus companheiros não podiam saber. Pois, se soubessem, iriam proibi-la. Nichaela fora escolhida como vítima porque, e isso era evidente, todos a protegiam. Sig Olho Negro parecia se divertir particularmente com isto, arrastando a clériga para minutos intermináveis onde eles não sabiam o que ele poderia estar fazendo.

Nichaela estava tentando usar isso a seu favor. A sedução não era um jogo que ela dominasse, mas, por sorte, não precisaria usá-la muito, e o capitão não era o seu alvo.

— Eu não sei mais o que fazer — ela falou, num sussurro lamentoso. — Não sou boa nisso.

Masato conhecia, é claro, inúmeras histórias de sua terra onde as mulheres usavam de seus dotes para escapar da morte. Em Tamu-ra, isso não era visto como desonra, como poderia sê-lo no continente. Havia lendas nas quais mulheres exibiam sua nudez para os demônios azuis, e matavam os monstros de excitação. Além disso, as mulheres muitas vezes sabiam mais do que os homens sobre os jogos da política, já que havia aquelas que entretinham os poderosos e serviam-lhes como confidentes. Não eram prostitutas, como alguns bárbaros podiam julgar: eram parte de uma tradição cheia de protocolo, etiqueta e honra.

Masato sabia, enfim, que, enquanto os homens lutavam com suas armas, as mulheres tinham as suas próprias.

— Isto vai ajudar — disse o samurai, investindo para a frente com a boca, a única parte de seu corpo que estava livre, e rasgando com os dentes um botão do decote do vestido. A clériga abafou um gritinho. A visão agora era bem mais generosa.

— Diga que foi acidente — completou Masato Kodai, antes de se arrastar de volta para tentar dormir. Nichaela assentiu.

E se preparou para o próximo movimento daquela dança complexa.

No outro dia, com a certeza do nascer do sol, Sig Olho Negro acompanhando os marujos que lhes traziam pão bichado e água em tigelas. Naquele dia, escolheu apenas alguns para beber e outros para comer. Ria com vontade das maneiras novas que inventava para atormentar seus prisioneiros. Mas, naquele dia, Izzy vinha atrás. E, com a certeza do sol que se põe, o capitão desamarrou os pés de Nichaela e fez com que se levantasse, conduzindo-a pelo braço até o lado de fora.

— Leve a mim! — disse Ellisa, em desespero.

— Você é feia — e os marujos, mais uma vez, rugiram em gargalhadas.

Como sempre, Artorius e Vallen juraram ameaças enfraquecidas, e como sempre Sig foi pródigo e criativo em despejar-lhes insultos.

— Estamos quase chegando a Proinsias, nosso destino — disse Sig em tom de conversa, enquanto passeava com Nichaela pelo convés. Izzy logo atrás.

Pouco tempo, pensou a clériga. *Tem de ser logo.*

— Seus amigos vão ser vendidos como escravos, eu acho — continuou o pirata, displicente. O sol brilhava com força. — Mas acho que vou manter você como minha amante, o que acha? — riu.

— Não, por favor! E ela? — tentou Nichaela, apontando para trás, para Izzy.

— Acho que vou deixá-la para os meus homens! — gargalhou Sig.

E ninguém viu, mas o coração de Izzy disparou.

Aquela noite foi diferente, porque a porta se abriu e eles acordaram, assustados, apesar dos passos de gato de quem quer que entrasse no porão. Era Izzy. Desamarrou-lhes os pés. A maioria mal conseguia ficar ereta.

— O que está fazendo? — disse Vallen, fraco.

— Cale a boca — e conduziu-os, em muito silêncio, até um lado deserto do navio.

Havia um bote amarrado, com remos e um farnel com comida.

— Vão embora — falou Izzy. — Depressa.

Dúvida. Menos Nichaela e Masato.

— O que impede que a matemos agora, meretriz? — Artorius conseguiu rosnar.

Ela bufou, como se estivesse lidando com um idiota.

— Dezenas de marujos viriam e vocês todos iriam morrer — disse com enfado. — Inclusive ela — apontando para Nichaela.

E eles não disseram mais nada, apenas entraram no bote.

— Minhas espadas! — lembrou Vallen.

— E as minhas! — disse Masato.

Com uma praga, Izzy deixou-os e, em instantes, voltou com as quatro lâminas e suas bainhas.

— Aqui. Vão embora!

Cortou-lhes as cordas das mãos, desceu o barco, e os aventureiros estavam na água negra.

— Existe terra naquela direção — ainda falou em um sussurro alto, apontando para um lado que, para qualquer um deles, não tinha nada de especial.

E remaram, desenferrujando os braços lentamente.

Izolda Tarante contava treze verões quando foi levada de Fortuna, sua terra natal, para Collen, onde conheceria o futuro marido. Em Fortuna, fora criada dentro de um convento de clérigas de Lena, pois sua parteira havia profetizado que aquele era o caminho para sua felicidade. Os pais de Izolda, como quase todos em Fortuna, davam muita importância aos presságios que o dia a dia carregava. Segundo as tradições, o primeiro augúrio de uma parteira sobre as crianças que trazia ao mundo era sempre acurado. Segundo as tradições, as meninas que nasciam sob trovoadas deveriam passar a noite do quinto aniversário (que era a idade em que os demônios atacavam) perto de clérigos, para que os espíritos malignos fossem exorcizados ao tentarem entrar. Os dois presságios se combinaram para confirmar a decisão da família, e a jovem Izolda mal conheceu os pais antes de viajar para junto das clérigas.

Sua família era rica, e Izolda nunca passou qualquer necessidade no convento. As clérigas eram boas, e ela foi feliz. Passou o quinto aniversário longe da família, e também todos os outros, mas nunca sentiu falta. Quando o pai e a mãe vinham visitar, era respeitosa e amável, assim como fora ensinada, e repetia o que havia aprendido (dogmas dos deuses, história de Arton e as tradições de boa sorte). Nunca se interessou em ser clériga; na verdade, seu único mau comportamento era escapar vez por outra para brincar de guerra com os meninos. Não eram permitidos garotos no convento de Lena.

Um dia, o pai de Izolda veio buscá-la para que ela conhecesse aquele que, dentro de alguns anos, seria seu marido. Izolda já fora informada, e já esperava o pai com a mala feita e um vestido novo que ela mesma costurara.

Eles viajaram por terra durante um tempo, e depois pelo mar, porque seu noivo vivia em Collen, que era uma ilha. Ele vinha de uma família rica, que tinha barcos e caravanas, e o pai de Izolda queria que sua própria família, que negociava tecidos, tivesse acesso àquelas comodidades. Izolda não se importava, contanto que o marido não fosse muito velho, nem muito feio, nem muito chato.

Na viagem, impressionou o pai, por que já sabia de cor que, em Collen, deveria elogiar os olhos da dona da casa e nunca mencionar a doença que tivera quando pequena (em que seu olho esquerdo inchara e derramara pus). Durante a viagem, eles fizeram todos os pequenos rituais de boa sorte: deram esmolas a todos os mendigos (menos as mulheres, porque, há muito, um demônio se disfarçara de mendiga); dormiram uma noite fora da carruagem em cada reino pelo qual passaram, e deixaram na estrada um espelho para refletir Azgher, o Deus Sol, e um pote d'água para refletir a noite de Tenebra, a Deusa da Escuridão.

A casa do noivo era grande, e sempre havia muitas pessoas entrando e saindo. Izolda achou engraçados os olhos desiguais, mas foi comportada e não riu nem um pouco. Ela elogiou os olhos da dona da casa (a sua futura sogra, que, na verdade, tinha olhos muito feios: um deles fechava na horizontal) e foi educada com o noivo. Ele não era velho; tinha pouco menos de trinta anos, mas, para Izolda, parecia um ancião. Mas, como ele era bonito, e sabia muitas histórias boas (e algumas piadas divertidas), ela achou que não se importaria de casar com ele. Afinal, o casamento só seria dali a três anos (pois era arriscado ter filhos antes dos dezesseis, já que o espírito da mãe quando criança podia vir para brigar com o filho), e isso era um tempo enorme.

No convento, Izolda valorizava muito os momentos em que podia ficar sozinha. Como estava sempre sob a vigilância das clérigas professoras (cujos olhos eram muito mais atentos que os de qualquer colleniano!), Izolda aproveitava a hora da catequese das colegas que estudavam para clérigas, e fugia para brincar. Ela era praticamente a única entre as internas que não iria se tornar uma serva de Lena, por isso aquelas eram horas de privacidade. Já na casa do noivo, ninguém prestava muita atenção nela. O pai e o futuro marido passavam horas discutindo negócios, e as criadas estavam sempre muito ocupadas para conversar. Como era difícil ver os olhos da futura sogra e não fazer careta, ela passava os dias conhecendo os cantos da mansão.

E um dia descobriu um alçapão que levava a um porão, que ela não havia visto antes e que nunca ninguém mencionara.

Izolda desceu pelo alçapão e achou tudo muito divertido, porque não tinha ninguém por lá e as paredes eram de pedra, e iluminadas por tochas, e aquilo tinha um ar de masmorra das histórias de heróis que ela ouvia. Mas então escutou um grito e ficou muito assustada.

Izolda era curiosa demais e, em vez de sair correndo, decidiu ir ver o que era. Ela chegou até uma porta que estava fechada, mas tinha uma janelinha com grades. Como ela era muito baixa, teve que pegar um banquinho em outra sala e subir para poder enxergar pela janelinha.

Lá dentro, estavam o pai dela e o noivo, e mais um homem. Estava nu, pendurado por correntes nos pulsos. Izolda viu que ele estava sangrando em um monte de lugares. O noivo dela começou a fazer umas perguntas para o homem preso, mas ele jurava que não sabia nada. Então o pai de Izolda pegou uma tocha da parede e encostou o fogo no meio das pernas do homem, e ele gritou de novo. Daí Izolda resolveu fugir.

Ela estava chorando muito, porque no convento havia aprendido que aquilo era uma coisa horrível. Ela não sabia quem ia poder ajudar, então decidiu ir até o porto. Queria voltar para o convento de Lena.

No porto ela encontrou um senhor que era bem velho e bem feio, mas muito gentil. Izolda estava assustada, porque um monte de gente já havia olhado para ela estranho e falado umas coisas que ela nem queria pensar (porque sabia muito bem o que eram). E aquelas pessoas de Collen ainda eram mais estranhas porque tinham os olhos diferentes, e o senhor, embora fosse de Collen também, tinha uns olhos bonitos (um era azul e o outro, cor de ferrugem), e ela havia aprendido que pessoas de olhos azuis nunca traíam ninguém (porque os deuses estavam no céu, e o céu estava nos olhos delas). Izolda pensou que, embora só a metade dos olhos dele fosse azul, era bom o suficiente. E o senhor ofereceu para levá-la de volta para Fortuna escondida num barco, e depois ia dar dinheiro para ela viajar até o convento.

Deu certo. Ela entrou escondida e ficou um monte de dias escondida embaixo de umas lonas, e o senhor (que se chamava Bert Barril) trazia comida todas as noites. Ela ficava acordada de noite, porque era quando podia comer e dar umas voltas pelo navio, já que a maior parte dos homens que trabalhavam lá estava dormindo. O pessoal do navio era horrível, e tudo fedia muito, porque havia muitos ratos e coisas podres por todo lado, e os homens não tinham como tomar banho, e nem tomariam, ela achava, se pudessem. Mas o capitão do navio era diferente dos outros, porque era bonito e bem jovem, e muito alto. Ele tinha aqueles olhos esquisitos (um era todo preto, sem cor na íris nem o espaço branco em volta) e uma cicatriz grande no meio do rosto, mas, como era muito alto e tinha um cabelo lindo, parecia muito bonito para Izolda.

Então, uma noite que ela estava passeando pelo navio, o capitão tinha acordado para beber aguardente (e todo mundo bebia muita aguardente no navio; ela mesma tinha provado mas era horrível), e ele viu Izolda. Foi uma gritaria, todo mundo acordou, e o capitão chamou Bert Barril e gritou muito com ele, e ele se desculpou mas o capitão estava muito zangado. Daí o capitão disse para ela contar por quê estava no navio. Ele chamava o navio de "Cação", mas o nome todo era "Cação Cego IV".

Izolda contou tudo. Ele ficou olhando ela um tempo, com aquele olho preto esquisito.

— Que inocentezinha. Direto para a minha cama.

A primeira vez que Izolda se deitou com o capitão doeu muito, mas depois ela se acostumou. O capitão só a maltratava na cama; fora dela, geralmente era generoso. Um dia um dos marinheiros tentou agarrá-la, ela gritou e o capitão ouviu, e bateu muito no marinheiro. Depois pendurou ele numa corda fora do navio. Ele ficou pedindo por favor para o capitão não deixar ele cair, mas o capitão deu uma faca para Izolda e mandou ela cortar a corda.

Daí ela cortou.

E ainda passou um tempo antes de Izolda ter coragem para perguntar o nome do capitão, e quando soube, nem parecia nome de gente. Era Sig Olho Negro.

— Esse aí deveria ser o nome do seu olho, não o seu — e ele riu muito quando ela disse isso.

E passou um tempo enorme que ela ficou no navio, e um dia ela perguntou para o capitão quando é que ela ia para Fortuna e ele disse nunca. Ela ficou assustada, mas depois pensou que não era diferente do convento, só que ela trabalhava menos e não estudava nada, e em vez de meninas tinha só homens. E ela começou até a conversar com os outros marinheiros além do capitão e do Bert Barril, que era o imediato, e os homens até começaram a ser bons com ela. E Izolda começou a conversar muito com o capitão, principalmente deitada na cama dele, depois que eles já tinham feito tudo que ele queria (o que, alguns dias, demorava um bom tempo).

— O que é cação?

— É tipo um tubarão.

Esse é só um exemplo das conversas deles; ela perguntava muitas coisas e ele respondia tudo, principalmente coisas do mar, porque ele sabia tudo do mar.

E, com o tempo, ele disse que ela tinha que aprender a beber aguardente e ela aprendeu, e que ela tinha que aprender a lutar e ela aprendeu, e que ela tinha que aprender a mexer no navio e ela aprendeu tudo muito rápido, e depois de um tempo já estava corrigindo umas coisas nos homens. Alguns não gostaram muito disso e uma vez dois vieram tirar satisfações, mas dessa vez Izolda nem gritou e deu uma surra nos dois, porque o capitão tinha ensinado ela a lutar muito bem.

E com o tempo foi ficando bom deitar com o capitão, até que ficou muito bom, e foi ficando bom fazer as coisas que ele mandava, até que ficou muito bom, e até que ele não mandava mais, só pedia. Ele dava muitos vestidos e joias para ela, mesmo que ela não pudesse usar muito, porque no navio tinha que usar roupa de homem, que era mais prática. Izolda costurava as roupas dele mesmo sem ele pedir, e sempre que alguém no navio falava mal do capitão ela ia dar um corretivo, e poucas vezes quem tinha falado mal repetia, e quando repetia levava uma surra. Aquilo virou uma vida boa.

Eles atacavam alguns navios, mas geralmente só levavam umas cargas de um lado para o outro, e recebiam muito dinheiro por isso. Izolda sabia que aquilo era errado, porque, mesmo quando não estavam roubando, o que eles carregavam era roubado, ou era simplesmente proibido. Mas não importava, porque até o pai dela tinha feito coisa muito pior (anos atrás), e, mesmo que pessoas morressem nos ataques e quando a armada vinha atrás deles, eles nunca fizeram uma coisa tão horrível quanto o pai dela aquela vez.

Uma vez, o capitão pegou uma prisioneira e carregou até a cama dele para se deitar com ela, e Izolda ficou muito desesperada. Depois gritou com ele e disse que não queria que ele fizesse aquilo nunca mais. Ele achou estranho porque eles nunca tinham combinado nada, mas depois o capitão admitiu que não queria que ela se deitasse também com outras pessoas (e tinha muitos homens no navio, mesmo que fossem todos horrorosos), e eles concordaram em ficar só um com o outro.

Quando Bert Barril decidiu que queria ficar em terra, o capitão xingou muito ele, mas no final ele teimou e ficou em terra mesmo, e o capitão transformou Izolda em imediato, já que ela já mandava em todos os homens mesmo. Poucos meses depois eles visitaram o porto onde Bert Barril tinha ficado, mas ele tinha morrido de febre. O capitão se trancou por dois dias na cabine, só com um barril de aguardente. Ele não quis ver ninguém (nem ela), bebeu muito e, por mais que não admita, chorou muito também. Izolda decidiu que era melhor não chatear o capitão e comandou o navio sem problema nenhum por dois dias, até que ele saiu da cabine dando muitas ordens e xingando muito, e ela ficou muito feliz.

Só que aí ninguém mais chamava ela de Izolda: era Izzy.

E então, a tal clériga meio-elfa, que era inocente como Izzy fora, e parecia a menina que ela um dia fora também.

Há tempo que Sig tratava ela como os velhos casais: apelidos meio de carinho e meio de desprezo, e brincadeiras demais sem lembrar do que sentia por baixo. Izzy era pirata, não tinha tempo para as melosidades das moças bem-criadas, mas vinha-lhe um nó na garganta quando, para ela, cópula suada e, para a outra, atenções desmedidas. Ele dizia que era para torturar os prisioneiros que protegiam tanto a tal clériga, mas mesmo assim.

E ele deu para ela o vestido que fora de Izzy.

E ele chamava ela pelo nome (e o nome de Izzy só em grito, quando ela estava do outro lado do navio).

E ele se esforçava para fazer os galanteios jocosos que serviam para atormentar a prisioneira. *"Não reclame, vaca, pois foi assim que ele me conquistou"*.

E para Izzy um minuto só quando queria aliviar-se entre suas coxas; para a clériga muito tempo a maquinar brincaderinhas cruéis.

Até que um dia ele sugeriu que a clériga ficasse como sua amante. Ele gostava de meninas inocentes (e essa tinha a inocência de menina e o corpo saboroso de mulher). Tinha falado para assustar, mas, para assustar, poderia também resolver estuprá-la. Assim como havia estuprado Izzy, anos antes. Assim como começou com ela.

E foi então que Izzy decidiu banir do "Cação Cego" a novidade, e deixou que todos eles fugissem. Passou-lhe pela cabeça simplesmente matá-la, mas a tal meio-elfa era de Lena, e as lembranças das clérigas do convento falaram mais alto. Amaldiçoou as tutoras da infância e mandou todos embora, e até mesmo devolveu as espadas que dois deles queriam.

Ainda não sabia o que iria falar para Sig, mas o capitão ela sabia enfrentar.

E, quando o bote com os prisioneiros desapareceu na água preta, ela era Izzy de novo, e era Izolda.

No bote.

Masato trocou com Nichaela um olhar significativo, de obrigado, porque o que ela havia feito por eles era um segredo só entre os dois.

— Um dia, Sig Olho Negro — Vallen rosnou baixinho.

Mas Ellisa, sem paciência:

— Cale a boca. Ele nem pode ouvi-lo.

E, para aquele dia, eles não tinham mais frases bonitas.

CAPÍTULO 8

SONHOS E APOSTAS

NÃO TINHAM NENHUMA MOEDA DE COBRE. ESTAVAM com fome. E nada no reino de Ahlen era de graça.

Os aventureiros haviam conseguido completar a curta e lúgubre jornada de bote do "Cação Cego" até a terra firme. Os olhos de falcão de Ellisa haviam conseguido distinguir a linha mais escura do litoral contra o céu de poucas estrelas daquela noite de Tenebra. O grupo havia chegado, salgados e encharcados, até uma praia desconhecida, onde dormiram no chão, atrás de algumas dunas. Estavam exaustos, e só acordaram quando um sol forte queimou seus rostos. Ao despertar, descobriram que Artorius havia permanecido acordado durante toda a noite, guardando o sono dos companheiros.

— O segundo turno de guarda era meu — disse Vallen, magro e com areia fina nos cabelos.

— Eu não estava cansado — mentiu o clérigo de Tauron.

Naquela manhã de calor e ressentimento, estavam com fome. O bote já havia sumido, o que, na verdade, fazia pouca diferença. Empertigaram os corpos doloridos e arrastaram as pernas até depois das dunas, para descobrir que, nas proximidades, havia pescadores atarefados. Contaram dez pescadores trabalhando na margem, e um barco pequeno na linha do horizonte, com certeza carregando mais trabalhadores. Fizeram algumas perguntas para os homens rudes de torso nu e pele tostada, mas foram solenemente ignorados.

— Típico de Ahlen — disse Ashlen Ironsmith.

A manhã era pegajosa: calor, sal e umidade. A praia entrava em ouvidos, narizes, olhos, na forma de resíduos do mar e grãos de areia. Todos estavam muito sujos, mas quem se sentia mais sujo era Vallen.

Andaram por mais algum tempo rumo à cidade onde moravam todos aqueles pescadores. Levava o nome de Mergath, e não era muito diferente de Var Raan, onde haviam conhecido Balthazaar, Izzy e Sig Olho Negro.

— Típico de Ahlen — repetiu o jovem. — Ahlen é como Var Raan, apenas maior e mais perigoso.

O reino de Ahlen era conhecido por todos em Arton como uma terra de intriga. Em praticamente qualquer reino era comum ver nobres e burgueses ricos metidos em joguinhos incestuosos de poder e traição, mas em Ahlen, até mesmo os mais humildes tinham seus próprios jogos. Talvez menores, talvez envolvendo menos Tibares e menos pessoas, mas mesmo assim sórdidos e letais. A vida em Ahlen era um jogo de vantagens, um caminho tortuoso onde todos olhavam constantemente à sua volta, em busca de traições e maneiras de trair. Os filhos eram criados para serem espertos, e todos se orgulhavam de pisar nos semelhantes, numa escadaria humana rumo à felicidade. É claro, nem todos em Ahlen possuíam comportamentos cruéis e disposição sinistra. Havia, como há em todo lugar, amor e lealdade. Contudo, era comum proteger os entes queridos com uma sutil trapaça aos nem tão queridos assim.

Talvez alguém pudesse imaginar o que levaria qualquer um a viver em um país tão inóspito. O fato é que, apesar da fama de víboras que possuíam os habitantes de Ahlen, eles próprios não se viam assim. Conhecendo apenas aquele ambiente durante toda sua vida, um nativo de Ahlen não estranhava a corrupção e desonestidade. Pelo contrário, em Ahlen os bardos cantavam pilhérias sobre os aristocratas e seus escândalos, e todos riam, e isso parecia ser desforra suficiente para um povo acostumado a ser capacho dos governantes e uns dos outros. Ocasionalmente, um bardo mais ousado era punido, para que os outros soubessem onde parar, mas isso também, na mente dos ahlenienses, já era comum. Ao fim e ao cabo, Ahlen era um tributo à capacidade de adaptação das pessoas de Arton: era prova de que, se havia felicidade e satisfação em um reino como aquele, o povo daquele mundo poderia prosperar em qualquer território.

Além disso, um certo grau de cegueira contribuía em muito para tornar a vida em Ahlen tolerável: um reino de sutilezas e intrigas não era local para a violência florescer, e, assim, Ahlen dificilmente via guerras ou batalhas violentas. Os monstros e ameaças que assolavam outras partes do

Reinado não tinham lugar: era um reino civilizado onde, embora pudessem morrer de veneno ou de fome, os nativos não morriam de ataques inimigos. Ouviam isto de novo e de novo dos menestréis pagos pelo regente Thorngald Vorlat. E repetiam isto para si mesmos para suportar a existência e fabricar sua felicidade.

Além disso, havia a Noite das Máscaras.

Uma única noite por ano onde as inibições sumiam, junto com os rostos, por trás de disfarces e fantasias elaboradas. A Noite das Máscaras era uma festa sem igual em todo o Reinado, onde os plebeus eram iguais aos nobres, e onde tudo era permitido e tudo se perdoava. Ninguém era ninguém na Noite das Máscaras. Pais e filhos eram estranhos, os mais retraídos soltavam suas naturezas ocultas, e vontades proibidas eram satisfeitas. Ninguém falava sobre o que acontecia na Noite das Máscaras. Todos concordavam que as máscaras que usavam lhes escondiam, e assim ninguém poderia ser identificado e responsabilizado pelo que fizera. Contudo, é óbvio que meras máscaras não podiam ocultar por completo uma identidade, e mesmo as magias mais simples eram capazes de revelar a pessoa por trás de uma fantasia. O que ocultava as identidades na Noite das Máscaras era o acordo tácito entre todos os ahlenienses. Mesmo reconhecendo alguém que fizesse algo indizível, na Noite das Máscaras um ahleniense se calava. Porque naquela noite havia liberdade total (e o horror que vem com a liberdade total), e porque, provavelmente, a testemunha também havia feito algo indizível. Na Noite das Máscaras não havia ciúmes, não havia amores nem o sentimento de posse. Só o instinto, e uma gota de loucura, no frenesi de comemoração de nada. Embora tivesse começado comemorando a fundação de Ahlen, a Noite das Máscaras hoje em dia não celebrava nada além de si mesma.

A Noite das Máscaras era uma festa de Nimb, o Deus do Caos, mas também de Lena, a Deusa da Vida, pois nunca ninguém no Reinado estava mais vivo (no sentido mais nervoso e intenso) do que naquela noite. Alguns gostavam de dizer que a festa agradava também a Marah, a Deusa da Paz, mas, embora o amor livre pregado por ela existisse naquela noite como em nenhuma outra, as máscaras também escondiam quem usava adagas e bestas para eliminar inconvenientes. O único deus que era ausente por completo da Noite das Máscaras era o poderoso Khalmyr, o Deus da Justiça. A ordem pregada por Khalmyr nunca encontrava oposição tão ferrenha. Na Noite das Máscaras, as pessoas eram mais semelhantes aos animais da deusa Allihanna do que com os seres ordenados de Khalmyr.

Assim, na Noite das Máscaras todas as frustrações e infelicidade que os ahlenienses guardavam, sendo pisoteados pelos nobres e uns pelos outros, eram compensadas com uma dose não diluída de alegria frenética.

E, por tudo isso, Ahlen era um lugar perigoso.

Contudo, após suas provações em Collen, os aventureiros sentiam-se felizes por estar em um reino onde as pessoas tinham olhos idênticos. E entraram em Mergath com os olhos nas costas, mas um pouco mais de confiança (tanta quanto a fome permitia).

Para quem entra com armas mas sem informações ou conhecidos em uma cidade estranha, a manhã não é uma boa hora. A noite, com as tavernas e os tipos escorregadios prontos a vender qualquer coisa, era mais apropriada para aventureiros recém-chegados. A manhã era o domínio das pessoas comuns, das mães e dos trabalhadores honestos, e era difícil para qualquer bando com uma missão descobrir qualquer coisa útil. De alguma forma, podia-se dizer que a manhã era o mundo real, a existência ordinária que, por vezes, parecia distante e alienígena para aqueles que viviam pela espada e pela magia. Aventureiros passavam tanto tempo entre lâminas, feitiços, monstros, inimigos e quantidades aterradoras de tesouros que, às vezes, se esqueciam de como era viver na labuta perpétua dos plebeus comuns de Arton. E, por vezes, situações ordinárias eram mais desafiadoras do que uma batalha.

Entrar em uma cidade estranha, descobrir os meandros, os ires e vires de seus habitantes, era algo usual para aquele grupo. Assim, automaticamente Vallen começou a distribuir ordens à medida que eles chegavam a Mergath, incumbindo alguns de tentar conseguir dinheiro enquanto outros escavavam informações.

Contudo, desta vez foi interrompido por Rufus Domat.

— O que vamos fazer?

E aquela era uma pergunta impossível.

O peso do que Rufus havia dito caiu neles de uma só vez, e todos foram obrigados a pensar no que tentavam desconsiderar desde que haviam sido capturados. Aquela missão já havia cobrado um tributo caro demais, e, na verdade, eles não sabiam como prosseguir. Pararam no chão de areia amarela, a cidade à vista, e tentaram responder, mas não conseguiam. Haviam perdido o rastro do fugitivo, e, mesmo que voltassem para Kriegerr, o esquivo criminoso já teria partido há muito tempo. Além disso, estar sem dinheiro significava que, de um ponto de vista frio, não tinham mais motivo para caçá-lo. A recompensa oferecida por Irynna, a filha de comerciante em Petrynia, já se fora. Embora todos percebessem isto, era Ashlen, o mais prático do grupo, quem mais tinha em mente que aquela missão, dali em diante, era apenas prejuízo.

A pergunta pairava: *"O que vamos fazer?"*

— Achar o criminoso e matá-lo — foi a resposta de Masato Kodai. — Ao menos eu.

Haviam se esquecido: Masato tinha um dever diferente do deles. Para o samurai, sua vida não valeria nada caso ele desistisse da missão. Para os outros companheiros, ele pareceu de repente muito alto e denso naquele sol de praia. Mesmo em farrapos encharcados, Kodai era um nobre.

— Eu vou continuar — para a surpresa de todos, Nichaela falou com uma solidez pétrea em sua voz pequena. Inconscientemente, deu um passo para o lado, ficando mais próxima do tamuraniano.

— Dever — trovejou Artorius, olhando o horizonte com determinação e tristeza infinitas. — Dever, honra e vingança. E força — e não disse mais nada.

Por um momento, aqueles que restavam invejaram os três. Eles já haviam tomado uma decisão, ou melhor, sua decisão fora tomada por eles. Eles seguiam a um deus ou a um Imperador, e isso lhes guiava para sempre. Como era difícil ser senhor do próprio destino!

Ellisa, Rufus e Ashlen, por instinto, olhavam Vallen. A cabeça dele pendia. Depois de um silêncio longo, sua voz veio engasgada:

— Dois dos nossos morreram — ele disse. — *Nós vamos continuar.*

E, como uma golfada de ar fresco, eles souberam que também tinham um deus, um senhor. Não era Vallen, pois este também obedecia: era a lealdade, eram todos, era aquele grupo. Uma coisa muito maior e mais pesada do que eles, sendo todos e sendo algo mais. Impondo um fardo enorme, aquilo tornava tudo mais fácil. Andilla e Gregor já haviam pago o preço daquela demanda. Eles precisavam continuar.

E continuaram, embora Ashlen ainda olhasse para trás. Esperava que o mar trouxesse o corpo de Gregor, para que, dali a alguns dias, ele despertasse e dissesse algumas pilhérias.

Mas o mar só trouxe espuma suja, e a praia só trouxe areia em suas botas, e não havia pilhéria nenhuma.

Mergath era uma cidade grande o suficiente para que houvesse dinheiro, e pequena o suficiente para que só um homem possuísse dinheiro. Este homem se chamava Dylan Brondarr. Embora possuísse muitos barcos e quase todo o peixe que o mar trazia fizesse tilintar os Tibares em sua bolsa, o tal Brondarr enriquecera da terra, e não da água. A mercadoria que mais lhe trazia lucro vinha de Midron, uma cidade mais sinistra e com mais homens de riquezas, e todos mais perigosos que Dylan Brondarr. Embora Brondarr fosse um tubarão entre os pescadores e comerciantes humildes de Mergath, quando se encontrava com os poderosos de Midron era apenas um peixe inofensivo, que podia ser devorado a qualquer minuto.

Ashlen descobriu isso (e mais informações escorregadias e suculentas) com uma conversa rápida com algumas senhoras de poucos afazeres, próximo ao mercado que fedia a peixe. Aqui e ali, homens armados — de roupas desiguais mas com faixas azuis que serviam como uniformes improvisados — rondavam, fazendo perguntas ocasionais e dispersando grupos reunidos nas ruas. Eram homens de Dylan Brondarr, e faziam as vezes de milícia naquela cidade onde o regente Vorlat não mandava. Os habitantes de Mergath não estranhavam aquilo, e, na verdade, não era incomum que, em cidades pequenas de Ahlen, houvesse uma lei própria — desde que houvesse dinheiro para pagar por ela.

Os aventureiros tinham informações, mas isto não encheria seus estômagos. Já estavam fracos de fome, e mesmo suas poses orgulhosas não iriam se manter por muito tempo. De fato, eram pouco mais do que mendigos, escorados em um canto oculto por algumas casas de madeira úmida. Quando Ashlen voltou do mercado, trouxe as informações, e, depois que parou de falar, retirou dois pães de baixo da camisa.

— Ora, vamos! — disse, ante as expressões do grupo, especialmente Masato e Artorius. — Nem mesmo Gregor poderia me repreender desta vez.

Gregor, como todos os guerreiros sagrados, havia sido devotado ao bem, e também à honestidade. Possuir campeões como ele era um privilégio dos deuses mais justos e benevolentes. A honestidade de Gregor muitas vezes entrara em conflito com as ações de Ashlen, embora a amizade entre os dois nunca houvesse sido abalada. O nome do amigo morto não soou estranho: mesmo que tentassem se convencer do contrário, todos esperavam encontrar Gregor a cada esquina, rindo e secando os longos cabelos.

— Ele tem razão — Vallen calou os protestos do minotauro e do samurai. — Vamos comer, e, mesmo que vocês não queiram, vou enfiar-lhes este pão garganta abaixo, que os deuses me ajudem!

E todos comeram, embora tenham deixado um pedaço muito maior para Nichaela. Ela, de todos, estava menos esfaimada, mas mesmo sob protesto foi obrigada a aceitar.

— E eu já conheço nosso próximo destino — disse Ashlen com a boca cheia. — Para nossa sorte, Mergath nunca pára, mesmo numa manhã sonolenta.

Foram ao maior prédio da cidade, que pertencia a Dylan Brondarr e, com efeito, estava em pleno funcionamento. A escravidão, em Mergath como em qualquer lugar, nunca descansava.

A cidade era baixa, e o prédio que os aventureiros procuravam destacava-se entre as casas pequenas de madeira. A areia amarela e fina da praia espalhava-se com o vento, e quase toda Mergath era coberta por um tapete fino que entrava nas roupas, nos sapatos e entre os cabelos. Não havia muita vegetação nas proximidades, e o vento soprava livre por entre as construções. Mergath era banhada pelo mar, e o ar vinha às narinas com um gosto salgado. A manhã já era adulta, mas a cidade era mergulhada num silêncio morto.

Enquanto os aventureiros maltrapilhos andavam pela cidade, recebiam muitos olhares atentos, e alguns de desprezo declarado. Muitas pessoas cuspiam no chão ante a visão de Artorius, Masato e Nichaela, pois os não humanos não eram bem-vistos em Ahlen. Mesmo assim, eles sabiam que isso era um tratamento bom, se comparado ao que receberiam em outras cidades do reino. Mergath, sendo um porto, estava acostumada a pessoas de raças diversas. No resto de Ahlen, provavelmente os não humanos do grupo seriam escorraçados, presos ou mortos.

Finalmente chegaram ao prédio de quatro andares que Ashlen apontara. Não havia placas ou indicações do que funcionava por lá, e a única entrada era uma porta pequena e discreta, que estava fechada. Também não era particularmente refinado ou bem construído: só era grande e não estava podre. Todos receberam as ordens de Ashlen (a quem o grupo obedecia naquele tipo de questões) e dispuseram-se como ele havia indicado: os três não humanos ficariam de fora, e o restante deveria acompanhá-lo dentro do prédio, sem falar uma palavra.

Ashlen bateu na porta, e, depois de pouco tempo, uma fresta revelou um pedaço de rosto hostil.

— Desejamos beber um pouco de chá — disse Ashlen. Era uma senha, pois a porta se abriu por completo, e o rosto hostil pertencia a um homem enorme que portava um martelo de combate. Ele guardava a porta pelo lado de dentro junto a outro homem, ainda maior do que ele, também armado.

— Sejam bem-vindos — no sorriso do guarda faltava um dente. — Dona Mellina virá lhes receber — o brutamontes fechou a porta, rapidamente escondendo o lado de fora.

Logo, uma bela mulher de quarenta e poucos verões, trajando roupas pomposas que ocupavam muito espaço, veio dar boas-vindas efusivas aos aventureiros. A entrada do prédio era um pequeno corredor apertado, que tinha uma porta à esquerda e outra à frente. Mediante instruções de Mellina, eles entregaram suas armas para o segundo guarda (na verdade, suas únicas armas eram as espadas de Vallen) e seguiram a sorridente mulher no curto caminho à frente. Antes de abrir uma porta, Mellina, sem nunca perder o sorriso, foi firme em avisar-lhes:

— Devem gastar no mínimo cinquenta Tibares cada enquanto estiverem aqui. E agradecemos se não causarem problemas — aquilo, por trás de maneiras impecáveis, era uma ameaça.

A porta foi aberta para revelar um local de escravidão.

Ali não se compravam ou vendiam escravos. Pior: fabricavam-se. O prédio podia ser chamado de taverna, mas era um local para o consumo de achbuld, uma poderosa erva alucinógena, proibida em todo o Reinado — bastante comum em Ahlen.

— Bem-vindos ao purgatório — murmurou Ashlen.

O local, escuro e avermelhado, era todo salões enormes, por onde uma grande quantidade de mobília luxuosa se espalhava em harmonia. A maior parte eram divãs estofados, onde alguns homens de olhar vago estendiam-se, balbuciando incoerências para as criaturas de seus sonhos. Estes eram os usuários do achbuld, que viviam em dois mundos: o real, onde estavam as outras pessoas, e o do achbuld, povoado pelos mais variados seres imaginários. Havia também algumas mesas, e portas duplas de onde saíam algumas belas garçonetes, e poltronas dispostas em círculos ou isoladas.

— Procuramos oferecer o melhor para nossos clientes — explicou Mellina, educada e solícita.

Havia poucos clientes naquela hora, pois as noites eram mais o domínio do achbuld do que as manhãs. Contudo, para muitos, aquela ainda era uma longa noite; o sonho de achbuld fazia o tempo desaparecer. Não havia janelas naquele prédio, para não lembrar aos fregueses que, fora de seus sonhos, a vida continuava. Por toda parte, goblins vestidos em roupas pequenas de crianças nobres corriam, atarefados. Eram os empregados, atendendo às necessidades dos fregueses e limpando a sujeira da noite anterior. Em todo o Reinado, mas especialmente em Ahlen, os goblins eram considerados cidadãos de segunda categoria, vivendo entre a imundície para servir às pessoas de mais alta estirpe.

— Nos andares superiores, temos quartos privativos para os sonhos — continuou Mellina. — Estão disponíveis por uma pequena taxa. Temos também meninas ou rapazes para providenciar divertimento.

Ellisa disfarçou uma cara de nojo. Mellina seguiu falando. Os aventureiros viram que nenhum dos clientes, os "sonhadores", como eram gentilmente chamados por aqueles que os escravizavam, parecia ter notado sua presença.

O achbuld era uma coisa traiçoeira, bem ao gosto de Ahlen. Embora houvesse em Arton plantas alucinógenas variadas, que produziam visões místicas, o achbuld era diferente. Druidas e servos de Allihanna, a Deusa da Natureza — ou mesmo de outros deuses primais, como Megalokk, o Deus dos Monstros — utilizavam alucinógenos para obterem revelações de suas divindades. Contudo, estas não escravizavam: era possível para os druidas utilizarem-nas e, caso decidissem, cessar seu uso. Além disso, elas faziam seu usuário enxergar dentro de si mesmo, encarando verdades que eram difíceis demais para a maioria das pessoas. Já o achbuld só trazia mentiras. Os sonhos de achbuld eram agradáveis, muito melhores que a realidade. Não traziam revelações e, portanto, não eram temidos por aqueles fracos demais para as visões das outras plantas. E, em pouco tempo, o usuário de achbuld começava a gostar cada vez mais do mundo dos sonhos, vendo lá mais realidade que no tedioso mundo real. Muitos caíam na armadilha do achbuld, tratando um único uso como uma espécie de descanso da vida. Mas eram raros os que conseguiam limitar-se a apenas um dia de descanso. Logo, o achbuld virava a vida, os sonhos eram cada vez mais longos e frequentes, e a realidade desmoronava. Talvez fosse uma existência feliz — viver no mundo de sonhos, cego para o que existe — mas o achbuld era um luxo caro. Assim, a maioria dos escravos logo ficava sem os muitos Tibares necessários para comprá-lo. E os braços que um dia haviam se aberto para acolhê-los eram rápidos em atirar-lhes na rua. Os comerciantes de achbuld não toleravam aqueles que não tinham ouro. E, talvez pior que a morte, muitas vidas eram perdidas lentamente, enquanto os escravos sem achbuld arranhavam a porta dos comerciantes, ávidos por mais sonhos.

Não era de se espantar que em Ahlen, onde a vida podia ser tão implacável, tantos desejassem sonhar.

Os aventureiros atravessavam o salão, ouvindo Mellina discorrer sobre as várias atrações oferecidas. Duas jovens, que estavam ali para "providenciar divertimento", tentaram sorrir sedução para os homens do grupo. Maquiagem espessa disfarçava sua aparência maltratada: eram escravas do achbuld, vendendo seus últimos encantos por mais sonhos. Por fim, depois de exaltar as qualidades do vinho servido na casa e da elfa dançarina do terceiro andar, Mellina finalizou a pequena excursão, com uma mesura e um sorriso.

— E então? O que desejam?

— Nada disso — disse Ashlen, com sua melhor expressão séria. — Quero jogar na mesa de Wyrt do senhor Brondarr.

A bela e comedida Mellina disfarçou o espanto. Aquele garoto sabia mais do que devia.

— A mesa de Wyrt de *lorde* Brondarr é apenas para aqueles muito abastados — disse ela, voz de mel com cacos de vidro.

Apenas Ashlen e Ellisa notaram, mas alguns goblins olharam significativamente para Mellina e desapareceram atrás de portas. Logo, surgiram no salão homens com elegantes armaduras de couro, portando elegantes espadas longas.

— Ah, mas eu possuo riquezas — disse Ashlen, desconsiderando o olhar superior de Mellina para suas roupas duras de sal. — Diga-me se isto não é uma riqueza — fez um gesto na direção de Ellisa.

"Mais um golpe no orgulho de todas as mulheres de Arton", pensou Ellisa. Cada vez mais aquela jornada lhe dava vontade de quebrar algo, ou alguém.

— Lorde Brondarr não se interessa por apostas deste tipo — Mellina apertou os lábios pintados.

— Ah, sim, se interessa — sorriu Ashlen. — Também posso apostar um mago, aluno exemplar da Academia Arcana, e um jovem e belo guerreiro. Apenas fale com *lorde* Brondarr, e, caso ele não se interesse, não irei mais incomodá-lo.

Ashlen já havia começado a apostar. Apenas conhecer a existência da mesa de Wyrt de Dylan Brondarr já era prova de que ele era bem-informado, e um pouco perigoso. O Wyrt era um jogo de cartas e dados bastante conhecido em Ahlen. Contudo, apenas membros da nobreza tinham a permissão de jogá-lo — as penas eram severas para quem infringisse essa lei. A afetação da palavra *lorde* na voz de Mellina era uma ameaça sutil a Ashlen, um sinal de que Dylan Brondarr era um nobre, e assim, tinha permissão para jogar o Wyrt. Já a inflexão que Ashlen dera à mesma palavra significava que ele sabia muito bem que Brondarr não era um lorde, apenas um comerciante que enriquecera com a venda de achbuld. A informação de que o Wyrt era praticado naquele lugar era uma arma poderosa. Ashlen fizera sua jogada, e olhava nos olhos de Mellina, esperando que ela fizesse a sua.

— Irei chamá-lo — a bela mulher decidiu não conferir o blefe do jovem.

Enquanto ela saía, Ashlen suspirou discretamente de alívio. Já tivera sorte por três vezes: a informação que possuía era correta, a mesa de Wyrt da noite anterior ainda se estendia pela manhã, e Mellina não decidira mandar matar todos eles.

— Nimb está sendo generoso — disse, enquanto procurava algo para amarrar o cabelo.

Os elegantes homens armados deixaram o salão com o mesmo silêncio com que haviam entrado. Nenhum dos sonhadores pareceu perceber coisa alguma. Uma das jovens lindas e maltratadas sentou-se em um divã, recebendo toques lascivos das mãos débeis de um dos clientes, enquanto convencia-o a gastar mais alguns Tibares. Depois de algum tempo, Mellina retornou.

— Tenha a bondade de me acompanhar — disse, mais humilde do que antes.

Subiram até o quarto andar. Ashlen foi conduzido até uma sala privativa enquanto os outros esperavam em um outro salão, vazio exceto por alguns divãs e poltronas. Receberam ofertas de achbuld, vinho e amor pago, mas recusaram todas. Enfim, foram deixados sozinhos (embora, e eles soubessem, o lado de fora da porta fechada fosse vigiado).

— Espero que ele saiba o que faz — disse Ellisa, cansada.

Rufus tremia de leve.

A sala do jogo de Wyrt era um mundo à parte, e logo Ashlen perdeu a noção do tempo. O ambiente recendia a bebida e fumaça. Contudo, era fácil ver que ninguém ali estava bêbado — todos mantinham atenção ferrenha. Era uma sala ampla, mas os convivas só ocupavam uma mesa apertada. Tudo estava escuro, exceto pela própria mesa, que era iluminada por um lampião. Mesmo na penumbra, Ashlen podia ver alguns guardas atentos espalhados.

Havia quatro homens na mesa. Todos eles tinham idade suficiente para serem pais ou avós de Ashlen. Contudo, naquele ambiente traziam o mesmo olhar de um guerreiro veterano no campo de batalha. Há situações em que um velho é mais perigoso que o mais forte e ágil dos jovens.

— Bem-vindo — grunhiu um dos homens, estendendo uma mão em cumprimento. — Sou Dylan Brondarr.

O dono do prédio — e da cidade — era um senhor calvo, de feições e corpo grossos e malfeitos. Os ossos eram agigantados, brutos e cobertos por uma camada grossa de gordura. O nariz arredondado era cortado a formão, como uma estátua ainda não finalizada. Brondarr trajava roupas finas, mas estavam amarrotadas e tinham manchas grandes de comida. As mangas estavam arregaçadas, revelando os braços peludos. Ele suava muito, e constantemente secava a testa e a papada com um lenço encharcado. Fez um gesto para que Ashlen se sentasse, e ele obedeceu.

Ashlen foi apresentado aos outros jogadores, chamados Igor, Devon e Klaust. Os homens eram parecidos, e se misturavam numa massa indistinta; todos velhos, feios e ricos. Uma barba, um par de verrugas, um cabelo ainda não grisalho diferenciavam-nos, mas logo Ashlen esqueceu-se de quem era quem. Até porque, ele viu logo, o único adversário real era Brondarr. À frente dele, havia uma grande pilha de Tibares.

Ao se sentar, Ashlen sentiu um forte cheiro de suor, vindo dos jogadores, que foi se juntar ao cheiro de fumaça e bebida. Um empregado trouxe um baralho novo, e o característico cheiro de cartas virgens se agregou também.

— Quer uma bebida? — grunhiu Brondarr.

Agradecendo, Ashlen recusou. As cartas foram embaralhadas e distribuídas, os dados de madeira foram postos em um copo, e o jogo começou.

Ashlen viu sua mão, e ela não era ruim. Analisou suas possibilidades de jogadas e descartou suas melhores cartas, recolhendo outras, que nem de longe eram tão boas. As apostas começaram.

— Eu aposto o mago — disse Ashlen.

Houve uma gargalhada. Um dos jogadores emendou um acesso de tosse úmida.

— Nada disso — sorriu Dylan Brondarr. — Primeiro a garota.

Ashlen xingou em silêncio. Em seguida, fez sua jogada patética. Os outros jogadores fizeram o mesmo, os dados foram rolados e houve um ganhador.

— A garota é minha! — rugiu Brondarr, recolhendo também os Tibares dos outros jogadores.

Mediante uma ordem, um dos guardas que estavam na sala se retirou. Surgiu na sala de espera e, tomando Ellisa pelo braço, sumiu com ela por uma porta.

Vallen rogou uma praga.

Na mesa de Wyrt, a segunda rodada. *"Chega de encenação"*, pensou Ashlen. Decidindo começar a jogar a sério, analisou suas cartas. Nada más. Descartou com esperteza, formou um jogo forte e mostrou o que tinha. Colocou os dados no copo, agitou-o, orou a Nimb, e deixou-os rolar na mesa.

Perdeu.

Um dos jogadores (Ashlen esquecera-se do nome) recolheu os Tibares, e, rindo, disse que precisava mesmo de um guerreiro.

— Velho pervertido — gargalhou Brondarr, prosseguindo com o jogo.

Na sala de espera, um guarda conduziu Vallen pela porta. Sozinho, Rufus estremeceu ainda mais. Depois de um tempo, chamou um goblin.

As cartas foram distribuídas pela terceira vez. Ashlen entrou no assunto dos homens, e aproveitando uma distração, trocou sutilmente algumas de suas cartas. Descartou, trocou mais uma vez, e seu jogo era perfeito — imune até mesmo ao humor dos dados. Sua trapaça passou desapercebida, e ele sentiu muita vontade de sorrir. Mostrou o jogo.

Perdeu.

É claro que outro havia trapaceado, mas Ashlen não poderia acusá-lo sem denunciar a si mesmo. Brondarr fora o vencedor, e recolheu as moedas.

— Parece que tenho um mago para me entreter — o velho sorriu com maldade. — Agora, fora daqui, garoto.

Ashlen sentiu as costas gelarem. Um do guardas já se aproximava para conduzi-lo para fora.

— Espere! — cessaram as vozes, o guarda ficou imóvel. — Aposto a mim mesmo.

— Então preciso ganhar esta mão! — um dos velhos sorriu, olhando com cobiça para Ashlen. Todos riram.

Mas, daquela vez, era Ashlen quem deveria embaralhar e distribuir as cartas. Pegou o baralho novo desajeitadamente, deixou-o cair, sob gritos dos outros jogadores. Ao recolhê-lo, escondeu duas cartas altas no colo.

Distribuiu, descartou, fez seu jogo. Com discrição, pegou as cartas escondidas.

Súbito, sentiu dedos fortes agarrando seu pulso. Era um guarda que ele não havia notado. Fora pego.

— Pequeno ladrãozinho — Dylan Brondarr rosnou um sorriso.

— Devo mandá-lo para a sala dos convidados especiais? — disse a voz grossa do guarda, ainda segurando o pulso culpado de Ashlen.

Dylan Brondarr examinou-o por um instante, com seus olhinhos de porco.

— Ele é um jogador atrevido... Pode ter valor — pensou em voz alta. — Mas é melhor torturá-lo até a morte.

— Não! — exclamou Ashlen. Conseguiu um momento de hesitação para raciocinar, e deixou a língua esgrimir: — Eu estava jogando como se joga. Não é assim que se faz?

— Você trapaceou, moleque — grunhiu um dos velhos.

— Todos trapaceiam — disse Ashlen. Seu pulso ainda estava na mão forte do guarda, e uma gota trêmula de suor escorria-lhe pela testa. — Vocês têm medo de que um moleque possa passar-lhes para trás?

Notou que conseguira inflamar os orgulhos. Atacou de novo rápido:

— Vão me matar para garantir que não percam de novo? Ou vão ter coragem e jogar?

— Cuidado com a língua, rapazinho — disse Brondarr, mal abrindo os lábios rudes.

— Por quê? Vão me matar *mais*? — um dos velhos deu uma risada, mas foi silenciado por olhares reprovadores. — Que tal jogarmos, e o vencedor ganha tudo?

— Não. Você morre.

— Se você ganhar, morro mesmo. Acha que pode perder?

Dylan Brondarr bateu na mesa.

— Para o diabo, criança! Vamos jogar! E vou ganhar sua vida imunda nesta mão.

Ashlen engoliu e apostou mais alto:

— E, se eu ganhar, meus companheiros estão livres.

O velho olhou-o por um tempo, medindo-o com o rosto entortado.

— Mas, se perder, a perda também será maior do que um pouco de tortura e assassinato.

Decidiram as apostas: caso ganhasse, Ashlen limparia a mesa; amigos e Tibares. Se perdesse, ele era de Brondarr.

As cartas foram distribuídas. Ashlen procurou maneiras de trapacear, mas todos os olhares estavam nele. Levantou as cartas, quase fazendo uma careta de antecipação.

Eram perfeitas.

Ashlen não descartou nenhuma. Os outros continuavam a olhar, desconfiados. Foram feitas as trocas, e se mostraram os jogos. Por um momento infinito, as mãos de Ashlen baixaram suas cartas na mesa. Encontrou o jogo impecável de Dylan Brondarr, e os dados foram postos no copo e jogados na mesa. Ashlen olhou, incrédulo, os resultados.

Vencera.

Ashlen se levantou em triunfo, enquanto os outros jogadores berravam de indignação. Ainda sorria quando foi revistado em busca de cartas ocultas, e ainda era o rei de Arton quando prestou atenção em algo que Dylan Brondarr falou, no meio de sua torrente de pragas.

— Entre este fedelho e aquele albino, vou à falência!

E Ashlen o fez repetir. Estranho que fosse, vencendo aqueles velhos abutres havia conseguido uma gota do respeito deles. Os jogadores, embora relutantes, lhe deram os parabéns (o ouro perdido não era nada comparado ao que tinham). Brondarr repetiu o que havia dito, e contou mais o que sabia e, de repente, Ashlen e seus companheiros estavam de novo na pista do fugitivo.

Teve a impressão que, em algum lugar, os dados de Nimb também rolavam.

Eles tiveram dinheiro para uma refeição lauta e para roupas novas, embora não houvesse armas e armaduras para vender naquela cidade. No meio da tarde, já viajavam em uma carroça. Ashlen não se cansava de repetir a história do jogo de Wyrt, e a cada vez que contava, as apostas e o número de guardas ficavam maiores. Apenas Rufus não escutava, pois estava em um canto na carroça, de costas para os outros, para ocultar o que fazia.

Pegou um odre. Um odre que um goblin havia lhe trazido quando ele havia estado sozinho na sala de espera. Um odre de vinho misturado com achbuld.

Tomou um gole e fechou os olhos.

E sonhou.

RESSURREIÇÃO E PROFECIA

— NÃO GOSTO DESTA HISTÓRIA — DIRÁ ALGUÉM, QUE SERÁ muito jovem.

— Nem eu — será a resposta, vinda de alguém muito mais velho.

Haverá um momento silencioso, no qual o jovem irá observar o rosto do velho com cuidado, tentando buscar um argumento vencedor. Mas não conseguirá, porque estará furioso e, como todos os jovens, não será capaz de esconder isto. Já o velho, como todos os velhos, conseguirá esconder muito bem o que sente. Ele apenas mirará o jovem com um sorriso bom. O jovem achará isto por demais irritante.

— Então por que está me contando?

Haverá uma tragada longa de um cachimbo perfumado. Eles estarão em um bosque.

— Porque você precisa saber.

Existirá mais silêncio. O jovem tentará outro ângulo na discussão.

— Isto não pode ter acontecido. São coincidências demais.

— Você acha? — o velho sorrirá, com a boca torta pelo cachimbo.

— Claro. Eu posso aceitar que eles tenham encontrado o samurai por acaso, mas agora eles acharam a pista do fugitivo por sorte! E está tentando me convencer de que Ashlen ganhou o jogo de Wyrt sem trapacear!

Mais uma tragada longa.

— As pessoas se encontram na estrada. E conhecem umas às outras, por acaso; eu conheci sua avó por meio de um alfaiate, em cuja loja entrei por acaso. E muitos ganham jogos sem trapacear.

O jovem irá se exasperar.

— Mas não tudo isso com só uma pessoa!

— Eram nove pessoas.

E o velho estará rindo por dentro, e o jovem começará algumas perguntas, antes de desistir e sentar de novo.

— Foi Nimb? Por isso todas essas coincidências?

— Talvez tenham sido todos os deuses.

— Deve ter sido Nimb. É muita sorte.

— Ou azar.

A raiva do jovem já terá se dissipado, como toda raiva de juventude.

— Mas ainda me cheira a história mal-contada — ele dirá, mordendo uma maçã. — Explicações pelos deuses são muito simples.

— Você acha? — dirá o velho, reacendendo o cachimbo, que havia se apagado. — Pois eu acho elas as mais complicadas de todas.

E o jovem comerá a maçã em silêncio. O velho não deveria permitir que ele fizesse isso, já que a mãe de seu companheiro (sua filha) dirá que está estragando o apetite do menino. Com um suspiro, o velho levantará, os ossos rangendo.

— Devemos voltar para casa.

— Espere! — o jovem soltará o caroço de maçã e dará um salto. — Já sei porque não gosto desta história: é muito triste.

O velho apenas murmurará, concordando.

— Conte-me uma história alegre, engraçada, como a de Sandro, Lisandra e do Paladino.

O rosto do velho ficará triste por um momento. A história de que o menino fala é da infância do velho. A história de Vallen e Ellisa e o fugitivo é ainda mais antiga, de antes de ele nascer.

— Você a acha engraçada? É uma história sobre uma jovem muito boa, que foi condenada e presa por crimes que foi obrigada a cometer. É a história de um homem muito bom, que ganhou um poder que nunca quis, e acabou sendo morto por isso. É uma história de pessoas boas que morrem, e matam, e se sacrificam. Eu acho uma história muito triste.

— É — dirá o jovem. — Acho que você tem razão. Mas o bardo que me contou fazia parecer tão alegre!

— Ele deve ser um contador de histórias bem melhor do que eu — dirá o velho.

Os dois voltarão para casa. O cheiro de comida já estará espesso no ar.

Isso ainda não aconteceu. Na verdade, demorará ainda muitos anos para ocorrer. Mas a Fênix viu isso no fogo, como tudo vê em seu Reino de Chamas.

A Fênix abriu as asas, gloriosa, e por um momento tudo ardeu ainda mais quente, mais brilhante e intenso e cheio de vida. Então a Fênix morreu.

Nasceu de novo, nova e forte, e o fogo, que era seu súdito, sua criação, seu amante, rejubilou-se na vida renovada. A Fênix ergueu a cabeça, olhando com orgulho seu domínio, onde o fogo ardia livre, e inflou o peito, poderosa porque nunca morria, e trazia de volta aqueles que a serviam, e porque via o futuro, e para ela tudo era glória.

A Fênix era Thyatis, o Deus da Ressurreição e da Profecia. Não havia nada mais glorioso do que ele: o conquistador da morte, o guerreiro que renascia, o brilhante e intocável, o que sempre retornava. Mas Thyatis, a Fênix, tinha um ponto turvo em sua visão que englobava os séculos.

Thyatis vira no fogo uma conversa entre um velho e seu neto. Uma conversa que ocorreria dali a muitas décadas. Mas Thyatis não sabia do que os dois falavam. E isto irava Thyatis, a Fênix, e sua ira era terrível como era magnífica. Contudo, Thyatis vencia a morte e via o destino, e apenas teve de forçar sua visão por mais anos, mais séculos, até que a verdade enfim aparecesse.

Os súditos do Reino de Chamas encolheram-se de pavor, pois não sabiam se a Fênix gargalhava ou rugia. Seu fogo queimava com a força das emoções intensas (e não havia emoções mais intensas do que as de Thyatis), e feria os súditos ao mesmo tempo que os levava ao êxtase. Montanhas despencaram, o céu chorou lava e a terra engoliu milhares enquanto Thyatis se entregava às suas paixões. Com um menear da cabeça flamejante, tudo o que havia perecido no Reino da Fênix nasceu de novo, mais lindo e intenso, e os que não haviam morrido invejaram os que haviam.

E a Fênix fez ser algo que não era fogo: um pequeno jarro de tinta verde, e uma gota de tinta vermelha. Deixou a gota vermelha cair no verde, e observou enquanto padrões cada vez mais intrincados se formavam na cópula entre as duas cores.

(Em outra parte do Reino de Chamas, os artífices de tudo que se construía lá, anões com corpo de bronze e juba flamejante, aguardavam por algum outro capricho de seu deus ardente, uma outra oportunidade de criar algo que o servisse e agradasse).

Mas a Fênix não desejou mais nada. E, quando os padrões de verde e vermelho eram incompreensivelmente complexos, como o desenho de um louco, o fogo se abriu, e queimou sem fazer luz, e gerou borboletas ao invés de fumaça, e respingos de água ao invés de faíscas.

No meio do fogo estava uma figura pequena e terrível. Tinha uma cartola engraçada e uns olhos de nada, e sapatos que já haviam sido jovens águias. Perto dele, o fogo gerava ovos e dos ovos nasciam cães, e os cães cuspiam trovão. A Fênix queimou mais forte para impressionar o recém-chegado.

— Bem-vindo, Lorde do Caos — disse Thyatis, a Fênix.

— Não me dê as boas-vindas, Imortal — Nimb sorriu, dividindo o rosto em dois. — Sempre estou aqui. Basta olhar em volta.

Thyatis bateu as asas flamejantes e empertigou-se.

— Por que fez o ritual para me chamar aqui? — perguntou Nimb.

— Minha visão está turva — foi a resposta vinda do bico terrível. — Não posso ver um grupo de pessoas por muito tempo, inclusive um de meus guerreiros. Mas posso ver mais à frente, e saber que isso é obra sua, Lorde Louco. Por que você imbui minha visão com seu caos?

Nimb, o Deus do Caos, deu uma gargalhada que se transformou em amantes.

— Ora, é impossível esconder algo da Fênix Flamejante! Se vê mais à frente, então vê o que vai ocorrer.

— A tempestade — disse Thyatis, ardendo seus olhos de brasa.

— A tempestade de Glórienn. E nós queremos que ela aconteça, caro Imortal. E não podemos permitir que sua visão alarme os outros. Não queremos que alguém a impeça de ocorrer.

Novamente a Fênix fez seu som aterrador, que ninguém sabia se era riso ou rugido. Milhares pereceram no Reino de Chamas, apenas para, exultantes, nascerem de novo, em um tempo melhor. O futuro era sempre melhor.

— Ninguém pode impedir a tempestade, Nimb. Que tolice.

— Não, agora não podem. Por minha causa.

— Nunca puderam! — a voz de Thyatis fez ruir um continente. — A tempestade irá ocorrer porque eu vi. Eu vejo o futuro, Nimb. E o futuro é inexorável.

— Não — Nimb gritou um sussurro. — Há a mudança, mudança sempre, e o caos imprevisível. Se uma borboleta bater as asas em Ramnor, pode haver um furacão em Lamnor. Ou não.

— Apenas um furacão que já esteja escrito — o fogo tinha uma certeza passional, mas concreta. — Não há porque tentar impedir o que irá ocorrer, Nimb. E a tempestade irá ocorrer. Tudo que irá um dia ocorrer já está determinado.

— Esta é a maneira de pensar dos idiotas — sibilou o Louco.

— Isto não é maneira de pensar. É a realidade. Posso lhe mostrar. Deseja ver o futuro, Nimb?

Acuado, Nimb não disse nada: apenas transformou cinco milhões de almas do Reino de Chamas em cadeiras. Fez as cadeiras nevarem.

— Diga-me, Lorde Louco! — a Fênix exultou. — Deseja ver o futuro? Provar que eu estou errado? Venha vê-lo!

Mas Nimb não fez nada. Apenas disse:

— Não — com a tristeza de um suicida.

— Você é tolo, Nimb. Acha que está em guerra com Khalmyr, mas a guerra não existe. Existe o destino. Se quiser chamar isso de Ordem, então só há a Ordem. Não há o Caos: há os que não conseguem enxergar o padrão intrincado da Ordem e do Destino.

— Irá pagar por isso, Thyatis — disse Nimb, com a raiva de um psicótico.

— Então guarde suas forças para a vingança, Nimb! — Thyatis abriu as asas e foi magnífico, poderoso e imortal. — Não é mais preciso turvar minha visão, pois ela alcança tudo. Esteja forte quando enfrentar o Destino que Não Morre, Nimb!

E Nimb chiou com maldade, e voltou para dentro do fogo e, em um instante, estava de novo em seu Reino de Caos, onde esqueceu da humilhação, como um amnésico.

Thyatis sobrevoou vitorioso o Reino de Chamas. Em Arton, por sua dádiva magnífica, muitos voltavam da morte naquele instante. Ele era o rei daquele lugar, e o guerreiro mais poderoso de todos os lugares, aquele que nem a morte podia vencer. E Thyatis não temia a tempestade, pois a morte que ela trouxesse, ele desfaria.

Mas estava errado.

Daquela vez, haveria morte que nem Thyatis podia vencer. Morte além da morte, fogo que queimaria o fogo. A tempestade mataria a Vida, mataria a Ressurreição e mataria a Morte.

CAPÍTULO 9

INTERLÚDIO BREVE: MAGO E GUERREIRA

E, POR UMA RAZÃO OU POR OUTRA, ESTAVAM APENAS ELLISA Thorn e Rufus Domat, afastados de todos os outros. Como sempre quando isso ocorria, o coração de Rufus era um tambor de guerra. Na beira da estrada, no meio da viagem até a capital; à volta, árvores melancólicas. O céu era preto e enorme, esburacado com estrelas azuis.

— Acha que conseguiremos pegá-lo? — Rufus tentou começar uma conversa, mas logo achou estúpido o que havia dito.

Ellisa voltou-se do que fazia (oleando cuidadosamente a corda de seu arco) e apenas dirigiu-lhe um olhar longo e pesado. Em seguida, virou-se de novo à tarefa.

Rufus Domat amaldiçoou-se mais uma vez e rabiscou mais algumas linhas no pergaminho onde trabalhava. Olhou para o que havia escrito, pensou que estava errado e amassou o pergaminho.

— Você não é mais capaz de fazer magias, não é? — disse Ellisa de repente.

Rufus levantou os olhos, mas ela não tinha se virado. Permanecia concentrada no arco.

— Algumas — balbuciou o mago.

Ela deu uma risada seca.

Ele tentou falar mais alguma coisa, mas, depois de algumas respirações desperdiçadas, desistiu e voltou ao trabalho.

— Quantas? — interrompeu Ellisa de novo.

— Três — ligeiro em responder. Em seguida: — Na verdade só duas.

— Duas que você consegue fazer sem olhar na droga do seu livro? — Ellisa agora testava a corda do arco.

— Sim.

— São duas boas magias?

Rufus ia mentir, mas percebeu que seria inútil.

— Não.

Ellisa deu mais um riso sem humor.

— Típico.

Agora ela examinava com carinho cada uma de suas flechas. Fazia pequenos consertos naquelas que julgava imperfeitas — o arco e a munição, assim como as demais armas, roupas e armaduras do grupo, eram novas, compradas há pouco em uma vila de ferreiros. Ellisa tinha o cabelo preso no alto da cabeça com um graveto, e gotas de suor na nuca. Rufus estava hipnotizado pela nuca bronzeada e pelas pequenas umidades.

— Por que não decorou outras melhores?

Rufus foi arrancado de seu devaneio. Não havia entendido a pergunta. Ellisa repetiu.

— Não é tão simples — disse o mago. — É uma espécie de ritual. Grava os feitiços na mente, para que não seja preciso consultar o grimório. Não pode ser desfeito.

— Por que escolheu magias ruins?

— Eu era muito jovem — a voz de Rufus foi diminuindo enquanto ele prosseguia na frase. Na verdade, ele pensou, na época já era mais velho do que Ellisa era hoje.

— Mais jovem do que eu? — a guerreira pareceu adivinhar seus pensamentos.

— Não sei.

— Eu também sou jovem, e não sou idiota.

— Não — foi tudo o que Rufus conseguiu dizer. — Não é.

Ellisa voltou a se concentrar nas flechas. Segurava cada uma muito próxima aos olhos, e em seguida longe. Colocava-as com a ponta virada ao rosto e equilibrava-as sobre um dedo, em uma série de testes que Rufus não entendia. Experimentava no arco aquelas sobre as quais tinha dúvida.

— Você tomou o achbuld, não foi? — disse ela, mais uma vez de súbito. Mirava o horizonte por cima de uma flecha, um olho fechado.

Rufus sentiu a boca secar. Inconscientemente, começou a destruir um canto do pergaminho no qual escrevia.

— Não precisa responder — disse Ellisa de novo. — Eu sei que tomou.

Rufus sentiu a cabeça latejar. De repente, estava tonto.

— Não conte a Vallen — ele disse, tropeçando nas palavras. Depois, vendo como tinha sido transparente, corrigiu: — Não conte a ninguém.

Súbito, Ellisa disparou uma flecha, que foi se cravar em uma árvore próxima. Rufus deu um pulo. A guerreira caminhou com vagar até a árvore e recuperou a flecha. Voltou para perto do mago. Desta vez, contudo, sentou-se virada para ele.

— Não vou contar — ela tinha uma expressão muito serena. — Vallen já tem muitas coisas para se preocupar.

Rufus murmurou o menor dos obrigados, baixando os olhos de vergonha. Sentiu, desconfortável, que, depois de vários instantes, Ellisa continuava a observá-lo. Ela tinha o rosto infinitamente calmo.

— O que foi? — disse, nervoso.

Mas ela apenas seguia olhando.

— O que foi? — repetiu, mais alto. Sentia-se uma criança.

Ellisa continuou mirando-o, sem nada além de placidez na face. Rufus se sentia fisgado. Não conseguia se mover.

— Eu te odeio, Rufus — disse Ellisa, com suavidade. Como um soco.

Rufus sentiu o estômago revirar. Não conseguiu falar nada. O que dizer ante aquilo? E, mesmo assim, era incapaz de se afastar.

— Andilla morreu, Rufus.

Ele conseguiu desfazer o nó no peito por tempo suficiente para engasgar algumas palavras.

— Não foi culpa minha.

— Andilla morreu, Rufus.

— Não foi culpa minha!

Ele havia se levantado, mas sentiu as pernas líquidas e voltou a sentar. Sua mente viajava por centenas de pensamentos, tentando evitar o que estava acontecendo ali.

— Mas ela morreu, mesmo assim — agora, graças a Wynna, Ellisa não estava mais olhando para ele. Voltara-se de novo às suas flechas.

— Você não pode se ressentir de mim por ela ter morrido — Rufus falou, mordendo a boca para engolir um choro. — Não havia nada que eu pudesse ter feito.

E, quando Ellisa levantou de novo o rosto, havia nele o mais belo e macio dos sorrisos. Um sorriso leve, sutil e triste, mas doce como o de uma mãe.

— Eu não me ressinto de você por ela ter morrido — o sorriso permanecia, e os olhos sorriam também, cheios de candura. — Me ressinto por você ter sobrevivido.

Aquilo atingiu Rufus como um chute no estômago. Ele se dobrou. Sentia uma ânsia forte de vômito, junto a uns soluços secos que vinham sem lágrimas.

— Se tivesse sido você, tudo estaria perfeito. Você não faz falta. Pelo contrário: é só alguém que toleramos. Se tivesse sido você, poderíamos andar mais rápido. Poderíamos falar sempre todas as coisas que só falamos quando não está por perto. Não precisaria haver sempre alguém para servir-lhe de babá. Seríamos só amigos, Rufus, sem nenhum protegido. Seríamos só heróis, sem nenhuma vítima. Seríamos só nós, Rufus. Mas você teve que sobreviver.

Era demais. O mundo oscilava sob os pés dele.

— Entende porque eu o odeio, Rufus Domat?

Ellisa ainda tinha seu sorriso de mãe, sua voz macia. E estava mais linda do que nunca.

Levantou-se e deixou Rufus chapinhando em seu horror.

CAPÍTULO 10

SENOMAR, O BARDO

— SE VOCÊ ESTÁ CAÇANDO AQUELE HOMEM, GAROTO — disse a prostituta — então já gostei de você.

Ela falou aquilo sem malícia, apenas um olho roxo e uma dose de amargor.

Isto aconteceu enquanto eles ainda estavam em Mergath. Ainda não tinham deixado o estabelecimento de Dylan Brondarr. Estavam começando a perceber como havia poucas das amantes de aluguel, mesmo para uma manhã.

— Só sobramos nós — continuou a mulher.

Ashlen não conseguiu evitar uma careta de desgosto. O pensamento do fugitivo praticando aquelas coisas medonhas com as garotas do lugar revoltava-lhe as tripas. Lentamente Ashlen percebia que aquele não era um vilão de histórias: era um homem muito real e perigoso, e que fazia coisas muito ruins com pessoas que não mereciam. Pessoas que também não eram descrições em um livro de contos — deixavam filhos, esposos, amigos; e sofriam, e gritavam como porcos antes de morrer.

Não havia nada de muito heroico em trilhar o rastro inundado de sangue.

Vallen e Ellisa mantinham-se firmes, não deixando transparecer o nojo. Mas, no escondido, a mão de Vallen segurava Ellisa só um pouco mais forte.

— E ele foi para Thartann? — disse Vallen.

A prostituta confirmou. Mal continha as lágrimas de memória, mas estava feliz por ajudá-los. A conversa com ela lhes havia custado bons Tibares (de volta para a bolsa de Dylan Brondarr), mas rendera todas as informações importantes. Ela, atualmente, não dava muito lucro — com seu rosto machucado — para o dono da casa. Apenas os mais intoxicados pelo achbuld pagavam pela mulher. E ela não podia ser vista no salão principal até que o inchaço no rosto sarasse.

— E estou mais barata — falou, soluçando uma risada seca.

Mesmo assim, tinha sido sortuda. Não havia sofrido nenhum ferimento permanente antes de conseguir escapar.

— Peguem o desgraçado — ela disse, depois de se despedir. — Perdi seis amigas para ele.

Ashlen, sem saber o que dizer, saiu apressado. Vallen assentiu em silêncio. Ellisa olhou para ela, logo antes de sair pela porta, e rosnou:

— Ele vai pagar.

A porta se fechou.

E, há mais tempo ainda, em Collen, alguém cometeu um erro. Mencionou, em uma conversa casual, que o regente de Ahlen esperava seu primeiro herdeiro. Mencionou isto na frente de um homem estranho, alto e albino.

Mais tarde, seis prostitutas pagariam com a vida por este comentário. As ações das pessoas sempre têm resultados imprevisíveis.

— O que é um regente? — perguntou o albino.

Olhares díspares de estranhamento e a resposta:

— É como um rei.

Isto o estranho já entendia — havia reis (que aqui se chamavam regentes) e eles comandavam grandes números de pessoas. Estranho, o regente não era o mais forte. Um regente não poderia derrotar todas as pessoas que comandava. Isso não fazia sentido, mas o albino aprendera que este lugar era mesmo assim.

E assim soube: em um ajuntamento chamado Thartann, fabricava-se um rei. Fabricava-se um rei na barriga da rainha atual. Estranho. Ele não entendia como um rei podia ser feito dentro do corpo de uma mulher. Mas era um evento importante, e ele decidiu ir até lá. Pensou durante algum tempo e chegou à conclusão que precisava de mais informações.

Atravessou a nado a grande quantidade de água salgada. Chegou a uma cidade pequena (abençoadamente pequena, depois das grandes junções de pessoas, todas fazendo barulho!) chamada Mergath. Ainda assim era gente demais: ele se sentira muito mais à vontade no meio do mar. Procurou o maior prédio da cidade. Descobriu que lá podia obter mulheres em troca de ouro (ele já aprendera que este povo dava grande valor àquele metal).

Pôde trocar o que tinha por um grupo de mulheres. Trancou-as consigo em um quarto. Jogou a primeira sobre o chão e abriu-a de cima a baixo com uma das mãos. As outras berraram.

— Só quero estudar — ele disse.

Uma ainda fugiu.

Era a Noite das Máscaras. Era o presente. Ellisa Thorn era uma gazela. Estavam em Thartann, capital do reino de Ahlen.

Apesar do nome, o festival deixava Ahlen em frenesi durante quase um dia inteiro. No meio da tarde, Vallen, Ellisa, Ashlen e Rufus por pouco não se perdiam um do outro, em meio às multidões líquidas metidas em fantasias elaboradas.

A cidade se misturava às pessoas em um quadro bizarro e sempre móvel. Thartann era um lugar civilizado por excelência: uma cidade feita de pedra e metal, e tantas luzes que, no anoitecer, as estrelas se ofuscavam. E havia prédios altos; mansões e casas de comércio e depósitos, e um palácio que não tinha igual em Arton. Os habitantes de Thartann viviam entre dois mundos: de um lado, as casas da nobreza pingavam ostentação e luxo, nenhum adorno sendo demasiado para esfregar no rosto dos outros a riqueza dos seus moradores. Do outro, havia casebres lamentáveis, que serviam de moradia para os mais humildes. Em Ahlen, isso era visto como natural — os que não tinham esperteza para subir deviam ser mesmo pisoteados. Mas a Noite das Máscaras igualava todos: todos eram lordes e mendigos. Na Noite das Máscaras, aqueles que não eram nobres podiam entrar no palácio. Na Noite das Máscaras, todos eram seus próprios reis, e príncipes e prostitutas, e demônios e anjos.

A miséria cinza justaposta ao luxo colorido formava uma paisagem barroca. Em certo ponto, os olhos confundiam as manchas de excremento com os entalhes de metais preciosos. Em Thartann também havia coisas que a maior parte dos habitantes de Arton nunca vira: esgoto, ruas calçadas, guardas de uniforme. Podia-se ver a estrutura da cidade como uma bela moldura para um quadro medonho.

E as pessoas mal eram pessoas naquela noite. Seus rostos eram ocultos por adornos que variavam de simples placas brancas a faces artificiais de ouro. Havia capuzes de carrasco, cabeças de demônio entalhadas em madeira, couro apertado em volta do crânio como uma segunda pele. As cabeças mascaradas repousavam no topo de corpos envoltos em toda sorte de roupas: vestidos vaporosos, casacas, andrajos, armaduras. Sabia-se que o mais maltrapilho dos mendigos nesta noite poderia ser na verdade um lorde. O mesmo mendigo poderia acabar se deitando com uma rainha que era na verdade uma camponesa.

Os aventureiros haviam combinado suas fantasias, para evitar que se perdessem no oceano de vida. Eram todos animais: Vallen com uma cabeça empalhada de lobo encobrindo quase toda a sua própria, e a pele do animal escondendo o que restava da face. Rufus com uma imensa cabeça de coruja, feita de penas e armação metálica. Ashlen com uma face de gato também gigantesca e cuidadosamente fabricada, congelada num sorriso eterno e artificial. Ellisa com o rosto impassível de uma gazela de madeira, e um capuz que cobria o resto de sua cabeça. Todos usavam capas pesadas, para esconder suas armas. Pois, se havia algo proibido na Noite das Máscaras, eram armas. O que não impedia que muitos as levassem escondidas, e resolvessem naquela noite as disputas do ano todo. Mesmo em dias comuns, as armas eram vistas com desconfiança em Ahlen: era uma de suas tão proclamadas vantagens sobre os outros reinos.

Artorius, Kodai e Nichaela não haviam entrado em Thartann — a cidade, assim como a maior parte do reino, era intolerante a não humanos. Enquanto Artorius dificilmente poderia se disfarçar, isto seria fácil para o samurai e a meio-elfa. No entanto, algum orgulho estrangeiro e um código de honra complexo impediam que Kodai se escondesse por trás de uma máscara, e ele decidira acompanhar o minotauro. Todos concordaram que Nichaela estaria mais segura com eles, e ela não protestou. Os três, depois de se esgueirarem por algum tempo, entraram no complexo subterrâneo dos esgotos. De lá, ocultos, seguiam até o local combinado. Rezavam para não se perder.

E Vallen e os outros abriam caminho com dificuldade pelos corpos colados. Era difícil imaginar como a cidade abrigava tantos: cada espaço das ruas parecia estar ocupado, e a população que comemorava era uma só coisa, louca e feliz, preenchendo tudo. Os aventureiros sufocavam no cheiro de perfume e suor. Havia música, aqui, ali e em toda parte. Muitos bardos diferentes cantavam melodias diferentes, e a cacofonia não parecia incomodar os mascarados, que dançavam no ritmo dissonante dos instrumentos que lutavam. Da mesma forma, todos pareciam cantar, a plenos pulmões e até que as gargantas sangrassem, e, além do suor e perfume, o ar estava repleto com o pesadelo de ruídos e o hálito bêbado de centenas.

Ellisa não soltava o braço de Vallen. Rufus já duvidava se aquilo era real ou um sonho do achbuld. Ashlen, que dentre eles era o mais habituado às cidades, guiava o grupo por entre a floresta de caixotes gigantescos de pedra.

Havia, dentre os que comemoravam a Noite das Máscaras, aqueles que iam nus, à exceção do que cobria o próprio rosto. Deixavam que seus corpos fossem usados ao prazer de estranhos. Havia crianças, cujos pais naquela noite não eram pais, que se juntavam em alcateias e eram selvagens como crianças agrupadas e sozinhas podem ser. Havia, nos becos que o mar de corpos não ocupava, atos imorais ou terríveis ou nojentos. E, mais do que tudo, havia desejos sendo realizados. Pois aquela era a Noite das Máscaras.

Por sorte, o palácio era facilmente visível, e não ficava longe. Os aventureiros se apressaram rumo ao seu destino.

Nos corredores escuros de pedra do esgoto, mal se podia imaginar o caos acima. Havia silêncio, um gotejar ocasional, ratos que guinchavam. Quietude. Fedor parado, fedor preso há muito tempo, fedor eterno e onipresente e espesso. Água escura, às vezes estática, às vezes numa correnteza grossa de imundície. E silêncio. E náusea incontrolável, vez por outra. E gotejar. E silêncio.

O maior barulho vinha de Artorius, Nichaela e Kodai. Cada passo enchia as botas de miséria líquida e respingava doenças. Os ratos fugiam. Os três aventureiros avançavam lentamente, guiados por um lampião que a clériga carregava. Artorius e Kodai tinham suas armas prontas, e as novas armaduras que haviam comprado antes.

Nichaela os havia abençoado, pois sabia que os piores tipos de enfermidades pairavam em lugares como aquele. Graças ao conhecimento da Ordem de Tanna-Toh e à devoção da Ordem de Lena, muitos em Arton já sabiam que os dejetos traziam mais perigo do que monstros ou aço afiado. Segundo a meio-elfa, Lena os protegeria contra os inimigos invisíveis.

Já há muitas horas eles caminhavam pelas câmaras do esgoto. Às vezes pareciam nem mais sentir os cheiros horrendos, outras sentiam-nos de tal modo que seus narizes queimavam, e eles achavam que não conseguiriam respirar. Mas, como sempre, seguiam.

Já no começo da longa caminhada, Kodai e Nichaela estavam completamente perdidos. Não só não conseguiriam ir a lugar nenhum pelo labirinto de túneis; nem mesmo poderiam tomar o caminho de volta sozinhos. Mas Artorius seguia sem hesitar, como se conhecesse há muito o complexo. No entanto, nunca havia estado por lá.

— Como sabe que não estamos perdidos? — disse Kodai. Ele adoraria ter, no mínimo, um mapa.

— Eu sei — trovejou Artorius, breve. — Qualquer minotauro saberia — havia uma sugestão de arrogância naquela afirmação, um traço da raça de Artorius que ele, por mais que tentasse, não conseguia suprimir.

E, de fato, era verdade. A maioria dos minotauros não teria qualquer dificuldade em achar o caminho certo no mais diabólico dos labirintos. Uma vez que tivesse uma boa ideia da direção na qual seguir, Artorius podia vencer os túneis sem preocupações. Com efeito, em Tapista, o Reino dos Minotauros, as ruas e construções eram tão complexas como qualquer labirinto.

— Não estamos longe do palácio — completou Artorius.

As correntes de água imunda começaram a correr mais fortes, e o nível da água, lentamente, começou a subir. Começava a chover lá fora.

Por mais algum tempo eles dobraram em vários pontos, cruzaram câmaras amplas e prosseguiram cegos, à exceção do lampião de Nichaela e dos instintos de Artorius.

Até que ouviram algo.

Ambos os homens se colocaram, instintivamente, de modo protetor dos dois lados de Nichaela. Naquele momento, os dois pareciam companheiros de longa data. E a clériga não percebeu, mas Kodai já a protegia com o mesmo fervor de Artorius. Não, não o mesmo fervor: a mesma intensidade. Era um fervor diferente.

Aproximaram-se da fonte do barulho. A corrente, que agora já era forte como deveria ser a chuva, chiava e encobria seus passos molhados. Fizeram uma curva e enxergaram uma luz, longe, adiante num dos túneis cilíndricos. E, com mais clareza ouviram: eram vozes, várias e humanas. Entreolharam-se. As vozes aumentaram para virar gritos, ouve uma correria encharcada pelo piso inundado, e o sibilar inconfundível de aço contra bainha. Armas estavam sendo sacadas.

Mais uma vez os dois guerreiros agiram como um: decidiram ao mesmo tempo que aquilo valia ser investigado, e jogaram a cautela ao inferno enquanto corriam, água quase até os joelhos, na direção da luz e do ruído.

— Fique aqui, irmãzinha — disse Artorius.

Nichaela, é claro, não obedeceu.

Artorius e Kodai chegaram rapidamente à cena que lhes havia atraído: eram cinco homens, todos com os uniformes pomposos da milícia de Thartann. Trajavam máscaras idênticas, brancas e sorridentes. Um deles, mais à frente, segurava um jovem vestido todo de negro. Ameaçava-o com uma espada. Todos os guardas tinham espadas.

O jovem não usava máscara. Era alto e magro. Via-se um pouco de sua face ossuda por trás dos cabelos, que eram uma massa negra e longa, ondulada e com alguns nós. Não parecia ter muito mais de vinte anos, e não carregava nenhuma arma.

— O que fazem com ele? — Kodai elevou sua voz límpida.

Os cinco guardas ficaram estáticos por um momento. Os dois guerreiros viram que, mais atrás, havia um saco grande, contendo alguns objetos de ângulos retos que forçavam o tecido. O que quer que o saco contivesse, os guardas haviam tido o cuidado de pousá-lo de um modo que não se molhasse. Havia também dois lampiões repousando sobre uma parte seca.

Os guardas ficaram estáticos por um momento, mas só um momento. Não houve tempo para negociações, pois o líder disse:

— Não são humanos. Ataquem!

Artorius e Kodai urraram ao mesmo tempo, erguendo suas armas. Artorius soltou um rugido bestial, gritando em júbilo guerreiro vários dias de frustrações. Kodai, rasgando sua garganta em uma palavra nativa, encheu-se de força e vontade. Os guardas avançaram.

O primeiro atacou Artorius com sua espada, mas o machado do minotauro desceu em velocidade extrema para encontrar a lâmina mais fraca, que se partiu e voou, rodopiando para longe. No mesmo movimento, Artorius rasgou profundamente o tronco do guarda, que caiu no mesmo instante. Kodai correu para encontrar os guardas no meio de seu ataque. Antes que os homens houvessem preparado direito suas armas, Kodai desferiu um corte, rápido como um relâmpago, no guarda que estava mais à frente. E antes que ele percebesse o que acontecera, Kodai girou e se voltou para outro, fazendo um arco extenso com a espada curva. A cabeça do guarda caiu. O primeiro, que Kodai havia golpeado antes, finalmente viu o que acontecera: o sangue, enfim, brotou em profusão de seu estômago, por um corte finíssimo. Tombou, morto.

O líder dos guardas segurava o jovem magro como refém, sua espada encostada no proeminente pomo de adão do rapaz. O guarda restante recuou, ficando próximo ao seu líder, a espada pronta mas tremendo. As faces brancas e artificiais dos guardas miravam os dois aventureiros.

Kodai e Artorius trocaram o menor dos olhares. Kodai correu em dois passos, chegando ao guarda, e abriu sua garganta em um esguicho forte de sangue. No mesmo momento, Artorius arremessou o machado na direção do líder. A maior parte do corpo do homem estava coberto pelo refém. No entanto, o imenso machado fez uma trajetória de precisão inacreditável, girando enorme para, em um momento, ir se encontrar com a pequena parte da cabeça do líder que estava visível. O corpo atrás do refém ficou mole e caiu para trás, enquanto o crânio aberto espalhava sangue e miolos. No entanto, no minúsculo tempo entre o arremesso e sua morte, o líder dos guardas teve reflexos para começar a cortar a garganta do rapaz. Era um corte pequeno, mas sangrava em profusão impressionante, e ele caiu, moribundo.

Pousou pesadamente nos braços de Nichaela, que havia se esgueirado pelo lado do combate. Ela viu o ferimento de morte com olhos de calma. Acariciou o cabelo do rapaz e murmurou uma prece a Lena.

— *Não deixe que este morra sem que o conheçamos.*

E, com um brilho limpo e um toque, a garganta não mais sangrava. Não havia mais ferimento, nenhuma dor. O rapaz, incrédulo, abriu os olhos.

— Acho que sou durão demais para morrer.

Kodai e Artorius vasculhavam as proximidades, em busca de mais inimigos. Uma vez satisfeitos, limparam as lâminas e voltaram-se para Nichaela, que ainda tinha o ex-prisioneiro nos braços.

— Eu disse para ficar longe — disse Artorius, grave.

— Nosso amigo agradece por eu ter desobedecido — sorriu Nichaela.

O rapaz se levantou. Não sabia se ficava apavorado ou deixava prevalecer o que parecia ser seu humor natural. Tinha a boca aberta em um meio sorriso torto.

— Sou Artorius — a voz poderosa e grave.

— Nichaela — suave como um xilofone.

O rapaz torceu a água imunda das roupas. Era mesmo bastante alto e magro, com os ossos surgindo, pontudos, nos cotovelos, joelhos, omoplatas. Ajeitou o cabelo longo e preto, tentando domar os nós e redemoinhos. Seu rosto comprido e ossudo era algo cômico, com grandes lábios grossos. No todo, ele era bastante desengonçado. Foi até o saco mais atrás e conferiu o interior. Com alívio, retirou um alaúde, que segurou com carinho. Quando falou, sua voz era grossa e estranhamente musical.

— Sou Senomar — disse, estendendo uma das mãos. — Sou um bardo.

— Você fez o quê? — Kodai não pôde evitar um grito.

— Vendi minha alma para um demônio — disse Senomar, calmamente.

Nichaela, olhos arregalados, estava abismada. Continuava a mirar o bardo, como se, de repente, ele fosse sumir ou se transformar em algo.

— Então não queremos nada com você — rugiu Artorius, projetando o peito gigantesco.

— Não — interveio Nichaela — Lena me mostra quando há maldade em um coração. Ele é de confiança.

Senomar ergueu as sobrancelhas com um sorriso divertido na direção do minotauro. Parecia dizer *"viu?"*.

— Por que você fez isso? — Kodai balançava a cabeça.

— Eu não estava usando.

Houve mais silêncio. Eles seguiram caminhando pelo esgoto. A correnteza era forte, e, em alguns pontos, eles precisavam parar e se segurar em algo.

— O que esse demônio lhe deu em troca? — bufou Kodai.

— Ele me ensinou a tocar o alaúde muito bem.

— Chega! — gritou Artorius. — Não suporto mais estas sandices. Chega de falar em demônios e almas. Diga-nos afinal por que aqueles guardas o estavam prendendo.

Senomar deu uma risada pequena, e suspirou.

— Recusei o privilégio de tocar para Lorde Thorngald Vorlat, o regente de Ahlen.

Senomar, ele mesmo explicava, era um bardo errante. Um ofício respeitado e bem-visto em qualquer canto de Arton, a profissão de bardo atraía, em geral, alguns dos tipos mais ousados de todos os reinos. Embora muitas vezes servissem como emissários de notícias ou simples músicos, os bardos errantes tinham vidas perigosas — mesmo que fosse uma crença em muitos lugares que matar um bardo atraía o azar, havia aqueles que desconsideravam a superstição. E muitos bardos (talvez a maioria) consideravam como seu dever caçar aventuras, para depois transformá-las em baladas épicas, que competissem com outros bardos pelos maiores feitos. Muitos dos maiores heróis de Arton eram procurados por bardos errantes em busca de relatos em primeira mão com os quais incrementar as sagas que escreviam. Governantes e outros nobres também, muitas vezes, iam atrás de bardos habilidosos, para que estes espalhassem sua fama, real ou falsa, por outras terras. Foi isto que acontecera com Senomar, um menestrel de renome considerável nos reinos de Ahlen e Deheon.

Thorngald, o regente de Ahlen, havia mandado emissários para trazer o jovem. Ele deveria entreter convidados especiais na Noite das Máscaras. E as baladas seriam, sem dúvida, sobre o heroísmo e honestidade do próprio Thorngald.

— Já fiz isso uma vez, para um outro regente — disse Senomar. — E depois não conseguia encarar a mim mesmo. Não gosto de cantar mentiras.

Ele recusara a proposta de Thorngald Vorlat.

— Eu já havia me prometido: *"da próxima vez, vou ouvir o meu coração"*. E o meu coração, com certeza, não me diz para adular aquele rufião empolado.

Senomar tinha mais princípios do que cautela, pois sabia que, na Noite das Máscaras, os nobres competiam ferrenhamente entre si pelos melhores espetáculos e bardos. Sabia também que os nobres de Ahlen, em especial o regente, não estavam acima de nenhum método — chantagem, violência, rapto ou morte — para vencer. Mas confiou que tudo daria certo. Fora raptado, e tocaria naquela noite à ponta de espada.

— Deveria ter aceitado — disse Nichaela. — Por que arriscar a vida assim?

— Tenho meus princípios. Além disso, eu sabia que tudo daria certo.

— Você poderia ter morrido!

— Mas tudo deu certo, não deu? — sorriu o bardo.

Quando encontrou os aventureiros, Senomar estava sendo levado, de modo a não ser visto por ninguém, para o palácio. Os nobres de Ahlen eram cobras ardilosas, mas por vezes estavam tão fundo em suas intrigas que não viam um palmo à sua frente. Por ordem do regente, os guardas haviam feito o bardo cativo de refém ao primeiro sinal de hostilidade. Haviam assumido que qualquer ameaça a Senomar era obra de algum nobre invejoso, que desejasse o menestrel para si — e que, portanto, não permitiria que ele fosse ferido. Caso não houvessem tomado o refém, os guardas poderiam ter lutado melhor. Poderiam ter tido alguma chance.

— Mas, pensando bem — disse Senomar, medindo os guerreiros e suas armas. — Acho que não faria diferença.

— Muito bem — interrompeu Artorius. — Calado!

Eles estavam em uma câmara, frente a uma precária escada de metal enferrujado.

— Estamos sob o palácio.

Eles prepararam as armas. Senomar não entendia, mas eles explicaram o plano.

— Faça o que quiser — disse Artorius, sem admitir gracejos. — Mas, se seguir conosco, não atrapalhe.

— Certo. E agora? — disse o bardo.

— Agora esperamos o sinal de Ellisa.

CAPÍTULO 11

COMO SE FABRICA UM REI

ANTES.

O albino não tivera de se abaixar para entrar no enorme salão. A porta era alta, até mesmo para ele, e o teto, de onde pendia um lustre cheio de cristais gasosos, era distante como o céu. Havia muitas pessoas sorridentes em volta do albino. Mulheres e homens, mas na maioria homens. Os homens eram velhos, mas as mulheres, em sua maior parte, eram pouco mais que filhotes. O albino olhava para baixo, para todos aqueles rostos, com pupilas de adaga e olhos estreitos de caçador. Estendiam mãos para que ele apertasse. O albino não sabia bem o que fazer.

Pela primeira vez, ele não era um intruso: fora convidado.

A única das mulheres que era velha se aproximou dele. O albino olhou em volta e mostrou os dentes. Duas jovens próximas esconderam as bocas, que soltavam risadinhas irritantes.

— Bem-vindo a Ahlen, senhor...? — disse a mulher mais velha.

Ele não falou nada.

— Não acho que ele tenha nome, Fiona — disse um velho no fundo da sala.

— Que adorável.

O albino foi conduzido pela mulher numa volta através do salão iluminado. Havia guardas, mas estavam distantes, e suas armas eram patéticas. O albino pensou que poderia matar todos ali, caso fosse necessário. As pessoas espalhadas no salão lhe faziam gestos sem sentido (levantando copos, meneando suavemente as cabeças). Ele estava cada vez mais intimidado.

Foi empurrado para uma poltrona, ao redor da qual se reuniram muitos dos velhos. Uma das garotas sentou-se em seu colo, mas o albino arremessou-a longe com um gesto. Houve uma gargalhada geral.

— Que vigor! Que ímpeto! — aplaudiu alguém.

O albino fedia. Suas roupas estavam imundas, e emporcalhavam a poltrona. Seus pés enormes e descalços haviam deixado um rastro enegrecido no chão impecável. Enfiaram-lhe na mão um copo cheio de líquido translúcido. Seguindo o exemplo dos outros, entornou o líquido dentro da boca, engoliu e sentiu as entranhas queimarem.

— Gostaria de nos dizer novamente por que veio à nossa cidade? — sorriu a mulher que os outros chamavam de Fiona.

O albino ficou calado por um longo tempo, destroçando o forro da poltrona com suas unhas longas e sujas, tentando ameaçar os vários pares de olhos que se detinham nele.

— Disseram que aqui estão fazendo um rei.

E mais uma gargalhada coletiva. Fiona, uma mulher gorda e empolada, metida em um vestido amarelo caro e horroroso, abanou-se com um leque. Ela tinha um cabelo falso que se projetava, armado, rumo ao teto. Sorria melíflua, com dentes meio podres e uma verruga peluda e indecente.

— De fato, nesta cidade se faz um rei, meu jovem. E por que isso lhe interessa?

O albino permaneceu inquieto e silencioso, depois estendeu bruscamente o copo vazio na direção de um dos velhos. Sorrindo surpresa, o senhor chamou um servo, que reabasteceu o copo. O albino secou a bebida de um gole, mais uma vez sentindo fogo no ventre.

— Não entendo — respondeu. — Não entendo como se faz um rei na barriga de uma fêmea.

Mais uma vez, um riso geral de afetação.

— Gracioso — Fiona torceu o rosto num sorriso medonho.

O albino estava incerto do que fazer. De certo, aquilo fazia parte da missão: nunca havia estado em uma construção tão grande. E quem vivia nos maiores caixotes de pedra eram as pessoas mais ricas — que tinham mais metal. Embora ver o interior da estrutura e ouvir o tagarelar incessante daquela gente fosse parte da missão, ele havia aprendido a não confiar naqueles seres. Eram inferiores em tudo, mas sempre traíam, com motivos indecifráveis e lealdades bizarras. Bastava ver que todos respeitavam e obedeciam a tal Fiona, que era, por qualquer interpretação, um lamentável erro da natureza — feia, fraca e débil.

— Posso lhe dizer como se faz um rei dentro de uma mulher, meu caro — miou Fiona. — Em troca de um favor.

Os homens do salão se entreolharam, murmurando jocosidades.

Com um meneio de cabeça, o albino assentiu. Fiona retorceu de novo os lábios úmidos e pintados, e estalou os dedos.

Vieram quatro moças. Duas eram humanas — o albino já havia aprendido a diferenciar os tipos de pessoas —, uma era elfa (orelhas pontudas, olhos amendoados, cheiro de bicho e disposição derrotada) e a outra, ele não reconhecia. Era pequena como uma criança, mas cheirava a mulher. Uma das humanas mancava, pois era aquela que ele havia jogado no chão. Aproximaram-se, exalando medo.

— Não preciso. Já estudei dentro das mulheres — disse o albino em sua voz gutural.

— Sim, as prostitutas de Mergath, nós sabemos — sibilou Fiona. — Estudou-as com afinco, devo dizer. Mas isto não é estudo. Apenas boa vontade.

Algo no corpo do albino ressoava com os corpos daquelas fêmeas. Ele não sabia precisar o quê, mas não se sentiu ameaçado quando elas lhe tocaram. Deixou que as mãos pequenas, que tremiam violentamente, viajassem por seu corpo.

As quatro mulheres levaram-lhe para um quarto, ante murmúrios de aprovação dos velhos ao redor. Fiona se abanava.

Muito depois, o albino emergiu do quarto, nu e ofegante. Matara apenas duas mulheres, e uma fora por acidente. Ainda não entendia direito o que havia acontecido, mas aqueles rituais sem sentido que havia realizado com as mulheres eram um bom exemplo do que era aquele povo. Ele passara horas em atividades que não tinham propósito religioso ou militar. Também não se sentira mais forte. Era apenas prazer — que coisa imbecil.

Fiona ainda estava lá, metida no vestido amarelo empapado de suor. A maior parte dos cavalheiros havia se retirado há muito.

— O que foi aquilo? — disse o albino.

— Aquilo, meu amigo — Fiona mostrou os dentes apodrecidos, manchados da tinta vermelha forte com que pintava os lábios — é como se faz um rei.

O albino comia com voracidade — outra das necessidades incompreensíveis daquele corpo patético. Bebia litros do líquido de fogo que lhe ardia por dentro. À mesa, Fiona,agora de vestido rosado, cheio de voltas, laços e camadas de tecido, e alguns cavalheiros.

— Podemos lhe ensinar qualquer coisa, meu caro — Fiona colocou um minúsculo pedaço de carne na boca. — Apenas pedimos que vá ver o rei que está sendo feito.

O albino observou silencioso por um tempo. Cuspiu um bocado de comida semimastigada para poder falar melhor.

— Ia fazer isso de qualquer forma.

— Então está ótimo.

Ele estranhava os costumes daquela gente — tinha certeza de que tentavam enganá-lo. A fabricação de um rei deveria ser um ritual complexo e poderoso, que envolvesse os deuses e as principais forças do mundo. No entanto, parecia que apenas duas pessoas bastavam para fazê-lo. Estranho. Também era bizarro que o rei atual tomasse parte em fabricar o rei novo — por que ajudar alguém que viria a tomar o seu lugar? De qualquer forma, o albino não conhecia nada naquele mundo que fosse capaz de matá-lo, e por isso estava confiante. Mesmo que tudo aquilo fosse uma mentira, e ele estivesse sendo levado para uma armadilha, era o ser mais poderoso que já havia encontrado. O verdadeiro poder era este: ter a capacidade de matar, e não ser morto.

— Apenas queremos que entre no palácio — continuou Fiona, entre dentadas comedidas. — Entre no palácio, vá até o quarto da rainha e puxe o novo rei, para que possa conhecê-lo.

Ele podia fazer isto.

— Depois disso, iremos lhe tirar daqui, meu caro, para que não enfrente quaisquer problemas. Deseja ir a algum lugar?

O albino desenterrou a palavra. Naquele mundo havia uma palavra para cada coisa, o que era muito estranho. Ele já havia aprendido a falar razoavelmente bem, mas ainda era difícil lembrar todas as palavras.

— Tyrondir.

— Fabuloso — Fiona apertou os olhos e os lábios no que julgava ser um sorriso encantador. — Irá para o reino de Tyrondir.

O albino voltou a comer. Depois, iria vomitar, para poder comer mais.

— Ele foi mesmo um achado — disse Fiona Rigaud. — Meus parabéns, Lorde Fester.

Fester Schwolld, um dos cavalheiros que se sentava numa poltrona no salão da família Rigaud, levantou seu copo em agradecimento.

— Mas o mérito foi de meu sobrinho. Ele ouviu falar do estranho procurando pelo rei.

Houve uma risada.

Ali estavam os principais membros das três famílias nobres de Ahlen — Rigaud, Schwolld e Vorlat. Fora da mansão Rigaud, era um dia glorioso de sol vibrante, mas os nobres permaneciam encerrados dentro de suas paredes cheias de afrescos e tetos com iluminação artificial. Aquelas mansões e palácios eram um verdadeiro universo; tinham seus sóis e suas estrelas, tinham cadeias de vida e morte que rivalizavam em complexidade com aquelas criadas por Allihanna, a Deusa da Natureza. Os predadores dos salões usavam peles artificiais — de cores berrantes, com pedrarias e rendas — para se disfarçar em meio àquela selva.

— De onde acha que ele veio, tia? — perguntou Pietrus Rigaud, um sobrinho distante de Fiona.

— Quem se importa? — disse a dona do salão. — Existem muitas coisas estranhas neste mundo, e eu não quero saber nada sobre elas. Não me surpreende que haja um homem como aquele. Até onde me importa, ele só é muito conveniente.

Os outros concordaram.

Ali estavam os principais membros das três famílias nobres de Ahlen — planejando morte. Aqueles que se reuniam no salão de Fiona Rigaud tinham três traços em comum: desprezo pelo regente Thorngald Vorlat; sede de poder suficiente para se aliar às famílias rivais, e coragem para levar o plano a cabo. Alguns tinham coragem (ou desespero) de verdade, como Drasdes Vorlat, um primo do regente, que seria executado com certeza caso o esquema fosse descoberto. Outros apenas incitavam os mais fracos a tomarem os riscos, e não corriam risco nenhum por si mesmos. Era o caso de Fiona Rigaud, uma viúva que tinha álibis, favores e chantagens para protegê-la de qualquer eventualidade.

Dentro do ninho de cobras que era Ahlen — e em especial a capital Thartann — era uma situação extrema a que trazia membros das três famílias para o mesmo salão. Vorlat, Rigaud e Schwolld eram rivais desde a fundação de Ahlen, e os nobres nunca haviam hesitado em incriminar, ameaçar ou assassinar uns aos outros em sua escalada eterna ao poder.

No entanto, agora não havia nenhuma situação assim tão extrema. Thorngald Vorlat era um regente tão corrupto e cruel quanto os seus predecessores, e não fizera nada para incitar mais inimizades do que seria natural. A única razão pela qual as três famílias se uniam naquele momento era porque Fiona Rigaud havia dedicado uma década de ócio tedioso (desde a morte de seu marido, Xerxes Rigaud) a tecer as delicadas teias de desconfiança, cobiça e débitos que por fim haviam juntado os antigos rivais. Cada um naquele salão fora atraído por uma vantagem, e planejava trair todos os outros assim que ela fosse obtida. Drasdes Vorlat planejava, através de um casamento, ficar mais próximo na sucessão do trono assim que o herdeiro de seu primo morresse. Fester Schwolld tramava acusar a família Rigaud pelo crime e colocar sua própria família no comando do reino. Pietrus Rigaud tentava agradar sua tia para conseguir uma esposa rica longe de Ahlen — e depois usar o dinheiro dela para matar os parentes de quem podia receber herança. E assim por diante em diversos rostos, diversas vidas de tramoia, diversas histórias sórdidas de cada um dos conspiradores naquele salão elegante. Era tudo um jogo muito complicado, e só Fiona Rigaud conhecia todas as peças.

A família Rigaud governara Ahlen por séculos. Na fundação do reino, havia sido estabelecido um acordo mediante o qual as três famílias nobres iriam dividir o trono. No entanto, Rickard Rigaud fora ligeiro em assassinar os demais regentes — na primeira Noite das Máscaras — e tomar o poder para si mesmo. Através de uma duvidosa lei aprovada por Deheon, o Reino Capital, o trono de Ahlen passou a ser uma dinastia, que ficou nas mãos da família Rigaud até há pouco.

Fiona Rigaud apenas desejava o que era de sua família por direito. Não tinha filhos, nem seria ela própria a usar a coroa — isto era óbvio. Mas o regente deveria ser um Rigaud. E a falta de herdeiros era o primeiro passo para que os Vorlat perdessem sua coroa recente.

Os conspiradores brindaram uns aos outros, cada um temendo os demais. O albino era uma dádiva dos deuses: um homem feroz e sem identidade, que, mesmo que fosse pego, não teria como lhes incriminar. Na verdade, caso fosse pego, o albino com certeza seria considerado um louco solitário. Fiona podia sentir a vitória sobre sua língua áspera.

— E ele não pode se voltar contra nós? — sugeriu um velho Schwolld.

— Por quê? — desfez Fiona Rigaud. — Ele não *quer* nada, entende? Nem ouro, nem mulheres, nada. Apenas faz muitas perguntas, e quer ver como se faz um rei — mais uma vez, um risinho afetado. — Thorngald não tem nada para lhe oferecer.

— Ele pode ser enganado — insistiu o velho.

— Nós estamos seguros.

Com isto, Fiona olhou significativamente para Quincy Vorlat, um homem magro e pastoso que se encolhia em uma poltrona imensa. Quincy Vorlat não havia sido um nobre sempre — era um comerciante, e apenas já adulto conseguiu provar ser o filho bastardo de um Vorlat dado a amantes. Chantageou o pai até espremer o direito de usar o nome, e conspirava com Fiona e os outros por pura vingança contra todos os Vorlat.

— Nosso amigo Quincy tem serpentes que nos protegem — riu Fiona.

Todos ficaram em silêncio com suas bebidas. Serpentes — a sugestão de clérigos de Sszzaas, o Deus da Traição, morto mas ainda temido. O culto a Sszzaas era proibido no Reinado, mas existiam muitos szaazitas escondidos, e Ahlen era um terreno fértil para eles. Não se sabia por que os clérigos de um deus morto ainda recebiam seus poderes divinos — muitos diziam que szaazitas atualmente eram apenas um mito.

— Um brinde ao estranho, meus senhores! — Fiona quebrou o silêncio com sua voz torta e estridente. — Um brinde ao albino!

E os copos tilintaram.

Havia um tapete de cadáveres pelos corredores do palácio. O intruso, o estranho, o albino chegara.

— Vão pegá-lo! — berrou um capitão, vestido em uniforme impecável, para um grupo de soldados jovens.

Os homens hesitavam, tremiam. Tinham visto o desconhecido matar dúzias de seus companheiros, tinham-no visto ser perfurado por flechas, cortado por alabardas, queimado por óleo e tochas, e continuava sempre. Os soldados estavam brancos como cal, e o suor de pavor escorria abundante de suas faces e pescoços. Dois deles tentavam em vão controlar as lágrimas. Seguravam sem força as armas. Naquele estado, não seriam capazes de matar um cervo.

— Ele vai nos matar, senhor — gemeu um dos soldados.

— Que seja, então! — o capitão gritou de novo. — Soterrem-no com seus corpos, façam uma barragem de cadáveres para que ele não possa entrar nos aposentos do regente! Deem sua vida pelo reino!

Mas nenhum deles sentia que estava dando a vida pelo reino. Estariam, eles tinham certeza, morrendo por nada. Permaneciam imóveis, exceto pela tremedeira.

Na passagem no final do corredor, o intruso ainda podia ser visto. Ele estava nu, mas tinha uma roupa macabra feita de camadas sobre camadas de sangue coagulado. Muito do sangue era dele mesmo — arrancado pelos inúmeros talhos que cobriam seu corpo numa textura agonizante —, mas a maior parte era dos soldados mortos. E, mesmo que em alguns pontos os cortes fossem tão profundos que o branco dos ossos aparecesse, o estranho não parecia debilitado. Pelo contrário, mal ofegava. Também não tinha a expressão de deleite selvagem que muitas vezes acompanhava um guerreiro no meio da matança. Era apenas um olhar inócuo em suas íris vermelhas, um olhar indecifrável que não traía emoção. Também não era de distanciamento frio, era *algo diferente*, que assustava os soldados quase tanto quanto a matança em si. O estranho apenas olhava daquele jeito horrendo, e apoiava as enormes mãos nos joelhos, arqueando de leve o corpanzil comprido.

— Covardes! — berrava o capitão.

— Traidores medrosos!

— Filhos de prostitutas!

Um dos soldados não suportou mais e, com um grito patético, irrompeu do grupo compacto, brandindo sua lança e correndo na direção do estranho. Olhos esbugalhados de humilhação e medo.

O albino catou a lança antes que chegasse ao seu peito, e quebrou o cabo facilmente, com uma mão. Tomou a lâmina com um pedaço de cabo partido, enquanto, com a outra mão, segurou a haste inútil de madeira. Enfiou a ponta da lança de um golpe só na garganta do jovem soldado. O corpo gorgolejou sangue e bolhas, e tombou.

O capitão tentava repreendê-los, mas avaliava se não seria melhor ter aqueles soldados como proteção caso ele mesmo fosse fugir. Foi tirado de suas dúvidas por um grupo de passos decididos, que ecoava no corredor largo atrás deles.

Eram dez homens. Cinco deles trajavam mantos escuros com bordados complexos, e os outros cinco vestiam robes negros impecáveis por cima de armaduras pesadas. O capitão suspirou aliviado — eram magos e clérigos de Tenebra, a Deusa das Trevas.

— Saiam do caminho — disse um dos clérigos. O grupo de soldados se abriu imediatamente, e os dez homens passaram.

O albino procurou em sua mente por um momento, e logo se lembrou de algo semelhante no início de sua incursão naquele mundo. Eram homens que utilizavam o poder dos deuses, e outros que usavam de alguma energia estranha que ele não conhecia.

Desta vez, o albino sorriu.

— Em nome de Tenebra e do reino de Ahlen, ordeno que se retire! — proclamou um dos sacerdotes.

Tenebra, embora fosse considerada maligna por boa parte das pessoas de Arton, não o era, exatamente. Tenebra era a Senhora da Noite, e protegia as criaturas noturnas, os que viajavam sob a escuridão e aqueles que preferiam seu frescor e sombra ao calor e luz sufocantes de Azgher, o Deus Sol. Tenebra era uma boa deusa para o reino de Ahlen. Aqueles clérigos tinham o símbolo de Tenebra — uma estrela negra de cinco pontas — bordado sobre o tecido já negro de seus robes, criando um efeito de vácuo, que dava a impressão de que a estrela era ainda mais negra que o negro, mais escura que a noite. O albino atacava à noite, pois o sol feria seus olhos. Os clérigos tinham força à noite, quando não se escondiam sob capuzes, mas surgiam em toda a sua glória, com armaduras requintadas.

O sacerdote repetiu seu desafio. O albino apenas rugiu, com um esgar enlouquecido de riso.

E então, uma cacofonia de preces e palavras mágicas preencheu o corredor. Os clérigos eram envolvidos por sombras divinas, enquanto sua deusa lhes concedia bênçãos. Os magos, apontando dedos ossudos para o albino, disparavam energias bizarras.

O estranho não se mexia.

Fogo, gelo, água que queimava e pura energia arcana voaram num instante na direção do albino. O corredor foi tomado por fumaça e estrondos. Fez-se silêncio, enquanto o primeiro ataque mágico se desvanecia. Por trás, surgiu o albino, o estranho, o intruso. Não sofrera um arranhão. Com uma conjuração gritada, um dos magos disparou uma nova bateria de projéteis esverdeados na direção do inimigo. As energias mágicas dançaram e serpentearam, indo certeiras para o peito vasto do estranho. A um palmo de distância, se desvaneceram, como nada. Houve um engasgo.

Os clérigos atacaram. Uma coluna de chamas negras envolveu o intruso, e desta vez ele demonstrou sentir dor. Lanças foram arremessadas (sob as bênçãos de Tenebra), maldições foram rogadas, e todo o poder odioso daquela deusa foi derramado sobre o estranho. Ele, envolto pelas chamas que sugavam luz, gemia um trovão baixo, até que foi capaz de se concentrar por tempo suficiente. Retesou alguns músculos, fez alguns gestos curtos e de seu corpo houve diversos estalares. De repente, o poder de Tenebra desapareceu.

Os clérigos suplicavam à deusa, mas estavam impotentes. Por alguma razão, Tenebra não atendia às suas preces.

Os soldados fugiram. Os magos também tentaram, mas acabaram ficando para trás. Os clérigos ficaram, e foram trucidados.

O intruso prosseguiu.

A imensa e pesada porta de carvalho, reforçada com o melhor aço, se abriu com um estrondo. A fechadura estava destroçada, rasgada como se fosse pano. Revelou-se um quarto suntuoso, cheio de detalhes multicoloridos e brilhantes, e repleto de frivolidades de mármore e ouro. No fundo do quarto, havia uma cama de madeira sólida, onde uma bela mulher de cabelos louros se encolhia. À frente dela, um homem alto, de rosto chupado e branco, cabelos muito negros e curtos, com trinta e poucos invernos. Trajava uma armadura de batalha completa, segurava um escudo e uma espada, e um elmo em uma das mãos.

— Desista! Volte! — disse Thorngald Vorlat, de dentro da sua armadura. — É sua última chance.

O intruso deu um passo à frente, as mãos crispadas em garras sujas. O homem de armadura fedia a medo.

Thorngald Vorlat estremecia. Fora ensinado a usar uma espada, claro — e fazia questão de se exibir para plebeus e nobres em sua esplêndida armadura e armas, todas encantadas por magos antigos. Mas aquilo não era algo que apreciasse fazer. Os reis bárbaros lutavam — ele era o regente de Ahlen, e seu campo de batalha era outro. Vestiu o elmo, ficando totalmente coberto de metal. Um homem comum, mesmo um guerreiro experiente, sempre hesitava ante a visão de um inimigo oculto por aço. Não poder ver as feições do oponente de alguma forma gelava o sangue da maioria, dava a impressão de que o guerreiro de armadura não era uma pessoa, mas algo que só servia para matar, e não tinha pele, carne, ossos.

Essa era a esperança de Vorlat: amedrontar o intruso. Porque ele sabia que não seria capaz de vencê-lo na luta.

O albino, súbito, correu na direção da cama. Thorngald Vorlat levantou a espada, mas uma mão gigantesca agarrou seu crânio e jogou-o para o outro lado do quarto. A mulher na cama gritou.

Ela tentou correr, mas o albino pegou-a por um ombro e jogou-a de volta sobre o colchão. A barriga dela era grande e inchada — devia ser ali que se fabricava o rei.

A mulher berrava muito. O intruso tapou sua boca (na verdade cobrindo quase todo o seu rosto), mas notou que ela esperneava e esmurrava com seus membros débeis. Decidiu quebrar-lhe a mandíbula, para que não gritasse, e usou a mão que tapava a boca para segurar os dois pulsos. A mulher alternava entre esbugalhar os olhos para o terror à sua frente e apertá-los ao máximo, na esperança de que, quando os abrisse, tudo fosse mentira.

O albino olhou-a de cima a baixo, e deteve-se na barriga. Aproximou uma das unhas longas.

Thorngald Vorlat, desajeitadamente sentado no chão, lutava consigo mesmo. De um lado, seu amor, Yelka, a esposa grávida que estava à mercê daquela aberração. De outro, ele próprio. Ele sabia que não poderia vencer o albino no combate e não tinha mais soldados a quem recorrer. Poderia se jogar à morte, e ir encontrar Yelka e seu filho não nascido no reino do deus que fosse lhes acolher. Mas tinha medo. Tudo se resumia àquilo: tinha medo, tinha muito medo, e não queria morrer. Não queria encontrar a família no outro mundo — queria permanecer em Arton, queria ser regente, beber, tramar, ter amantes, ganhar ouro. Amava Yelka, amava seu filho. Mas tinha medo. Tentou convencer-se de que Yelka preferiria daquele jeito; ele permanecendo vivo para tocar adiante a linhagem. Mas ela não preferia. Também estava apavorada, e não queria morrer sozinha. Ela tinha medo. E ele também tinha, e muito, e por isso preferiu abandoná-la. Tentou mancar para fora do quarto, mas uma fascinação medonha prendeu seus olhos no morticínio, e ele observou cada momento da tortura de Yelka, e não fez nada.

A unha afiada do albino se aproximava do ventre inchado de Yelka. As lágrimas escorriam gordas dos olhos dela. A unha encontrou a pele, e o sangue brotou primeiro tímido, depois abundante. Ela urrava um grito estranho, pois tinha a mandíbula quebrada e não conseguia articular o som. Procurava os olhos de Thorngald, procurava-o para que ele fizesse *algo*, mas não conseguia vê-lo. O estranho fez um corte fundo e reto, partindo o ventre em dois, de cima a baixo.

Líquidos se despejaram, abundantes, e encharcaram o leito suntuoso de Thorngald e Yelka Vorlat, o casal regente de Ahlen. O albino enfiou a mão fundo dentro do corte, e saiu de lá agarrando uma coisinha estranha, que segurou na frente dos olhos por um tempo.

Parecia vagamente uma pessoa.

"Como uma larva", pensou o albino. *"Isto não interessa. Aqui os reis surgem muito fracos. Por isso o rei atual não o teme — pode matá-lo a qualquer momento"*.

Este era o pensamento do albino. O resto do que ele pensava era estranho demais.

Descartou a criaturinha disforme que havia arrancado do ventre de Yelka Vorlat. Thorngald olhava horrorizado. O estranho saiu calmamente do palácio, andando, um pouco desapontado. Mais uma vez, pensou em como era bizarro aquele lugar.

— Vamos cancelar o festival este ano — disse um dos conselheiros.

— Não — rosnou Thorngald Vorlat. — Haverá a Noite das Máscaras, e será gloriosa, e ninguém fora do palácio saberá do que aconteceu. Mate quantos precisar para garantir este sigilo.

O conselheiro assentiu em silêncio.

— E, nesta Noite das Máscaras, todos os que um dia me opuseram irão morrer. A tradição de Ahlen perdurará. Que seja um festival de alegria e veneno!

Em seu salão, Fiona Rigaud bebericou um pouco de chá. Estava entediada. Chamou um servo e enviou uma carta, prestando oficialmente as condolências pelo que ocorrera com Yelka Vorlat.

CAPÍTULO 12

A NOITE DAS MÁSCARAS

O PALÁCIO RISHANTOR NÃO CONHECIA IGUAL EM ARTON. Suas inúmeras torres pontiagudas rivalizavam com as montanhas em ambição. Eram uma colmeia de janelas envidraçadas que observava a cidade de Thartann. O palácio dominava qualquer construção na capital de Ahlen, lembrando mesmo aos mais abastados que o regente era supremo, e sua moradia fazia as mansões burguesas parecerem casebres. Em seu âmago, o Palácio Rishantor era um monumento à ostentação e frivolidade da nobreza ahleniense: com as pedras ricas e o metal precioso que compunham suas paredes, era possível construir centenas de casas menores. Com os Tibares que o palácio consumia — em comida exótica, tubulações de água quente e uniformes requintados para as legiões de servos — era possível alimentar a população de Ahlen. O palácio era um monstro cuja fome só aumentava: cada regente que assumia carregava mais membros para sua corte, que por sua vez arrastavam mais servos, que necessitavam de novos e mais elaborados uniformes, e toda essa riqueza nova requeria mais armas para protegê-la. Assim, a voracidade do Palácio Rishantor devorava cada vez mais ouro dos ahlenienses, e cada regente era mais assombrado que o anterior, temendo que a suntuosidade atraísse ladrões. E assim, a cada ano o Palácio Rishantor consumia mais e causava mais miséria e provocava mais mortes, engordando e crescendo sob cascatas de vidro colorido e pedras preciosas.

Alguns imaginavam quando o palácio (e a nobreza ahleniense) desmoronaria sob o próprio peso. Outros diziam que Rishantor só ficava mais forte.

Os corredores amplos do palácio haviam sido lavados às pressas, pois, há poucos dias, o sangue de boa parte da guarda havia empapado os tapetes, manchado as flâmulas e se entranhado entre as lajes de mármore. Ninguém fora do palácio (que era uma cidade à parte) soubera do ocorrido. Ordens expressas haviam sido dadas, e algumas ameaças, e alguns servos e soldados haviam sido usados como exemplo para garantir que todos entendessem a mensagem. Os ahlenienses estavam acostumados a se calar.

É claro que Vallen, Ellisa, Rufus e Ashlen não sabiam de nada disso. Apenas abriam caminho pela multidão frenética, as cabeças zumbindo da algazarra infernal da Noite das Máscaras. O calor era sufocante — o dia já fora quente, e mesmo agora, no início da noite, o ar permanecia abafado, como se o céu fosse uma tampa que estava muito baixa sobre suas cabeças. Na verdade, todo aquele calor emanava das centenas de corpos que se colavam, esfregavam, chocavam, na dança incompreensível dos ahlenienses em festa.

Rufus se sentia tonto. O cansaço de nadar por entre os membros suarentos, o confinamento da enorme máscara de coruja e o ar grosso e quente eram demais para sua constituição frágil — ele sentia a consciência querendo fugir e os olhos se fechando contra a sua vontade.

— Ali!

A voz de Ashlen acordou Rufus. O garoto apontava o objetivo deles — o Palácio Rishantor.

Por um momento, tudo pareceu silêncio. A gritaria, a cacofonia e as vozes e canções que lutavam ao redor deles continuavam; mas eles não ouviam. Por um momento, só houve o confirmar mudo dos planos feitos anteriormente. Os quatro se olharam, por detrás dos rostos artificiais. Vallen e Ellisa não queriam nada mais do que trocar um beijo, mas não arriscaram mostrar as faces.

Aquela era a única noite do ano em que plebeus podiam entrar no Palácio Rishantor. Os quatro penetraram pela imensa porta aberta, constantemente nadando através da multidão. Os habitantes de Thartann aproveitavam aquela noite de excessos para conhecer o palácio, para ver suas frivolidades, luxos e requintes acintosos, para tentar roubar algo, para talvez aproveitar alguns momentos furtivos com algum membro da nobreza. É claro que a maioria dos roubos eram notados e punidos com rigor pelos guardas fantasiados, e é claro que não havia como diferenciar nobres de limpadores de chaminé naquela noite — mas os ahlenienses mantinham a ilusão. Ahlen era um reino de ilusões.

Os corredores do palácio eram largos, suficientes para quatro homens passarem lado a lado, mas mesmo assim eram apertados para a quantidade de pessoas que estava lá. O salão principal, grande como uma praça, era uma gigantesca orgia. Assim que entraram no enorme ambiente iluminado por centenas de velas e candelabros e inúmeros focos de luz mágica, os aventureiros foram tomados pelo cheiro sufocante de vinho, urina, vômito e sexo. A multidão lá era ainda mais selvagem, como um bando de criaturas primais liberando todos os seus instintos de uma só vez. Não tinham pudores em realizar qualquer tipo de ato no meio dos outros, não tinham controle e não tinham rosto. Havia aqueles que já se estiravam, desfalecidos, nos cantos do salão. Estes eram roubados de tudo o que possuíam, menos suas máscaras. Havia os que não trajavam mais roupas, mas que ainda mantinham as máscaras. As máscaras permaneciam. Sempre.

O grupo atravessou em horror o salão, levando quase tanto tempo quanto haviam demorado para percorrer a cidade. Lá fora, vago sob o rugir dos ahlenienses, um trovão. Eles tinham uma ideia vaga de como se mover pelo palácio, embora não houvessem conseguido um mapa verdadeiro — isso era um item poderoso demais. Percorreram corredores labirínticos, subiram escadas de mármore cobertas de imundície, e por fim chegaram a uma área onde o número de pessoas espremidas era menor. Mais um trovão ribombava as janelas de vidro colorido. O ar naquela saleta ainda fervia, mas parecia fresco para os pulmões cansados dos quatro, que haviam respirado o bafo dos foliões por horas. Junto deles naquele lugar, havia apenas dez ou quinze almas — alguns dançando enfraquecidos, os membros pendentes, mas a maioria caída pelo álcool, e um bardo incompetente que assassinava um ritmo popular em um alaúde desafinado.

— Devemos estar chegando perto — disse Ellisa, encostando a comprida cara de gazela no ouvido coberto de pele de lobo de Vallen.

De fato, estavam. À medida que avançavam, errando os corredores e antessalas tanto quanto acertavam, o número de festejantes rareava, e aumentava o de soldados mascarados. Eles desejavam chegar até a parte do Palácio Rishantor que era fechada aos plebeus — mesmo na louca Noite das Máscaras. Os guardas prestavam atenção no grupo, mas eles não eram os únicos a percorrer aqueles corredores, e raros eram os soldados que não desejavam estar livres dos uniformes e armas para que pudessem se juntar aos festejos. Mais raros ainda eram aqueles que não haviam se rendido ao vinho. Portanto, o caminho dos aventureiros foi bastante fácil até chegarem ao último corredor — que acabava em uma porta pesada de madeira e ferro, protegida por meia dúzia de soldados.

Era impossível ver se os tais guardas estavam alcoolizados como a maioria ou se permaneciam sóbrios. Usavam máscaras brancas e sem ornamentos, assim como todos os membros da guarda. Em seus rostos havia sorrisos congelados, numa fenda que mal deixava entrever uma sombra dos lábios, e não revelava nada da face atrás. Os aventureiros se aproximaram com cuidado, fingindo uma conversa. Ashlen cambaleava, imitando os bêbados que infestavam a cidade.

— Não podem passar daqui — disse um dos guardas, agarrando sua alabarda com mais força. Não tomavam, ainda, nenhuma ação contra os quatro: eles estavam, ainda, em território permitido.

Ashlen continuou cambaleando na direção dos homens, tropeçando nos próprios pés enquanto arengava como um bêbado, misturando assuntos e palavras e enrolando a língua.

— Onde é o salão principal? — deixou as palavras escorrerem.

— É melhor irem embora — começou o guarda.

Antes que ele pudesse terminar a frase, Ashlen havia enterrado uma adaga em seu estômago. Os outros cinco tiveram tempo de começar um alerta, mas foram calados pelas flechas de Ellisa, que foram certeiras em três gargantas. Os últimos dois, no meio do movimento para golpearem com as alabardas, foram tombados por Inverno e Inferno, as lâminas irmãs de Vallen, que rugiram rapidamente, e voltaram às bainhas ocultas na mesma velocidade com que saíram.

— Pronto — bufou Ellisa.

— A pior parte do trabalho — murmurou Ashlen enquanto despia os corpos.

Os quatro arrastaram os cadáveres até uma sala próxima e retiraram tudo o que poderia ser útil ou usado como disfarce. Começaram a vestir as roupas de guardas.

— Também odeio isto — Vallen colocou um elmo, apertou as tiras embaixo do queixo e ajeitou a máscara sobre o rosto. — Mas é o lado ruim. Eles não precisavam morrer, mas trabalhavam para o inimigo. Pena.

— Precisavam mesmo? — disse Ashlen enquanto vestia uma cota de malha.

— Eram eles ou nós — cortou Ellisa.

Todos eles odiavam fazer aquele tipo de coisa — enfrentar aqueles que não tinham nada a ver com uma missão, mas que se interpunham no caminho. Gregor invariavelmente se recusava a fazer este tipo de coisa, mas por vezes era inevitável. Doeu em Vallen perceber que a ausência do amigo agora era um benefício.

— Além do mais, eles serviam a Ahlen — disse Vallen Allond, tentando se convencer.

Aquele tinha sido o principal argumento para apaziguar suas consciências: Ahlen era um lugar de vilezas, e enfrentar as forças oficiais do reino não era tão ruim. Eles haviam repetido isso até que suas almas parassem um pouco de arder.

Ellisa, como qualquer um deles, trocava suas roupas sem constrangimento. Apenas Rufus, tentando ser furtivo, roubava um ou outro olhar para as costas nuas da guerreira. Ele lutou com a cota de malha e depois com a túnica, e desistiu.

— Não consigo vestir isso — disse por fim.

Todos se viraram. Ellisa exasperada.

— Que diabos! — gritou. — Até mesmo eu posso vestir sem problemas!

— Calma — interrompeu Vallen, observando o mago.

A visão de Rufus metido na cota de malha e tentando colocar a túnica era mesmo risível. O estômago proeminente brigava contra o tecido de metal, forçando-o ao máximo. A túnica não entrava — estava presa, retesada, no meio do peito. Rufus nunca passaria por um guarda. Além disso, sua pele, desacostumada a armaduras, já começava a se esfolar.

— Você fica jogado em um canto, fingindo estar bêbado — sentenciou Vallen.

Rufus concordou em silêncio, retirando com alívio os equipamentos. Ellisa, balançando a cabeça em desaprovação, terminou de vestir o uniforme de guarda, ostensivamente voltada para Rufus. Concedeu ao mago a visão de um pedaço fugidio de seio.

Eles esconderam os corpos dos guardas e se prepararam. Ellisa ainda trajava a capa pesada por cima de tudo.

— Isso vai denunciá-la — disse Vallen.

— Isso também — era Ellisa, apontando para as duas espadas embainhadas na cintura do amante.

— Espadas são uma coisa, uma capa dessas é diferente.

— Prefere que eu mostre o meu arco? — disse Ellisa, abrindo parcialmente a capa e mostrando um pedaço da haste de madeira. — Esta é a única maneira de escondê-lo.

— Prefiro que não o leve.

— Sou quase inútil com uma espada — disse Ellisa, abaixando a máscara branca e sorridente sobre o rosto. — Não se preocupe.

Fazendo um gesto para Ashlen, ela se dirigiu à porta.

— Espere! — ainda disse Vallen. Aproximou-se da guerreira e, levantando sua máscara, pousou um beijo carinhoso em seus lábios. — Tome cuidado.

Ela não disse nada. Usando um molho de chaves que pertencera a um dos guardas, abriu a porta pesada. Entrou junto a Ashlen na parte restrita do Palácio Rishantor.

Rufus, como sempre em que estava sozinho com um dos companheiros, sentia-se desconfortável. Ele estava encostado, deitado como se em torpor, em uma das imensas paredes do palácio. Os cantos da parede haviam sido usados como latrina desde o início do dia: fediam a urina e excrementos.

— E então, o que fazemos? — disse Rufus.

O barulho vindo dos andares abaixo era imenso, e a voz do mago vinha abafada e vibrante de dentro da armação coberta de penas. Rufus teve de repetir duas vezes, até que Vallen entendesse a pergunta.

— Ainda não sabe? — disse Vallen, impaciente. Eles haviam repassado o plano várias vezes antes de colocá-lo em prática.

— Sim, já sei — disse Rufus. — Só queria confirmar — falou isso em voz baixa. Não soube se Vallen ouvira. De qualquer forma, não recebeu uma resposta.

O plano fora repassado diversas vezes: Ashlen e Ellisa entrariam na parte restrita do palácio e buscariam por qualquer sinal da passagem do albino, ou qualquer pista de sua próxima localização. Segundo o que eles sabiam, o criminoso procurava o herdeiro não nascido do regente Thorngald Vorlat, o que levava seu rastro à perigosíssima ala privativa, onde o regente e sua esposa efetivamente moravam. É claro, eles haviam tentado obter as informações sem entrar na boca da serpente, mas houve um limite para o que os Tibares e a língua ágil do jovem Ashlen puderam arrancar. Em certo ponto, ficara mais arriscado seguir fazendo perguntas inconvenientes do que tentar uma incursão furtiva — e a Noite das Máscaras estivera próxima, o que tornava o momento ideal. Vallen e Rufus iriam ficar de guarda até que o sinal de Ellisa — uma flecha marcada, disparada por uma janela —

os avisasse de que o objetivo havia sido cumprido. Uma flecha assobiante seria o sinal de que havia problemas, e neste caso os dois invadiriam o setor restrito, descartando a furtividade, para socorrê-los. Ellisa e Ashlen ainda tinham a missão de achar uma saída de esgoto e abrir uma passagem para o time que havia entrado por lá — Artorius, Masato e Nichaela. Estes três, não sendo humanos e, portanto, criminosos automáticos em Thartann, ficariam de prontidão para agir apenas em último caso. Todos eles esperavam que não se chegasse a esse ponto.

Vallen maldizia seu azar em permanecer com Rufus. Sem seus feitiços, o mago era um estorvo em combate. O próprio Vallen já tentara ensinar a ele alguns movimentos com a espada, mas fora inútil. Era melhor que Masato fosse seu companheiro como sentinela (sua pele amarelada e olhos rasgados poderiam ser facilmente escondidos por uma fantasia), mas todos haviam concordado que era melhor deixar um homem a mais para proteger Nichaela. Vallen não discordava — a segurança da clériga, como sempre, era uma prioridade —, mas seria melhor ter mais alguém. *Diabos*, pensava Vallen, *por que Gregor não pode estar aqui?*

As trovoadas continuavam, e as janelas tremiam. Vallen e Rufus estavam postados próximos a uma janela, para poderem ver a flecha de Ellisa. Mais um trovão e a chuva começou a cair furiosa, acrescentando o tamborilar constante das gotas à algazarra da Noite das Máscaras.

Depois de metade de uma hora, Vallen e Rufus ainda esperavam, e Ellisa e Ashlen haviam encontrado uma saída de esgoto. Os dois haviam percorrido o interior — calmo e silencioso — do setor restrito do palácio, descido diversas escadarias, até chegarem a um subsolo que possuía uma grade por onde escorria a chuva trazida por canaletas. Embaixo da abertura, Artorius e os outros esperavam.

— Tudo certo? — grunhiu Ellisa, forçando a grade até que abrisse.

— Temos um novo amigo — disse Artorius a contragosto. De alguma forma, ironia na voz de um minotauro era uma coisa muito estranha.

Ellisa notou o jovem alto e magro, o corpo desengonçado completamente coberto de negro, nas sombras do esgoto.

— Senomar — disse o bardo com um sorriso largo.

— Ele era prisioneiro — começou Nichaela.

— Que seja, não temos tempo! — Ellisa ajudou a clériga a escalar até a superfície, enquanto Artorius e Masato subiam por conta própria, olhando ao redor. — Rápido, alguém pode vir.

Ellisa e Ashlen haviam despistado boa parte dos funcionários e guardas do castelo para chegar até aquele subterrâneo úmido. Na verdade, poucos empregados iam àquele lugar, mas Ellisa odiava correr riscos inúteis. Em sua jornada pelo setor restrito de Rishantor, ela e Ashlen haviam se escondido e blefado — a lábia do jovem Ashlen era letal, e ele convencia guardas e serviçais com a mesma facilidade com que obtinha informações em cidades desconhecidas. De fato, as mentiras de Ashlen já lhes haviam salvado a vida diversas vezes, e, naquela missão em particular, eles deviam sua sobrevivência mais a ele do que a qualquer outro membro do grupo.

— Conseguimos isto — disse Masato, estendendo os uniformes dos quatro guardas que haviam derrubado antes.

— Ótimo. Vistam — disse Ellisa. Depois, olhando para Artorius: — Ou não.

— Eu me escondo em algum lugar — disse o minotauro. — Precisa que algum de nós lhes acompanhe?

— Não. Dois fazem menos barulho que três.

— Eu posso ir! — disse Senomar, recém terminando de sair do esgoto. — Sei ser quieto.

— Nem pensar — disse Ellisa. Ela odiava recém-chegados, principalmente no meio de missões como aquela. Eram um fator novo, ainda não calculado, e era impossível dizer o risco que trariam. Mas só falou: — Esse seu fedor vai atrair todos os guardas do reino.

— É verdade — resignou-se Senomar.

Enquanto Ellisa e Ashlen vigiavam, apreensivos, os outros vestiram os uniformes de guarda. Nichaela ficava estranha metida na túnica e cota de malha, mas mesmo assim poderia enganar alguém de longe — era curioso como sua feminilidade exalava através do uniforme, muito mais do que a de Ellisa. Artorius ficou em um canto e cobriu-se com uma lona, parecendo um monte enorme de entulho.

— O assobio de uma flecha, certo? — disse Masato.

— O assobio de uma flecha — confirmou Ellisa. Todos ficariam de ouvidos atentos para o som inconfundível de uma das flechas assobiadoras, prontos para deixarem de lado a discrição se a situação pedisse armas.

— Que Lena esteja com vocês — ainda disse Nichaela.

— Acho que Lena vai querer distância disto — Ellisa deu uma risada sem humor.

Ela e Ashlen prosseguiram. O jovem notava, algo assustado, que a guerreira estava só um pouco mais nervosa que o normal.

A língua criativa de Ashlen lhes garantiu segurança por mais uma boa parte do labirinto de mármore e tapeçarias. Eles passaram por um arco largo, uma abertura atrás da qual se realizava o grande evento da Noite das Máscaras — o baile das famílias nobres.

Nenhum daqueles rostos mascarados significava nada para eles, mas no amplo salão de baile estavam as pessoas mais poderosas do reino venenoso de Ahlen. Inimigos ferrenhos, que não desejavam nada além de cortar a garganta uns dos outros, conversavam em voz baixa, trocando gracejos enquanto ouviam as melodias comedidas dos excelentes bardos que se revezavam.

— Palmas para Dimitri! — elevava-se uma voz animada, quando cessava uma apresentação.

— Um aplauso a Postellus!

— Vivas a Wingaard!

Não havia como saber, mas aquela exaltação dos menestréis era uma disputa feroz, na qual cada nobre procurava que o bardo sob seu patrocínio fosse melhor que os demais. Eram vitórias mesquinhas e derrotas insignificantes, mas, naquele universo de competição, eram questões de vida ou morte. E não havia como saber, mas, por trás de aplausos e comentários agradáveis, o regente de Ahlen, Thorngald Vorlat, maldizia seus servos e se perguntava onde estaria o menestrel que mandara trazer; o tal Senomar.

Thorngald Vorlat ocupava um lugar de honra no salão, sentado em uma cadeira de espaldar alto, forrada com fino linho tecido com fios de ouro. Ao seu lado, uma cadeira vazia. Embora fosse incapaz de notar as sutilezas do baile, Ashlen pudera ver aquilo, e, logo que estavam afastados, comentou com Ellisa:

— Percebeu? A esposa do regente não está ali.

— Sinal de que deve estar em seus aposentos — disse Ellisa em voz baixa.

Ashlen assentiu. Havia então pelo menos uma figura muito importante na área para a qual eles se dirigiam.

— E isto significa problemas — disse o garoto.

Ellisa seguia com os nervos rasos sob a pele, saltando a cada sombra, segurando forte o arco a cada guarda que lhes interpelava. Mas não houve problemas: Ashlen continuou ágil em suas mentiras, e a capa que Ellisa vestia foi explicada diversas vezes, sem que nunca surgisse uma dúvida. E Ellisa não precisou falar, o que com certeza denunciaria o disfarce, e em breve eles estavam às portas do seu objetivo: a ala privada, onde viviam o regente e sua esposa. Prova de que, às vezes, o pior não acontece.

— Aonde vão? — foi uma voz, abafada por uma máscara, atrás deles.

Ellisa e Ashlen podiam quase apalpar a vitória: estavam no fundo de um corredor bem-decorado, repleto de flâmulas nas paredes e armaduras de pé, como vigias silenciosos. A metros deles estava a porta de pedra trabalhada que levaria aos aposentos privativos dos Vorlat. O chão era coberto por um longuíssimo tapete azul escuro. As janelas eram grandes e elaboradas, e a chuva martelava incessante nos vidros. Não havia aqui o cheiro decadente da festa, mal se ouviam os últimos murmúrios da comemoração abaixo.

— Aonde vão? — repetiu o guarda.

— Recebemos ordens de vir aqui, verificar se está tudo bem — disse Ashlen. De repente, ele percebia como era estranho não haver mais guardas justamente naquele ponto.

— Mas todos receberam ordens de ficar afastados — começou o soldado.

Súbito, a capa de Ellisa se abriu, e, num instante, os braços retesaram a corda do arco e uma flecha voou, indo parar certeira na testa do guarda, que caiu inerte. A guerreira ofegava.

— Por quê? — exclamou Ashlen, mas foi interrompido por um som estridente que levou suas mãos aos ouvidos.

Era o ruído terrível de metal raspando contra metal, um barulho doído que arrepiava os pelos das costas, fazia ranger os dentes e crispava as mãos. E se prolongava e a ele se juntavam outros ruídos iguais, e era ainda pior porque Ashlen e Ellisa viram que era um som de morte. As armaduras decorativas do corredor, quatro guerreiros silenciosos e vazios, moviam-se para atacá-los. Portavam espadas grandes como elas próprias, que sibilavam cortando o ar e giravam em arcos imensos, por pouco não acertando os rostos dos aventureiros surpresos. As armaduras eram lentas, davam passos incertos e endurecidos, e suas juntas mal de moviam, mas os braços que brandiam as espadas eram rápidos em seus movimentos de matar, desferindo golpe em cima de golpe letal, numa série de movimentos idênticos de força incrível. O primeiro golpe de uma das imensas espadas foi contra o vazio, mas acertou o chão de grossas lajotas de mármore (em uma longa e rápida trajetória descendente), rasgando o tapete azul e quebrando a pedra com a mesma facilidade. Para o segundo golpe Ellisa e Ashlen já estavam preparados, o que salvou suas vidas, pois tiveram o tempo de se abaixar, esquivando-se do corte que separaria suas cabeças dos corpos.

Ellisa afastou-se com uma cambalhota rente ao chão e disparou o arco contra a armadura mais próxima. A flecha acertou entre as placas do peito e pescoço, indo cravar-se onde o metal não protegia. Mesmo assim, a flecha não fez nada, e a armadura seguiu a passos lentos mas largos, golpeando sempre. Ashlen deu uma corrida curta e, com um salto acrobático, passou por cima de uma das armaduras, indo parar próximo a uma janela. O atacante silencioso se virou lentamente, já preparando o próximo golpe. O rangido insuportável continuava, e, por baixo dele e do barulho insistente da chuva, os dois ouviram o correr de numerosas botas na distância.

Ashlen esquivou-se com habilidade de dois golpes letais da lâmina imensa, enquanto outra das armaduras já se posicionava para atacá-lo. Ele sabia que um corte daqueles iria parti-lo em dois, mas observou que os golpes eram previsíveis, e variavam pouco dentro de sequências pré-determinadas. Pulando e recuando, Ashlen conseguiu posicionar a armadura onde queria, e o próximo golpe errou-o, mas acertou a janela. O vidro estilhaçado choveu no chão abaixo.

— Ellisa! — gritou. O correr de botas se aproximava.

Ellisa Thorn fora atingida, por sorte de raspão. Mesmo um toque daquelas espadas era suficiente para causar um grande estrago — eram verdadeiros porretes de metal, causando dano pelo peso massivo ao invés do fio. Ellisa ia receber um golpe no rosto, mas fora capaz de rolar para o lado e proteger a cabeça com o antebraço, que havia sido atingido. O corte era pequeno, mas o peso da lâmina causara grande dor, e uma mancha empretecida já começava a se formar. Vendo a abertura que Ashlen conseguira, ela correu pelo meio das armaduras, esquivando-se em zigue-zague de um golpe e outro.

Ashlen saltou pela janela, usando o momento suspenso no ar antes da queda para avaliar um local onde pudesse se segurar. Manobrando o pequeno corpo em pleno vazio, o rapaz conseguiu agarrar uma gárgula elaborada que se projetava da parede exterior do palácio. Estava apenas alguns metros abaixo da janela. Ellisa havia deixado o arco cair e estava mexendo no interior da capa enquanto corria. Também se jogou às cegas pela janela, enquanto tirava das dobras da roupa uma corda comprida com um gancho de escalada. Em queda livre, arremessou o gancho para cima, rezando para todos os deuses. Passou caindo por Ashlen, e sentiu o puxão forte quando o gancho de metal se firmou em algo acima e deteve sua queda. Teve momentos para recobrar o sentido de espaço, enquanto balançava, segura à vida apenas pelas mãos. Viu que estava a quase dois andares de distância da janela — Ashlen estava acima.

— Suba! — gritou Ellisa.

Ela mesma começou a difícil escalada, as mãos esfolando e ardendo de atrito com a forte corda de seda. O garoto olhou por um momento, depois saltou do gárgula para a corda, segurando com força e fazendo a amiga abaixo balançar violentamente. Alguns fragmentos de pedra caíram de cima, e ele torceu para que o que quer que segurasse o gancho ainda durasse bastante tempo. Ashlen começou a escalar, usando as pernas para se apoiar na parede escorregadia (a chuva castigando forte seu corpo leve) e viu que acima, na janela, surgiam os rostos de vários guardas. As armaduras estavam imóveis. Com um sorriso malvado, um dos guardas sacou uma faca e começou a cortar a corda que segurava os dois.

O coração disparando, Ashlen escalou o mais rápido que pôde. O guarda esforçava-se, usando a faca como um serrote. Enfim, Ashlen chegou ao nível da janela, e chutou a parede com força, impulsionando-se para trás. Abaixo, Ellisa foi jogada com violência, mal se agarrando à corda com mãos sangrentas. Ashlen balançava para trás, e logo voltou num movimento de pêndulo, mas desta vez tinha os pés encolhidos e preparados. Quando chegou próximo à janela de novo, golpeou com um coice forte o guarda que tinha a faca, arremessando o homem para o outro lado do corredor. Dois passos atrás, outro guarda tinha um arco, e disparou uma flecha que, por bênção, errou o garoto. Ashlen voltou a balançar para trás, e Ellisa apenas girava sem controle abaixo, agarrando-se por tudo à corda. Quando voltou a se aproximar da janela, Ashlen se segurou na corda com apenas uma mão, esticando a outra, junto com todo seu corpo, na direção do guarda que disparava. Vieram mais duas flechas, mas nenhuma chegou perto do rapaz. Ashlen enfim chegou de novo à janela, quando agarrou com força o arco, tomando-o do guarda. De relance, viu que havia mais dois, além do que ele havia chutado, que estava caído junto a uma parede. Impulsionando-se de novo para trás, o arco em uma das mãos, Ashlen gritou de novo o nome de Ellisa. Deixou cair o arco recém-adquirido.

Abaixo, Ellisa olhava contra as gotas pesadas de chuva para ver o vago objeto que rodopiava na sua direção. Confiou a vida a apenas uma das mãos machucadas, e se esticou para pegar o arco. Seus dedos se fecharam com prazer indescritível sobre a madeira. Ela segurou a arma com os dentes enquanto se pôs à arriscada tarefa de amarrar a corda em volta da própria cintura.

É por isso que Vallen não pode fazer estas coisas, pensou Ellisa, a mente tentando evitar o desespero da situação. *Ele ainda estaria tentando lutar contra as armaduras.*

Com uma mão, atou um nó em volta da cintura, e decidiu que era bom o bastante para confiar sua vida. Largou a corda e se preparou para disparar uma flecha.

O nó não era bom, e a corda se desamarrou.

Em desespero, Ellisa agarrou-se à corda de novo. Em uma das mãos, tinha o arco, e decidiu não soltá-lo. A mão que segurava a corda escorregou um bom pedaço, dilacerando a pele da palma, até que ela cessou sua queda. Restavam poucos metros de corda abaixo. Viu que, ao seu lado, balançando para a frente e para trás, estava uma janela que dava para o baile dos nobres. Lá dentro, dezenas de olhos mascarados observavam entre o divertimento e a indignação. O regente, longe em sua cadeira, gritou algo, e vários guardas se agitaram e começaram a correr.

De novo com o arco na boca, Ellisa atou um novo nó. Deixando as duas mãos de prontidão, largou o peso do corpo e notou, com satisfação, que este era capaz de aguentá-la. Tomou o arco nas duas mãos, sacou uma flecha assobiadora e disparou para cima, em uma longa trajetória musical.

O som de uma flecha assobiadora era inconfundível e estridente, e furava quase qualquer ruído. Mesmo os foliões da Noite das Máscaras, afogados em melodia conflitante, os ouvidos entorpecidos por toda sorte de substâncias, ouviram. Mesmo os guardas em todo o Palácio Rishantor, atarefados com os intrusos, correndo de todos os recantos, redefinindo postos de guarda, ouviram. E mesmo Vallen, apreensivo com toda a balbúrdia, ouviu, e mesmo Masato, que nunca tinha ouvido uma destas flechas e estava muitos andares abaixo, ouviu.

Ashlen subia a corda à toda velocidade, escorregando muitas vezes e lutando contra o peso extra dos pingos de chuva e da maldita cota de malha. Esta era a única falha grave no plano, desde o início: Ashlen não sabia usar armaduras. A despeito do que os inexperientes pudessem achar, usar uma armadura era muito mais do que apenas vesti-la; era uma habilidade complexa que exigia partes iguais de resistência física, destreza corporal e bom e velho hábito. Era preciso saber como e quando ajustar as diferentes partes de metal pelo corpo, para que nenhum ponto do corpo sofresse ou se machucasse demais, prejudicando a capacidade de combate. Era preciso adquirir verdadeiros calos na pele, como se fosse uma casca dura que resistisse ao roçar inquietante e agressivo. A cota de malha era uma das armaduras mais simples: uma simples malha de metal, trançada em uma espécie de tecido flexível. Mesmo assim, Ashlen não ajustara todas as correias, dobras, arestas de forma correta. Somava-se a isso o fato de que mesmo o mais habilidoso dos guerreiros tinha dificuldades extremas em fazer aquele tipo de acrobacias com uma armadura. E, ainda por cima, havia o fato de que Ashlen era fraco: o peso da cota estava começando a ser demasiado para ele.

Seus pulmões queimavam e ele suava em profusão mesmo debaixo da chuva que gelava seus ossos. Os músculos dos braços pareciam prestes a se romper, gemendo a cada metro que o rapaz subia. Era como se uma centena de adagas cortassem cada músculo. Mas Ashlen continuava, sem olhar para baixo, sem perceber o que havia ao seu redor, apenas concentrado no impossível movimento repetitivo dos braços que agarravam a corda, impulsionavam para cima, agarravam de novo, e novamente impulsionavam, infinitas vezes.

Abaixo, outro guarda havia tomado para si a tarefa de cortar a corda. Ashlen não sabia que aquilo era uma corrida entre os muitos metros até o topo e o centímetro que faltava para a corda se romper. É claro, ele não cairia — apenas Ellisa iria morrer.

Ellisa tinha uma flecha entre os dentes, junto com o arco, preso na boca pela corda. Pelo rosto encharcado escorria ainda a saliva, da boca semiaberta. Das mãos escorria ainda o sangue. Ellisa, diferente de Ashlen, não era uma acrobata. Apesar de ágil, as façanhas do rapaz eram, para ela, impossíveis. No entanto, ela era muito mais forte, e subia com muito mais rapidez. Seus braços se inchavam de esforço (o hematoma do golpe raspado doía como o inferno), e ela repetia dois movimentos de impulso para cada um do rapaz. Em pouco tempo viu, pouco acima, a janela por onde haviam pulado. Por um instante, seus olhos encontraram os do guarda com a faca, que sorriu prazer puro ao ver a face da garota segura pela corda.

Ellisa começou a escalar frenética, ainda mais rápido do que antes, percebendo a corrida letal na qual se encontrava. Ela estava a centímetros do parapeito quando a faca rompeu a corda, e, por um instante, sentiu só o vazio abaixo. Mas as mãos de Ellisa foram rápidas como raios, e ela foi capaz de se segurar no parapeito, enquanto a ponta da corda caía frouxa, ainda presa em sua cintura. Ellisa sentiu de novo e de novo a mordida da faca em suas mãos, tentando-as a soltarem a pedra. Resistindo, fez um esforço supremo e impulsionou-se para cima, firmando um pé no parapeito. Antes do guarda se recuperar da surpresa, Ellisa tomou na mão a flecha que levava na boca e cravou-a no olho do homem, que, aos gritos, saiu cambaleando. Em um pedaço de momento, ela contou mais cinco guardas próximos à janela, e todos começaram a se preparar para atacá-la.

Ellisa colocou o outro pé sobre o parapeito, equilibrando-se sobre a superfície escorregadia enquanto cuspia o arco em uma das mãos, e a outra já pegava várias flechas.

Não era de sua natureza sentir prazer no combate. Ellisa não gostava de lutar, preferia apenas a missão já cumprida, e não o sangue fervente que acompanhava a batalha. Mas, naquele momento, quando, após tudo aquilo, encaixou a primeira flecha na corda babada de seu arco, ela sorriu. Sentiu uma alegria avassaladora ao perceber que estava em vantagem, e lamentou que não houvesse mais guardas.

Em um instante, todos os guardas tombaram ante a feroz saraivada de flechas de Ellisa Thorn. Mal era possível ver seus braços pegando setas na aljava que pendia da cintura e retesando e soltando a corda do arco. Em um borrão de velocidade, ela cravou as pequenas hastes de madeira em gargantas, peitos, estômagos, entre olhos, em braços e joelhos e virilhas. Ainda arqueou o corpo para frente, para dentro do corredor, e viu que dois novos guardas se aproximavam correndo. Tombou os dois, e ouviu de novo o ranger pavoroso do metal das armaduras vivas.

Ellisa se jogou para trás, soltando de novo o arco, enquanto se esquivava para o vazio do golpe lateral da enorme espada. A força inacreditável dos braços de metal estraçalhou a parede, aumentando a janela, enquanto as mãos em carne viva de Ellisa Thorn se agarravam de novo à corda. Começou uma nova escalada frenética e, finalmente, percebeu quanta dor sentia. O longo pedaço de corda inútil ainda pendia de sua cintura.

— Ashlen! — gritou contra o aguaceiro.

Acima, a primeira mão de Ashlen alcançava o objetivo: o topo de uma das altas torres do Palácio Rishantor. O rapaz segurou-se firme em uma telha escorregadia, impulsionou o corpo baixo e firmou a segunda mão. O primeiro pé alcançou a superfície coberta de telhas, e ele por fim se arremessou de encontro ao telhado pontudo, ofegando e deixando pulmões e músculos descansarem.

Ouviu seu nome gritado.

Olhando para baixo, viu que a companheira escalava com dificuldade. O sangue de Ellisa escorria farto das palmas das mãos, derramando-se pelos antebraços, diluído pela água incessante da chuva. Mesmo sob a cobertura de gotas furiosas, ele foi capaz de ver a expressão no rosto de Ellisa Thorn. Ela havia se ferido mais do que ele, lutara mais do que ele, e em geral estava em um estado muito pior. Olhou para baixo e viu também o gancho, preso por uma ponta minúscula a um pedaço quebradiço de pedra. Ashlen foi desespero por um momento. Logo depois, quase deitando o corpo no teto inclinado de telhas escorregadias, firmou os dois pés contra uma saliência e agarrou a corda com toda a sua força.

Ellisa lutava contra si mesma, repetindo em silêncio que aquela dor não era nada. Os músculos queimavam, queimavam as palmas das mãos. O estômago se revoltava, enjoado por partes iguais de tontura e litros de chuva engolida.

Sentiu um puxão para cima.

Ashlen foi mais forte do que era capaz. Seus braços finos puxaram a corda com o peso da amiga, os músculos estalando em protesto. Ashlen tinha os olhos fechados, os dentes juntos em uma careta de desgaste, a garganta rugindo baixinho. O corpo do rapaz forçava-se além de qualquer limite, e de novo e de novo ele puxava a corda que carregava Ellisa, tentando ajudá-la a não morrer.

E Ellisa escalava contra toda a dor, e ignorava o bom senso que dizia que suas mãos poderiam ficar inúteis para sempre, a carne já corroída de atrito contra a corda. E a cada puxão que ela sentia, vindo de cima, do amigo que não sabia não ser capaz daquilo, o espírito de Ellisa forçava-a a continuar mais um pouco, a sentir um pouco menos de dor. Até que ela viu o gancho despencar, pendendo livre logo acima dela.

Ashlen, olhos fechados, não vira isso. Não vira que eram apenas seus braços sem força que seguravam Ellisa contra uma queda mortal. E foi bom que ele não visse, pois assim não desistiu. Ele apenas ficou de olhos fechados, e gemeu de dor, e puxou por um tempo enorme, até que sentiu o peso se aliviar e um par de braços ao seu redor. Ellisa havia chegado ao topo, à espira pontuda daquela torre sem fim, e jogava o corpo em um abraço de alívio em volta do amigo.

A corda caiu, solta.

— *Peguei eles* — disse Ellisa, com tantas sensações que não sentia nada. — *Eu não deixei você cair.*

E não queriam nada além de ficar ali, jogados sob os socos das gotas de chuva, até o fim dos tempos, mas se levantaram e caminharam com cuidado pelo perímetro traiçoeiro da espira.

Do outro lado, viram uma janela. Um relâmpago fez o mundo luz. Pela janela, viram um quarto. No interior do quarto, havia uma cama suntuosa, onde uma mulher jazia imóvel.

— Maldição! — gritou Vallen Allond, vendo mais uma dezena de guardas investindo contra ele.

O assobio da flecha de Ellisa, mesmo com o barulho infernal da Noite das Máscaras, fora claro como a face de Azgher. Era como se a própria voz da amante o estivesse chamando, e isso ele era capaz de ouvir a qualquer distância. Rufus havia se levantado de um salto, e os dois haviam atravessado a porta que levaria ao setor reservado do palácio. No entanto, eles não contavam com o enorme número de guardas que estavam se deslocando precisamente para aquela entrada — para impedir que mais intrusos entrassem na parte proibida. Vallen sozinho conseguiria passar por eles — seu disfarce era bom o suficiente — mas os soldados viram Rufus, e ordenaram que fosse detido.

Por um instante, Vallen considerou deixar que o mago fosse preso; isso permitiria sua entrada para ajudar Ellisa. Mas aquilo que era sua divindade, aquilo que mandava em sua vida — o grupo — falou mais alto. *Maldição, ele é um de nós*, pensou Vallen Allond, e sacou Inverno e Inferno, e logo as duas lâminas encontraram estômagos macios de guardas que tombaram.

E então eles estavam condenados.

Vallen não sabia que havia tantos soldados no Palácio Rishantor — de fato, parecia estranho que houvesse tantos em Arton. Os homens chegavam em enxames, nunca cessando de atacar, por mais que ele golpeasse, por mais que cortasse e queimasse e congelasse com suas lâminas encantadas, eles continuavam a vir. Na verdade, poucos momentos haviam se passado, e nem eram tantos os guardas, mas cada batida do coração de Vallen lhe dizia que havia se passado um instante longe de Ellisa, e isso era insuportável. Além de vencer os guardas, ele tinha de proteger Rufus, que pegara uma espada caída, mas não fazia nada com ela além de apontar pateticamente para um lado e para outro, como se da ponta da arma fosse saltar uma solução.

Vallen sentiu um repuxar forte na túnica.

— Vamos recuar! — disse Rufus.

Como ousa me dar ordens?, Vallen rosnou por dentro. *Covarde, poltrão, traidor, medroso*, sua mente repetia em fúria. Mas Vallen não pensava tudo isso do companheiro — apenas desejava muito, mais do que qualquer coisa, chegar perto de Ellisa, e Rufus estava sugerindo que se afastassem.

E ele seguiu cortando em todas as direções, ambos os braços golpeando os inimigos que vinham com alabardas, lanças, espadas, em levas infinitas de metal hostil. Continuava o puxão insistente, mas Vallen mal se lembrava de quem era: tinha na mente apenas Ellisa e matar. Por fim, Rufus conseguiu remover o guerreiro do meio do combate. Vallen se desequilibrou, perdeu um golpe, cambaleou para trás, caçando o chão, e recebeu um corte fundo de alabarda no meio do peito. Seus olhos emergiram do vermelho da batalha para ver Rufus levantando uma cadeira com dificuldade e atirando-a pela janela, estilhaçando o vidro. Vallen, ainda praguejando, recuou na direção do mago, fazendo um perímetro com a lâmina flamejante, impedindo que os inimigos chegassem mais perto. Porém, perdera terreno, permitira-se ser encurralado, e o ferimento no peito doía insistente — ele se recusava a olhar para ver a gravidade.

Sentiu a mão de Rufus no ombro e ouviu algumas das palavras confusas recitadas pelo mago. Seguiu golpeando enquanto a mão se retirou, e a arenga arcana continuava, até que ouviu a voz envelhecida:

— *Pule!*

E Rufus se atirou para baixo.

Vallen entendeu. Abaixando-se de um golpe de lança, se apoiou com um pé no parapeito cheio de vidro quebrado e pulou, as pernas chutando o nada, para o vazio de diversos andares.

Rufus e Vallen caíram por alguns metros, apenas para depois terem sua velocidade diminuída drasticamente. Pousaram com suavidade no chão, entre uma clareira no mar de pessoas que observavam.

— Peguem-nos! — gritavam as vozes distantes dos guardas.

— Boa magia — disse Vallen, sorrindo feroz.

Estavam contra uma das imensas paredes exteriores do Palácio Rishantor, cercados por um círculo amplo de foliões atônitos, enquanto os guardas da cidade abriam caminho com dificuldade pelos corpos encharcados. A chuva caía com violência, e em pouco tempo estavam ensopados até os ossos. A lâmina de Inferno ardia, desafiando a chuva.

Os primeiros guardas foram visíveis.

— Vai ser uma batalha difícil — disse Vallen com prazer.

— Difícil apenas porque você é um maricas fraco — e esta era uma voz diferente.

Vallen olhou para trás e viu uma figura alta e larga, coberta por um manto em farrapos. O homem retirou o capuz do manto para revelar uma face em estado tétrico: faltava-lhe um olho, a boca se alargava em um buraco medonho, revelando os dentes por baixo da bochecha carcomida. O homem estava branco como um cadáver, e inchado como uma vítima de afogamento. Seu longo cabelo castanho fora parcialmente comido por algo, e estava enredado, sujo. Era a pessoa mais bonita que Vallen já vira.

Era Gregor Vahn.

— Batalha difícil? — continuou a voz bem-humorada, com dificuldade pela falta de boa parte da bochecha. — Alguns guardas de segunda, bêbados e mal pagos! Ainda bem que nenhum grupo de aventureiros depende da sua liderança, Vallen Allond.

Vallen sorriu, e soube que estavam salvos.

— Quer uma delas? — disse, oferecendo Inverno, ao ver que o amigo estava desarmado.

— Que Thyatis me queime no dia que eu precisar de uma arma mágica para vencer meia dúzia de guardas de Ahlen! — disse Gregor, catando um pedaço de madeira do chão. — Isto vai servir.

E juntos, com lâminas mágicas e um pedaço de tábua podre, venceram a guarda de Thartann.

— Ótima ideia! — disse Nichaela.

Eles corriam, deixando um rastro de guardas caídos. Artorius e Masato eram ceifadores, tirando a vida dos guardas do castelo mais rápido do que eles podiam chegar. Mas Nichaela, é claro, não havia falado para eles. Dirigira-se a Senomar, que dera a ideia de libertar todos os prisioneiros dos calabouços do castelo Rishantor.

— Não foi nada — sorriu o jovem magro.

Eles, como todos, tinham ouvido a flecha e dirigiam-se para junto de Ellisa Thorn. Estavam no subterrâneo, e portanto não muito longe do calabouço. Por sugestão do bardo, tinham aberto todas as celas, depois de uma curta batalha contra os guardas carcereiros. Agora a desordem era ainda maior no palácio — poucos sabiam quem eram os intrusos perigosos e quem eram apenas prisioneiros fugitivos. Artorius, Masato, Nichaela e Senomar abriam caminho com dificuldade, mas com menos lutas através da balbúrdia.

— Admita que eu fui útil — riu Senomar com prazer, ofegando no meio da correria. O alvo do comentário, obviamente, fora Artorius.

— Calado! — trovejou o minotauro.

— Vamos lá, repita comigo: *"eu engulo meu orgulho..."*

Masato Kodai era obrigado a admitir: o jovem menestrel fora útil. Mesmo assim, era muito irritante. Nichaela ria das micagens do bardo. O que apenas tornava-o mais irritante para o samurai.

E eles corriam.

E a criminalidade de Thartann também corria, em liberdade.

Ellisa Thorn e Ashlen Ironsmith, no meio do quarto.

— Quem é essa? — disse Ashlen.

— Alguém importante — porque os vinte guardas que haviam entrado no quarto momentos depois deles estavam imóveis.

A mulher deitada respirava, mas, fora isso, estava imóvel.

Ellisa tinha uma adaga em sua garganta.

— Por favor — disse o capitão dos guardas, retirando a máscara. — Não façam nada.

— *Acho que é a esposa do regente* — disse Ashlen em um sussurro alto.

Ellisa riu.

— É ela? Yelda Vorlat?

— Yelka — corrigiu o capitão automaticamente. Logo depois fez uma careta para o erro simplório.

— Ótimo saber — disse Ellisa melifluamente. — Movam-se e ela morre.

Ashlen rezava para que ela estivesse apenas blefando.

A porta se abriu de novo. Uma figura dominou o ambiente de um só momento, e Ellisa soube que seria mais difícil ameaçar dali em diante.

Ladeado por seis sacerdotes de Tenebra, entrou no quarto um homem alto, de armadura completa. Seu elmo estava fechado e ele lembrava mais as armaduras vazias de antes do que um guerreiro humano. Carregava uma espada e um escudo, e todo o armamento reluzia em um prateado muito puro.

— Por favor, não façam nada — disse a voz grossa de dentro do elmo.

— Senhor, podemos matá-los facilmente — disse um dos clérigos.

— Calado! — rugiu a voz do elmo.

A adaga permanecia de encontro à garganta. Ellisa estava cansada, ferida e fraca. Imaginava se teria rapidez suficiente para fazer qualquer movimento caso fosse atacada.

Súbito, o homem retirou o elmo. Ellisa e Ashlen viram que a face dentro era branca e chupada, cheia de ossos proeminentes. O cabelo era negro e havia rodelas pretas e profundas debaixo de cada olho. Era um rosto duro, capaz e implacável; e era um rosto muito, muito triste. Aquele homem tinha sofrido provações demais. Sabia manobrar na corte, sabia lutar, sabia ser implacável e matar quem se interpusesse em seu caminho. Mas, pela segunda vez em dias, a mulher que ele amava estava indefesa, à mercê de estranhos ameaçadores. E, por incrível que parecesse, homens como aquele também amavam. E, naquele momento, ele só queria que Yelka fosse deixada em paz.

— Digam o que querem.

Ellisa ponderou por um momento.

— Sair daqui em segurança.

Silêncio.

— Apenas isso? Vão!

— Espere! — disse Ashlen de repente. — O albino. O albino alto. Ele passou por aqui, não é mesmo?

Houve um estremecimento geral. Os guardas pareceram ter muito medo daquela pergunta, daquele assunto. O homem olhou para baixo.

— Sim.

Ellisa e Ashlen se entreolharam, incertos do que dizer.

— Você é o regente, não é? — falou Ashlen por fim.

— Sim — repetiu o homem. — Sou Thorngald Vorlat.

De alguma forma, toda aquela tristeza estampada não combinava com as histórias de crueldade e traição que acompanhavam o nome daquele homem.

— O que ele queria? — disse Ashlen, enquanto Ellisa permanecia ameaçadora sobre a garganta de Yelka Vorlat. — O albino. O que ele queria?

— Não é seu assunto — disse Thorngald com muita calma. No entanto, havia uma tal certeza e frio em sua voz que Ashlen achou melhor descartar a pergunta.

— Para onde ele foi?

— Tyrondir.

O rapaz se surpreendeu com a resposta rápida.

— O que querem com ele? — foi a vez do regente perguntar.

Ellisa começou uma resposta malcriada, mas Ashlen interrompeu:

— Estamos caçando-o. É um criminoso.

— Sim — disse o regente. — É um criminoso.

E, num instante, Ashlen entendeu. O albino estivera atrás do herdeiro de Ahlen. Do "rei que estava sendo feito". Olhou para a estática Yelka e viu que não parecia grávida. Na verdade parecia mais morta.

— Foi ele quem fez isto?

— Sim.

— E ela não acorda mais?

Thorngald Vorlat fechou os olhos e engoliu em seco.

— Desculpe — disse Ashlen.

— Espero que acorde — falou Thorngald, com sinceridade.

Ashlen não conseguiu evitar um sentimento de pena por aquele farrapo de homem. Imaginou o que havia acontecido com Andilla, mas muito pior. O que havia acontecido com Gregor, mas sem esperança. Naquele momento, Ashlen concordou com Nichaela, e decidiu que a morte — e qualquer assemelhado que o fugitivo conseguisse produzir — era mesmo a coisa mais horrível do mundo.

— Tire-nos daqui! — exclamou Ellisa.

— Se estão caçando aquele homem — disse o regente. — Farei muito mais do que isso.

E colocou de novo o elmo, ficando mais uma vez forte.

— Contam com o apoio do reino de Ahlen.

E foram disparadas ordens. Haveria vingança, e Thorngald Vorlat colocaria seus inimigos uns contra os outros. E Vallen e Gregor, que derrotavam sozinhos mais de duas dezenas de guardas, foram escoltados com honra (Rufus logo atrás). E Artorius, Masato, Nichaela e o bardo foram puxados para fora da correria de prisioneiros fugitivos, e levados à segurança. E todos se reencontraram com Gregor, e houve lágrimas, e Ellisa nunca esteve tão feliz em jogar seus braços ensanguentados ao redor de Vallen. E eles foram levados para fora de Ahlen sob escolta armada, e puderam descansar um pouco. E Senomar resolveu não mencionar seu nome, ou que não era parte, oficialmente, daquele grupo.

— Não podem fazer isto! — gritou Fiona Rigaud, logo antes da besta ser disparada. — É assassinato.

O virote entrou certeiro na garganta. Por toda Thartann, as famílias nobres ficavam menores: muitos Rigaud, Schwolld, Vorlat eram mortos por adagas ou bestas ou delicados frascos de veneno. Morreram todos os conspiradores, com certeza, e morreram mais alguns, o que era de ser esperado. Em todas as guerras há vítimas inocentes. Thorngald nunca soube da conspiração: mandou matar a esmo e, com tantos alvos tão próximos, não é difícil acertar um tiro.

— Tudo vai ficar bem — disse Thorngald Vorlat, sentado na beira da cama de sua esposa.

— Você estava errado — disse Vallen para Rufus, mais tarde. — Não eram magias ruins. Na verdade, aquela é uma ótima magia — e depois: — Obrigado.

E Rufus Domat, por pouco tempo, esteve feliz.

MARES, SOL E NATUREZA

UM RUGIDO CONSTANTE DE ÁGUA INQUIETA, O CHEIRO másculo do sal, o calor de um céu que tostava a pele, e o mar infinito, até onde chegava o horizonte. Nada era mais revigorante que o espirrar da água fria no corpo fervente e, ao cruzar o Reino de Oceano, o Deus dos Mares, Glórienn quase se sentia viva de novo. Aquele era um lugar de vida e força, um mundo coberto por ondas, sob as quais criaturas gigantescas viviam, poucas vezes mostrando suas escamas e nadadeiras e tentáculos para a superfície. Era um mundo onde os raros seres da superfície se agarravam a ilhotas minúsculas e plataformas artificiais, sempre aterrorizados e maravilhados com a força e a vastidão do mar, e rezando por piedade para que não afundassem. Era um terreno selvagem, vibrante, feroz. O lar de um deus masculino e enorme e orgulhoso, que dominava a maior parte de Arton.

Uma tartaruga com o tamanho de uma cidade cortava as águas sem fim, dividindo-as em uma viagem determinada e veloz. Em suas costas, de pé e de olhos fechados, deixando que o vento lhe empurrasse a pele para trás e penetrasse em suas narinas, uma elfa em farrapos. O cabelo púrpura como se estivesse sendo puxado, as roupas em trapos grudadas ao corpo, tremulando para trás com o movimento vertiginoso da tartaruga. Glórienn abriu os braços e tentou absorver a vida que permeava o ambiente. Estava encharcada dos espirros do mar. Preferia assim: tentava achar conforto nas centenas de minúsculos seres que habitavam cada gota, na certeza de que ali estava um refúgio. Glórienn tinha vontade de mergulhar e nunca mais emergir; tinha a impressão de que a água seria morna e agradavelmente viscosa, e que iria escondê-la e protegê-la para sempre.

De repente, curvou-se com violência, segurando o estômago, e desabou sobre o casco titânico. A monstruosa tartaruga lentamente moveu a cabeça, que tinha o tamanho de vários castelos, e observou a agonia da companheira.

— Outro morreu — comentou Allihanna, a Deusa da Natureza, na voz arrastada e gutural da tartaruga gigante.

Quando conseguiu se pôr em pé de novo, Glórienn mirou a outra com olhos semicerrados. Mordia o lábio inferior, e os dentes penetraram na pele maltratada, e o sangue escorreu livre.

— Não precisa me lembrar disso, Grande Urso — de propósito, a Deusa dos Elfos usou um dos títulos menores de Allihanna. Embora reinasse sobre tudo o que era selvagem, sobre todos os animais e as plantas, recebia nomes como aquele de tribos bárbaras menos esclarecidas. O despeito aplacou um pouco o sufocamento no peito de Glórienn, mas ela sabia que não significava nada. Um dia, talvez, ela pudesse ter pensado em si mesma como a magnífica Deusa dos Elfos, e na outra como uma tosca divindade selvagem, mas agora ela era uma mendiga, uma suplicante que necessitava da ajuda de Allihanna e do Oceano, e de todos os outros.

No entanto, Allihanna ignorou a sutileza no discurso de Glórienn.

— Nunca saberei como manter uma conversa — disse a Deusa da Natureza, a título de explicação. — Estes são os seus modos civilizados.

Glórienn não disse nada. Não sabia por que Allihanna tinha concordado em ajudá-la. A piedade que motivara talvez Tanna-Toh não parecia um sentimento muito forte naquela que regia os animais; os motivos de Allihanna eram inescrutáveis. Glórienn sabia que não tinha condições de exigir nada ou de manter seu orgulho. Engoliria qualquer ofensa, e teria todos os pedidos de perdão de que necessitasse uma vez que Ragnar fosse vencido.

Ao longe, Glórienn avistou um pequeno grupo de humanos bronzeados tentando se manter na superfície, agarrados aos destroços do que já fora um tipo de embarcação. Os humanos acenaram em desespero, sentindo, mesmo de longe, o poder que emanava das duas deusas.

— Deseja resgatá-los? — perguntou Allihanna.

— Não — disse Glórienn. Que morressem alguns humanos, como já tinham morrido tantos elfos.

A tartaruga se afastou rapidamente, deixando para trás as vozes que imploravam e, logo, a visão patética dos náufragos. A vingança, assim como o mar, era implacável.

— É aqui — decretou Allihanna.

Glórienn assentiu em silêncio. A majestosa tartaruga se desfez em milhares de peixes de todos os tamanhos, e os peixes mergulharam dentro da água infinita. Glórienn mergulhou também.

A Deusa dos Elfos se sentiu abraçada, assim que a água a envolveu. Estar sob o mar era como estar nos braços de um pai forte e protetor. Glórienn sentia-se como uma criança, ao mesmo tempo temerosa e apaixonada por algo tão maior que ela, tão incompreensivelmente vasto e constante. Era o oceano.

Glórienn seguiu o cardume de milhares de peixes que era Allihanna. Dentro em pouco, as duas estavam a quilômetros de profundidade, num mar muito mais impenetrável que o maior abismo de Arton. Cordilheiras de corais se estendiam até onde a vista alcançava; serpentes viajavam com seus longos corpos ondulantes e, de tão compridas, sua passagem demorava horas. Milhões de olhos viam as duas deusas, e um ciclo frenético de caça e alimentação vibrava naquele mundo encharcado. O sol que escaldara os corpos na superfície conseguia penetrar, de alguma forma, até as maiores profundezas, deixando a água clara e agradável.

Glórienn sentia inveja. Naquele momento, desejava não ser deusa, ser apenas mais um peixe ou polvo ou minúsculo habitante das gotas, e se deixar afundar ali. Mas, sendo a Deusa dos Elfos, tudo aquilo só lhe lembrava do que o seu Reino não era.

Um grupo de dezenas de elfos-do-mar seguia as duas. A princípio, Glórienn pensou que as criaturas de pele azulada e cabelos verdes lhe prestavam homenagem, vendo-a como a mãe da raça de que descendiam. Mas logo ela viu que, na verdade, os elfos-do-mar zombavam. Eles não sentiam medo, não se sentiam maravilhados com a presença divina; faziam cabriolas e riam uns para os outros da fraqueza daquela visitante. Enfurecida, Glórienn perguntou-se como podiam simples mortais ficarem tão indiferentes à sua passagem. E então ela soube: os elfos viviam sempre em contato com seu deus. Ali não tinham medo de nada. Eram os filhos preferidos, superiores, príncipes de tudo. E zombavam da derrota de Glórienn, a mãe de seus primos secos.

Tanto melhor que não tivesse notado que, ao contrário dela, Allihanna era coberta de terror e admiração. Animais marinhos grandes como fortalezas seguiam a deusa com reverência, e milhares de peixes se juntavam ao seu cardume, deixando de lado sua individualidade para serem, também, Allihanna. À medida que afundava, ela ficava mais forte.

Por fim, o palácio de coral de Oceano surgiu. Era uma construção monstruosa, caótica, linda e terrível. Os corais cresciam selvagens, sem uma arquitetura lógica, e portas e janelas pipocavam por todos os lados. Os súditos de Oceano, que se moviam pelo Reino livres das limitações da superfície, entravam e saíam por todos os lados, celebrando sua capacidade de movimento. O coral, em alguns lugares, era afiado como navalhas, e em outros era arredondado e liso. Em todos, era colorido e majestoso, e estava sempre crescendo. Os elfos-do-mar que seguiam Glórienn se juntaram aos que circulavam à volta do palácio, e logo, centenas das criaturas dançavam em troça ao redor da deusa. Glórienn tremia de fúria, vergonha e tristeza. Começou a sentir a pontada atrás do peito, que era o sinal de que outro de seus filhos morria no ataque da Aliança Negra. Olhava para todos os lados e só via os elfos-do-mar em gargalhadas, e os peixes impassíveis que podiam ou não ser Allihanna, e a água eterna, invencível, avassaladora. Quis se afogar, mas não podia, então sentia as lágrimas inundando-a por dentro, fazendo o que o mais bravio dos mares não era capaz.

Súbito, todos os elfos desapareceram, nadando frenéticos para todas as direções, sem olhar para trás. A maioria dos peixes e animais também sumiu, e sobrou pouca vida ao redor de Glórienn, até que só restava um tubarão moroso, que era Allihanna. Glórienn sentiu a água se tornar mais quente e mais áspera, e as correntes ficarem mais fortes, e a pressão sobre cada centímetro do seu corpo ficar maior. E sentiu a majestade que acompanhava a presença de um dos outros deuses.

Passou um tempo em que era só o mar, ela e Allihanna.

— Onde ele está? — perguntou Glórienn. — Onde está Oceano?

— Aqui — respondeu a Deusa da Natureza. — Ele está aqui, não sente? Ele *é* tudo isto.

Glórienn percebeu. Percebeu a razão do poder daquele Reino, e do que sentia ao mergulhar naquelas águas. Oceano tinha um palácio, sim, e podia ter ali uma forma humanoide ou animal. Mas, em sua forma mais pura, ele *era* o Reino, assim como talvez pudesse ser todo o mar de Arton.

As ondas chiaram, as águas se agitaram, jogando para todos os lados o lodo do solo marinho, e, desse rugido, formaram-se palavras:

— O que desejam nos meus domínios, deusas criadoras?

Oceano respeitava os deuses que eram pais e mães. Ele próprio fora o pai e o berço de toda a vida em Arton, e tinha em maior conta aqueles que houvessem contribuído para essa vida. Allihanna em especial talvez fosse o mais próximo de uma companheira que o estranho Oceano poderia ter.

— Vim pedir a sua ajuda, Senhor dos Mares — disse Glórienn, com reverência genuína. Não sabia para onde olhar quando falava, sentia-se tola e infantil ao dirigir-se a todo o mundo ao seu redor.

— Não me chame por esta alcunha — disse o mar. — Eu não governo, Deusa dos Elfos: eu sou.

Glórienn se movia inquieta na vastidão.

— Ela pede a sua ajuda — Allihanna interrompeu o silêncio. — Haverá uma tempestade, Oceano, e ela deve ocorrer.

O mar se agitou por um instante. Na superfície, uma ilha foi tragada por uma onda que, antes de cair, obscureceu o céu.

— Vocês são deusas do seco. Nada do que ocorre na superfície é de meu interesse — mas era tangível a delicadeza maior com a selvagem Allihanna.

Um outro tubarão se aproximou. Em seguida, mais um e mais um, e logo peixes, e moluscos e crustáceos e seres invisíveis, e Allihanna foi se tornando todos eles.

— Os outros farão disso seu interesse — replicaram os milhares de animais. — Viemos aqui para garantir que suas marés não sejam afetadas por línguas mais habilidosas.

Glórienn estava tonta. Ouvia o diálogo entre o mar, que era todo o universo à sua volta, e os animais incontáveis, que preenchiam quase cada centímetro, a ponto de fazerem da água um caldeirão fervilhante. Das profundezas junto ao palácio de coral até a superfície agitada e nos céus como as gaivotas, Allihanna se estendia por centenas de quilômetros.

— A língua sente o sal e a garganta bebe a água — disse Oceano. — Mas as palavras se embaralham no fundo do mar, e nada ruge mais alto que as ondas.

Mas as gaivotas piaram furiosas, e os tubarões abriram suas bocas de muitos dentes, e surgiram vozes em animais que não deveriam tê-las, e até aqueles pequenos demais para serem visíveis arranjaram uma maneira de fazerem barulho. Allihanna gritou.

— Ouça-nos, Oceano! Ouça-nos e verá que falamos o que é certo! Toda tempestade passa pelo mar!

E de fato, em resposta ao rugido monstruoso que deixou em pânico quase todos os habitantes daquele Reino, veio um maremoto. Montanhas de água que desafiavam tocar o céu se ergueram e caíram de novo; ilhas foram destruídas como folhas secas; milhares se afogaram e outros tantos foram simplesmente destroçados porque Oceano estava irritado.

Glórienn girava quase desfalecida, perdida em meio à fúria dos animais e das águas.

— Seja apenas um, Oceano! — rugiu Allihanna. Sua presença ali crescia, e agora quase todos os animais que habitavam o Reino já eram ela. — Respeite Glórienn, que também é mãe de uma raça!

Em instantes, o mar infinito se acalmou. A água mais uma vez plácida e transparente. As bolhas que turvavam a visão subiram ao ar acima, e o mundo foi sereno.

— Venham ao meu palácio — disse a água.

Glórienn sentiu o abraço de pai severo se desmanchar. Agora, ao seu redor, apenas o molhado frio. Allihanna permitiu que os animais fossem de novo eles mesmos, e muitos sofreram ao deixarem a magnificência da deusa.

Glórienn e o tubarão solitário rumaram ao palácio. Acharam-se nos corredores vastos e labirínticos, até um salão imenso mas tão despojado quanto era o resto. Esparramado sobre um trono disforme de corais e esponjas, estava um enorme elfo-do-mar, de longos cabelos de algas e um corpo meticulosamente esculpido. Sua pele azul retesada sobre os poderosos músculos relaxados não se escondia por trás de nenhuma veste. Certeza, vaidade e orgulho. Arpão e rede.

— Ouça-nos — disse, mais uma vez, Glórienn.

— Livre-se destes trapos, bela deusa — o elfo-do-mar sorriu com dentes de tubarão. — Aqui, as roupas só servem de adorno. E não vejo como farrapos podem adornar sua forma delicada.

Glórienn manteve o olhar nos olhos de Oceano e se desfez das roupas, que flutuaram para longe. Sentia-se pequena, sentia-se frágil, tinha que lembrar a si mesma que, se não quisesse, não precisava sentir os desconfortos dos mortais, como o frio.

— Vê? — disse Oceano, sorrindo amistoso. — Adoto esta forma para lhe prestar tributo, Deusa dos Elfos. Allihanna, veja.

— Seus súditos não tiveram uma gota de respeito — falou Glórienn, devagar e com amargura.

— Se quiser, vou dá-los como escravos às sereias.

— Oceano! — interrompeu Allihanna. Ela se impacientava com aqueles modos copiados dos mortais civilizados. E embora tivesse exigido de Oceano uma forma mais amigável a Glórienn, não tinha nenhuma intenção de se perder em jogos artificiais. — Prometa-nos que não irá interferir com a chegada da tempestade.

O belo elfo ponderou por um momento.

— Não vejo porque fazê-lo — falou distraído. — Considere sua visita bem-sucedida.

Glórienn piscou, incrédula. Pensava em ir embora quando um dos raios de luz que entrava pelo salão brilhou mais forte. Logo, a luz dourada se intensificou até que Oceano e Glórienn tiveram de cobrir os olhos, e Allihanna nadou para trás de uma formação de corais. Todo o salão se encheu de incandescência, e uma voz límpida saiu do meio da luz.

— Não faça isto, Oceano. Glórienn está cega de dor e ódio, e não vê que a tempestade destruirá nossa terra. Você pode impedi-la, Oceano.

Era como se um sol brilhasse dentro do palácio. Logo, a água estava tão quente que beirava o intolerável.

— Azgher — cumprimentou o Deus dos Mares.

— Você pode impedir a tempestade, Oceano — repetiu a voz. Cada sílaba era pronunciada com perfeição, num tom quase musical. Embora o som viesse do centro da área dourada, era impossível ver sua origem. Estar na presença daquela luz já era uma agonia aos olhos; olhar diretamente para ela cegaria um deus.

— Era disso que falávamos! — urrou Glórienn. — Ele é um dos que iria tentar dissuadi-lo. Não ouça o Vigilante, Oceano. Não ouça suas mentiras.

A luz brilhou mais forte.

— Senhora dos Elfos, eu vejo tudo, e nunca minto! E se venho até aqui é porque vejo que você causará a nossa morte.

— A morte de Ragnar! — Glórienn numa voz estridente. — A morte de Ragnar! A tempestade é uma arma, não vê?

— Eu vejo tudo — repetiu Azgher. — É você que está cega.

Glórienn estava nua, no meio de um palácio muito longe de seu domínio, protegendo o rosto da luz doída. Gritava para o elfo-do-mar oculto pelo brilho cegante, como uma criança desesperada. E, naquele momento, era quase o que ela era.

— Afogue o arauto da tempestade, Oceano. Engula-o com suas ondas.

— Ele não se importa com a Aliança Negra! — esganiçou Glórienn. — Porque fica no céu, apenas observa! Mas nossos filhos sofrem com ela! Ele não é pai, Oceano! Não pode entender!

— Allihanna — disse a luz. — Por que colabora com isso?

— Não estou aqui para discutir meus motivos — rosnou a Deusa da Natureza.

— Vá embora, Azgher! — Glórienn berrou de novo. — Leve seu olho e seu veneno embora daqui!

Naquele momento, não havia um habitante do Reino dos Mares que não estivesse louco de terror. A presença dos quatro deuses emanava, avassaladora, para todos os cantos; a raiva e os gritos divinos foram capazes de parar corações e matar centenas de puro medo. Em Arton, os mares rugiram, e vários navios foram tragados por tempestades súbitas.

— Basta! — rugiu o mar. Mais uma vez, Oceano era tudo. Seus súditos se regozijaram por estarem de novo envolvidos no deus, e Glórienn mais uma vez foi abraçada.

— Diga para ele, por favor — choramingou Glórienn, mas foi o único som que se ouviu.

Silêncio, fora o chiado das correntes. A luz estava mais contida.

— Não farei nada — decretou o mar.

— Oceano, não — tentou Azgher.

— Chega! — uma tromba d'água lambeu as nuvens. — Eu não temo qualquer tempestade que possa atacar Arton. Que venha, ou não venha, a maré permanece constante.

— Será uma ameaça a todos nós — mas já havia um desapontamento derrotado na voz de Azgher.

— Atire uma flecha no mar, e ele irá engoli-la. Golpeie o mar com uma espada, e ele voltará a se moldar. O mar sempre triunfa, porque a água se adapta a tudo. Não me importam os conflitos do mundo seco.

— Todos irão morrer — a luz ia diminuindo, retirando-se.

— Então cobrirei de novo os continentes, e começaremos a vida mais uma vez. O mar permanece.

— Você está errado, Oceano — disse Azgher, com uma dor perceptível na voz. — Tão errado.

— Continue observando! — esbravejou Glórienn. — E verá meu triunfo!

A luz desapareceu. De repente, tudo parecia muito frio, escuro e sem graça.

— Isso é tudo, Glórienn — disse o mar. — Já tem sua resposta.

Glórienn assentiu para uma direção aleatória (já que o elfo sumira) e se voltou para o tubarão. A voz do animal disse para que ela se fosse, e, assim, a senhora dos elfos nadou para fora do palácio de coral. Como uma criança que acabara de ganhar um machado.

Allihanna deixou a forma do tubarão e tornou-se de novo cada animal no Reino dos Mares. Permitiu que eles continuassem com suas atividades, espalhada por toda parte, enquanto ouvia o que Oceano tinha a dizer.

— Por que colabora com Glórienn? — chiaram as ondas. — Seus filhos vão morrer. Às centenas.

Com piados e movimentos de nadadeiras, os animais concordaram.

— Mas eles morrerão de qualquer jeito — disse uma enguia. — Sob Ragnar ou sob a tempestade, eles morrerão.

O mar avançou e recuou, assentindo.

— Se a tempestade de Glórienn for uma arma — cantou um golfinho. — Então ela poderá deter Ragnar... E Megalokk.

Megalokk, o Deus dos Monstros. O inimigo de Allihanna. Aquele cujos filhos horrendos haviam atormentado e caçado os animais por milênios. Um aliado de Ragnar. Os medos de Allihanna ficaram, afinal, claros para Oceano.

— Os animais morrerão às centenas, sim — continuou um polvo. — Aos milhares. Mas, por mais perigosa que seja, a tempestade pode ser detida. E Megalokk...

— As memórias ainda estão frescas, não é? — borbulhou Oceano.

Foram eras de dominação dos monstros. E há tão pouco tempo havia paz! Há tão pouco tempo podiam os animais correr livres! Já há muitos séculos acabara a dominação de Megalokk, mas, para um deus, parecia um piscar de olhos. E Allihanna, que sofrera mais do que todos, tinha ainda lembranças vívidas.

— Eu já fui como ela — disse Allihanna. — Eu já fui como Glórienn é hoje. E não desejo isto a ela.

— É estranho, mas há compaixão em você, Mãe Natureza.

— Por isso não sou Megalokk.

Allihanna e Oceano se permitiram estar entranhados assim um no outro, por um tempo. Depois, a deusa foi embora.

Azgher, que tudo vê, já previra que seria aquele o resultado. Mas fora preciso tentar. Seu grande olho continuaria observando, e não poderia se fechar para os horrores que viriam. E, mais do que tudo, desejaria poder chorar pelo começo da morte do seu mundo amado.

CAPÍTULO 13

UMA MANSÃO EM COSAMHIR

A LONGA VIAGEM FOI O MELHOR DOS BÁLSAMOS. O grupo teve a chance de curar seus corpos e almas, atravessando Ahlen por mais de um mês, sobre cavalos e dentro de carroças, escoltados por soldados pomposos durante boa parte do caminho. A companhia dos homens uniformizados era estranha (após tantos haverem morrido pelas mãos dos aventureiros), mas por fim as presenças oficiais foram descartadas como um inconveniente menor, e eles aproveitaram o prazer simples de estarem juntos. Até a fronteira de Ahlen houve a escolta, e depois eles foram deixados para si mesmos. As estradas ahlenienses eram um prodígio de construção e limpeza; as rodas das carroças rolavam suaves, e os cavalos caminhavam com facilidade.

— Os piores governantes fazem as melhores estradas — como dissera Senomar.

Senomar continuava com eles, e continuaria pelo menos até Cosamhir, a capital de Tyrondir e seu primeiro destino. A presença do bardo era refrescante, embora Artorius e Gregor fizessem questão de não deixar os outros se sentirem muito à vontade com o novato. Ele, afinal, tinha vendido a alma para um demônio. Estranho que fosse, Nichaela não parecia se importar muito com isso. Sua postura podia ser resumida à crença ferrenha de que, no fundo, Senomar era uma boa pessoa.

Vallen deixara crescer uma barba loira e desigual. Ele ainda era jovem, e isto ficava muito evidente nos pedaços de pele rosada que os fios dourados deixavam entrever.

— Ficou horrível — foi o veredicto risonho de Ellisa.

— Ele acha que isso vai fazer dele um guerreiro — disse Gregor.

Nada dava mais prazer a Vallen Allond do que a pura presença dos companheiros, e o fato de todos estarem relaxados o suficiente para fazer esse tipo de pilhérias. Ele levou Gregor ao chão em lutas amistosas de novo e de novo, a cada comentário jocoso sobre sua barba. Todos riam, e aquilo era mais o jogo de duas crianças, mas, por trás, podia-se ver dois lutadores extremamente capazes, e de igual habilidade.

Durante aqueles dias, Vallen passava longas horas com Ellisa, cavalgando à frente do grupo em corridas e conversas infindáveis. Raras vezes os outros tinham visto o casal tão ferozmente unido, sempre uma mão tocando um ombro ou cintura, e ambos se agradando mutuamente, doces como gorad. Para grande irritação de Artorius, que considerava isso um risco, Vallen e Ellisa frequentemente desapareciam juntos para longe do grupo, indo voltar, muito sorridentes, depois de um longo tempo. O minotauro repreendia-os, dizendo que aquelas eram as oportunidades perfeitas para emboscadas.

— Desculpe, mas realmente não queremos ninguém montando guarda — ria Vallen.

Mesmo assim, o mau humor de Artorius era raro, e ele, na maior parte das vezes, fazia parte do clima bom que havia — muito satisfeito pela volta inesperada de Gregor e por Nichaela estar em segurança. Achara em Kodai um amigo improvável, e os dois eram capazes de gastar dias envolvidos em conversas de estratégia, lâminas, armaduras e outras masculinidades. É claro, Artorius preferia não mencionar que já notara os longos olhares do samurai em direção a Nichaela. Nunca iria admitir isto, mas já considerava o estrangeiro um homem bom o suficiente para sua irmãzinha.

Nichaela ouvia com atenção as melodias simples e rápidas de Senomar, e Kodai era muito bom em esconder a grande irritação que isto lhe trazia. Às vezes deixava transparecer a má vontade para com o menestrel.

— As músicas são todas iguais — dizia.

— Tanto melhor — era Nichaela. — Assim, se você gosta de uma, gosta de todas.

O outro ouvinte cativo de Senomar era Ashlen, que aprendera a apreciar boa música nas tavernas de Deheon, em uma adolescência raramente mencionada que sugeria muitos excessos. Ashlen e Senomar eram, de certa forma, muito parecidos — ambos bichos de cidades, trocando piadas e comentários crípticos que só faziam sentido para os dois. Não era que fossem conhecidos, ou falassem em algum tipo de jargão — apenas tinham um senso de humor muito semelhante e peculiar, que geralmente se perdia nos outros.

O único ensimesmado era Rufus, mas mesmo ele tinha o espírito nas alturas. Durante muito tempo o elogio de Vallen o sustentou, e ele foi capaz de reunir determinação para voltar a estudar, assim que conseguiu um novo grimório. Um livro precário, muito pior do que aquele que possuía antes, mas mesmo assim útil. E Rufus até mesmo treinava conjurar feitiços que não estivessem "memorizados duas vezes", para não se aterrorizar tanto ante a falta de memória, e até mesmo esquecera o delicioso sonho de achbuld que tivera na estrada depois de Mergath.

Aqueles foram dias felizes. E duraram pouco, como apenas dias felizes são capazes de durar.

Gregor, depois de alguns dias, contara a história de sua volta ao mundo dos vivos. Acordara cercado de peixes um dia, e logo notara que não conseguia respirar.

— É impressionante o número de vezes que você pode se afogar antes de aprender a controlar seus reflexos — dissera.

Mas por fim ele foi capaz de evitar engolir água demais e, mesmo com os pulmões cheios até a metade de água salobra, conseguiu, com muito esforço, nadar até a superfície. Foram outros tantos dias até chegar a uma praia, e muitos mais até que fosse capaz de andar e retomar o rastro dos companheiros. Infelizmente, ninguém é muito solícito com um estranho esfarrapado e comido por peixes.

O corpo de Gregor estava em estado deplorável, embora viesse a se curar (com a ajuda de Nichaela) no decorrer da viagem. A carne carcomida aparecia em muitos lugares, e o rosto era tão medonho que afastava mesmo os olhares dos amigos, e ele por fim decidiu cobri-lo até que sarasse. Algumas cicatrizes e uma tosse duradoura foram as únicas marcas que Gregor Vahn levou de seus dias marinhos de afogamento constante.

— Thyatis olhava por mim — concluiu o paladino.

No início, Gregor não podia estar mais feliz com a sua volta ao grupo, e mesmo a dor horrenda das múltiplas feridas não era capaz de pesar seu espírito. Mas, à medida que se aproximavam de Cosamhir, e em especial depois que cruzaram a fronteira de Tyrondir e a viagem chegava ao fim, ele se tornava cada vez mais taciturno. Os outros sabiam a razão (embora, é claro, Senomar e Kodai não soubessem, e o bardo não se privasse de fazer perguntas). Cosamhir era a cidade natal de Gregor, e lá ele havia deixado um passado que preferia ignorar.

— Vamos lá, o que é? — insistia Senomar.

— Depois eu conto — mas nunca contava.

O clima tinha atingido seu pico de calor, e agora se preparava para esfriar de novo. O rosto de Azgher, o Deus Sol, estava brilhante e orgulhoso como nunca, pendurado em todo o seu esplendor redondo no céu. Era possível, durante a viagem, notar o gradual afastamento de Ahlen. As estradas ficavam um pouco piores, as árvores ficavam um pouco mais verdes, e por fim eles foram atacados e tiveram de trucidar duas dúzias de bandidos gnolls, uma raça de homens-hienas de temperamento hidrofóbico e disposição traiçoeira. Os humanoides hostis eram uma das marcas que diferenciavam Tyrondir. Ao contrário do vizinho Ahlen, o "Reino da Fronteira" era marcado, desde seu início, por uma história de armas e guerra, em maior ou menor escala.

Tyrondir ficava na fronteira entre Ramnor, o continente norte, onde se localizava o poderoso Reinado; e Lamnor, ou Arton-Sul, uma terra misteriosa onde reinavam os elfos e outros povos pouco conhecidos (ou assim se achava). Depois da Grande Batalha, o conflito ancestral que expulsou de Arton-Sul os povos que viriam a migrar para o norte e formar o Reinado, Tyrondir se formou num território de disputas. Logo abaixo do reino, havia a poderosa Khalifor, uma cidade fortificada que se encarregara, durante muitos séculos, de barrar a volta dos exilados a Arton-Sul. Khalifor existia por uma razão simples e pouco amistosa, e isto não colaborara em nada para a amizade entre a cidade independente e o reino de Tyrondir. No entanto, com o tempo Khalifor passou a fazer parte do reino, de fato mesmo que não em nome, e hoje em dia ninguém mais queria retornar a Lamnor. Os séculos haviam se passado, e o que havia no continente sul fora esquecido, e uma civilização maravilhosa fora construída ao redor de uma colossal estátua de Valkaria, a Deusa da Humanidade. Hoje em dia ninguém mais precisava de Lamnor, e Khalifor não precisava barrar a passagem de ninguém. Ou, pelo menos, assim se acreditava.

E Gregor Vahn se tornava mais sombrio, enquanto o sol atingia o seu ápice e começava a decair. O ano já ia morrendo e as torres espiraladas de Cosamhir já surgiam, enquanto o paladino se calava e obcecava-se em polir armas, armadura e escudo.

Quando o grupo adentrou os esplêndidos portões de Cosamhir, Gregor era um cavaleiro imponente e magnífico, todo metal brilhante, com um pequeno mas orgulhoso estandarte de Thyatis a pender de seu cavalo branco. Só destoava seu rosto, que, por trás do cavanhaque bem-aparado, carregava uma expressão pesada de poucos amigos.

— Ainda não entendi — dizia Senomar.

— Deixe-o — era a única resposta de Vallen.

E realmente era difícil entender. Nos portões de Cosamhir, Gregor tomou a frente do grupo, portando-se com altivez serena. Os guardas, vendo seu símbolo da Fênix, curvaram-se em respeito, permitindo a passagem do grupo sem nenhuma pergunta. Os cavalos dos aventureiros trotavam com graça pelas ruas calçadas da cidade, liderados pelo corcel branco de Gregor Vahn, e todos olhavam-nos como heróis. O paladino parecia exalar um brilho que se derramava sobre os companheiros, e era claro que, naquela cidade, ele era muito respeitado. Não que muitos soubessem o seu nome — Gregor, por escolha própria, passava a maior parte do seu tempo longe de casa, desde que se ordenara no serviço da Fênix — apenas o símbolo de Thyatis era o suficiente para comandar tanta admiração.

O culto a Thyatis, o Vitorioso sobre a Morte, era raro na maior parte do Reinado. A ressurreição e a profecia, os domínios do Deus Fênix, não eram elementos presentes na maior parte das vidas simples do povo e, portanto, o imponente deus não era lembrado em muitas preces. Contudo, em Tyrondir, por alguma razão, o nome da Fênix era muito evocado. Havia símbolos de Thyatis adornando lojas, abençoando casas, em mais de um templo. Talvez por viver na fronteira entre o velho e o novo, Tyrondir apreciava a doutrina de renovação da Fênix. Seus clérigos e paladinos (raríssimos) tinham mais do que uma ponta de satisfação em servir a uma divindade tão seleta — chamavam a si mesmos de "poucos e orgulhosos". Mesmo assim, apreciavam Tyrondir e em especial Cosamhir, onde tinham um forte, um local onde eram respeitados e obedecidos, um lugar que poderiam chamar de lar, de onde quer que viessem. Menos Gregor, que era natural dali.

Ele foi rápido em instalar os amigos em uma boa taverna. Deixou-os descansando em camas de palha fresca e comendo para espantar a fadiga da viagem, enquanto empertigou-se (sem nunca tirar a armadura) e anunciou que tinha assuntos a tratar.

— De novo, que mistério é este? — disse Senomar.

Gregor não respondeu. Já ia cruzando a porta quando ouviu:

— Vou com você — era Vallen, e ele aceitou. Não admitiu, contudo, mais ninguém.

Os dois cruzaram a cidade colorida, repleta de aromas e visões curiosas, andando sem pressa sobre seus grandes cavalos. Passaram em silêncio por ruas largas e atarefadas; por distritos comerciais onde homens esforçados prosperavam; pela sede da guarda, cheia até as bordas de soldados eficientes; pelo mercado imenso, onde muitos vendedores empurravam as maravilhas de seus produtos e onde um urso de chapéu dançava para a alegria das crianças, em troca dos Tibares das mães. Em silêncio. Quebrado por Vallen Allond:

— É sempre a mesma coisa, não é?

— Sim — disse Gregor, muito quieto. — Sempre a mesma coisa.

À medida que eles avançavam, as ruas ficavam menos estreitas, mais vazias e agradáveis. As construções ficavam maiores, e o burburinho animado diminuía. Eles avançavam e viam cada vez mais riqueza, numa zona afável e amena, onde até mesmo o sol parecia brilhar mais comedido. Sem notar, Gregor fazia o cavalo diminuir o passo.

— Podemos esperar um pouco, se você quiser — disse Vallen. — Parar em algum lugar para beber algo.

— Não — Gregor mal abriu os lábios. — Melhor acabar com isso de uma vez.

Foram vistos de longe pelos sentinelas postados frente ao grande jardim de uma casa opulenta, pintada de branco e dourado. Um dos guardas saiu, atabalhoado, para dentro da casa, enquanto Gregor deixava a cabeça pender.

— Rumo ao cadafalso — disse o paladino, numa ironia sem humor.

O sentinela restante, um senhor forte de meia-idade e olhos atentos, curvou-se quando os dois guerreiros chegaram próximos.

— Mestre Gregor — fez uma rebuscada mesura. — Nossos corações se enchem de alegria com a sua chegada.

— Olá, Thelgus — disse Gregor, sem prestar atenção. — Como tem passado?

Não esperou a resposta do guarda para cruzar os portões, feitos de finas barras de metal retorcido em padrões complexos. Desmontou e, em instantes, meia dúzia de jovens cavalariços estavam tomando conta dos dois corcéis. Mais um instante e havia uma ama gorducha a lhe dar as boas-vindas.

— Jovem Gregor! — dizia a mulher, com felicidade óbvia e genuína nos olhos. — Como nos alegra. Que bom que retornou.

— É só por alguns dias, Lenora — disse Gregor, e Vallen pôde notar carinho verdadeiro (embora relutante) no rosto do amigo.

— E o senhor é mestre Vallen, não é mesmo? — continuou a mulher, mal conseguindo conter o sorriso no rosto bochechudo. — Irei preparar algo para comerem, imediatamente!

Vallen sorriu e falou alguma amenidade, e os dois continuaram por um caminho de imaculadas pedras cinzentas, que cruzava o jardim verde brilhante. A mulher saiu apressada, confundindo-se com as muitas dobras do vestido de ama. À frente, a porta principal se abriu.

— Sabe que, quando garoto, eu nunca entrei por esta porta? — disse Gregor, súbito. — Nem uma vez sequer. Usava a entrada dos empregados.

— Corra atrás de Lenora. Ela foi por lá — Vallen tentou um comentário leve. A mulher já havia sumido por uma entrada lateral.

— Eu já corro atrás de você, Vallen — havia um travo amargo na voz de Gregor. — Corro atrás de você para escapar desta casa.

Cruzaram a porta aberta para adentrar uma sala imensa, inteiramente decorada em ouro e seda, com janelas gigantescas de vidro transparente, por onde o sol entrava em abundância.

— Mestre Gregor Vahn! — a voz de um servo anunciou o nome com um entusiasmo estridente e exagerado. — E companheiro!

Uma pequena (mas feroz) horda de empregados cercou os dois aventureiros, recolhendo suas armas. Estranhamente, Gregor sentia mais vontade do que nunca de ter uma boa espada e um escudo, mas os equipamentos desapareceram por uma das muitas portas laterais, para uma ala da mansão longe da vista.

Gregor ignorou as muitas atenções desmedidas do batalhão de serventes uniformizados, parando para cumprimentar e chamar pelo nome apenas alguns poucos, invariavelmente idosos. Vallen tentou manter a boa educação. Seguiram no que parecia uma jornada sem fim, atravessando a sala encharcada de sol para um corredor largo que se abria para diversos cômodos. Toda a casa era clara ao extremo, mas em nenhum ponto os muitos candelabros ornamentados estavam acesos. Um cheiro suave de flores, incensos e limpeza permeava todo o ambiente, e havia muitos ambientes amplos e cantos confortáveis e convidativos, cheios de sofás e almofadas. Mesmo assim, quem olhasse para o rosto de Gregor pensaria que ele entrava na pior das masmorras.

Seguiu, dois passos à frente de Vallen, até chegar a uma biblioteca imensa com um pé-direito mais alto que dois homens, as paredes forradas de estantes. Havia poltronas e pequenas mesas, quase todas preenchidas por livros empilhados. A madeira era de um marrom escuro e grave, enquanto que tons de carmesim e vinho faziam os tecidos estofados. No centro daquele ambiente estava uma cadeira altiva e pouco confortável, onde se sentava uma senhora de aparência distinta. Embora fosse claro que já avançava em anos, a mulher conservava uma beleza elegante. Bebericava um licor, e, embora estivesse cercada por livros, não lia nada.

— Senhora — disse Gregor, mal conseguindo disfarçar uma careta.

— Meu filho — disse a mulher, com um sorriso calculado. — Seja bem-vindo.

— O marido de sua irmã comprou mais uma oficina de vidreiro — disse *lady* Helen Vahn, a mãe de Gregor Vahn, entre um gole e outro de uma bebida forte. — Está realmente prosperando.

— Que bom, mãe — disse Gregor.

Estavam os três sentados na biblioteca. Vallen já estivera aqui, e já ouvira as reclamações incessantes do amigo — *lady* Helen detestava livros e mal sabia ler, mas gostava de ficar na biblioteca, para que uma eventual visita a encontrasse lá e pensasse bem de sua cultura. Como de hábito também, *lady* Helen tinha um copo na mão, embora fosse apenas o meio da tarde.

— Acho que ainda não me apresentou seu amigo — disse a mulher.

— Sim, já o apresentei, mãe — respondeu Gregor, cansado. — Este é Vallen. Já esteve aqui duas vezes.

— Claro — *lady* Helen afetou. Estava evidente no rosto dela que se lembrava muito bem de Vallen. — Desculpe-me.

Vallen sorriu. Houve um silêncio desconfortável.

— Quer beber algo, meu filho? Mestre Vallen?

— É o meio da tarde, mãe. Ninguém bebe a esta hora.

— Desculpe-me então — Helen Vahn fingiu um riso divertido, largando o copo. — Meu filho é muito severo, não é mesmo?

Vallen apenas assentiu, constrangido.

— Como eu disse, o marido de sua irmã já possui quatro oficinas. São mais de vinte vidreiros trabalhando para ele.

Gregor resmungou alguma coisa.

— Tenho certeza de que haveria uma vaga para você em uma delas.

— Mãe — começou Gregor.

— Quer dizer, não como um empregado comum. Afinal, você é um Vahn.

— Mãe.

— Rainer poderia fazer de você um sócio algum dia.

— Mãe! — o paladino interrompeu com um grito.

Helen Vahn olhou para o filho com condescendência, esperando o que ele tinha a dizer.

— Sou um guerreiro sagrado. Eu sirvo a Thyatis. Não serei um vidreiro.

— É claro que não — sorriu *lady* Helen. — É bom demais para isso.

— Não foi isso que eu quis dizer — tentou Gregor, mas logo desistiu, deixando a voz morrer em um resmungo baixo.

Mais um silêncio, durante o qual a distinta senhora continuou atacando a garrafa em goles comedidos.

— O pai de Gregor é dono de oficinas de vidraçaria, assim como meu genro — disse Helen, na direção de Vallen. — E você, Vallen? Qual o ofício de seu pai?

— Provavelmente mercenário ou bandido de estrada — disse Vallen, com toda a educação que conseguiu reunir. — Nunca o conheci. E minha mãe era prostituta. Disse que meu pai nunca pagou pelo serviço.

Uma pequena exclamação de surpresa foi tudo o que a senhora conseguiu dizer.

Seguiu-se uma conversa hostil e inócua, e Gregor parecia estar sendo torturado. Por fim, os dois aventureiros foram convidados (quase à força) para jantar na casa. Tiveram uma hora e pouco sozinhos, enquanto *lady* Helen Vahn arrumava-se para a janta e mandava um garoto chamar Jezebel, sua filha, e Rainer, seu genro. Gregor aproveitou para desfrutar de uma das únicas coisas que lhe agradava naquela casa inamistosa: a sauna de vapor fervente. Era um luxo apenas de nobres ou dos burgueses mais ricos. Ele e Vallen suavam no aposento repleto de vapor opaco.

— Não é verdade, é? — disse Gregor.

— O quê?

— Sobre seus pais.

— É verdade — Vallen deu uma minúscula risada. — Mas nem por isso você tem o direito de xingar a minha mãe.

— Desculpe.

— Pare de afetações — Vallen desferiu um soco brincalhão no enorme ombro do amigo. — Você já fez coisas bem piores comigo do que perguntar sobre minha mãe prostituta e meu pai inadimplente.

— É que apenas... — hesitou um pouco. — Eu não sabia.

— Quase ninguém sabe. Só Ellisa e Nichaela. E Rufus.

— Rufus? — surpreendeu-se Gregor.

— É uma longa história. Eu não escolhi contar para ele.

— E agora eu.

— E agora você. Não precisa espalhar para os outros.

— Certo — disse Gregor, pensativo. — Está bem.

Ambos ficaram em silêncio por um tempo, digerindo novas informações.

— Acho que todos nós temos algum podre no passado, não é mesmo? — disse Vallen, de repente. — Ninguém entra nesta vida porque quer.

— Menos Ashlen — disse Gregor. — Ele está nessa por diversão.

— Menos Ashlen — concordou Vallen.

— Ainda assim, há aqueles que querem ser heróis. Eles estão na estrada por querer.

— Todos querem ser heróis. Eu quero ser herói. Mas entre querer e arriscar o pescoço todo dia há uma distância muito grande.

Gregor assentiu em silêncio, embora o outro não pudesse vê-lo pelo vapor grosso.

— Acho que Ellisa é quem teve a pior vida anterior — mais uma vez, Vallen inter-rompeu a quietude.

— Pior que você?

— Muito pior — Vallen ficou um longo tempo procurando palavras. — Ela matou o próprio pai.

Gregor se projetou para a frente, como se a surpresa tivesse lhe dado um puxão.

— O quê?

— Isso mesmo. Com uma faca. No olho. Ela me contou tudo. Lembra de tudo.

— Isto é horrível.

— É mesmo. Não que o bastardo não merecesse. Ele fazia coisas ainda mais horríveis com ela.

— Eu acho que não quero saber que coisas.

— Você já imaginou. E é exatamente isso. Ele fazia essas coisas com ela, e então um dia ela o matou.

Gregor tentou falar algo, começou um ou dois comentários, depois decidiu que não havia o que pudesse ser dito.

— Ninguém sabe disso — disse Vallen. — Nem mesmo Nichaela. Só eu. E agora você.

— E agora eu.

Mais silêncio e vapor.

— Ela tinha doze anos. *Doze* anos. Vem se virando sozinha desde então.

— Mais tempo que qualquer um de nós — disse Gregor.

— Muito mais. Por isso ela é tão boa com aquela porcaria de arco. Já viu as coisas que ela faz com aquilo?

— Já — Gregor falou devagar. — Ela é muito boa mesmo.

Em mais um tempo de quietude, o paladino quase podia ouvir Vallen lutando com alguns sentimentos feios.

— Eu queria que ele estivesse vivo — disse por fim o guerreiro, em uma voz doída. — Queria que o pai de Ellisa estivesse vivo, para que eu mesmo pudesse matá-lo.

— Mas era uma luta dela, e não sua — disse Gregor.

— Esse é o problema. Normalmente eu posso matar aqueles que fazem mal a ela.

— *"Tenho uma grande arte: firo gravemente aqueles que me ferem"* — Gregor declamou em uma voz imponente.

Vallen sentiu no jeito do amigo que aquilo era um ditado ou um poema. Gregor não falava tão bonito.

— Quem disse isso?

— Não sei. Um bardo. Não sei.

— É uma boa frase.

— Eu fico até envergonhado de me portar como um frouxo por causa da minha família — Gregor mudou de assunto de repente. — Vocês passaram por coisa muito pior.

— Você pode não ter sofrido no corpo — disse Vallen, muito sério. — mas seu espírito foi estuprado, Gregor.

— Você está falando como Nichaela — Gregor falou numa risada triste.

— Mas ela nunca falaria *"estuprado"* — Vallen acompanhou o riso sem humor. — Mas enfim, por que você continua voltando aqui, se odeia tanto?

— Acho que é meu dever — resignou-se o paladino. — Afinal, eles são a minha família. Suspeito que Thyatis não ficaria muito feliz se eu simplesmente lhes virasse as costas.

— E o seu irmão? — Vallen estivera dançando em volta da pergunta há um tempo.

— Parece que ainda não se pode mencioná-lo — disse Gregor, em voz baixa. — Depois que ele morreu, sumiu para minha mãe e os outros. Nada de ruim na casa dos Vahn.

Vallen murmurou que entendia, coçando a barba recente. De um salto, levantou-se.

— Chega de suar aqui dentro, Gregor Vahn, paladino de Thyatis. Vamos enfrentá-los.

Com um suspiro enorme, Gregor ergueu o corpo alto e largo.

— Vamos. Talvez a casa seja atacada por dragões.

— Não — disse Vallen, em seu costumeiro tom confiante. — Seria fácil demais.

— Rainer comprou mais uma oficina de vidreiro — disse *lady* Helen, com um sorriso na direção do genro bem-vestido.

— *Sim, eu sei* — rosnou Gregor. — A senhora já me disse.

— Desculpe-me então — Helen Vahn limpou os lábios com um guardanapo de linho bordado. — Mais vitela?

Estavam em um jantar farto e desagradável. Sentavam-se à mesa Gregor, Vallen, Helen, Jezebel e Rainer (os últimos, respectivamente, a irmã e o cunhado de Gregor). A comida era deliciosa, farta e aromática, e o ambiente era purulento e venenoso. Gregor vestia uma camisa branca, leve e frouxa, e estava claro que desejava sua armadura mais do que tudo. Recebia cada comentário da mãe como um golpe de espada. Lá fora, o sol terminava de se pôr.

— Conte a Gregor sobre suas oficinas, Rainer — voltou a dizer *lady* Helen.

Rainer era um homem fraco de rosto oval e macilento. Sua pele muito branca, cravejada de pintas marrom escuro, lembrava uma fritura insossa. Ele tinha um sorriso perpétuo e mole, olhinhos pequenos de canário e orelhas projetadas para os lados, emoldurando o rosto feio. Era um homem dócil e obediente, e temia *lady* Helen como uma criança teme uma madrasta irascível. Entre a sogra e a esposa, Rainer passava a maior parte de seu tempo obedecendo ordens, e sentia grande alívio quando podia descontar as frustrações nos empregados de suas quatro oficinas.

— Ah, sim, minhas oficinas — começou Rainer.

— Que queimem todas! — Gregor rugiu subitamente. O homenzinho se encolheu na cadeira, instintivamente chegando mais perto da esposa. Jezebel dirigiu um longo olhar repreensivo para o irmão.

— E então, o que o traz aqui, Gregor? — disse Jezebel com frieza.

— Estamos caçando um fugitivo.

— Claro — com um olhar de pouca importância, Jezebel tomou um gole de vinho. — Como sempre — era uma mulher bela e altiva, tendo herdado a boa aparência da mãe e a dignidade imponente do pai. Parecia-se bastante com Gregor, principalmente nas costas largas e no porte orgulhoso. Contudo, diferente do irmão, Jezebel usava essa altivez para humilhar as outras pessoas, ao invés de inspirá-las.

Pequenos comentários foram despejados aqui e ali, três dos comensais sabendo muito bem que era pouco polido deixar a conversa morrer. Quatro servas jovens de uniforme ocupavam-se enchendo cálices e pratos. Com nojo, Gregor notou os olhares cobiçosos de Rainer para as garotas.

— Gherard não virá se juntar a nós? — disse Gregor, tentando tirar da cabeça a luxúria mal contida do cunhado.

— Seu pai está muito ocupado — disse Helen Vahn. — Ele trabalha, você sabe?

— Eu também trabalho — respondeu o paladino, com irritação. — Você sabe?

— Claro, querido — sorriu a mulher mais velha. — Eu nunca disse que não.

Vallen sentia-se cada vez mais desconfortável naquela mesa de inimigos. Gregor era um homem poderoso em todos os sentidos: capaz de derrubar um boi com um golpe bem-aplicado, capaz de inspirar soldados, conquistar donzelas e receber o favor de reis. Contudo, naquele lugar ele não conseguia articular duas palavras sem que sua mãe pusesse por terra qualquer comentário. Estava nervoso demais para ser altivo. Na verdade, parecia mais um guerreiro novato, quase esvaziando as tripas antes da primeira batalha.

— Matar não é trabalho — cuspiu Jezebel. — É crime.

— Eu não mato! — exasperou-se Gregor. — Sou um guerreiro sagrado!

— Ótimo. Thyatis conquistará meu respeito quando vier até aqui nos dar dinheiro.

Por um instante, Vallen achou que o amigo iria pular por cima da mesa e esbofetear a irmã. Mas Gregor apenas permaneceu de olhos esbugalhados em uma expressão irada e cômica, enquanto Jezebel comia outro pedaço de vitela e fazia outra pergunta inofensiva à mãe.

— Falando nisso — *lady* Helen tornou a voltar sua atenção para o filho. — Quando vai poder nos pagar o dinheiro que lhe emprestamos há tantos anos, Gregor? Aquele que você usou para comprar aquelas armas e armaduras?

— Mãe — Gregor tentou se conter, mas sua voz tremia. — Nós — hesitou — *vocês* têm dinheiro suficiente. Todo o dinheiro que eu ganho vai para a igreja de Thyatis. Ou para ajudar os mais necessitados.

— Estranho você dizer que temos tanto dinheiro — continuou Helen. — Nunca o vi ajudando seu pai com a contabilidade.

Gregor não soube mais o que dizer: estava derrotado.

— Amor familiar, respeito pelos pais, tudo se resume a dinheiro — murmurou.

— Gregor foi escoltado pela guarda de Ahlen, por ordem do próprio regente — ofereceu Vallen, tentando amenizar a situação.

— Que bom — sorriu *lady* Helen. — É a primeira alegria que nos dá em tantos anos.

— Mãe! — o paladino não pôde conter um grito. — No ano passado, recuperei o artefato que um necromante usaria para dominar esta cidade!

— É claro — Helen afetou carinho. — Que bobagem a minha. Havia me esquecido.

Gregor não tinha mais raiva. Não apertava mais os punhos nem estragava a prataria. Só estava muito triste. Seus olhos mareados ameaçavam transbordar a qualquer momento. Levantou-se da mesa de súbito.

— Com licença.

E desapareceu para dentro da casa.

Jezebel continuou conversando com a mãe sobre o vestido que usaria em um baile vindouro.

E, de repente, Vallen não podia mais suportar.

— Não sou um paladino — disse.

Os olhares se voltaram para ele. Mal havia falado durante toda a refeição, e os três comensais que restavam pareciam interessados no que aquele convidado bronco tinha a dizer.

— Eu não sou abençoado por nenhum deus — continuou o guerreiro. — Sou só um lutador. Vivo pela espada. Minha mãe era prostituta e meu pai era, provavelmente, um bandoleiro. Aliás, minha mãe era uma prostituta bem barata se querem saber, e meu pai era um fracassado tão grande que não foi capaz de pagar nem mesmo ela. Não tenho casa, não tenho título e nem um estandarte garboso para mostrar.

Os três pares de olhos estavam fixos nele, incertos do que aquilo significava.

— E, mesmo assim, eu valho muito mais do que qualquer um de vocês miseráveis.

Helen Vahn engasgou. Jezebel inspirou com força, cheia de raiva. Rainer se encolheu para perto da esposa.

— O que você pensa — começou Jezebel.

— Cale-se! — Vallen gritou, e foi obedecido. — Vocês duas — apontou para as mulheres — deveriam agradecer a todos os deuses por ter alguém como Gregor na família. Eu, que sou um bastardo filho de prostituta, já valho mais do que vocês. Gregor, que é um guerreiro abençoado, é provavelmente a melhor pessoa que vocês já conheceram, e nem percebem isto! Como podem ser tão cegas e estúpidas?

— Senhor! — Rainer ergueu a vozinha frágil. — Acho melhor se retirar, ou tomarei providências!

— E eu acho melhor você voltar a se esconder atrás da sua patroa — disse Vallen, olhando nos olhos assustados do homenzinho. — Antes que eu torça esse seu pescoço de galinha. E nem pensem em chamar guardas! — ergueu a voz. — Vocês vão ouvir tudo o que eu tenho a dizer.

Rainer deu um ganido. As duas mulheres não sabiam ao certo o que fazer.

— E esse tal de Gherard, pai de Gregor? É a terceira vez que venho a esta casa e, em todas as vezes, ele esteve muito ocupado para ver o próprio filho! Ninguém trabalha tanto. Meu conselho é que ele pare de se masturbar, trancado no escritório, e venha beijar os pés de Gregor, que é muito mais homem do que ele jamais será.

Lady Helen parecia prestes a desmaiar. Jezebel tinha a boca aberta em exclamação muda.

— O que Gregor faz é muito mais valioso do que qualquer coisa que vocês todos, metidos nesse mundinho de ouro e vidro, já fizeram ou farão a vida toda. E, pessoalmente, vou proibir Gregor de vir aqui até que vocês o procurem e rastejem pedindo perdão. Quando estiverem na velhice, ansiando pela companhia do seu filho — dirigiu-se em especial a Helen. — pensem que deveriam ter agido diferente. E você — para Jezebel. — É só uma meretriz mimada e insatisfeita. Há um minotauro no nosso grupo que pode curar sua amargura.

Levantou-se.

— Morram. Mas antes, chamem uns empregados para devolverem nossos equipamentos. Nós vamos embora deste pardieiro.

Mas todos estavam paralisados. Vallen se virou para Rainer, e num grito:

— Você! Providencie nossos equipamentos!

O homenzinho saiu correndo, chamando servos e dando ordens desesperadas.

Vallen olhou para trás e viu Gregor, parado, olhando tudo aquilo com lágrimas no rosto.

— Obrigado — disse o paladino, simplesmente.

Logo, os dois cruzavam Cosamhir, de armas e armaduras, voltando à taverna.

— Não acho que Artorius teria gostado do seu comentário — disse Gregor.

Vallen deu uma risada pequena.

— Desculpe — disse o guerreiro.

— Não peça desculpas — apressou-se Gregor. — Você fez bem.

— Mas acho que Thyatis não deve ter gostado muito, não é? — Vallen sorriu. — Diga a ele que foi culpa minha. Ele pode vir queimar o meu traseiro.

— Thyatis gosta de renovação — disse Gregor, sério. — Fico surpreso que não tenha queimado o meu, todos esses anos. Ele deve estar muito satisfeito.

Cavalgaram. Logo, entusiasmaram-se num galope e apostaram corrida até a estalagem.

E, na desordem bêbada do salão comunal, um homem grande e peludo fez um comentário impróprio sobre Ellisa Thorn. Vallen arrastou-o para fora e bateu no homem até seus braços adormecerem.

Ellisa sorriu, pois sabia que era a forma dele de demonstrar afeto.

— Meu herói — ela disse, meio brincando.

— *"Tenho uma grande arte: firo gravemente aqueles que me ferem"* — Vallen falou em voz altiva.

— O quê?

— Nada.

CAPÍTULO 14

CINQUENTA E CINCO CADÁVERES ANDANDO

E DEPOIS DE POUCO TEMPO ESTAVAM SAINDO DE COsamhir. Gregor estava radiante. À frente, estrada e lutas. Atrás, alguns dias onde Ashlen recolhera pistas suculentas sobre o fugitivo. Estavam, mais uma vez, esquentando em seu rastro.

Embora tivessem perdido muito tempo no cativeiro de Sig Olho Negro (e, por mais de uma vez, considerado a missão perdida), de alguma forma haviam sido capazes de diminuir muito a distância entre eles mesmos e o criminoso. A explicação para isso era difícil, porque as ações do albino não faziam sentido. Pensou-se muito, até que Ashlen ofereceu uma resposta:

— Ele também não sabe.

Era o mais óbvio, que ninguém enxergara. Os aventureiros começaram a entender um pouco daquele carniceiro misterioso quando aceitaram que ele, simplesmente, não sabia o que fazia.

— Mas está aprendendo — concluiu Ashlen.

Aprendendo — era esta a chave. As ações e objetivos do albino, que haviam parecido erráticos e imprevisíveis, começavam a fazer sentido quando se considerava que ele, na verdade, estava buscando experimentar. Experimentar a maior quantidade de coisas possível. Restava saber o porquê.

— Não me interessa — disse Masato. — Quando o encontrarmos, ele não terá tempo de falar.

O fugitivo não entrara em Cosamhir, mas causara forte impressão na cidade movimentada. Os boatos se espalhavam em Cosamhir como fogo em palha seca, e rapidamente se espalhou a história do homem bizarro que chacinara metade dos cavalos de uma caravana antes de, com toda a calma, perguntar sobre uma ilha insignificante a sudoeste.

— Temos aí nossa pista — dissera Vallen. — Ilha a sudoeste. Vamos lá.

E foram. Seguiram viagem para sul, apressando o passo à medida que avançavam os dias, ansiosos e entusiasmados pela possibilidade de, em breve, confrontar o inimigo.

Contra o que se esperava, Senomar havia decidido acompanhá-los por mais um pouco. Para a surpresa geral dos mais desconfiados, o rapaz tinha boa desenvoltura na vida de estrada, e não atrasou os novos companheiros. Senomar também não tinha grandes motivos para segui-los, mas parecia ter apreciado a companhia do grupo, e decidira ajudá-los em troca da ajuda que recebera em Ahlen.

— Não nos deve nada — sentenciou Artorius. — Está livre para seguir seu caminho!

— Ah, mas eu insisto — dizia Senomar, com prazer e um sorriso que mal cabia no rosto magro.

Muitos dias se passaram em mais esta viagem, e, por instinto, todos secretamente desejavam uma oportunidade de pegar em armas. O longo período de tranquilidade dava a impressão de que os deuses estavam provocando-os para que se descuidassem, apenas para então despejar-lhes outra surpresa ruim.

Não chegou a haver surpresa: Ellisa viu de longe a primeira quebra da monotonia.

— Um acampamento — disse ela. — Talvez cinquenta homens.

De fato, ao longe, as fogueiras, as tendas, o burburinho e o fedor que denunciavam a presença de um pequeno exército.

O melhor e o pior dos homens aflorava na vida de claustrofobia ao ar livre de um exército em marcha. Por um lado, geralmente os soldados se tornavam irmãos; capazes de ações improváveis e impensadas uns pelos outros. Realizavam, em defesa dos companheiros, façanhas que nunca teriam feito pelas próprias famílias, quando no clima inebriante do batalhão. Bêbados de lealdade, os soldados diziam que nenhum vínculo é maior do que aquele dos irmãos em armas. E eram irmãos em armas homens que, sem as armas, talvez nem dignassem um olhar uns para os outros. Por outro lado, o grande ajuntamento de pessoas que viviam pela espada — pessoas que, com raras exceções, tinham a rudeza e belicosidade comuns à vida de lâminas — produzia uma quantidade assombrosa de dejetos morais e físicos. Um exército em marcha era um bando de irmãos leais e bravos, sim — mas também era um bando de homens que bebiam muito e procuravam lutas, homens que viam as caras uns dos outros até não as suportarem mais, homens que enchiam os campos de imundície e que atraíam prostitutas, bandoleiros e até mesmo um ocasional vendedor de alucinógenos.

Um exército em marcha era portanto um ninho de bravura e obscenidades, e um exército que não via um inimigo há muito era um ninho de violência latente e medo imaginado. Este era o caso do pequeno grupo que os aventureiros tinham encontrado.

Vallen fez-se notar em cima de uma colina, e os primeiros sentinelas já deram a notícia ao resto do acampamento. Os demais aventureiros juntaram-se a ele, e, com um certo alívio, viram um alto estandarte de Thyatis ser erguido às pressas, no meio da confusão de tendas e homens desocupados.

Gregor deu um largo sorriso.

— São homens de valor! Estão sendo liderados por um servo da Fênix.

Liderou os companheiros descendo a colina com pressa, o cavalo branco galopando. Da parte do acampamento, uns quatro soldados se destacavam, tentando parecer garbosos, enquanto recebiam repreensões gritadas de um cavaleiro que terminava de ajeitar as últimas partes da armadura da placas. Gregor estava animado porque, após sair do ambiente infecto de sua família, caíra agora em um local de esperada camaradagem. Paladinos e outros servos de Thyatis muitas vezes lideravam tropas do regente de Tyrondir, e, sob as bênçãos do Deus da Ressurreição, os homens tinham a fama de adquirir coragem espantosa e vigor imorredouro. Ainda mais que os outros aventureiros, Gregor ansiava por um combate, e a perspectiva de seguir um grupo como aquele prometia muitos inimigos e vitórias gloriosas.

Após terminar de ajustar a armadura pesada, o cavaleiro galopava rumo a Gregor. Os dois se encontraram bem no meio de uma planície tostada pelo sol, enquanto os aventureiros se aproximavam com calma e os soldados esbaforidos carregavam o estandarte pesado, tentando chegar logo ao seu líder.

— Roderick Davranche! — anunciou-se o cavaleiro, em cima de seu corcel irrequieto. — Paladino de Thyatis e capitão do exército de Tyrondir. Comandante destas tropas.

— Gregor Vahn! — e um pequeno riso de desdém. — Paladino de Thyatis que não precisa de títulos pomposos nem empregos preguiçosos no exército.

Os dois homens desmontaram (ambos com certa dificuldade por causa das armaduras) e caminharam lentamente até estarem a dois palmos de distância um do outro. Atrás, aventureiros e soldados se entreolhavam, incertos.

— Quem não tem coragem para a vida de exército não deveria falar tão grosso — disse Roderick Davranche. — Você é um aventureiro; vá salvar princesinhas e procurar artefatos mágicos. Vá se enfiar em masmorras e deixe a luta para os homens de verdade.

— Posso me enfiar em masmorras — respondeu Gregor, alto para que todos ouvissem. — Mas não me aventuro dentro de sua barraca, tamanho é o fedor!

Ambos deram uma gargalhada simultânea. Em seguida, puxaram-se para um abraço bruto e carinhoso, e o metal das duas armaduras explodiu em clangor. Houve um suspiro de alívio por parte dos aventureiros e soldados.

— Gregor Vahn! — exclamou Roderick, com prazer inconfundível na voz grave. — Seu patife miserável! Finalmente retorna para servir ao seu reino?

— Ainda não, meu bom arremedo de guerreiro — riu Gregor. — Quando quiser engordar e mofar em ócio, como você, virei me alistar no exército.

Mais uma vez se abraçaram, felizes como duas crianças. A esta altura, os quatro soldados que seguiam Roderick já se postavam a poucos metros, ofegantes, e os aventureiros olhavam aquilo com diversão.

Os dois paladinos de Thyatis por um momento ficaram sérios.

— Doze — disse Roderick Davranche.

— Perdedor! — Gregor mostrou os dentes. — Dezesseis.

Roderick soltou um urro.

— Isso não é possível! Bem, mesmo sendo provavelmente mentira, lhe devo um barril de cerveja.

Do alto de seu cavalo, Ashlen não entendia nada.

— Sobre o que eles estão competindo? — perguntou, para ninguém em específico.

A voz de terremoto de Artorius veio, pouco abaixo:

— O número de vezes em que morreram.

— Venha, meu caro Gregor Vahn — exclamava Roderick. — Seja bem-vindo o seu traseiro covarde e o de seus amigos! Venham conosco ao acampamento, ao menos para comer um pouco de lavagem.

E, após gritar algumas ordens para os soldados, andou, com Gregor ao lado, ambos falando sem cessar. Mais atrás, os aventureiros seguiam. Entraram todos no acampamento, e sentiram o calor das fogueiras, viram o emaranhado das tendas, ouviram o burburinho dos homens e cheiraram o fedor das imundícies. Estavam em um exército.

Os homens daquele exército não bebiam muito. Não havia prostitutas acompanhando-os. A disciplina se mantinha, mesmo após muitos dias sem batalha. Isso podia ser algo bom, um sinal de liderança forte e aderência rígida à conduta militar. Ou podia ser sinal de pura inexperiência.

— Olhe, são crianças — disse Masato.

Eram crianças. Os aventureiros se sentavam junto a Roderick Davranche, sob uma lua tímida e amarela, comendo uma ração modesta enquanto ouviam seu relato. À volta, os soldados; crianças. De fato, aqueles eram rapazes tão ou mais jovens quanto Ashlen, e a maioria, claramente, não sabia usar direito as armas que carregava. Destacavam-se dois homens mais velhos, um deles bastante gordo e cansado, o outro manco de uma perna, que faziam as vezes de oficiais naquele bando de guerreiros verdes. No meio do grupo precário, o imponente Roderick era alvo de incessantes olhares bobos de admiração.

— Somos cinquenta e seis ao todo — dizia Roderick. — Apenas quinze ou vinte já viram combate. Estou aqui para transformá-los em homens.

Os aventureiros, em especial os mais aptos em armas, achavam incerta uma tal transformação. Embora lembrassem muito bem de quando eram tão patéticos quanto aqueles garotos, nunca haviam sido (ou não admitiam haverem sido) tão desprovidos de talento. Os soldados não cuidavam direito das armas, deixando lâminas enferrujarem e armaduras de couro mofarem. Ou, ao contrário, tinham tamanha devoção pelos equipamentos que carregavam-nos o tempo todo, ficando exaustos sem necessidade depois de poucas horas. Não tinham a malícia de militares calejados, o que, embora significasse muito entusiasmo juvenil e esperanças largas, também significava pouca eficiência real. Ao invés de aliviarem os temores com vinho e mulheres, mantinham-se em um perpétuo estado de vigília tensa; o que seria muito bom se pudesse ser sustentado. Mas, invariavelmente, os corpos e almas jovens fraquejavam.

Como todos os jovens, tinham muito medo, e achavam que todos os outros não o tinham. Cada um deles era uma ilha de incertezas, e, temendo a reação dos outros, fingia estar seguro de si. Assim nasciam bravatas tolas e mentiras frágeis, e os que tinham a maior boca acabavam mais respeitados. Procuravam apoio nos oficiais, mas apenas Roderick Davranche era um exemplo luminoso. Os outros dois veteranos tinham amargura demais, e ânimo desmaiado. Serviam apenas para ensinar aos jovens as coisas perniciosas: pequenas indolências, pequenas covardias, maneiras furtivas de evitar o trabalho.

Assim, sobre os ombros do capitão Roderick Davranche repousava a segurança e o caráter de cinquenta e cinco homens moles. Tarefa que, a bem da verdade, ele desempenhava com galhardia.

— Estamos caçando goblinoides — continuava o capitão, sob a lua tão jovem quanto seus homens. — E vocês?

— Caçamos um albino — respondeu Gregor.

— Parece mais fácil.

Davranche era todo força e certeza. Seu crânio ossudo era apoiado por um largo queixo quadrado, que sugeria coragem. Tinha os cabelos muito rentes, emendados com uma barba do mesmo comprimento, meticulosamente desenhada. O rosto era de traços francos e pouco sutis, com emoções claras e sorriso fácil; tinha-se a impressão de ver-lhe a alma e o caráter nos grandes olhos verdes. Sua voz era alta e redonda. Como muitos paladinos do orgulhoso Thyatis, era um homem de modos exagerados e atitude confiante. Era um bom líder e comandava respeito e admiração de todos, embora falasse sempre em palavras simples. E era, até o tutano dos ossos sólidos, um guerreiro. Discorria sobre armas e combate, exultava na batalha e desprezava sutilmente quem via como fraco. De alguma forma, lembrava muito Artorius, a quem de pronto cativou.

— Então isto é apenas uma patrulha? — disse o minotauro, que quase competia com Gregor pela atenção do novo amigo.

— Não. Estamos caçando um bando específico, que vem atormentando as regiões vizinhas. Como somos poucos, tentamos ser discretos, mas os desgraçados logo fugiram.

Estavam todos à volta de uma fogueira, uma das muitas que havia por todo o acampamento. Gregor, Artorius, Ellisa e Masato se amontoavam, próximos a Roderick. Os demais, sem tanto interesse nas artes da guerra, haviam formado seu próprio grupo. Vallen havia surpreendido a todos, desprezando aquela conversa de lâminas, mas dissera estar farto de planejar lutas. Encarregara Ellisa de fazer quaisquer perguntas relevantes e embrenhara-se em assuntos mais amenos. Além disso, decidira ficar de olho em Nichaela.

O que se provara desnecessário, já que os jovens soldados, vendo o amarelo e verde de Lena, derramavam-se em respeitos desmedidos para com a clériga. A presença de um clérigo em um exército era muito valorizada, pois acreditava-se que as bênçãos dos deuses respingariam sobre aqueles a quem o clérigo acompanhava. Uma clériga de Lena, em especial, era vista como um ótimo agouro (por estranho que parecesse), em especial com soldados jovens. Afinal, mais do que tudo os soldados desejavam viver.

Senomar cantava e dedilhava o alaúde, Vallen conversava com Ashlen e Rufus, e Nichaela curava um ou dois ferimentos menores nos soldados hesitantes (resultados de acidentes, pois ainda não houvera combate). Logo, Nichaela sentou-se junto aos outros e interrompeu:

— Vallen, podemos seguir com eles?

Vallen Allond, que esvaziava o cérebro com uma conversa sem importância, voltou sua atenção à clériga:

— Temos uma missão. Você sabe.

— Estamos indo para o sul.

— Está certo, talvez possamos segui-los, se eles forem para o sul.

— Estão indo. Eu perguntei.

Vallen olhou-a por um momento.

— Por que quer segui-los?

— Porque eles precisam — disse Nichaela.

Vallen era o líder, mas a sabedoria simples de Nichaela quase sempre era ouvida, e ela sabia disso.

— Certo — decidiu o guerreiro. — Vamos segui-los — o albino era uma preocupação constante, mas apressar-se parecia, de alguma maneira, pouco eficiente. O fugitivo sempre fora bom em despistar-lhes, por mais que corressem e deixassem tudo de lado. Por que não ajudar alguém no caminho?

E, sob uma lua fraca, por decisão de Nichaela, começaram o que seria sua curta vida de exército. Também começavam a rumar para o desastre, mas não havia como saberem disso, e talvez seja melhor que nós também não saibamos ainda.

— Eles são muito jovens, Vallen, veja como são jovens — dizia Nichaela, montada em seu cavalo, acompanhando, ao lado de seu líder, as cinco dezenas e meia de soldados. — Alguns nem sabem segurar as armas direito. Veja aquele — apontou um rapaz imberbe e esmaecido. — Vai ficar com bolhas nas mãos, agarrando o cabo da espada daquele jeito.

Fazia pouco mais de dois dias que eles marchavam junto a Roderick e os cinquenta e cinco soldados de Tyrondir, mas Vallen já se arrependia. Grupos grandes eram lentos, e a distância que seria facilmente percorrida com dez homens virava um desafio de fôlego e paciência quando se tinha o quíntuplo. Vallen quisera, mais de uma vez, separar-se daquele exército lamentável e voltar a seguir o rastro fresco do albino, mas Nichaela e Gregor insistiam para que continuassem ali. A clériga apiedara-se dos soldados-crianças, e o paladino desfrutava da companhia de um antigo amigo, que se ordenara junto com ele no serviço a Thyatis.

Podia-se ver com facilidade porque Gregor Vahn e Roderick Davranche eram próximos: ambos eram muito parecidos. Criados em famílias ricas, haviam, ao mesmo tempo, abdicado dos confortos para uma vida de dificuldades e glórias em nome da Fênix. Embora Davranche não sofresse as mesmas agruras familiares de Gregor, era capaz de entender pelo que passava o amigo. Isto dava a Gregor a oportunidade rara de se abrir em uma torrente de reclamações e memórias ruins, que servia para lavar a alma. Gregor e Roderick haviam ingressado nos treinamentos para a ordem de Thyatis juntos e sozinhos, pois há vários anos não surgiam jovens com a vocação. Tiveram anos de estudo e prática com armas juntos, apenas os dois, e isso servira para transformar-lhes de colegas em irmãos. Seus caminhos haviam divergido, mas o vínculo permanecia. Embora os aventureiros vivessem o presente e o futuro junto a Gregor Vahn, Roderick tinha vivido com ele o passado.

Naqueles dois dias, Roderick havia explicado com mais exatidão a demanda de suas tropas verdes. Caçavam um grande bando de goblinoides, que há meses saqueava e aterrorizava a região, e esperavam encontrar as criaturas dentro em breve, pois haviam pego seu rastro, levando para sul, pouco antes de se encontrarem com o grupo. Embora, como se sabia, humanoides hostis nunca houvessem sido raridade em Tyrondir, sua incidência aumentara nos últimos anos.

— Dizem que há um exército organizado dos monstros em Lamnor — explicava Roderick. — Dizem que estes bandos são apenas os primeiros batedores. Dizem que, em breve, Khalifor será tudo o que segurará uma invasão em massa. Bobagens, é claro.

Segundo Roderick Davranche, as histórias sobre um exército goblinoide eram improváveis e exageradas. A cidade de Khalifor, ressentida há muito com Tyrondir e o Reinado, periodicamente inventava falácias semelhantes, tentando arrecadar mais dinheiro e tropas. Roderick afirmava — e todos concordavam — que os goblinoides eram caóticos demais para sustentarem uma organização daquele tipo. As diferentes raças lutavam entre si o tempo todo, e dentro de cada raça enfrentavam-se as tribos. Mesmo dentro de pequenos núcleos os monstros disputavam entre si o poder. A ideia de que todos se unissem numa frente organizada era risível. Tudo aquilo era um exagero, um boato que crescera como bola de neve porque as criaturas andavam um pouco mais ousadas e numerosas.

— E não é arriscado enviar homens tão jovens nesta missão? — disse Vallen.

— Esta é a missão ideal para eles — refutou Davranche. — É exatamente o que eles precisam para pegar gosto pela batalha: um combate grande e fácil, de onde possam tirar muitas glórias. Estes palermas — falou afetuosamente, fazendo um gesto que cobria todo o exército — podem ser jovens, mas têm a disciplina de todo soldado de Tyrondir. Goblinoides, por sua vez, são covardes e desordenados. Nada podem fazer ante uma parede de escudos bem-montada.

Nichaela não tinha tanta confiança:

— Eles precisam de ajuda, Vallen — insistia, longe dos ouvidos de Roderick. — Eles não bebem, não há mulheres! Você já viu um exército sem mulheres, Vallen? Todos estão tensos como cordas de arco.

Vallen sempre ficava desconcertado ao ouvir Nichaela falando daquele jeito. Ele e os outros se preocupavam tanto em proteger a clériga que por vezes se esqueciam de que ela entendia e aceitava muito bem os fatos menos poéticos da vida.

— Eles precisam de prostitutas, Vallen!

— Por favor, não fale mais sobre isso — implorou o guerreiro.

Continuou Vallen assim duplamente atormentado, e passou-se mais um dia inteiro de tensão. Até que a tensão se quebrou, a corda se partiu, os homens, em um misto de alívio e desespero, estalaram de surpresa.

Um planalto. Um bosque. Uma centena de goblinoides.

Uma armadilha.

— Recuar! — gritou Roderick Davranche. — Recuar, maldição! Recuar!

Já virava o enorme cavalo nervoso, berrando dentro da armadura prateada. Os homens, finalmente, haviam fraquejado. Os dias de inútil disciplina rígida tinham cobrado o seu preço, e a maioria estava surpresa e apavorada pela presença súbita do inimigo. Depois de privarem-se de alívio e diversão por muito tempo, os soldados não eram capazes de manter a mente clara agora, quando precisavam. Muitos corriam em direções aleatórias, outros simplesmente gritavam ou choravam. De qualquer modo, menos da metade fazia uma retirada em ordem — a única coisa que garantiria uma chance maior de sobrevivência.

Choviam flechas, grossas como cabos de vassoura. Do alto do planalto, uma algazarra medonha de vozes guturais e inarticuladas. Alguns soldados de Tyrondir pegavam os arcos para devolver o fogo, contrariando as ordens. Logo uma enorme correria se fez no alto da elevação, e, com uma nuvem de poeira, uma onda de goblinoides uivantes investiu sobre eles.

— Recuar, maldição, recuar! — gritava Roderick.

Por fim, e a muito custo, recuaram.

Os soldados conseguiram se agrupar em algo que lembrava colunas ordenadas, e desistiram de tentar salvar os desajeitados carros de boi que transportavam toda a comida e equipamentos. Foi uma corrida feia e vergonhosa, até que o pequeno exército estivesse fora do alcance das flechas, e por todo o caminho, como frutas podres, foram caindo soldados mortos.

Os goblinoides que tinham investido pararam no meio do caminho, gargalhando do medo dos inimigos. Aquela carga não tivera o objetivo de matar, mas de amedrontar, desmoralizar. As bestiais criaturas zombavam dos soldados em fuga, berrando impropérios (felizmente em sua própria e desconhecida língua), fazendo gestos provocativos e agarrando os órgãos genitais.

A última flecha descreveu sua trajetória longa, vinda do alto do planalto, e se cravou a uma boa distância das tropas aturdidas. Roderick liderara os homens até a cobertura de algumas árvores esquálidas. Enquanto os homens se reagrupavam, gritava ordens e impropérios.

Vallen rapidamente contou seu grupo: continuavam todos lá.

Roderick demoraria muito mais para estimar suas baixas. Chamou seus dois oficiais e todos os aventureiros, e convocou um conselho de emergência.

— Muito bem, o que faremos? — disse, meio perguntando e meio pedindo.

— Vamos lutar! — rugiu Artorius, o olhar rubro pela proximidade e distância da batalha.

Ante as palavras do minotauro, houve um desânimo. Ao longe, os goblinoides arrastavam as carroças, matando os bois e tomando as provisões e equipamentos. Roderick olhava as criaturas roubando sua sobrevivência, sem temer qualquer possível retaliação. Sua cabeça parecia girar.

— Vamos atacá-los! — exasperou-se. — Não podemos ficar sem comida.

— Os homens não estão prontos — objetou um dos oficiais, o que era manco. De fato, olhando-se em volta via-se garotos, e nenhum soldado.

Roderick tinha a boca meio aberta em estupefação, quando, de repente, Masato Kodai se levantou. E, olhando nos olhos de Artorius:

— Vamos lutar.

O minotauro retesou os músculos enquanto entoava uma prece rápida a Tauron. A luz do sol pareceu brilhar mais vermelha sobre ele e sobre o samurai, e ambos respiraram fundo, preparando-se.

— São apenas vinte ou trinta — disse Artorius entre dentes.

— Esperem! — era Vallen. Mas não tentou dissuadi-los: — Tomem cuidado.

Os dois guerreiros caminharam decididos rumo às criaturas que saqueavam. Os goblinoides eram grandes e deformados. Suas peles repugnantes eram verdes, e possuíam orelhas longas e caídas. Presas despontavam de suas bocas tortas, e os músculos eram proeminentes por sob verrugas e manchas nojentas no couro imundo. Alguns riram, vendo apenas dois indo contra eles.

Artorius e Kodai então puxaram as armas e, com gritos gêmeos de batalha, investiram.

O ataque pegou os monstros de surpresa. Os dois que estavam mais à frente tombaram de imediato, ainda tentando segurar os intestinos que espirravam pelos dois talhos precisos produzidos por Kodai. Artorius correu de encontro a um ajuntamento maior, derrubando dois deles com um encontrão de seu ombro poderoso. Logo em seguida, girou o machado e destroçou o crânio de um terceiro. Ainda restavam vinte ou mais das criaturas, e elas urraram, finalmente reagindo. Tinham toda sorte de armas, de clavas rústicas a espadas refinadas, com certeza fruto de saques.

Um goblinoide imenso desceu uma espada longa contra Kodai, usando ambas as mãos, mas o samurai aparou a lâmina com a sua própria, e chutou com força o estômago da criatura, que se curvou para a frente. No mesmo movimento, Kodai desceu sua espada curva, e a cabeça do goblinoide caiu com um corte limpo. O samurai era um tufão de violência, e os monstros tinham dificuldade em acertá-lo. As lâminas (facões enferrujados, sabres tomados de nobres, espadas com a marca do próprio exército de Tyrondir) passavam rentes a ele, mas nunca rasgavam carne. E a delicada lâmina tamuraniana continuava a fazer jorrar sangue, sangue verde-preto fedorento em esguichos fortes, e cada golpe tombava um monstro, cada um uma fonte.

Artorius metera-se na maior concentração dos goblinoides. Nem tentava se esquivar ou bloquear os golpes: concentrava todos os seus esforços em matar. As criaturas haviam-no cercado, e portanto ele mal movia o corpanzil quando golpeava com o machado. Seu couro grosso estava repleto de cortes, mas todos eram pequenos, e a maioria nem tirava sangue. De alguma forma, pelas bênçãos de Tauron, Artorius parecia resistente como aço, imune aos golpes dos monstros. Cada um daqueles cortes seria suficiente para matar um homem, mas pareciam arranhões patéticos frente ao couro duro do minotauro. E ele seguia matando, pura força bruta, a lâmina pesada do enorme machado meio cortando e meio esmagando os corpos esverdeados.

Vieram algumas flechas de cima do planalto, mas duas acabaram por acertar goblinoides ao invés de inimigos, e uma ordem na língua gutural dos monstros fez com que parassem.

Os soldados, muito atrás, assistiam àquilo com olhos arregalados. Masato todo técnica, matando como um artista, e Artorius todo força, esmigalhando os inimigos. Até que as criaturas que restavam decidiram que o saque não valia suas vidas, e aqueles dois pareciam impermeáveis aos seus ataques. Viraram as costas, que receberam ainda golpes dos dois guerreiros, e fugiram, subindo com dificuldade o planalto. Masato, a postura rígida como aço, olhou-os com severidade enquanto limpava a lâmina, suja do sangue verde nauseabundo. Artorius rugiu de vitória.

Ao redor deles, dezessete mortos. Artorius levantou um dos bois mortos, jogou-o para o lado e carregou uma carroça cheia de comida.

— Aqui está! — disse exultante, chegando junto aos outros. — Jantar para esta noite — estava coberto de minúsculos cortes e suor esbranquiçado.

Nichaela pôs-se a orar, para que seus ferimentos sarassem, enquanto o enorme guerreiro arfava e deixava o frenesi do combate morrer. Masato veio logo depois, encharcado de sangue e calmo como se voltasse de um recital de poesia.

— Um pouco de água seria ótimo — falou em seu sotaque carregado. — Essas criaturas são imundas.

Nichaela, em silêncio, pediu perdão a Lena, pois aquele homem, magnífico em fazer morte, era para ela a definição de *"herói"*.

— Bom combate — ofegou Artorius, com um sorriso para Kodai.

— Bom combate — devolveu o tamuraniano. E, para Roderick: — Quer que subamos lá e matemos todos?

Havia uma certa agitação boa agora entre os homens. Certo que todos sabiam que aqueles eram guerreiros extraordinários, mas a facilidade com que caíram as criaturas fez com que acreditassem que eles também poderiam matar alguns, e afinal sair vitoriosos. Do pavor à ânsia pela batalha, em poucos minutos.

Mas, baixo para que os soldados não ouvissem, Vallen:

— Sim, nós talvez pudéssemos matar todos — olhou para trás. — Mas como manter *eles* vivos?

A bravata de Kodai assim morreu. Ouviam-se berros animalescos vindos do planalto, e passaram-se duas horas imensas enquanto se contavam sobreviventes e organizavam-se arremedos de estratégias. Em situações como esta, o tempo só piora tudo, pois, tendo tempo para pensar, percebe-se a realidade. E os homens perceberam que, a despeito da demonstração que haviam presenciado, a realidade era que estavam em absurda e mortal desvantagem. O sangue virava água em suas veias, e cada uivo dos monstros acima arrepiava-lhes os pelos. E logo deixaram de ver a realidade para ver uma ilusão ainda pior: agora os monstros pareciam muito mais numerosos, e maiores, e tinham armas magníficas, e eram mais cruéis e mais terríveis. Em duas horas, da exultação ao terror, novamente.

No início, haviam sido apenas cinquenta e cinco homens, mais seu líder Roderick. Agora estavam em tal desordem que pareciam cem centenas de formigas tontas, e não conseguiam lembrar nem reconhecer quem ainda estava entre eles e quem havia perecido no ataque. Assim, amigos desesperavam-se por amigos ainda vivos, e logo tinha-se a impressão de que as baixas eram astronômicas. Era o pandemônio.

E, quando vieram os números verdadeiros, não foram muito mais animadores:

— Onze morreram — disse o oficial gordo, suando incertezas. — Outros cinco estão desaparecidos.

Roderick Davranche soltou uma praga.

Desaparecidos — significava que haviam fugido durante a patética retirada. Podia ser que encontrassem segurança (desertando ou voltando às fileiras), mas também podia ser que caíssem nas mãos dos goblinoides, e assim teriam destinos muito piores do que os que tombassem em batalha.

Não demorou para que se ouvisse o primeiro grito de tortura: um lamento comprido e terrível, vindo de uma garganta jovem, de um corpo jovem que sofria horrores só imaginados, no planalto. Os pés imundos dos goblinoides pisoteavam o espírito dos soldados verdes.

Tenebra jogou sobre os dois grupos seu cobertor preto e agourento. A noite multiplicou terrores em sombras, e entre os soldados a coragem escorria com o suor. Roderick, perdido, mais uma vez perguntou:

— O que vamos fazer?

CAPÍTULO 15

O SOM DOS TAMBORES

ERA MANHÃ, E AINDA DESESPERO.

Ellisa Thorn estava suspensa no ar, muito acima das copas das árvores magras. Com uma mão em viseira sobre os olhos, mirava o planalto repleto de goblinoides. Algumas flechas vieram dos monstros em sua direção, mas todas passaram longe. Por fim, satisfeita, ela puxou o próprio arco e tombou um deles, com uma seta na garganta.

— Como eu desço? — gritou para baixo.

Rufus Domat, com alguns gestos e meia dúzia de palavras arcanas, fez com que o corpo sinuoso da guerreira viesse com suavidade ao chão. Ela pousou e, no mesmo movimento, saiu andando até Roderick Davranche.

— São cem. Mais ou menos.

A noite havia sido um martírio. Os homens atacavam cada sombra. Muitas flechas foram desperdiçadas, os nervos viraram farrapos e quase ninguém dormiu. Dois dos soldados que haviam desaparecido tinham voltado durante a noite, mas um foi confundido com um goblinoide e caiu, abatido pelas flechas dos companheiros. Roderick tentou evitar que o fato se espalhasse, mas correu entre os homens como água descendo um morro. Ao medo, acrescentou-se culpa.

— Uma centena de goblinoides — grunhiu Roderick. — E nós somos apenas quarenta e um.

— Cinquenta — corrigiu Gregor. — Não se esqueça de que estamos aqui.

— Com todo o respeito, Gregor — disse Roderick, amargo. — *Nós* somos apenas quarenta e um. Vocês são um grupo separado.

Gregor Vahn suspirou. Tentava elevar o espírito do amigo, mas parecia ser inútil — sem notar, Roderick havia sido contaminado pela praga de pavor que assolava as tropas. O sol inundava a planície, o céu era azul sem mácula, o ar era morno e confortável. Um dia horrendo.

— Ótimo! — disparou Ellisa. — Então vamos deixá-los aqui para serem massacrados.

— Chega — era Vallen, e rapidamente cortou a cizânia que começava a fermentar ali. Ellisa murmurou desculpas.

A verdade é que já havia bastante sangue ruim correndo entre soldados e aventureiros. Era comum que houvesse animosidade entre os dois grupos, pois viviam na mesma estrada, em caminhos bastante diferentes. Aventureiros, embora tivessem uma vida de metal e morte, contavam com astúcia e versatilidade para sobreviver. Eram pessoas que se sobressaíam, eram as exceções brilhantes no mundo, amados ou odiados, mas raramente ignorados. Em geral, consideravam soldados broncos sem criatividade, que viviam sob ordens estritas e tradições ultrapassadas que já haviam sido suplantadas por magia e maravilhas. Soldados eram combatentes disciplinados, treinados para contar com planos cuidadosos, números e lealdade para não morrer. Em geral, pensavam que aventureiros eram amadores iludidos, que lutavam batalhas pequenas e insignificantes, enquanto que eles próprios tomavam os verdadeiros riscos. Some-se a isto o fato de que era raro um soldado adquirir fama e fortuna de súbito — as recompensas em um exército vinham com tempo e graduações — e tinha-se uma grande dose de ressentimento e hostilidade.

Embora o grosso daqueles soldados fosse jovem demais para acalentar tais preconceitos, os dois oficiais haviam sido rápidos em espalhar veneno. E, naquela situação de derrota prevista, na qual os aventureiros pareciam ajudar mais do que qualquer um, os soldados não sabiam a quem se voltar.

— Desculpe — disse Roderick, com desânimo e humildade que não lhe eram peculiares. — Eu apenas...

— Está tudo bem — interrompeu Gregor, com um sorriso. Mas não estava. Podia estar tudo bem entre os amigos, mas não entre as tropas.

Entre as tropas, caos. O sangue dos homens era água. Alguns haviam mesmo tentado desertar durante a noite. E durante a noite, Roderick tentara uma fuga estratégica das tropas, mas a tentativa logo fora frustrada por um ataque rápido dos goblinoides. Os monstros eram muito bem organizados, e sempre, ao que parecia, havia dos seus prontos para um ataque imediato. Os soldados de Tyrondir não podiam escapar com rapidez suficiente carregando os suprimentos — e sair sem eles era garantia de morte, embora a mais longo prazo.

Havia-se pensado nisso: deixar carroças, equipamentos, tudo, e simplesmente tentar fugir. Mas era inútil; a menos que houvesse uma quantidade absurda de reforços a poucas horas de distância, isto apenas condenaria os homens (que estariam mal equipados e esfaimados) à morte certa nas garras dos perseguidores monstruosos.

— Eles estão em maior número, estão mais organizados, são mais fortes e mais rápidos — resumiu Roderick. — Alguém tem alguma ideia brilhante?

Ninguém tinha, porque não havia. Se fugissem, seriam pegos. Se ficassem, iriam morrer de fome.

— Podemos mandar um ou dois mensageiros, e pedir reforços — sugeriu alguém.

— Mensageiros que, quase certamente, serão mortos — disse Roderick. — Se houver voluntários, irei aceitá-los com prazer. Caso contrário, está fora de questão.

E naquele dia ainda, partiram dois voluntários, que nunca mais foram vistos. À noite, suas cabeças foram arremessadas na direção do acampamento.

— Agora trinta e nove.

— Quarenta e oito! — exclamou Ashlen. — Lembre-se de nós.

Roderick começou a protestar, mas Vallen calou-o:

— Um de nós pode ser o mensageiro. A menos que venham todos os malditos cem goblinoides, um de nós pode sobreviver.

— Eu não posso pedir isso de vocês — disse Roderick.

— Não está pedindo — disse Vallen. — Nós decidimos o que fazer. E nós vamos enviar um mensageiro.

— E serei eu — disse Gregor. — Um paladino da Fênix será ouvido pelos oficiais do exército.

Roderick não disse nada. Mal ousava ver um pouco de esperança.

— Voltarei com reforços — completou Gregor, já ensacando mantimentos e encilhando o cavalo. — Mesmo que volte retalhado em cem pedaços, voltarei com reforços.

E partiu, galopando como um deus em seu corcel branco.

O quarto dia lindo e terrível em que estavam presos junto aos monstros. Mais três soldados haviam morrido: eram agora trinta e seis. As horas viravam uma contagem mórbida, os amigos viravam alvos que, se esperava, seriam atingidos antes. Os homens deixavam de ser homens e viravam gado, cabeças sem nome prontas para o abate.

O sangue era água.

— Onde está Gregor? — Roderick explodiu em um rugido. Sua impaciência era infundada: o paladino ainda estava, àquela altura, longe de alcançar qualquer entreposto militar.

Por todo o acampamento, olheiras e faces macilentas. Fome, sede. Fedor. Nichaela examinava os soldados todos os dias. Em uma situação como aquela, era apenas questão de tempo até que a doença se instalasse — e precisaria ser cortada pela raiz, ou os homens morreriam fins inglórios de excremento e febre. Por alguma razão, uma semana de um cerco de qualquer tipo era suficiente para convidar a pestilência. Os guerreiros estavam ansiosos, andavam de um lado para o outro famintos por batalha, mas pouco faziam além de enervar uns aos outros e soltar bravatas meio vazias. A pessoa mais útil no acampamento era Nichaela, que confortava espíritos e cuidava para que corpos não apodrecessem em vida. Roderick, também abençoado por seu deus com o poder da cura, seguia as indicações da clériga, pronto para debelar uma peste, mas sentia-se um palhaço, fazendo o trabalho de padre e sem uma espada.

O sangue era água.

Os goblinoides haviam descido do planalto. Haviam feito um acampamento ruidoso a poucas centenas de metros de onde estavam os soldados. Agora, em todas as horas podia-se ouvir o festejar medonho, os grunhidos alucinados e as vozes bestiais do inimigo. Os soldados evitavam olhar naquela direção, porque eram constantemente lembrados de como os monstros eram mais numerosos. As gargantas animalescas gritavam impropérios numa língua comum com sotaque estranho, ameaçando obscenidades que os homens tentavam se convencer de que eram só falácias. Os carros de boi destroçados, onde estava a comida, jaziam entre os dois bandos. Vallen, Artorius e Masato haviam feito uma incursão para capturar alguns mantimentos, mas nem mesmo os três deuses da batalha haviam sido capazes de segurar o número massivo de goblinoides — tinham tido sorte de escapar ainda respirando, e carregando o corpo inerte do samurai.

E, embora Masato andasse de novo logo depois (pelo toque bento de Nichaela), a coragem dos aventureiros desinflou. O orgulho guerreiro virou uma coisa feia, de promessas vingativas que ninguém sabia poder cumprir. Vallen, Masato e Artorius realmente passavam *vergonha* — tinham sido derrotados e humilhados, e não haviam recuperado nem um pedaço de pão.

E o sangue era água.

O quinto dia amanheceu com trabalho. O acampamento dos goblinoides, que até então fora uma bagunça bêbada, subitamente tornara-se organizado e diligente. Os monstros labutaram a manhã toda, retirando os carros de boi e mercadorias derramadas do campo. No início da tarde, a grama entre os dois grupos era limpa e vazia, um território plano e desimpedido. Um campo de batalha. À noite, começaram os tambores.

Do acampamento inimigo vinha o som dos tambores, os horrendos tambores que povoaram para sempre os pesadelos de todos os sobreviventes daqueles dias letais. Vinham em batidas monótonas, rítmicas, espaçadas, retumbantes. Cada pancada sonora fazia vibrar os tímpanos, e um tempo insuportável de silêncio se interpunha antes da próxima batida inevitável. Os tambores eram perpétuos e incessantes, e nunca deixavam falhar o ritmo.

O que restava da alma dos soldados começou a se erodir com aquele som grave e contínuo. Cada batida era tão forte, tão sonora e inevitável, que os homens passaram a viver em função delas. Faziam pequenas caretas de dor antecipada quando previam o próximo soar. Enlouqueciam devagar, inquietos e incapazes quando tinham a impressão que uma batida demorava demais. E tinham a esperança ridícula de que cada batida seria a última, mas nunca era. Os tambores soaram por dois dias. As batidas se derramavam pelo campo limpo entre os dois bandos, pelo campo pronto para o derramar do sangue.

Roderick já não tinha um farrapo da dignidade anterior: era nervoso e assustadiço. Secretamente temia perder seus poderes divinos. Pouco ajudava seus homens, com uma liderança frágil que apenas metia mais medo em todos.

Era o nono dia quando se formou a parede de escudos.

E isto foi a certeza de que algo estava muito errado. Até então, os aventureiros sabiam que aquele grupo de monstros era estranho — eram numerosos demais, e tinham uma organização incomum. Com a formação da parede de escudos, souberam que aqueles goblinoides eram um inimigo muito superior e talvez invencível. A desordem e belicosidade dos goblinoides haviam garantido sua derrota nas mãos das raças civilizadas por tanto tempo quanto se pudesse lembrar. Eles eram fortes, individualmente, e procriavam como ratos, mas nunca eram capazes de disciplina suficiente para vencer um exército verdadeiro. Eram como bandidos com lideranças fracas, enfrentando um império. Mas estes goblinoides não eram nada disso — os tambores e a parede de escudos testemunhavam. O trabalho eficiente que haviam demonstrado há alguns dias já fora uma prova (mas que ninguém ousara tomar como tal). As táticas inteligentes de terror, a formação de batalha — até mesmo a própria armadilha, desde o começo — eram confirmações cinzentas e irrefutáveis. Eles agora tinham todas as vantagens. No acampamento dos soldados, muito se rezava para que aqueles monstros fossem exceção.

Uma parede de escudos era uma coisa medonha, que qualquer guerreiro com um mínimo de experiência ou bom senso rezava para nunca ter de enfrentar. Colocava-se escudo ao lado de escudo, as bordas sobrepondo-se, fazendo uma defesa sólida e quase impossível de ser quebrada. As paredes de escudos mediam sua força pelo número de camadas — o número de linhas de homens — que possuíam atrás da primeira. A parede dos goblinoides era maciça, contava com várias linhas monstruosas garantindo a solidez daquela defesa. Detrás dos escudos, despontavam lanças longas e pontudas, numa profusão de hastes mortais, prontas a perfurar o primeiro que se lançasse a ela. Este era outro dos grandes poderes de uma parede de escudos: ela podia ser quebrada, mas quem seria o *primeiro*? Quem embarcaria para a morte quase certa, em nome de uma possibilidade — uma mera possibilidade — de enfraquecer aquela linha enorme de madeira e aço? Era frente a uma parede de escudos que se testavam as lealdades; que se forjavam os heróis e mártires anônimos, e os pequenos traidores que escolhiam prezar mais por si mesmos do que por qualquer causa. Sobretudo, uma parede de escudos era um tributo à disciplina militar, porque, para ser eficiente, necessitava do autocontrole de cada guerreiro. Cada um protegia o companheiro à esquerda, e cuidava de manter o próprio escudo firme. Não havia espaço para cargas selvagens, para bravuras impetuosas numa parede de escudos, só a ordem calma que vinha com a certeza de uma vitória ordenada. Por isso, não havia paredes de escudos entre os goblinoides.

E, no entanto, lá estava ela, imóvel e sólida, contínua e invencível.

Os tambores silenciaram.

Artorius caminhou decidido à frente, pois vira um dos monstros derramando bênçãos medonhas sobre os guerreiros na parede. O minotauro se postou no meio do campo ensolarado e fincou no chão a lâmina do machado enorme.

— Exijo falar com seu clérigo! — trovejou. — Sou Artorius, sou um servo de Tauron e exijo falar com seu clérigo!

Houve rosnados e xingamentos vindos de trás dos escudos, e cusparadas grossas e amarelas. No entanto, pouco depois uma figura alta e serena, metida em mantos esfarrapados, caminhou com lentidão deliberada até Artorius.

O xamã goblinoide era uma síntese da estranheza e contradição daquele bando. Uma criatura imensa e inchada, com um crânio disforme coberto de pústulas, tinha ainda assim um ar de autoridade santa, como tinham muitos clérigos experientes. Fedia, como fediam todos os goblinoides, e seus mantos em trapos pouco faziam para cobrir o grosso couro verde. Trazia um crânio (que um estudioso poderia ter identificado como élfico) sobre a própria cabeça, e um colar tétrico de onde pendia uma mão apodrecida, uma orelha humana e um escalpo de origem incerta. À volta dele, famintas pela podridão que carregava, orbitavam muitas moscas gordas. E no entanto, de sua boca de longas presas amarelecidas, saiu uma voz surpreendentemente limpa:

— Sou Baa'Thragg, um servidor de Ragnar, o Senhor da Morte. Vem aqui para implorar por suas vidas patéticas, criatura derrotada?

Artorius olhou o xamã, que era tão alto quanto ele, sem demonstrar hesitação. Com a face pétrea e inescrutável, respondeu:

— Um clérigo de Tauron nunca implora. Venho aqui dizer que reconheço seu deus como um adversário valoroso, e estou ávido por enviar suas almas de volta a ele.

Ambos falavam alto o suficiente para poderem ser ouvidos através do campo vazio. Baa'Thragg falava a língua comum com uma desenvoltura impressionante.

— Muito bem. Reconheço seu deus como um bom inimigo e, no futuro, um escravo valoroso de Ragnar. Fico feliz que haja algum valor escondido em suas tropas lamentáveis.

Artorius ignorou o insulto.

— Venho aqui evocar a santidade dos clérigos em batalha — disse o minotauro. — Proponho que, de acordo com as tradições dos deuses guerreiros, fiquemos ambos responsáveis pelas bênçãos de nossos soldados, por curar e por encomendar as almas dos mortos. Ordene que suas tropas me respeitem, e as minhas irão respeitá-lo.

Tauron sabia que nada feria e humilhava Artorius mais do que fazer aquela proposta. Ele ansiava pelo combate, queria brandir seu machado, cortar, esmagar, matar. Não desejava ficar dando apoio aos homens, não desejava ficar na linha traseira daquela batalha. Mas, se quisesse abençoar e curar seus companheiros, precisava do salvo-conduto que aquelas regras ancestrais lhe garantiam. Pelo bem dos amigos, Artorius fazia algo que considerava fraco e baixo, e pedia que Tauron lhe perdoasse pelo menos até o fim daquele dia de morte. Poderia perder suas bênçãos, poderia morrer alegre se apenas, naquele dia, pudesse evitar outro destino como o de Andilla Dente-de-Ferro.

Baa'Thragg mirou-o por um momento.

— Já o vi em combate. Então abdica de sua posição como guerreiro, e entra nesta batalha como clérigo?

Mas, antes que o minotauro pudesse responder, uma voz suave e firme, que se derramou alta e clara por todos os cantos:

— Não. Ele será um guerreiro. A clériga serei eu.

Nichaela virava o rosto para cima para que pudesse olhar nos olhos do xamã goblinoide. Baa'Thragg começou um riso gutural, mas a firmeza impassível no rosto da meio-elfa fez a zombaria morrer.

— Nichaela, não! — disse Artorius. Controlou-se para não chamá-la de "irmãzinha". — A batalha não é lugar para você.

— Claro que não — sorriu a clériga. — É lugar para você. É onde você ficará, Artorius, é onde será magnífico e imbatível. Eu serei o apoio. Seja você o herói.

Artorius lutou brevemente consigo mesmo, mas logo aceitou. *"Pelo menos"*, raciocinou, *"ela estará livre dos horrores dos goblinoides."* Nichaela não seria capturada, não seria morta naquele combate. Era um consolo. Agarrou seu machado do chão.

— Baa'Thragg, xamã de Ragnar — disse Nichaela, empertigando o corpo pequeno que mentia fragilidade. — Saiba que a força invencível de Lena agora abençoa este exército. Ofereço uma chance de retirar seus soldados, para que cessem as mortes aqui.

— Sua deusa será prostituta de Ragnar em breve! — o xamã cuspiu em Nichaela. Queria acrescentar: *"Como já é Glórienn"*. Mas sabia que deveria, por enquanto, preservar aquele segredo.

A meio-elfa limpou a cusparada nojenta do rosto perfeito.

— Que seja então. Lamento sua decisão tola. Verei para que as almas de seus homens sejam enviadas aos Reinos dos Deuses com o mínimo de dor.

Retirou-se de volta para o acampamento, seguida de perto pelo minotauro, que espumava de ódio. Naquele momento, Nichaela era enorme e poderosa, era maior do que ele, maior do que todos os guerreiros. Foi serenidade infinita até se postar à frente dos homens embasbacados, quando então adornou seu rosto com o mais terno dos sorrisos.

— Não tenham mais medo. Lena olha por vocês. A vida é invencível.

E houve até algumas lágrimas, que não eram escondidas, mas demonstradas com orgulho.

Recomeçaram os tambores, os terríveis tambores.

Agora era iminente. Todos olhavam para Roderick Davranche, esperando ordens, mas ele estava paralisado. Seu sangue era água. Ele próprio olhava para os aventureiros, buscando apoio, buscando qualquer coisa. Ante a inação do líder, os dois oficiais começaram a disparar ordens. No entanto, eram todas táticas comuns, inúteis para aquela situação, e Vallen rapidamente calou-os e tomou o controle. Implorou em silêncio a ajuda de Artorius, o único deles que tinha alguma noção real de combates em massa, e os dois tentaram organizar alguma estratégia apressada, sob o som horrível dos tambores. Monótonos. Retumbantes. Graves. Inexoráveis.

Roderick Davranche era um frangalho imóvel. Ninguém fora capaz de notar, mas ele já não era mais um paladino. Sentira, já na noite anterior, as asas flamejantes de Thyatis deixarem de protegê-lo, e achava que era culpa da própria covardia. Sem o fogo da Fênix, o mundo era um lugar gelado e sem cor. A água em seu sangue havia apagado o fogo.

E ninguém notara isto, apenas Masato Kodai, que já vira a mesma expressão no próprio rosto, há um tempo que parecia infinito. Aproximou-se de Roderick Davranche, colocou uma mão constrangida em seu ombro e disse, em seu sotaque quadrado:

— Ele o abandonou, não é mesmo? Thyatis o abandonou.

O samurai detestava sutilezas, detestava rodeios e meias palavras (o que era estranho, pois tais eram os modos de sua terra natal). Ele aprendera uma franqueza violenta e honesta, que antes não lhe era permitida, com seus novos companheiros — em especial Nichaela e Artorius. Largou aquela verdade como uma pedra no lago de água estagnada que era a alma do ex-paladino.

— Sim — foi a única resposta. Masato não ouviu o fiapo de voz sob a batida titânica do tambor goblinoide.

— Não posso remediar isto — disse o samurai. — Alguns dizem que um clérigo pode restaurar a sua condição sagrada, que pode lhe impor uma missão que reconquiste o favor de seu deus. Eu não acredito nisso. Acredito que é só dentro de um paladino que pode se encontrar a restauração.

Roderick olhava para ele, mudo.

— Você é um servo de Thyatis. O tipo mais orgulhoso de guerreiro, um dos poucos que considero dignos de se postar ao lado daqueles abençoados por Lin-Wu — continuou Masato Kodai. — Não espere pelo perdão da Fênix, Roderick Davranche — ele falava o nome com uma pronúncia difícil. Sem notar, soava um pouco como Nichaela. — Conquiste de novo seu orgulho, dentro de você mesmo.

As palavras tinham surtido algum efeito, pois Roderick se levantou, com um suspiro longo. Contudo, ainda parecia mais um camponês de armadura do que o paladino imponente que fora há pouco.

— Eu sei que o que digo não vale de nada — disse o samurai, agora olhando Roderick nos olhos. — Então irei mostrar-lhe algo, que eu espero que lhe sirva.

Sacou a espada curta que carregava, permanentemente embainhada, na cintura. Se algum dos aventureiros houvesse visto aquilo, saberia que aquele era um momento enorme, pois a pequena lâmina nunca vira a luz do dia, desde que eles haviam encontrado Masato Kodai. Estendeu a espada, elegante em seu fio curvo e diminuto, perfeita em seu polimento cristalino, para Roderick Davranche.

— Em minha terra, espadas deste tipo são usadas para se tirar a própria vida, quando há desonra. Mas esta faz mais do que isto — Masato deu uma pausa grave. — Olhe seu reflexo na lâmina, e ela irá lhe mostrar sua própria morte.

Roderick Davranche mirava-o, sem pegar a arma, bestificado.

— A vida não lhe dá mais coragem, Roderick Davranche — de novo o nome tropeçando na língua estrangeira. — Talvez a morte lhe dê.

Nada. E então, engolindo em seco, Roderick Davranche, ex-paladino de Thyatis, tomou bruscamente a espada curta. Olhou seu reflexo na lâmina polida. E viu a própria morte.

Seu sangue era fogo.

Os paladinos de Thyatis morrem, mas sempre voltam. Exceto uma vez.

Existe a morte verdadeira para um guerreiro da Fênix, e ela é desencadeada por um evento específico. Um golpe de espada de um bárbaro das Montanhas Uivantes; um raio durante uma chuva de verão em Fortuna; o beijo de uma elfa sob um revoar de borboletas — qualquer coisa pode ser aquilo que irá, definitivamente, pôr fim à vida de um paladino de Thyatis. Se fosse possível saber qual seria essa condição, talvez fosse possível evitá-la, e então um guerreiro da Fênix seria verdadeiramente imortal.

Roderick Davranche, ex-paladino de Thyatis, tomou uma lâmina estrangeira e viu sua morte final.

Roderick Davranche, paladino de Thyatis, montava em seu cavalo nervoso, e discursava com voz de incêndio para suas jovens tropas.

— Não há morte! — um brado de aprovação. — Não há morte! Não iremos morrer hoje, porque não morrem os servos de Thyatis! Nosso inimigo serve ao Deus da Morte. Nossos inimigos não são gente, nossos inimigos são monstros que cultuam a morte — deixou um instante silencioso, em que só havia os tambores. Contudo, ninguém os ouvia. — *Daremos a morte a eles!* — os soldados gritaram de bravura cega, levantando as armas alto acima das cabeças. — Daremos a morte a eles! Mataremos como deuses, queimaremos como a Fênix, e eles queimarão como folhas secas.

Os soldados verdes eram só coragem. Não havia água; não havia água para beber, nem para lavar os corpos já imundos, e certamente não havia água nas veias de ninguém naquela tarde de fogo.

Os soldados embriagavam-se da impetuosidade que era necessária em uma batalha, em especial uma tão desesperada quanto aquela. Mas os aventureiros mantinham a calma que já lhes vencera tantos combates. Nichaela abençoava os homens metodicamente. Artorius orava por força. Ashlen já não mais aparecia, encarapitado em algum ponto de vantagem de onde pudesse matar goblinoides de longe. Ellisa verificava mais uma vez o arco. Rufus derramava poder arcano sobre Masato. Encontrou o olhar de Vallen, confirmando sem palavras algo que já haviam planejado antes. E Roderick, embora na aparência fosse todo impetuosidade sobre um cavalo furioso, sabia do plano e calculava com cuidado, um olho nas tropas inimigas. Senomar, que não pertencia a nenhum grupo, dedilhava o alaúde com calma distraída.

— Eles estão vindo! — a voz de Ashlen, de algum lugar.

De fato, a parede de escudos se movia, lentamente, como um monstro enorme e encouraçado. Apesar da coragem inflamada, houve um engasgar coletivo ante aquela visão. Com um último beijo no amante, Ellisa Thorn desapareceu na copa de uma árvore, retesando a corda do arco.

— Em formação! — berrava Roderick. — Preparam-se!

Os homens, que mal podiam ser chamados de homens, os soldados-crianças ciscavam e pateavam o chão, esperando a hora de agir.

E, detrás de todos, o dedilhar do alaúde cresceu em volume e formou-se em uma melodia, e a voz grossa de Senomar se ergueu até suplantar os tambores e inundar de lava os corações.

Senomar não era um bardo de guerras. Suas canções, diferente das de muitos bardos, não falavam de batalhas ou de glórias. Ele não mencionava sangue nenhuma vez nos versos que compunha, e nenhuma lâmina figurava em suas estrofes. Poder-se-ia pensar que era inadequado àquela situação.

Contudo, as canções de Senomar eram rápidas e violentas, e eram furiosas num sentido diferente. Falavam de revolta, de medos e inquietações, de todos os sentimentos que eram tão presentes naqueles soldados, só *quase* adultos. Nenhum deles era um guerreiro, não como os titãs da batalha que havia em Arton. Mas todos eram jovens, e todos haviam experimentado aquilo de que Senomar falava, e drenaram força daqueles versos simples, que falavam do que para eles era verdade. A música lhes impulsionava a provar algo, lhes unia numa única massa furiosa, lhes impelia a se vingar no inimigo de todas as injustiças reais e imaginadas. Não sentiam a música nos ouvidos, nem mesmo no coração — sentiam no estômago, na garganta em nó, nos lugares que doíam quando eles (como todos os jovens) achavam que estavam sós em suas dúvidas. Agora viam que não estavam, pois aquele bardo cantava o que eles eram. E as canções eram simples e ferozes, e todos pegavam os poucos versos imediatamente, repetindo-os e deixando que ressoassem nas cabeças. Senomar era rápido e incessante, emendando as melodias curtas uma na outra com meros segundos de quietude. Em pouco, todos os jovens cantavam aos gritos, as gargantas ardendo sem que eles sentissem, exultantes e onipotentes como deveriam ser os jovens. Impulsionados pela música de Senomar, deixaram de tentar ser um exército de soldados e foram um exército de juventude.

Gregor Vahn sentiu a mordida funda de uma flecha em suas costas. Não usava a armadura de placas, que seria um peso excessivo para o cavalo — o animal já teria de romper limites apenas para levá-lo a tempo.

Não fazia uma hora que ele tinha partido quando os goblinoides alcançaram distância de tiro. A flecha pendia frouxa, rasgando um pouco mais a cada solavanco que o galopar frenético produzia. Outras setas choviam à sua volta, mas cravavam-se no chão, nas árvores. A precária armadura de couro que ele usava foi capaz de deter uma seta — mas apenas isso. Ele odiava as armaduras leves, sentia-se nu e desprotegido, gostava do metal brilhante e quase indestrutível.

Ouvia os rosnados salivantes dos monstros em perseguição. Ousou um olhar para trás e viu com alívio que não eram muitos: menos de dez. Montavam bichos horrendos, semelhantes a lobos, mas muito maiores e mais malignos. As feras corriam à mesma velocidade do cavalo, dilacerando a grama com suas garras compridas, e seus cavaleiros monstruosos recarregavam os arcos de novo e de novo, disparando sem cessar.

Ele sabia que, provavelmente, seria capaz de vencer aqueles monstros em combate — mas isso iria lhe tomar um tempo excessivo de que ele não dispunha. Um tempo em que mais perseguidores poderiam alcançá-lo, e um tempo em que mais soldados jovens poderiam morrer. O dilacerar lento e constante da flecha que balançava começou a se tornar intolerável. Rilhando os dentes para a dor esperada, Gregor pegou a seta e arrancou-a, aumentando a ferida no processo. Tentava não imaginar o córrego vermelho que deveria estar correndo atrás de si.

O cavalo branco se assustou com uma flecha que veio a se cravar logo à sua frente, e logo em seguida berrou de dor, enquanto uma outra penetrava-lhe a carne do flanco. Segurando-se firme às rédeas, Gregor conseguiu de alguma forma acalmar o animal, enquanto o primeiro dos goblinoides chegava próximo, para combate corpo a corpo. O monstro não sabia, mas isso fora um erro — ficando sempre à distância e sempre disparando flechas, eles provavelmente conseguiriam deter o paladino. Contudo, impelindo sua montaria bestial, ele sacou um machado rústico, e avançou sobre Gregor.

A espada do guerreiro deixou sua bainha num movimento de raio, e a cabeça do enorme lobo voou. A criatura estava no meio de um salto, e tombou, derrubando seu cavaleiro monstro. Gregor ouviu com prazer o estalo de ossos se partindo, e impeliu seu cavalo para frente.

Os demais goblinoides foram mais inteligentes, e permaneceram atrás, fazendo a tempestade de flechas. Mais duas se cravaram no paladino, e mais três no cavalo. Gregor viu que agora eles miravam no animal — uma boa tática. Nunca deixando a montaria desacelerar, Gregor orava a Thyatis e curava as feridas do cavalo (não as suas próprias). Possuía o corcel branco há pouco tempo, mas sentia tristeza por vê-lo morrer em dor, por uma causa que não podia entender. E continuavam as flechas, e Gregor curava o cavalo com seu toque santo, até que não pôde mais.

Pela maior parte de um dia eles já haviam galopado, e os perseguidores continuavam firmes em seu rastro. Agora ele notava — os lobos monstruosos eram muito mais rápidos que o cavalo, afinal, haviam sido capazes de alcançá-lo. As feras estavam *se preservando*, guardando suas forças, enquanto que ele já levava sua montaria à beira do colapso. Qualquer animal menos valente já teria tombado, mas o cavalo tinha uma obstinação que refletia a do cavaleiro, e parecia ignorante a tudo no mundo que não fosse correr, sempre em frente.

Eles haviam viajado para o sul, com tanta calma. Agora, frenéticos para o norte. Ele havia temido e evitado a cidade de Cosamhir, e agora não desejava nada mais do que ver suas torres altas. E seguia sempre ao norte num cavalo branco ensanguentado. Mais uma flecha entrava no corpo da estupenda montaria. Após a primeira ferida, o cavalo permanecera em silêncio, frio como um guerreiro, como se soubesse o que acontecia. E eles corriam, fugiam para o norte. O dia se desfez em escuridão, e Gregor não viu o crepúsculo, só notou quando mal conseguia distinguir o caminho à frente. E ainda assim, cego, exausto e ferido, confiava no cavalo. Choviam as flechas, corriam os lobos, apenas começando a se cansar. E a escuridão. A noite o norte a morte, e Gregor sentia mais uma flecha, e via o escuro se turvar ante os olhos mareados.

Gregor Vahn sentiu-se desfalecer, mas conseguiu se agarrar à consciência. Só via a brancura do cavalo, luminosa contra o preto de Tenebra, manchada de um vermelho horrendo que falava de sacrifício.

E desmaiou.

E talvez tenha ficado desfalecido. Talvez tenha sonhado o que viu a seguir, mas olhou com espanto o sangue que manchava os flancos do cavalo se inflamar, num fogo vermelho e lindo. A noite se iluminou com um fulgor súbito e quente, e dos lados do corcel despontaram enormes asas. Gregor olhava sem crer, mas não questionava: apenas agradecia a Thyatis e agarrava-se às rédeas com todas as forças. Sentiu as asas fortes impulsionarem sua montaria no ar, e viu as estrelas se aproximarem enquanto o vento aumentava. Os perseguidores ficaram para trás. Desmaiou de novo, desta vez por muito tempo.

Acordou por alguns instantes, alto no céu de uma tarde maravilhosa, sentindo-se muito próximo ao sol. Viu que as asas do cavalo miraculoso tinham as pontas avermelhadas e alaranjadas, quentes como o fogo de Thyatis. Viu isto e mais uma vez perdeu a consciência.

Acordou com sais aromáticos e tapas leves em seu rosto.

— Mestre Gregor, não é? — dizia-lhe um oficial de Tyrondir. — Gregor Vahn, certo?

Esperou a dor das múltiplas feridas, mas ela não veio. A armadura de couro estava em farrapos, mas eu corpo estava intacto. Pensou em perguntar pelo cavalo, por uma explicação, mas rapidamente decidiu que não importava. Viu que estava em Cosamhir, no pátio do quartel principal da cidade. Era uma manhã jovem e clara.

— Roderick Davranche precisa de ajuda — disse Gregor, levantando-se com vigor fulgurante. — Um guerreiro de Thyatis precisa de ajuda! Reúna soldados!

Mais tarde, atribuiria sua salvação a um milagre. Assim como a fênix, seu corcel morrera e renascera, novo e forte.

Se aquela não foi uma batalha que entrou na história, foi por uma enorme injustiça. Ou simplesmente porque os eventos que lá transcorreram soavam incríveis demais.

A grande fera encouraçada, a parede de escudos goblinoide, avançava, inevitável. Os soldados humanos entoavam os versos furiosos a plenos pulmões, numa gritaria magnífica de raiva e certeza. À frente, o paladino Roderick Davranche, sobre um cavalo guerreiro, segurava o estandarte de Thyatis em uma mão e a espada na outra. Os aventureiros, com uma calma fria, apenas observavam.

De repente, Vallen, Masato e Artorius se separaram da massa de soldados, que parecia um punhado perto da quantidade do inimigo. Por trás das proteções grossas, alguns dos monstros fizeram caretas, pois conheciam a força daqueles três em combate. Mas, eles sabiam, por melhor que fosse o guerreiro, jogar-se contra uma parede de escudos era suicídio. Os três se postaram, desafiadores, a menos de cem metros do inimigo que avançava. Vallen e Masato desembainharam as espadas, enquanto que Artorius já tinha o machado pronto e ansioso nas mãos. Inverno brilhou com brancura gelada, Inferno ardeu com uma língua vermelha e chamejante, e a lâmina curva de Kodai reluziu ao sol, um espelho prateado com fio mortal. E permaneceram imóveis, orgulhosos como tolos. Passo a passo, o inimigo avançava.

— Agora! — gritou Vallen.

Os três de súbito correram em frente, para a surpresa dos goblinoides, que urraram em antecipação. Vallen, Masato e Artorius também gritavam, tomados pelo júbilo do combate, quando os inimigos começaram a escorregar e cair.

Mais atrás, Rufus Domat terminava de recitar as palavras arcanas e fazer os gestos complexos.

A parede de escudos desmoronou. O chão sob os pés monstruosos virara sebo, e era impossível para os goblinoides permanecer de pé. Os três aventureiros chegaram ao inimigo para encontrar uma massa patética de corpos caídos e confusos. Não havia qualquer defesa. Entraram, furando a parede desmontada, matando tudo o que viam, cortando, estocando, esmagando, queimando e congelando.

— Carga! — ergueu-se a voz de Roderick Davranche. — Carga!

A música nas gargantas se desfez em um urro puro e selvagem, enquanto aqueles jovens sentiam pela primeira vez o frenesi delicioso do combate. Correram, mal conseguindo se manter em ordem, para encontrar os inimigos ainda tropeçando e escorregando, e enfiaram o metal afiado em toda a carne fétida que encontraram. Mataram pela primeira vez naquela hora, e sentiram um orgulho desmedido.

Vallen, Masato e Artorius já haviam atravessado a linha inimiga, abrindo uma estrada mórbida lavada de sangue verde e gosmento. Sentiram uma lufada de ar puro (livre do fedor do inimigo) quando romperam a última linha, e, ainda gritando, deram meia volta para pegá-los por trás. Os três estavam imunes ao feitiço escorregadio de Rufus Domat, e avançavam sobre os goblinoides sem medo. Contudo, não era o caso dos soldados. Eles, embora tivessem recebido recomendações e soubessem, mais ou menos, qual perímetro evitar, começavam já a cair também, vítimas do chão traiçoeiro.

Refeitos da surpresa, os goblinoides se reagrupavam, obedecendo com presteza as ordens de seus líderes, gritadas em voz gutural na sua língua quebrada. Assim, o inimigo reagiu, e reagiu com força. Após a primeira onda de matança imprevista, os jovens soldados enfrentaram a dura realidade de que eram piores, muito piores, que o inimigo. Estavam cheios de bravura e razão, mas os corações só podiam levar até um certo ponto: depois daí, eram os braços que ganhariam a batalha. Os machados, lanças, espadas do inimigo golpearam com fúria insana, e mesmo os que estavam caídos, incapazes de se levantar sobre o chão de geleia, tentavam matar antes de serem, inevitavelmente, mortos. O sangue vermelho líquido rapidamente se juntou ao sangue verde viscoso, lavando o campo de batalha com uma mistura nauseabunda.

— Recuar! — gritou Roderick Davranche. — Saiam da área escorregadia!

Os soldados tentavam cumprir as ordens, mas, finalmente, a grande inferioridade numérica cobrou seu preço terrível, e eles se viram cercados por todos os lados. Sob lideranças astutas, os goblinoides haviam sido capazes de se reorganizar sem demora, e se afastavam da área do feitiço, deixando os humanos presos nela.

— Vamos abrir um caminho para eles! — gritou Vallen Allond.

Os três aventureiros se lançaram a um flanco do inimigo, mais uma vez abrindo um caminho pavimentado de cadáveres e membros decepados.

— Por aqui! — gritou Vallen, desta vez para os soldados.

Os goblinoides haviam feito um círculo mortal, e em seu centro estavam as tropas de Tyrondir. Tentando escapar da área do feitiço, atacavam com lanças compridas, que perfuravam os soldados incapazes de contra-atacar. Mas os aventureiros tinham aberto um caminho pelo círculo de morte, e puseram-se a segurar uma linha aberta para que os soldados pudessem escapar.

Começaram a vir flechas de cima. Caiu um líder goblinoide, e depois outro e outro. Apenas líderes, apenas flechadas certeiras. Não se podia ver o arqueiro, mas os monstros sabiam que era a mulher que voara antes. Ellisa Thorn se pusera contra o sol, de forma a ofuscar os inimigos e se proteger na cobertura brilhante, e, com toda a calma, retesava e soltava a corda do arco; a cada vez, uma morte.

Nichaela, imperturbada pelos goblinoides, tinha se postado na saída do caminho sangrento aberto pelos companheiros. Curava com a bênção de Lena cada soldado que conseguia fugir do perímetro letal. Os aventureiros viam, e via Roderick, que já sobravam poucos soldados.

— Recuar! — ordenava o paladino. — Voltem!

Os soldados tentavam voltar e reordenar-se em uma frente única, mas a maioria era pega pelos inimigos. E, de repente, os goblinoides sentiram o chão mais uma vez firme sob seus pés. Não mais caíam, não mais escorregavam. A magia de Rufus havia expirado.

— Carga! — um líder dos monstros gritou, fazendo questão de usar a língua comum.

E, certos de onde pisavam mais uma vez, os goblinoides investiram, em uma corrida assassina e brutal. Vallen, Masato e Artorius, que estavam no meio do círculo de morte, resistiram por alguns momentos, matando os que corriam de encontro às suas lâminas, mas rapidamente foram sobrepujados, pelo peso e pelo número daquelas criaturas, e começaram a ser pisoteados como os cadáveres que atapetavam o chão.

Ellisa desceu à terra, como se nadasse no ar, até onde estava Rufus.

— Refaça o feitiço! — gritou, agarrando os robes do mago. — Vamos, faça de novo!

— Eu... não — balbuciou Rufus.

De repente, Ellisa não gritou mais. Só disse:

— Você está com medo, não é?

Era verdade. Ele estava com medo. Com medo da falta de memória. Havia "memorizado duas vezes" aquele encanto, mas agora se via incapaz de conjurá-lo de novo. Não respondeu, só virou o rosto, em vergonha. Com um berro, Ellisa impulsionou-se no ar, e chutou com força o rosto de Rufus, que caiu pesado no chão.

Roderick Davranche olhava.

"Obrigado, Thyatis", sussurrou com um sorriso calmo. Deixou o estandarte cair. Ergueu a espada, e, de novo fúria, berrou e investiu com o cavalo contra a massa selvagem de goblinoides.

Não houve naquela batalha guerreiro como Roderick. Ele lutou como um anjo. Chegou em um instante nos inimigos, e antes que eles percebessem seu cavalo já golpeava, esmagando crânios sob seus cascos enormes. Roderick descia a espada com brutalidade assustadora, sempre urrando como um vulcão. Seu braço se movia com velocidade inumana, cortando dois ou três inimigos antes que um deles pudesse reagir. Investia sem medo, de encontro a golpes que poderiam tê-lo matado com facilidade. Mas ele não temia, porque sabia como iria morrer. Via os golpes e ria, porque sabia que seriam inofensivos. E mesmo os goblinoides, em toda a sua bestialidade, começaram a temer aquele homem terrível, que não hesitava frente a nenhuma lança, nenhuma espada. Roderick não matou ninguém naquela tarde que alimentou os corvos, pois os paladinos da Fênix nunca matavam criaturas inteligentes. Apenas cortou braços, abriu estômagos, tirou de combate cada inimigo à frente, numa fúria e precisão que eram ainda mais aterrorizantes. Via todos os golpes e de todos desdenhava, porque sabia que não veria o golpe que iria lhe matar. Não havia sofrido um ferimento sequer quando sentiu a fisgada nas costas.

"Então, é agora", pensou, sereno. Agradeceu a Thyatis pelo combate e pelo que sua morte iria fazer, e tombou, vítima do único golpe que lhe acertara.

Havia menos de dez soldados vivos, e os goblinoides já se espalhavam, em busca dos aventureiros que haviam ficado para trás. Vallen, Masato e Artorius continuavam estendidos no chão, mas ninguém sabia se estavam mortos ou só não conseguiam se levantar.

Então, surgiu uma imensa fênix flamejante no campo de batalha.

Do corpo de Roderick Davranche, o paladino que só podia ser morto por um golpe de lança pelas costas depois de ter saído ileso de uma batalha campal numa tarde de verão, surgiu um pássaro gigantesco, feito de fogo. As asas magníficas se abriram por todo o campo de batalha, e choveram brasas sobre vivos e mortos.

Todos os soldados de Tyrondir, todos os que haviam tombado mortos, retalhados por lâminas infectas, voltaram à vida, já de armas nas mãos, já golpeando com a primeira respiração. Vallen, Masato e Artorius também se ergueram, nascendo em batalha, tirando vidas de imediato. O pássaro de fogo se desfez, deixando apenas uma nuvem de fumaça branca e inodora. Mais tarde, nenhum dos caídos iria se lembrar de vê-lo, e duvidariam um pouco das histórias miraculosas dos poucos que testemunharam a fênix.

Os goblinoides agora estavam em novo desespero. Os que haviam sido banhados pelas brasas da fênix ardiam com um fogo que não as apagava, mas que se grudava em roupas e pele, imolando com fúria divina suas vítimas. Em pavor, Baa'Thragg, o xamã goblinoide, se prostrou em uma oração selvagem a Ragnar, e do bosque próximo começaram a surgir feras vis, que atacavam os jovens soldados de Tyrondir.

No meio daquilo, Nichaela apenas se protegia. Embora ninguém lhe atacasse, estava quase esmagada pelos corpos enormes em movimento constante. Ellisa já previra isso, e decidiu que era hora de agir. Mergulhou dos céus em direção à clériga, e suspendeu-a no ar, enquanto evitava os golpes das lâminas inimigas.

— Ashlen! — gritou.

O jovem surgiu da copa de uma árvore, e correu na direção do campo de batalha.

— Largue-me! — gritava Nichaela. — Eu preciso ajudá-los!

Ellisa não dava sinais de ouvir. Largou a clériga no chão, próxima a Ashlen. Enquanto a arqueira mais uma vez ascendia, Nichaela começou a protestar algo, mas Ashlen foi rápido em colocar um lenço sobre sua boca. O vapor da substância no lenço fez Nichaela desfalecer.

— Desculpe — disse Ashlen, para ninguém.

Em seguida, carregou a amiga para longe, como combinara com Ellisa.

Acima da confusão do combate renovado, Ellisa procurava. Depois de um ou dois minutos, achou seu alvo.

— Para o inferno com as regras do combate — disse para si mesma. — Coisa de homem.

E, com uma flecha certeira, matou Baa'Thragg, o xamã goblinoide.

As bênçãos de Ragnar deixaram as tropas monstruosas. As criaturas conjuradas pelo xamã se desvaneceram no ar. Mas, quando os goblinoides perceberam o que havia acontecido, urraram com fúria redobrada. Ellisa sorriu.

Ao longe, um tropel e uma corneta de guerra. Logo, surgiu mais um estandarte de Thyatis. Gregor Vahn liderava uma centena de homens, descansados e ansiosos, para o campo de batalha. O combate estava vencido.

Súbito, a magia expirou. Ellisa Thorn desabou no chão, muito próxima ao exército inimigo. Uma dor paralisante no tornozelo dizia-lhe que estava bem machucada. Tentou se levantar, mas não conseguiu.

CAPÍTULO 16

A ASSUSTADORA E MARAVILHOSA INVENTIVIDADE DOS HOMENS

ANTES.

No topo de uma colina solitária, um homem sentado. Com as pernas trançadas em um padrão complexo, tinha os olhos fechados e as mãos imóveis de cada lado do corpo, em gestos estáticos que pareciam ter algum tipo de significado. Repetia para si mesmo:

— Eu sei lutar muito bem. Eu sei lutar muito bem. Eu sei lutar muito bem.

Ao redor, a paisagem guardava poucas sutilezas. Havia um bosque tão verde quanto era ordinário, e a relva era igualmente honesta e saudável.

"O deus que inventou este cenário era preguiçoso", diria o homem sentado, se pudesse. Mas não disse isto, porque estava ocupado repetindo:

— Eu sei lutar muito bem. Eu sei lutar muito bem. Eu sei lutar muito bem.

Afora a boca que continuava na cantilena afirmativa, o homem estava imóvel já há quase um dia. Uma pedra arredondada e coberta de limo, que se sentava, semienterrada ao lado dele, não fazia menos movimento. Um pássaro marrom e tedioso pousou no ombro do homem, tratando-o como mais uma coisa da paisagem. Cantou um pequeno conjunto de notas sem criatividade e voou para longe. Uma trilha de formigas previsíveis fez seu caminho sobre o colo do homem, e um pequeno soco de chuva encharcou-o no meio da tarde, mas ele permaneceu impassível, recitando:

— Eu sei lutar muito bem. Eu sei lutar muito bem. Eu sei lutar muito bem.

Anoiteceu e amanheceu, e o homem continuou lá. E, quando a paisagem ao redor já meio esperava que ele tivesse se tornado mais um elemento, levantou-se de um salto. Arqueou o corpo para trás, fazendo os ossos da coluna estalarem alto. Flexionou os músculos de braços e pernas. De pé, era alto e felino. O corpo era elástico e coberto de músculos esculpidos com carinho e vaidade. Vestia o que poderia ser uma armadura de couro, se o protegesse um pouco mais. A roupa de couro preto se agarrava à pele, cobrindo o peito e envolvendo o pescoço numa espécie de coleira, mas deixando os belos braços a descoberto, assim como as costas, nas quais havia a enorme tatuagem de um escorpião. Calças de couro preto terminavam em botas pesadas, repletas de fivelas polidas com amor. Anéis e rebites dourados salpicavam o couro do peito e, por toda parte, como adornos extravagantes, estavam presas armas de todo tipo. Três adagas em bainhas no peito, e mais duas na perna esquerda. Duas bestas leves pendendo da cintura, um cinturão de dardos de arremesso em volta da coxa direita, e uma espada tamuraniana pendurada às costas.

— Que coisa mais velha — disse o homem para si mesmo. — Preciso realmente de uma mudança de estilo.

Sua cabeça era depilada e brilhante, os olhos eram azuis e afiados, as sobrancelhas arqueadas de forma malévola. O homem se espreguiçou de novo e curvou-se para pegar no chão a máscara que gostava de usar na batalha. Vestiu o ornamento elaborado, que escondia completamente sua cabeça. O rosto da máscara era uma careta cheia de dentes, encimada por uma vasta cabeleira branca e amarelada, feita de pelos de animais. O homem se sentia muito hábil e bonito.

— Com todos os demônios — disse, em um sorriso oculto pela máscara. — Eu *sei* lutar muito bem. Oh, sim.

Por fim, o que tinha-lhe arrancado da concentração apareceu. De dentro do bosque ordinário surgiu um grupo variado de humanoides bestiais. Eram dez ou doze, e viram o homem, que estava majestoso, fazendo pose em cima da colina, com o sol nascente nas costas. De todas as coisas de que ele gostava na batalha, uma de suas favoritas era a expressão boba dos monstros ao vê-lo.

— É ele — grunhiu um dos humanoides.

— Oh, sim, querido — murmurou o homem. — Oh, sim, sou eu.

Gritos de batalha explodiram na paisagem sem graça. Os humanoides eram orcs, seres imundos de focinho porcino e pele esverdeada. Eram, por vocação e talento de nascença, bandidos que usavam de machados e selvageria para saquear aldeões incautos. Eram também presas muito apreciadas pelos que, como aquele homem, matavam por dever, bondade e diversão. O homem de couro preto desceu a colina correndo e sacando a espada tamuraniana. Os orcs se prepararam, machados em riste.

O homem deu um pequeno salto e um grito extravagante quando matou o primeiro dos orcs. Sua voz desafinou um pouco, e ele se irritou com isto, matando o próximo orc de uma forma especialmente cruel. As criaturas fedorentas se reuniram em torno do belo guerreiro como um enxame. O homem golpeou com a espada na mão direita, enquanto sacava uma das adagas do peito com a esquerda, e estocava outro orc. Fez um movimento circular e abrupto com a cabeça, e a cabeleira atingiu os rostos de outras duas criaturas. Lâminas minúsculas e afiadas estavam ocultas em meio aos fios, e as faces animalescas foram retalhadas. O homem girava frenético, concentrando-se em um ritmo agitado que tocava em sua cabeça.

De repente, um novo grito surgiu de dentro do bosque, e logo se transformou numa algaravia monstruosa. Em uma correria desajeitada, emergiram mais orcs, vinte ou trinta talvez, todos com seus machados e espadas e vontade de matar.

— Oh, querido — afetou o homem. — Uma emboscada. Vocês orcs estão ficando inteligentes, não é mesmo? Inteligentes e sapecas.

Mas, ante um segundo olhar, aquilo, se era mesmo uma emboscada, mostrava-se no mínimo lamentável. Os orcs que saíam do meio das árvores tropeçavam uns nos outros, fugiam de algo, olhavam para trás em terror. O último deles não tinha o braço esquerdo, e derramava farto sangue verde do cotoco. Com o braço direito, procurava alcançar os companheiros ainda intactos, mas todos pareciam mais interessados em correr e deixar o irmão mais lento para trás. De repente, uma coisa saltou do meio das copas de árvores. Era um borrão de movimento, uma espécie de animal rápido e enorme, e pousou com as quatro patas em cima do orc mutilado, que caiu imediatamente. A criatura terminou de matá-lo com uma habilidosa mordida na jugular.

A batalha havia parado. Tanto o homem de couro preto quanto os orcs, por um momento, apenas olhavam estupefatos para aquela cena. A fera que tinha saltado, afinal, não era uma fera. Era um homem. Um homem alto, musculoso, sujo, nu, albino. Mostrou os dentes encharcados de sangue de orc.

— Justamente quando se acha que a imaginação está morta... — riu o homem de couro preto, balançando a cabeça mascarada.

O albino rosnou. Olhou ao redor, para os orcs que se espalhavam como formigas confusas, e catou pela roupa esfarrapada um que estava mais próximo. Quebrou seu pescoço.

— Nós desistimos! — grunhiu um orc pintado com padrões de guerra. — O ouro e pilhagem não valem a pena — choramingava o humanoide para seu inimigo vestido de preto. — Leve seu aliado daqui, nós nos rendemos.

— Oh, ele não é meu aliado, querido.

O orc tinha uma expressão de dar pena.

— Mas, se há justiça neste mundo, virará meu amigo após chacinar algumas dúzias de vocês na minha companhia.

— Nós nos rendemos! — a voz do orc, gutural e patética como o ganido de um grande cachorro, provocou riso no homem.

— Não passei um dia inteiro em meditação autoafirmativa de mudança da realidade pessoal para aceitar rendição, querido. Oh, não. Não vai sobrar um de vocês vivo.

Decapitou o orc que choramingava. A cinquenta metros de distância, o albino rugiu e se entregou à fúria de batalha, arrancando o rosto de um orc enquanto se virava para capturar outro com suas mãos enormes.

— Você é novo por aqui, não? — ofegou o mascarado, enquanto saltava com uma pose de bailarino para evitar um golpe de machado. Em seguida, deu um chute hábil no pescoço de uma das criaturas, e então terminou de matá-la com uma adaga. O albino não respondeu.

Os orcs dividiam-se entre tentar fugir e lutar contra os dois guerreiros. Cinco tentaram correr em direções variadas, mas o homem de couro preto puxou seus dardos e arremessou-os todos de uma vez, acertando as costas dos fugitivos e derrubando-os.

— Muito prazer! — exclamou por trás da máscara. — Sou Tex Scorpion Mako. E o seu nome, como seria?

De novo, o albino ignorou-o. Arrancou o machado de um dos orcs e usou-o para decapitar o antigo dono. Enterrou a arma no peito de outro dos monstros e afundou a mão com unhas compridas no estômago de um terceiro.

— Não é de falar muito? — prosseguiu Tex Scorpion Mako. — Tudo bem. O conceito de nomes é mesmo apenas uma ferramenta de dominação espiritual. Desprovidos de nomes estaríamos muito mais livres para formar nosso próprio paradigma pessoal de capacidades. Eu mesmo abandonaria o meu se ele não fosse tão *sonoro*.

Tex Scorpion Mako enterrou sua espada tamuraniana no crânio de um dos orcs, fazendo um longo pedaço de lâmina surgir do outro lado. Bloqueou e esquivou-se dos golpes de outros dois, usando apenas as mãos nuas, com uma técnica coreografada. Em seguida, quebrou a espinha de um com um chute preciso e afundou sua última adaga no pescoço do segundo.

Entre os dois, o albino e o estranho homem de couro preto haviam liquidado a maior parte dos orcs. Restava apenas um par, próximo ao albino, que estremecia. Tex Scorpion Mako sacou as duas bestas de uma só vez, e deu dois tiros simultâneos que foram se cravar nas testas dos orcs. A batalha terminara. Ele retirou a máscara e andou com passos entusiasmados até o albino.

— Ótimo lutar ao seu lado! — sorriu Tex Mako, estendendo uma mão vigorosa ao enorme selvagem coberto de sangue verde. O albino estava nu, mas isso não parecia incomodar o outro nem um pouco.

O albino não tinha certeza se deveria matar aquele homem também ou não. Matara os orcs apenas porque eles tinham sido inconvenientes, mas o corpo falho que usava naquela terra tinha, entre suas características mais patéticas, a tendência a deixar que sentimentos de todo tipo deturpassem o pensamento lógico. Em outras palavras, ele estava irritado, e sentia vontade de matar mais alguém mesmo que isto não servisse a nenhum propósito.

No entanto, o albino respirou (também uma função patética), olhou para o outro guerreiro e aceitou o cumprimento.

— Quem é você? — disse o albino. Embora a quantidade avassaladora de palavras que existiam e os códigos que elas formavam ainda lhe fossem difíceis, o tempo passado em Ahlen tinha servido para lhe acostumar à dança que era a conversa entre aqueles seres.

— Tex Scorpion Mako — repetiu o homem, com evidente prazer em pronunciar o próprio nome. — Espião, assassino, caçador, poeta, acólito da Teologia do Vácuo Divino e iniciado de segundo nível da Libertação Suprema da Alma Volátil.

O albino não entendera quase nada.

— Estudioso da magia de transformação da realidade, aluno renegado da Academia Arcana, mestre filósofo e fundador do estilo de luta dos Sete Escorpiões — continuou recitando sua lista de títulos. Fez um pausa dramática e completou: — Paladino de Anilatir, a Deusa da Inspiração.

Isso o albino era capaz de entender. Em Ahlen, aprendera, junto com muitas outras coisas, a estranha relação daquele povo com seus deuses. Eles os cultuavam, os serviam, e alguns poucos dedicavam suas vidas numa espécie de cruzada sem fim, e estes eram chamados de paladinos. No entanto, ele nunca ouvira falar de Anilatir (e fizera questão de decorar os nomes de todos os deuses, caso isto fosse útil).

— Você gostaria de ser um personagem da história que estou escrevendo? — disse o paladino. — Vamos, ande comigo, querido, cadáveres de orcs fedem muito.

O albino hesitou. O homenzinho falava incessantemente, e isso era irritante. Além do mais, ele precisava chegar até a tal torre da bruxa, para manter contato com seus mestres. Por outro lado, ele ainda tinha muito pouco para reportar, e Tex Scorpion Mako talvez lhe mostrasse algo de valioso daquela terra de malucos. Decidiu caminhar com o homem.

— Por que estava lutando com os orcs? Bem, não importa, o fato é que estão todos mortos agora. Não eram simples bandidos, sabia? Eram contratados pelos agentes de Yasshara, a Deusa da Opressão. Claro que eles mesmos não sabiam disto, mas estes são os caminhos da luta secreta que eu e Anilatir travamos. Há forças que tencionam aprisionar este mundo em parâmetros ordenados e regular as vidas de todos, sabia? É uma conspiração que já dura séculos, e por isso nós temos a nossa própria conspiração.

— Aonde vamos? — o albino conseguiu interromper o falatório.

— Ora, aonde mais podemos ir depois de chacinar tantos orcs, querido? Vamos dançar até cair! — Tex Mako deu uma gargalhada. — Fiquei caçando estes orcs por meses. Eles me fizeram perder a Noite das Máscaras em Ahlen, mas que eu vista um uniforme da guarda de Yuden por um ano se não vou comemorar agora que eles estão mortos!

O albino apenas escutava e caminhava.

— Aliás, precisamos encontrar roupas para você. Este reino ainda não está preparado para o seu estilo, querido. Tyrondir é um lugar tão sem graça!

Tex Scorpion Mako arrastou o albino até uma cidade não muito longe, onde, com efeito, roupas foram compradas e o paladino divertiu-se com dança frenética por horas em uma taverna movimentada. Os olhares de estranhamento eram muitos, mas isto não pareceu inibi-lo. O albino, por sua vez, só consumiu litros das bebidas que queimavam o estômago.

— Perfeito, querido, perfeito — disse o paladino, quando já amanhecia. — Eu precisava de uma noite assim. Agora vou lhe levar para conhecer minha deusa.

E levou.

— Como lhe disse, já fui aluno da Academia Arcana — tendo saído da cidade, Tex Scorpion Mako conduzia o albino por uma trilha que cortava uma das muitas florestas de Tyrondir. — Lugar horrível. Aqueles velhos são tão metódicos que conseguiram deixar até a magia desinteressante. Por isso eu estudo a magia de transformação da realidade, que é uma criação de Anilatir. Ela se baseia no poder de crença que todos temos, entende? E o paradigma da existência aqui neste mundinho limitado pode ser transformado se pessoas suficientes acreditarem na mesma coisa ao mesmo tempo.

Mas o mais fascinante é que, se todos acreditarem ao mesmo tempo que não há realidade alguma, o paradigma em que vivemos vai se fragmentar e se transformar em absolutamente *nada*! Não é fantástico? Assim, cada um seria o dono e deus supremo de seu próprio universo, e todos viveríamos em paraísos pessoais, querido. Até mesmo nossos inimigos — tomou fôlego. — Pelo menos, essa é a teoria.

O albino se alternava entre ouvir o homem com atenção e desejar torcer seu pescoço. De alguma forma, Tex Scorpion Mako tinha um estranho poder de fascínio. De qualquer forma, a reação ou falta de reação do interlocutor não parecia ter nenhum efeito no paladino que falava sem parar.

— Por isto, estou escrevendo uma história — o albino já aprendera sobre a disciplina bizarra da escrita, que era tão comumente aceita naquele mundo. — Uma história que fala exatamente sobre isso, e, se nós conseguirmos que pessoas suficientes se envolvam nela, isto pode ser um catalisador de convicções para operar uma transformação em nível universal, querido. E então, quer ser um personagem na minha história?

Não houve resposta.

— Preciso de pessoas interessantes, entende? E também de pessoas que exemplifiquem bem o ideal de que nós falamos. Você, sem roupas e sem nome, é fabuloso, querido, simplesmente fabuloso. E, apenas por sua presença, como uma âncora da realidade vigente na realidade rebelde da história, já fornece um incentivo de crença inerente, mesmo que as pessoas não se deem conta disso. Mesmo que seja só para você.

— Não entendo muito do que você fala — disse o albino.

— E nem precisa entender, querido, talvez assim seja até melhor. Tomando como base um vácuo total de compreensão, talvez seja mais fácil imprimir os princípios da magia de transformação da realidade e, é óbvio, da Libertação Suprema da Alma Volátil, de uma forma totalmente empírica. É claro que, se a compreensão se der por meio de experiência direta, então os princípios já vão estar provados e em efeito, o que é uma ironia fabulosa, já que lhe tiramos a opção de não querer maior direito de opção. Não é fabuloso?

— O que é — começou o albino.

— Libertação Suprema da Alma Volátil? Uma doutrina também criada por Anilatir, que diz que a realização pessoal e universal se dá, obrigatoriamente, pela retirada (e não soma!) de elementos da existência. Assim, vamos eliminando posses materiais, relacionamentos, o corpo e por fim a própria alma. Eu sou o iniciado mais graduado, e estou apenas no nível dois. Se me desfizer dos relacionamentos, perco Anilatir, e ainda não estou pronto para isto. Mas há tempo. Sou jovem, não acha?

A resposta do paladino não tinha nada a ver com a pergunta que o albino havia tentado, mas argumentar com Tex Mako era uma tarefa fútil. Durante todo o longo caminho, ele discorreu sobre as variadas correntes filosóficas que seguia ou seguira, e sobre o estilo de luta dos Sete Escorpiões, que criara há pouco tempo, especialmente para o confronto com os orcs de Yasshara. Falou também sobre seu trabalho em poesia, escultura e pintura, e sobre seus estudos da posição das estrelas no céu de Arton, e sobre sua teoria de que havia uma segunda alma, maior e mais permeável que a primeira, e que o que se chamava de "alma" era na verdade apenas um segundo estágio de corpo.

— Você não é como os paladinos de que ouvi falar — conseguiu dizer o albino, em certo momento.

— Oh, não. Eu já fiz todo o estilo "armadura brilhante, barba e cavalo garboso", mas precisava de uma mudança de aparência, entende? Com a mesma aparência por muito tempo, o espírito tende a ficar endurecido. Dispensei o cavalo que me servia de montaria sagrada, porque ele não combinava com o meu novo estilo. Aliás, este também já está ficando velho. Preciso mudar de novo.

Por fim, chegaram até uma clareira, onde, estranhamente, uma luxuosa casa de dois andares se erguia, solitária.

— Chegamos — declarou Tex Scorpion Mako.

Entraram pela porta ornamentada. O paladino liderava o caminho, e levava o albino por uma série de corredores e saletas que pareciam ter saído de dezenas de habitações diferentes. Segundo Tex Mako, aquela casa fora erigida como lar para a deusa Anilatir enquanto os braços da conspiração de Yasshara em Tyrondir eram desbaratados. Uma última porta foi aberta, e o albino viu, dentro de um salão de mármore, uma mulher ajoelhada com elegância no chão. Velha como o tempo, seu rosto e mãos, as únicas partes do corpo que eram visíveis, estavam repletas de rugas fundas, que formavam uma textura complexa. A mulher era alta, mas tinha aparência frágil e, de tão velha, parecia que poderia se esfacelar a uma brisa. Estava vestida em robes típicos de Tamu-ra, camadas sobre camadas de tecido ornamentado e reluzente, que parecia ser pesado demais para que ela se erguesse. Mesmo assim, a anciã se levantou, e Tex Scorpion Mako correu até ela com entusiasmo. Arrebatou-a nos braços e deu-lhe um beijo longo e lascivo. Desgrudou os lábios dos dela e fez uma reverência.

— Minha deusa — disse o paladino. — Trago um amigo, e novo personagem da minha história.

Anilatir, a Deusa da Inspiração, sorriu.

— Vocês — começou o albino mas, de novo, foi interrompido pelo paladino.

— Somos amantes. É um arranjo interessante. Já fomos mãe e filho, mas isso cansou rápido. Quem sabe o que seremos a seguir?

Anilatir, a Deusa da Inspiração, tinha uma história colorida que seu único paladino não se demorou a contar. Quando jovem, séculos atrás, trancara-se numa torre para que fosse resgatada por heróis e cavaleiros. Ela mesma inventara uma série de desafios e perigos para seus salvadores, e prometera se casar com quem a libertasse. Muitos o fizeram, e ela vivia feliz para sempre por algumas semanas com cada um, até que se trancava de novo num lugar ainda mais inóspito, com mais perigos, para instigar heróis mais valorosos. Quando enfim, depois de alguns anos, cansou-se do jogo, foi ela mesma uma aventureira, tendo sido clériga de Khalmyr, Thyatis, Lena, Nimb e do Grande Oceano e, após ter roubado uma fortuna de um dragão, decidiu entregá-la ao bardo que compusesse a melhor balada. Escolheu crianças que julgava terem potencial e arranjou para que suas famílias fossem chacinadas, impulsionando-as assim ao caminho dos aventureiros. Depois decidiu ser vilã, maquinando planos ilógicos de dominação e destruição para que heróis se levantassem para detê-la. Enfim, após estas e muitas outras peripécias, acabou ascendendo como Deusa da Inspiração, musa de bardos e alvo de um minúsculo mas imaginativo culto, e senhora do paladino Tex Scorpion Mako.

— Então não foi sempre deusa?... — disse o albino.

— Oh, não — Tex Mako respondeu por sua senhora. — Era mortal, e ascendeu ao posto de Deusa Menor.

O albino não entendia.

— Tornou-se uma deusa, querido. Uma Deusa Menor. Todos podem ascender, com as circunstâncias certas. Basta que tenha devotos suficiente, não sabia?

Não, ele não sabia. Mas, de súbito, uma luz brilhou na mente confusa do albino. A resposta estava ali.

Sua missão fora um sucesso.

CAPÍTULO 17

LUGARES ONDE HÁ O AMOR

HÁ BARDOS QUE FALAM DE AMOR EM SALÕES, AMOR COM rosas, amor perfumado e cortês. Mas, em Arton, poucas provas de amor chegaram perto da matança de Vallen Allond, para chegar perto de sua amada Ellisa Thorn.

Ele sorria e gargalhava como um louco, embriagado de combate, quando, por um instinto inexplicável, olhou através do campo de morte e viu a arqueira, caída com o tornozelo virado em um ângulo doloroso, esticando-se freneticamente para agarrar o arco. À sua volta, monstros.

Ellisa sabia que, se alguém pagaria o preço por aquele combate, seria ela. Os goblinoides já haviam percebido que iriam perder. Já sabiam o destino de sangue que lhes aguardava — somente Gregor ou outro paladino iria poupar a vida de prisioneiros uma vez que acabasse aquele inferno de lâminas. Já sabiam que iriam morrer. E tinham escolhido Ellisa para descontar sua raiva. Além disso, fora uma de suas flechas — uma de suas indefectíveis flechas emplumadas — que havia tombado o xamã. Uma dezena de goblinoides se amontoava ao redor dela, divididos em levantar os calções em luxúria bestial e levantar os machados em ira alegre.

Ellisa não tinha um sorriso desafiador no rosto. Não tinha uma última bravata, não provocava os goblinoides numa demonstração final de bravura. Queria viver, portanto deixou as bobagens de lado e se esforçou em se arrastar para pegar o arco. E um dos monstros, que riu de sua tentativa, morreu gorgolejando com uma flecha na garganta. Os inimigos deixaram de zombar, e só urraram de ódio renovado. Ellisa, é óbvio, não implorava.

Mas também não falava — deixava que suas flechas fossem as bravatas. E mais três caíram antes que os monstros arrancassem a arma de suas mãos e prendessem seus braços. Ela lutou como uma selvagem, ainda conseguindo transformar um rosto deformado em massa vermelha com chutes, até que havia inimigos suficientes ao seu redor para debelar qualquer resistência. E ainda assim, ao invés de usar a boca para falar uma bravata, ela mordeu e arrancou o olho de um deles.

Fartos, os monstros bateram no rosto de Ellisa, até que ela cuspisse uns dentes, com um olho fechado e a boca embolotada de roxo. Então os punhos deram lugar a um machado. A lâmina se ergueu sobre o rosto dela. Ellisa se sentiu ficar gelada, mas quis encarar a morte. Manteve o único olho bom aberto enquanto o aço desceu.

Então a mão que segurava o machado se deteve. Os dedos se abriram, moles. A arma caiu pesada mas sem força, o cabo machucando o nariz dela.

Antes de conseguirem se virar para o novo inimigo, mais dois goblinoides morreram. E apenas um movimento de cabeça antes de mais uma decapitação, e um corte fundo num crânio, e uma estocada. Ellisa não conseguia enxergar nada, apenas um rastro flamejante e outro gelado, e muito sangue verde espirrando por tudo.

Vallen, após ver a amante caída, estivera cego para tudo o que não fosse matar. Se tivesse prestado atenção na quantidade de inimigos que havia entre ele e Ellisa, veria que era impossível chegar até ela a tempo. Como não vira, conseguiu abrir um caminho sanguinolento. E nem sentira o corte fundo na perna e a estocada que lhe perfurara as costas quando matou o primeiro dos monstros que estavam à volta dela. Vallen enxergou o rosto inchado da mulher que amava no meio da vermelhidão que era o seu mundo, e mais uma vez urrou, e seguiu matando.

Quando as mãos imundas deixaram de prender seus braços, Ellisa não hesitou para pegar de novo o arco. No entanto, estava quebrado. E, sem perder um instante, agarrou uma flecha e estocou as pernas cobertas de couro verde, de novo e de novo. E ela ainda estocava, e Vallen ainda cortava, quando perceberam que tinham matado todos.

Abraçaram-se.

— Consegue andar? — disse Vallen.

— Não.

E, atrás deles, mais um grupo furioso das criaturas.

— Vamos sair daqui — decretou Vallen.

Por trás dele, chegou mais um monstro. A criatura acertou-lhe uma machadada no flanco, mas Vallen girou para trás, cortando de um lado a outro o peito do inimigo com Inferno, enquanto que Inverno penetrava fundo na barriga pustulenta. E logo vinham mais e, por maior que fossem seu amor e sua fúria, ele sabia que não podia vencer todos.

Deixou a espada de gelo cravada no ventre do monstro, e usou o braço livre para erguer Ellisa ao seu ombro.

E que nunca se diga que há magia mais poderosa que o medo, pois foi o puro medo de morrer e perder Ellisa que fez com que Vallen conseguisse carregá-la e correr, lavado no próprio sangue, com cortes fundos que poderiam derrubar qualquer homem.

Os monstros estavam derrotados: o exército trazido por Gregor Vahn divertia-se matando todas as criaturas que encontravam. Aquilo foi um massacre, mas vários goblinoides tiveram a chance de fugir, e muitos dos que fugiram escolheram seguir Vallen e Ellisa. Era impossível, mesmo para a centena de soldados recém-chegados, perseguir cada uma das criaturas, e foi por essa infelicidade que o casal de guerreiros se tornou a presa ferida de um bando de goblinoides que não tinha nada a perder.

— Largue-me aqui, seu idiota — disse Ellisa. Ela sempre se perguntara qual sentimento venceria se um dia a sua sobrevivência e a de Vallen entrassem em conflito. Agora sabia: preferia colocar Vallen primeiro. *"Talvez eu não seja tão diferente desses guerreiros tolos"*, pensou, quase com um sorriso.

— Deixe de ser imbecil — ofegou Vallen. — Fugimos os dois, ou ficamos os dois aqui e matamos todos — mas, mesmo enquanto falava aquilo, olhou por cima do ombro e viu criaturas demais. *"Boa hora para algum deus ou herói poderoso aparecer"*, pensou, quase com um sorriso.

Vallen e Ellisa sabiam o quanto eram iguais. E sabiam que nenhum dos dois desistiria do outro, e buscaram algum tipo de consolo em morrer juntos. Mas, no fundo, esperavam que algo acontecesse e eles não morressem — afinal, eles nunca morriam.

Contudo, quando já era o meio da noite, e eles ainda fugiam, sozinhos, no meio de uma floresta desconhecida, começaram a duvidar. Estavam feridos, exaustos e caçados. E sozinhos, exceto pelo ruído e fedor que se aproximavam.

Os oficiais do exército tyrondino congratulavam Gregor Vahn por terlhes levado àquela batalha de heroísmo. Lamentavam os mortos, matavam prisioneiros e parabenizavam-se mutuamente. Mas Gregor mandou que se calassem, e saiu de perto deles, quando viu algo que era terror.

Um goblinoide deitado, congelado sob o sol quente. Porque Inverno, a lâmina de gelo, estava cravada em seu estômago. Gregor reuniu os aventureiros. O casal estava ausente.

— A última vez que vi Ellisa, ela estava no ar — disse Ashlen.

— A duração da magia já acabou há muito — disse Rufus, esfregando o vergão vermelho e roxo na face esquerda.

Gregor praguejou.

Masato e Artorius estavam cobertos de ferimentos. Ambos caminhavam com dificuldade, apoiando-se um no outro. Tinham perdido a conta de quantos haviam matado. Rufus tinha apenas um machucado na bochecha. Ashlen estava ileso, mas muito quieto.

— Onde está Nichaela? — disse o paladino, de repente.

Artorius teria praguejado, se isso fosse de sua natureza. Esquecera-se da clériga, no meio do delírio de combate e exaustão subsequente.

— Não foi culpa minha — disse Ashlen, humilde como uma ovelha.

Todos os olhos pousaram no jovem, e a maioria deles pesava mais que uma montanha. Envergonhado, ele levou o grupo até os arbustos nos quais havia escondido o corpo inerte da meio-elfa.

— Idiota! — urrou Artorius. Apesar de conhecer o minotauro, daquela vez Ashlen realmente pensou que ele fosse lhe bater.

Masato apenas arregalou-lhe os olhos estreitos, e botou a mão no cabo da espada.

— Calma — disse Gregor. — Ashlen, é bom que haja uma explicação para isto.

Havia. Ashlen falou-lhes de como Ellisa tinha confabulado com ele, de como ambos (na verdade, muito mais ela, mas ele escolheu abraçar boa parte da culpa) haviam decidido que era melhor descartar regras e honras, e tirar o xamã do combate. Para tanto, deveriam garantir a segurança de Nichaela, e sabiam que a clériga nunca iria se retirar por vontade própria.

— Segurança? — urrou de novo Artorius. — Deixá-la sozinha e inconsciente é deixá-la em segurança?

— Eu a estava vigiando o tempo todo, até Gregor chamar — ofereceu o jovem.

— E o que, exatamente, faria, caso os goblinoides viessem? — disse Masato, cheio de desprezo frio.

Ashlen não disse nada.

— Não o vi no campo de batalha — continuou o samurai.

— Eu poderia — começou Ashlen.

— Seria inútil! — gritou Masato.

Gregor, mais uma vez, interrompeu a discussão. Ignorando Artorius, que insistia em fazer isso, tomou Nichaela nos braços.

— Ela vai acordar dentro de meia hora, mais ou menos — disse Ashlen. Ninguém respondeu.

— Todos gostamos de Nichaela — disse Gregor. — Mas Vallen e Ellisa desapareceram. Virem adultos por um momento, e vamos procurá-los.

Não havia nenhum rastreador no grupo, portanto eles perderam um tempo enorme e precioso achando a pista do casal em fuga. O pisotear dos goblinoides era fácil de ser seguido, mas a grama naquela planície já estava tão castigada que vários rastros se confundiam. E assim, o sol já se punha quando eles finalmente estavam na pista certa.

Deixaram para trás Senomar, o exército tyrondino e as honrarias que seriam prestadas a Roderick Davranche, o mártir daquela batalha.

"Roderick já morreu", dizia Gregor para si mesmo, tentando justificar a falta de luto pelo amigo. *"Vallen e Ellisa estão vivos"*. Mas não tinha certeza. Carregava Inverno na cintura, muito consciente do frio mágico que emanava do metal afiado.

Penetraram no bosque que circundava parte da planície, e depois seguiram os rastros para o que virou uma floresta verdadeira.

E Gregor teve ainda mais admiração por Vallen Allond agora que recaía sobre seus ombros a posição de líder. De alguma forma, Vallen fazia parecer fácil manejar tantas pessoas tão diferentes. Podia-se esquecer, vendo a harmonia que o guerreiro fazia, que naquele grupo havia pessoas de raças diferentes, de muitos reinos variados, de passados tão imensamente diversos que dificilmente, sem um líder forte e adorado, permaneceriam juntos por uma refeição sequer. Gregor já se cansava mais das decisões constantes e das discussões permanentes do que da marcha forçada. Cada pequeno detalhe — descansar ou não descansar, quem iria na frente, investigar ou não um barulho oculto — era causa para um conflito. E os pequenos núcleos que haviam se formado dentro do grupo (como a amizade entre Artorius e Masato) viravam facções, e depois se dissolviam, e cada membro ficava isolado. E, em poucas horas, Gregor Vahn observou o eficiente grupo de aventureiros virar um bando desorganizado de quase estranhos, que ameaçava se separar a qualquer momento.

Nichaela já havia despertado, mas por um longo tempo esteve tonta por causa da mistura no lenço de Ashlen. Não falava muito, concentrava seus esforços em colocar um pé depois do outro e não atrasar o grupo. Pôde descansar um pouco e clarear a mente durante uma pausa (que exigira uma longa discussão para ser decretada). Assim que os aventureiros recuperaram o fôlego, os ânimos voltaram a se exaltar.

— Devemos nos separar — disse Artorius. — Assim, poderemos achá-los com mais facilidade.

— E se um de nós for pego pelos goblinoides? — disse Ashlen, ainda com uma ponta de medo.

— Se não puder se defender, melhor que morra! — descontrolou-se o minotauro.

— Basta! — ordenou Gregor. Por um momento, sua voz foi de aço, e ele foi obedecido.

— Talvez seja melhor alguns voltarem para o campo de batalha — disse Rufus. — Os soldados ainda devem estar por lá.

— Podemos recrutar um grupo grande para fazer uma busca mais extensa — disse Masato.

"É claro", pensou Gregor. *"Por que não pensei nisso antes de correr para dentro de uma floresta que não conhecemos? Vallen teria pensado nisso"*. Talvez não tivesse pensado, mas o líder do grupo adquiria um caráter cada vez mais mítico para o paladino. Muitas vezes questionavam por que ele, um paladino sagrado, seguia o simples guerreiro. Ali estava o porquê: Vallen era um líder. Como ele conseguia a paz entre todos?

— Não há tempo — retrucou Artorius. — Vamos nos separar aqui.

— Alguns podem voltar para o campo de batalha — repetiu Rufus. — Eu preciso descansar.

— Eles podem estar morrendo! — exclamou Ashlen. — Descanse mais tarde.

E já se elevavam as vozes num burburinho (que teria alertado todos os goblinoides dali até Lamnor) quando uma voz suave sobressaiu-se entre todas.

— Não.

Era Nichaela.

— Não vamos nos separar — disse a clériga. — Seria tolo. E não podemos voltar, porque perderíamos muito tempo. Vamos continuar.

Todos olhavam para ela.

— Ashlen, você toma a frente. Pode não ser um rastreador, mas os seus olhos são os melhores dentre nós. Artorius — virou-se para o imenso minotauro. — Eu tenho poucas bênçãos restantes, mas vou tentar curá-lo. Gregor, faça o mesmo. Artorius é nosso melhor guerreiro, e é bom que esteja em plena forma. Ele irá logo atrás de Ashlen, e irá defendê-lo em caso de problemas.

Ninguém dizia nada.

— Rufus, você pode fazer algumas magias de luz? — continuou ela, suave.

— Sim — disse o mago, com um fio de voz.

— Faça tantas quanto puder. Vamos iluminar esta floresta ao máximo. Gregor, você ficará na retaguarda, e Masato fica comigo e Rufus no meio. Agora, acho que é bom todos sabermos quais magias temos disponíveis, para podermos estar prontos em caso de um ataque.

Ela disse tudo aquilo com a calma e doçura de uma professora. E todos obedeceram. Nichaela assumiu a liderança do grupo, e Gregor suspirou em alívio.

— Ponha-me no chão — repetiu Ellisa.

— Você acha que pode andar? — disse Vallen, mal conseguindo respirar.

— Não.

— Fracote. Nem é fratura exposta — Vallen esforçou-se para sorrir. — Mas nesse caso, você fica nas minhas costas.

Aquele orgulho, força e determinação eram boa parte das razões pelas quais Ellisa amava Vallen, mas ela já estava apavorada com o estado dos ferimentos dele. Estavam ficando pretos e imundos. O sangue pestilento dos goblinoides tinha entrado nas feridas, e ela imaginava se aquilo não iria produzir infecções. Além disso, ela imaginava que houvesse um limite para a força concedida pela determinação pura — e Vallen parecia próximo a esse limite. Agora mais cambaleava do que corria, e era possível ouvir os monstros se aproximando.

— Você sabe que eu te amo? — disse Ellisa.

— Claro — ofegou Vallen.

— Então deixe-me aqui.

— Por favor, cale a boca. Preciso deste fôlego que estou gastando em falar besteiras.

Vallen não tinha notado, mas ela vira que Inferno, a lamina flamejante, já fora perdida no meio do caminho. Ela sabia que o amante gostava daquelas armas como se fossem pessoas, e pensou em que estado ele não deveria se encontrar para esquecer da espada mágica.

Veio a resposta quando Vallen desabou entre duas árvores.

— Você nem consegue andar! — gritou Ellisa. — Deixe-me aqui!

— Cale a boca! — Vallen gritou de volta.

E, num esforço sobrehumano, ele se ergueu, e ergueu ela com ambas as mãos. Todo o seu corpo agonizava, os ferimentos queimavam como o inferno. E, por falar em inferno:

— Notou que deixei cair a espada?

Ellisa disse que sim.

— Foi para dar uma chance aos goblinoides — gemeu Vallen, enquanto voltava ao arremedo de corrida, levando Ellisa nas costas. — Vou matar todos com uma faca que tenho na cintura.

A bravata fez os olhos de Ellisa se encherem d'água — e ela tinha esquecido o quanto era doloroso chorar com um olho tão machucado.

— Idiota — ela disse, simplesmente. — Idiota.

Os pulmões de Vallen gritavam de dor, e ainda assim ele andava. Já não conseguia manter uma linha reta — apenas cambaleava em zigue-zague, tentando manter-se longe dos monstros. Queria dizer a Ellisa para que tirasse a própria vida antes de deixar que eles fizessem algo com ela — mas o orgulho o impedia, e ele apenas torceu para que ela soubesse.

E, de repente, achou que estava delirando, pois viu algo branco e luminoso no caminho à frente.

Sentiu a dor arrefecer um pouco, a mente se clarear de leve, as pernas ficarem um pouco mais fortes. Viu um pequeno prédio de colunas imaculadas, cercado por uma luz pura, boa e refrescante como a que exalava de Nichaela, quando ela recebia a bênção de Lena. E, à frente da construção, estava uma criatura bela e iluminada, que só podia ser um anjo.

"Que surpresa", pensou Vallen. *"Achei que, quando chegasse a minha hora, veria fogo, enxofre e uma centena de inimigos vingativos. Mas, se os deuses cometeram este erro, não vou discutir"*. E assim, com os monstros em seu encalço, caminhou em direção à luz.

Os aventureiros haviam encontrado um sinal fúnebre — a lâmina Inferno jogada na relva. Preferiram não comentar. Já amanhecia quando avistaram um grupo de pouco mais de dez goblinoides na estrada à frente. Estavam descansando em um acampamento improvisado.

— Meus — disse Artorius, já em carga.

Dois dos monstros sobreviveram, e foram interrogados ante a lâmina do machado.

— Onde estão os guerreiros que vocês estavam perseguindo? — rosnou o minotauro.

A mão verde de garras imundas apontou à frente. Nichaela tentou impedir, mas os dois goblinoides foram executados imediatamente.

Os aventureiros seguiram a direção indicada e se depararam com uma construção estranha, deslocada, bem no meio da floresta. Era um prédio de dois andares, pouco extenso, construído em pedra muito branca sobre colunas elegantes. Eles se aproximaram com cautela, e sentiram algo estranho lhes invadindo. Logo, saiu de dentro da construção uma figura inusitada.

Uma bela mulher, com seus trinta e poucos verões, coberta por uma vaporosa túnica branca. Tinha cabelos ondulados de mel, que se derramavam fartos costas abaixo. E tinha um sorriso largo e franco, algo que há tempos eles não viam.

— Bem-vindos, viajantes — disse a mulher, numa voz de música. — Bem-vindos ao templo de Marah.

Não demorou para que os aventureiros reconhecessem a pena alva e o coração que eram o símbolo de Marah, a Deusa da Paz. A clériga lhes acolheu com alegria, repetindo muitas vezes o quanto estava feliz por ter hóspedes. E, quando eles entraram no templo, a sensação de antes se intensificou, e eles descobriram que não conseguiam pegar em armas. Na verdade, não eram capazes de nenhuma ação agressiva.

— Aqui é um lugar de paz — explicou a clériga, com um sorriso. — Aqui não se luta. Vocês podem descansar pelo tempo que quiserem.

E ela beijou cada um no rosto enquanto entravam, e envolveu-lhes em abraços cálidos.

— Estou imundo — tentou se esquivar Artorius.

— Não me importo — sorriu a mulher, e jogou os braços em volta do corpanzil.

Com efeito, lá dentro estavam Vallen e Ellisa, limpos e curados de seus ferimentos, bebendo sopa quente de canecas fundas. Receberam os amigos com alegria.

— Eu sabia que vocês viriam — disse Vallen. — Só estava esperando.

E se reuniram com prazer.

O templo de Marah era uma coisa de brancura infinita. As paredes eram frias ao toque, frias mas confortáveis, aliviadoras. O lugar, embora não fosse amplo, era dividido em poucos salões, o que fazia com que parecesse muito maior. Havia poucos móveis, poucas coisas no templo de Marah. Vallen e Ellisa estavam jogados sobre enormes almofadas sem ornamentos, e havia muitas outras espalhadas pelo salão principal. Havia um símbolo de Marah, esculpido rusticamente em madeira, dominando a parede mais larga, e uma estante com alguns livros e pergaminhos. Naquela sala, mais nada, além de uma escadaria que levava ao segundo andar. A clériga fez questão de que todos estivessem assentados nas almofadas, antes de se postar à frente do grupo.

— Meu nome é Demilke — falou em sua voz musical. — Por favor, fiquem aqui por quanto tempo quiserem, até curar seu cansaço e seus ferimentos.

Alguns ainda estavam desconfiados, e tentavam manter-se tensos, em busca de um sinal de armadilha. No entanto, naquele lugar era difícil manter o pensamento focado em violência. A mente insistia em vagar para coisas mais amenas, como a maciez das almofadas, o frescor do ambiente ou a beleza da anfitriã. Um cheiro sutil de incenso doce se esfiapava no ar. Vallen e Ellisa já pareciam completamente à vontade, e se derramavam um sobre os braços do outro, sorridentes. Nichaela também tinha aceitado de pronto a hospitalidade, e já se punha em conversa animada com Demilke.

E, sempre procurando conversar, sempre em sua voz melodiosa, ela curou os ferimentos de todos. Talvez para os guerreiros aquilo não fosse impressionante, mas Artorius e Nichaela notavam que as magias de cura não paravam de verter dos dedos abençoados de Demilke — ela era uma clériga poderosa.

— Gostariam de tomar um banho? — disse Demilke, após ter tratado de todas as feridas. — Há duas fontes quentes nos fundos do templo.

Alguns se entreolharam, ainda hesitantes, mas aos poucos foram cedendo à evidente boa vontade. Rumaram para as fontes quentes. Demilke tomou Nichaela pelo braço e quase cantou:

— Que bênção é ter uma filha de Lena neste templo! — caminhou, quase arrastando a clériga. — Venha, vamos tomar banho juntas. Temos muito a conversar.

Levou Nichaela para outro lado do templo, e Artorius apenas observou, tenso. Olhou para Vallen, que se esparramava no estofado e em Ellisa.

— Está tudo bem — disse o guerreiro. — Acho que ela não é perigosa. Pelo menos até agora. Relaxe e tome um banho — e com uma risada: — Você fede.

Artorius se esforçou para rir também, mas não conseguiu. Seguiu junto aos outros para as tais fontes quentes, deixando Vallen e Ellisa de lábios grudados.

Todos os músculos de Nichaela se relaxaram ao mesmo tempo. A água na fonte natural era fervente e deliciosa, e o corpo da meio-elfa deu as boas-vindas à sensação. Estavam já fora das paredes do templo, mas persistia a sensação de paz avassaladora. À volta, floresta brilhante, e um sol que se levantava, nascendo saudável.

A fonte era uma piscina natural, uma espécie de lago ladeado por pedras arredondadas. Nichaela não entendia como aquilo funcionava.

— É magia?

— Não — disse Demilke, com seu sorriso eterno. — Ou talvez seja: é criação dos deuses, não é mesmo? — riu.

Nichaela, como uma clériga da vida, não tinha problemas com seu corpo. Além disso, qualquer pudor já havia sido desfeito pela vida de aventureira — anos de viagem com um grupo pequeno acabam com vergonhas e recatos, junto com a ilusão de que heróis não têm as mesmas necessidades de todos. Portanto, não achava nada estranho em tomar banho junto à mulher, que acabara de conhecer. Apenas observava como Demilke era deslumbrante — o tipo que era capaz de levar homens à loucura.

— Seus amigos acham que vou devorá-la — riu de novo a filha de Marah.

— Faz tempo que só vemos dor, senhora — disse Nichaela, com um sorriso triste.

— Marah é a única senhora aqui. E espero que conheçam um pouco de alívio nos domínios dela.

Não demorou para que as duas clérigas começassem a trocar histórias como se fossem velhas amigas. Nichaela contou o que os levara até aquela última batalha, a última fuga e, finalmente, até aquele lugar.

— Não culpe seu amigo Ashlen — disse Demilke. — Ele só queria o seu bem.

— Eu sei — respondeu Nichaela. — Eu não culpo.

E logo as duas perceberam que eram dois espíritos assemelhados, embora Nichaela fosse muito mais reservada, e Demilke fosse só exuberância. Ela ria o tempo todo, e tentava amenizar com palavras doces as partes mais doídas da narrativa da meio-elfa. E, de tempos em tempos, do outro lado da construção ouvia-se a sua gargalhada deliciosa. Nichaela acabou por confiar nela o suficiente para contar a jornada deles desde o início. Falou de Irynna e Athela, de Andilla Dente-de-Ferro e da estranha senhora Raaltha; falou de Balthazaar e Izzy e Sig Olho Negro, e falou de Senomar e Thorngald Vorlat e de todo o resto. E falou do albino.

— Ele esteve aqui — disse Demilke.

Nichaela quase deu um salto dentro da piscina fumegante.

— Sim, esteve aqui — continuou a filha de Marah. — E eu o acolhi, como acolho a todos. Ele me disse para onde ia, e conversou muito comigo sobre Arton, e sobre os deuses.

Nichaela ficou um tempo em silêncio, subitamente mais grave.

— Eles querem que o encontremos — disse, por fim.

— O quê? — disse Demilke.

— Os deuses. Eles querem que o encontremos.

Ela não sabia se estava aliviada com aquela percepção, ou se deveria se assustar. Sentia-se especial e abençoada, mas também um pouco sobrecarregada por aquela atenção divina. Afinal, o que era o albino?

Mas Demilke disse tudo o que sabia, e Nichaela decidiu que aquilo era assunto para Vallen e os outros. E decidiu contar-lhes mais tarde, porque, Lena sabia, todos precisavam de descanso.

— Afinal, o que você e este templo fazem aqui? — perguntou, tirando a cabeça do assassino.

Demilke não hesitou em contar. Ela fora uma vez uma aventureira, assim como Nichaela. Clérigos de Marah, assim como as clérigas de Lena, eram uma visão curiosa entre os grupos que se aventuravam por Arton, pois não usavam de armas ou violência — nunca. Para Marah, assim como para Lena, era preferível morrer a derramar sangue. Demilke, enfim, fazia parte de um grupo de aventureiros, até que todos foram mortos em uma emboscada goblinoide. Eram seis, além dela, e todos caíram vítimas das lâminas infectas.

— E então tomei para mim outra missão — disse a mulher.

A missão era ajudar outros grupos, outros viajantes. Ela viajou pelas terras do Reinado, em busca de uma iluminação de Marah, sobre como faria para auxiliar aqueles que viviam pela espada e pela estrada. Enfim, meio morta de sede nas Montanhas Sanguinárias, foi salva por um grifo branco, e teve uma visão, na qual sua deusa lhe ordenava que construísse um templo, no meio dos ermos, para que os que fugiam ou lutavam encontrassem abrigo.

— Mas eu desobedeci — riu Demilke.

— Como?

— Eu desobedeci Marah. Não criei um templo. Criei uma ordem.

Já eram, Demilke contava, quatro templos como aquele, espalhados por Ramnor. Ela mesma viajava pelas terras, pregando a palavra de Marah e incentivando outros clérigos a construírem aqueles refúgios de paz, no meio de florestas, montanhas, desertos.

— Esta ordem tem um nome? — perguntou Nichaela, fascinada.

— Precisa? — sorriu Demilke. — Eu não sou boa em criar nomes. Sou boa em curar pessoas, e viajar por aí.

Essa era a missão que Demilke tinha se imposto na vida. E, pelo que ela sabia, já havia outros sete clérigos que compartilhavam sua ideia.

— Espero que haja mais. Espero que, depois que eu morrer e for para os braços de Marah, as pessoas continuem a erguer muitos templos, que eu nunca venha a conhecer.

"Ela fala de morte com um sorriso", pensou Nichaela. Demilke era o modelo de um seguidor de Marah: aceitava um fardo imenso, com sorrisos e entusiasmo.

— E você ajuda apenas aventureiros? — disse Nichaela.

— Não. Qualquer um. Ofereci para que os goblinoides que perseguiam seus amigos se juntassem a nós, mas eles recusaram.

Marah era, muitas vezes, desprezada pelos seguidores de outros deuses, por sua atitude totalmente passiva ante a violência. Marah, mais que qualquer membro do Panteão, era uma deusa de amor: pregava o amor de todas as suas formas, entre todos, a todo momento. Clérigos de Marah eram ainda mais opostos à violência do que as clérigas de Lena, se é que isto fosse possível. Frente a uma ameaça inescapável, rendiam-se ou morriam — nunca lutavam. Acreditavam em amar seus inimigos, acreditavam em resistir passivamente às ameaças do mundo. E, acima de tudo, acreditavam em paz a qualquer preço. Derrota, humilhação, dor — nenhum custo era alto demais para que houvesse a paz. Além disso, a maioria dos servos da deusa tinha uma alegria infinita e quase juvenil ante a vida. Comemoravam a existência com fervor, dançando, cantando, gritando, amando.

— Acho que já cozinhamos por tempo suficiente — disse Demilke, levantando-se da fonte coberta de vapor. De fato, o sol já estava alto no céu. — Você deve estar exausta e faminta, e os rapazes devem estar com ciúmes.

Era verdade, e Nichaela também retirou o corpo encharcado e quente da água deliciosa. Seus dedos estavam enrugados como passas, e ela riu como uma criança ao senti-los assim. As duas secaram os corpos com toalhas brancas e delicadas, e foram se juntar ao resto do grupo no salão principal.

Os guerreiros estavam renovados: exalavam satisfação e cheiro de limpeza.

— Artorius estragou a sua fonte, dona — riu Ashlen. — Aquela água está poluída para sempre!

O minotauro fingiu tentar agarrar Ashlen, rugindo brincalhão. Nichaela e Gregor pareciam ser os únicos a notar como a animosidade entre o grupo se desfizera. Aquele lugar era mesmo um santuário.

— Espero ter comida para todos — disse Demilke. Em seguida, desapareceu numa sala à esquerda, e logo veio um cheiro apetitoso que fez roncar os estômagos.

"Coisas simples", pensou Nichaela. *"Há quanto tempo"*. Ela não notou que Demilke dava uma atenção só um pouco maior a Masato Kodai.

E eles tomaram sopa grossa em canecas enormes, até saciarem a fome. Os olhos insistiam em pesar, os membros estavam lerdos. Os aventureiros, meio envergonhados, sentiam-se como crianças cuidadas por uma ama.

— Imagino que estejam cansados — riu Demilke, um misto de mãe e anfitriã. — Há quartos no andar de cima. Durmam o quanto quiserem.

Eles se levantaram, morosos.

— Há um quarto separado para o casal, para poderem fazer amor à vontade — Ellisa quase engasgou ante aquilo, mas a clériga falava sem malícia alguma. Na verdade, dizia aquilo com a mesma simplicidade costumeira.

— Obrigado — disse Vallen, e rapidamente arrastou Ellisa para cima.

Demilke chegou mais perto de Masato, ainda sorrindo com inocência.

— Há outro quarto separado, mestre Kodai — tocou suavemente o braço do samurai. — Gostaria de se juntar comigo lá?

O grupo ficou em silêncio. Nichaela sentiu-lhe o chão faltar.

Masato Kodai não disse nada.

— Bem, decida-se sem pressa — riu Demilke. — Estarei lhe esperando.

Demilke sumiu nas escadarias. O resto do grupo ficou sem saber o que fazer, no salão principal. Por fim, Artorius arrastou Rufus e Ashlen para cima, deixando Kodai e Nichaela.

O samurai estava imóvel. De vez em quando, dirigia um olhar furtivo para a clériga.

— Vai ficar por aqui? — disse o tamuraniano, enfim.

— Você vai? — respondeu Nichaela.

Silêncio.

— Vai subir com ela? — a clériga tomou coragem.

Kodai hesitou.

— Não deveria?

— Você é quem sabe.

— Então por que pergunta?

— Por nada! — Nichaela quase gritou.

Mais silêncio e imobilidade. Agora, parecia não haver som nenhum no templo.

— Acho que vou, então — disse Masato, começando a caminhar em direção às escadas brancas.

Ele subia o primeiro degrau quando Nichaela conseguiu reunir forças suficientes.

— Não vá — disse a clériga.

Ele se voltou.

— Por quê?

— Não vá — ela repetiu.

— Por Lin-Wu, mulher! — explodiu o samurai em seu sotaque de pedra. — Dê-me uma razão, e não irei.

Nichaela olhava para os pés. Tinha as mãos delicadas em punhos. Brincou com várias respostas na cabeça.

"Não há razão. Apenas vá."

"Acho que pode ser uma armadilha."

"Não sei o que sinto por você."

Mas, enfim, acabou dizendo:

— Não me peça para falar isso. Por favor, não me peça para falar isso. Será que não entende?

Masato Kodai desceu o degrau. Na verdade, não tinha certeza se entendia.

— Acho que vou ficar por aqui um tempo — disse ele. — Ver se há mais algo para comer.

— Certo — disse a clériga, pouco mais que um sussurro, ainda fitando o chão.

Nichaela se pôs a subir as escadas.

— Não vou com Demilke — disse o samurai, virado de costas para ela. — Vou dormir com os outros.

— Está bem — disse a clériga. — Trate de descansar.

Ela tinha uma espécie de sorriso torto no rosto, e os olhos meio mareados. Pensou que aquela não era hora para aquilo.

Masato ficou vários minutos no salão, de pé, tentando pensar, até que ouviu os passos inconfundíveis de Artorius, descendo a escada. O minotauro pôs-se de pé, longe do samurai.

— Tomou a decisão correta — disse Artorius.

— Por quê?

— Será possível que é tão estúpido? — o minotauro balançou a cabeçorra. — Ela lhe disse.

— O que ela disse não faz sentido.

— Claro que faz. Você está tentando não entender.

Kodai deu um suspiro alto de exasperação.

— O que ela sabe da vida? — quase gritou. — É só uma menina!

— Não — disse Artorius. — Ela é uma clériga de Lena. E, portanto, é uma *mulher*.

Aquilo atingiu Masato Kodai como um relâmpago. Era óbvio, mas ele nunca havia pensado nisso.

— Você acha que protegemos Nichaela porque ela é uma menina incapaz? — continuou Artorius. — Se fosse assim, eu nunca estaria no mesmo grupo que ela. Nichaela é a mais sábia de nós, Masato Kodai, *a melhor de nós*, e ela tem uma garotinha que depende dela, em algum templo de Lena pelo mundo.

Masato não falou nada.

— Ela é uma mulher, uma mulher madura e sábia. Lembre-se disso.

Ele iria se lembrar. Mas não conseguiu dormir.

— Então, ele está atrás de uma bruxa? — disse Vallen, entre bocejos, depois de dormir um dia inteiro. Nichaela acabara de lhe explicar o destino do fugitivo, conforme lhe fora dito por Demilke. — Como disse que é o nome dela?

— Andaluzia — disse a clériga. Ela tinha grandes bolsas escuras embaixo dos olhos, porque havia dormido muito mal e muito pouco. — Sua torre fica na tal ilha a sul.

— Então, estávamos no caminho certo — disse o guerreiro. — Muito bem, parasitas! Chega de dormir e engordar, temos que matar um albino.

O grupo se espreguiçava, descansados e refeitos pelo dia inteiro de sono. Estavam prontos para retomar a caçada. Demilke embrulhava pacotes com comida e lhes desejava a paz de Marah.

— Paz é o que não teremos — disse Vallen.

Ela se despedia de cada um com um novo beijo nas faces, mas agora via faces menos relutantes.

— Espero que voltemos a nos encontrar — dizia a filha de Marah. — Provavelmente não estarei mais neste templo, mas ele ficará de pé enquanto Marah assim quiser.

E o grupo saiu do templo de Marah, lamentando deixar o lugar pacífico, mas com o ânimo de jovens em sua primeira missão.

A última a se despedir foi Nichaela, e Demilke fez com que ela se detivesse um pouco.

— Desculpe — disse, num sussurro. — Não sabia que você gostava dele.

Nichaela não disse nada, apenas corou de leve.

— Tem bons motivos. Ele é um ótimo homem — riu. — E bonito também. Desejo muita sorte para vocês dois.

E, depois de um abraço:

— Sorte e amor.

E deixou Nichaela, caminhando atordoada atrás de todos.

MORTE E TREVAS

O REINO DIVINO DE RAGNAR ERA FEIO, BRUTAL E SIMPLES. TUDO lá era exatamente como se esperaria, e todas as pedras afiadas, lanças enegrecidas e torres macabras pontilhavam o chão árido nos lugares exatos onde se esperaria que estivessem. Não havia espaço para sutileza no Reino de Ragnar, mas havia muito espaço para uma crueldade honesta e burra. O céu cinza como ferro poderia ser um pouco claro demais para Tenebra, a Deusa das Trevas, mas, afora isso, ela não se sentia longe de casa.

Tenebra não era maligna, não como era Ragnar. Ela sabia, talvez mais do que qualquer deus, ser impiedosa, e suas ideias sobre o mundo entravam invariavelmente em conflito com as dos povos humanoides de Arton. Contudo, a Deusa das Trevas era apenas uma mestra caprichosa e exigente, esperta e assustadora. Ragnar era um assassino. Tenebra era uma adaga esguia, descrevendo um corte fino e dolorido na pele de seus inimigos. Ragnar era um machado. Tenebra amava; amava suas criações noturnas, amava a luz da lua e o frescor da noite. Ragnar mal tinha a capacidade de odiar.

E assim talvez fosse estranho que a graciosa mulher caminhasse com tanta segurança e calma pelo chão seco e entre as árvores moribundas de galhos pelados. Talvez fosse estranho que a deusa, felina em um vestido feito de noite agarrado às formas que despertavam apetites nos goblinoides que infestavam o lugar, fizesse aquela visita. Mas era isto o que acontecia: Tenebra, na forma de uma humana que exalava feminilidade maldosa, caminhava pelo Reino de Ragnar, de pés descalços e longos cabelos negros flutuando no ar fedorento, e chamava a atenção da horda suja que eram os habitantes e protegidos do Deus da Morte.

Tenebra tinha um sorriso nos lábios azuis.

Sorria das formas básicas e desprovidas de imaginação daquele Reino, sorria da expressão embasbacada dos goblinoides (a primeira centena que investira babando em sua direção teve uma morte horrível), e sorria porque se sabia muito superior. E também sorria ao ver os mais desafortunados habitantes do Reino de Ragnar: os elfos.

Na planície arenosa pela qual Tenebra andava, acampava um exército goblinoide, e suas tendas eram feitas de pele de elfo. Ladeando uma trilha precária, lanças em intervalos regulares, onde, ainda vivos, estavam empalados elfos que gemiam. As crianças goblinoides brincavam de apedrejar os elfos menos valorizados pelos adultos, e as crianças mais fracas tinham de se contentar com brincar com as caveiras dos elfos já utilizados por todos. As vozes musicais dos filhos de Glórienn se quebravam ao se elevarem em berros de agonia. Naquele mundo cinza, os goblinoides tinham o mesmo comportamento que teriam em Arton. A diferença era que, ali, eles eram reis.

Uma alma, ao adentrar o Reino divino que habitaria pela eternidade, era pouco mais do que um corpo infinito. As almas sentiam dor e fome e sono, assim como os corpos. Afora as maravilhas e horrores criados pelos deuses, a vida após a morte diferia pouco daquela no mundo verde de Arton. E as almas podiam também morrer. Submetidas a abusos suficientes, podiam morrer como morrem os corpos e, desta morte, não havia volta, não havia perspectiva, não havia recompensa ou punição. Só o nada. Assim, os elfos que tinham morrido no ataque da Aliança Negra a Lenórienn eram torturados antes de morrer pela segunda e terrível vez no Reino de Ragnar, implorando por sua deusa, que não podia ou não queria lhes ajudar.

Tenebra sorria.

Ragnar era estúpido. Era estúpido por ser um deus de goblinoides, e mais estúpido por sê-lo por escolha, e mais estúpido por orgulhar-se disso. Como Deus da Morte, Ragnar podia adotar, como quase todos os deuses, uma variedade de formas. Entre elas estava o malicioso Leen, deus ceifador cultuado pelos Sacerdotes Negros. Podia ser também um protetor ambíguo, que dava valor à vida administrando a morte. Podia ser um ferrenho inimigo do que não era natural, como os queridos mortos-vivos de Tenebra, caçando o que contrariasse o ciclo de nascimento e morte. Poderia ter sido consorte de Lena, ou um observador distanciado. Mas, dentre todos estes aspectos, escolhera abraçar o de Deus da Morte dos goblinoides. Uma criatura de chacina e guerra, ganhando poder com a ascensão de umas poucas raças escolhidas, enquanto regozijava-se na destruição de todas as outras. Ragnar não pensava no futuro. Não considerava o que seria dele quando o último não goblinoide tivesse morrido. Não pensava que a morte de cada ser em Arton significaria, em última análise, a sua própria. Pensava apenas até o próximo massacre, o próximo banquete em comemoração, o próximo inimigo a cair. Era assim por opção.

E Ragnar era estúpido porque tinha declarado guerra a outro deus (embora, Tenebra concordasse, Glórienn não fosse uma adversária nada atemorizante). E era estúpido por deixar uma porção tão grande de seu poder depender de eventos no mundo material. Mas, apesar de tudo isto, a Aliança Negra acabara de devastar Lenórienn, e Ragnar, por enquanto, estava vencendo. E por isso Tenebra o visitava.

Parou frente à torre de ossos e armas onde residia o Deus da Morte. A espira cujo topo se perdia no céu fora feita com os espólios dos inimigos mortos de Ragnar, e agora crescia mais do que nunca, com ossos leves e elegantes e armas de metal nobre. Atrás de Tenebra, uma carroça tosca passou aos tropeços, conduzida por uma exausta elfa com arreios na boca. Dentro da carroça, duas mulheres goblinoides fedendo a bebida. A Deusa das Trevas sorriu balançando a cabeça, suspirou, tragando o ar fétido, e entrou na Cidadela da Morte.

Salões e mais salões decorados com cabeças de inimigos mortos consistiam na maior parte da torre macabra de Ragnar. E um número infinito de guerreiros goblinoides bebia, brigava, cantava e se banqueteava, comemorando na eternidade escura as vitórias nas batalhas dos vivos. Havia também muitos escravos, tanto goblinoides quanto de outras raças, e todos pareciam muito resignados à sua condição perene. Eram os derrotados, os inimigos vencidos que não valiam o suficiente para virarem troféus, ou simplesmente as mulheres e filhos dos guerreiros adversários, ou ainda almas desafortunadas o suficiente para, aleatoriamente, haverem pousado ali em sua jornada após a vida. Tenebra passava sem lhes dar atenção. O mau cheiro era sufocante: álcool, sujeira, suor e vômito. Mas também havia o aroma doce da podridão que para Tenebra, a mãe dos mortos-vivos, era o melhor dos perfumes.

A Deusa das Trevas subiu escadarias feitas de elfos vivos e, por fim, chegou ao salão de Ragnar. Sentado num trono feito com os corpos mutilados de elfos que ainda se mexiam, o Deus da Morte comia, observando distraído a dezena de guerreiros escolhidos que dividiam uma mesa no meio da peça.

— Entre! — gritou Ragnar, sem se voltar para Tenebra. — E vocês, vermes, vão embora!

Ainda entre risadas e pegando as últimas lascas de carne do elfo que devoravam, os guerreiros passaram por Tenebra na porta. A deusa entrou.

— Diga o que quer — Ragnar soltou um arroto trovejante. — E que seja algo que eu quero ouvir.

Tenebra olhou em volta e, finalmente, estava impressionada. O salão de Ragnar, com suas paredes feitas de ossos e ferro, era simples, bruto e feio, mas também poderoso. As paredes estavam forradas de troféus que guerreiros goblinoides haviam trazido em tributo. As cabeças de alguns dos maiores heróis e mais perigosos lutadores da história de Arton se amontoavam em suportes malfeitos, deixando um espaço nu muito pequeno nas paredes. Do teto, pendiam as peles de elfos valorosos. A mesa onde os guerreiros haviam estado estava coberta de ossos élficos e carne semidevorada ou apodrecida. Cravadas na madeira grossa estavam alguns dos instrumentos que os goblinoides haviam usado para comer: espadas élficas milenares, adagas que haviam pertencido a reis e machados elegantes que já haviam visto batalhas incontáveis em nome da raça élfica. Jogada perto do trono agonizante, estava a coroa do rei dos elfos, descartada como um brinquedo velho. Tenebra não sabia se aqueles eram os objetos reais, trazidos para a outra vida pelos soldados goblinoides, ou simples representações dos mesmos objetos que eram igualmente profanados em Arton. De qualquer modo, tudo naquele ambiente falava sobre a força do seu rei.

— Vim ter com você — disse Tenebra, numa voz sussurrante e doce.

— Isso é óbvio! — cuspiu Ragnar. Mordeu um pedaço de coxa de elfo, limpou o sangue do queixo e jogou o petisco no chão. — Se veio me falar coisas deste gênero, mulher, então vá embora já.

Tenebra se conteve. Seus olhos, negros e sem fundo, pareceram ficar ainda mais escuros por um momento.

— Venho lhe congratular por sua vitória, Senhor da Morte — a deusa fez uma mesura suave e provocante. — E lhe dar um aviso, se é que ainda não o ouviu.

— Não faça poses para mim se não pretende se entregar, mulher — grunhiu Ragnar. Remexeu o corpanzil no trono, virando-se finalmente para Tenebra.

O Deus da Morte, mesmo sendo uma criatura bruta e burra, era uma visão de peso. Tinha a forma de um bugbear, um goblin gigante e peludo, mas muito maior e mais feroz do que qualquer membro da raça. Cada centímetro de seu corpo era coberto por músculos inchados, que no entanto não faziam uma figura bela. Pelo contrário, Ragnar fazia questão de ser horrendo. Pelos duros e imundos cresciam em lugares díspares sobre toda a pele amarelada e cheia de pústulas. O peito imenso tinha inchaços e protuberâncias esquisitas, e os ossos grossos e abrutalhados surgiam sob a pele como se tivessem sido feitos para um corpo diferente. Veias pulsantes formavam um mapa entrecruzado e se moviam com cada respiração. O pescoço musculoso era recoberto por uma papada em cujas dobras se escondia imundície preta, e a cabeçorra disforme repousava sobre o conjunto duro e flácido, com uma boca imensa da qual surgiam presas tortas. A mandíbula e a testa eram proeminentes, escondendo o meio do rosto feio em suas sombras. Os olhos eram pequenos e esbugalhados, o nariz era porcino com narinas dilatadas, e a pele tinha cicatrizes que distorciam ainda mais as feições. Ragnar vestia apenas um trapo que lhe cobria a virilha e, quando se mexeu no trono, fez com que o membro enorme surgisse por detrás do pano.

— Adoro um vencedor, Deus da Morte — miou Tenebra, enquanto avançava a lentos passos de dançarina. Ragnar não disse nada.

Tenebra aproximou-se do trono e apoiou as duas mãos no forro macio de carne élfica. O trono gemeu. Curvou seu corpo até o rosto estar a centímetros da massa disforme e fedorenta que era a cara de Ragnar.

— Você já rejeitou meus avanços antes, vadia — rosnou o deus.

— E estou disposta a fazer qualquer coisa para me desculpar — um sorriso.

Ragnar sentia o hálito gelado de Tenebra morder-lhe a pele. As narinas redondas e abertas sorviam o cheiro podre da respiração da deusa. A mão dela pousou suave em sua bochecha, numa carícia quase imperceptível, mas Ragnar chegou a sentir dor, tamanho era o frio do toque.

— Qualquer coisa.

De repente, Ragnar agarrou-lhe os dois pulsos nas mãos imensas e, de um salto, derrubou a Deusa das Trevas no chão. Sobre ela, arfando, o corpanzil quase esmagando a forma esguia da deusa, sentiu os dedos adormecerem com o frio, mas também sentiu o sangue correr mais forte com o desejo.

— Diga o que quer.

Tenebra riu e se moveu, afetando fragilidade.

— Você sabe sobre a tempestade de Glórienn, não é?

Ragnar soltou um grunhido que fazia as vezes de risada. Largou os pulsos de Tenebra e se ergueu.

— É isso? Veio me falar da artimanha ridícula daquela prostituta?

Tenebra permaneceu no chão, contorcendo-se lentamente.

— Não tem medo? Ela diz que será uma arma terrível contra seus exércitos.

Ragnar cuspiu no chão. Olhou para a forma lânguida da Deusa das Trevas.

— A prostituta pode tentar o que quiser. Eu não a temo! Ela servirá a todos os meus soldados, quando isso tiver acabado! Os que ainda estiverem vivos vão tirar a própria vida para poderem desfrutar da prostituta!

Tenebra se ajoelhou frente ao Deus da Morte.

— Ela veio a mim, Senhor da Morte, assim como foi ou irá a todos. Ela pediu minha colaboração na chegada da tempestade.

— Se alguém deve ter medo, é você — riu o deus.

— Oh, não — Tenebra fez um sorriso de menina. — Com a tempestade, vem a escuridão. Eu não a temo — mais tarde, ela veio a saber o quanto estava errada. — Apenas não desejo irar o poderoso Senhor da Morte.

Ragnar olhou-a com interesse renovado. Agarrou-lhe os cabelos.

— Faça o acordo que quiser com a prostituta. Isso não me importa. Ela é imbecil, e não sabe guerrear. Não sabe controlar uma arma poderosa. Vai acabar matando seus próprios aliados, e eu vou gargalhar.

— E quando todos morrerem, Ragnar, os mortos-vivos serão bem-vindos?

Ele abriu um sorriso largo e sujo.

— Tenho certeza de que pode achar uma maneira de conquistar meu favor, Deusa das Trevas.

Tenebra ficou satisfeita em saber que tudo correra como ela previra. Tanto Ragnar quanto Glórienn estariam do seu lado, caso a pequena guerra dos dois viesse a ter fim algum dia. Caso houvesse realmente importância num conflito no mundo material, ela sairia vencedora de qualquer jeito. E, caso a tempestade de Glórienn fosse mesmo tão perigosa quanto se dizia, ela já tinha alguém para lutar em seu nome.

— O que deseja, Senhor da Morte? — Tenebra sorriu. Num instante, suas feições mudaram: a pele, de branca como cal, tornou-se rosada. Os longos cabelos negros viraram curtos e púrpuras. As orelhas se alongaram e o rosto ficou mais suave e inocente. Frente a Ragnar, estava Glórienn, a Deusa dos Elfos. — Em que posso lhe agradar?

O desejo, que já ardia insistente no Deus da Morte, explodiu em um incêndio. Ele possuiu Tenebra com violência e sofreguidão.

Se algo surgiu deste encontro, ninguém sabe.

CAPÍTULO 18

A BRUXA SEM ROSTO

E ENTÃO, COMEÇARAM OS TEMPOS RUINS.

O vento soprava um cheiro molhado de sal, que eles haviam aprendido a associar com derrota. Não estavam longe da praia, na ilha onde só havia a torre da bruxa Andaluzia.

— Deixe-nos entrar! — gritou Vallen para a construção de pedras mal cuidadas. — Viemos levar à justiça um assassino procurado em três reinos.

A torre, cinza de pedra e verde de musgo, apenas existia, impassível e morta. Ao redor, muitas gaivotas voejavam, caçavam e viviam, alheias às histórias e heroísmos daquele mundo.

— Sabemos que esta torre tem uma mestra — Vallen seguiu esbravejando para as paredes. — Deixe-nos entrar, por Tauron, Lena e Thyatis!

O guerreiro sentiu-se um pouco ridículo. O vento seguia sendo vento, e as gaivotas seguiam sendo gaivotas, e ambos, assim como a torre, pareciam zombar dele, em sua indiferença total.

A torre era atarracada e decadente. Não que fosse muito antiga — parecia ter poucas décadas. Mas, por abandono, as pedras cinzentas estavam cobertas de limo esverdeado e gosmento. Em algumas protuberâncias, havia ninhos de pássaros. A torre ficava próxima às dunas e, como havia pouca vegetação para segurar toda aquela areia, pequenos morros soterravam o prédio em alguns pontos. O dia era cinza como as pedras. O mar, à volta, era preto e rugia. O vento tinha um fio gelado. A paisagem tinha uma melancolia que era inerente a todas as praias em dias frios e escuros.

As gaivotas piavam, o vento assobiava, e a pesada porta quebrada gemia, agarrada a uma dobradiça.

— Talvez esteja vazia — disse Ashlen.

— Duvido — era Vallen. — Ainda não conheci um mago que tivesse abandonado seu covil assim, com toda a conveniência.

De fato, eles estavam em uma história de aventuras. Uma construção aparentemente abandonada, que escondia um inimigo traiçoeiro e inúmeras armadilhas. Se fossem inexperientes ou tolos, poderiam mesmo acreditar que a torre estava deserta.

— Já chega — anunciou Vallen. — Para dentro.

Eles haviam esperado atrair a tal bruxa — ou até o albino — para fora, para lutar longe de seu elemento.

— Valeu a tentativa — disse Ashlen, aprontando a besta e dando de ombros.

Passavam através da entrada pomposa e apodrecida.

— Então, é isso — disse Gregor Vahn. — Vamos matar uma feiticeira.

— Não gosto de lutar contra mulheres — disse Artorius.

— Para mim, não faz diferença — era Vallen.

Entraram.

E começaram os tempos ruins.

A luz fria da manhã desmaiada entrava pela porta junto com o grupo, e iluminava um salão redondo e vazio, que recebia os intrusos naquela construção em ruínas. O ambiente não era muito recluso — parecia uma continuação da praia lá fora. A areia, carregada pelo vento, cobria boa parte do chão. O mesmo cheiro úmido de sal dominava o lado de dentro da torre, assim como o lado de fora. As únicas diferenças eram a sombra gradual, que engolia a luz opaca do sol tímido, e um odor podre que se escondia em algum canto, escorrendo para todo o salão. Havia vestígios de alguma mobília, mas só — e um além tomado por breu.

Eles avançavam com cautela. Sabiam ser este o certo, mas ainda assim sentiam-se bobos. Eram como crianças brandindo pedaços de pau contra inimigos imaginários, tentando ver mistério onde só havia desolação muito mundana. Caminharam através do salão, a areia chiando sob as botas. Por fim, a luz cinzenta deixou de acompanhá-los, e um virote da besta de Ashlen se acendeu com luz arcana vinda de Rufus Domat. Isto só os fez parecer mais tolos — viam muito à frente, e não havia nada para ver.

— Talvez esteja mesmo deserta — sugeriu Rufus, mas foi cortado por Vallen antes do som terminar de deixar seus lábios.

— Não! Nada de relaxar. *Ela está aqui.*

E talvez *ele* também, pensaram todos. O criminoso. O intruso. O albino.

O cheiro nauseante se intensificou até a beira do insuportável.

— Bosta de morcego — sentenciou Ashlen. De fato, nos cantos, pequenas montanhas de excremento e vermes satisfeitos.

Acima, dezenas de corpinhos pendurados, encolhidos sob suas asas, dormindo. A luz os fez se agitar, e em breve tudo era uma tempestade de voejares negros. Todos cobriram os rostos contra os protegidos alados de Tenebra, até que Nichaela sussurrou algumas palavras sagradas, e o imenso bando de morcegos se acalmou num sono amedrontado.

— Coitados — disse a meio-elfa. — Calma, não estamos aqui para lhes fazer mal.

Os aventureiros seguiram por algumas portas e passagens insignificantes, sempre levando a mais aposentos vazios e mortos. Os piores perigos pelos quais passaram foram mais morcegos, e o cheiro mole dos morros de excremento. Numa certa altura, Rufus Domat parou para recolher um pouco da substância nauseabunda.

— Oh, por favor — disse Ellisa Thorn, nojo e desprezo.

— É útil para uma magia poderosa — justificou-se o mago.

— Que, aposto, você não tem em seu livro capenga — zombou Ashlen, menos cortante do que a arqueira.

Vallen fez menção de mandar que se calassem. Aquela não era hora de conflitos nem gracejos. Mas acabou por não dizer nada. Eles eram seu grupo, e eram *bons*. Sabiam o que fazer e não fazer numa situação de perigo. Só que ali não havia perigo. Até mesmo Vallen, por mais que se forçasse a uma tensão alerta, afrouxava as mãos em Inverno e Inferno. Só mesmo Artorius e Masato, dois seres de disciplina monolítica, eram capazes de manter a postura.

"Talvez eu esteja vendo inimigos onde não há", pensou Vallen. Talvez ali não houvesse risco. Talvez a bruxa já estivesse morta. Nem sempre o pior acontecia, talvez agora fosse como há poucas semanas, com a clériga Demilke. E os dedos se afrouxaram só mais um pouco nos cabos das espadas mágicas.

E mesmo assim eles eram vigilantes. Eles eram bons. Não deixaram nenhum canto sem ser inspecionado, paredes, chão ou teto. Vasculharam em busca de passagens secretas (Ashlen encontrou uma velha adega cheia de poções estragadas, e nada mais). Cada canto em que pudesse se esconder um homem, uma criatura qualquer, foi investigado. Ganharam a inimizade eterna de muitos ratos e morcegos, mas só.

— Diabos, vamos matar alguns ratos, para ter alguma emoção — disse Gregor Vahn.

Subiram uma larga escadaria serpenteante. A cada degrau, ficavam mais tensos, até terem a certeza de que, com o último degrau, viria o inimigo. Assumiram formação de batalha — guerreiros na frente, o mago atrás, como suporte, Nichaela protegida por todos. E nada. Se algo, cada novo andar trazia menos mistério. Nos últimos patamares, nem era necessária a luz arcana — havia janelas e inúmeros rombos na pedra grossa, e o olho de Azgher (que naquele dia, estava de mau humor, carrancudo atrás das nuvens) iluminava satisfatoriamente.

— Apague isso — disse Vallen, com um suspiro. Ashlen guardou o virote iluminado.

Ainda assim, estavam prontos até o último andar, do qual podiam ver, por buracos imensos no teto, o céu de chumbo. Perturbavam alguns pássaros marinhos, que tinham lá suas residências de gravetos.

— Bela masmorra — disse Ashlen, chutando uma pedra.

Embora aquilo não fosse, na verdade, uma masmorra, era como qualquer grupo de aventureiros iria chamá-la. Era parte do jargão. Qualquer construção fechada, qualquer ambiente isolado, no qual se esperava problemas armados, era apelidado de "masmorra". Caverna, templo abandonado, forte inimigo, torre de bruxa: masmorras.

Checaram tudo mais uma vez. Ashlen revirou cada canto até que seus olhos ardessem. Não havia nada.

— Vamos embora daqui — disse Vallen, desanimado.

Misturavam-se sentimentos. Eles estavam aliviados, por não terem achado problemas. Frustrados, porque muitos já sentiam de novo a sede de batalha. E perdidos, porque mais uma vez o albino havia lhes escapado. Menos Nichaela.

— Os deuses querem que o encontremos — disse a clériga. Não havia fervor em sua voz, apenas um tom incolor, de quem apenas reporta uma informação.

— Os deuses têm coisa melhor para fazer — Ashlen deu um meio riso.

— Não — disse Nichaela, como se explicasse algo a uma criança. — Os deuses querem que o encontremos, e por isso vamos encontrá-lo. Esta história já tem final escrito.

— O destino é inexorável — disse Gregor, entrando com sua fé na discussão. — Mas misterioso.

— Não este. Eu já entendi. No final, vamos encontrá-lo.

— Então, por que não sentamos, simplesmente, e esperamos os deuses despejarem um albino sobre nossas cabeças? — disse Ashlen, com uma aspereza que não intencionara.

— Está certo — Nichaela, como sempre, mantinha a calma. — O que quer que façamos, vai acontecer.

Vallen tinha engulhos de ver os companheiros conversando como se estivessem em uma taverna, mas a verdade é que o único perigo naquele lugar era uma eventual pedra solta ou um rato mais ousado.

— Então, vou me sentar! — disse Ashlen, com um sorriso e uma voz ressoante. De fato, sentou-se. — Que venha o albino! — disse para o céu. — Khalmyr, Nimb, Hyninn, Allihanna! Ouviram? Que venha o albino!

Inconscientemente, todos agarraram as armas um pouco mais forte. Se estivessem numa história, aquela seria a hora de um ataque surpresa. Mas não houve.

— Os deuses devem estar dormindo — riu Ashlen, erguendo-se.

Nichaela ajudou-o, também rindo. Não desaprovava a irreverência do jovem, embora ela mesma não fosse tão solta. Resolvera que deveria ser um pouco mais como Demilke.

— Uma torre de bruxa, um bando de aventureiros, e nada — falou Gregor, sob a respiração. — Se esta é uma história, então não é uma *das boas*.

O mar chiava, o vento assobiava, e as gaivotas ficaram felizes porque eles saíram de seus domínios no último andar.

Desceram até o primeiro salão. Vallen empurrou a porta em frangalhos que pendia da única dobradiça ainda resistente.

— Vamos embora daqui — disse o líder do grupo. — Vamos embora dessa ilha, e vamos tentar achar respostas dos deuses no fundo de um caneco. O que me dizem?

Atravessou a porta.

Tudo ficou negro.

Não houve um instante de surpresa, porque a dor ocupou-o. Todos sentiram lâminas sem fim penetrando-lhes as costas, os pés, a carne macia e vermelha debaixo dos olhos, o interior das orelhas, o céu da boca, os órgãos genitais. Ninguém conseguiu gritar, mudos de uma dor impossível em cada centímetro do corpo. Cada uma era insuportável por si só, e não houve um deles que não achasse que iria enlouquecer de agonia infinita, e apenas Nichaela não desejou a morte.

Faltou-lhes o chão, mas não perceberam, porque só tinham sentidos para a dor. O breu que havia lhes cegado foi embora assim como chegou, para ser substituído por algo que não conheciam. Eles *viram* a dor. Sentiram a dor nas carnes, e também a viram, cheiraram, saborearam e ouviram. O que sentiram era impossível de ser explicado — estava além das percepções, e era terrível demais para existir, exceto que estava lá. E doía-lhes o corpo assim como o espírito, todas as formas de agonia que já haviam experimentado e que não haviam — derrota, humilhação, traição, perda, todas as dores pequenas e enormes de uma vida, e outras que ainda não existiam. Por um instante, eles viveram num universo onde só havia a dor. Mas nunca souberam o tempo que havia se passado, porque o tempo não havia — só dor.

Mas, depois, também o maior prazer que conheceram, porque aquela dor acabou e houve um alívio infinito. Estavam todos prostrados no chão da torre, exceto que não era mais lá.

A torre estava diferente. Eles não sabiam como tinham sido capazes de ignorar antes — pensaram ter vasculhado cada centímetro, mas por toda parte viam pontos que haviam passado desapercebidos. E nesses pontos, sempre, alguma coisa horrenda. Havia correntes, polidas com carinho, pendendo do teto. Havia toda sorte de esporões, lâminas e pontas afiadas, emergindo de entre as pedras, todos com um garbo que sugeria zelo metódico. E havia uma vermelhidão por tudo, vinda não se sabia de onde, e havia portas e corredores que eles não tinham visto antes. As pedras ainda eram cinzentas, mas o resto da construção era toda brilhos escarlates, instrumentos de agredir refletindo o vermelho onipresente.

— Armas! — berrou Vallen, assim que pôde falar. — Armas!

Perdidos naquele mundo novo — e o mundo era a torre, porque o exterior estava muito bem lacrado, com uma porta em perfeito estado, feita de ferro negro — eles conseguiram catar do chão as armas, e tomavam um instante para checar um ao outro.

De repente, Ashlen foi propelido para cima.

Um berro do jovem preencheu o salão novo e cruel. Ashlen Ironsmith pendia do teto por uma corrente. Seu pé esquerdo havia sido trespassado por um gancho polido, que agora reluzia de sangue grosso.

— *Um porquinho no açougue* — disse uma voz indefinível.

Antes que Vallen pudesse dar uma ordem, Artorius já tentava soltar Ashlen. Não mais de dez batidas do coração de cada um haviam transcorrido desde que emergiram do pesadelo de dor.

O peso do corpo de Ashlen fazia a carne de seu pé se rasgar. Ele gritava e, uma batida de coração depois, seu grito virou uma serpente de dor, e todos tombaram de joelhos.

— *Quanto mais amigos, melhor* — disse a voz.

Tump, tump, mais uma batida de coração, e a sala foi invadida por infinitos insetos, que devoraram a carne de cada um dos aventureiros. A cada mordida minúscula, a carne nascia de novo, e alimentava outro inseto voraz, e assim eles foram devorados muitas vezes.

Tump, tump, mais uma batida, e o sangue de todos ferveu, e depois congelou, e virou agulhas, depois vermes e depois pedra, e depois sangue de novo.

Tump, tump, afogaram-se.

Tump, tump, fritaram em óleo quente.

Tump, tump, foram esmagados, empalados, enforcados mil vezes.

— *Ninguém gosta do fim de uma brincadeira.*

Tump, tump.

— Armas! — ofegou Vallen. — Armas!

Em instantes de lucidez entre as muitas mortes sucessivas, viam o salão em vermelho e pontas, e ainda Ashlen berrando.

— Ilusão — rugiu Artorius. — Não é real!

— *Mas os sapatos vão ficar molhados.*

Tump, tump, e uma mulher.

Um pouco de nada. Só o berro de Ashlen e o salão, e todos.

— *Aconteceu, já, ou ainda vai acontecer?* — disse a mulher. — *Os amigos sempre foram, só não os conhecemos antes.*

Tump, tump, e Artorius a atacou.

Tump, tump, e no lugar da mulher estranha, era Ellisa Thorn, e o minotauro dilacerou seu peito com o machado.

Tump, tump, e Ashlen caiu no chão, o pé destroçado.

— *Um beijo faz sarar* — a recém-chegada estava em outro canto, Artorius não sabia como fora capaz de se confundir. — *Se for de mãe, ou de escrava.*

Artorius levantou de novo o machado. Os seios de Ellisa estavam separados.

Tump, tump.

— Não! — gritou Vallen, e impediu que o minotauro atacasse.

— *Amigos novos* — a voz da mulher sorria — *Sempre foram amigos, ou não são?*

Apenas a voz sorria, porque a mulher não tinha boca, nem olhos ou orelhas. Caía-lhe um cabelo de cor indecifrável por todos os lados, e mal podia-se dizer para onde sua cabeça se voltava. Vestia trapos. Não tinha rosto.

— *Ninguém gosta do final das visitas* — Ellisa estrebuchava — *Ou do começo.*

Apenas Rufus viu, atrás da mulher, muito atrás, nas sombras vermelhas, muitos dentes se mostrando, se alargando em sorriso, e depois olhos, um nariz grande e quebrado. Apenas Rufus viu um rosto emergindo da escuridão vermelha, olhando-lhe nos olhos, com olhos vermelhos. Cabelos brancos.

Pele albina.

Pelo menos estavam todos juntos. Viam-se uns aos outros. Pendiam, cada um isolado, de gaiolas de ferro, presas a um teto invisível. Não viam também o chão. Ambos estavam perdidos numa massa de vermelho tão denso quanto é o negro de um céu de Tenebra. Ali a escuridão era vermelha. As gaiolas balançavam, rangiam. Fora isso, apenas o som de Ashlen, tentando controlar o volume do choro que agitava seu corpo.

Pelo menos estavam todos vivos.

Ellisa não estava ferida — ninguém se lembrava dela ter sido curada, mas não tinha um arranhão. Já o ferimento de Ashlen era muito real, seu pé já era uma protuberância enegrecida que fedia em profusão.

Presos, mais uma vez.

E este foi só o começo dos tempos ruins, porque presos eles ficaram ainda por quatro meses. Na torre impossível de Andaluzia, a bruxa sem rosto.

CAPÍTULO 19

A VIDA ANTES DE VALLEN ALLOND

POR QUE RUFUS NÃO CONTOU NADA?

Ele mesmo não sabia. Dissera a si mesmo que era impossível que nenhum dos outros tivesse visto. Os olhos de Rufus eram velhos e gastos, e havia no grupo olhos de águia como os de Ashlen, e olhos de arqueira como os de Ellisa, e olhos vigilantes como os de todos. Rufus disse a si mesmo que os outros não precisavam contar com ele. Rufus era muito bom em mentir para si mesmo.

Porque apenas ele vira, apenas ele sabia, era algo só dele, a presença do albino. Talvez por isso não houvesse dito nada. Sem o achbuld, e sem a magia, só aquilo era só dele. Uma coisa importante. E ele imaginou mil vezes que salvaria o grupo com aquela informação, com um feitiço na hora certa, com alguma vantagem inesperada que aquele conhecimento iria lhe conceder. Caso lhe perguntassem depois, *por que não tinha dito nada?*, ele responderia: *"Vocês não perguntaram"*. Todos ririam. Era assim na mente de Rufus Domat, até a hora em que seus sonhos despertos se apagavam e ele se lembrava da fome e da dor, e da sua própria imundície cobrindo a maior parte do chão da gaiola suspensa, e ouvia os lamentos dos companheiros, e sentia o fedor do pé de Ashlen apodrecendo. Mas, logo em seguida, enveredava-se por outro cenário, em que todos aqueles sofrimentos eram resolvidos por ele. Pelo menos em um, Ellisa Thorn recompensava-lhe com o corpo e o amor.

Rufus Domat procurava ignorar que traía os amigos na realidade, e traía Vallen Allond na cabeça, deitando-se com sua mulher. Não sabia qual crime era pior. Rufus vivia num mundo que ele mesmo criava, e sempre tentava esquecer a vida antes de Vallen Allond, e o que ele fizera.

— Um dos maiores magos de Arton! — exclamou o mestre do picadeiro, o rosto reluzente de suor fresco. — Banido da Academia Arcana por desobedecer as ordens do poderoso Talude, senhoras e senhores, ele vaga pelo mundo em uma missão misteriosa.

O público, em sua maior parte, estava apático. Meia dúzia de crianças ranhentas, contudo, tinham os olhinhos muito abertos, arrebatadas como estavam pelo homem de casaca vermelha, que falava muito alto.

— Qual esta missão? — seguia o mestre do picadeiro, já sentido a voz lhe doer. — Ninguém sabe! Ele já matou dois espertinhos que foram curiosos demais! — as crianças impressionadas abriram as bocas, em espanto mudo. — Ele é um mistério, senhoras e senhores, e eu lhes aconselho que não cheguem muito perto deste homem.

Não havia mais de quinze pessoas nas arquibancadas frouxas de madeira. Na maioria, mães esfarrapadas, que levavam seus filhos para um divertimento que não teria igual no ano todo. Mulheres que sabiam estar sacrificando Tibares preciosos pela felicidade das crianças, deixando de trabalhar num fim de tarde quente de verão. Um mendigo dormia, esticado nas tábuas de uma arquibancada, alheio à gritaria do mestre do picadeiro, o dono do Grande Espetáculo de Variedades e Maravilhas do Senhor Zoldini.

Atrás dos panos vermelhos remendados, Rufus Domat esperava para entrar em cena. Ao seu lado, Brugarr, o Homem Mais Forte de Arton, bocejava e enfiava o dedo direito no nariz. Faella, a Mulher Volumosa, tentava acalmar o choro do bebê em seus braços (o maravilhoso Welleck, o Menino-Polvo).

— Qual o seu nome? — continuava o mestre do picadeiro. — Ninguém sabe! Ele não tem nome, senhoras e senhores, porque assim a morte não pode encontrá-lo.

Uma das crianças tremeu e se agarrou ao braço da mãe cansada.

— Sim, senhoras e senhores, ei-lo aqui! Perseguido pelo próprio Talude e por Leen, o Deus da Morte! Um dos maiores magos de Arton, o inacreditável Arcano Sem Nome!

Houve aplausos patéticos, embora as crianças batessem as mãozinhas com toda a força e entusiasmo que possuíam.

Rufus Domat cambaleou para o palco.

O Senhor Zoldini, o mestre do picadeiro, deixou o palco e abriu caminho, com uma mesura teatral, para Rufus, o Arcano Sem Nome. Rufus apertou os olhos contra a luz forte dos muitos lampiões em volta do círculo de terra onde ele deveria fazer sua apresentação.

Ficou lá, parado, começando a suar. Olhos desfocados.

O público aguardava. Começaram a ficar impacientes.

— Faça o número! — de trás do pano vermelho, o Senhor Zoldini chiou um sussurro alto.

Rufus sentiu o mundo oscilar à sua volta. O público viu o corpo dele balançar, para frente e para trás, para a direita e para a esquerda.

— Faça algo! — gritou uma voz embriagada.

As crianças estavam incertas.

Rufus enxergava, vagamente, pessoas ao seu redor. Luzes. Esqueceu-se do que deveria fazer. Precisava de um pouco mais de achbuld.

— Não pressionem o Arcano Sem Nome! — o mestre do picadeiro voltou ao palco, falando em sua voz alta e estridente. — Não, senhoras e senhores, este homem não gosta de ser apressado. Ele não tolera que lhe digam o que fazer, e foi por isso que foi expulso da Academia Arcana, logo após ter vencido Talude em um duelo mágico!

À volta de Rufus, o mundo era muito estranho, vago, fora de foco.

— Faça seu número, ou lhe entrego à guarda — chiou o Senhor Zoldini para Rufus, enquanto sorria, cheio de dentes, para a plateia.

Rufus piscou e despertou.

Moveu as mãos, fez uma cara que julgava ser sinistra, e luzes coloridas dançaram à sua frente. As crianças inspiraram de surpresa, todas ao mesmo tempo. Rufus seguiu fazendo poses supostamente ameaçadoras, enquanto as luzes verdes, vermelhas, amarelas, azuis, pulavam e moviam-se ao seu redor. Por vezes esquecia-se de onde estava. Desequilibrou-se e caiu.

Ergueu-se com dificuldade, atrapalhado pelos pesados robes de muitas camadas sobrepostas. As vestes eram grandes demais para ele, e a costura que Darrana, a Dama Selvagem, tinha feito na barra dos mantos se desfez, deixando o tecido velho pender como uma saia, arrastando-se no chão. Uma das estrelas segurava-se, descosturada, por uma ponta. Uma das meias luas bordadas desfazia-se, o fio pendendo frouxo.

Rufus fez uma nova magia, gerando uma pequena imagem de uma serpente alada, que voejou por alguns momentos até desvanecer-se. Uma menina deu um gritinho, e escondeu o rosto no vestido da mãe. Ao fazer a magia, Rufus ergueu os braços, e pôde-se ver o grande rasgão no tecido que cobria sua axila esquerda.

Caiu no chão de novo. Desta vez, deitou-se na terra. Como era bom dormir.

As luzes dançantes se apagaram.

— Sim, este homem não tem medo de dormir a céu aberto, mesmo sabendo que os deuses e os maiores magos de Arton estão em seu encalço! — interveio o mestre do picadeiro. Fez um gesto para dentro do pano vermelho. Brugarr, o Homem Mais Forte de Arton, surgiu para ajudar Rufus a se pôr de pé.

— Um ousado, senhoras e senhores.

Rufus resmungou, querendo que o deixassem dormir. Viu a plateia e teve uma vaga lembrança do que deveria fazer.

— Fora! — gritou a voz bêbada.

— Apresente-se direito ou entrego você — o Senhor Zoldini mal conseguia manter o sorriso para o público. — Já esqueceu de onde estamos?

Estavam na vila de Fillene, que era um ajuntamento minúsculo de aldeões ignorantes, mas havia mais. Estavam em Portsmouth, um reino hostil a magos. Se Rufus fosse exposto como um mago de verdade aqui, seria preso — e depois quem sabe o que aconteceria? Mas, no estado em que se encontrava, Rufus achava que, se dormisse bem quieto e fosse um bom menino, estaria seguro.

— Faça o raio de gelo — chiou o mestre do picadeiro.

Rufus olhou-o. Conseguiu reconhecê-lo e, depois de um tempo, entendeu o que ele havia dito.

— Mas eu só decorei uma vez — balbuciou o mago. Se conjurasse aquela magia, ela iria desaparecer da sua memória, o que era uma sensação horrível. Que medo! Rufus teve vontade de chorar.

O Senhor Zoldini, o mestre do picadeiro, não disse nada. Apenas empurrou Rufus na direção da plateia, fazendo com que ele oscilasse perigosamente, mais uma vez. O Homem Mais Forte de Arton seguiu logo atrás, estabilizando o corpo do Arcano Sem Nome.

— Truques de araque! — provocou a voz bêbada. Seu dono levantou-se, fazendo um gesto obsceno. — Não tem nome porque a cadela da sua mãe se envergonhou de você.

Rufus reconheceu aquilo como um insulto.

— Não mexa com o Arcano Sem Nome, senhor! — tentou o mestre do picadeiro. — Aquele que até mesmo Leen tem medo de vir buscar!

Rufus olhou em volta, de novo sem reconhecer onde estava. Começou a se deitar, para dormir. Estava com sono.

— O raio de gelo! — o Senhor Zoldini não tentava mais sussurrar.

É verdade, lembrou-se Rufus. Era melhor fazer aquilo logo, e depois poderia dormir. Antes, tomar mais um pouco de vinho com achbuld, e depois dormir. Firmou os pés no chão balouçante, amparado pelo Homem Mais Forte de Arton. Moveu as mãos, falou palavras arcanas. Foi fazer a magia, mas viu que aquela iria provocar uma sensação ruim. Não era melhor fazer outra?

Uma enorme bola de fogo desprendeu-se das mãos trêmulas de Rufus Domat, vindo a explodir na arquibancada. O fogo rugiu como mil feras, e a explosão ensurdecedora jogou para trás o Arcano Sem Nome, o Homem Mais Forte de Arton e o mestre do picadeiro. Ao mesmo tempo, berros das mães e crianças, e do mendigo que acordou para ser imolado, e do bêbado. O ar encheu-se do fedor de carne queimada, e a gordura humana estalou e ferveu. As pessoas correram para todos os lados. O que sobrava da arquibancada ardia, e as faíscas subiam pelo ar da noite que começava, vindo pousar em muitos lugares. Acendeu-se o pano vermelho, e Faella, a Mulher Volumosa, saiu correndo, carregando Welleck, o Menino-Polvo. As faíscas incendiaram o telhado de sapé de uma casa próxima, e fizeram arder um monte de feno, e em breve muita gente corria e berrava. Fogo por toda parte.

Rufus sabia que deveria correr. Via uma agitação ao seu redor, mas o som dos berros parecia-lhe muito distante, as pessoas muito borradas, movendo-se rápido demais. Muita agitação. Ele não gostava.

— Deixe-o aí! — gritou o Senhor Zoldini. — Ele bem que merece queimar neste pardieiro.

Mas Brugarr, o Homem Mais Forte de Arton, se apiedou do Arcano Sem Nome e, com grande dificuldade, ergueu-o, carregando-o para longe.

— Que prejuízo, que prejuízo — choramingava o Senhor Zoldini, enquanto seu Grande Espetáculo de Variedades e Maravilhas ardia.

Faella, a Mulher Volumosa, olhou com desolação para o prato de sopa rala.

— É só isso que posso pagar — disse o Senhor Zoldini. — Graças ao seu companheiro aqui.

Rufus tremia.

— Quem sabe só um pouco de achbuld? — gemeu o mago.

O Senhor Zoldini bufou e acertou Rufus com um tapa na cabeça.

Welleck, o Menino-Polvo, chorava aos berros. Balançava os três bracinhos deformados em todas as direções. Darrana, a Dama Selvagem, procurava acalmá-lo, embalando-o em um abraço inábil. A criança estava com fome, suja e fedia muito. Estavam todos sentados na palha da estrebaria da Estalagem do Caneco Furado, em meio a dois cavalos magros e a grande quantidade de esterco que eles produziam. O estábulo fora tudo que o dinheiro arrecadado pelo Grande Espetáculo pudera pagar.

— Pode ficar com o meu — disse Brugarr, o Homem Mais Forte de Arton, estendendo seu prato de sopa para a Mulher Volumosa. Ela agradeceu e bebeu o caldo com sofreguidão.

Eram um bando patético. O Senhor Zoldini, um velho atarracado metido em uma eterna casaca encarnada, esforçava-se por parecer garboso a toda hora, mas no final era só um vigarista sem sorte com cabelos e bigode mantidos em voltas complexas por uma grande quantidade de sebo. Sempre fora acompanhado por Brugarr, o Homem Mais Forte de Arton. Brugarr, cujo nome verdadeiro era Joseph, viajara com Zoldini (batizado com o nome bem mais mundano de Samuel) por todo o Reinado, durante muitos anos, vendendo amuletos falsos, pretensos tônicos que curavam todos os males, e pedras que deveriam conceder a juventude eterna. Já haviam posado de clérigos do inventado deus Gobbles, o novo líder do Panteão; de enviados do misterioso Dragão da Montanha Flamejante, e de recrutadores de uma ordem secreta de paladinos de Khalmyr (que viram em *você* um perfeito candidato, e irão reportar o mais novo escolhido sagrado do Deus da Justiça, precisando apenas de alguns Tibares para custear a viagem de volta até a Fortaleza da Luz Celestial). Haviam coletado doações para pagar o resgate de princesas que não existiam, vendido fios dos cabelos de Lena, e cobrado ingressos para ver o inacreditável Martelo de Tauron (que haviam comprado há pouco, no ferreiro da outra rua). Zoldini (Samuel) e Joseph (Brugarr) haviam feito tudo isso, mas agora Joseph estava cansado. Velho e cansado. E fraco. Os pedaços de madeira que ele erguia, pintados para parecerem ferro, já eram-lhe pesados demais. A pele de leopardo que ele vestia não conseguia esconder os braços flácidos, os músculos desgastados, a pele manchada. Samuel/Zoldini havia lhe tirado de uma vida bem pior (batendo em aldeões desavisados para tomar-lhes os parcos Tibares), mas agora Joseph só queria envelhecer em paz.

Os outros não eram melhores. Faella, a Mulher Volumosa, nem era tão gorda assim, apenas vestia roupas apertadas e com estampas que davam a ilusão de uma rotundez bem maior — truques do Senhor Zoldini. Vivia triste, chorando toda noite de vergonha do próprio corpo, e consolava-se em cuidar de Welleck, o Menino-Polvo. O bebê era a única coisa legítima no Grande Espetáculo de Variedades e Maravilhas do Senhor Zoldini. Era legitimamente deformado, legitimamente horroroso, e chorava de dor legítima, quando os ossinhos teimavam em crescer em ângulos que a carne não suportava. *"Uma mina de ouro!"*, dissera o Senhor Zoldini, ao encontrar a criança no lixo. Gente que trabalhava de graça — ele gostava disso. Por fim, havia Rufus Domat — um mago viciado em achbuld, que já tinha a mente tão confusa pelo alucinógeno que sempre acreditava quando o mestre do picadeiro dizia que já lhe havia pago — e Dandarra, a Dama Selvagem. Rufus só precisava dos seus sonhos de achbuld para ficar feliz, e o Senhor Zoldini tinha um conhecido que lhe fornecia a planta por um custo muito pequeno. Embora nunca tivesse pisado em uma floresta na vida, Dandarra (ou Marie, como tinha sido chamada por sua mãe) era mesmo um pouco selvagem — que dissesse seu marido, que ela matara a chutes ao pegá-lo na palha com outra. Dandarra juntara-se de bom grado ao Grande Espetáculo: era uma boa chance de fugir, e bem melhor do que teria de aguentar em alguma prisão.

Enfim, o bando do Senhor Zoldini era indigno e lamentável, mas era suficiente para arrancar Tibares de aldeões que levavam vidas tediosas nos cantos mais miseráveis de Arton. Por que se preocupar com os hobgoblins que haviam queimado o moinho quando havia pessoas misteriosas e interessantes, prontas a diverti-los? Samuel/Zoldini, como um bom nativo de Ahlen, sabia tirar proveito disso.

— Só um pouco — choramingou Rufus. — Nem precisa ser diluído em vinho.

— Chega! — gritou o mestre do picadeiro, com um gesto brusco que fez voar um botão dourado de sua casaca. — Oh, olhe aqui o que me fez fazer!

O Senhor Zoldini nunca tirava aquela casaca vermelha — ela estava desbotada, dura de suor ressequido, moldada perfeitamente à sua barriga protuberante, e com o aroma característico de alguém que não toma muitos banhos.

— Eu conserto! — ofereceu-se Faella.

— Dandarra, você conserta depois — disse o Senhor Zoldini, ignorando a Mulher Volumosa.

Todos estavam calados. Samuel/Zoldini sorveu ruidosamente um gole de sopa.

— Não posso comer esta porcaria! — disse o mestre do picadeiro, com uma praga, jogando longe a tigela de madeira. Faella acompanhou a trajetória do prato, olhando com pesar imenso a sopa espirrada por toda parte.

Um dos cavalos relinchou.

— Calma, Samuel — disse o Homem Mais Forte de Arton.

— Só um pouquinho, só uma folha — balbuciou Rufus.

— Diabos! — gritou o Senhor Zoldini. — Dandarra, largue este pirralho e venha aqui.

Obediente, a Dama Selvagem entregou Welleck para a Mulher Volumosa, e seguiu o Senhor Zoldini para um canto onde a palha fedia menos a esterco.

— Pronto, pronto — murmurou Faella para o bebê em prantos. — Ninguém vai te fazer mal.

Rufus olhou de esguelha e viu um grande naco de carne branca, quando Dandarra levantou as saias para que o Senhor Zoldini se acomodasse sobre ela. Em seguida, virou os olhos, mas ouviu o ofegar ritmado e sôfrego do mestre do picadeiro.

— Ninguém vai te fazer mal — repetia a Mulher Volumosa. — Ninguém.

Brugarr, aliás Joseph, suspirou. Em seu entusiasmo, o Senhor Zoldini se movia freneticamente e dizia palavrões para a amante.

A porta do estábulo se abriu com um estrondo. Surgiram quatro homens de espadas em punho, trajando cota de malha reluzente e vestes da guarda de Portsmouth. Todos pularam de surpresa, o bebê berrou mais alto, o Senhor Zoldini levantou-se de cima da Dama Selvagem, cobrindo o traseiro peludo.

Rufus sentiu as entranhas congelarem. Os homens entraram, chutando tigelas, pisando em roupas e apetrechos, empurrando o Homem Mais Forte de Arton e a Mulher Volumosa. O que parecia ser o sargento tomou a frente, alternando o olhar de Rufus para o Senhor Zoldini.

— Ouvimos dizer que há um mago aqui.

O reino de Portsmouth não tolerava magos.

O regente tinha um ódio peculiar pelos conjuradores de magia arcana, um ódio que era compartilhado pela maior parte da população. Tinha-se também muito medo da magia naquele reino. Afinal, se algo é tão ruim para ser tão odiado, deve também ser causa para temor. Mesmo em uma vila miserável como aquela, um mago era uma criatura maligna, estranha e indesejável. Que deveria ser caçada.

A apresentação do Arcano Sem Nome em Portsmouth era um risco, o Senhor Zoldini sabia muito bem, mas ele também sabia como enganar as pessoas. O melhor jeito de esconder algo era à plena vista. Colocando um mago para fazer pequenos truques, nada que não pudesse ser explicado (com alguma boa vontade e credulidade) como mero ilusionismo, todos acreditariam que a magia *real* não estava lá. Quem seria tão imprudente a ponto de colocar um mago ali, na frente de todos?

A estratégia funcionara muito bem (até o desastre do início daquela noite). Portsmouth era mais um reino que engolia o Grande Espetáculo de Variedades e Maravilhas do Senhor Zoldini. Ele precisava apenas pensar em uma estratégia para vender o número de Rufus em Wynlla, o Reino da Magia, onde a população não seria tão facilmente enganada.

Mas isso depois, porque agora os soldados estavam ali, prontos a cortar algumas cabeças. Porque o misterioso e poderoso Arcano Sem Nome havia, aparentemente, queimado alguns aldeões até a morte. O Senhor Zoldini só pensava no prejuízo.

— É só um mal entendido — Joseph levantou-se, erguendo as mãos em um gesto pacífico.

Um dos soldados bateu nele com o cabo da espada, fazendo o supercílio explodir em sangue. Faella deu um grito estridente, que fez o Menino-Polvo gritar ainda mais, e o sargento gritar acima de todos:

— Calados! — a lâmina pronta para cortar qualquer um. — Há um mago aqui, ou não há?

— É claro que não — o Senhor Zoldini levantava-se, tentando seu sorriso de persuasão, enquanto lutava para fechar as calças. — Nunca, *nunca*, empregaríamos um maldito mago. É claro que não.

Rufus estático.

— É ele — exclamou uma voz por trás da porta. Logo, apareceu uma das mães da arquibancada, as roupas chamuscadas e o rosto inchado de tanto chorar. — Ele por pouco não mata a minha filha.

Do lado da mulher, um aldeão com rosto hostil. Simples mas forte, portando uma enxada que parecia pronta a rachar o crânio de alguém. E, mais atrás, outros aldeões. Com enxadas, foices, pedaços de pau. Sedentos.

— Ele matou crianças.

— É um mago!

— Um assassino!

— *Linchamento!* — elevavam-se as vozes, em um crescendo de raiva e júbilo.

A ponta da espada do sargento estava na cara de Rufus Domat.

— É você? — cuspiu o homem.

Rufus não disse nada.

— Venha conosco.

Ainda não disse nada.

— Eu falei, venha conosco!

E então, Rufus falou. Falou algumas palavras arcanas, e um arco-íris brilhante deixou seus dedos, com faíscas, cores e luzes atordoantes que fizeram o sargento largar a espada, levando as mãos ao rosto e cambaleando para trás. Os soldados também pareciam estonteados pelo jato de luz colorida, e foram incapazes de reagir. O Menino-Polvo elevava os pulmões a novos píncaros. Rufus fez outra magia.

— *É mesmo um mago!* — gritava a multidão. — *É mesmo um mago!*

O primeiro dos aldeões, de enxada em punho, avançou para Rufus Domat. Com uma terceira conjuração, uma série de projéteis de energia esverdeada atingiu o peito do homem, que caiu pesado para frente.

Rufus correu para fora do estábulo, com uma velocidade mágica que era estranha em seu corpo débil. À sua frente, a turba.

— *Linchamento!*

Uma nova bola de fogo deixou as mãos do mago, e veio a explodir no meio da multidão. Corpos foram arremessados para todo lado, muitos saíram em correria apavorada, e fez-se uma algazarra de gritos, entre a agonia, o medo e o ódio.

— Idiota! — Rufus ouviu a voz do Senhor Zoldini.

— Por favor — era Brugarr, o Homem Mais Forte de Arton. — Pare de matá-los.

— Entregue-se! — disse a Mulher Volumosa.

Mas Rufus apenas correu. Aproveitou a brecha de morte e queimaduras que sua bola de fogo havia causado na multidão e correu, com sua velocidade arcana, pelo meio da turba. Já refeitos, os soldados perseguiam-no, mas nenhum era páreo para a sua rapidez.

Alguns aldeões conseguiam chegar perto. Rufus disparou uma nova saraivada de mísseis verdes, e alguns deles tombaram. Eles caíam como moscas, frente à energia arcana. Aquilo era fácil, e fazia Rufus se sentir bem.

"Só falta um pouco de achbuld", pensou o mago.

E correu.

Rufus precisava de esconderijo, de achbuld, e de uma mulher. Três coisas difíceis de serem conseguidas.

Ele nunca havia matado antes. Naquele dia, já matara pelo menos um punhado de pessoas — aldeões vítimas de sua bola de fogo equivocada, e mais aldeões, que perseguiam-no por justiça. No entanto, ele não pensava naquilo. Pensava só no que precisava, que era esconderijo, achbuld e amor. Bem, não *amor* — mas algo assemelhado.

Encontrou dois, dos três, numa cabana isolada, logo fora da vila de Fillene.

— Deixe-me entrar — bateu na porta freneticamente, sem espaço entre as batidas. — Ou queimo isto tudo!

Atrás, o barulho distante, mas rápido, da multidão.

— *Linchamento!*

— Eu queimo tudo! Deixe-me entrar!

Ameaças vazias. E, se fosse realmente tão ameaçador, ele teria arrombado a porta frágil da cabana. Mas, com ou sem ameaças, abriu-lhe a porta uma mulher loura e gasta, de seus cinquenta e poucos verões.

— Deixe-me entrar — Rufus foi empurrando a dona da cabana. — Ou te mato.

Penetrou na cabana. Por dentro, assim como por fora, era de uma frugalidade extrema — na linha divisória entre o simples e o pobre. Um só cômodo, com um monte de palha em um canto, fazendo as vezes de cama, um fogareiro com uma chaleira fumegando no topo, uma mesa rústica e três cadeiras.

— Você vai me esconder, ouviu? — gaguejou Rufus, tentando demonstrar ferocidade, através do pavor. — *Ou te mato!* — repetiu.

— Não precisa matar ninguém, estranho — a mulher sorriu com uma boca muito vermelha. — Se está fugindo daquela gente, vou esconder você.

Quem quer que fosse a dona daquela cabana, não demonstrava medo nenhum de Rufus Domat. Ela fechou a porta com calma, passando uma tranca simples que não resistiria a um bom chute, e se voltou para ele, ainda sorrindo.

— Quer um chá?

Rufus encolhido, intimidado. Recusou.

— Tudo bem — a mulher deu de ombros. — Não se incomode se eu tomar, está certo? Sempre gosto de tomar um chá à noite.

Ela despejou uma água tingida por ervas da chaleira para uma caneca de metal. Riu para o vapor que lhe cobriu o rosto e sentou-se em uma das cadeiras.

— Não quer se sentar?

Rufus hesitou. Sentou.

— Por que estão lhe caçando?

— Quieta! — gritou o mago.

Ela, mais uma vez, deu de ombros, e seguiu tomando o chá. Passou-se um tempo constrangido.

— Acho que vou aceitar — disse Rufus.

A mulher olhou para ele, sem entender.

— O chá — ele explicou.

— Oh. Claro, só um momento.

Ela se levantou, apanhou uma segunda caneca de metal amassado, e encheu-a de líquido.

— Cuidado, está quente.

Ele tomou um gole pequeno. Ela voltou a se sentar, e olhou para ele com um sorriso vermelho. Era bonita. Tinha sido mais bonita na juventude, e tinha um ar de cansaço irremediavelmente entranhado no rosto, evidente por duas bolsas enegrecidas sob os olhos, mas era bonita. O cabelo louro era opaco e grosso, e farto, e emoldurava o rosto com luz e vulgaridade.

— Por que estão lhe caçando? — repetiu ela.

Tempo.

— Acham que sou um mago.

— E você é?

— Não — logo: — Sim.

Rufus, com a mão que não segurava a caneca, tentou fazer um gesto ameaçador. A mulher sorriu com a boca larga, recostando-se na cadeira.

— Calma. Eu não me importo.

Rufus bebeu mais um gole desconfiado.

— Não é de Portsmouth?

— Sou. Mas não é por isso que preciso gostar de Portsmouth.

Lá fora, ao longe:

— *Linchamento!*

— Pelos deuses, é a resposta desses aldeões para tudo.

Rufus não entendeu, e ela explicou:

— Foi o que disseram para mim também.

— Por quê? — perguntou o mago, inquieto com a tranquilidade de sua anfitriã. — Por que quiseram linchá-la?

— Eu era prostituta — ela sorriu.

— Ah — Rufus bebeu mais chá e decidiu se calar.

— Quer mais?

— Não — ele agradeceu. — Você não tem medo? Quer dizer, deles?

— Oh, não. Meu filho me protege.

Rufus não precisou indagar para que ela dissesse, explodindo de orgulho:

— Ele é um aventureiro. Muito forte.

Os arbustos próximos farfalharam alto, e se ouviu vozes misturadas, e botas pisoteando a grama, e logo:

— *Linchamento!*

E estavam à porta. Rufus se levantou, alarmado. A mulher continuou sentada, bebericando seu chá. Lá fora, sugeriu-se chutar a porta.

— Está louco? — disse alguém. — *Ele* vai nos pegar.

A algazarra se desfez em um burburinho de vozes bem mais comedidas, até que um aldeão bateu, muito educado, à porta.

— Senhorita Nastara?

A mulher se levantou, com calma, pousou a caneca na mesa e abriu a porta.

— Sim? — disse ela, para um rosto vermelho e barbudo que aparecia, sob a luz de tochas.

O aldeão tropeçou um pouco nas palavras.

— Desconfiamos que aqui haja um mago.

— É verdade.

A turba ficou desconcertada.

— Entregue-o!

— Não.

— Mas ele é um mago.

— E?

Houve um grito vindo de trás:

— Deem um tapa na vadia e peguem o mago!

— Quem disse isso? — a mulher, de nome Nastara, adquiriu um tom de voz grave. Não houve resposta.

— Senhora, por favor.

— Senhorita — corrigiu Nastara.

— Senhorita, por favor. Ele é um mago. Um *mago*.

— É meu convidado. Está tomando chá.

O aldeão resmungou mais um pouco, depois se voltou para o resto da multidão, balançando a cabeça e dando de ombros. Os homens coçaram os cabelos e as barbas, confusos, sem ousar entrar à força. Por fim, atrasados pelas cotas de malha que lhes pesavam nas costas, chegaram os guardas. Empurraram os aldeões para fora do caminho e abriram espaço para seu sargento, ainda de espada em punho, confrontar a senhorita Nastara.

— Senhorita, não se interponha no nosso caminho.

— Ele é meu convidado.

— Senhorita, não seja absurda!

— O senhor não seja *rude*, sargento Wilkam, com a mulher que lhe fez homem! — houve um começo de risada na multidão, rapidamente debelada por um olhar severo.

— Senhorita.

— Acho que é hora do senhor sair daqui — Nastara olhava para cima, para o rosto mal-barbeado do sargento Wilkam, e batia o pé esquerdo.

— Ora, chega desta bobagem — disse o sargento, empurrando Nastara e entrando na cabana.

A mulher caiu de encontro a uma parede de madeira. Houve um urro de júbilo coletivo. Os aldeões ergueram foices, os soldados ergueram espadas, e o sargento se preparou para uma captura gloriosa (depois de dar uma boa surra no mago, é claro).

— Em nome do regente, em nome do reino de Portsmouth e em nome dos deuses, eu — mas foi interrompido.

— *Que porcaria está acontecendo?* — uma voz possante e clara, vinda do outro lado da cabana. A multidão se calou. Os soldados baixaram as armas. O sargento fechou os olhos, numa expressão frustrada.

Logo, surgiu o dono da voz, um jovem alto e louro, com cabelos de palha e feições duras e bonitas, cortadas por um formão habilidoso. Vestia uma cota de malha, mas, diferente dos soldados, nele a armadura não parecia pesar nada. Tinha uma espada longa na cintura.

— Mãe, você está bem? — disse o rapaz, amparando Nastara.

— Ótima — disse a mulher, pousando um beijo no rosto dele.

O jovem mediu Rufus brevemente, depois se voltou para o sargento.

— Então eu repito: *que porcaria está acontecendo?*

Ninguém queria falar. Por fim, o sargento se rendeu aos inúmeros olhares que lhe impeliam a tomar a iniciativa.

— Sua mãe está abrigando um mago.

— E qual é o problema nisso? — disparou o jovem, o queixo para cima em atitude de desafio.

— É um *mago*, por todos os deuses!

— Willy, não seja bobo — riu o jovem.

— Agora eu sou sargento, não me chame assim — pediu Wilkam, com humildade.

— Já não decidimos que a minha mãe pode fazer *o que bem lhe aprouver* nesta droga de vila, Willy Borra-Botas?

— Eu sou sargento agora — voltou a gemer o homem. — E não pode ser assim. Ela não pode abrigar um mago, Vallen.

— Bem, vamos decidir isso, então — riu o jovem, erguendo os punhos. Em seguida, olhou para Rufus: — Muito prazer. Meu nome é Vallen Allond, e eu vou bater nestas pessoas para livrar a sua cara.

Rufus notou que o rapaz parecia muito satisfeito.

Já o sargento, nem tanto.

— Eu sou sargento agora — pela terceira vez.

— Ora, Willy Borra-Botas, passei a minha infância batendo em você e nos outros garotos mais velhos. Somos velhos amigos, não me venha com essa história de "sargento".

O homem tinha a espada em punho, pronta.

— Vou atacar você a sério, se for preciso, Vallen.

O jovem Vallen Allond riu de novo, ainda sem arma nenhuma nas mãos.

— Eu vou arrancar essa espada da sua mão, Willy. E, com minha outra mão, vou quebrar-lhe um dedo, para que aprenda a não ser malcriado. E vou lhe dar um chute no estômago que vai fazer você cair.

O sargento Wilkam atacou.

— Eu avisei.

Com efeito, Vallen se esquivou habilmente do golpe da espada. Segurou o pulso do homem com uma mão, tomando-lhe a arma com a outra.

Deslizou a mão que estava no pulso para os dedos de Wilkam, quebrando o indicador em um só movimento. Em seguida, virou-se e acertou a sola da bota na boca do estômago do oponente. O sargento caiu.

— Eu avisei.

Os três soldados amontoavam-se na pequena cabana, as espadas em punho, tremendo.

— Vallen, por favor, é só um mago desconhecido — gaguejou um dos soldados.

— Flescher Florzinha! — o rosto de Vallen se abriu em um sorriso largo, franco como o da mãe. — Lembra-se de quando ganhou esse apelido? Quando o fiz desfilar pela aldeia vestido de menina, com as margaridas nos cabelos?

— Vallen, é um *mago*!

— Bons tempos, eh?

Ninguém respondeu.

— E lembra-se como o Willy recebeu o apelido? — continuou Vallen, sempre sorrisos. Tinha na mão a espada do sargento, mas ignorava a sua própria. — Eu o proibi de usar a latrina, até segunda ordem. E o maricas obedeceu! — Vallen deu uma gargalhada gostosa. — E acabou não se controlando na frente do clérigo Brian, lembra-se?

— Vallen, ele é sargento agora — ganiu o soldado.

— Todos vocês, meninos mais velhos, eram uns malditos covardes — o sorriso de Vallen agora era um pouco mais feroz, e sugeria algo mais sério. — Muito valentes para falar da mãe dos outros, mas se molhavam de medo de mim, não é?

— Vallen — tentou o soldado, mais uma vez.

— Acha bonito xingar a minha mãe, Flescher Florzinha? — Vallen abria muito a boca, lançando perdigotos na cara do soldado.

— Vallen...

— *Perguntei se acha bonito.*

— Não — a voz do soldado Flescher sumiu.

Vallen girou a espada na mão, com habilidade.

— Eu já disse que ninguém vai contrariar a minha mãe por aqui, não disse? — não havia mais riso na voz de Vallen. — Quando ela disser *"defequem"*, vocês perguntam: *"em que formato, senhorita Nastara?"*

Silêncio. Respeito. Medo.

— Vallen, a capital pode saber disso — gemeu outro soldado. — O regente. Você não pode com a guarda da capital.

— Quem é você, mesmo? — Vallen se voltou para o novo interlocutor. — Não me lembro do seu nome, só me lembro de lhe ter partido a cara quando éramos crianças — depois, um olhar mais cuidadoso. — Não, *eu* era criança, *você* já era quase homem feito.

O homem repetiu a afirmação, a sugestão de ameaça.

— A capital, é? — desafiou Vallen. — O regente? O maldito exército?

O sargento segurava o estômago, no chão. Os guardas engoliam em seco.

— *E quem vai contar para a porcaria do exército?* — Vallen berrou. — Chamem todas as drogas de soldados de Portsmouth, seus vermes imprestáveis, e eu vou, mesmo, morrer. Mas antes, pego cada um dos guardas de Fillene e os corto em escalopes!

Eles baixaram as cabeças. Sabiam que era verdade.

— Fora daqui — Vallen se virou de costas. — Mãe, pode me servir um chá?

O terceiro guarda, o que ainda não havia falado, atacou. Ergueu a espada de súbito e, segurando-a com ambas as mãos, investiu contra o jovem. Surpresos, os outros dois soldados reagiram atacando também.

— *Somos soldados, maldição!*

Vallen se abaixou, fazendo a espada que vinha para sua cabeça passar longe, alto. Agarrou o braço do atacante e arremessou-o por sobre o corpo, fazendo-o se estatelar no chão. Voltou-se a tempo para reagir aos outros dois soldados, que vinham com estocadas. Girando o corpo, catou a chaleira que fumegava sobre o fogareiro e jogou-a, encharcando de chá fervente os dois rostos. Os homens gritaram.

— *Venham os quatro juntos! Não vou usar armas, para que tenham chance!*

O sargento aproveitou o ataque para se erguer. Pegou a espada de um dos soldados e tentou um corte. Vallen aparou a lâmina com a espada que tinha na mão e, com a força do impulso, levou a lâmina do sargento até próximo ao seu rosto, fazendo o homem se desviar do próprio golpe. Largou a espada no chão e desferiu um soco potente no queixo do sargento Wilkam. Este cambaleou e desfaleceu.

Os guardas com os rostos queimados seguravam as faces, incertos. Já o primeiro atacante estava refeito e, com um urro, investiu de novo pelas costas de Vallen. Foi recebido com uma cotovelada pontuda no estômago. Dobrou-se, Vallen se virou, e levantou o pé num chute extremo no meio das pernas do homem. Com um choramingo, o soldado tombou. Tentou se agarrar na mesa, mas acabou desabando, quebrando uma perna do móvel.

— Mais alguém? — rosnou Vallen.

Os dois soldados mal tinham coragem de olhar para ele.

— Deem-me algumas moedas para pagar pela mesa que seu amante aqui quebrou — mandou Vallen.

O homem depositou alguns Tibares na mão estendida.

— Mais — disse Vallen.

— É nosso soldo — gemeu um dos homens. — Não ganhamos muito.

— E por que acha que isso é problema meu? Vocês que durmam com as vacas e comam grama com bosta. Deveriam ter pensado nisso antes de nos importunar.

Obedientes, os dois homens esvaziaram suas algibeiras, a do sargento e a do outro colega caído. Começaram a recolhê-los, para ir embora.

— Não mesmo. Antes, peçam desculpas e beijem minha bota.

Os guardas pararam, estarrecidos. Um deles sentiu o lábio tremer e os olhos se encherem d'água, mas lutou para engolir o choro.

— Vallen, já chega — disse Nastara, com suavidade.

— Está bem — Vallen, contrariado.

Os homens voltaram a recolher os colegas inertes.

— Esperem — interrompeu de novo Nastara. — O que Vallen mandou era exagero, mas um pedido de desculpas seria bom.

Como ovelhas, os soldados se desculparam. Depois recolheram os caídos e saíram, massageando os orgulhos feridos. Levaram a turba consigo.

— E fiquem longe!

Mais tarde, na taverna, eles contariam bravatas e jurariam vingança, todos fingindo acreditar que seriam capazes.

— E como é o seu nome, homem que conquistou a simpatia de minha mãe? — sorriu Vallen para o mago que não conhecia.

— Rufus. Rufus Domat.

— Muito prazer, senhor Rufus — apertou-lhe a mão com vigor. — E não precisa agradecer, eu bato em vermes como aqueles nos meus dias de folga de lutar *de verdade*.

— Ele é aventureiro — disse de novo Nastara, brilhando de orgulho.

— É um ótimo guerreiro — disse Rufus, sem saber ao certo o que falar.

— Que nada — Vallen escorou a mesa numa das paredes e sentou-se na única cadeira livre. — Existem alguns melhores, como aquele tal de Arsenal. Mas ele está na minha lista — o jovem riu de novo, com sua risada boa, clara, sincera. — Mãe, poderia fazer mais chá?

— Não vá derramar de novo — brincou a mulher.

E Rufus olhou, apalermado, enquanto aqueles dois, mãe e filho, faziam brincadeiras e conversavam sem preocupação, após terem enfrentado uma patrulha e uma multidão em fúria. Lembrou-se que, antes, havia matado pela primeira vez. Ele era bom, também, não era? Não era?

Vallen tomou o chá e se levantou.

— Trate de respeitá-la, hein? — falou sorrindo para Rufus, dando-lhe um soco brincalhão no ombro. Beijou Nastara e abriu a porta.

— Ellisa está me esperando. Volto amanhã.

— Cuide-se.

Foi embora.

— Só nós dois agora, senhor Rufus — disse Nastara, sorrindo-lhe com afeição.

Acabaram se deitando juntos. Depois, o manto com estrelas e luas no chão, eles sob um cobertor velho, na palha.

— Você tem achbuld? — perguntou Rufus, ainda vermelho.

Ela riu.

— Não. Você é bem direto, não é? Por que achou que eu poderia ter, ou mesmo que saberia o que é?

Ele ficou mais vermelho, mas agora não de esforço.

— Bem — gaguejou. — Porque você tinha dito que era... — deixou a frase no ar.

— Prostituta. Vamos, pode falar.

— Desculpe.

— Não, vamos! Fale.

— Porque você disse que era, que tinha sido, prostituta.

— Ótimo. Eu gosto que as pessoas se acostumem com isso, falem bem alto. Ajuda elas a aceitarem quem eu sou.

— Mas não tem achbuld?

— Não. Não tenho.

Silêncio.

— E o pai de Vallen?

— Espero que volte um dia — disse Nastara, espreguiçando-se.

— Oh...

— Ele me deve dinheiro.

Ele olhou-a.

— Nunca mais vi o desgraçado, saiu de fininho e ficou me devendo. Pelo jeito, devia ser mercenário ou bandido de estrada.

— Vallen sabe?

— É claro. Eu não gosto de esconder as coisas. Foi por isso, basicamente, que me expulsaram de Fillene.

Rufus se apoiou num cotovelo, sinalizando para que ela continuasse.

— Eu falava para as mulheres quando seus maridos e filhos vinham me procurar. Não que fosse segredo, entende? Só que ninguém *mencionava*.

— Entendo — disse Rufus.

— Se o filho está doente, mande no curandeiro. Se precisa virar homem, mande na prostituta. É simples. Deveria ser.

Silêncio.

— Por que fez isso comigo? — disse Rufus, desviando o olhar.

— Você fala como se eu tivesse cometido um crime.

— É sério. Por que se entregou a mim? Eu sei que não sou... atraente.

Ela deu de ombros.

— Você parecia alguém que precisava de um pouco de carinho.

Rufus assentiu, tentando sorrir.

— Desculpe — Nastara afagou-lhe o cabelo. — Mas já disse que não gosto de mentiras. Não vou lhe enganar dizendo que fui arrebatada.

— Está tudo bem.

— Mas, se serve de consolo, já vi coisa bem pior.

— Está tudo bem.

Ele se cobriu, sentindo o sono arder-lhe os olhos.

— E não tem medo de magos?

— Como eu disse — Nastara sorriu. — Já vi coisa bem pior.

— Você é muito especial — disse Rufus, num rompante de coragem.

— Boa noite.

— É verdade. *Muito* especial.

— Boa noite.

— Boa noite.

Manhã. Rufus. Nastara.

Vallen.

— Tenho uma proposta a lhe fazer, senhor Rufus Domat.

Rufus tinha uma ponta de medo, apesar de Nastara ter lhe tranquilizado. E se Vallen descobrisse o que acontecera?

— E então, quer ouvir?

Pego de seus pensamentos, Rufus assentiu, rapidamente.

— Já pensou em fazer parte de um grupo de aventureiros?

Eles estavam precisando de um mago. Ele, Ellisa, Gregor e Nichaela. Precisavam de um mago. E, de todos os lugares, logo em Portsmouth, numa viagem de lazer, de visita à antiga casa, Vallen encontrara seu mago. Ouvira os boatos sobre o que Rufus fizera: ele parecia um homem decidido, habilidoso e de pensamento rápido. Além disso, Nastara gostava dele. Fez o que pôde para convencer Rufus Domat — Vallen era um homem energético e carismático. Seu entusiasmo contagiava, motivava. Fazia dele um líder.

— Não tenho certeza...

— Vamos, seremos heróis!

Vallen esforçava-se, tinha um bom pressentimento sobre aquele mago. Porque Vallen, apesar de ser um ótimo líder e um guerreiro sem par, não era um bom juiz de caráter, nem tinha uma intuição muito apurada.

E sim, Rufus já pensara em ser um aventureiro. Já pensara em tesouros e inimigos e vitórias arcanas. Afinal, ele era bom, não é? Ele matara inimigos, ainda ontem, não?

— Eu aceito.

E assim Rufus Domat foi arrancado da vida de palhaço arcano por Vallen Allond, e nunca deu adeus aos membros do Grande Espetáculo de Variedades e Maravilhas do Senhor Zoldini. Não queria mais ser o Arcano Sem Nome. Queria um nome, um nome grande, gravado na história de Arton.

Vallen fez mais do que apenas transformar-lhe, de atração circense, em aventureiro ousado. Arrancou-lhe do achbuld. Deixou Rufus trancado na cabana, sozinho, por dias a fio, até que passasse o desejo incontido pelos sonhos alucinógenos.

— Só um pouco! — berrava Rufus, de dentro da cabana.

— Só mais um dia! — prometia Vallen, do lado de fora, todos os dias.

— Por favor! — implorava Rufus, aos prantos. — Eu vou morrer.

— Só mais um dia.

E, trancado naquela cabana (enquanto a mãe de Vallen pousava numa estalagem), o corpo de Rufus Domat se acostumou a viver sem o achbuld.

— Agora, é só lhe conseguir umas roupas novas, e está pronto! — entusiasmou-se Vallen, abrindo a porta da cabana para um farrapo cansado, sujo, dolorido, mas livre.

Rufus só matou mais uma vez em sua vida. E não demorou para ele descobrir que *não*, não era bom. Mas, como fora acolhido, acolhido permanecera. Mesmo sendo fraco, cansado e incompetente. Mesmo sendo um aprendiz, perto dos companheiros muito mais jovens. Mesmo sendo apaixonado por Ellisa Thorn, a amante de Vallen, desde a primeira vez que a viu.

Talvez Rufus gostasse dela porque era de Vallen, assim como Nastara também era de Vallen, e também tinha-lhe capturado a afeição. Quem sabe? O próprio Rufus nunca entendeu seus estranhos sentimentos.

E essas eram as dívidas de Rufus Domat para com Vallen Allond, essas eram as memórias que ele tentava ignorar. Enquanto, dentro de sua jaula imunda, acariciava uma informação importante que poderia lhes salvar a todos.

Na sua cabeça, era um herói.

CAPÍTULO 20

LIBERDADE É NÃO TER MAIS NADA A PERDER

SÓ HAVIA O CATIVEIRO.

O cativeiro era seu mundo, tudo o que conheciam. Havia as jaulas, havia as correntes, havia os companheiros presos, havia a escuridão vermelha, e mais nada. Aos poucos, eles se esqueciam de como era lá fora. O cativeiro era tudo.

Tinham um ao outro, tinham suas coisas, e assim fizeram lá o seu mundo. Perderam a conta dos dias; todos menos Artorius. Em sua mente militar e disciplinada, o minotauro mantinha uma conta perfeita do tempo em que passavam nas jaulas.

— Dois dias.

— Cinco semanas.

— Três meses e um dia.

Informava sempre aos colegas. Os outros se apegavam à sua voz grossa e clara para se agarrar à sanidade. Artorius mantinha a sua própria através de rotinas pequenas e repetitivas que inventara para preencher a cabeça. O medo e a loucura ocupavam com facilidade uma mente vazia.

— Vamos contar os elos das correntes — ordenava com gentileza aos amigos.

— Recitem todas as suas linhagens, os nomes de seus pais e avós, até onde se lembrem.

— Vou ensinar-lhes a língua de Tapista.

E assim salvou-os. Contudo, salvara-lhes apenas as mentes; os corpos continuavam presos. Não que não tentasse: Artorius, assim como todos os guerreiros do grupo, forçara seus músculos até ouvi-los se rompendo, na esperança de dobrar as grossas barras de ferro. Mesmo abençoado pela força de Tauron, Artorius não conseguia mover-lhes um centímetro. E mesmo a força de Tauron começou a escassear depois do primeiro mês.

Era algo que ele, Nichaela e Gregor partilhavam, em silêncio: nunca iriam contar aos colegas, mas tornava-se muito difícil reunir a fé necessária para as bênçãos de seus respectivos deuses. Os três eram modelos de fervor: qualquer divindade em Arton não poderia desejar seguidores mais leais do que os dois clérigos e o paladino. Mas mesmo assim, um mês de prisão surreal abalava os espíritos. Os três sentiam a mesma coisa: não ressentimento de seus patronos, ou dúvida de que eles estivessem lá — apenas uma fraqueza enorme, que impossibilitava que suas almas alcançassem os píncaros necessários para que eles fossem ouvidos nos céus.

Nichaela mantinha a fé em Lena, e também sua fé nova e fanática:

— Os deuses estão do nosso lado... Querem que o encontremos... Não vamos morrer aqui, não antes de encontrar o albino... — era a sua cantilena diária e constante, que ela recitava para assegurar os outros, e também para tentar se convencer.

Artorius tinha outra cantilena:

— Não é real... *Não é real...*

Ele tinha certeza de que aquilo era uma ilusão. Tudo aquilo, as jaulas, as correntes, o vermelho, a bruxa sem rosto. Mas sua mente não podia ser convencida: ele sentia o frio do metal forte, via as sombras cor de sangue, e vez por outra, assim como os outros, recebia a visita de Andaluzia.

— Tantos amigos novos — dizia a bruxa, a voz que parecia sorrir, fazendo as vezes da boca inexistente. — São meus amigos? Já sabem da minha casa? Lá tenho mais amigos. Amigos maus.

Andaluzia falava incoerências em suas visitas bissextas. Não havia padrão: podia ir até eles várias vezes por dia, dias seguidos, e então passar duas semanas ausente. Podia perguntar-lhes os nomes de novo e de novo, ou chamar-lhes por nome e sobrenome, acusando-lhes de crimes que, se faziam algum sentido, era apenas em sua mente. Às vezes ria, jogando a bola disforme e vazia que era sua cabeça para um lado e para outro. Às vezes soluçava como se chorasse, mas não havia olhos por onde as lágrimas saírem. Torturava-lhes por horas, ou enchia-os de guloseimas doces. O cativeiro não tinha propósito, não tinha porquê, e por isso não parecia ter fim.

Eles não passavam fome, sobrevivendo da comida que Andaluzia lhes entregava, quando suas vontades assim ditavam. Eles não sabiam de onde vinha aquele alimento, e logo estiveram famintos demais para se darem ao luxo da desconfiança. A bruxa vinha de cima, de baixo ou dos lados, como se andasse por escadas ocultas nas sombras vermelhas. Eles haviam tentado atacá-la, como era natural de um grupo de guerreiros, mas nenhuma lâmina, nenhuma flecha fora capaz de atingi-la. Andaluzia era uma deusa naquele lugar, era sua senhora absoluta, e os aventureiros deveriam viver naquele seu reino de quase nada, até que ela decidisse que bastava.

Em segredo, Vallen tinha certeza de que Ashlen seria capaz de livrá-los. O jovem tinha uma língua manhosa, que seria capaz de enredar Andaluzia e convencê-la a libertá-los. No entanto, isto era impossível. Ashlen, de todos eles, era o único que estava contando seus dias de vida.

O pé de Ashlen havia se tornado preto e putrefato. Exalava um cheiro horrível. Doía como o inferno, mas uma boa parte já havia ficado insensível. Era uma parte morta, que estava espalhando morte perna acima, e iria dar cabo do garoto.

— Nichaela — ele chorava, todos os dias. — Me cure.

Mas Nichaela estava longe. As gaiolas suspensas estavam dispostas em um meio-círculo, e havia quatro jaulas entre a clériga e o rapaz. Artorius, por outro lado, balançava adjacente a Ashlen.

O minotauro havia, é claro, tentado reparar o pé destroçado. Embora tivesse conseguido conter um pouco do sangramento, descobriu que aquilo estava muito além de suas capacidades — pelo menos naquela hora de fraqueza. Estendera o corpanzil, conseguindo espremer um dos braços pelo espaço entre as barras, oscilando a jaula até conseguir tocar, com as pontas dos dedos, a superfície podre da carne de Ashlen — para nada. E logo soube, assim como sabia Nichaela, o que precisava ser feito.

Ashlen começou a delirar depois da primeira semana. A febre que se instalara no seu corpo o fazia tremer com violência, e enchia sua visão de pesadelos quiméricos. Foi num de seus raros momentos de lucidez que Artorius disse o que ele precisava fazer.

— E precisa ser você, Ashlen. Eu não alcanço.

O rapaz chorou, chorou como chorava todos os dias de dor, mas agora também por medo e frustração.

— Nichaela — implorava. — Faça algo.

— Ashlen, por favor — disse a clériga. — Obedeça a Artorius. Ou você vai morrer.

Ele se recusou. Isso custou caro: passou os dois dias seguintes em loucura febril, e, quando despertou, a podridão já tinha se instalado até o início do tornozelo.

— Está bem — disse entre dentes.

Sem uma palavra, Artorius arremessou-lhe o machado. A pesada arma girou com perfeição, passando por entre as barras da jaula de Ashlen, e caindo com alarde no piso metálico.

— Vamos, Ashlen — rugia o minotauro. — *Faça.*

Ashlen só tremia.

— Vamos, faça. E não desmaie.

Ashlen segurou o machado com mãos balouçantes. Chorava como uma criança.

— Não chore! — trovejou o minotauro. — Não chore! Sua visão precisa estar clara.

Ashlen limpou a torrente de lágrimas e, de alguma forma, conseguiu segurar o pranto por trás de dentes cerrados. Ergueu o machado, com um gemido agudo. Olhou a arma, e o pé negro. Sua visão estava clara.

Ashlen desceu a lâmina enorme, logo acima do calcanhar. O machado mordeu fundo, cortou carne e quebrou osso, deixando o pé agarrado por fiapos. Ashlen berrava e se debatia.

— Não acabou! — gritou Artorius. — Tem que ir até o fim!

Ashlen, ainda gritando, sem entender o que fazia, agarrou o machado de novo. Ergueu-o com ambas as mãos, e fez a lâmina descer de novo. Errou. O segundo corte foi acima do primeiro, e esmigalhou mais osso e rasgou mais carne, mas ainda assim não decepou o pé.

— Continue! Vamos, não desmaie!

E, sempre berrando em choque, Ashlen golpeou a própria perna, de novo e de novo, sentindo o sangue respingar-lhe na cara. Até que sentiu o machado morder, rasgar e romper, e deter-se com um estampido no piso. Viu, separado de si, o pedaço deformado, destroçado e apodrecido que fora seu pé. Ficou em silêncio por um instante, e logo recomeçou a gritar. Com um safanão, derrubou o pé decepado para a escuridão vermelha abaixo. Então, lembrou-se da dor.

Não doía o pé, ou a perna: a dor se espalhava, latejava por todo o seu corpo, aguda e onipresente, indescritível, e tão intensa que sua mente decidiu que não podia lidar com ela.

Os aventureiros viram os olhos de Ashlen se virarem para trás, e ele ficou mole.

— Não! — rugiu Artorius. — Não desmaie! Não agora!

E a ele, juntou-se Vallen:

— Fique acordado! Vamos, é uma ordem!

E Ashlen conseguiu se agarrar à consciência. Olhou vagamente para os dois companheiros que gritavam, e choramingou:

— *Não quero...*

Nenhum dos dois respondeu. Vallen apenas sacou a espada Inferno, que rosnou com sua linha de chamas, e arremessou-a na direção da jaula do rapaz. Assim como Artorius, conseguiu um arremesso perfeito, e a lâmina mágica, com um clangor, pousou no chão de metal da gaiola.

— Não quero — repetiu Ashlen. Pegou Inferno.

— Só mais um pouco — ouviu-se a voz de Nichaela.

— Não quero — Ashlen aproximou a lâmina flamejante da ferida onde acabava sua perna. — *Não quero* — repetiu, e, gritando de novo, encostou o fogo mágico no cotoco de seu tornozelo. A carne chiou e ardeu, e aquele espaço indefinível se encheu com o cheiro da perna que queimava. E Ashlen gritou, mas manteve Inferno encostada, até que o ferimento todo estivesse cauterizado e negro.

— Chega — disse Artorius. — Já chega.

E Ashlen, grato como nunca estivera, largou a espada mágica e pôde, finalmente, repousar no abraço quente da inconsciência. Assim salvou a sua vida, e assim encerrou sua carreira de ladrão.

No oitavo dia veio, de novo, o albino. Ninguém viu.

Entregou a Rufus um livro, um tomo volumoso e escuro, de muitas páginas e uma estranha capa de madeira. O mago não contou para ninguém.

— Vallen, como era a vida antes da perseguição? — perguntou Ellisa Thorn, no meio do segundo mês. Seu cabelo estava imundo, e se grudava no crânio, caindo depois em longos fios engordurados. Sua magreza revelava os contornos da garganta e os ossos dos ombros. Olhava para a distante jaula de Vallen, com vontade e tristeza.

O guerreiro fez um sorriso triste. Sentia um dente se afrouxar, apodrecendo na boca há muito não lavada.

— Tudo era bom — ele disse. — Nós éramos, heróis, não lembra?, e todos gostavam de nós.

Tempo, silêncio.

— Lembram-se de quando fomos convidados para o banquete do Rei-Imperador Thormy? — disse, de repente, Gregor Vahn. Vallen olhou-o, um pouco surpreso, e continuou com as belas mentiras.

— Acho muito mais importante quando matamos o dragão vermelho — disse Vallen.

— Em Sckharshantallas — disse Gregor.

— Isso, em Sckharshantallas.

— O dragão era parente do Rei Sckhar, não é mesmo? — Sckhar, o Rei dos Dragões Vermelhos, governava o território de Sckharshantallas. Era uma besta invencível.

— Primo! — disse Vallen. — Primo de Sckhar.

As vozes dos dois guerreiros se erguiam e se animavam, enquanto eles inventavam aquelas façanhas de um passado melhor. Tentavam afogar a imobilidade muda de Ashlen, a frustração e a raiva de Artorius, a tristeza quieta de Nichaela. Escondiam também, embora não soubessem, o estudo sorrateiro de Rufus, que há mais de um mês tentava ler o livro de capa de madeira, avançando a passos de criança. Até aquele momento, conseguira esconder suas atividades dos colegas.

— A vida antes da perseguição era perfeita, Ellisa — disse Vallen. — Tudo o que há de errado conosco é culpa daquele homem. Quando conseguirmos pegá-lo, tudo vai ficar bem.

— E haverá o casamento de vocês dois — disse ainda Gregor. — Lembram-se? Talude e Vectorius pediram para que vocês esperassem, para que eles pudessem comparecer.

Vallen olhou na direção de Ellisa. Viu que ela tinha a cabeça baixa, o rosto oculto entre as mãos, e sacudia o corpo ritmadamente. De um salto, Vallen se levantou, agarrou as barras de ferro e gritou. Urrou como uma fera, balançando a gaiola, batendo a própria cabeça nas barras, socando o metal duro até que suas mãos sangrassem. Não se lembrava da última vez em que Ellisa havia chorado.

— Nunca vai acontecer — disse Ellisa, com voz embargada. — Por que não morrer aqui, agora mesmo?

— Não fale assim — disse Nichaela.

Com uma praga, Ellisa mandou que a clériga se calasse.

— É tudo mentira — disse Ellisa Thorn. — É mentira que a vida vale mais. É mentira que vamos sair. Melhor morrer de uma vez — e, de novo, chorou. Vallen, em fúria, batia-se contra a jaula.

— Vamos conseguir — repetia Nichaela. — Não podemos morrer antes de encontrar o albino.

"Eu já encontrei", pensou Rufus.

Mas não disse nada.

Andaluzia gritou no final do terceiro mês.

— *Eu fui a serva dele, como me foi ordenado! Por favor!*

Em seguida, um uivo longo e dolorido, de dar pena. Os aventureiros se entreolharam.

— *Eu fui a serva dele, respondi todas as perguntas, fiz todas as vontades. Fui sua cadela para que ele se divertisse, aprisionei seus inimigos* — a voz da bruxa se elevava, em um guincho, por toda a vastidão do espaço vermelho. — *Cumpram sua parte. Eu já cumpri a minha...*

Os oito prisioneiros não tinham ideia de quem era que falava com Andaluzia. Perguntaram-se, mas tudo o que veio foram especulações vazias. De qualquer forma, ela se dirigia ao interlocutor invisível com reverência e temor. Implorava, chorava. Sua voz sugeria que ela rastejasse.

— *Meus inimigos, por favor... Continuam lá, e minha mãe não faz nada.*

A bruxa seguiu arengando e choramingando para o vazio, longe da visão dos aventureiros.

— Talvez ela esteja delirando — disse Gregor. Naqueles dias, apenas Gregor, Vallen, Masato e Nichaela falavam algo. Os outros quatro estavam mudos e indolentes.

— *"Aprisionei os inimigos dele"*, não ouviram? — disse Vallen. — Ela serve ao albino.

— E a mais alguém — disse Masato.

Súbito, um guincho estridente feriu os ouvidos de todos, por um longo tempo.

— *Está bem* — disse a bruxa, afinal. — *Eles estão ali atrás...*

Das sombras vermelhas, surgiu Andaluzia. Ela caminhava sobre o nada com passos incertos, balançando e se equilibrando, como se estivesse sobre uma corda bamba.

— *Comportem-se bem* — ela disse aos aventureiros, como se falasse com crianças. — *Eles vêm ver vocês.*

Ouviu-se um grito de batalha, e em um instante Ellisa Thorn estava de pé, e disparou três flechas antes que alguém pudesse abrir a boca. As três hastes de madeira se cravaram fundo no peito da bruxa sem rosto.

— *Não, não* — disse Andaluzia, tateando as flechas, ainda em uma voz chorosa e afetada. — *Assim não são bons amigos.*

— *Morra, cadela!* — gritou Ellisa, e disparou mais duas setas no rosto vazio de Andaluzia. — *Morra, prostituta, amante de demônio, morra!*

— Ellisa, não — gritou enfim Vallen, mas a arqueira continuava disparando, o braço direito se movendo em velocidade cegante, retesando e soltando a corda do arco, esvaziando a aljava na mulher que apenas continuava falando com uma voz condescendente.

— *Não, não* — repetiu Andaluzia. — *Os avós estão aqui, e eles fizeram uma promessa. Temos de ser bons* — a bruxa estava cravejada de flechas. Sangrava aos borbotões dos inúmeros buracos, e acariciava as hastes como se não entendesse o que eram. — *Muito bons e comportados.*

Ellisa, sem mais flechas, se deixou escorrer pelas barras de ferro, sentando-se de novo no chão metálico e oscilante. *"Por que não morrer?"*

— *Eles estão aqui!* — disse Andaluzia, num sussurro quase faceiro, como uma moça jovem ao ver um belo rapaz.

Tudo ficou vermelho, o vermelho negro que era o equivalente à escuridão naquele cativeiro. Imersos na cor cegante, os aventureiros sentiram que eram observados. Andaluzia era louca, mas não estivera falando sozinha: havia *algo* ali com eles. Não respirava, não fazia qualquer ruído, o que quer que fosse. Não ocupava espaço, não se sentia calor de corpo algum. Mas havia algo. Uma presença inexplicável e alienígena, diferente e avassaladora, que fez um demorado escrutínio de todos eles por um tempo sem fim. Mais tarde, Ellisa seria capaz de comparar a sensação com as violações que sofrera na infância.

— *É verdade?* — a voz de Andaluzia soou de novo, após uma eternidade de vermelho e passividade. — *Estou tão feliz. Cumpram sua promessa.*

Eles puderam ver, de novo. Estavam lá os companheiros, estava lá a bruxa.

— *Cumpram sua promessa* — repetiu Andaluzia, para algo que só ela podia ver.

— *Por favor.*

— *Um dia.*

Andaluzia caiu de joelhos no vermelho vazio, soluçando sem lágrimas. O espaço onde deveria ser o seu rosto se contorcia horrivelmente.

— *Um dia, não é?*

— *Não é?*

Quatro meses e um dia, e Rufus foi capaz de entender o livro. Uma página, ao menos.

Ele manteve seu estudo em segredo e, de alguma forma, ninguém notou o que ele fazia, todos os dias, encolhido, enfiando a cara no tomo enorme. Era maravilhoso. Rufus, no início, tivera medo. Aquilo o fazia especial, único, escolhido. Por isso, também, ele tinha medo, misturado com orgulho brilhante e desmedido, que ameaçava estourar-lhe o peito. Ele era o escolhido do albino. No teatro da sua mente, Rufus confrontava o fugitivo, sozinho, numa luta privada de inimigos mortais. A cabeça do mago estava povoada de imaginações insossas, histórias fracas das quais ele era o protagonista.

Mas o tomo era maravilhoso, e realmente especial. Rufus abrira-o em busca de uma salvação. Passara quatro meses na primeira página, mas, ao decifrá-la, fora capaz de entender que ali havia uma salvação.

Era um livro de magias, um grimório. Mas, diferente dos que ele havia possuído, dos quais poucos haviam sido poderosos de verdade, aquele era um livro de enormes conhecimentos e poderes. A primeira página continha a exata magia da qual ele necessitava. *"Libertação total"*, alardeava o título em letras confusas e rebuscadas. *"A libertação total de Rufus"*, ele logo pensara. Em Arton, muitos magos poderosos criavam magias únicas, e lhes davam seus nomes (numa atitude de fanfarronice e orgulho bem típica dos magos poderosos). Com efeito, no dia seguinte estava lá: *"A libertação total de Rufus"*.

Nos muitos dias de estudo, Rufus decifrava e, parecia-lhe, criava o texto. À medida que a escrita indecifrável se tornava clara, a magia se moldava mais e mais ao que ele pensava e imaginava. Não fosse Rufus um homem de mente pedestre, poderia ter feito qualquer milagre com aquele livro de capa em madeira.

— Eu tenho a solução! — Rufus se levantou, num movimento dramático, sobre pernas instáveis. Quatro meses e três dias haviam passado.

Os aventureiros tinham menos cabelos, menos dentes, menos músculos e esperança, mais ossos e menos carne para cobri-los.

Todos os olhos se voltaram para Rufus Domat.

— Eu tenho a solução! — ele repetiu. Retirou o grimório de dentro dos mantos, num gesto teatral que o fez lembrar de seus tempos como o Arcano Sem Nome.

— O que está falando? — disse Vallen, com voz morosa de desânimo.

— *"A libertação total de Rufus"* — o mago abriu o livro. — Irei nos tirar daqui!

Recitou a fórmula arcana. Os efeitos — a liberdade de qualquer prisão, para oito alvos separados — começaram a surgir, à medida que uma bonita luz amarela serpenteava dos dedos que se moviam. *"Bem como eu havia imaginado"*, pensou o mago. Na verdade, exatamente o que ele havia construído no olho de sua mente.

A luz amarela espiralou como fumaça de cigarro, e enredou-se por cada elo de corrente, cada barra grossa de metal, espalhou-se como névoa pelos pisos férreos e envolveu, como uma tapeçaria caótica, tudo o que era a prisão. As gaiolas se desfizeram. Os aventureiros se sentiram no ar por um instante, caindo no vazio vermelho, e em seguida aterrissaram, pesados, em um chão gelado. Haviam estado, durante quatro meses, a menos de um metro de altura.

— Armas! — gritou Vallen, sem demora. — Armas!

E as armas estiveram nas mãos de todos em um instante. Eles viam uns aos outros, de novo fortes e prontos, de novo lutadores e, por enquanto, não procuravam saber o que Rufus havia feito. Também procuravam ignorar o choramingo de Ashlen que, amparado por Nichaela, repetia:

— Eu não tenho armas... Não vou mais poder lutar.

Esperaram, por alguns momentos, que a bruxa atacasse de novo. Vallen gritou ordens (mesmo que, ele soubesse, fossem inúteis) para que eles estivessem prontos — as ondas de dor poderiam vir de novo. Sabiam que pisavam num chão frio de pedra, porque sentiram-no nos dedos e nos joelhos, mas não conseguiam vê-lo. Só viam a vermelhidão infinita, que ameaçava engolir os colegas mais distantes.

— Todos juntos! — ordenou Vallen.

Mas Rufus via o chão. Via o chão, as paredes, as pedras cinzentas cobertas de limo. Via uma janela próxima, e via que era um dia azul e agradável. Via, porque *"A libertação total de Rufus"* havia desfeito todas as prisões — as prisões do corpo de da mente, e com elas as ilusões da bruxa Andaluzia.

— Artorius tinha razão — disse o mago, com voz muito calma. — É uma ilusão. Sigam-me.

Os aventureiros estavam estupefatos, mas foram atrás de Rufus, sem questionar e sem falar nada. Perdido em um sentimento desconhecido de segurança e orgulho, ele os guiou pela torre que já conheciam — a torre velha, decaída, úmida, salgada. Súbito, ouviu-se Andaluzia.

— *Amigos não podem sair, os avós vêm visitar de novo.*

Rufus abriu a boca para dizer algo, mas Vallen foi mais rápido e eloquente:

— Lembrem-se! É uma ilusão!

Veio de novo a onda de dor. A sensação de ser fervido em óleo quente. Mas, desta vez, apenas Ashlen foi pego: os demais tinham as mentes, de súbito, fortalecidas pelo conhecimento (e Rufus estava simplesmente protegido por magia).

Artorius atacou. Levantou seu machado enorme, ainda sujo com o sangue de seu amigo Ashlen, e investiu com ódio infinito contra a bruxa. A lâmina acertou no ombro da mulher, quebrou-lhe a clavícula e se enterrou fundo, dividindo um seio em dois. O rosto inexistente continuava impassível.

— *Por que meus amigos não são bons? Por que minha casa está longe e atrás?*

Artorius golpeou de novo, e de novo, retalhando Andaluzia, mas, para a frustração do minotauro, ela apenas continuava falando incoerências. Os outros estavam incertos, circundando a bruxa como lobos, quando Rufus, o olhar livre do vermelho, viu algo, jogado em um canto.

Uma capa. Um escudo. Um cálice de metal, trabalhado com motivos intrincados. Um conjunto de ferraduras. O livro tremeu em suas mãos quando ele teve os objetos em vista — como se ansioso.

O mago chamou os companheiros, e apontou. Artorius bufava, encurvado sobre os restos da bruxa, que, em pedaços, seguia falando.

— *Os amigos devem ser bons e ficar comigo. Se eu fui embora, não foi por querer.*

Gregor foi o primeiro a correr até o ponto vermelho indistinguível que Rufus apontara. Tropeçou em algo que fez um clangor metálico. Abaixou-se e sentiu superfície gelada de um grande escudo, redondo e feito de metal. Tateando, Gregor enfiou o braço esquerdo pelas tiras de couro que não via, sentiu o peso bom do objeto e, de repente, a ilusão se quebrou.

O escudo era dourado, um círculo perfeito e reluzente que trazia, na sua superfície, uma representação do rosto vigilante de Azgher, o Deus-Sol. Dos olhos do deus saía um cone que desfazia a ilusão vermelha, mostrava aquela torre como era de verdade, e todos puderam ver.

Não era a torre na qual eles haviam estado, e muito menos o cárcere vermelho. Era, na realidade, uma mistura dos dois, uma construção úmida e decadente em pedra cinza, sim, mas com algumas das correntes, dos ganchos, das coisas afiadas e agressivas que faziam parte de sua contraparte vermelha. O olhar vigilante de Azgher revelava a verdade e, como se fosse um raio de sol, permitia que todos enxergassem.

O caminho estava claro à frente. O corpo que Artorius despedaçara se desvaneceu, como a ilusão que era.

— Rápido! — gritou Vallen. — Apanhem os objetos e vamos embora daqui.

E a capa, o cálice e as ferraduras foram recolhidos, e eles correram. Até mesmo Ashlen, desfeita sua dor ilusória, mancou como pôde, apoiado nos ombros de Nichaela — a perda do pé, infelizmente, era muito real, como era o gancho afiado, ainda coberto de uma crosta de sangue seco, que pendia do teto.

Eles estavam no salão circular, o primeiro salão da torre. Haviam passado por esqueletos, por cadáveres em diferentes estados de decomposição — aventureiros que não haviam sido tão sortudos. Haviam passado pelos morcegos e seus montes de excremento, e enfim estavam frente à porta. Num canto, Andaluzia embolava-se, segurando os joelhos e soluçando.

— *Os amigos sempre vão embora. De um jeito ou de outro, vão embora.*

— Vamos matá-la! — disse Artorius.

— Melhor não lutar mais — sentenciou Vallen. — Ela ainda é perigosa.

E então, fugiram.

A lua estava redonda, enorme e brilhante no céu. O mar chiava, o vento assobiava, e os aventureiros haviam se afastado tanto quanto puderam da torre de Andaluzia. Em volta de uma fogueira, comiam, até que a atenção se voltou para Rufus.

— O que é aquele livro? — perguntou Vallen. — De onde veio?

O mago engoliu um pedaço de carne (um pequeno animal caçado há pouco por Ellisa). Limpou a boca nas costas da mão.

— É um livro mágico.

Artorius e Kodai também estavam em frente ao mago, ansiosos por respostas. Ellisa prestava atenção de longe.

— De onde veio? — repetiu Vallen.

— Eu achei.

— Achou onde?

— Eu achei.

— Achou onde? — Vallen segurou Rufus pelos mantos, obrigando que se levantasse. — Achou onde, maldição?

Rufus olhou para baixo.

— Na torre de Andaluzia.

Vallen deu um safanão no ombro do mago.

— E por que não nos contou nada?

Rufus ficou calado.

— Responda! — um cutucão forte no peito. — Por que não nos contou nada?

Os olhos de Rufus iam dos seus pés para o rosto de Vallen. Esfregava o peito dolorido.

— Vocês não perguntaram.

— *O quê?* — Vallen exasperou-se. Empurrou o mago, que cambaleou para trás. — Você é idiota?

Não houve resposta. Rufus tinha o rosto estupefato e os olhos mareados. Aquilo era muito diferente da sua imaginação.

— Ou é um traidor? — exclamou Vallen de novo, com outro empurrão. — Responda! — empurrou Rufus de novo, e desta vez ele caiu, pesado, sentado na areia da praia.

— Já chega — a voz de Nichaela, suave e imperiosa, interrompeu-os.

— Nichaela, este é o meu dever — disse Vallen, tentando não ser ríspido. — Cada um de vocês me é como um irmão, mas não posso tolerar isto.

— Rufus não é traidor.

— Mas o que ele fez foi errado.

— *Rufus não é traidor* — a clériga foi incisiva. — Já chega.

Com relutância, Vallen se afastou do mago. Mas, quando Nichaela estava virada, ainda agarrou o colarinho dos mantos.

— Só há um líder aqui, entendeu? — muito perto do rosto de Rufus. — E vocês vão respeitar a minha liderança, porque é assim que posso mantê-los vivos.

Largou-o e foi embora. Masato e Artorius atrás, com olhares de reprovação para o mago. Muito, muito diferente da imaginação dele.

De repente, um morcego enorme voou pelo acampamento. Circundou as cabeças dos aventureiros e mergulhou em direção à areia. Em seguida, suas grandes asas ficaram ainda maiores, como se estivessem se desdobrando, e viraram uma capa negra, na qual estava enrolado Ashlen Ironsmith.

— Descobri o poder da capa — disse o jovem, mal conseguindo ficar de pé. Era a primeira vez que eles ouviam sua voz em muito tempo, exceto por lamentações.

Ashlen havia descoberto a capa, que transformava o usuário num grande morcego. Gregor mantinha no braço o escudo, que trazia a visão reveladora de Azgher, o Deus-Sol. Rufus tinha o livro com a capa de madeira, embora muito tempo ainda fosse necessário para que ele decifrasse (ou criasse) outra página. E havia o cálice e as ferraduras, cujos fins eles desconheciam.

— As ferraduras são as mais poderosas — foi a sentença da feiticeira que examinara os itens. — Não consigo saber o que elas fazem, mas são as mais poderosas.

Um tempo grande havia se passado. Eles haviam saído da ilha, enfim, resgatados por um barco, após uma semana. Haviam viajado até Wynlla, o Reino da Magia — um lugar de maravilhas onde esperavam descobrir as capacidades de seus novos tesouros, e conseguir um transporte mágico para a próxima etapa de sua jornada. O inverno se instalara, e o ar cortante penetrava nas suas roupas pesadas. E a mesma mulher que prometia lhes conduzir até seu próximo destino fora capaz de identificar o livro, o escudo, a capa, o cálice e as ferraduras. Todos eram itens de grande poder — espólios das vítimas de Andaluzia.

Tudo fora ideia de Ashlen, da ida a Wynlla até o destino seguinte na perseguição. O albino escapara. Há muitos meses escapara, e poderia estar em qualquer ponto de Arton. Ashlen Ironsmith, contudo, tinha o conhecimento e o raciocínio necessários para elaborar um meio de descobri-lo.

— O Helladarion — dissera o rapaz. — O Helladarion sabe tudo.

O Helladarion: o artefato que era o sumo-sacerdote de Tanna-Toh, a Deusa do Conhecimento. Dizia-se que, com efeito, possuía todo o conhecimento do mundo, e era capaz de responder a qualquer pergunta. Poderia responder sobre a localização do fugitivo. Subitamente, eles tinham de novo um propósito.

— Como eu disse — sorriu Nichaela. — Os deuses nos guiam.

Ashlen também argumentara que eles deveriam apressar a viagem, transpor o caminho por meios mágicos — e o local onde poderiam encontrá-los era Wynlla. O Reino da Magia não ficava longe, mas ainda assim foi uma jornada desgastante, e mais dias de busca até que encontrassem alguém disposto a fazer o serviço. Uma feiticeira de nome Seraphine Alkhor.

Ashlen, aparentemente, tinha recuperado seu espírito. O corpo do rapaz estava, sempre estaria, mutilado (um toco de madeira para permitir que ele caminhasse), mas sua alma parecia ter se elevado de novo. Além disso, havia a capa, que permitia que ele voasse, pendesse de cabeça para baixo por uma só pata.

— Muito bem — disse Vallen. — Temos o destino, e temos os meios. Vamos embora daqui.

O refúgio de Seraphine era uma elaborada casa na orla de uma das exuberantes florestas de Wynlla. Viam-se ali coisas espantosas, de vez em quando — borboletas flamejantes, água flutuando como fumaça, ar colorido — mas era um lugar amigável e belo, assim como a própria Seraphine.

— Boa viagem — disse Ashlen, com um sorriso, estendendo-lhe a capa.

Todos olharam para ele.

— Boa viagem — repetiu. — Espero que tenham sucesso.

— Ashlen — Nichaela foi a primeira, depois de um silêncio inquieto. — O que está dizendo?

— Não está claro? Eu não vou com vocês. Boa viagem — o braço ainda estendido, a mão segurando a capa embolada.

— Não seja idiota — disse Vallen. — Você vem conosco.

— Não.

— Precisamos de você — insistiu o guerreiro.

— Desculpe, Vallen — Ashlen precisou baixar o braço para se escorar contra uma árvore. — Eu não vou. Desisto. Desisto de ser aventureiro.

Todos procuravam palavras. Seraphine fingia não estar ouvindo.

— Você vem, sim. É uma ordem — Vallen tentou um tom de brincadeira.

— Não cumpro mais suas ordens, Vallen. Eu desisti.

Nichaela se aproximou do garoto, pousando as mãos em seu peito, com carinho.

— Por que, Ashlen? Por que está fazendo isso?

— Preciso dizer? — exclamou o jovem, fazendo um gesto amplo para o pé que não havia. Desequilibrou-se e caiu.

Nichaela ajudou-o a se levantar. Ashlen deixou a capa negra no chão.

— Isso não é nada, Ashlen — disse a clériga. — Nada. Muitos guerreiros já passaram por coisa pior.

— *Eu não sou guerreiro!* — gritou o jovem. — Sou um burguês! Sou filho de ferreiros.

— Ashlen, por favor — começou Vallen.

— Não! Basta! — empurrou Nichaela para longe. — Eu não queria isto. Queria ver o mundo, ver coisas mágicas. *Não queria ser mutilado.* Chega. Vou embora.

— Você não poderia esperar que tudo fosse diversão — Gregor entrou, cauteloso.

— E vocês não podem esperar que tudo seja tão sério. Não quero isso, nunca quis. Não sou guerreiro, não sou devoto de deus nenhum. Não estou em busca de fortuna, eu tenho fortuna. Não há nada para mim aqui. E não tenho nada a oferecer.

— Não é verdade — disse Vallen, cuidando-se para não xingar o rapaz. — Você pode se virar com a capa.

Ashlen deu um riso sem humor.

— Eu não quero me virar. Não há por que me esforçar mais, não há por que fazer sacrifício. Já perdi demais nisto. As coisas deixaram de ser ideais, e eu vou embora.

— Andilla deu a vida por esta missão! — Vallen não aguentou mais e gritou.

— E quantas vidas mais vão ser necessárias? — Ashlen gritou de volta. — Chega! Quem se importa se uma menina perdeu os pais? Isso acontece todo dia! Há outros aventureiros, Vallen, há heróis de verdade. Eu vou sair desta loucura, e vocês deveriam sair também.

Ninguém disse nada.

— Desculpe — murmurou Ashlen.

— Para onde você vai? — disse Nichaela.

— Deheon. Valkaria — era a capital do Reinado, a cidade natal de Ashlen e lar da família Ironsmith.

— Vamos visitá-lo — disse a clériga.

Ashlen assentiu.

— Adeus.

Virou-se.

— Espere! — exclamou Vallen.

Puxou-o com força, envolveu-o em um abraço.

— Fique com a capa.

Foi esmagado pelos abraços de Vallen, Artorius, Gregor e Ellisa. Nichaela beijou-lhe as faces, chorando. Kodai fez uma mesura profunda. Rufus, incerto, apertou-lhe a mão.

— Desculpe — disse Ashlen de novo. — Eu não quis...

— Não seja idiota — interrompeu Vallen. — Está tudo bem. Agora saia daqui, está nos atrasando.

Ashlen Ironsmith levou a capa negra, que viria a pender, inútil, por muitos anos em seu quarto, como uma lembrança dos seus dias de perigo. Aquela foi a última vez em que viu os aventureiros — a maior parte deles.

Vallen chutou uma pedra.

— Tudo bem com você? — perguntou Ellisa.

Ele deu de ombros.

— Perdi um amigo.

CAPÍTULO 21

O SALÃO DOS GUERREIROS

O CHÃO SE AFASTOU RÁPIDO, DANDO A IMPRESSÃO DE QUE, junto com ele, ficavam os estômagos. Seraphine, a feiticeira, levava o grupo em seu vasto e colorido tapete voador.

Artorius estava inconsciente, pois era esta a única maneira de fazer um minotauro suportar uma viagem como aquela. Toda a raça tinha um pavor paralisante da altura, e mesmo a vontade pétrea do clérigo de Tauron não foi capaz de vencer a natureza. Ao invés de demonstrar medo, Artorius preferiu ficar desacordado, e assim prosseguiu por todo o caminho.

—Você estudou na Academia Arcana? — disse a exuberante Seraphine, gritando contra o vento para Rufus Domat. — Talvez conheça alguns de meus amigos de lá.

— Acho que não — o mago fez um muxoxo. — Certamente não.

Seraphine deixou o assunto morrer, com um olhar de estranhamento. Rufus foi grato por isso, porque odiava lembrar-se dos anos de fracasso e inveja que passara na Academia Arcana. Voltou a se concentrar no livro. Quando o tivesse decifrado todo, pensava Rufus, poderia então procurar os antigos colegas, de cabeça erguida.

A própria Seraphine já o deixava desconfortável. Em Arton, havia dois tipos de conjuradores arcanos — magos e feiticeiros. Embora para olhos leigos fossem exatamente a mesma coisa, havia diferenças fundamentais entre os dois grupos. Magos estudavam a magia como uma ciência, uma coisa hermética, cheia de fórmulas e símbolos, e dedicavam grande parte da mente ao armazenamento das palavras e gestos exatos de cada conjuração.

Feiticeiros eram os artistas da magia. Não estudavam; o dom arcano lhes vinha de forma natural, sem que precisassem gastar horas empoeiradas entre alfarrábios. Não memorizavam coisa alguma — pelo contrário, o ato de conjurar um feitiço lhes era tão natural quanto mover um braço ou uma perna. E, embora também ficassem extenuados pelas energias mágicas, os feiticeiros em geral tinham uma postura mais leve ("leviana", diriam alguns magos) e despreocupada. De fato, deles a magia parecia exigir pouco.

Seraphine era uma feiticeira. Era um perfeito exemplo da razão pela qual magos como Rufus se ressentiam do outro grupo. Ela não lembrava em nada alguém que costumasse ficar enfurnada entre tinta e pergaminhos; suas poucas roupas deixavam ver um corpo musculoso e bem-torneado, belo, forte, ágil. Tinha a pele negra como a noite de Tenebra, e contrastantes olhos verdes que exalavam esperteza. Cobria-se com panos vaporosos e esvoaçantes, vermelhos, amarelos, roxos. Adornava seus cabelos curtos com uma fina tiara de prata e diamantes — um toque exagerado e desafiador, deslocado fora de um salão nobre. Seraphine também tinha um desprendimento saudável pelos tão aclamados "mistérios da magia". Em outras palavras, utilizava seus dons para ganhar dinheiro. Isso provocava engulhos em Rufus Domat.

— Se Wynna desaprova a maneira como uso a magia, ela pode vir falar comigo pessoalmente — dissera a feiticeira, falando da poderosa Deusa da Magia.

Mas Rufus tentava se convencer de que nada daquilo importava, porque ele tinha seu livro, que insistia em tentar ler, embora as páginas se abrissem e fechassem contra a sua vontade, no vento que rugia-lhe nos ouvidos.

— Você vai acabar perdendo esta coisa — advertiu Gregor Vahn. — Guarde.

Rufus não queria guardar o livro, pois estudá-lo era excitante. Além disso, manter os olhos nas páginas rebeldes impedia que ele olhasse para baixo e vomitasse de novo.

Resmungou qualquer coisa e voltou à tentativa de leitura. Muito abaixo, a paisagem corria. O ar secava os olhos e os aventureiros se aproximavam com rapidez do perigoso reino de Yuden.

Toda nação tem um exército. Yuden, dizia-se, era um exército que tinha uma nação. Uma terra de aço e disciplina, de homens fortes e regentes inflexíveis, de guerreiros mortais e armas sempre a postos. Era também o segundo reino mais poderoso do mundo conhecido, atrás apenas de Deheon, o Reino Capital. Não era segredo que os regentes de Yuden há muito tempo desejavam o poderoso posto de Rei-Imperador, ocupado por Thormy, o regente de Deheon. Temia-se o dia em que este desejo mobilizasse as tropas infindáveis de Yuden, o que provocaria uma guerra sem precedentes naquele mundo de batalhas. Quando Yuden se movia, Arton observava.

Nada disso interessava aos aventureiros. Eles iam a Yuden arriscar os pescoços em nome do conhecimento. Na Caverna do Saber, no coração do Exército com Uma Nação, estava o Helladarion, o artefato que era o Sumo-Sacerdote de Tanna-Toh. Dizia-se que podia responder qualquer pergunta.

Também não interessava ao grupo o conhecimento infinito que o artefato poderia trazer. Não queriam perguntar sobre o estranho envolvimento dos deuses naquela missão sofrida, não tinham questionamentos sobre o mundo, o futuro ou a existência. Só uma pergunta estava em suas cabeças, entalada em suas gargantas.

Onde está o albino?

Depois disso, viajar e matá-lo. E só.

— Sempre assim — disse Ellisa, ainda na estranha velocidade do tapete voador. — Mais um reino, mais um perigo, mais uma fuga, e então tudo ficará bem. Vai ser a mesma coisa de novo, Vallen.

— Precisamos estar atentos — disse Vallen Allond, ignorando-a. — Em Yuden, podemos ser mortos por algum crime inventado, apenas por sermos estrangeiros. Este pode ser o pior lugar pelo qual já passamos.

O tapete voador tremulou mais forte, e cavalgou as correntes de vento, descendo em círculos amplos rumo ao chão de relva. As cores berrantes descreveram curvas agudas, e o tecido pousou, arrastando no solo. Artorius foi despertado. Mesmo já no chão, seu estômago se revoltava contra a experiência de ter voado.

— Yuden é um bom lugar — disse Artorius. — Um reino de fortes.

— Um reino que mataria você sem pestanejar — disparou o líder do grupo.

— Seria uma honra matar guerreiros bons como os de Yuden.

Ellisa balançou a cabeça.

— De qualquer modo — continuou Vallen. — Desta vez vai ser mais difícil, porque precisamos encontrar a tal Caverna do Saber... — deixou a frase em suspenso.

— E não temos Ashlen — completou Gregor.

— E não temos Ashlen.

— Quem se deixa abater por um problema contornável é um fraco — disse Masato Kodai, que há muito estava calado.

— Você não estaria vivo se não fosse por ele — disse Ellisa.

— É um fraco.

— Cale a boca — disse Vallen. Masato arregalou os olhos, indignado. — E não fique ofendido. Fale mal dos meus amigos, e eu xingo você. É simples.

— Como se você não fizesse isso... — Ellisa, com a voz carregada de malícia.

— Mas eu posso.

Vallen notou que não iria conseguir traçar grandes planos ali. Os humores estavam espinhudos, os ânimos estavam exaltados, e ele mesmo estava começando a tratar os companheiros como tratava aqueles a quem não respeitava — ou seja, substituindo a cortesia por força bruta. *"Melhor eu mesmo calar a boca"*, pensou. Tinha medo da desunião do grupo, tinha medo do que poderia acontecer em Yuden, tinha medo da falta de membros importantes, Ashlen e Andilla. Mas, mais do que tudo, tinha medo do olhar de decepção que havia no rosto de Ellisa. Acostumara-se com a luz que se acendia quando ela olhava para ele, acostumara-se em saber que ela o admirava e confiava nele. Aquele olhar apagado enviava-lhe arrepios espinha acima, e embrulhava-lhe o estômago como o de um guerreiro jovem antes da primeira batalha. Ali estava algo raro: uma coisa que ele temia de verdade.

— Mais à frente é a fronteira de Yuden — disse Seraphine. — Boa sorte.

— Podemos lhe pagar mais, se nos levar até dentro do reino — tentou Vallen.

— Já disse que não piso nessa terra amaldiçoada nem por todo o ouro de todos os dragões do mundo — a feiticeira cuspiu no chão. — Fiz-lhes um favor deixando-os longe da fronteira, para que a maldita guarda de Yuden não os visse passeando num tapete voador.

Vallen assentiu com relutância.

— Obrigado.

A mulher fez uma mesura teatral.

Ainda tontos da viagem, desceram do tapete. Rufus cambaleou, segurou-se numa árvore e vomitou de novo. Iam seguindo, começando a nova jornada, quando Seraphine tocou o braço de Vallen, chamando-o para longe dos outros.

— Cuidado com aquele — disse a feiticeira.

— Quem?

— O mago. Cuidado com ele.

Vallen olhou-a de cima, incerto.

— Por que?

— Certas pessoas não deveriam aprender magia.

— Fale claro.

— Existem certos tipos... Com o tempo, aprende-se a reconhecê-los.

— Acha que Rufus vai causar problemas?

— Chame de intuição, se quiser — disse Seraphine.

— Bobagem.

— Não precisa me ouvir. Mas eu avisei.

— Já pagamos você — Vallen olhou-a com frieza. — Acho melhor ir embora.

Ela partiu. Vallen olhou Rufus, andando, segurando seu livro com força. Ele não era um traidor. Alguns empurrões e uma ou outra palavra dura haviam sido suficientes para se certificar disso. Assim eram os amigos: podiam gritar ou bater, mas, no fim, confiavam uns nos outros. E Vallen confiava em seus amigos.

Talvez demais.

— Tire Nichaela daqui — disse Vallen.

Ellisa mirou-o com aquele olhar que congelava as tripas.

— Mais alguma *ordem*, mestre Vallen Allond?

O guerreiro deixou a boca pendendo aberta, as mãos inertes, no meio de um movimento apalermado.

— Ellisa, qual é o problema?

— Nada.

— Isto não é hora.

— Hora para quê? Para cumprir suas ordens?

Vallen começou a dizer algo, mas desistiu.

— *Por favor*, tire Nichaela daqui.

— Por que não pede a Artorius? Ele é quem se intitula irmão dela.

— Parem de falar de mim como se não estivesse aqui! — disse a clériga. Ela se dirigiu ao soldado amarrado, que sangrava sob o olhar atento de Masato Kodai. — E mesmo que o Rei-Imperador Thormy me pedisse, não iria deixar este homem sozinho com vocês.

Muito se podia dizer da personalidade de Nichaela apenas pelo fato de demonstrar tanta piedade para com o prisioneiro, um soldado de Yuden. O homem, um veterano empedernido e competente, que aparentava trinta e poucos invernos, era o único sobrevivente de sua patrulha. Yuden era um reino seguro — suas estradas e campos eram todos muito bem guardados por grupos como aquele, de soldados que vagavam para dar cabo de monstros e fora da lei. Era seguro para os yudenianos, mas não para os aventureiros, que se enquadravam como fora da lei e, talvez, até como monstros. Por mais de uma semana, o grupo conseguira evitar qualquer confronto, mas naquele dia haviam sido avistados por seis homens de armadura. Fora uma luta difícil, mais difícil do que se esperaria de soldados comuns, mas, por fim, a vitória foi dos fora da lei. Um clérigo de Keenn, o implacável Deus da Guerra, havia estado na patrulha — o que era apenas mais um espinho de medo na alma inquieta de Vallen e dos outros. Simples guardas em patrulha contavam com um clérigo; o que haveria mais adiante?

Mas, por enquanto, eles eram vitoriosos, e tentavam extrair alguma informação do prisioneiro. Nichaela se interpunha para evitar mais violência. Pelo seu julgamento, o sangue necessário já havia sido derramado.

— Eu vou descobrir o que nós precisamos — disse a clériga. E para o soldado: — Como é o seu nome?

O homem disparou uma cusparada grossa no rosto de Nichaela.

— Meio-elfa nojenta!

Antes que alguém pudesse fazer qualquer coisa, o pé de Masato Kodai voou contra o queixo do homem, que desta vez cuspiu dois dentes.

— Fale assim de novo, e em breve estará rezando pela morte — rosnou o samurai, em seu sotaque duro.

— Ele sabe que sou meio-elfa — disse Nichaela, sem raiva na voz, limpando o rosto. — É mais do que sabe a maioria das pessoas — de fato, era estranho um humano saber diferenciar um elfo de um meio-elfo.

— Sei reconhecer uma aberração — disse o soldado, por entre lábios que começavam a inchar. — Um elfo é um ser patético e fraco; um meio-elfo é uma ofensa aos deuses.

Masato ergueu a mão contra o sujeito, mas foi detido pela clériga.

— Diga-me o seu nome — ela falou. — Só isso.

O soldado respondeu com uma praga.

— Humanos que andam com criaturas inferiores! — mais um palavrão. — Matem-me ou torturem-me. É melhor do que ajudá-los.

— Você não precisa jogar sua vida fora.

— Keenn estará me esperando, com um salão cheio de mulheres belas, boa cerveja e batalhas sem fim.

— Nichaela — começou Gregor.

— Por favor, não jogue sua vida fora — disse a clériga.

— E sem nenhuma aberração inferior como vocês.

— Nichaela, ele não vai falar — insistiu Gregor.

— A meio-elfa é sua prostituta? Malditos amantes de aberrações.

— Chega! Vou matá-lo! — rugiu Artorius.

Com um olhar severo, Nichaela deteve o minotauro. Em seguida, voltou-se para o prisioneiro.

— *Lena, mostre-me a mente deste pobre homem.*

Nichaela fechou os olhos, e Lena respondeu à sua prece. Num instante, os pensamentos do soldado se abriram como um livro para a meio-elfa. A mente dele era uma coisa pequena e raivosa, povoada de ordens e ódios pré-concebidos.

— Seu nome é Orean... — Nichaela começou a murmurar. — Como encheu sua vida de escuridão e paredes, Orean.

O soldado gritava e esperneava. Berrava impropérios contra Lena, chamava-a de deusa fraca e de prostituta de Keenn. Nichaela, se ouvia as rudezas do homem, não dava o menor sinal disso. Apenas mantinha os olhos fechados, uma mão em gesto de oração e a outra estendida na direção do prisioneiro. Continuava sussurrando:

— Por que fez isso consigo mesmo, Orean? Por que construiu essa prisão de raiva? Liberte-se disto, Orean, ajude-nos. Mostre-nos onde fica a Caverna do Saber.

Apenas os pensamentos mais rasos do homem eram visíveis para Nichaela. Naquele momento, eram a grande quantidade de doutrina intolerante com que ele fora educado a vida inteira, um monte de ladainha militar inútil. No entanto, quando a meio-elfa mencionou a Caverna do Saber, a mente de Orean foi rápida em tentar esconder a informação — o que foi suficiente para que aparecesse como tinta brilhante ante o olho da mente da clériga.

— Então é naquela direção? — sorriu Nichaela. — É só isto que queríamos saber, Orean, obrigada.

Nichaela se afastou, ainda sob a torrente de profanidades.

— Fica a nordeste, a mais ou menos duas semanas de viagem. Vamos, estamos perdendo tempo.

Os outros a seguiram, até que deixaram de ouvir a voz do soldado.

— Ellisa, por favor — começou Vallen.

— Vai me pedir para matar o homem? Já fiz.

— Obrigado — disse ele, incerto. — Por mais que Nichaela não goste, não podemos nos dar ao luxo de ter alguém dando nossas descrições.

— Eu sei. Nem sempre você precisa me explicar tudo como se falasse a uma criança.

— Ellisa, eu não disse nada.

— Exatamente. Há quanto tempo não fala comigo, a não ser para me dar uma ordem?

Vallen ficou parado, mirando-a por um tempo.

— Desisto. Não preciso disso. Se quer ficar com raiva, desconte em outro idiota. Para mim já basta.

— Bom saber que você não precisa *disso* — disse Ellisa, significativamente.

— Ellisa, eu não quis dizer — começou Vallen, de novo.

— É realmente ótimo saber disto — ela interrompeu.

Ellisa Thorn apressou o passo.

Vallen Allond olhou em volta, procurando alguma coisa para matar.

Mais duas semanas, e estavam quase sem provisões.

Yuden era uma terra segura (segura demais para a prosperidade de aventureiros), e as patrulhas constantes garantiam que não houvesse caça farta. Na verdade, não havia quase caça nenhuma. A paisagem também não era amigável: não havia grandes extensões de florestas, só pequenos bosques e planícies e mais planícies, salpicadas de inúmeras cidades e vilas, todas contando com soldados. A cobertura verde natural e os animais de Allihanna eram gradualmente expulsos daquela terra pelos humanos, que, mais do que em qualquer outro lugar, marcavam em Yuden sua presença avassaladora. O inverno, que já se aproximava do seu fim, adicionava mais um toque inclemente àquela viagem. Enfim, os aventureiros estavam racionando comida, e logo passariam fome.

— Temos que entrar em uma vila — sentenciou Vallen, a cabeça pesando de preocupações que lutavam por atenção.

— É suicídio — disse Artorius.

— *Vocês* não vão entrar — o guerreiro gesticulou para o trio de não humanos. — Nós vamos. Entrar, comprar alguma comida e ir embora. É simples.

— Eles também não gostam de estrangeiros — insistiu o minotauro.

— Talvez se abaixarmos as cabeças e formos humildes, eles nos vendam alguma coisa.

Ellisa ouviu Vallen e sentiu a bile da raiva amargar-lhe a garganta. *Talvez*. A palavra que Vallen odiava.

— Há uma aldeia à frente — continuou o guerreiro. — Com sorte, ela terá poucos soldados.

— Mas sempre há guerreiros — disse Artorius. — Todos aqui são guerreiros.

— Melhor guerreiros do que soldados.

— Não sabemos disso — disse o minotauro, mas foi interrompido por Vallen.

— Está decidido! Vamos entrar na aldeia à frente e vamos rastejar um pouco, e vamos comprar algumas malditas rações. E *vocês* — de novo para os três não humanos. — Vão ficar bem quietos e escondidos, sem heroísmos. E sabem por que vão fazer isto? — a voz do guerreiro se elevava por entre as poucas árvores. — Porque *eu* estou mandando, e sou o líder desta porcaria de grupo.

Todos se calaram.

— Ellisa, Gregor, Rufus. Vamos embora.

Voltou-se.

— Masato, você é responsável pelo segundo grupo. Artorius está sendo uma criança.

Assim como ele também. Mas ninguém mencionou.

Nos arredores da aldeia.

Não era grande: talvez quarenta ou cinquenta pessoas. Como era comum, contava com um salão de teto alto em seu centro. Um lugar onde, de acordo com a tradição, reuniam-se os guerreiros, e era feito o culto a Keenn. Mais longe, metidos no bosque próximo, estavam Nichaela, Artorius e Kodai. Observando, agachados, espreitando entre arbustos, estavam os quatro humanos. Começava a anoitecer.

— Acho que é melhor irmos diretamente ao salão — disse Gregor. — Vamos nos apresentar aos líderes da comunidade.

— Arriscado — era Vallen. — Melhor entrarmos e sairmos quietos, sem fazer alarde.

— E então, se formos pegos, seremos considerados criminosos.

Vallen pensou por um instante.

— Tem razão. Melhor fazer a coisa toda em aberto.

Rufus e Ellisa permaneciam calados. A voz dos outros dois não passava de um sussurro.

— Rufus — disse Vallen. — Você é o estudioso. O que conhece dos costumes de Yuden?

Surpreso, o mago tropeçou nas palavras.

— Eu... Eles são guerreiros. Disciplinados. Militares, estrategistas — gaguejou mais algumas coisas. — Não muito. Não sei muito. Quase nada.

Ouviu-se Ellisa bufar, exasperada.

— Ache um livro mais útil para ficar lendo, da próxima vez — disse Vallen. Rufus ficou ofendido.

— Talvez Ashlen apareça agora, de surpresa, arrependido — Gregor deu um sorriso amargo.

— Ashlen resolveria isso de olhos fechados — disse Vallen. — Iria enredá-los com mentiras e palavras doces.

— *Ashlen não está aqui* — cortou Ellisa. — Nós estamos. Vamos; se formos pegos aqui, é a forca.

Em silêncio, Vallen concordou e se levantou. Deteve-se, olhando para Gregor.

— Talvez seja melhor você ficar para trás também.

O paladino olhou-o como se nunca o tivesse visto.

— Eles vão fazer com que juremos qualquer bobagem a Keenn — explicou Vallen. — Pode ser até que tenham algum comentário sobre Thyatis.

Gregor se levantou e sorriu, com uma expressão tranquila.

— Vallen, sou um paladino, e não um imbecil. Tenho certeza de que Thyatis não vai se importar se eu falar uma ou duas mentiras para salvar o seu traseiro magro.

O líder do grupo se permitiu um sorriso, num dos poucos momentos de alegria genuína daqueles últimos dias.

— Mas deixe o Escudo de Azgher com Artorius.

— Está bem. O escudo fica.

Caminharam, tentando esconder o nervoso, até o vilarejo.

Era mesmo um ajuntamento minúsculo, talvez até menor do que eles haviam estimado. Foram vistos de longe pelo povo que terminava seu dia de trabalho, voltando para casa arrastando seus corpos cansados. Alguns meninos correram na direção do amplo salão de madeira, sem dúvida para avisar dos recém-chegados. Enquanto terminavam de pôr os pés nas ruelas de terra, puderam ver que todos andavam armados. Mulheres, crianças, velhos — todos carregavam algum tipo de lâmina. Eram pessoas pobres e cansadas, mas tinham *algo*, uma coisa diferente, uma fagulha qualquer que os separava dos aldeões de outros lugares.

— O olho do tigre — murmurou Gregor. Os outros confusos. — Olhar de guerreiro — explicou.

O paladino estava certo. As pessoas cessavam suas atividades para observar o pequeno grupo de forasteiros, e em suas posturas havia algo de prontidão, como uma fera prestes a dar o bote. Os olhos examinavam os quatro, avaliando fraquezas com a naturalidade de um veterano de batalhas. Braços e pernas estavam prontos a pegar em armas ou fugir, conforme a necessidade.

Mas havia mais: aquelas pessoas, embora vivessem num lugarejo paupérrimo, longe das cortes e cidades esplendorosas, traziam orgulho no modo como se portavam e vestiam. Havia ali agricultores, lavadeiras — gente simples — mas todos limpos (na medida do possível). Rostos bem escanhoados, cabelos curtos e ordenados. E todos pareciam usar suas vestes, mesmo que fossem andrajos, como uniformes de honra.

Agora eles viam: destacavam-se daquela gente como se não pertencessem à mesma raça.

— São um exército — concluiu Ellisa Thorn.

Continuaram andando sob o peso do escrutínio dos aldeões. Perderam a conta das mãos que estavam nos cabos de espadas e facas. Dirigiam-se lentamente, tentando ser humildes, para o salão.

— Repare — sussurrou Gregor. — Eles *estão* usando uniformes.

Os outros enxergaram o que o paladino apontou. De fato, aquelas pessoas se vestiam de acordo com algum código — homens de marrom, mulheres de verde. As mulheres mais velhas trajavam preto; os homens idosos, amarelo. Os meninos vestiam azul, e as meninas, branco. Eram roupas díspares, é claro, e em muitos casos, não mais do que sacos com alguns furos, enfiados pela cabeça. Mas eram uniformes. Aquela gente era um pelotão. Cada um sabia seu posto.

A entrada do salão era uma porta dupla, larga e alta, feita de metades de troncos de árvore. Acima da porta, o símbolo de Keenn, forjado em bronze: uma espada longa, um machado e um martelo de batalha, todos cruzados sobre um escudo.

— Vallen, talvez isso tenha sido má ideia — Gregor falou sob a respiração.

— Por mais loucos que sejam, eles são só aldeões — disse Vallen. — Podem saber pegar em armas, mas não chegam aos pés de uma patrulha como a que enfrentamos.

Pararam em frente à porta do salão. Vallen respirou fundo e empurrou as portas pesadas, rezando para que aquilo não fosse algum tipo de ofensa grave.

A madeira revelou um ambiente escuro e enfumaçado, que jogou uma lufada de ar quente no rosto dos aventureiros. Do lado de fora, a noite abraçava o céu, tingindo-o de rosa e laranja, colocando um corte frio no ar. Dentro do salão, as paredes de madeira escura circundavam uma vastidão turva, que cegava e fazia arder os olhos.

— Alto! — uma voz poderosa saiu das profundezas cobertas de fumaça. — Um de vocês não pode entrar aqui.

Os três homens, por instinto, olharam para Ellisa.

— Não ela — disse a voz grossa. — O velho de mantos. Ele não carrega armas.

Rufus sentiu o sangue gelar e as pernas afrouxarem.

— O salão é para os guerreiros. Apenas guerreiros entram no salão.

Com um olhar e um meneio de cabeça, Vallen despediu-se do mago, e os três restantes adentraram o salão, deixando as portas se fecharem atrás de si.

Os narizes foram invadidos pelo cheiro de fumaça e suor. Também havia um cheiro de animais, mais sutil. Assim que os olhos se acostumaram ao lugar mais escuro, e pararam de expelir lágrimas contra a fumaça, os aventureiros puderam ver o que era, afinal, o tal salão.

Um lugar vasto mas claustrofóbico, onde não havia uma janela. Três fogos de chão eram a origem daquela fumaça toda, que mal conseguia escapar por quatro aberturas simétricas, nos cantos do teto de madeira e sapé. Havia palha no chão, em alguns lugares. Dois cães gordos dormiam, um perto do outro, em um canto. Uma parte grande do lugar era dominada por um altar bruto mas bem-feito, de pedra enegrecida, dedicado a Keenn. Dois bonecos de palha, do tipo que se usa para treinamento com espadas, ocupavam uma outra área, embora fosse claro que eram apenas uma diversão menor no salão. Em duas paredes opostas, duas fileiras de curiosas decorações. Numa delas, doze escudos, um ao lado do outro — e espaço para mais seis ou sete. Os escudos variavam em tamanho e manufatura, e era claro que os primeiros eram antigos, primitivos, feitos sem o refinamento das armas da época atual. Sobre cada escudo, uma placa de madeira com um nome em letras rebuscadas: Cynewulf era o primeiro, depois Agatharael, Thorazann, Gulfrich, e outros. Apenas um dos nomes era de mulher, no nono escudo: Vívica. Na outra parede, uma coleção de troféus — a cabeça empalhada de um grande lagarto, as asas estendidas do que parecia ser um morcego maior do que um cavalo, as patas de um monstro insetoide. Também outro tipo de troféus — um escudo com o símbolo dos Cavaleiros da Luz, uma espada tamuraniana, e, o mais macabro de todos, a pele esticada e curtida de um elfo. Cada um contava sobre uma vitória e uma morte.

Havia três mesas compridas, mas só duas estavam ocupadas. Nas mesas, vários homens — talvez quinze ou vinte — sentados bebendo em canecas grandes, embora estivessem vestidos como se esperassem uma batalha. Não traziam, contudo, as cores codificadas dos demais habitantes. Em sua maioria, eram sujeitos grandalhões e peludos — mas sempre com o rosto barbeado e o asseio que fora visto do lado de fora. Na cabeceira de uma das mesas, em uma cadeira grande, adornada com os chifres de um minotauro, sentava-se um homem vermelho e inchado, de grandes bigodes castanhos, enfiado numa armadura de escamas. Ao seu lado, em outro lugar de destaque, um rapaz, pouco mais velho do que Ashlen, metido em uma desajeitada armadura de placas que trazia, gravado no peito, o escudo e armas cruzadas de Keenn. Ao lado de alguns dos homens, havia outros cães; mas, diferente dos animais preguiçosos que se encolhiam no canto, aqueles estavam alertas, muito acordados, cada um ao lado de um dos guerreiros, trazendo nos pescoços coleiras cheias de pregos compridos. O maior daqueles cachorros montava guarda ao lado da cadeira de uma bela e encorpada mulher. Ao contrário do que os aventureiros esperavam, as mulheres figuravam com proeminência entre os guerreiros reunidos naquele salão. Eram seis ao todo: duas eram louras e abrutalhadas como os homens, mas havia outras duas que poderiam virar o coração de qualquer rapaz da corte. Outra quase podia ser confundida com um homem — trazia o cabelo cor de rato cortado curto, e os ombros eram largos como os de Gregor. Outra não passava de uma menina: tinha talvez seus treze anos, e sentava-se muito perto de uma mulher mais velha, de traços muito semelhantes. A menina tinha apenas um olho; o outro era coberto por um pedaço de couro revestido com a pele de algum animal.

Enfim, eram guerreiros.

Na outra mesa, cinco homens de uniforme, armaduras, armas padronizadas. Eram soldados.

— Aproximem-se! — a voz que tinham ouvido antes fez tremer as paredes do salão. Era o homem que sentava no lugar de destaque, sob os chifres do minotauro.

Vallen deu um passo à frente.

— O que os traz ao salão da vila de Sagrann? — a voz do homem não era nem hostil nem amigável.

— Viemos apenas em busca de um pouco de comida, senhor — Vallen abaixou-se sobre um joelho. — Pedimos que nos venda algumas provisões, e iremos embora.

O homem examinou Vallen por um longo tempo. Sorveu um generoso gole de sua caneca.

— E quem é que me pede isto, forasteiro?

— Meu nome é Vallen Allond. Estes são meus companheiros — fez um gesto comedido. — Gregor Vahn e Ellisa Thorn. — esperou a resposta.

— E não deseja saber meu nome, Vallen Allond?

— Sim, meu senhor.

— Pergunte-me, então!

— Por favor, diga-me qual é seu nome, meu senhor.

O homem se empertigou na vasta cadeira.

— Sou Athelwulf, filho de Murganwulf.

— É um prazer conhecê-lo, meu senhor.

— Não vejo por quê, já que meu nome não lhe diz nada — houve uma risada contida através do salão.

Mais silêncio. Vallen permaneceu curvado, tentando calar as vozes dentro dele que o chamavam de covarde.

— De onde vocês vêm, Vallen Allond?

— Estamos em viagem, senhor. Passando por seu país.

— Perguntei quais seus reinos de origem!

— Portsmouth — apressou-se Vallen. — Eu e Ellisa somos de Portsmouth. Gregor vem de Tyrondir.

— E seu amigo careca, lá fora com os fazendeiros?

— Rufus Domat. Ele vem de Sambúrdia, meu senhor.

Athelwulf coçou o queixo e cochichou algo com o jovem clérigo de Keenn ao seu lado.

— Ele é um mago, não é?

— Sim, meu senhor — Vallen hesitou.

— Curioso que alguém de Portsmouth viaje ao lado de um mago.

— Ele é um mago que provou seu valor, meu senhor.

— Entendo — tomou mais um gole. E depois: — *Todos* têm de provar seu valor.

Vallen fechou os olhos, praguejando em silêncio. Prevendo.

— Mais cerveja! — bradou Athelwulf, de repente. — Onde estão os malditos goblins?

Rapidamente, surgiram no salão duas pequenas criaturas cinzas e magricelas, correndo como baratas. Eram goblins, e cada um trazia uma bandeja de metal com várias canecas cheias, que pareciam pesar mais do que eles próprios. Esticando os braços, os dois goblins começaram a depositar as canecas cheias em frente aos guerreiros, ao mesmo tempo recolhendo as já vazias.

— Ainda estou bebendo a minha, coisinha estúpida! — um dos homens deu um forte safanão na cabeça de um goblin, que logo se desfez em pedidos de perdão e clemência.

Ellisa observou que os seis soldados não bebiam, nem pareciam se engajar na conversa ruidosa.

— Ao meu lado, Vallen Allond — Athelwulf continuou falando, enquanto os goblins serviam — estão os escudos e os nomes dos chefes desta vila que me precederam. O primeiro deles é Cynewulf, que era capaz de estrangular um urso com as próprias mãos. Meu pai, Murganwulf, foi o único homem desde então capaz de repetir essa façanha. Conhece alguém que possa estrangular um urso, Vallen Allond?

— Não, meu senhor.

— Continue em Yuden, e talvez você venha a conhecer. Meu pai não foi chefe desta aldeia porque não quis. Foi soldado na capital quando jovem, e resolveu voltar ao exército depois de velho.

— Um chamado nobre, meu senhor.

— Todos naquela parede — Athelwulf continuou, fazendo um gesto amplo. — foram guerreiros formidáveis. Vívica, a única dama que foi nossa chefe, dizimou uma matilha de lobos gigantes, armada apenas com um martelo.

Os goblins continuavam distribuindo as enormes canecas.

— Qual é a sua linhagem, Vallen Allond? Quem era seu pai?

Vallen engoliu em seco.

— Não sei, meu senhor. Sou filho de prostituta.

Uma gargalhada explodiu de um canto na mesa. Athelwulf silenciou-a com um olhar.

— Não vejo nada de errado nisso. Gosto de prostitutas.

Os goblins terminaram de depositar a última caneca cheia, e recolher a última vazia.

— A minha já está vazia de novo! — gritou alguém, mas Athelwulf exigiu a atenção do goblin.

— Escravo! Venha aqui!

Com uma expressão de dar pena, a criaturinha cinza foi até perto do chefe da aldeia.

— Prostre-se.

O goblin começou a pousar a bandeja de ferro no chão.

— Não faça isso, criatura suja! — rugiu Athelwulf.

Apavorado, o goblin fez menção de colocar a bandeja sobre a mesa.

— Não ponha uma bandeja cheia de canecos vazios frente a um guerreiro, como se ele fosse um empregado — Athelwulf rosnou de novo.

Com uma expressão quase cômica, o goblin andou de um lado para o outro, sem saber o que fazer.

— Vamos! Obedeça-me!

Finalmente, decidiu-se por entregar a bandeja ao outro escravo, que já estava sobrecarregado com apenas uma. Jogou-se ao chão frente a Athelwulf, encostando a testa na terra coberta de palha.

— Eu gosto de goblins, Vallen Allond — o chefe da aldeia voltou a se dirigir ao líder dos aventureiros. — Sabe por que gosto deles? Porque sabem seu lugar.

Athelwulf derramou sua cerveja no chão.

— Beba, criatura miserável!

Sem pestanejar, o goblin se pôs a lamber o líquido derramado.

— Vê? Ele sabe que, sendo estrangeiro, é inferior a um yudeniano. E, não sendo humano, é ainda pior.

Vallen não respondeu.

— Este é o valor destes goblins, vê? Eles entendem sua condição. Qual é o seu valor, Vallen Allond?

— Eu sou guerreiro, senhor.

— Você é estrangeiro! — rugiu Athelwulf. — Eu não o conheço, portanto vai ter de provar seu valor. Você será como os goblins, ou terá um valor diferente?

Nada. Vallen continuou sobre um joelho.

— Você diz que quer comprar a minha comida. Trata-me com o respeito que um estrangeiro deve a um yudeniano. Mas não provou, ainda, seu valor. Pode fazê-lo cumprindo minhas ordens.

Vallen ergueu a cabeça, olhando nos olhos de Athelwulf.

— Minhas ordens são para que beije minha bota. Não, melhor! Beije a bota de cada guerreiro neste salão, Vallen Allond.

"Não faça", implorou Ellisa, em pensamento. *"Continue sendo quem você é"*.

— E há uma alternativa, senhor?

— Combate, é claro.

— Eu escolho combate.

— Contra um campeão...

— Eu escolho combate!

Vallen estava de pé.

— Boa escolha.

O yudeniano enorme investiu contra Vallen, brandindo uma maça imensa, com uma cabeça redonda maciça, coberta de grossos espinhos de ferro. Vallen saiu de seu caminho com habilidade, girando o corpo e erguendo um joelho, que foi se afundar no estômago do homem. Ele curvou o corpo, sem ar, e a maça bateu contra o chão, afundando a terra compacta. Continuando o giro, Vallen deixou a lâmina de Inferno a centímetros da nuca do oponente. Ele sentiu o calor das chamas avermelhando-lhe a pele clara.

— Quer que eu o mate, chefe Athelwulf? — bradou Vallen, um pouco ofegante.

— Não é necessário — disse o chefe da vila, com um ar que beirava a satisfação.

— Então, provei meu valor. Venda-me o que quero.

— Oh, não — sorriu o homem. — O desafio apenas começou.

Um sujeito baixo e compacto, com o rosto e a cabeça raspados, se ergueu para tomar o lugar do yudeniano derrotado. Trajava uma armadura de couro bem-trabalhado, e manoplas forradas de pele, com garras de urso.

— Quanto mais me cansar, mais letal vai me forçar a ser — disse Vallen, entre dentes.

Athelwulf deu um sorriso raivoso.

— Sou Bergulch, o Pele-de-Pedra — o novo guerreiro se apresentou, colocando-se em posição de luta.

— Se eu fosse você, pegaria armas de verdade.

Bergulch deu um salto inesperado, atirando-se como uma fera em Vallen, que por pouco evitou a força completa do bote. Pulou para o lado no último instante, mas um conjunto de garras rasgou seu braço deixando quatro cortes fundos. Bergulch se virou sem perder tempo, rosnando, já correndo e estendendo os braços para uma nova investida. Vallen deu um passo para trás, evitando o golpe, e em seguida esticou-se, aproveitando o alcance muito maior — com sua espada e os braços mais longos — para golpear sem ser atingido. Inferno riscou o peito do inimigo, enquanto Inverno guardava o flanco. Vallen saltou para trás de novo, satisfeito com o bom golpe. Então, notou que, embora tivesse atingido uma boa quantidade de pele à mostra, sua lâmina não tinha tirado sangue algum.

"O Pele-de-Pedra", pensou Vallen. *"Que ótimo"*.

Bergulch se pôs em uma nova investida selvagem, golpeando com as duas mãos, numa velocidade estonteante. Vallen continuou indo para trás, evitando os golpes, conseguindo um ou outro momento em que pudesse atacar. Mas, mesmo quando sentia a lâmina encontrar o adversário, não via sangue. Nem mesmo uma marca. Em pouco tempo, Vallen Allond estava de costas para a parede de madeira enegrecida pela fumaça.

Bergulch se preparou para o ataque decisivo, abrindo os dois braços e rapidamente trazendo as garras para o corpo do inimigo. Vallen, abrindo a guarda no peito, bloqueou com as duas espadas, cada uma num antebraço. Aquilo deceparia as mãos de qualquer outro homem. Aproveitando o instante de surpresa do inimigo, Vallen empurrou-o com toda a sua força, levando o homem atarracado para o meio do salão. Ele era incrivelmente pesado, e seus pés pareciam estar chumbados no solo. Vallen se deu por satisfeito perto de uma fogueira, após ter feito os pés de Bergulch deixarem marcas contínuas, como rodas de carroça, na terra. Sem desperdiçar um momento, o aventureiro saltou para trás, fazendo com que Bergulch se desequilibrasse para frente, vítima da força que punha contra o adversário. Antes que Bergulch pudesse endireitar o corpo, Vallen correu para circundá-lo, atrás da fogueira. E assim, no momento seguinte, quando Bergulch, o Pele-de-Pedra, estava de novo virado para ele, Vallen chutou uma brasa em seu rosto.

— Vamos ver se também tem olhos de pedra.

O homem uivou de dor, e levou as duas mãos cobertas pelas manoplas ao rosto. Vallen se jogou ao chão, agarrando-lhe os dois joelhos, fazendo com que dobrassem. Bergulch caiu pesado na terra, batendo a cabeça. Sem deixar que respirasse, Vallen montou em seu corpo e bateu a cabeça calva de novo e de novo, até a terra ficar úmida e o homem, desacordado.

— Próximo! — ofegou Vallen Allond.

— Não — era a voz de Gregor Vahn. — Vocês trocam de campeão; nós também trocamos.

O paladino se colocou no centro do salão, observando os guerreiros sentados. Vallen, brotando suor, agradeceu-lhe em silêncio.

Levantou-se a vasta mulher que tinha o maior dos cachorros. Ambos, humana e animal, foram para a terra pisoteada.

— Sou Brumhyld — disse a guerreira, dona de uma voz poderosa, braços grossos como toras, olhos azuis e brilhantes, seios volumosos e coxas musculosas de aço. — Este é Arsenal — apresentou o cachorro.

O animal atacou primeiro, em um salto cheio de dentes. Gregor ergueu seu escudo com rapidez e bateu com ele no focinho da criatura. Antes que o cão pousasse, Gregor agarrou o corpanzil e arremessou-o contra a dona. Brumhyld recebeu a fera no peito, e caiu para trás. Quando deu por si, a ponta da espada de Gregor estava entre seus olhos.

— Odeio bater em mulheres. Próximo!

Houve mais um guerreiro, uma montanha em forma de homem, coberto de cota de malha, que usava a maior alabarda que Gregor já tinha visto. Também foi derrotado, embora desta vez com mais sangue: perdeu as duas mãos.

— Não sou mais guerreiro — o enorme homem mutilado gemeu entre dentes. — Mate-me.

— Eu nunca mato — Gregor virou-lhe o rosto. — Próximo!

— Temos muitos campeões — rosnou Athelwulf.

— Nós também — era Ellisa Thorn, tomando o lugar do companheiro.

— Ellisa, acho que esta não é uma situação para o seu estilo — começou Gregor.

Um guerreiro alto e magro se levantava, no fundo de uma das mesas. Ellisa disparou uma flecha que se cravou em sua garganta. O yudeniano voltou a sentar.

— Próximo! — disse a arqueira.

Um guerreiro armado de lança e escudo se ergueu, tendo o cuidado de se proteger de uma possível flecha, mas Athelwulf interrompeu-o.

— Não! — o salão se calou. — Que seja Ethel.

Muito quieta, ergueu-se da mesa a menina de tapa-olho.

— Deseje-me sorte, mãe — disse ela, pousando um beijo no rosto da guerreira ao seu lado.

Ethel usava uma placa de peito que parecia pesada demais para ela. Por baixo, um vestido bege. Em cada mão, uma faca de lâmina longa.

— Saiba que não tenho escrúpulos em matar crianças — disse Ellisa.

— E eu não tenho escrúpulos em matar adultos — respondeu a menina.

Ellisa começou um movimento vagaroso, com passos laterais para circundar a oponente, mas logo interrompeu-se, com uma chuva de flechas. Ethel, que também circulava em volta da inimiga, saltou enquanto as flechas se cravavam no chão, girando o corpo, apoiando-se nas mãos fechadas para descrever piruetas que lhe tiravam do caminho das setas. A menina pousou agachada, as facas prontas, e Ellisa largou o arco, levando a mão à cintura para pegar uma espada. No entanto, Ethel foi mais rápida — de sua posição baixa, saltou como se as pernas fossem molas, e acertou o golpe que previra em Ellisa Thorn. As duas facas gêmeas se cruzaram na coxa esquerda da arqueira, que foi obrigada a se apoiar na outra perna, abaixando o corpo. Ellisa ainda não tinha terminado de sacar a sua lâmina.

Estava sem mobilidade para se esquivar dos golpes de Ethel. Jogou o corpo para trás para evitar uma estocada no rosto, e depois para o outro lado, esquivando-se de um golpe igual da outra faca. No entanto, Ellisa estava ajoelhada sobre a única perna boa, quase sem equilíbrio. Quando veio um terceiro golpe contra seu rosto, ela tombou no chão, evitando por pouco a ponta da faca. Vendo a oponente prostrada, Ethel girou as duas facas, mudando a empunhadura para que pudesse estocar facilmente um alvo horizontal. Ellisa conseguiu rolar e evitar o golpe no instante em que as duas facas se cravaram fundo na terra. Pensou que Ethel levaria alguns momentos para retirar as armas presas, mas a menina tinha uma força impressionante — estava pronta para novos golpes antes que Ellisa pudesse se voltar. Outra faca se cravou no chão, errando Ellisa por pouco, e a arqueira teve tempo para pegar um punhado de terra e enfiá-lo no único olho da adversária. Ethel foi obrigada a hesitar, e Ellisa usou o instante para erguer-se, pegando o arco do chão. Mancava pesadamente.

— Truquezinho sujo, vaca estrangeira — rosnou Ethel em sua voz de criança, limpando a areia do olho.

— Sua mãe não lhe ensinou a não falar assim com os mais velhos?

— *Não fale de minha mãe* — disse a menina entre dentes. — Perdi este olho com nove anos, salvando-a de bandidos estrangeiros — ao dizer isso, o semblante da menina se transformou. Não trazia mais a expressão petulante e debochada, mas sim uma raiva muito séria.

Algo dentro de Ellisa se encaixou.

Ethel atacou de novo, e Ellisa girou o corpo, ficando de costas para ela. Colocou duas flechas no arco, e disparou. Na direção oposta à adversária. E, quando Ethel chegava até Ellisa Thorn, as duas flechas se cravavam na testa de sua mãe, matando-a.

A menina deu um grito estridente de desespero. Ficou um instante parada, atônita, e nesse instante foi abalroada por Ellisa Thorn. A mulher mais velha jogou-a no chão, usando seu corpo mais pesado como aríete. Colocou Ethel de bruços, com o rosto na terra, e tomou as duas facas, enquanto a menina uivava de pesar.

— Próximo.

Com uma força extraordinária, Ethel conseguiu erguer a cabeça.

— Vou caçá-la até o inferno e fazê-la pagar, cadela — disse Ethel.

Ellisa olhou-a.

— Não deveria ter feito essa promessa.

Em seguida, usou as duas facas para cortar a garganta de Ethel. O sangue esguichou, farto.

— Próximo! — repetiu Ellisa Thorn.

O salão estava silencioso.

— Já perdi bons guerreiros demais — disse Athelwulf, muito sério. — Chega. Poderão comprar nossa comida.

Ellisa relaxou. Vallen foi acudi-la. Gregor limpou o suor da testa. Sob ordens gritadas, os dois goblins começavam a separar provisões para serem vendidas.

E, súbito, um menino entrou correndo no salão.

— Lorde Athelwulf!

O chefe fez sinal para que o rapazote esbaforido falasse.

— Eles esconderam não humanos nos arredores da vila.

Os olhos dos guerreiros se voltaram para os três.

— O que aconteceu? — murmurou Gregor.

E Ellisa, preparando o arco:

— Rufus aconteceu.

Rufus pensava que estaria liberto das provocações de tiranos mirins depois de adulto. Mas, em Yuden, as crianças eram criadas para serem orgulhosas e agressivas. Chamavam-no de velho, de estrangeiro sujo, atiravam pequenas pedras. Rufus tentou intimidar-lhes com sua magia, mas não foi capaz — sem pegar numa espada, seria difícil impor respeito em Yuden.

Em silêncio, lamentava-se por ter sido deixado sozinho. Viu um garoto de uns quatorze anos andando em desafio na sua direção, mexendo na virilha de forma insolente.

— Acho que posso bater em você, velho estrangeiro — disse o garoto, muito perto de Rufus.

— Vá embora.

— *Posso* bater em você. E acho que é o que vou fazer.

— Vou torrá-lo com uma bola de fogo!

As crianças, reunidas em volta, gargalharam. Uma pedra atingiu Rufus no ombro.

— Vamos, então — desafiou o garoto.

Mas, é claro, Rufus, naquele momento, era incapaz de conjurar uma bola de fogo.

— Vamos! — o menino deu-lhe um empurrão.

— Estou avisando. Eu tenho um livro...

— Um livro! — exclamou o rapazote. As crianças rugiram em gargalhada. Alguns adultos também assistiam, rindo calmamente.

O menino deu um tabefe no rosto do mago.

— O que vai fazer? Vai chorar? Onde está aquela bola de fogo?

— Estou avisando! — Rufus sentia os olhos se encherem. — Eu tenho amigos fora da cidade — e deteve-se, sabendo o que havia feito.

— Há mais gente? — alarmou-se um fazendeiro. — Rápido! Mandem batedores!

Dois caçadores foram investigar. E, sem muita dificuldade, avistaram o minotauro, o samurai e a clériga.

— Não são humanos! — soava um alarme. — Aberrações!

Os garotos se amontoaram sobre Rufus, derrubando-o e chutando seu corpo.

— Capturem os amantes de aberrações — a voz do jovem clérigo de Keenn saiu muito calma e clara. Era a voz de um adolescente.

Os soldados da primeira mesa levantaram de uma só vez, enquanto os guerreiros da outra gritavam e pegavam em armas, numa balbúrdia entre a ira e a felicidade. Os três aventureiros recuaram. As portas do salão foram jogadas, abrindo-se com estrondo, enquanto Vallen, Ellisa e Gregor andavam para trás, bloqueando, esquivando-se, estocando.

O combate dentro do salão chegou ao campo aberto da praça, e os yudenianos pararam um instante para se reagrupar.

— São só soldados — rosnou Vallen. — Quantas vezes já matamos soldados?

Os aldeões também cercavam os três, todos — mulheres, velhos — com armas desembainhadas. Organizavam-se em pequenos esquadrões, como se já tivessem praticado uma situação como aquela muitas vezes. O jovem clérigo tomou a frente do grupo, junto a Athelwulf. Abençoou os soldados e os guerreiros.

— Degelfred — o chefe da vila dirigiu-se para o clérigo, sem nunca tirar os olhos dos inimigos. — Lidere o grupo de caça aos não humanos. Nós daremos conta destes aqui.

O clérigo assentiu e partiu, levando consigo dez homens. Os cinco soldados ficaram.

Athelwulf segurava um grande machado em uma mão, e uma espada enorme na outra. Ambos eram armas que deveriam ser usadas com ambas as mãos. O chefe era uma figura impressionante, alto e largo, farto de carnes, com muitas cicatrizes onde se podia ver a pele. Seus bigodes fediam a cerveja mas eram aparados com esmero. No cinto, ele carregava um troféu: a barba escalpelada de um anão. O cabo do machado era enfeitado com dezenas de unhas — que ele havia arrancado de oponentes valorosos.

Nos seus flancos, os cinco soldados levavam espada e escudo, trajando uniformes idênticos, com cabelos curtos por baixo dos elmos. Um deles era um clérigo de Keenn, embora menos graduado que Degelfred. Athelwulf e os soldados eram um retrato do que era Yuden: a selvageria herdada dos povos bárbaros que os yudenianos haviam dizimado, mesclada à ordem metálica daqueles legionários. Havia nos soldados, treinados na capital, bastante dos selvagens dos arrabaldes do reino. E havia nos combatentes brutais da vila de Sagrann bastante da disciplina e tática que fazia de Yuden o melhor exército de Arton. E, no fim, todos eram guerreiros, lutando juntos, odiando juntos.

— *Keenn, proteja-nos agora e na hora de nossa morte* — disse o clérigo.

Gregor levantou a espada e o escudo e investiu.

— A hora de sua morte é agora!

Chocaram-se. Era um combate sem esperança, mas também sem alternativa. Gregor usou o escudo para empurrar o primeiro dos inimigos, um soldado que se interpôs na frente de Athelwulf. O paladino empurrou o soldado e o chefe da vila, fazendo ambos se desequilibrarem para trás. Gregor recuou o escudo e estocou com a espada, atravessando o ombro do soldado e ainda ferindo Athelwulf.

Atrás, Vallen e Ellisa formaram um perímetro.

— Vallen, não vou conseguir correr muito.

— Então, é melhor matar todos antes que precisemos correr.

Ela parou por um instante, uma flecha na corda do arco.

— Você sabe que eu te amo, não é?

— Sei.

— Então, vamos lutar.

Ellisa começou a disparar flechas sem ao menos olhar para os alvos, apenas largando as setas na multidão — e sempre acertava alguém. Sabia que essa tática teria fim quando acabasse a munição, mas por enquanto impedia que se chegasse perto dela. Logo perdeu Vallen de vista, pois ele tinha se enfiado dentro do combate.

Inverno e Inferno cortavam, abrindo um caminho sangrento até que Vallen pudesse enxergar Gregor Vahn. O paladino estava coberto de inimigos corpulentos, defendendo-se como podia com seu escudo. Não conseguia atacar com eficiência, mas evitava morrer, por enquanto. Vallen recebia cortes de todos os lados, e pauladas e golpes de martelo e maça — mas, de alguma forma, conseguia se manter de pé. Não se preocupava muito em se defender — raciocinava que, se yudenianos suficientes estivessem mortos, eles parariam de atacar. Logo, surgiu no meio do combate de corpos apertados Ellisa Thorn. Sem flechas, ela mancava para perto dos amigos, sem nunca atacar, apenas tentando bloquear os golpes com sua espada. Vallen gritou algo e abriu um novo caminho, cortando até chegar na amada. Os dois ficaram um de costas para o outro, apenas se movendo, sem falar nada. Tentando viver.

Numa batalha, perde-se a noção do tempo. Assim, Vallen, Ellisa e Gregor tinham a impressão de estar há horas combatendo, quando de repente yudenianos voaram para todos os lados. Com um urro, surgiu Artorius, carregando Rufus Domat sobre um ombro, enquanto investia de cabeça baixa, usando os chifres para estocar, prender corpos e jogá-los para cima.

— *Tauron, faça com que eu não erre nenhum golpe!*

— *Lena, não deixe que a morte chegue perto de mim* — ouviu-se a voz de Nichaela.

Artorius depositou o mago desacordado perto de Vallen, enquanto agarrava o pescoço de um inimigo e partia-o como se fosse um graveto.

— Perdemos Kodai — ofegou o minotauro.

Abria-se uma roda nos yudenianos, e todos se voltaram para ver que era Nichaela quem os mantinha longe, as mãos espalmadas à frente do corpo com um milagre de Lena.

— *Não entrarão aqui! Não entrarão aqui os que querem a luta.*

De fato, nenhum dos inimigos parecia poder se aproximar da meio-elfa. Vallen e Ellisa correram para perto dela carregando Rufus, enquanto que Artorius investiu contra a massa de corpos, retornando com Gregor muito ferido nos braços.

— Eles não podem se aproximar — disse Nichaela, quando todos estavam sob sua proteção.

O ar ao redor da clériga parecia diferente, com uma cor sutil, como se fosse mais denso, quase sólido.

— Eles pegaram Masato — a voz de Nichaela tinha uma nota desesperada.

— Vamos recuperá-lo — disse Vallen. — Assim que sairmos daqui.

Eles foram recuando lentamente, sob a proteção de Lena, sem que os yudenianos pudessem se aproximar.

— Covardes! — berrava Athelwulf. Depois, proferiu o pior insulto que podia imaginar: — Estrangeiros!

Eles saíam da vila de Sagrann aos poucos, quando surgiu à sua frente o jovem de armadura de placas — o clérigo Degelfred. Atrás dele, dois guerreiros carregavam Masato Kodai, desacordado e sangrando em profusão.

— *Keenn, desfaça o escudo de covardia que protege estes infiéis* — Degelfred orou, fazendo o ar tremular ao redor de Nichaela.

— *Tauron, esmague meu inimigo com sua força!*

Ante a prece urrada de Artorius, um enorme machado se materializou em pleno ar, à frente de Degelfred. Era feito de um tipo de energia translúcida, exalava uma espécie de vapor fantasmagórico — e desceu como uma rocha sobre o crânio do clérigo de Keenn. A cabeça de Degelfred se abriu, e seus miolos voaram por todo lado, junto com uma cachoeira de sangue brilhante.

— Vamos embora! — disse Vallen.

Correram sob o escudo milagroso de Nichaela. Vallen carregava Ellisa; Artorius carregava Rufus e Gregor. Atrás deles, vinha a aldeia de Sagrann.

— Por quanto tempo Lena consegue manter esse truque? — perguntou Vallen.

— Não muito — foi a resposta de Nichaela.

Eles se embrenharam num bosque, com os aldeões nos seus calcanhares. Athelwulf liderava a perseguição, berrando e vociferando ofensas aos quatro ventos.

— Só mais alguns minutos! — avisou Nichaela.

— Pronto para lutar, amigo? — Artorius rosnou um sorriso.

— Eles não vão dar nem para o começo — disse Vallen.

E Lena estava pronta a retirar sua bênção, e os guerreiros de Sagrann chegavam perto, quando uma árvore pareceu se mover atrás do grupo em fuga. Vallen notou mas não deu atenção. Logo depois, um arbusto, e galhos, e folhagens e pássaros de todos os tipos, e logo o caminho atrás deles estava bloqueado, e eles não conseguiam ver seus perseguidores. O escudo de Lena se desfez. Mas, atrás, eles só ouviam pragas e gritos confusos. Estavam muito perto, mas os yudenianos os haviam perdido.

— Foi um milagre de Lena? — disse Artorius.

— Não. De Tanna-Toh — uma voz saiu de trás de uma árvore. Um homem de sessenta ou setenta verões, trajando mantos amarelos e cinzas, e o pergaminho e pena de Tanna-Toh, a Deusa do Conhecimento. Logo depois, surgiu uma jovem na plenitude da vida, vestindo as mesmas cores.

À volta do grupo, a paisagem havia se modificado. A uma centena de metros, cercada por árvores, uma grande caverna abria sua bocarra escura.

— Estavam procurando a Caverna do Saber, não é? — disse o velho, numa voz bondosa. — Bem-vindos. Estávamos esperando vocês.

CAPÍTULO 22

A CAVERNA DO SABER

— VOCÊ NÃO SABIA *REALMENTE* QUE ELES VIRIAM — disse a jovem de amarelo e cinza.

— É claro que sabia. Era impossível não ouvir toda a balbúrdia que faziam.

— Você falou como se fosse algo mágico...

— É conhecimento, Allystra — disse o velho de mantos. — Sabe de algo *mais* mágico?

A jovem se calou. O idoso conduziu os aventureiros feridos até a Caverna do Saber.

— E como sabia que eles estavam procurando pela Caverna? — insistiu a jovem chamada Allystra.

— Foi um bom palpite. Quase todos os aventureiros por estas bandas procuram a Caverna do Saber.

Allystra pareceu contrariada.

— Conhecimento, Allystra, conhecimento — disse o velho, dedo em riste. — E raciocínio.

Nichaela e Artorius pararam antes de entrar na bocarra de pedra.

— O que foi? — disse o velho.

Ambos ficaram em silêncio. Até Nichaela interrompê-lo.

— Este é um local muito sagrado.

— Será um local muito sangrento também, se vocês não entrarem logo. Não posso escondê-los o dia todo.

E assim foram enxotados para dentro da mítica Caverna do Saber, o lar de todo o conhecimento de Arton. Vallen e Artorius pousaram os companheiros no chão de pedras e terra.

— O que fiz é proibido — o velho se dirigiu a Vallen. — Como líder dessa gente, faça-os entender que estou colocando muito mais que meu pescoço em risco para salvá-los.

Vallen assentiu, calado. O velho penetrou mais fundo na Caverna, seguido por Allystra. Ouviam-se as suas vozes discutindo.

— Como você sabia que ele era o líder?

— Deveria ser um humano, para poder liderá-los por reinos como este. E não estaria sendo carregado, a menos que estivesse morto, pois guerreiros acreditam em força e em dar o exemplo — a voz foi diminuindo. — Conhecimento, Allystra, conhecimento e raciocínio.

Os aventureiros se entreolharam.

— Estão todos bem? — era Vallen.

Rufus certamente não estava: fora espancado. Gregor também não tinha um bom aspecto; sangrava por uma centena de cortes.

— Ellisa?

— Eu vou viver.

Nichaela, com uma prece, começou a derramar as bênçãos de Lena sobre os colegas feridos.

Vallen imaginara que aquele lugar seria mais distante. De fato, deveria ser (como Nichaela poderia confirmar, de acordo com o que havia lido nos pensamentos do soldado Orean). Eram apenas circunstâncias extraordinárias que faziam os clérigos de Tanna-Toh utilizarem a magia de sua deusa para carregar aqueles aventureiros até seu destino, e ocultá-los dos olhos de seus inimigos. Circunstâncias que os clérigos preferiam não discutir — e, portanto, como eram proibidos de falar mentiras, decidiram se afastar.

Gregor e Rufus abriam os olhos; Ellisa estava com a perna enfaixada, quando o clérigo surgiu de novo. Um velho empoeirado com ar professoral.

— Venham. O Helladarion está pronto para recebê-los.

Vallen se ergueu, tonto. Tudo estava acontecendo rápido demais, e ele tentava ordenar os fatos na mente. A torre de Andaluzia — a partida de Ashlen — Seraphine e o tapete voador — a vila de Sagrann — e agora o Helladarion. Passavam-se semanas de esconder-se em bosques, e de repente seu objetivo caía em seu colo. Vallen, como todos os aventureiros experientes, estava acostumado a fatos estranhos, mas sempre preferia o terreno conhecido de lutas, estratégias, masmorras e viagens.

— Deixe que eu me apresente — começou Vallen.

— *Não* — interrompeu o clérigo. — Entenda que, como um servo de Tanna-Toh, sou obrigado a responder em verdade a qualquer pergunta. Não quero saber muito sobre vocês, para que não possa entregá-los quando vierem os soldados — de fato, o clérigo evitava olhar os rostos de seus hóspedes.

Virou as costas para o grupo. Dando de ombros, Nichaela terminou o curativo que fazia em Ellisa e se ergueu. Os outros a imitaram.

— O livro! — Rufus, de repente. — Deixei o livro na aldeia.

Os olhares nele.

— Tenho de voltar.

— Não seja tolo — Gregor abriu a sacola do mago. — Veja, seu livro está aqui.

Lá estava o grande tomo de capa em madeira.

— Não entendo. Eu o deixei cair.

— Tanto melhor — disse Vallen. — Vamos, não quero deixar um sumo-sacerdote esperando.

— *O livro tem poderes misteriosos!* — Rufus arregalou os olhos.

— Que seja — era Gregor. — Vamos.

Mais fundo na caverna. Era uma catedral; o teto abobadado se erguia alto, longe do alcance dos braços, as paredes laterais eram afastadas, e se abriam cada vez mais. O chão se inclinava, descendo para dentro da terra. Havia escuridão, e também havia luz: muitas lanternas cobertas de vidro, dispostas em harmonia pelos corredores. O que era um simples salão natural na entrada da caverna virava logo um complexo de passagens de pedra e túneis subterrâneos. Seria fácil (menos para Artorius) se perder lá dentro. O velho clérigo seguia à frente, sem dizer palavra, oculto por inteiro em seus mantos com capuz, e os aventureiros iam atrás, sentindo uma coisa estranha — uma espécie de medo. Não que achassem que passavam perigo; apenas tinham a noção de que havia ali algo *tão mais poderoso* do que tudo que já tinham visto.

Na Caverna do Saber, objetos manufaturados dividiam igual espaço com as formas naturais da pedra. Havia uma profusão de estantes, todas guardando um sem-fim de livros e pergaminhos, e havia também cogumelos crescendo nos cantos. Se outra pessoa ocupava o lugar, além do velho clérigo, Allystra e o grupo, até agora estava oculta.

— Como é o seu nome? — Nichaela se apressou para andar ao lado do velho. Ele deu um suspiro de insatisfação.

— Cedric.

— Por que fez tanta questão de nos ajudar tão rápido?

— Moça, você faz muitas perguntas.

— Pensei que gostassem disto. E você é obrigado a responder.

Cedric olhou-a com uma rabugice pungente.

— Porque algo está para acontecer na cidade de Galienn. E tenho medo do que possa ser.

Galienn ficava próxima, muito próxima à Caverna do Saber. Não por coincidência, era a sede do culto a Keenn.

Era um sarcasmo amargo da parte dos deuses que o Helladarion se localizasse justamente no reino de Yuden. Porque, se havia um lugar no mundo que valorizava a ignorância, era aquele. Yuden era um reino de soldados, de gente que cumpria ordens e não as questionava. Nada é pior para a disciplina cega do que o conhecimento. Yuden, desde a sua fundação, quando tomou a ferro e sangue terras bárbaras (e mais tarde, quando anexou com a mesma violência e eficácia os reinos de Svalas e Kor Kovith) procurou abafar as indagações, as imaginações, a criatividade. Tudo isso era muito prejudicial para um exército.

E assim, decidiu-se criar uma cidade para servir de sede à religião militar de Keenn, nos arredores da mítica Caverna do Saber. Os regentes, desde sempre da família Yudennach, não ousavam atacar de forma direta o Helladarion ou os clérigos do conhecimento — principalmente pelo medo das informações que poderiam vir à tona em retaliação. Mas nunca deixaram de colocar patrulhas eficientes nos arredores da Caverna, garantindo que o conhecimento não fosse divulgado demais. Conhecimento era uma coisa poderosa.

A paz frágil entre o culto a Tanna-Toh e o reino de Yuden desagradava a ambos, mas a ambos era necessária. E assim, Cedric, um velho clérigo com mais conhecimento na cabeça do que entusiasmo no coração, havia arriscado muita coisa ao salvar aquele bando esfarrapado. Passara alguns dias vasculhando os arredores em busca de um grupo que pudesse ser seus olhos em Galienn, e descobrir o que era que estava mobilizando a nobreza, tirando o regente Fiodor Yudennach da capital, Kannilar, para Galienn, e, se os boatos estivessem corretos, atraindo gente ainda mais poderosa. Cedric queria *saber*, não pela curiosidade ávida dos clérigos jovens (invariavelmente tipos capazes de perder o sono em busca de uma informação ou detalhe sem importância), mas porque achava que aquilo traria repercussões para o resto de Arton. Afinal, quando Yuden se movia, Arton observava.

O grupo continuava pelos salões e corredores. Logo, surgiu de novo Allystra. Era uma moça magra e ossuda, que nadava, perdida, no meio de seus mantos folgados. Seu rosto era comprido, os olhos pequenos, os cabelos furiosamente crespos. Tinha a pele muito branca de quem evita o sol.

— Nosso outro convidado está perguntando — começou Allystra.

— Quieta! — interrompeu o velho.

Nichaela fez uma cara maliciosa. Estava começando a gostar da obrigação daqueles clérigos.

— Quem é seu outro convidado?

Cedric balançava a cabeça. Allystra pareceu satisfeita em responder.

— Um senhor chamado Balthazaar.

O nome fez mãos pularem em armas.

— Se é quem eu estou pensando — disse Ellisa. — Ele é quem vai dar algumas respostas.

Uns passinhos de rato denunciaram a figura que escutava a conversa de trás de uma estante.

— Será possível que ouço certo? São vocês, meus queridos?

Os aventureiros viram Balthazaar, mas era menos que uma sombra. Ele fora falante e bajulador: agora parecia ter dificuldade em cuspir as palavras. Seus cabelos e bigode estavam desgrenhados e sujos. O rosto, antes mantido com um perpétuo sorriso de adulação, agora trazia a expressão neutra dos muito velhos ou muito doentes — como se uma dor vaga e indefinível contorcesse as faces. Rugas escavavam cada traço, e a pele pendia frouxa e quebradiça dos ossos. Tinha roupas melhores, isso era verdade, mas estavam em tal estado de imundície que mal se podia perceber os bordados de ouro e prata. Parecia um mendigo, exceto que, por qualquer razão, mantinha os fios preciosos das roupas e as pedrarias dos anéis das mãos — não dava a impressão de passar dificuldades financeiras, apenas algum tipo de moléstia avassaladora. Mas o pior de tudo eram seus olhos.

Balthazaar forçava os olhos, apertando-os até que fossem riscos e não se pudesse ver as cores díspares. As mãos tateavam à frente do corpo, ele caminhava com cuidado: não podia ver.

— São vocês? São vocês mesmos, meus queridos? Oh, como lhes devo desculpas.

Balthazaar tentava discernir as figuras que eram borrões à sua frente. Via cores vagas, enxergava formas humanoides, mas nenhum traço particular. Assim como Ashlen notara, há um tempo que parecia enorme, Balthazaar estava ficando cego. Por isso, quisera fugir de Collen, por isso entregara o grupo ao sofrimento nas mãos de Sig Olho Negro, e por isso acabara em Yuden. Ainda enxergava as auras mágicas dos objetos, e isso era o que lhe levara à perdição.

— O que eu vi, meus queridos, não sabem o que eu vi.

— O que ele está resmungando? — murmurou Vallen.

— Vi um homem horrível, meus queridos, *tão horrível*.

Lágrimas pesadas brotavam dos olhos fracos. Só Nichaela sentiu pena. Mas todos entenderam.

Masato Kodai acordou se afogando. Tinha um pano sobre seu rosto, e água era derramada de um balde. Tentou espernear, mas suas pernas e braços estavam bem presos por mãos fortes. Tossiu e logo se lembrou de onde estava.

As mãos que o seguravam pertenciam a homens que ele havia mutilado, no combate em Sagrann. À sua frente, estava Athelwulf. Ao seu redor, muitos guerreiros ansiosos por vingança. Tiraram-lhe o pano da cara. Masato Kodai, mal consciente e com o corpo formigando de agonia, atacou com uma mordida a mão mais próxima.

— Monstro! Aberração! — praguejou o guerreiro com a mão sangrenta.

Kodai recebeu um soco no estômago. Em seguida, um chute na têmpora, que fez seus ouvidos zunirem.

— Suas espadas são muito boas, sub-humano — grunhiu Athelwulf. O chefe da vila tinha as espadas curvas de Kodai em sua cintura. Sacou a maior delas e examinou seu fio. — Vou tomá-las para mim.

Masato disse uma praga. Recebeu um tapa de uma mão enorme.

Era uma noite já velha, quase pronta para se transformar em manhã. O samurai estava de volta em Sagrann, na praça principal, e atrás dele erguia-se o salão dos guerreiros. As pessoas estavam ocupadas naquela madrugada: preparavam carroças, encilhavam cavalos, afiavam lâminas e ajustavam armaduras. Kodai estava quase deitado, sustentado pelos guerreiros yudenianos. Achava que não teria forças para ficar de pé por si só.

— Mate-me agora, yudeniano — o samurai conseguiu dizer. — Pois, se eu conseguir andar novamente, juro que irei estripá-lo.

Recebeu mais um soco.

— Você não vai morrer agora, criatura suja — Athelwulf chegou muito perto de Kodai, exalando o hálito malcheiroso. — Será sacrificado em Galienn, na consagração.

Masato tentou uma cabeçada, aproveitando a proximidade do inimigo. Errou o golpe, e foi vítima de mais uma saraivada de punhos.

— Athelwulf — era quase impossível para Masato falar. Além do sotaque quebrado, a boca muito inchada distorcia as palavras. A inconsciência também roçava em sua mente, tentando-o com o alívio fácil. — Saque a *wakizashi*. A espada pequena. Olhe em sua lâmina, e verá como vai morrer.

Athelwulf deu uma risada raivosa, fazendo um comentário qualquer com seus guerreiros.

— Verá que eu vou estripá-lo. Com Lin-Wu por minha testemunha, é o que juro fazer.

O chefe da vila agarrou a espada menor.

— Acho que vou usar esta faca para cortar a carne que alimenta meus cães.

— Olhe na lâmina.

— Acha que pode me intimidar, aberração?

— Olhe na lâmina, eu o desafio!

Kodai levou um chute no queixo. Chegou a piscar, um pequeno desmaio, mas então viu que Athelwulf sacara a espada *wakizashi*. O yudeniano dirigiu um olhar desafiador ao samurai, e então olhou para a lâmina.

Arregalou os olhos. Viu, como um reflexo no metal polido, Masato Kodai abrindo seu estômago.

— Vê? É a sua morte, yudeniano. É assim que vou matá-lo.

Era uma boa bravata. Kodai confiava o suficiente em si mesmo para julgar que daria certo.

— Então vai morrer agora, monstro, antes que possa fazê-lo.

Athelwulf segurou a espada de Masato, e começou um golpe rumo ao coração do samurai. Masato olhava-lhe nos olhos, através das pálbebras roxas e inchadas, certo de que iria viver. A lâmina viajava rápida. Quase encostava no seu peito quando uma voz interrompeu o movimento:

— Chefe Athelwulf! Ele chegou.

O ar gelou ao redor de Masato. Athelwulf tornou-se pálido. Os guerreiros deixaram os queixos tombarem, e em seguida prostraram-se no chão. Um minuto se passou, e a vila em silêncio mórbido. Os únicos que não se curvavam eram os que seguravam Kodai (e esses pareciam apavorados).

Lentamente, pôde-se ouvir o passo manso de um cavalo, uma pata devagar depois da outra, um bufar de vez em quando, se aproximando, sem pressa.

E então, por trás de uma casa de madeira, surgiu o homem mais impressionante que Masato Kodai já vira. Era um gigante; um guerreiro imenso, todo coberto por uma magnífica armadura de placas. Não se podia ver seu rosto, nem uma nesga de pele espiava por trás do metal. Seu elmo fechado escondia-lhe os olhos, as manoplas se ajustavam perfeitamente às mãos enormes. Quase parecia não haver um homem por baixo daquela vestimenta. Montava um cavalo monstruoso, uma massa de músculos coberta por pelo negro e brilhante. Também a montaria trajava uma armadura excepcional: uma combinação da mais fina cota de malha com placas grossas do metal mais reluzente. Uma capa escura se derramava pelas costas do homem até os flancos do animal, pendendo calma, oscilante. Tanto o guerreiro como a besta pareciam rochas: poderosos, indestrutíveis, imutáveis. E, embora homem e cavalo fossem mesmo imensos, pareciam ainda maiores por causa da calma, da segurança e do poder que exalavam.

Masato Kodai sentiu medo. Não que a figura fizesse algum gesto ameaçador; ele simplesmente sentia estar perto de alguém poderoso demais. Ele não sabia, mas, horas atrás, seus companheiros haviam sentido a mesma coisa.

— Meu lorde — Athelwulf falou em uma voz minúscula, quase um miado, humilde como um servo.

A figura continuou cavalgando lentamente, calada.

O cavalo bufou, dilatou as narinas enormes, e parou.

— VOCÊ É ATHELWULF — disse o guerreiro de armadura. Sua voz era indefinível, indecifrável, quase dolorosa. Era carregada de uma autoridade avassaladora. O recém-chegado parecia não conhecer Sagrann, mas não fizera uma pergunta. De alguma forma, uma pergunta parecia inapropriada para aquela voz.

— Sim, meu lorde.

— ESTE É O TAMURANIANO.

Athelwulf olhou para trás, para Kodai. Os homens que seguravam o samurai tremiam e suavam, pareciam petrificados por não estarem se curvando à figura coberta em metal.

— É o estrangeiro, sim, meu lorde.

— BOM. VAMOS LEVÁ-LO A GALIENN.

Um dos guerreiros afrouxava seus dedos nos braços de Masato. Parecia prestes a chorar.

— LARGUEM-NO.

Gratos, os seis yudenianos que agarravam Kodai se prostraram como os demais habitantes de Sagrann. Masato pensou em tentar fugir, mas, de alguma forma, não podia. As pernas frágeis, a consciência fugaz e o sangramento eram o menor dos empecilhos: era a presença daquele homem que impedia de Masato correr.

O guerreiro olhou para os trabalhos ainda não concluídos na vila. Voltou o elmo que fazia as vezes de rosto para Athelwulf.

— MINHA ESCOLTA AINDA NÃO ESTÁ PRONTA.

Athelwulf estremeceu a olhos vistos. Gaguejou por um tempo antes de conseguir vomitar uma resposta.

— Perdão, meu lorde. Perdemos muito tempo perseguindo um grupo de estrangeiros.

— NÃO DESEJO OUVIR DESCULPAS, CHEFE ATHELWULF. TRABALHEM.

E, como se por um passe de mágica, os habitantes de Sagrann se puseram imediatamente a trabalhar. Não ousavam um segundo de repouso: apenas carregavam carroças, embainhavam espadas, ensacavam mantimentos num frenesi.

— Se me permite, meu lorde — Athelwulf gemeu, depois de muito hesitar. — O lorde certamente não precisa de uma escolta. Certamente pode enfrentar qualquer um...

— SUGERE, ENTÃO, QUE UM HOMEM DE MINHA POSIÇÃO VIAJE SOZINHO. COMO UM CAMPONÊS.

— Não, meu lorde — Athelwulf se apressou, com um medo patético em sua voz.

O guerreiro conduzia seu cavalo calmamente, olhando uma atividade e outra. Kodai permanecia chumbado à terra.

— Meu lorde — Athelwulf ousou de novo. — Será o senhor a conduzir a cerimônia?

O guerreiro, de novo, voltou o elmo na direção do chefe. Desta vez, Athelwulf não sustentou o olhar: caiu para trás, sentado no chão, em terror. Mesmo Kodai, que apenas observava aquilo, congelou por dentro, e sentiu as tripas encolherem-se de medo. Porque, de algum modo, aquele rosto de metal transparecia desagrado.

— FAZ PERGUNTAS DEMAIS, ATHELWULF.

— Por favor, meu lorde — choramingou o chefe de Sagrann.

— UM BOM SOLDADO NÃO FAZ PERGUNTAS. CUMPRE ORDENS.

Athelwulf não dizia nada, apenas gania incoerências.

— SEU REGENTE CONVOCOU UMA CERIMÔNIA. SEU REGENTE EXIGIU QUE TODOS OS PRISIONEIROS NÃO HUMANOS FOSSEM LEVADOS PARA SACRIFÍCIO. ISSO É TUDO QUE PRECISA SABER, ATHELWULF.

O chefe estava em lágrimas.

— DIGA-ME SE É UM REBELDE, ATHELWULF.

Não conseguia falar.

— DIGA-ME, ATHELWULF.

— Não, meu lorde — depois de muito esforço.

— ENTÃO, TRABALHE.

Athelwulf se juntou aos seus guerreiros, aos seus subordinados, aos fazendeiros e aldeões, preparando a comitiva que escoltaria aquela figura de poder imenso. Logo, Kodai foi amarrado e amordaçado, e jogado em uma carroça. Pensou que, se aquele homem quisesse sacrificá-lo, havia pouco que pudesse fazer.

Mas uma coisa era certa: iria estripar Athelwulf.

Balthazaar caiu no chão. Um fio de sangue ralo se misturava com saliva, escorrendo do lábio. Cedric se pôs na frente de Vallen, segurando seu pulso. Era fraco, mas não tinha nenhum medo do guerreiro. Allystra, encostada numa parede, tinha as mãos cobrindo a boca, em espanto.

— Não irei tolerar este tipo de comportamento aqui, meu jovem — disse o clérigo. Lembrava um professor, um preceptor, um pai: alguém acostumado com idade e respeito.

— O senhor não sabe o que ele fez — Vallen continuava olhando ameaçador para Balthazaar. O que era inútil, pois o velho caído não conseguia enxergar tais sutilezas.

— O que quer que tenha feito — Cedric largou o pulso de Vallen e, para a surpresa do guerreiro, pegou seu rosto, fazendo os olhos dos dois se encontrarem. — Não é razão para você profanar este recinto. Faça isso de novo, e estará nas mãos dos soldados yudenianos.

— Talvez seja melhor — Vallen, indignado.

E ele esperava já uma reprimenda, provavelmente de Nichaela, ou talvez de Artorius ou Gregor. Mas ouviu a voz de Ellisa.

— Deixe de ser criança, Vallen. O que vai fazer? Bater em quem nos acolheu, também?

Vallen deixou os braços penderem. Mirava Ellisa com um misto de raiva e descrença. Mas Artorius e Gregor tinham expressões também reprovadoras. E, por teimoso que fosse, Vallen reconheceu que estava errado.

Nichaela foi acudir Balthazaar. Limpou o queixo do velho, examinou com pesar os olhos débeis. Conseguiu, afinal, ver o laranja brilhante de uma das íris, que antes pontuara aquela face como uma joia. Agora, parecia uma sujeira.

— Oh, por favor, não me machuquem, meus queridos. Já sofri tanto.

Cedric se afastou de Vallen, ainda prestando atenção nele, como se fosse um moleque malcriado.

— Você ouviu o que ele disse? — falou Gregor.

— Sim — Vallen, mesmo com o orgulho ferido, resolveu ser prático. — Acha que o tal homem horrível é o nosso fugitivo?

— É claro — Nichaela com um sorriso, amparando Balthazaar. — Os deuses, lembra? Os deuses estão do nosso lado.

Cedric, sem dizer mais uma palavra, conduziu-os pelo que restava dos túneis. Vallen se aproximou de Ellisa. Começou a falar, mas:

— Agora não — disse a arqueira. E se afastou.

Rufus viu aquilo.

E, por fim, estavam no centro daquele complexo de túneis de pedra, aquela caverna que se abria improvável no meio de uma floresta. Estavam num grande salão, vazio exceto por um pedestal metálico, e o enorme globo que repousava em cima dele. Era o Helladarion. Cedric e Allystra se ajoelharam, no que foram acompanhados pelos aventureiros. Era estranho para o grupo prestar aquela reverência, mas aquele globo de vidro era algo mais. Era quase palpável a inteligência inerente ao objeto. Ao contrário do que alguns haviam pensado, se ajoelhar ante o Helladarion não parecia tolo: parecia obrigatório.

— Façam as perguntas que desejarem — disse Cedric, numa voz reverente. — O Helladarion tem o conhecimento dos clérigos já mortos de Tanna-Toh. Vasta é sua sabedoria, e muitas são as respostas que ele pode fornecer.

O globo permanecia imóvel, apenas sendo.

Vallen ergueu a cabeça.

— Quer dizer que ele não sabe *tudo*?

Cedric tentou ignorar o tom de desapontamento na voz do guerreiro.

— Ele tem o conhecimento dos clérigos de Tanna-Toh...

— Sim, eu entendi — interrompeu Vallen.

Todos continuavam ajoelhados. O Helladarion mantinha-se só um objeto.

— Santificado Helladarion — Nichaela tomou as rédeas. — Sabe nos dizer onde está o responsável pelo massacre na cidade de Adolan, em Petrynia?

Névoas esbranquiçadas giravam lentamente no interior do Helladarion. Ante a pergunta de Nichaela, moveram-se com mais rapidez, como se a coisa pensasse. O suporte de metal, com garras rebuscadas prendendo o imenso globo vítreo, pareceu se ajustar; o Helladarion estava imóvel, mas a inteligência em seu interior se mexia, e isso era visível. Por fim, uma voz estranha surgiu na caverna. Era um som limpo e alienígena, nem grave nem agudo, que preenchia cada espaço ao redor das pessoas de joelhos. O Helladarion falou.

— Não.

Os aventureiros se entreolharam.

— Vamos — disse Vallen. — Balthazaar tem mais informações úteis do que o Helladarion.

E ficaram de pé, ainda que a presença daquele estranho objeto comandasse que suas cabeças pendessem em respeito humilde. Cedric parecia prestes a uma síncope. Deixaram o salão, Cedric tentando dar explicações ao artefato.

De repente, mais uma vez o som raso e branco:

— Vallen Allond?

O guerreiro se voltou. Olhou para o Helladarion.

— Sim, sou eu — voz baixa.

— Tenho uma informação que talvez queira — disse o artefato.

Vallen se ajoelhou.

— Deseja saber quem é seu pai, Vallen Allond?

O guerreiro sorriu.

— Não. Mas obrigado.

— Não deseja saber quem é seu pai?

— Não. Nunca tive um pai, e isso deixou de fazer falta há anos. Mas obrigado.

Levantou-se de novo. Fez uma mesura.

E foi embora.

Balthazaar DiSaede foi rico até o dia em que precisou trabalhar. Era o filho único de um comerciante próspero em Collen, que se fizera por si só. Deixou que o pai o fizesse também, ao invés de tomar as rédeas da própria vida. E, órfão de mãe desde pouca idade, teve uma juventude feliz sem se importar com o futuro. O pai trabalhava, ele passava as noites entre as raparigas, e o mundo era bom. Não se podia chamá-lo de mau caráter: apenas foi um rapaz sem um guia. O pai se ausentava por meses, em viagens de negócios. Contanto que deixasse os Tibares, estava tudo bem.

E, talvez, se o pai de Balthazaar o tivesse deixado mais cedo, ele poderia ter aprendido a ser alguém sozinho. Mas o velho tinha saúde de ferro, e Balthazaar já contava com mais de quarenta invernos quando seu pai demorou a voltar de uma viagem rotineira. Balthazaar seguia sua vida de sibarita, e o navio do pai nunca chegava. Até que chegaram, antes do barco, contas a pagar. Ele não sabia nada sobre negócios, mas julgou que, assim como seu pai, pudesse aprender na prática.

Estava errado.

O pai nunca voltou, as contas nunca cessaram de chegar, e as raparigas tiveram que ficar em segundo plano. Balthazaar contratou homens astutos para auxiliá-lo nas finanças, e astutos eles foram, pois roubaram tudo o que ele tinha. Em menos de três anos, Balthazaar estava pobre. Não tinha ouro ou profissão. Acabou na cidade insalubre de Var Raan, onde acabavam muitos dos sem sorte.

Em Var Raan descobriu em si uma habilidade. Viu pela primeira vez um item encantado, e observou, ao redor dele, uma forte aura brilhante. Em pouco tempo, Balthazaar aprendeu a diferenciar as auras mágicas que era capaz de ver. Uma habilidade que poderia lhe fazer fortuna caso fosse mais esperto, mas que apenas o manteve longe da pobreza, pois oferecia seus serviços a piratas e bandidos, e a outros tipos que não hesitavam em lhe enganar.

Era bom, em Collen, viver dos olhos. Era algo digno e fortuito. Mas, um dia, viu o horizonte mais borrado. Um curandeiro lhe disse que estava doente. E ele soube que a doença lhe roubaria a visão. Em Collen, era melhor morrer do que ficar cego. Mas Balthazaar sentia nunca ter vivido, então procurava esconder o que lhe acontecia. E, na primeira oportunidade, fugiu.

Em Yuden, empregou-se com luxo e pompas na fortaleza do regente. Seu único trabalho era olhar objetos, verificar-lhes a aura mágica. Avaliava seu poder, e não sabia, nem lhe interessava, que fim eles teriam. Balthazaar julgava que, finalmente e de novo, tinha muita sorte.

Então apareceu o albino.

Ele não sabia como aquele homem alto surgira na corte. Só sabia que era muito bem tratado. E Balthazaar olhou para ele e viu o que era na verdade. Ficou nove dias sem dormir. Com a alma em frangalhos, fugiu da capital de Yuden. Foi até a Caverna do Saber, em busca de respostas. Não encontrou nenhuma; mas talvez tivesse achado um lugar calmo para morrer.

— Melhor morrer do que ver aquilo de novo — choramingou Balthazaar.

— O que ele é? — disse Gregor.

— Não sei.

— O que ele é? — insistiu o paladino.

— *Não me faça lembrar...*

A visão do albino, no olhar revelador de Balthazaar, esfacelou-lhe o espírito. Allystra, a jovem clériga, atestava que o colleniano não passava uma noite sem gritar no sono, gemendo incoerências que pareciam aterrorizá-lo ao extremo. Cedric fora contra, mas Allystra intercedeu, pedindo para que Balthazaar ficasse na Caverna nos seus últimos dias. Ela mesma rezava para que não fossem muitos — o velho sofria demais.

— Então ele está na corte? — Vallen tentou arrancar mais alguma coisa.

Balthazaar, no meio de balbucios patéticos, conseguiu dizer que o albino iria, em breve, para a cidade de Galienn. Receberia uma honra militar.

— Os deuses — Nichaela.

— Espero que estejam do nosso lado também na batalha — disse o líder.

Eles seguiriam para a cidade de Galienn, a sede da religião sangrenta de Keenn, onde estavam se reunindo algumas das figuras mais importantes de Yuden.

— Direto para a boca do lobo — disse Gregor.

— O lobo que se cuide — era Vallen.

Já apertavam as correias de escudo, já afiavam espadas e verificavam as armaduras. Era noite fechada, mas estavam tão ansiosos que se esqueceram de dormir.

— Só quero dizer que compreendo você.

Ellisa Thorn ocupava uma das inúmeras salas que a natureza havia escavado na Caverna do Saber. Lá, checava seu equipamento. Virou-se para se deparar com Rufus, de pé, retorcendo as mãos.

— O quê? — disse a guerreira.

— Compreendo você.

Ellisa pediu que explicasse.

— Ele está escorregando, não está? Está cada vez mais arrogante e certo de si. E não lhe ouve. Não ouve ninguém.

Ellisa caminhou até perto do mago.

— Espero que você esteja brincando.

— Não tente negar. Vallen está perdendo o controle deste grupo. E não está lhe tratando como você merece.

Rufus evitava os olhos da mulher. Ellisa, com a mão no queixo, apenas ouvia.

— Eu só queria dizer — um tempo. — Queria dizer que, se eu estivesse no lugar dele, nunca iria lhe tratar mal. Você seria uma princesa. Como merece.

— Rufus, o que você está dizendo?

— Estou dizendo o que você sabe! — o mago elevou a voz, e finalmente encontrou os olhos de Ellisa. — Que ele não merece você.

— E que você merece?

— Eu iria *me esforçar* para merecer.

Ellisa seguiu ouvindo.

— Quem nunca teve nada, como eu — Rufus engasgou. — Sabe valorizar o que conquista. E eu saberia valorizá-la.

Tempo.

— Era apenas isso — Rufus se virou para ir embora.

— Espere! — o universo do mago foi um clarão de esperança.

Tremendo, olhou de novo no rosto que lhe cegava de beleza.

— Está me dizendo que iria me tratar melhor.

Ele assentiu um sim.

— Entendo. Talvez você tenha razão.

Coração na boca.

— É verdade? — gaguejou o mago.

— Não! — Ellisa empurrou-o.

Rufus cambaleou para trás e bateu numa das paredes de pedra.

— Vallen salvou sua vida, seu monstro. Tirou-o do achbuld, teve confiança para colocá-lo no grupo. E, por tolo que ele seja, tirou você de sua vida patética para tentar ser um herói.

Terror.

— E é assim que você retribui? Aproveita o primeiro momento de fraqueza, quando ele perdeu dois de seus melhores amigos, e nós acabamos de passar pelo inferno, para traí-lo?

A boca de Rufus pendendo mole.

— Para tentar *me roubar* dele?

As mãos de Rufus agarrando a pedra atrás de si.

— E como acha que continuaria o grupo, caso isso ocorresse?

— Eu achei que poderíamos continuar amigos — a voz desaparecendo.

Ellisa congelou-o com um olhar.

— Esta deve ser a coisa mais patética que já ouvi em minha vida.

Ellisa saiu, passando por Rufus e empurrando-lhe com o ombro.

— Vire homem antes de tentar conquistar uma mulher.

Ele caiu de joelhos. Nojo de si.

E, por todos os deuses, *continuava a amando*.

— Pensei que fosse insistir para salvarmos Masato — disse Artorius, o minotauro.

Nichaela deixou a cabeça pender.

— Não há um instante em que eu não pense nele, Artorius — respondeu a meio-elfa. — Mas temos uma missão. E é provável que nem conseguíssemos salvá-lo, de qualquer modo.

Artorius se aproximou, estendendo os braços enormes para envolvê-la. Estavam apenas os dois num dos salões de pedra, rezando. O clérigo de Tauron não iria se permitir essa demonstração de afeto na frente de qualquer um.

— Irmãzinha — a voz grossa com uma nota forte de pesar. — Nunca pensei que fosse ouvi-la dizer isso.

— Nem eu, Artorius — Nichaela engasgava de choro. — Eu deveria valorizar a vida mais do que tudo, mas só consigo ver mortes diferentes. E vejo mais mortes se deixarmos a missão de lado, Artorius.

O minotauro apertou-a. Como se sentia fraco.

— É horrível ter que escolher mortes, Artorius. É insuportável.

— Por que não diz isso a Vallen?

Nichaela se libertou dos braços poderosos. Olhou para cima, para os olhos do amigo, com um sorriso e uma face cortada por riachos salgados.

— Vallen já tem problemas demais, Artorius. E eu tenho certeza de que ele quer salvar Masato também. Mas não pode.

Artorius concordou em silêncio.

— E assim estou tentando sorrir e ser a mesma de sempre. Mas tem uma coisinha morrendo dentro de mim.

Artorius pegou o grande machado. Fingiu se ocupar do equipamento.

— Acho que é muito nossa culpa — disse o minotauro. — Talvez não estejamos sendo companheiros bons para você.

Nichaela fez com que ele se voltasse. Ela tinha uma tristeza que era, ao mesmo tempo, doce e muito séria. Como uma mãe decepcionada.

— Desculpe, mas é verdade — disse a clériga. — Eu não aguento mais mortes, Artorius. Mortes como uma coisa boa. Só ouço vocês falando em matar, como se fosse desejável.

O minotauro tentou balbuciar justificativas.

— Às vezes, *vocês* julgam inevitável. Mas nunca é. E parece que vocês estão tirando cada vez mais prazer disso, Artorius. Já foi um exército goblinoide, que talvez tenha sido uma situação além do nosso controle. Mas, ontem, foram humanos.

— *Eles* nos atacaram. Eles estão com Masato.

— Mas vocês não precisavam ter gostado tanto. É só do que falam: promessas de matar quem se interpõe no seu caminho.

— É por isso que você é importante... — era estranho a voz imensa em um tom humilde, quase envergonhado.

— Talvez eu seja inútil aqui. Talvez esteja desperdiçando o meu tempo. Talvez haja outros lugares onde eu seja necessária.

— Não faça isso.

— Estou apenas falando a verdade, Artorius.

— Por favor, não faça isso.

— E também existe um limite para ser desacordada, arrastada, tirada do caminho, e permanecer com um sorriso.

— Não nos deixe. Não *me* deixe.

— Não me obriguem.

— Depois de Andilla, e de Masato, você é tudo o que eu tenho.

— Então demonstre isso! — foi a vez de Nichaela gritar. Era algo raro, mas estava genuinamente brava.

Artorius se ajoelhou à sua frente. Tomou suas mãos.

— Chega de mortes — disse o minotauro.

— Não prometa isso. É impossível.

— Chega de mortes desnecessárias.

— Não — Nichaela soltou suas mãos. Virou-se de costas. — Prometa apenas ser Artorius. Seja aquele que eu conheci, e eu estarei feliz.

Ele se levantou. Olhava o chão.

— Eu prometo.

— Eu prometo, *o quê?*

— Eu prometo, irmãzinha.

Sorriso.

Estavam todos na boca da Caverna. Também Cedric e Allystra, embora Balthazaar, exausto, tivesse ficado dormindo numa reentrância de pedra. O rosto de Azgher, o Deus-Sol, começava a espiar por detrás do canto do mundo. Amanhecia mais um dia vermelho.

— E foi para isso que os salvei — terminou Cedric. — Para que me trouxessem notícias, *conhecimento*, do que ocorre em Galienn. Por isso coloquei em risco a paz entre Yuden e Tanna-Toh. Por isso encurtei com um milagre seu caminho. Por isso os levei até o Helladarion.

— Nós agradecemos — disse Gregor.

Cedric havia feito mais: tinha curado os ferimentos deles, até onde o limite de seus poderes permitiu. Havia lhes dado o pouco em equipamentos e recursos de que podia dispor. Havia lhes perdoado algumas ofensas bastante graves. Como um professor com um aluno especialmente rebelde e brilhante.

— Voltaremos aqui para lhe trazer as notícias — disse Vallen, o velho sorriso de confiança. — Mas provavelmente estaremos com um exército nos calcanhares.

Allystra, mais atrás, permanecia muda e admirada. Tentava absorver tudo daqueles tipos peculiares.

— Se não há mais nada que eu possa fazer por vocês — disse Cedric. — Desejo-lhes boa viagem, e que a Mãe da Palavra povoe seu caminho de sabedoria.

— Na verdade, há — disse Vallen. O clérigo lhe dirigiu um olhar incisivo de irritação incipiente. — Poderia nos conseguir um pouco de hidromel?

Desconcertado, Cedric mandou Allystra trazer a bebida. Pensou com seus botões que bem poderiam fazer aventureiros tão insolentes que, à primeira hora da manhã, queriam beber.

— A deusa me testa — disse, sob a respiração.

— O quê? — Nichaela.

— Nada, minha jovem.

Allystra chegou com um odre. Vallen abriu sua mochila e retirou lá de dentro um cálice. Um copo de metal trabalhado, gravado com o símbolo dos vinte deuses do Panteão. Os bondosos e os malignos e os neutros; os que guerreavam entre si e os que eram aliados; Khalmyr da Justiça e Nimb do Caos, e Allihanna da Natureza e Magalokk dos Monstros, e Sszzaas, que estava morto. Era o cálice que haviam achado na torre da bruxa Andaluzia.

— Vamos ver se esta coisa realmente funciona — disse Vallen. Como sempre, com um saudável deboche de autoconfiança, mas ele, assim como todos, sabia ser aquele um momento reverente.

Vallen derramou o conteúdo do odre no cálice. O hidromel escuro, grosso, forte, encheu o copo de metal até as bordas. Vallen segurou o cálice à sua frente, por um momento, e observou-o, mas nada aconteceu. O metal, que era um pouco enegrecido, pareceu brilhar mais reluzente, e os símbolos gravados, que já estavam gastos, pareceram mais fundos e detalhados. Mas talvez aquilo fosse apenas impressão, pois Azgher nascia, e sua luz podia pregar peças.

— Saúde — disse Vallen, e bebeu um gole farto.

Sentiu o hidromel queimar a garganta e espalhar seu calor pelo corpo todo. E, de repente, estava muito atento a tudo o que sentia. A cabeça, que doía um pouco. Um joelho, que reclamava de uma torção antiga. Incontáveis ferimentos sofridos contra os guerreiros de Sagrann, que a magia clerical do velho professor Cedric não fora capaz de curar. Sentiu tudo isso, e mais fome, ombros tensos, juntas doloridas. E então, nada.

Vallen podia se ver reluzindo, enquanto seu corpo era renovado. As dores sumiam, sumia a fome e o cansaço, sumia a tensão e até a dúvida. Ficava apenas o que era bom. Fecharam-se os cortes, sumiram os hematomas, o sangue se tornou mais grosso e abundante nas veias, os músculos estremeceram de tanta força. Súbito, ele podia enxergar mais longe, ouvir melhor. Sentia-se capaz de lutar como um deus, correr como o vento, saltar como um grilo. Ser feliz como uma criança. Sentia o intelecto se aguçando, o velho cérebro, que ele insistia ser pequeno como uma noz (embora fosse mentira; Vallen era um homem de mente aguçada, ainda que monocromática), se agitando de novos pensamentos. E sentia-se confiante, capaz de liderar mil homens, dar ordens para o próprio Rei-Imperador. Sentia que podia enfrentar o mundo, que tudo daria certo, que o albino não tinha a menor chance.

Passou o cálice para Gregor, que estava ao seu lado. Ellisa estava afastada, mas nem mesmo isso podia afetá-lo. Ele iria reconquistar o seu amor.

E assim, todos beberam. A forte magia do cálice transformou aquele hidromel em um néctar que curou todos os ferimentos e lhes fez mais fortes. Artorius recusou-se a beber (pois o álcool estava fora dos limites estritos que ele se impunha), mas foi convencido, pois aquilo deixara de ser inebriante. Era intoxicante, sim, mas intoxicante de poder, vida e magia. Nichaela, Artorius e Gregor sentiram renovar-se o favor de seus deuses. Rufus sentiu voltar-lhe a memória, a lembrança de tudo o que havia estudado e esquecido no dia anterior. Ellisa secou o cálice. Limpou a boca com as costas da mão e deu um olhar significativo para seu amado.

— Chega de ficar engordando aqui — disse Vallen. — Já faz quase um dia que estamos abusando da hospitalidade do velho e bom Cedric. Parecemos um bando de velhotas. Vamos, temos um albino para caçar.

E eles partiram, sem conseguir conter a vontade de enfrentar o futuro. Dentro em pouco, já estavam correndo. E eles se encaminhavam para um final. Não sabiam que final seria — mas era um final.

— Parece que o senhor lhes deu tanto, mestre Cedric — disse a jovem Allystra. — Tanto em troca de tão pouco.

— E o que acha que eles deram em troca?

A garota deu de ombros, como se a pergunta fosse tola.

— Uma promessa, só isso — disse ela. — Uma promessa de voltar aqui com notícias.

— Errado — Cedric tinha um sorriso bondoso, embora superior.

O que eles haviam dado em troca, então, perguntava a jovem.

— Conhecimento, Allystra — dedo em riste. — Conhecimento e raciocínio.

CAPÍTULO 23

O DIA DO DANÇARINO

HAVIA FELICIDADE E ORDEM NAS RUAS DE GALIENN. OS solda-dos garantiam que fosse assim. Os prédios eram grandes caixas de pedra, havia árvores nos lugares certos e praças onde as pessoas podiam se reunir — para discutir os assuntos certos, desde que não estivessem em número excessivo. E havia tavernas, e bordéis, e todo tipo de entretenimento noturno, onde sempre os militares tinham preferência, e sempre havia um cliente ou funcionário que trabalhasse infiltrado para o exército; apenas para garantir que não surgissem ideias em demasia. Não havia crime nas ruas forradas de paralelepípedos, não havia mendigos, não havia sujeira. Quem fosse criminoso, pobre demais ou indesejável recebia uma morte limpa e rápida, e uma cova apropriada, bancada pelo regente. E havia fé em Galienn. Ali estava a sede da religião de Keenn, o Deus da Guerra. Seu sumo-sacerdote não residia lá, mas isso não diminuía a sensação de se estar em uma espécie de capital divina.

E, naquele dia jovem, havia ainda mais ordem e felicidade em Galienn, pois não se via ninguém nas ruas. Todos os cidadãos haviam recebido a ordem de passar aquele dia a portas e janelas fechadas. E assim, ninguém viu os primeiros raios de sol que aqueciam as pedras do calçamento. Apenas os soldados.

A cidade de Galienn estava proibida a todos que não fossem soldados, guerreiros ou clérigos. As tropas regulares, vestidas em seus uniformes idênticos, vermelhos sobre cotas de malha brilhantes e saiotes de couro e cobre, marchavam, procurando alguém que ousasse desafiar a ordem de confinamento. Na grande praça central, situada em frente ao templo principal de Keenn, havia sido construído uma espécie de palco, sobre o qual estava um trono imenso, de pedra e metal, adornado com as cores do reino e as armas cruzadas do Deus da Guerra. Na praça, também havia doze forcas e cadafalsos, todos prontos, aguardando condenados que chegariam em breve. Na verdade, quem visse a praça central teria a impressão de que a cidade fervilhava. Soldados armados de escudo e lança (espada na cintura) formavam um perímetro vigilante ao redor das construções, enquanto que doze homens vestidos de negro testavam as forcas. Havia preparativos de última hora sendo realizados, pequenos consertos de detalhes imprevistos, mensageiros trazendo comunicados para um único homem aturdido, um nervoso e falante clérigo de Keenn. As dezenas de pombas que costumavam habitar a praça estavam inquietas, observando do topo de prédios silenciosos.

Outros clérigos, todos metidos em seus melhores trajes cerimoniais de negro e vinho, entravam e saíam do templo, averiguavam os uniformes dos soldados, marchavam em grupos até alguma das três tavernas que, naquele dia, estavam cumprindo uma função especial. Os melhores guerreiros de Galienn — homens e mulheres que, embora não servissem no exército, tinham uma habilidade incomum com as armas — haviam sido reunidos nas três maiores tavernas da cidade, como se elas fossem os salões de guerreiros existentes nas aldeias da periferia. Todos, com suas melhores armas e armaduras, aguardavam, pois tinham sido selecionados para presenciar um evento raro e importante — sagrado para Keenn, ao mesmo tempo que vital para Yuden.

Nas torres de vigilância espalhadas pela cidade, homens de olhos treinados vasculhavam as ruas da cidade (em busca de desordeiros) ao mesmo tempo que as estradas próximas. Galienn iria receber delegações de quase todas as cidades e vilas de Yuden. De modo geral, todos os melhores guerreiros do reino estariam lá naquele dia, assim como os principais nobres e chefes. A imensa delegação de soldados da capital já estava lá há uma semana — havia se estabelecido, e alguns agentes de elite passaram dias observando a praça e os arredores, para garantir a segurança da família real Yudennach. Mas, embora Galienn já vivesse sob aquela tensão há vários dias, aquela manhã trazia o ponto culminante — o dia em que Galienn inflaria de armas e orgulho, e o grande acontecimento viria a ocorrer.

Poder-se-ia pensar que, com tantos dos melhores guerreiros do reino numa só cidade, aquele seria o dia perfeito para uma invasão. O que talvez fosse verdade, se algum reino tivesse a coragem de desafiar Yuden. E, além disso, o regente tinha confiança de que Keenn iria proteger a terra.

— A primeira delegação está chegando! — anunciou um dos vigilantes sobre as torres.

A informação foi passada de boca em boca e, no portão principal, uma guarnição estava pronta para receber o grupo de quatro guerreiros que acompanhava o chefe John Caenhast, da vila de Tarazel. O homem, um jovem forte e esguio, que cavalgava altivo ao lado de uma mulher de olhos ferozes e longos cabelos castanhos, era seguido por outros dois guerreiros metidos em peles e metal, e uma carroça. Um dos guerreiros era corpulento e imponente, tinha ombros largos e trajava armadura de placas, coberta por uma pele de urso. Seu escudo redondo estava oculto por um couro curtido, sobre o qual estava desenhado o símbolo de Keenn. O outro guerreiro já era um homem velho, recurvado, que vestia muita pele e trapos. A carroça era conduzida por um rapaz franzino, a cabeça baixa sob um capuz forrado de pele.

Um sargento foi receber a delegação de Tarazel na frente das imensas portas. Carregava um pergaminho desenrolado.

— Pensei que fossem dez guerreiros — disse o sargento. — É o que está registrado. E quanto aos soldados?

O líder da comitiva se empertigou na sela.

— Mais respeito, soldado. Sabe com quem está falando?

O sargento tentou conter uma careta.

— Sou John Caenhast, único líder da vila de Tarazel, e estes são os guerreiros que me bastam. Deseja disputar minha autoridade? Podemos resolver isso com um duelo, agora mesmo.

O sargento era um combatente veterano. Sabia reconhecer um bom guerreiro, e viu, pelo porte e atitude de John Caenhast, que aquele não era um homem para se brincar.

— Desculpe, meu lorde. Apenas sigo o protocolo.

— Que isto não se repita, sargento.

O líder penetrou os portões.

— Espere! — interrompeu o infeliz sargento. — Preciso verificar seus nomes — começou perguntando à única mulher.

— Ela é Mathilde Furie — disse o chefe. — Minha guarda-costas. É muda.

E assim se apresentaram os demais membros: Buldrach era o velho. Thomas Huglar, o de ombros largos. Fizeram com que tirasse a cobertura de couro do escudo.

— Vê? Só um escudo comum! — rugiu John Caenhast. O sargento pediu desculpas de novo.

— E o jovem? — o sargento maldizia sua função, meneando a cabeça para o rapaz que conduzia a carroça.

E, de inesperado, o jovem sacou uma faca e fez menção de investir contra o sargento, que deu um pulo para trás.

— Elias, não! — gritou John Caenhast.

Rosnando baixinho, o jovem se retraiu de novo sob seu capuz de peles.

— Ele é Elias, o Mastim — explicou o chefe da vila. — Está muito cheio de todas estas perguntas. Calma, Elias.

"O dinheiro e o prestígio não valem isto", pensou o sargento.

— Senhor — disse ele, após hesitar um pouco. — Teremos que vasculhar sua carroça, por segurança.

— Oh, não é problema nenhum — disse John Caenhast. — Elias, saia daí e deixe os soldados revistarem a carroça.

O jovem não se mexeu. Das profundezas do capuz, começou a brotar um novo rosnado.

— Ele parece não querer sair — John Caenhast deu de ombros. — Mas pode mandar seus homens tirarem-no de lá.

O sargento olhou, incrédulo, para o jovem na carroça, que tremia de fúria contida. *"O Mastim"*, pensou ele. *"E é considerado bom o suficiente para andar com este chefe arrogante"*. Por um momento, o sargento pensou em deixar de lado o protocolo e ignorar a revista. Mas, considerando melhor, decidiu-se por insistir.

— A comitiva real vem chegando! — anunciou uma voz de dentro dos portões.

"O protocolo não vale o meu pescoço, se esse tal Mastim criar problemas ante o regente", pensou o sargento.

— Podem passar — disse, por fim.

John Caenhast e sua orgulhosa comitiva cruzaram os portões de Galienn.

— Nenhuma palavra sobre isto, entenderam? — o sargento ameaçou seus soldados de, caso abrissem a boca, afogá-los em bosta de mantícora. Era o início da manhã, e as veias já saltavam na testa do homem. Os soldados acreditaram na ameaça.

— Todos estão bem? — John Caenhast se virou para trás. Já estavam no interior da cidade, numa das muitas ruas desertas.

Mathilde Furie assentiu com a cabeça.

— Tudo bem — disse Elias, o Mastim. Estranhamente, tinha voz de mulher. Quando ergueu a cabeça, pôde-se ver os traços suaves de uma meio-elfa. — Não sabia que eu tinha este talento — riu Nichaela.

— Você passou tempo demais com Ashlen — disse John Caenhast, mais conhecido como Vallen Allond. — Artorius?

Uma voz abafada veio de dentro da carroça. Reclamava que a palha, sob a qual estava enterrada, fedia a esterco.

— Culpa sua por não poder se disfarçar — disse Vallen. — Vamos, temos um reconhecimento a fazer.

Raras vezes uma emboscada fora tão bem-sucedida. A delegação de Tarazel, que realmente contara com dez guerreiros e mais cinco soldados, nunca soube o que a atingiu. O único sobrevivente vomitara todas as informações sem grande esforço.

Vallen pensou por um instante que Keenn deveria gostar dele também. Mesmo que fosse só um pouco.

Azgher estava alto no céu, olhando já o topo das cabeças dos homens. E o que via de seu trono celeste era mesmo impressionante: parecia que cada centímetro da cidade estava tomado por soldados, guerreiros, barracas. Via-se claramente o contraste típico de Yuden — as legiões ordenadas de cota e saiote, rostos barbeados e posturas impassíveis, ao lado dos guerreiros de peles e armaduras desencontradas, com uma variedade de barbas, bigodes e idiossincrasias, alguns parecendo bárbaros oriundos das Montanhas Uivantes ou dos tempos antigos. No entanto, ao contrário do que se poderia pensar, Galienn continuava em ordem. Em qualquer outro lugar, uma tal concentração de homens brutos já teria levado a lutas sem fim, a bebedeiras épicas e a um tumulto de proporções históricas. Particularmente, a junção de tantos homens de armas fora de um exército, sem um sistema de postos para guiar suas atitudes, oriundos de cidades e vilas diferentes, provocaria uma guerra civil. Em qualquer outro lugar, talvez — não em Yuden.

O burburinho era ensurdecedor, sim, mas por causa das centenas de vozes grossas, não porque estivessem gritando. Ouvia-se o clangor do aço, mas apenas por causa dos últimos reparos nas construções de madeira feitas para aquele dia, e porque todos poliam armas e armaduras para que estivessem em melhor estado — não porque lutavam. Houve, a bem da verdade, duas lutas naquela manhã. Dois casos em que homens não se contiveram, deixaram a excitação e as velhas inimizades tomarem conta de seus ânimos, e os punhos falaram. Quatro homens ao todo — que, agora, estavam mortos. Não houve mais lutas.

Em alguns lugares de Yuden, acreditava-se que uma luta, no meio de qualquer cerimônia, atraía o favor de Keenn. Até mesmo um casamento sem morte era um mau agouro — os clérigos de Keenn podiam realizar casamentos, e em Yuden era comum que o fizessem, à sua própria maneira. Mas, naquele dia, a violência entre yudenianos não seria tolerada. Os homens e mulheres eram soldados, eram peões, eram *parte de um todo*. E Yuden era, mais do que nunca, o Exército com Uma Nação.

Assim, os guerreiros encontravam velhos amigos e inimigos. Duelos, lutas amigáveis e confrontos até a morte eram marcados — para o dia seguinte, fora de Galienn. Naquele momento, apenas palavras (hostis, talvez, mas nada mais do que palavras) eram trocadas. Incontáveis eram os pais e mães que explodiam de orgulho, vendo seus filhos, pela primeira vez, poderem chamar a si mesmos de guerreiros. Guerreiros bons o bastante para estarem presentes naquele acontecimento. Incontáveis eram os juramentos de todo tipo feitos naquele dia, entre aquelas muralhas — filhas prometidas, amizades seladas, dívidas negociadas, vinganças anunciadas. Porque aquele era um dia auspicioso, um dia abençoado por Keenn, e ali, por menos devotos que fossem, todos se sentiam como um só exército sob o Deus da Guerra.

Os guerreiros de Galienn já haviam recebido permissão dos clérigos para sair das tavernas, e olhavam sua cidade com um indisfarçável orgulho. Prestavam atenção também nas inúmeras "tropas de elite" que lá estavam reunidas. Era comum que guerreiros de uma mesma região se unissem sob um nome pomposo, alegando serem, em sua especialização, melhores que os demais. Lá estavam os Caudas de Serpente da cidade de Tuwidorr, que lutavam com espada e chicote. Lá estavam os Lobos Caolhos de Kor Kovith, cuja iniciação envolvia a remoção do próprio olho esquerdo. As Virgens Vermelhas, uma companhia de mercenárias temidas em muitas paragens, que diziam deixar de ser mulheres no momento em que se juntavam ao grupo. Alguns tentavam adivinhar se estariam, no meio daquela multidão, os míticos Filhos do Leopardo — um suposto grupo de guerreiros, assassinos e feiticeiros com estranhos poderes a serviço da coroa de Yuden, embora a família real sempre negasse a sua existência. No entanto, o grupo que mais chamava a atenção ali eram os Órfãos, a guarda pessoal de Mitkov Yudennach, o príncipe de Yuden.

A comitiva real havia chegado no início da manhã, trazendo o rei Fiodor Yudennach, seu filho Mitkov e suas respectivas forças de guarda pessoal, além de inúmeros outros soldados, generais e guerreiros da corte. A comitiva real também trazia a figura principal daquele dia sagrado. Um homem estranho, que não tinha nome, alto como o céu e mortal como a ira de Keenn. Um albino silencioso e cruel.

Fiodor e Mitkov estavam dentro do grande templo de Keenn, aguardando o início das cerimônias. Os procedimentos já poderiam ter começado, mas faltava a presença de um convidado importante. Fiodor Yudennach conversava com William Vesper, o clérigo responsável pela organização da cerimônia. Era seguido de perto por sua guarda pessoal.

— Está tudo bem com *ele?* — perguntou o rei Fiodor. Referia-se, é claro, ao albino. Não se havia decidido uma boa forma de chamá-lo e, portanto, o nome era sempre evitado.

— Está na câmara de contemplação — disse William Vesper. Ele era o clérigo atarefado que estivera inspecionando os trabalhos na praça, mais cedo. A cabeça de William doía, rachando de tantos assuntos que exigiam sua atenção. Ele se esforçava para ser respeitoso o bastante com o regente.

— Bom, bom — disse Fiodor, caminhando de um lado para o outro na nave do templo. Ele já sabia onde estava o albino: supostamente em meditação, para que dentro em pouco recebesse a honraria a que tinha direito. Era o costume que o candidato se deixasse iluminar por Keenn antes da consagração.

Sentado, jogado desrespeitosamente sobre um bando no canto direito do templo, estava o príncipe Mitkov Yudennach. Cercava-se de um bando peculiar de crianças, nenhuma com mais de doze anos, todas trajando uniformes negros sob placas de metal polidas. Carregavam uma variedade de armas de todos os tipos. Eram quinze ao todo, meninos e meninas, todos com olhos vigilantes, garantindo a segurança do príncipe. Eram os Órfãos, sua guarda pessoal.

Fiodor Yudennach olhou o filho e suspirou. Mitkov era dado àquelas extravagâncias. Os próprios Órfãos eram uma mania, uma ideia juvenil que Fiodor esperava que o filho deixasse de lado quando ficasse mais velho. Mitkov era um adolescente, e ainda tinha tempo para deixar o juízo se assentar na cabeça. Por outro lado, era seu único herdeiro.

— Sente-se direito — disse o rei a seu filho.

— O seu querido ainda está meditando? — Mitkov Yudennach manteve a postura desleixada.

— Sim, está — disse o rei, incisivo.

— O senhor acha realmente que *aquilo* está meditando? — Mitkov riu, mostrando os dentes.

Fiodor Yudennach estreitou os olhos. O clérigo William Vesper fingia não ouvir nada.

— Sente-se direito.

— Vá ver se a sua aberração estrangeira está sentada corretamente.

— Mitkov! — explodiu o rei.

De imediato, os Órfãos pularam para junto do príncipe, as mãos nas armas. A guarda do rei também se pôs em prontidão.

— Com licença — uma voz tímida na porta do templo. Era um jovem clérigo, muito baixo para o robe negro e vinho que usava. Encolhia-se ainda mais ante a situação tensa.

William Vesper exigiu que dissesse o que queria.

— A delegação da aldeia de Sagrann está aqui — gemeu o clérigo.

Aquela frase foi suficiente para pôr um fim às hostilidades entre pai e filho. As duas tropas de guardas se empertigaram. O rei, instintivamente, aprumou as roupas e armadura que estava usando. Até mesmo Mitkov se ergueu, e podia-se ver um respeito apavorado em seu rosto.

Porque a delegação de Sagrann havia chegado. Com ela, o sumo-sacerdote de Keenn: Mestre Arsenal.

Há pessoas — poucas, é verdade — que não precisam fazer nada para garantir respeito e temor. Basta estar lá. Era assim com Mestre Arsenal. Ninguém conseguia se lembrar de uma pessoa que o sumo-sacerdote de Keenn havia realmente matado. Mas o simples fato de aquele homem existir era uma coisa tão notável e poderosa que não havia dúvidas quanto ao que ele era.

Há pessoas, também, que vivem unicamente de sua reputação: seus nomes têm um tal peso que não é preciso que suas capacidades estejam à altura. Não era o caso de Mestre Arsenal. Dizia-se muito sobre ele, muitos eram os boatos extravagantes sobre sua força. Mas nenhum boato estava correto. Arsenal era muito mais poderoso que do se supunha.

E assim, antes que ele entrasse no templo, seu nome o precedeu. E, quando suas mãos gigantescas empurraram as portas duplas, um desconforto intenso tomou conta de Fiodor e Mitkov, dos Órfãos e da guarda pessoal do regente, de William Vesper e do infeliz clérigo recurvado em um canto, dentro de seus robes grandes demais. Diziam que Mestre Arsenal viera de um outro mundo; um mundo de guerras infinitas, nas quais ele pôs um fim, como único sobrevivente. De alguma forma, era reconfortante que fosse assim — pensar que Arton não podia dar à luz aquele homem. Por trás do perene elmo fechado, poderia estar qualquer coisa, qualquer monstro, mas a perspectiva mais assustadora era a de que houvesse apenas um homem, e que apenas um homem pudesse ser tudo aquilo. Os passos de metal do sumo-sacerdote ecoaram pela nave, enquanto os outros só ouviam os próprios corações.

— MAJESTADE — Arsenal cumprimentou o regente, curvado-se um pouco. Fiodor já o encontrara algumas vezes, mas era sempre constrangedor. Parecia errado deixar que Mestre Arsenal se curvasse.

— Sua santidade — Fiodor Yudennach retribuiu a mesura, acompanhado por todos os outros.

William Vesper se apressou à frente, prostrando-se de joelhos e beijando a mão metálica. Sem lhe dar muita atenção, o sumo-sacerdote voltou a cabeça para as portas entreabertas.

— ATHELWULF, ENTRE — a voz de trovoada fez os vitrais balançarem.

Com passos tímidos, entrou no templo o alto e largo chefe da vila de Sagrann, tentando ser menor do que era. Fez uma saraivada de mesuras, atrapalhando-se e curvando-se para o clérigo jovem e para as crianças que protegiam Mitkov.

— O CHEFE ATHELWULF PROVIDENCIOU MINHA ESCOLTA — disse Mestre Arsenal. Limpando o suor da testa, Fiodor Yudennach raciocinou que aquele pronunciamento deveria ser o sumo-sacerdote fazendo uma conversa casual.

— Sim, eu fui informado — gaguejou o regente.

Mais atrás, Athelwulf abordou William Vesper, cuidadoso como se temesse quebrar algo. Fiodor continuava a tentar trocar cordialidades com o imenso guerreiro, quando a voz de William Vesper se esganiçou e cortou o ar.

— Acha que pode simplesmente fazer isto? — esbravejava o clérigo, contra um apavorado Athelwulf. — Acha que apenas mais um não fará diferença?

O chefe da vila de Sagrann olhava em volta, desejando sumir. Havia dito que trouxera um novo prisioneiro, mais um não humano para ser sacrificado nas festividades. No entanto, William Vesper se havia digladiado com toda sorte de imprevistos a manhã inteira, e tudo o que não precisava era de um décimo terceiro condenado, quando havia só doze forcas. Conteve-se para não excomungar Athelwulf ali mesmo.

— DIGAM-ME O QUE ESTÁ HAVENDO — sentenciou Arsenal. Engolindo em seco, William Vesper explicou-lhe a situação.

— O TAMURANIANO É UM BOM GUERREIRO. DEVE SER SACRIFICADO HOJE.

— Mas, meu senhor — balbuciou William Vesper. — Só há doze forcas.

Arsenal deu de ombros dentro da armadura.

— LIVRE-SE DE UM DOS CONDENADOS. HÁ CÃES COM FOME POR TODA A CIDADE.

E assim foi feito. Athelwulf sentiu as pernas afrouxarem de alívio.

— MAJESTADE — o sumo-sacerdote se virou. — MOSTRE-ME O HOMENAGEADO.

Fiodor Yudennach assentiu. Sua guarda se pôs em forma ao seu redor e, ante um gesto de Arsenal, ele tomou a frente e subiu uma escadaria larga. Fechava os olhos com uma careta ao ouvir o ressoar tremendo de cada passo logo atrás. Logo, subiram ao topo de uma torre onde, por trás de uma porta simples e trancada, estava o homem de joelhos. Seu rosto se voltava para uma janela, como era apropriado — ele deveria olhar o céu e ver a magnitude de Keenn. No entanto, quando se virou para olhar os visitantes, sua expressão não era reverente. Trazia um sorriso debochado e maligno, com duas fileiras compridas de dentes que pareciam presas. Os olhos vermelhos continuavam carregando aquela confiança enervante e poderosa, e talvez ele fosse o único que não se acovardasse frente a Mestre Arsenal.

— Aqui está ele — disse o regente, com um gesto amplo.

O albino se ergueu. Era ainda mais alto que Arsenal, embora os membros fossem delgados — os músculos claros e recortados, mas não inchados. Trajava uma túnica negra com detalhes em vinho, o que deveria ser uma roupa cerimonial e elegante. Mas, de alguma forma, o estranho sempre dava a impressão de estar maltrapilho. Em alguns minutos, qualquer tecido que ele vestisse já estava amarrotado, teimava em se rasgar, parecia querer fugir e revelar o corpo. O albino olhou Fiodor Yudennach nos olhos, e depois procurou os do sumo-sacerdote, por trás das fendas do elmo. Não encontrando nada, mesmo assim se curvou.

— Lordes — respeito na voz, mas o mesmo sorriso mau no rosto.

A mesura do albino era perfeita, todos os gestos estudados e respeitosos. Falava sem o mínimo sotaque, as palavras se derramando com naturalidade da língua. Arsenal mirou-o por um tempo.

— RECITE A LITANIA DE KEENN — ordenou o clérigo.

E, obediente, o estranho começou:

— A morte não é suficiente para meus inimigos. A vida não é suficiente para mim. Eu desejo a luta e o sangue, e que nunca viva em paz. A lâmina assassina antes da morte na cama, o fogo da batalha antes do esquecimento do tempo...

— JÁ CHEGA.

Fiodor Yudennach olhava o albino com aprovação inegável.

— ELE ESTÁ PRONTO.

De fato, poucas vezes Mestre Arsenal vira um homem tão pronto a matar. Poucas vezes, também vira um homem tão estranho — e tão parecido consigo.

Girou nos calcanhares e começou a descer a escadaria.

— Então, tenho sua aprovação? — Fiodor Yudennach, ansioso como uma criança, atrás do clérigo. — Sua santidade tem certeza de que não quer presidir a cerimônia?

Arsenal parou no meio dos degraus.

— EU NUNCA PERMITIRIA ISTO SE NÃO JULGASSE QUE O HOMEM ESTÁ PRONTO — disse. — MAS ESTA É UMA CERIMÔNIA DE YUDEN, MAJESTADE. NÃO DE KEENN.

— Keenn e Yuden são um só — começou o regente.

— NÃO BLASFEME — a voz foi como um soco, e Fiodor Yudennach quase caiu para trás. Pediu desculpas.

— APENAS TENHA CERTEZA DE QUE É ISTO QUE QUER, FIODOR YUDENNACH. UM HOMEM COMO AQUELE PODE SER A SUA RUÍNA.

— *Não!* — o regente de Yuden se esqueceu do medo que tinha do sumo-sacerdote. Deixou o entusiasmo embriagar a alma e escorrer pela voz. O coração se acelerou, os olhos se arregalaram, e podia-se ver com clareza que ele tinha uma paixão verdadeira pelo assunto que discutia. — Este é o futuro de Yuden, sua santidade. O futuro do Reinado e de Arton!

Mestre Arsenal era um homem de batalhas, de sangue — mas não de paixões. Observava com um misto de interesse e desprezo a emoção incontida do regente.

— Iremos fazer como nossos ancestrais, como os bárbaros que estavam aqui antes de nós. Sempre houve um Dançarino de Guerra, e haverá de novo.

Arsenal apenas olhava.

— Ele será o campeão de Yuden, o maior guerreiro de Arton. Por muito tempo nos deixamos enredar em protocolos e postos militares, mas eu trarei de volta o verdadeiro espírito da guerra. O título de Dançarino de Guerra pertenceu sempre ao melhor guerreiro, nos povos bárbaros que nos precederam. A família Yudennach também teve sempre um campeão. E teremos de novo!

— A MANEIRA DE YUDEN NUNCA FOI PRESTAR RESPEITO AOS POVOS BÁRBAROS, MAJESTADE. SEMPRE OS COSTUMES ANTIGOS FORAM DESPREZADOS.

— Talvez tenha sido este o nosso erro — Fiodor Yudennach tinha fogo nos olhos. Não suava mais, não tremia, não gaguejava ao falar com aquele homem impressionante. Queimava de entusiasmo, de *vontade*, agora que a consagração estava tão perto. — Talvez por isso o povo desprezível de Deheon tenha sido supremo.

Arsenal cruzou os braços.

— Que haja de novo campeões! — Fiodor crispou as mãos. — Que haja os julgamentos por combate, regidos pelos deuses. Talvez na corte, no falatório da diplomacia o vil Thormy tenha sido vitorioso, mas quando o Reinado tomar suas decisões pelo ordálio, Yuden será imbatível.

— ASSUME QUE TODO O REINADO ADOTARÁ SUA PRÁTICA.

Fiodor deu um sorriso cortante. Imitava, sem perceber, o sorriso do albino.

— Dizem que sua santidade vem de um mundo de guerras. Ora, em um mundo de guerras, uma vez que um lado tenha uma arma, os demais também *precisam* de uma arma equivalente.

A verdade, Mestre Arsenal sabia, era que o regente não estava errado. De qualquer forma, o posto de Dançarino de Guerra, o campeão de Yuden, traria o fogo do combate para Arton. Era o que Keenn desejava. Fosse como Fiodor Yudennach dizia (e os outros reinos escolhessem seus campeões), fosse o Dançarino de Guerra simplesmente usado para invadir palácios e matar famílias reais, o sangue banharia o Reinado.

— Os julgamentos irão se resolver por combate, de uma forma ou de outra — Yudennach ofegava, cansado de paixão. — Combate formal ou assassinato, qual é a diferença?

— A DIFERENÇA É QUE QUALQUER UM PODE SER ASSASSINADO, MAJESTADE.

Arsenal decidiu-se a não opinar mais sobre o assunto. Sabia muito bem o que uma corrida de armas podia fazer com um mundo — e não sabia se desejava ver este mundo destruído. Criara alguns laços em Arton. Mas apresentara suas discordâncias ao próprio Keenn, e as decisões — divina e mundana — estavam tomadas. Que houvesse, então, um Dançarino de Guerra.

Terminaram de descer as escadas. No andar de baixo, Athelwulf aguardava, sentado como uma criança. Mitkov batia o pé, impaciente. William Vesper retorcia as mãos. Afinal, foi dada uma ordem, e ela foi repetida e ressoou por toda Galienn. William Vesper foi fazer suas últimas orações e vestir sua armadura cerimonial. Milhares de guerreiros começaram a se juntar na praça.

Azgher começava de novo a fazer sombras dos homens, e era a hora da consagração do Dançarino de Guerra.

De todas as sensações possíveis, Vallen Allond estava com fome. *Fome*. Também pudera, já passava do meio-dia. Era o início da tarde, e eles estavam esperando.

— Não quero morrer de estômago vazio — murmurou, com um sorriso feroz.

Artorius estendeu-lhe um pedaço de carne seca.

— Não era algum parente seu? — Vallen sussurrou, provocativo.

Artorius demorou-se a observá-lo.

— Você deve estar mesmo nervoso — a voz baixa do clérigo de Tauron foi uma espécie de rugido, como o som de uma pequena avalanche. — Se está fazendo este tipo de piadas, deve estar em frangalhos.

Vallen sorriu para ele. Pegou a carne seca e deu uma mordida voraz.

Pouco se via na escuridão. Os seis rostos tensos estavam listrados pelas estreitas nesgas de sol que penetravam do teto de tábuas. Todos estavam encolhidos, fazendo o máximo para manterem as mãos a postos, prontas a sacarem as armas, quando chegasse o momento. Agora, dentro daquela caixa de madeira, só ouviam a cacofonia que aumentava do lado de fora, e esperavam.

— Acho que já vai começar — sussurrou Gregor. De fato, os milhares de vozes se aproximavam e cresciam em volume, denunciando um entusiasmo coletivo que chegava ao seu ápice.

Artorius estava certo: Vallen sentia as tripas se remexerem, como se fosse um guerreiro novato. As unhas coçavam o queixo, os braços, as palmas das mãos. Os dentes rilhavam. Tocava de novo e de novo as espadas. Pensou que nunca mais fosse sentir aquilo; era até bom. Mas uma coisa pesava-lhe na cabeça.

Empurrou os outros que se aglomeravam e chegou perto do que lhe fazia, naquele momento, sentir mais medo.

— Ellisa — não teve o tom másculo que desejava; a voz saiu tremida.

Ellisa Thorn não respondeu, apenas olhou para ele, com seus olhos de flecha.

— Preciso falar com você — disse Vallen.

— Agora não é a hora.

— Ellisa — insistiu.

— Agora não.

— *Agora sim!* — Vallen se esqueceu da discrição e deixou a voz se elevar. Todos olharam-no com reprovação. Mas ele os ignorou, e agarrou o braço da arqueira. — Você vai me ouvir.

— Acho que não tenho escolha — Ellisa cobriu-o de sarcasmo.

Vallen pigarreou baixinho.

— Quero saber qual é o seu problema. Por que está agindo assim comigo.

Ellisa olhou na outra direção.

— Fale.

Nada.

— *Fale!* — se não fosse contra sua natureza, Vallen podia ter-lhe dado uma bofetada.

Mas, ainda, nada. Ele suspirou e deixou os ombros penderem.

— Apenas me diga se você não me ama mais. Não quero morrer com essa dúvida.

Ellisa se voltou para ele, com os olhos se afogando.

— Acha que é isso? — ela engasgou. Podia muito bem torcer o pescoço dele, por fazer-lhe passar aquela vergonha. — *Acha mesmo que é isso?*

Ele não respondeu. Por fim:

— Não sei. Só sei que não quero morrer sem saber.

— Chega de falar em morte — Ellisa fungou. — Nós não vamos morrer aqui. Chega dessa fixação.

— Responda — Vallen tentou ordenar. — Qual é o seu problema, Ellisa?

Ela balançou a cabeça, olhando para ele como se fosse um idiota.

— O problema, Vallen — limpou as lágrimas. — É que você insiste em arriscar a pessoa que eu mais amo. Entende? Você insiste em pegar o que é mais precioso para mim e colocar em risco de morte, de novo e de novo. Sem motivo.

Vallen deixou a boca abrir.

— Eu disse que já era suficiente, Vallen — a voz se clareou. — Já era *demais*. Mas você não me escutou, e continuou sendo um maldito teimoso, e por nada.

— Ellisa — ele começou.

— Cale a boca. Você me perguntou, agora deixe-me falar. Há quanto tempo estamos nessa perseguição, Vallen? É sempre *mais* uma cidade, *mais* uma fuga, *mais* uma batalha inútil, e então iremos encontrar o albino. Você realmente acha que vamos encontrá-lo um dia?

— Ele está aqui.

— Assim como já esteve em vários lugares, e nós sempre o perdemos. Nós devíamos ter desistido, Vallen. Você devia ter desistido.

— Eu nunca obriguei ninguém a me seguir — disse o guerreiro, entendendo devagar.

— Não diga besteiras — Ellisa forçou um riso e jogou o cabelo para trás. — É claro que nos obrigou, Vallen. Obrigou cada um de nós.

Ele começou a protestar.

— Nos fez amá-lo, e segui-lo — Ellisa não deu atenção ao que ele dizia. — E cativou a todos com esse seu jeito bruto de quem pode enfrentar o mundo, e então decidiu embarcar nessa perseguição maluca. *Não é justo.* Não é justo fazer alguém se apaixonar assim, e depois se jogar numa coisa dessas.

— Ellisa, você — começou de novo, e de novo foi cortado.

— Não eu, Vallen. Não *eu*. Todos nós. Diga-me: você acha que há alguém aqui que não esteja apaixonado por você?

Ele ficou mudo.

— Talvez só eu esteja apaixonada pelo homem, mas todos aqui estão apaixonados pelo guerreiro, pelo líder, pelo brutamontes que bate nos problemas até irem embora. Você já viu como eles olham para você, Vallen?

Ainda nem uma palavra.

— Quem Gregor deixou que o acompanhasse à sua casa? E para quem Nichaela se voltou, na hora em que os soldados de Tyrondir precisavam de ajuda? E para quem Ashlen olhou na hora de se despedir?

Todos ouviam aquilo, é claro. E concordavam, em silêncio.

— Você precisa aprender a ter responsabilidade, Vallen. Aprenda a usar esse carisma assim como você aprendeu a usar uma espada. Ele também é uma arma.

— Eu não fiz de propósito — disse o guerreiro com voz sumida. Seu rosto era o de um parvo.

Ellisa riu forçado.

— Uma criança não quer matar ninguém — falando como uma mãe. — Mas isso não significa que eu confie nela para brincar com um machado.

Vallen explodindo.

— Entendeu agora, seu imbecil estúpido?

Ele a abraçou.

— Pare de arriscar o pescoço do homem que eu amo.

Beijou-a.

— Você está chorando? — Ellisa, desgrudando-se dele e sorrindo, agora de verdade.

— É claro que não — Vallen fungou. — Homem não chora.

De repente, passos no teto.

— Quatro pessoas — disse Ellisa. De mulher, virara guerreira. De repente e de novo.

Aguçou os ouvidos para discernir as palavras abafadas acima. Lentamente, arregalou os olhos.

— Tem algo a dizer antes da sua morte, estrangeiro nojento? — uma voz grave e rasgada.

Em seguida, o gemido de alguém lutando contra uma mordaça. A segunda voz se clareou; a mordaça fora retirada.

— Aquele homem — disse a segunda voz. — Vou estripá-lo. Ele sabe disso — um sotaque quadrado, quebrado, torto, rígido.

Uma gargalhada, logo interrompida por uma repreensão firme.

— O chefe Athelwulf — disse a primeira voz. — Irá usá-lo como boi de carga no salão de Keenn. Se eu não chegar lá primeiro — o som estalado de um tapa.

— Não — quase se podia ouvir a dignidade pétrea naquela voz abafada. — Eu vou estripá-lo, e ele sabe disso. Faça as pazes com seus ancestrais, Athelwulf — o nome difícil, tropeçando na língua.

Ellisa e Nichaela trocaram um olhar.

As vozes se calaram. Houve movimentação acima, e passos se distanciando.

— *Obrigada, Lena* — sussurrou Nichaela.

O burburinho lá fora já era ensurdecedor. Mas, de repente, se calou. Ellisa forçou mais a audição para ouvir palavras mais distantes.

— Guerreiros de Yuden — alguém acostumado a se dirigir a multidões começou. — É chegada a hora. Que comece a cerimônia.

Milhares de vozes se juntaram num urro imenso. Lá dentro, no escuro, o chão tremeu.

Os doze prisioneiros foram colocados nas forcas. Os doze carrascos se aprontaram ao lado dos instrumentos. Deixaram que cada um dissesse uma última bravata ou súplica. A maioria prometeu vingança, pois eram também guerreiros, e não desejavam que a morte os encontrasse implorando.

Era impossível contar quantas pessoas estavam reunidas em volta da praça principal de Galienn. Milhares de olhos ansiosos se voltavam para o palco, esperando o regente, o clérigo e o Dançarino de Guerra. Milhares de comentários, de especulações, de maneiras de expressar a ansiedade que havia em todos. Dos soldados dispostos em fileiras ao mais selvagem dos guerreiros.

Havia poucos que não compartilhavam da alegria que fermentava. Entre eles, Athelwulf, o chefe da vila de Sagrann. Ele e seus guerreiros ocupavam um posto de honra, perto do palco de madeira, com uma boa visão das doze forcas. E assim, Athelwulf ouviu quando o tamuraniano, mais uma vez, jurou que derramaria suas tripas no chão. Era ridículo, ele sabia — o chefe tinha as duas espadas do estrangeiro — mas, por mais que odiasse aquilo, sentia um medo terrível. Rezou a Keenn para que tudo acabasse rápido.

E então, todos os guerreiros se calaram. A figura imperativa de Mestre Arsenal caminhou com uma dignidade avassaladora, subiu ao palco e se postou de lado, observando o espaço ainda vazio. Em seguida, Mitkov Yudennach, o príncipe, ladeado por sua estranha guarda de crianças. William Vesper, o clérigo que presidiria a cerimônia, em uma cintilante armadura de placas coberta por uma túnica preta e vinho. E, também cercado por guardas, Fiodor Yudennach, o rei de Yuden. E o albino.

Dispuseram-se no palco, banhando-se na admiração de todos aqueles homens e mulheres. O regente, então, tomou a frente. Inflou o peito e falou e, pela magia proveniente de Keenn, sua voz alcançou a todos, poderosa como um furacão.

— Guerreiros de Yuden — ele disse. — É chegada a hora. Que comece a cerimônia.

Todos gritaram ao mesmo tempo, num brado de guerra que derrubaria um reino. E ainda assim, ouviu-se o regente por cima de todos.

— Derramemos o sangue em nome do Dançarino de Guerra!

E, ao mesmo tempo, milhares de lâminas foram desembainhadas — facas, espadas, machados. E, como se fossem um só, todos os guerreiros que assistiam à cerimônia fizeram um corte fundo no braço esquerdo, e deixaram o sangue correr livre até o chão.

As ruas de Galienn beberam com avidez. Tingiram-se de um rubro terrível, e houve um cheiro ferroso sufocante, capaz de fazer vomitar o mais calejado dos combatentes. Mas aqueles guerreiros estavam possuídos por orgulho e devoção, e não sentiram nada, nem mesmo a dor dos cortes, apenas um frenesi explosivo quando viram o rio de sangue se derramar pelos paralelepípedos. A cidade se transformou num pântano vermelho.

— Nosso sangue para o Dançarino de Guerra! — bradou o regente, também se cortando.

Os doze carrascos, ao mesmo tempo, puxaram as alavancas, e doze alçapões se abriram nos cadafalsos, fazendo doze prisioneiros dançarem na ponta das cordas.

O albino sentia o poder fluindo, e sorria maldade.

E então, um prisioneiro se ergueu, o pescoço aliviado da pressão assassina. Aos poucos, alguns notaram ele, e viram os enormes ombros que o apoiavam.

Artorius, saindo do esconderijo embaixo do cadafalso, tinha nos ombros os pés de Masato Kodai. O tamuraniano tossia e engasgava, segurando com as duas mãos a corda que tentara matá-lo instantes atrás. De um pulo, saiu também do alçapão aberto Vallen Allond, que se pendurou no mastro que sustentava a corda com nó. Sacou Inferno e cortou a corda. Artorius depositou o samurai no cadafalso. Ergueu o corpanzil de dentro da abertura, e depois dele, saíram os outros.

— Armas! — gritou Vallen. — Armas!

Masato Kodai olhou, ainda tossindo, para o chefe Athelwulf. Todos os guerreiros de Yuden olharam para os aventureiros. Mas eles não viram isso, porque só tinham olhos para uma pessoa.

Lá estava o albino.

CAPÍTULO 24

EU ESCARRO EM SUA COVA

VALLEN, ELLISA, ARTORIUS, RUFUS, GREGOR, NICHAELA E Kodai contra cinco mil guerreiros de Yuden. E o albino.

Eles se amontoavam sobre o cadafalso que, há pouco, prometia ser o palco da morte de Masato Kodai. Vallen, Artorius e Gregor tomavam a frente, armas desembainhadas, em guarda e em desafio contra aqueles milhares de combatentes mortais, como se pudessem vencer cada um deles, agora que tinham chegado até ali. O ar fedia a sangue e aos fluidos que se derramavam dos outros condenados à forca, que faziam a dança macabra na ponta da corda.

— Eu pego os três mil da direita, você pega os três mil da esquerda — Vallen rosnou um sorriso para Gregor. — Artorius pega o tal sumo-sacerdote.

Uma boa bravata. Boas últimas palavras.

O carrasco, um homem corpulento coberto de pano negro dos pés à cabeça, puxou um machado e fez menção de subir ao cadafalso para enfrentar os recém-chegados.

— Não me faça rir — disse Vallen, enfiando Inferno na garganta do homem.

De alguma forma, aqueles instantes pareciam se arrastar por uma eternidade. Era como se aquela multidão de homens de armas demorasse a acreditar que meia dúzia de aventureiros pudesse irromper naquela cerimônia e ainda puxar lâminas contra eles. O coração de todos bateu sete vezes enquanto eles viam os seis surgirem, postarem-se e matarem o carrasco.

— Estrangeiros! — gritou, por fim, um comandante. — Matem-nos!

E, de uma só vez, um maremoto enorme de corpos amontoados se lançou contra o grupo. Os guerreiros de Yuden atropelavam uns aos outros, tentando chegar primeiro aos inimigos, e os aventureiros chegaram a se desequilibrar pela força do urro coletivo que ressoou. Mas nada disso importava, porque, a metros de distância, estava o albino.

— Gregor! — gritou Vallen, enquanto se preparava para tentar sobreviver às primeiras dezenas de ferimentos.

Gregor Vahn fez uma prece rápida a Thyatis empunhou no braço esquerdo o Escudo de Azgher. Seus olhos castanhos encontraram os olhos vermelhos do albino, e os olhos de ouro de Azgher lançaram sua magia no estranho.

"Faça com que funcione", Gregor suplicou a Thyatis e a Azgher. *"Faça com que tudo não tenha sido em vão"*. Uma luz dourada e maravilhosa surgiu em um cone, banhando o criminoso.

E, então, nada aconteceu.

Os guerreiros de Yuden chegaram. A primeira leva foi suficiente para jogar Vallen ao chão, embora ele tenha tomado a vida de dois antes de cair. Artorius fincou os dois pés no chão e achou que poderia resistir alguns instantes. Atrás, ouviu-se a voz de Rufus.

Eles achavam que algo assim poderia acontecer. Que nem mesmo a magia poderosa do Escudo de Azgher seria suficiente para afetar o albino. Tinham ficado sabendo que, em Ahlen, o estranho havia desprezado os milagres de Tenebra. Rufus não fora o primeiro a perceber aquilo, mas fora o único a sugerir uma alternativa. Tinha fé no livro.

Ele demorara quatro meses para decifrar a primeira página. Era uma tentativa patética a de entender mais uma página em poucos dias. Mas ele achava que havia conseguido. E assim, quando o Escudo de Azgher nada fez contra o albino, e quando o linchamento parecia certo nas mãos dos melhores guerreiros do Exército com Uma Nação, Rufus abriu a capa de madeira de seu livro — o livro que lhe havia sido presenteado pelo próprio fugitivo — e leu em voz alta as palavras que, surpreendentemente, eram claras como o dia.

"Retirada do manto profano", era o que dizia o título em letras garbosas. Rufus berrou as palavras arcanas como se fossem um grito de guerra, e também conseguiu olhar o rosto do albino, que sorria com sua boca larga e maligna.

E então, algo mudou.

A magia de Rufus Domat funcionou, porque, fosse qual fosse a proteção que impedia que os milagres dos deuses alcançassem o albino, ela foi retirada. A luz de Azgher brilhou sobre ele. E, de súbito, o olhar do Deus-Sol, que revelava o que estava escondido, revelou sua verdadeira forma.

E não era um homem. Não era nem mesmo um monstro. Era uma coisa horrenda e indescritível, profana. Proibida, algo que não deveria existir.

Atraía todos os olhares e, ao mesmo tempo, repugnava. Os aventureiros entenderam porque Balthazaar havia se transformado naquele farrapo. Era uma visão que poderia acabar com uma vida. E parecia brilhar, como se fosse algo tão diferente e alienígena que impunha sua presença. Os guerreiros de Yuden, a família real, os clérigos, as guardas de honra, Mestre Arsenal — todos se flagraram olhando aquilo. As mentes mais fracas desmoronaram.

Parecia, de alguma forma, um inseto. Tinha uma cabeçorra enorme e malformada, com olhos múltiplos que lembravam uma mosca imensa. Tinha asas translúcidas e pegajosas, meio enroladas em volta do corpo, presas a braços delgados e peludos. Uma casca repugnante cobria o seu corpo, e ferrões, pelos grossos, espinhos, adornavam aquela carcaça horrenda. Mas, se isso fosse tudo, não seria tão terrível. Havia detalhes no corpo da criatura que não podiam ser descritos, que a mente não conseguia assimilar, que os olhos insistiam em mirar mas logo esqueciam. Eram formas que não existiam no mundo, eram cores e coisas que desafiavam a lógica. E, ainda pior, era o *conhecimento* que vinha junto com aquela visão. A coisa se destacava do mundo ao seu redor como um objeto tridimensional frente a uma pintura. Todos que o viram sabiam, por instinto, que aquilo não deveria existir. Assim como um animal reconhece o seu predador, aquelas pessoas — sem exceção indivíduos calejados — reconheceram a criatura como algo terrível demais. Ou melhor, *não* reconheceram. A mente acusava que aquilo não pertencia ao que era real, que não estava vivo, da forma como se conhecia esse conceito. Era um intruso.

E havia, mesmo que poucos, alguns ali que já haviam visto seres de outros mundos. Demônios, servos dos deuses, criaturas de além do mundo material. Mestre Arsenal, com certeza, e William Vesper, entre outros. Mas mesmo estes se viram paralisados, pois a coisa era ainda mais alienígena do que os seres de outros planos. Era algo que não estava fundamentado em nenhum medo irracional, não evocava temor instintivo, não lembrava nada. Era desconhecido *demais*.

O urro de prazer guerreiro se transformou em uma algazarra de pavor.

Os guerreiros de Yuden, vendo aquilo — sendo obrigados a ver aquilo — esqueceram-se do que faziam lá. Esqueceram-se do reino, da cerimônia, de Keenn, dos estrangeiros: sabiam apenas que precisavam fugir. E os poucos que conseguiram manter alguma lembrança do que estava acontecendo tiveram ainda mais medo, pois perceberam que haviam estado reverenciando e homenageando aquela criatura impossível. Os guerreiros desamontoaram-se de cima de Vallen e Artorius, correndo em todas as direções.

A loucura também gadanhava nos cérebros dos aventureiros, mas, apenas pela força que o Cálice dos Deuses lhes havia emprestado, eles conseguiram resistir. Vallen e Artorius se ergueram, tremendo ante o inimigo terrível. Gregor chorava, soluçava e empunhava o Escudo de Azgher, repetindo para si mesmo: *"Não há morte. Não há morte"*. Rufus virou os olhos e caiu para trás. Nichaela se manteve firme, Ellisa rilhou os dentes e colocou uma flecha na corda do arco. Masato, que não havia bebido do Cálice, berrou e fez menção de fugir também. Nichaela o agarrou, e o samurai, muito mais forte do que ela, era fraco como um inválido, abatido pelo pavor.

— Não fuja — disse Nichaela. — Olhe para ele. *Olhe para ele* — segurava o rosto do tamuraniano, forçando-o a se voltar para a coisa.

William Vesper estava encolhido como uma bola, ganindo e choramingando, no chão de madeira do palco. Fiodor Yudennach conseguia controlar as pernas, recuando lentamente, mas sua guarda de honra já havia fugido. Mitkov tremia incontrolável, mas se forçava a ficar próximo ao pai, apertando os punhos tão forte que as palmas de suas mãos sangravam. Os Órfãos, talvez por serem crianças, conseguiam aceitar um pouco mais a existência daquele intruso, e a maioria ficou junto a Mitkov.

Mestre Arsenal quase teve medo por um instante. Entendeu o que Keenn desejava. Decidiu não interferir.

A criatura que fora o albino estava imóvel. Aparentemente, observava os aventureiros.

— Fugitivo — Vallen apontou a espada Inferno na direção da coisa. Sua voz tremia e fraquejava, mas ele considerava que apenas ser capaz de falar era uma prova de força incrível. — Viemos aqui para trazê-lo à justiça. Entregue-se ou sofra as consequências.

A coisa fez um barulho indescritível.

— É agora — disse Vallen.

Agarrou com força os cabos das duas espadas.

— Atacar!

Vallen Allond propeliu-se com um salto pelo vão entre o cadafalso e o palco. Aterrissou pesado, com as duas solas das botas fazendo um estampido na madeira, e investiu com estocadas gêmeas contra a criatura. Atrás dele, vinham Gregor e Artorius. Antes de todos, chegou uma flecha emplumada, que se cravou no peito coberto de muco da coisa.

Duas quelíceras se abriram na cabeça horrenda, e ouviu-se um chiado doloroso. As pontas das duas espadas mágicas vieram certeiras, mas a criatura, um instante antes de ser atingida, deu um salto prodigioso, e passou por cima das cabeças dos guerreiros. Virou-se com uma velocidade cegante e, com uma das garras deformadas, cortou fundo as costas de Artorius. O minotauro urrou de uma dor grande demais, e tentou golpear. A coisa saltou de novo, para trás, e pousou no cadafalso, onde Rufus estava desacordado, Masato lutava contra si mesmo e Nichaela o segurava, com olhos duros e frios de determinação. Ellisa, que também estava no cadafalso, rolou para trás sobre o ombro.

A criatura investiu contra Masato e Nichaela.

"Eu não me arrependo", pensou a clériga, enquanto reafirmava seu juramento de nunca lutar.

A criatura foi arremessada para trás.

Masato Kodai emitiu um grito de gelar os ossos e, libertando-se do abraço da meio-elfa, correu ao encontro do inimigo antes que este pudesse golpear. Com a cabeça abaixada, abalroou o intruso e, se este respirasse, teria tido todo o ar roubado de si. Homem e monstro caíram no chão de pedra da praça de Galienn, e encharcaram-se do sangue dos guerreiros de Yuden. Masato tentava segurar a coisa, mas ela era forte como cinquenta homens. O samurai foi jogado para trás e ouviu um barulho nauseante enquanto sentia o braço direito se partir, o osso rasgando a carne para surgir, branco e afiado, do lado de dentro do cotovelo.

O intruso se ergueu.

Vallen se virou para ver, ao seu lado, impassível como uma estátua, o sumo-sacerdote de Keenn.

— Faça algo! — gritou o jovem. — Aquilo é maligno demais! Faça algo!

Mestre Arsenal não movia um músculo.

— Com os diabos, você é o maior guerreiro de Arton — Vallen empurrou o clérigo, mas era como empurrar um castelo. — É covarde? Vamos, faça algo!

A mão coberta de ferro voou num tabefe casual, que acertou Vallen no rosto e arremessou-o a três metros.

— NÃO ESPERE QUE OS MAIS PODEROSOS FAÇAM O SEU TRABALHO — proclamou o clérigo. — ESTA MISSÃO É SUA.

Virou as costas para um Vallen incrédulo.

E, nisso, a criatura já estava no ar, os braços e pernas encolhidos como se para dar um bote, com o brilho de Azgher por trás de si. Aterrissou sobre Artorius, derrubando o minotauro no chão de madeira do palco. Em um piscar de olhos, a coisa estava sentada sobre o peito do clérigo de Tauron, arrancando pedaços de sua carne.

— *Thyatis, guie minha lâmina!* — urrou Gregor, enquanto deixava cair o escudo e segurava a espada com as duas mãos. Desceu a arma com uma força avassaladora contra a cabeça disforme do intruso, e ouviu um som molhado e repugnante enquanto a casca que revestia o crânio se partia, e um fluido acinzentado emergia.

A criatura se voltou.

O cheiro que vinha do ferimento era nauseabundo, tão ofensivo que fazia doer as cabeças e turvava a visão. Vallen, que subira de novo ao palco e vinha em investida contra as costas da coisa, não pôde conter uma golfada de vômito amargo.

O intruso golpeou com suas garras contra Gregor, mas o paladino foi capaz de bloquear com a grande espada. Mas a coisa era rápida demais, e batia sem dar a ele tempo para respirar. No quinto golpe, a espada se partiu, e o sexto acertou-lhe o rosto. Gregor cambaleou para trás, segurando a cabeça, o vermelho escorrendo-lhe por entre os dedos, quando a criatura ergueu de novo uma das bizarras patas para um novo corte. Parou quando sentiu as perfurações gêmeas de Inverno e Inferno nas costas de sua carapaça. Vallen, o queixo e o peito imundos, conteve a náusea quando a gosma cinza escorreu farta de seus golpes.

— Artorius! — ordenou o guerreiro.

A força da criatura era prodigiosa, mas Vallen conseguiu mantê-la presa às duas espadas por um momento, o suficiente para Artorius agarrá-la com seus braços imensos. O minotauro tinha a cabeça curvada, e os dois chifres afiados penetraram fundo no peito da coisa. Vallen a prendia com as lâminas, Artorius a prendia com os braços, e o clérigo foi erguendo a cabeça, os chifres ainda dentro da carne esponjosa, rasgando a coisa do meio do peito até o pescoço, quando sentiu uma resistência grande demais. Seus chifres trancaram logo abaixo da cabeça do intruso, e ele soltou-o, jogando a própria cabeça para trás.

Artorius possuía uma força imensa, mesmo para um minotauro. E assim, quando, com os chifres enfiados na criatura, corcoveou com sua cabeça, ela foi arremessada no ar. A gosma acinzentada de cheiro horrível respingou longe e, pelo que pareceu um tempo imenso, a coisa voou, desengonçada e alquebrada.

— Ellisa! — chamou Vallen. Mas era desnecessário, porque a arqueira já estava pronta. Tinha quatro flechas entre os dedos, preparadas na corda retesada do arco e, assim que o intruso voou pelo ar, ela disparou, e já tinha a corda retesada de novo antes que a primeira saraivada atingisse seu alvo.

Ellisa Thorn sabia que, num combate mortal como aquele, precisava ficar atenta para disparar suas flechas na hora certa, ser eficiente, não desperdiçar munição e não acertar um amigo. Estava mais do que pronta quando Vallen deu a ordem e, graças aos seus olhos de águia, as pontas metálicas se cravaram aos borbotões nos ferimentos já abertos da coisa, enquanto ela girava pelo ar. A criatura despencou pesada fora do palco, com doze novas flechas cravadas em seu corpo.

— Ele é nosso! — gritou Vallen.

O líder do grupo correu, brandindo as espadas, esperando pular sobre a coisa antes que ela pudesse se levantar. Mas, para sua surpresa, a criatura não parecia tão abatida — já estava de pé e com as garras prontas antes que Vallen pudesse saltar do palco. E já começava um golpe quando sentiu um agarrão por trás — era Masato Kodai.

O samurai segurava o corpo da criatura com um braço, enquanto o outro pendia, sangrando em profusão. Ele gritava, gritava como se tivesse fôlego infinito, e puxou-a para trás, fazendo com que caísse sobre ele. A gosma cinzenta se derramou, seu nariz foi invadido pelo cheiro terrível e ele sentiu a bile do enjoo amargar-lhe a boca.

Vallen ia saltar com as duas espadas sobre o intruso, mas deteve-se quando viu que, daquele jeito, iria ferir Kodai.

— Não hesite! — gritou o tamuraniano.

Vallen decidiu não pensar e, antes que a coisa pudesse se livrar do abraço de Masato, pulou com Inverno e Inferno em estocada, caindo sobre o amigo e o adversário, sentindo o metal perfurar a criatura e sair do outro lado, penetrando a carne do samurai. Vallen tentou não ficar horrorizado.

— Ele está preso! — rugiu Kodai em um sorriso vermelho de sangue.

Mais atrás, Nichaela tinha as mãos sobre o rosto picotado de Gregor, e o paladino terminava de se erguer ante o toque abençoado da meio-elfa. Pegou a espada quebrada e o Escudo de Azgher.

— Artorius? — Nichaela se voltou para o minotauro, que estava coberto da gosma nauseabunda.

— Estou bem — embora estivesse muito ferido, o clérigo de Tauron não parecia mesmo em nada abatido. Era como se não sentisse os cortes fundos das garras da coisa. Ergueu o machado e correu para voltar à luta.

— Thyatis! Thyatis! — gritava Gregor.

— Tauron! Tauron! — Artorius também invocava a proteção de seu deus.

E, de súbito, Vallen foi arremessado de novo pelo ar. Ele e Kodai tinham achado que a coisa estava presa, mas ela tinha sido capaz de dobrar as pernas num ângulo impossível, e chutar o guerreiro para longe. Vallen caiu de costas, sem fôlego. O intruso se ergueu, deixando Kodai moribundo no chão, e foi logo atacado por Gregor e Artorius. Os dois, ainda berrando os nomes dos deuses, desferiram uma tempestade de golpes afiados.

De volta ao cadafalso, as mãos de Nichaela brilharam, e Rufus acordou. A primeira coisa de que se lembrou foi a visão terrível do intruso, e então olhou em volta e viu que ele ainda existia.

— Fique acordado! — disse a meio-elfa. — Vamos, os outros precisam de você.

Rufus apenas tremia.

— Vamos, faça outra magia. Um relâmpago. Um ataque de energia arcana. Qualquer coisa, vamos.

Rufus deixou a boca pender, frouxa.

— Mas, se eu fizer — choramingou. — Vou esquecer tudo depois...

Nichaela arregalou os olhos, pasma.

Então, ouviu seu nome dito com um fiapo de voz, com um sotaque quebrado.

— Nichaela — gemeu Kodai. — Por favor, se pudesse vir até aqui, seria ótimo.

E, no chão emporcalhado de sangue, ao lado de Masato Kodai, Gregor e Artorius golpeavam como se mais nada existisse no mundo. Tinham já esgotado as bênçãos que seus deuses lhes haviam concedido naquele dia — embora nenhum dos dois houvesse curado a si mesmo, todos os milagres se haviam convertido em bênçãos de combate. Nem mesmo a proteção divina haviam pedido para si. Não queriam proteção, só matar o inimigo. E, mesmo com toda a determinação cega, já sentiam os braços começarem a falhar, pois o cansaço era extremo e demasiado. Gregor lutava com sua espada quebrada, batia com o Escudo de Azgher, chutava, socava. Artorius descia o machado com tamanha velocidade que a arma não parecia pesar nada. E a criatura era obrigada a se defender, mas, horror dos horrores, não parecia estar à beira da morte.

— Artorius — ofegou Gregor. — Aquela parede!

Enquanto eles lutavam, haviam, por puro acaso, levado a coisa para perto de uma das muralhas do templo de Keenn. Empurrar o intruso era uma tarefa árdua e penosa, porque a força da criatura era impressionante, mas, pouco a pouco, eles haviam sido capazes de fazê-la se mover.

Artorius assentiu com a cabeça.

Gregor então deixou de golpear por um instante e colocou o Escudo de Azgher à frente do corpo, preparando uma corrida para prensar a criatura contra aquele muro. Começou o empurrão, mas, para sua surpresa, ela foi capaz de saltar, saindo da frente.

— Nem pense nisso — ouviu-se a voz de Ellisa. Ela estivera encarapitada sobre um dos postes dos quais pendiam as forcas. Quando o intruso começou o salto, quando curvou as patas bizarras, Ellisa já havia pulado, e jogou seu corpo contra o da criatura, fazendo com que ela desabasse no chão de novo.

Rolando com agilidade, a arqueira saiu do caminho de Gregor. Ele correu, jogando o corpo protegido pelo escudo contra a coisa, empurrando-a, arrastando-a pelo chão encharcado de sangue até encostá-la na parede.

— Artorius! — chamou o paladino.

O clérigo de Tauron correu, girando o machado, e golpeou não o inimigo, mas a alta muralha atrás dele. Foi um golpe magnífico, e a pedra se rachou, mas a parede permaneceu de pé. Gregor não foi capaz de segurar o intruso, foi empurrado, e seus pés cederam. E a criatura estava pronta a saltar de novo quando Vallen chegou, berrando, de trás. Não tinha suas espadas, apenas brandia as próprias mãos como se fossem armas, e, assim que Gregor fraquejou um instante, jogou-se no corpo do intruso, espalmando as duas mãos contra a cabeçorra e prensando a coisa de novo contra a parede.

— Agora! — gritou o líder do grupo.

— Tauron! — urrou Artorius, enquanto girava o machado de novo. A lâmina enorme bateu de novo no mesmo ponto e, desta vez, a pedra se estilhaçou, a parede inteira veio abaixo.

Gregor e Vallen mal tiveram tempo de sair de baixo do desmoronamento, quando centenas de quilos de pedra desabaram sobre a criatura. A muralha caiu sobre o corpo insetoide, e também uma pequena torre que decorava com motivos bélicos a entrada do templo de Keenn. E a gosma cinza e fedorenta espirrou por todo lado, enquanto o corpo do intruso era esmagado pela pedra.

Vallen e Gregor estavam jogados no chão, cada um com novos ferimentos devido às pedras, fazendo companhia aos múltiplos cortes. Artorius, coberto de suor branco e espumoso, ofegava, de machado em punho.

Uma poça cinza que não se misturava ao sangue no chão, e estilhaços da carapaça boiando.

O albino estava imóvel.

Lentamente, todos se juntaram em volta do desmoronamento. Ellisa abraçou Vallen. Nichaela amparava Kodai. Nenhum par de olhos se desviava da carcaça despedaçada.

— Só isso? — Vallen riu feroz. — Achei que fosse ser difícil.

Ainda miravam o inimigo bizarro, mas caído.

E, de repente, uma garra e a cabeça disforme se moveram.

Masato catou uma pedra e arremessou-a na garra afiada, quebrando os dedos malformados.

— Isso é o que acontece com quem se mete conosco, seu filho da mãe — disse Vallen. Ergueu a perna e pisou com toda a força na cabeça da coisa, afundando sua bota na carapaça rachada.

O intruso ficou, de novo, inerte.

E, por um tempo, tudo fora o combate, e eles haviam se esquecido de onde estavam. Mas, com o inimigo vencido, aos poucos se deram conta de que ainda estavam em Galienn. E os guerreiros de Yuden ainda estavam lá também e, pouco a pouco, também percebiam que a causa de seu pavor estava debaixo de centenas de quilos de pedra.

— Estão ali! — gritou uma voz conhecida. — Os estrangeiros estão ali!

Era Athelwulf. O chefe da vila de Sagrann tinha as duas espadas de Masato na cintura (presas de uma forma que causava engulhos no samurai), e apontava para aqueles seis aventureiros em frangalhos, conclamando seus compatriotas a matá-los.

Antes que alguém pudesse fazer algo, Masato Kodai se desvencilhou dos braços de Nichaela e correu até o yudeniano. Athelwulf se voltou para ele, levando a mão até uma das espadas. Mas Kodai foi mais rápido, e sacou a longa espada curva da bainha mal-colocada na cintura do chefe.

— Eu disse que iria estripá-lo.

E, com um golpe limpo, Masato Kodai o estripou.

Mas os guerreiros de Yuden já vinham. E, mesmo que fossem só uma fração de todos que haviam estado lá, vinham às centenas.

— CHEGA — anunciou uma voz avassaladora, e os yudenianos pararam onde estavam, derrapando no sangue barrento.

Mestre Arsenal estava atrás dos aventureiros.

— VENHAM COMIGO — ordenou.

Quase foram derrubados pela presença enorme do sumo-sacerdote de Keenn.

— Não irá nos aprisionar sem uma boa luta — rugiu Artorius. De fato, morrer lutando com o melhor guerreiro do mundo não parecia uma ideia tão ruim.

— SE QUISESSE APRISIONÁ-LOS, JÁ ESTARIAM PRESOS. VOU SALVÁ-LOS. VENHAM COMIGO.

Os aventureiros se entreolharam.

— Não! — exclamou Vallen. — Você não disse que não deveríamos deixar os mais poderosos lutarem nossas batalhas? E agora vem com isto? Podemos tomar conta de nós mesmos.

Mestre Arsenal quase deu um suspiro de impaciência.

— SE ADMITE QUE SOU MAIS PODEROSO, ADMITA TAMBÉM QUE SOU MAIS SÁBIO. VENHA COMIGO.

— Ele é o maior servo de Keenn — disse Gregor, entre dentes. — Não podemos confiar nele.

Ellisa tomou a frente e se juntou ao enorme clérigo de armadura.

— Ele poderia ser Keenn em pessoa, de braços dados com Sszzaas e Ragnar, se quiser mesmo nos tirar daqui. Qual é o problema com vocês, homens? Orgulho?

— Ellisa, não vá — disse Vallen. — Eu não vou.

— VOCÊ FALA COMO SE TIVESSE ESCOLHA — disse Mestre Arsenal.

Cerrou o punho coberto de metal, e uma pedra incrustada num dedo da manopla brilhou, muito vermelha. Os aventureiros sentiram o chão sumir e, num instante, não estavam mais lá.

Antes.

Fiodor Yudennach corria, junto ao filho Mitkov e aos Órfãos, procurando por soldados que ainda tivessem domínio de si mesmos. Chegaram a uma rua deserta, esbaforidos, e Fiodor pediu para que parassem. Apoiou-se nos joelhos, recurvado, e respirou com dificuldade.

— Temos de reunir o exército — ofegou Fiodor. — Meu filho, ordene a dois de seus guardas para que busquem os soldados que ainda conseguirem lutar. Vamos organizar um batalhão aqui e capturar os estrangeiros e... aquela *coisa*.

Mitkov cruzou os braços sobre o peito musculoso.

— Não.

Fiodor Yudennach olhou incrédulo para o filho. A surpresa se transformando com rapidez em ira.

— O quê?

— Não. Não farei nada disso, meu pai.

— Isto não é hora para suas insolências, Mitkov — o rei empertigou-se. — Eu poderia ter morrido aqui, muito facilmente.

Mitkov assentiu devagar.

— Sim, meu pai — um gesto imperceptível com a cabeça para os Órfãos. — Muito facilmente.

As crianças investiram contra Fiodor. A primeira faca veio à barriga, antes que ele pudesse se defender e, quando tentava lutar pela frente, a segunda se cravou nas costas. O regente de Yuden apenas tentou em vão abanar os braços, para bloquear alguns dos golpes que vinham inexoráveis sobre sua carne flácida. Caiu no chão, e os Órfãos se debruçaram sobre ele, estocando.

— Chega — disse Mitkov.

Fiodor ainda tinha um fiapo de vida. Tentava falar e gesticular para o filho.

— Isso é culpa sua, pai. Desculpe-me, mas é. Você ficou obcecado com a ideia de um campeão, um *"Dançarino de Guerra"*. E acabou trazendo aquela coisa para nossa corte. Provou que não é mais apto a reinar.

O rei tentava se arrastar, deixando uma trilha de sangue nos poucos centímetros que cruzava.

— Este não é o modo de Yuden, meu pai. Você queria um herói. Acho que tem inveja de Deheon, não é mesmo? Dos grandes heróis famosos que existem lá. Queria um herói para você? Mas este não é o modo de Yuden.

Mitkov se abaixou e pegou o pai pelos cabelos.

— Nós temos exércitos — rosnou Mitkov. — Exércitos e astúcia. Imagino que não saiba que eu tenho cultistas de Sszzaas entre os meus servos, não é mesmo? Este é o modo de Yuden. Não um herói tolo para desafiar Deheon em combate honrado.

Deixou a cabeça de Fiodor cair, batendo no chão.

— Francamente — cuspiu. — *"Dançarino de Guerra"*. Que ideia ridícula.

Estendeu um braço. Um dos Órfãos entregou-lhe uma adaga.

— E outra coisa, meu pai — ergueu-o de novo pelos cabelos. — Você tem que aprender a matar com suas próprias mãos.

E assim, Mitkov Yudennach cortou a garganta de seu pai. Deixou o cadáver estendido na rua calçada.

— Vamos — ordenou aos Órfãos. — Tenho generais aguardando em minha mesa, e mulheres esperando em minha cama.

E assim, Mitkov se tornou um dos mais adorados regentes da história de Yuden. Não podia ainda chamar-se de "rei" — pois só receberia esse título quando casado. Mas logo se tornou muito mais do que seu pai jamais fora. Alguns suspeitos foram enforcados pela morte de Fiodor, e Mitkov passou muito tempo de luto.

Os Órfãos também foram mortos — não poderia haver testemunhas. Mitkov lamentou isto, pois as crianças eram bons guarda-costas. Mas, depois de pensar um pouco, achou que aquela ideia, também, não era tão boa assim.

Mestre Arsenal deixou-os em Petrynia, nas imediações da cidade de Malpetrim. Não estavam muito longe de Adolan, onde morava Irynna, a filha de comerciante que perdera os pais há pouco menos de um ano.

— Muito bem — disse Vallen ao sumo-sacerdote, no bosque em que haviam surgido. — O que está planejando?

— MEUS PLANOS NÃO ENVOLVEM PEQUENOS GUERREIROS COMO VOCÊ, CRIANÇA.

— Por que nos ajudou?

— NÃO QUESTIONE TUDO O QUE FAÇO, CRIANÇA.

— Não me chame de criança!

Com um novo safanão, Mestre Arsenal arremessou Vallen contra uma árvore. Virou-se e caminhou com uma lentidão digna por entre as árvores.

— Obrigada! — ainda gritou Ellisa, mas o enorme homem não respondeu.

Vallen se levantou, esfregando a cabeça machucada.

— Se não estivéssemos feridos, poderíamos dar conta dele.

Ellisa ajudou-o, balançando a cabeça.

— Homens...

Mas Mestre Arsenal foi um detalhe logo esquecido, agora que a jornada em busca do albino estava completa. Andilla fora vingada, Ashlen fora vingado, a família de Irynna fora vingada, assim como as pessoas em Tamu-ra e em Ahlen. Na Estalagem do Macaco Caolho, em Petrynia, Vallen contava sua história para uma audiência ávida.

— Repita mais uma vez, por favor — disse um garoto que não devia ter mais de doze anos. — O que o senhor estava fazendo?

Os outros, em volta da mesa, divertiam-se, banhados no bom humor de Vallen Allond, que ali era um príncipe.

— Estava caçando um criminoso — respondeu o guerreiro, fazendo pose.

— E conseguiu pegá-lo?

— Claro! — a estalagem explodiu em brindes.

— E o que fez?

Vallen bebeu um gole.

— Bati nele.

E este seria realmente um ótimo final para a história deles. Mas a vida tem poucos finais, e menos ainda são bons e felizes. Se a história houvesse parado naquele momento, teria sido um ótimo final.

Mas ela continuou.

RUÍNA

GUERRA E MONSTROS

UMA CIMITARRA CORTOU UM ESTÔMAGO COBERTO DE COTA DE malha, e as tripas se derramaram envoltas em sangue e sujeira fedorenta. O guerreiro ficou de joelhos, movendo as mãos de forma patética entre as tiras de intestino que pendiam. Como incrédulo, como se só sentisse surpresa, e dor nenhuma. O outro levou a cimitarra ensopada a seu pescoço e terminou o serviço. Houve um som molhado quando o corpo tombou em sangue. O vencedor sentou-se numa pedra, esperando. Dentro de alguns minutos, o morto se levantou.

— Defenda-se! — gritou.

— Hoje é um bom dia para morrer.

E não eram todos?

Enfrentaram-se de novo. O guerreiro da cimitarra, que trajava uma armadura de couro coberta por peles, seria morto daquela vez, mas isso não teria importância no correr da eternidade. Seu inimigo, coberto da cabeça aos pés por cota de malha e usando um pesado martelo de batalha, também muito já morrera e matara. Os dois se enfrentavam há três mil anos, e continuariam até que acabasse o tempo.

O duelo infinito ocorria no meio de uma floresta de carvalhos de troncos grossos e duros como aço. Eles se erguiam como montanhas e preferiam se quebrar do que se curvar ao vento da tempestade que, de tempos em tempos, assolava o ambiente. Tudo naquele mundo preferia morrer do que se curvar.

Espinheiros mal-humorados compensavam seu tamanho com agressividade afiada; pedras de granizo do tamanho de punhos tentavam partir o chão; a grama se vingava dos animais herbívoros cortando-lhes a língua e a garganta, e sempre, em algum lugar, havia o som de aço e gritos. Quatro milhões de soldados marchavam sob um estandarte que não conheciam, para encontrar no meio de uma planície vazia seis milhões de inimigos, que se atirariam sobre eles com a única intenção de matar. Se fossem perguntados, nenhum deles saberia o porquê de lutarem: sabiam apenas lutar. Era só isso o que havia. Onde quer que o olho pousasse, havia uma batalha, grande ou pequena, ocorrendo. Este era o Reino de Keenn, o Deus da Guerra, e apenas um homem naquele mundo achava tudo aquilo muito tedioso.

Porque aquele era um Reino de alegria. Lá residiam apenas guerreiros; guerreiros que estavam para sempre tomados pela alegria feroz da batalha. Era mais intoxicante que o mais forte hidromel, e mais prazeroso do que o sexo. Incontáveis almas residiam no Reino de Keenn e, se não estivessem vivenciando a felicidade incomparável de matar um inimigo, estavam sentindo a antecipação eletrizante da próxima batalha ou o ruminar agridoce dos juramentos de vingança. Era uma festa. Mas um homem, e apenas um, achava que viver em uma festa constante era coisa de crianças.

Ele estava em uma sala despojada, com paredes de pedra cinzenta, e a sala estava dentro de um castelo fortificado, e o castelo estava cercado por sete muralhas altas como os deuses, e por fossos, labirintos, exércitos guardiões e armadilhas. O homem, que mais parecia uma estátua de metal em sua inexpugnável armadura completa, brincava com uma taça de latão, dentro da mais poderosa fortaleza que os deuses já haviam construído. Sentava-se em uma cadeira de espaldar alto, frente a uma mesa de madeira escura sobre a qual estava um mapa. Havia mais três cadeiras em volta da mesa, e a peça, adornada apenas com flâmulas guerreiras e a ocasional arma na parede, lembrava uma sala de guerra. Quase todos os lugares naquela fortaleza lembravam salas de guerra. Havia uma ânfora de vinho que não fora tocada. E o homem estava sentado. E brincava com sua taça. E esperava.

Outro guerreiro irrompeu pela porta. Seus passos metálicos fizeram tremer a enorme fortaleza. Sua imensa espada pendia das costas e arrastava no chão de pedra. Sua armadura negra era tão hermética quanto a do outro, mas seu rosto estava à mostra. O homem sentado apenas ergueu os olhos, e fez um cumprimento de cabeça para o recém-chegado. Ele era o único que teria a coragem de tratar assim Keenn, o Deus da Guerra. Era o seu sumo-sacerdote, um homem sem nome que as pessoas tinham aprendido a chamar de Mestre Arsenal.

— Hoje é um bom dia para guerrear! — cumprimentou Keenn, mostrando os dentes.

— TODOS SÃO — proclamou o clérigo.

Mestre Arsenal se levantou de sua postura descuidada sobre a cadeira, deixando a taça caída sobre a mesa. Ofereceu a mão ao deus e os dois trocaram um cumprimento de agressividade amistosa.

Ali estavam, provavelmente, os seres mais perigosos de cada um de seus mundos. Keenn, um deus que talvez não conhecesse igual em força e inteligência de batalha. Arsenal, um homem que parecia um deus, capaz de comandar respeito, temor e obediência onde quer que estivesse. Qualquer um deles, frente a outra pessoa ou deus, seria alvo de reverências e formalidades. Mas, entre os dois, eram como velhos companheiros de batalhão, conversando sobre o próximo cerco com naturalidade.

— Tire esse elmo — disse Keenn, desabando em uma cadeira. Mestre Arsenal obedeceu.

O rosto por trás do metal era estranhamente bonito. Um queixo pétreo e bem-esculpido. Nariz decidido, embora distinto. Cabelo e barba lisos e loiros, tranquilos e práticos. Era difícil dizer se Mestre Arsenal, o sumo-sacerdote da guerra, era mais impressionante com ou sem elmo. Ao menos com o elmo era possível imaginar que o homem por trás não seria nada especial, mas o rosto não deixava dúvidas sobre a confiança e altivez que só existem nos muito poderosos.

— VIM AQUI — retumbou a voz do clérigo. — COMO PEDIU.

Qualquer deus ordenaria a seu sumo-sacerdote. Keenn sabia que qualquer guerreiro bom o suficiente para ser o seu preferido não recebia pacificamente este tipo de tratamento. Portanto, pedia.

— Sim — assentiu o Deus da Guerra. — Vinho?

Arsenal recusou. Keenn serviu-se uma porção generosa da ânfora cheia.

— Imagino que já saiba o que vem ocorrendo entre meus companheiros do Panteão.

— UM GENERAL NUNCA É BOM SEM BOAS INFORMAÇÕES — concordou Mestre Arsenal. — E DIGO QUE GLÓRIENN É UMA TOLA.

Keenn engoliu o vinho.

— Ninguém nega isso. Mas é uma tola que, desta vez, me serve.

Arsenal bufou discretamente.

— A tempestade deve ocorrer, meu servo. E você irá ajudar Glórienn e seus peões aventureiros. Irá garantir que ela ocorra.

— ODEIO INTERFERIR COM GRUPELHOS DE CANDIDATOS A HERÓIS, MEU SENHOR.

— E, ainda assim, fará isso.

Arsenal lançou ao deus um olhar de adaga.

— NÃO.

Keenn deu um meio sorriso.

— Repita isso.

— NÃO É IDIOTA, MEU SENHOR. ENTENDEU DA PRIMEIRA VEZ.

Keenn se levantou da cadeira.

— Não esqueça quem é o deus e quem é o mortal aqui, *servo*.

— NUNCA — Arsenal curvou a cabeça em humildade. — MAS, EMBORA SEJA UM MORTAL E SEU SERVO, NÃO SOU ESCRAVO. E NÃO IREI APOIAR O QUE É, EM ÚLTIMA ANÁLISE, UMA TOLICE SUICIDA.

Keenn arregalou os olhos. Nuvens pretas se acumularam sobre todo o Reino, e logo uma chuva furiosa despencava sobre as cabeças de todos os guerreiros. As gotas eram pesadas como machados e afiadas como machetes, e muitos morreram com os elmos retalhados antes de achar um abrigo forte o bastante para suportar a ferocidade que caía do céu.

— Irá obedecer — rosnou Keenn. — Ou me enfrentar.

Arsenal fechou os olhos por um momento. Soltou uma pequena respiração e decidiu que precisava de um gole de vinho.

— IREI OBEDECER, MEU SENHOR.

Keenn manteve o olhar por um tempo, depois sentou-se de novo. Lá fora, a chuva diminuiu e por fim cessou, e os soldados voltaram às suas lutas embriagantes.

— Irei lhe dar as instruções completas mais tarde. Você irá garantir a sobrevivência do grupo de aventureiros. Eles são importantes no desenrolar dos acontecimentos.

Arsenal concordou mais uma vez.

— E não preciso dizer que nenhum dos mortais envolvidos deve saber do que se passa. A família real de Yuden terá um papel, e também alguns de seus subordinados.

Os demais clérigos de Keenn, embora em nome comandados por Arsenal, na verdade pouco sabiam dele. O poderoso clérigo se mantinha envolvido em seus próprios assuntos, e longe de questões triviais da igreja sangrenta do Deus da Guerra. De novo, Arsenal disse que obedeceria.

— MAS TENHO DE DIZER — interrompeu. — QUE ACHO ESTE PLANO SUICIDA.

— É uma guerra, Arsenal, uma guerra — Keenn bateu com o punho devastador na mesa. — A maior de todas as guerras! Todos em Arton serão soldados!

— UMA GUERRA QUE PODE SER PERDIDA.

Keenn fez uma careta de nojo.

— Estou ouvindo a voz da covardia?

— A VOZ DA PRECAUÇÃO, MEU SENHOR. UM GENERAL LOGO PERDE SEU EXÉRCITO SE NÃO TEM RESPEITO PELO INIMIGO.

Keenn soltou uma gargalhada. Por todo o seu Reino, os guerreiros sentiram um frenesi ainda maior, e trucidaram os inimigos com vigor redobrado.

— O prêmio compensa o risco! Arton guerreando, unido sob Keenn!

Arsenal se manteve em silêncio.

— A maior de todas as guerras. Morrer nela será glorioso.

— SE ME PERMITE, EU PREFIRO VIVER, SENHOR.

Keenn balançou a cabeça em desaprovação.

— Já viu um mundo morrer. Qual a diferença?

O clérigo não respondeu.

— Está se apegando a Arton, não é? Já tem uma filha! Está se apegando a um mundo que existe para fornecer campos de batalha e parir soldados!

— MINHA VIDA NÃO LHE CONCERNE — disse Arsenal entre dentes.

— Concerne se você tiver mais amor por Arton do que pela batalha, meu servo. Por enquanto eu tenho relevado sua busca por poder mágico, fingindo não perceber que ele pode ser usado contra mim. Para tomar meu lugar.

Arsenal começou uma frase.

— Ou pior! Eu poderia ver sua caçada por armas encantadas como uma forma de desarmar o mundo. Você poderia estar tentando impedir que o que já ocorreu em seu mundo ocorra de novo em Arton... — Keenn parecia igualmente furioso e divertido por este pensamento. — O que é algo contra os princípios de seu deus, e que seria punido com a negação de todos os seus poderes. Você é culpado disto, Arsenal?

Mais uma vez, o clérigo permaneceu calado.

— Eu o escolhi como um igual com quem mantenho uma aliança — grunhiu o Deus da Guerra. — Mas, no instante em que não me servir mais, irei procurar um adulador obediente, como todos os outros deuses. Portanto cuidado, Arsenal. Eu *sou* um deus.

— SIM, MEU SENHOR.

Keenn encheu mais uma taça de vinho e, com um gesto, dispensou seu sumo-sacerdote. Mestre Arsenal vestiu o elmo e se ergueu. Mas, antes de sair pela porta:

— Arsenal!

— MEU SENHOR.

— Reúna seu exército e trace suas estratégias — um largo sorriso. — A guerra está para começar.

Alguma criatura estava sendo devorada por outra mais feroz. Sempre. Lagartos que mediam dezenas de metros caçavam humanoides verdes de garras afiadas; aranhas do tamanho de casas prendiam feras bicéfalas em teias que se estendiam por centenas de metros; por toda parte, dragões planavam majestosos, digladiando-se por uma supremacia tão fugaz quanto violenta. As montanhas negras e escarpadas espetavam o céu negro onde um sol vermelho e opaco tentava surgir através de nuvens pesadas. Rios tóxicos cortavam florestas de troncos retorcidos e folhas vermelhas. Mães devoravam os filhos e os velhos se escondiam para escapar da fúria canibal dos jovens. E, no centro de tudo, um vulcão colossal vomitava lava eterna, em cuspidas eventuais e correntes regulares que destruíam a paisagem à sua volta. A cratera incandescente era do tamanho de um país e, dentro dela, despencou do céu um homem de armadura negra e armas na mão, um gigantesco guerreiro que tinha dezenas de metros de altura.

Caiu como um meteoro no interior do vulcão e, com o impacto, um terremoto sacudiu todo aquele Reino divino, abrindo fissuras largas como rios e fazendo desabar uma montanha jovem. O guerreiro havia caído de pé, e urrou em desafio, sacudindo a imensa espada e o martelo de batalha que carregava.

Megalokk, o Deus dos Monstros, ergueu seu corpo monumental do inquieto lago de lava, deixando o líquido incandescente escorrer de seus ombros musculosos. Abriu todas as cinco bocas e rugiu em resposta ao desafio, mostrando várias centenas de dentes com o dobro do tamanho de um homem. O corpo era de leão, com uma cauda de réptil que terminava em um ferrão de osso afiado. Três pares de patas, cada uma com garras que tinham força para destroçar um castelo, e asas de morcego com bordas de navalha. Uma farta juba abrigava as cinco cabeças: rinoceronte, dragão, lobo, tubarão e babuíno. Protuberâncias ósseas pontiagudas surgiam de dentro do pelo espesso como chifres fora de lugar. A criatura-deus pateava e eriçava o pelo, reagindo à intrusão em seu ninho divino.

— Preciso conversar com você — disse Keenn.

Antes de acabar a frase, o Deus da Guerra, em seu corpo gigantesco, avançou e golpeou Megalokk, atingindo um dos queixos de baixo para cima, com seu martelo. O Deus dos Monstros foi arremessado no ar, com um uivo de raiva e dor, e aterrissou sobre uma planície, destruindo a terra e a pedra e formando um desfiladeiro. Quando se pôs de novo em pé, o gigante de armadura já estava de novo à sua frente, e desceu a espada com força monumental em seu ombro. O deus-monstro por pouco conseguiu se desviar do golpe, e bateu as poderosas asas para alçar voo para longe do adversário.

O furacão resultante devastou uma floresta.

Antes que Megalokk pudesse tirar todo o corpanzil do chão, Keenn golpeou de novo com o martelo, acertando a monstruosa asa. Ouviu o som do osso do deus se partindo, num estrondo trovejante que percorreu todo aquele mundo.

— Preciso conversar com você — repetiu.

A cabeça de dragão abriu a bocarra, que tinha o tamanho de uma pequena cidade, e cuspiu uma labareda infernal. Keenn urrou de dor, enquanto sua armadura forjada no núcleo borbulhante de seu Reino derretia ante o calor do fogo de Megalokk. O metal caiu em gotas que causaram incêndios, e uma parte se grudou à pele do Deus da Guerra.

Megalokk pulou, usando a asa ainda ativa para impulsionar sua massa inacreditável para cima do inimigo. Caiu com as seis patas sobre Keenn, derrubando o gigante e causando uma fissura que formou uma nova cordilheira. Segurou o Deus da Guerra com quatro patas, enquanto retalhava-lhe o peito com as duas restantes. As cinco bocas procuravam avidamente o pescoço protegido.

Keenn deixou a cabeça de lobo se aproximar e golpeou com a própria testa. O focinho colossal se esfacelou, e o sangue negro do deus espirrou, formando um novo lago. Megalokk fraquejou por um momento, e foi o suficiente para que seu inimigo rolasse para longe de suas garras de alicate. Keenn recuou, mantendo a espada e o martelo à frente do corpo, em postura defensiva. Cada passo percorria centenas de metros, e esmagava criaturinhas sem importância abaixo.

Megalokk rosnava. A cabeça de lobo lambia os ferimentos mais sérios, e a asa quebrada tinha se encolhido num pequeno monte de couro e osso, como um filhote com dores.

— Preciso falar com você.

A criatura-deus atacou de novo. Desta vez correu com as cinco cabeças baixas, e o chifre de rinoceronte do tamanho de uma torre pronto para furar o estômago do adversário. O ataque teve a rapidez de um relâmpago, mas Keenn pôde bloquear com o colossal martelo de guerra. A arma se despedaçou ante o impacto, mas desviou a chifrada. Girando o corpo gigante, Keenn agarrou o chifre e continuou girando, arrastando o corpo do deus-monstro, num círculo largo que provocou uma tempestade de areia, e por fim largou a protuberância, arremessando Megalokk num voo atabalhoado até que saísse de vista.

O Deus dos Monstros atravessou um oceano e aterrissou pesado numa ilha, matando tudo o que havia por lá. Antes que se erguesse de novo, já chegava o Deus da Guerra, num salto magnífico, com a espada imensa segura firme em ambas as mãos. Megalokk rolou e pulou antes que a lâmina pudesse atingi-lo, mas o golpe de Keenn explodiu a terra e a pedra, e esfacelou a ilha, que afundou em um monte de destroços no oceano venenoso. Sem poder voar, Megalokk acabou por despencar no meio da água tóxica, e logo sentiu o corpo de Keenn jogando-se contra ele.

O Deus da Guerra tinha descartado a espada e, usando as mãos nuas, tinha se agarrado ao corpanzil da criatura-deus, usando seu peso enorme para tentar mantê-la presa.

— Preciso falar com você!

Megalokk rugiu. Girou o corpo e ficou por cima de Keenn, que estava agora completamente imerso na água mortífera. Um maremoto devastava as praias rochosas do Reino de Megalokk, impulsionado pela luta dos dois deuses.

Keenn sentia os pulmões e a garganta ardendo por causa do mar que entrava-lhe pelo nariz e pela boca. Abraçou o Deus dos Monstros, cravando os espinhos ósseos na sua armadura e na sua carne, mas garantindo o agarrão. Não esperava, contudo (e amaldiçoou-se por tolo) que as protuberâncias contivessem um veneno mortal e ligeiro. Dentro em pouco, sentia os braços fraquejando e as veias carregando fogo ao invés de sangue.

Mas Keenn não desistiu. Megalokk era um guerreiro de força e ferocidade; ele era um guerreiro de resistência e tática. Estava mantendo todas as cinco cabeças do deus-monstro sob a água, assim como estava a sua, e apertava o corpanzil logo abaixo das costelas, onde a carne era mais macia. E assim mantiveram-se por dias, retorcendo-se e ferindo um ao outro num duelo de resistência, enquanto ondas de três quilômetros de altura varriam os continentes habitados por monstros.

Keenn foi mais forte. Megalokk não conteve a dor, e impulsionou o corpo para fora da água, carregando junto o Deus da Guerra. Keenn, paciente e sempre de prontidão, não desperdiçou um segundo: enquanto o outro deus se endireitava, montou em suas costas poderosas. Megalokk rugiu e guinchou, e corcoveou, tentando derrubar o guerreiro gigante, mas Keenn agarrou-lhe a cauda e forçou-a até as cinco cabeças. Usou o ferrão ósseo para golpear cada uma, estocando dragão, lobo, rinoceronte e tubarão enquanto segurava a garganta da cabeça de babuíno. Megalokk lutou com ferocidade, mas enfim, quando as quatro cabeças pendiam mortas, Keenn quebrou-lhe a outra asa e segurou a cabeça de babuíno numa chave estranguladora.

— Preciso falar com você! — repetiu.

Megalokk, desacostumado às palavras, tropeçou numa resposta até que conseguiu dizer, através da garganta comprimida, que estava ouvindo.

— Você irá colaborar com a tempestade de Glórienn — rosnou Keenn. — *Porque eu estou mandando.*

CAPÍTULO 1

O DEVER DOS HOMENS

— ESTE É O TEU OFÍCIO, MASATO KODAI, ASSIM COMO foi o ofício do teu pai e do pai do teu pai. É uma profissão honrada, um cargo de respeito e responsabilidade. Colocar-te-á um passo acima dos teus pares, mesmo dos outros samurais. Deves, assim, dar o exemplo. Deves ser o exemplo, nunca podes falhar. Este é o caminho da honra e do dever, Masato Kodai.

Era o que Itto dizia a seu filho, no dia em que completou a maioridade. O céu de Tamu-ra era pintado de um azul impossível, e milhões de manchas cor-de-rosa voavam com as correntes de ar refrescante, lembrando a todos que a primavera havia chegado. Pai e filho ajoelhados, um em frente ao outro.

Itto dizia mais:

— Deves fazer do teu ofício uma arte, meu filho, como, na verdade, o é. Cada movimento deve ser preciso e gracioso, Masato Kodai, porque é toda tua a responsabilidade pelo homem que te entregam. Mas não comete um erro: não pensa! Não ocupa tua cabeça com considerações sobre o que fazes. Uma abelha pensa no que faz? Um beija-flor reflete sobre o trajeto do seu voo? Não! E assim tu, tampouco, deves pensar sobre o que estás fazendo. Apenas faz, e faz com perfeição.

Masato Kodai já sabia de tudo aquilo. Mas, é claro, não diria uma palavra para interromper o discurso do pai. Era importante que aquilo fosse dito, assim como fora importante, no passado, que ele treinasse cada movimento, cada contração de cada músculo, para que o corpo se lembrasse, sempre, sem que a mente estivesse ocupada. Sem pensamento. Sem mente.

Masato sentia um tipo estranho de orgulho.

— É uma profissão de glória, meu filho. De destaque. É um espetáculo, como quando tua mãe faz a cerimônia do chá. E é um combate, como quando esmagamos nossos inimigos no campo de batalha. É uma prece a Lin-Wu, e é caligrafia. O ato da execução é tudo isso, Masato Kodai. E a profissão de Executor Imperial é o ápice da arte da execução.

Estoicos por entre o vento. Os olhos do velho Itto lutavam contra a umidade salgada.

— Mas, pai — disse, de repente, o jovem Masato. — Não gosto muito da profissão.

Em Tamu-ra, era o que se dizia. *"Limpo"*, ao invés de "bonito". *"Satisfeito"*, ao invés de "feliz". *"Não gosto muito"*, ao invés de "odeio".

Itto Kodai deu uma risada séria.

— O que falas não existe, meu filho. Não gostas então do fato de que, quando largas uma pedra, ela cai ao chão? Não gostas do céu ser azul? Não gostas de Tamu-ra ser uma ilha? É o que me dizes. Não há o que gostar, Masato Kodai. As coisas apenas são.

Masato concordou com humildade. Itto fitou-o por um tempo. O filho ainda era jovem, e aquele era um dia de muita felicidade. Era possível permitir um tal arroubo.

— Gostaria de ser guerreiro — disse Masato. — Liderar os homens na batalha.

Itto tornou-se sério.

— Como blasfemas assim? — vociferou. — Achas que sabes melhor do que nossos ancestrais, que estabeleceram os costumes? Achas que sabes mais do que Lin-Wu, que ditou o modo como devemos viver?

Masato baixou a cabeça, desculpando-se.

Itto deixou a face amolecer um pouco.

— Haverá batalhas, Masato Kodai. E serás, nelas, o único general e o único guerreiro. Tuas batalhas serão contra o maior dos inimigos: tu mesmo. Lutarás a cada dia pelo corte mais perfeito, pelo golpe mais preciso que cortará a cabeça da tua vítima. Lutarás para honrar os teus ancestrais e os homens que executarás, com mortes perfeitas. Estas serão tuas batalhas.

— Sim, meu pai.

Silêncio. Os dois homens, de joelhos, frente a frente, pétalas voando ao redor. De um lado, um jardim cuidado há mil anos, simétrico e verde, controladamente vivo e perfeito. Do outro, o palácio magnífico, de tetos de bambu e paredes de papel. O sol era gentil e a sombra na qual estavam protegia as ideias do calor.

Há muitas centenas de anos a família Kodai produzia os executores imperiais. O ofício de matar gente fora sempre muito honrado por aquela linhagem distinta, e todos os ancestrais de Masato observavam por cima de seu ombro agora que ele se preparava para assumir o posto. Sentia-se ainda muito jovem, mas não reclamava. Não era este o modo de um samurai. Já se exaltara demais com o velho Itto. Excedera-se, e planejava impedir que aquilo se repetisse.

— Hoje, deixas de ser um menino — recomeçou Itto Kodai. — Torna-te um homem. E, portanto, tens responsabilidades de homem. Vais receber tuas novas tarefas, teus novos deveres. A fase leviana de tua juventude acabou.

De fato, acabara. A rotina leve de acordar para o treinamento duas horas antes de o sol nascer, e dividir-se entre aulas e trabalho até que o céu ficasse laranja havia acabado. Dali por diante, seria honrado com os deveres pesados de um adulto. A recompensa por um trabalho bem feito era sempre mais trabalho.

Masato Kodai curvou-se e se levantou. Cumprimentou o pai de novo e rumou para suas tarefas. O peito de Itto Kodai queimava de satisfação. Seu filho se tornava Executor, e ele chegava na abençoada e aguardada idade idosa. Era uma boa vida. Não; era a vida que existia, e era absoluta — não cabia aos mortais julgá-la.

Era o que sufocava Masato.

Isso foi muito tempo atrás.

Dez anos depois: intolerável.

Morrera o velho Itto, morrera-lhe há tempos a mãe. Masato Kodai em grilhões de honra.

Diziam-lhe que precisava de esposa. Era escândalo ser ainda solteiro. Mas ele relutava: sentia-se criança. Sozinho e criança. Por sobre seus ombros, olhavam gerações de ancestrais, atentos a cada movimento. Quando acordava em prantos no meio da noite, sentia os olhares de reprovação. Quando bebia o líquido aquecido que queimava as entranhas e acendia o espírito, berrava contra o mundo. Contra os deuses. Uma vez ou outra, já fora um embaraço para a corte, mas fingia-se que não. O peso da sua família esmagava os eventuais deslizes. O Imperador olhava em outra direção. O Imperador conhecera seus ancestrais (era imortal!). Masato desejava perguntar, saber como os mais antigos conseguiam ser infalíveis. Mas nunca falava. Cortesia, comedimento.

Perfeição.

Perguntava-se quando teria filhos: se não nascesse um novo Kodai, quem iria matar os condenados ilustres da próxima geração?

Perguntava-se. Dizia-se. Ninguém tangível fazia esses comentários. As pessoas ao seu redor não tinham volume, eram pinturas. Todos perfeitos. Kodai era diferente.

Este não era o modo do samurai.

Por fim, amaldiçoou-se quando sua libertação veio com a tragédia. Um *daimyio* fora assassinado, sua família e servos. Pediu ao Imperador que fosse à caçada, para fazer justiça, como o Executor Imperial. Caso conseguisse, como recompensa, seria um lorde guerreiro. Escolheria um novo executor.

Mas na corte, estranhamento.

O que causara a saída? Um acontecimento doloroso? Uma memória indelével? Seria um juramento na tumba do pai? A visita de um ancestral morto?

Não — só a culpa.

Por gerações, sua família matara. E ele vivia para desferir os cortes, sob o peso de tantos milhares de execuções, sob a montanha de cabeças e os rios de sangue. Quem dera os fantasmas realmente viessem assombrá-lo! Quem dera houvesse vingança de familiares das vítimas! Quem dera uma chance de expiação.

Para Masato Kodai, ele mesmo era o maior criminoso do mundo. Por isso não casava — queria acabar os Kodai.

E queria uma fuga daquele legado.

Não havia um momento dramático de transição. Só o horror se acumulando lentamente pelos séculos.

Apenas isso.

— Isso é horrível, Masato — disse Nichaela.

A cabeça do samurai pendeu.

— Mas é ótimo poder falar — disse ele.

A meio-elfa tomou-lhe a mão. Tinha o toque quente e macio de quem nunca pegara em uma arma. Nem nunca pegaria. *Ela nunca haveria de matar*.

— Aqui está ela — disse a clériga.

Estavam apenas os dois, três meses após o albino, num templo de Lena, em Lomatubar. Onde Nichaela fora criada. Ela fez um gesto e uma menina de olhos muito azuis sorriu-lhe um mundo. Veio correndo aos seus braços, com passos de pato, descobrindo ainda a arte de andar.

— Esta é a minha filha.

A última viagem do samurai e da clériga, juntos. Em breve, Kodai voltaria para Tamu-ra, para o dever. Contudo, antes permitira-se escoltá-la. Nichaela abraçou a filha.

— Este é meu amigo Masato — voz de mel.

O nome da menina era Ágata.

CAPÍTULO 2

DE QUANDO ELES ESTIVERAM SEPARADOS

SÓ UM ABRAÇO.

— Não me venham ficar melosos agora, seu bando patético de comadres — disse Vallen Allond.

Os guerreiros mantiveram a pose, e despediram-se com um único abraço másculo. Nichaela derramou-se em lágrimas e beijou cada um deles. Ellisa Thorn envolveu-os, cada um, nos braços afetuosos de uma irmã, despejando uma centena de recomendações. Rufus acenou de longe.

E separaram-se.

Doía, pois eram família. Mas, mesmo por isso, nunca mais seria a mesma coisa. Haviam perdido Andilla, e perdido Ashlen de uma forma quase pior — pois era difícil não culpá-lo. Haviam perdido demais, e viajado demais, e lutado demais.

— E, pelas bolas de Khalmyr, já passei tempo demais na companhia de vocês — Vallen, com um soco brincalhão no ombro de Gregor. Mas, olhos mareados.

— Pare de fazer pose — riu Ellisa. — Olhem. Já vai chorar de novo!

— Já disse que homem não chora.

Cada um daqueles rostos, para cada um deles, trazia tanta memória que era impossível que se olhassem por muito tempo. Precisavam, como precisam as famílias, de algum tempo separados. O problema era que todos suspeitavam — embora ninguém falasse — de que nunca mais estariam juntos de novo.

E, após um abraço, caminharam em direções variadas. Masato acompanharia Nichaela até o mosteiro onde ela crescera, e onde crescia sua filha.

— Foi uma honra conhecê-lo, Vallen Allond — dissera o samurai, curvando-se.

— Droga, odeio estes formalismos — respondera o guerreiro.

— Foi uma honra e um aprendizado tê-lo como líder em combate.

— Já disse que odeio despedidas! — mas — Porcaria, foi uma honra conhecê-lo também.

Masato quase sorrira. Vallen ainda iria completar:

— E você estripando aquele yudeniano foi provavelmente a coisa mais divertida que já vi.

De Petrynia, cada um viajava para uma direção. Artorius iria para a União Púrpura, um ajuntamento de nações bárbaras onde sempre havia uma guerra que necessitava de um clérigo da força, e onde um tal clérigo sempre poderia temperar seu espírito. Gregor voltaria para Cosamhir.

— Mas nada de visitar a sua família — aconselhara Ellisa, com um sorriso torto.

— Não se preocupe — respondera o paladino. — Vou apenas encontrar velhos amigos de exército. Aliás, o seu querido contou-lhe tudo sobre o que se passou em Cosamhir da última vez, não é?

Ellisa apenas concordara em silêncio, sorrindo marota.

— Linguarudo do inferno! — vociferara Gregor, com uma risada áspera. — Thyatis vai jogar um ovo flamejante em sua cabeça!

Rufus iria estudar em Sambúrdia, onde, esperava, a antiga casa de seus pais ainda estaria de pé. Para ele, não houve grandes despedidas, nem brincadeiras agressivas. Vallen e Ellisa iriam primeiro até Adolan, onde Irynna, a filha de comerciante, ainda aguardava notícias do criminoso que a deixara órfã. Depois, cumpririam a promessa de levar informações e notícias aos clérigos da Caverna do Saber. Por fim, por sugestão de Vallen, seguiriam para Deheon, o Reino Capital.

— Quer ir a Valkaria? — perguntou Ellisa. — Visitar Ashlen?

— Sim, isso mesmo — ele respondeu.

"E além disso", pensou Vallen, *"é lá que vou pedir você em casamento."*

— Essa é a sua ideia de uma viagem romântica? — gritou Ellisa Thorn, enquanto disparava uma flecha. A criatura-sapo tombou, mas já surgiam três em seu lugar. — Visitar uma órfã vingativa, voltar a um reino onde todos nos querem mortos, e agora...

Vallen conseguiu erguer o corpo, arremessando inúmeros dos pequenos monstros em todas as direções. Seu rosto e suas roupas estavam cobertos pela imundície do pântano, e ele ofegava, tendo escapado por pouco de se afogar no lodaçal fedorento. Tanto ele como a arqueira estavam ensopados, controlando a tremedeira de frio, enfiados até as coxas na mistura de água, lama e matéria em decomposição. Via-se pouco ao redor, a noite era carrancuda, e um fiapo de lua era tudo o que Tenebra permitia. A vegetação bisonha que interrompia a vastidão de líquido estagnado apenas bloqueava o pouco de luz que havia no céu, e aprisionava os gases nauseabundos do pântano. Feixes de juncos brotavam aqui e ali, e brotavam também, como milhares de filhos deformados da podridão, sapos humanoides que seguravam lanças e facas toscas, e gritavam palavras de ordem em uma língua estranha.

— Ninguém obrigou-a a vir! — Vallen decapitou um dos monstros-sapos. — Poderia ter ficado pintando as unhas em Petrynia.

— Não vamos entrar nesse assunto de novo, senhor Vallen Allond — Ellisa, duas flechas saindo ao mesmo tempo do arco, matou mais duas criaturas. — Já lhe expliquei sobre a responsabilidade que você tem.

— Quer dizer então que — Vallen foi interrompido por uma investida em massa das criaturinhas. Mais de vinte saltavam em sua direção, lanças em punho, gritando coisas incompreensíveis. — Droga!

Vallen trespassou os primeiros monstros-sapos, espetando seus corpos esquálidos e arremessando-os contra a pequena multidão. Gritando e brandindo Inverno e Inferno, abriu uma trilha de criaturas divididas e colocou-se bem no meio do ataque desordenado. A carga dos sapos havia sido quebrada e, enquanto tentavam se reagrupar, Vallen girava o corpo, as espadas em um círculo mortal, dilacerando os que chegavam perto.

— Quer dizer então que — recomeçou o guerreiro. — Eu não posso fazer nada sem consultar suas majestades sobre as implicações ocultas dos meus atos? — chutou o rostinho feio de um dos monstros, partiu o crânio de outro e pisou em um terceiro, prendendo-o sob o lodaçal.

— Quer dizer então — Ellisa flechou dois que se aproximavam, mas foi pega pelas costas por outro, que se agarrou em seu pescoço. Arrancando a criaturinha dali, enforcou-a com uma corda de arco de reserva. — Quer dizer então que deve pensar em ir para casa de vez em quando, ao invés de ir explorar a primeira masmorra de que ouve falar.

— *Nós não temos casa, Ellisa* — Vallen agarrou um dos monstros-sapo, prendeu-o nos braços e, com um puxão forte, arrancou-lhe a cabeça.

— Não vê que isso é parte do problema? — o arco ainda em punho.

— Não! Nós somos livres.

— Isso é tudo o que uma mulher deseja — baixou o arco lentamente, vasculhando os arredores em busca de algum inimigo ainda oculto. — Uma vida de entrar em pântanos fedorentos, chacinando criaturas-sapo malucas.

— Ellisa, isso é tudo o que uma *guerreira* deseja — foi até ela, caminhando contra a água espessa e os corpos. Notou que uma das criaturas apenas se fingia de morta, e terminou o serviço. — Somos jovens, somos fortes, temos dinheiro e nos amamos. E ninguém pode nos vencer.

Ela sorriu.

— Palavras galantes para um homem coberto de lama e bosta.

— Nós temos a vida toda pela frente, para sentar em uma cadeira e trocar alfinetadas. Vamos fazer algo digno de contar aos nossos netos!

— Netos? O que você está dizendo, senhor Vallen Allond? — ela ergueu uma sobrancelha.

Ouviram um urro lento e borbulhante. Mais atrás, uma forma imensa, coberta de pelos duros como arame, erguia-se do lodo, revelando um pescoço comprido e um par de presas afiadas.

— Estou dizendo que a diversão está só começando, senhorita Ellisa Thorn.

Vallen pensou que a história que tinha ouvido em Fortuna era mesmo ótima e verdadeira — mesmo que não houvesse muito tesouro, aquela era uma luta digna de se sujar. E ele ainda não havia feito o pedido, mas eles não estavam longe de Valkaria, e haveria tempo de sobra, sempre. Sempre haveria mais aventuras, e mais inimigos, e mais amor. A vida era boa — quem deveria celebrar o casamento? Talvez um clérigo de Khalmyr, ou de Tauron? Talvez Artorius ou Nichaela? As possibilidades eram infinitas, e a vida só estava começando.

Deu seu melhor grito de batalha e investiu, sorrindo como uma criança, contra o monstro.

Mal se ouviam os passinhos de gato da clériga Athela, ao entrar no quarto sempre fechado. O cheiro de pessoa doente — aquele fedor mórbido e característico que os entes queridos fingem não sentir — estava impregnado nos lençóis, nas paredes, no ar.

— Que bom, não é mesmo, Irynna? — batidinhas de leve na porta. — Já acabou. Tudo já acabou.

Era bom mesmo, Athela pensava. E que Lena a perdoasse por ficar tão grata por saber da morte de um homem.

Não houve resposta do quarto de Irynna. Athela bateu de novo, desta vez com mais força.

— Irynna, eles já foram. O senhor Vallen e a senhorita Ellisa. Deixe-me entrar, eu quero vê-la — era uma pena que Nichaela não tivesse vindo, mas o casal garantira que a meio-elfa havia encontrado uma felicidade até então desconhecida.

— Irynna?

Athela decidiu abrir a porta e entrar de qualquer jeito. Doía-lhe no espírito ver o interior do quarto — e doía mais ainda perceber que já não doía tanto. A rotina da degradação. Durante muitos meses, vira a jovem Irynna definhar, vira a pele corada e elástica tornar-se um pergaminho cinzento, vira os olhos se apagarem aos poucos, até perderem toda a tolerância à luz. Vira o cabelo se tornar uma massaroca repugnante, e por fim cair aos chumaços, e vira a jovem cada vez menos presa ao mundo, dormindo e dormindo, mal consciente da realidade. E cada dia uma luta! Como era difícil insistir para que comesse, a cada dia, e insistir, sabendo que era inútil, para que levantasse da cama. Era doloroso quando, sem saber o que fazer, abria a janela contra a vontade da outra, e ouvia-a choramingar ante a luz do sol. Era terrível quando, numa tentativa de fazer com que saísse da cama, negava-lhe as cobertas, apenas para ver se ela não poderia ao menos se levantar para pegá-las. E era uma agonia ver que *não*, que Irynna era incapaz de sequer fazer isso — simplesmente ficava tremendo, encolhida na cama.

E, portanto, Athela não estranhou o que viu — o corpo destroçado de Irynna, refletindo a alma também destroçada. A pele tinha-se aberto em pústulas em muitos lugares, e em outros ela coçara até que sangrasse. As unhas estavam roídas até a carne, e a carne roída até surgir o vermelho. A pele estava frouxa, os olhos tinham imensas bolsas negras, os seios eram dois sacos murchos pendendo do tórax de costelas à mostra. Irynna estava imunda. Recusava-se a trocar de roupa, agarrando-se a uma camisola que desde as primeiras semanas não tirava. Recusava-se a tomar banho. Crostas cinzentas e repugnantes tinham-se formado no pescoço, atrás das orelhas, entre as pernas e debaixo dos braços. Vários dentes haviam caído. Já haviam tentado até a força bruta para banhá-la — mas que ferocidade tinha a fraca Irynna, para resistir! No final, Athela fazia tudo o que podia: deixava comida, que sempre sobrava, e insistia sem muita ênfase. Não havia nada de errado com o corpo de Irynna, só com sua alma. Mas a doença da alma era tão terrível que era como se todos os ossos de seu corpo estivessem quebrados.

E, há muito, Athela decidira que não valia a pena preocupar os outros por algo que não tinha solução. As pessoas de Adolan perguntavam: *"Como está Irynna?"*, e Athela sempre respondia: *"Está melhor"*. Mentia. E todos fingiam acreditar.

— Estou aqui, Athela — veio a voz ressequida de dentro do quarto. — Pode entrar.

Athela o fez, quieta como uma sombra.

— Boas notícias, não é? — a clériga deu um dos sorrisos treinados que se dá aos doentes. A quem tem muito mais razão para chorar.

— Sim, muito boas — dificuldade para falar. Depois de um tempo: — Athela.

— Sim?

— Pode abrir a janela um pouco?

A boca da clériga pendeu em um sorriso bobo.

— Mas só um pouco — disse Irynna. — Meus olhos estão sensíveis.

— Claro — gaguejou a outra.

Uma fresta foi aberta, e o sol entrou furioso, como se estivesse esmurrando a janela fechada por todos aqueles meses, e finalmente fosse permitido naquele quarto lúgubre.

— Como está o dia, Athela? Bonito?

— Sim — Athela, uma mão sobre a boca, refreava as lágrimas. — Muito bonito. Azgher está entusiasmado, hoje.

— E está quente?

— Sim. Para esta época do ano.

— Eu só sinto frio... — disse Irynna. — Athela — chamou de novo, depois de um tempo. — Acho que quero tomar um banho.

As lágrimas foram mais fortes que Athela e escorreram, livres e gordas, por suas bochechas.

— Irynna, este é um dia muito bom.

— Você me ajuda?

— É claro. É claro. Vou pedir para que preparem.

E, deixando a órfã no quarto que era invadido por uma improvável nesga furiosa de sol dourado, Athela colocou as ajudantes do templo em frenesi, para que preparassem um banho quente, antes que a paciente mudasse de ideia. Em pouco tempo, uma tina espaçosa de água fumegante esperava por Irynna.

— Ajude-me até lá.

— É claro, Irynna — um sorriso largo como o céu, salgado de choro. — É claro.

As duas caminharam até a tina. As pernas de Irynna estavam quase atrofiadas pela falta de uso. Mas, passo por passo, ela chegou, sob os olhos maravilhados das ajudantes do templo, até a água quente. Tirou a camisola imunda e entrou, sempre ajudada por Athela. No mesmo instante, a água límpida tingiu-se de sujeira escura, mas era uma visão linda.

— Por favor — disse Irynna, com suavidade fraca mas doce. — Poderiam me dar licença?

As mulheres que observavam, extasiadas, de repente perceberam que a jovem poderia estar embaraçada. Impelidas por Athela, correram de volta aos seus deveres.

— Pode me conseguir uma roupa limpa, Athela? — disse a filha do comerciante morto. — Esta está muito suja.

— É claro, Irynna. Já estou indo.

Virou as costas. Mas:

— Como está se sentindo?

— Melhor — disse Irynna. — Muito melhor.

A clériga desapareceu dentro dos corredores. Pôs as ajudantes a trabalhar imediatamente.

— Vamos limpar o quarto e trocar os lençóis, rápido, antes que ela queira sair do banho. Vamos!

E todas se puseram ao trabalho entusiástico.

Athela pensava em renovação, em vida, em renascimento. Agradecia a Lena e a Thyatis, por aquela ressurreição, tão milagrosa quanto a de um herói falecido em batalha. Pensava em alegria. Retirava os lençóis sujos quando encontrou um pergaminho sob o travesseiro. A letra tremida e fraca de Irynna.

"Athela,

Obrigada por cuidar de mim. Você é uma amiga maravilhosa, uma clériga maravilhosa.

Mas, se está lendo isto, é porque o criminoso foi achado. E eu já acabei aqui, Athela.

Não é preciso sangue, Athela, não é preciso dor. Eu acho que é só uma decisão. Apenas isso.

Deixar de existir.

Desistir!"

Uma assinatura rabiscada.

Terror.

Athela correu até onde estava a tina de água quente. E, como já sabia, lá encontrou a amiga morta.

Debruçada, jogada para trás, com uma expressão de calma vazia, cozinhando na água quente, sem respiração, sem pulso, terminada. Não havia cortes, Irynna não violara a si mesma. Apenas — *desistir!*

Athela ficou parada, olhando o cadáver, por diversos minutos. Depois caminhou, arrastando os pés, até o quarto da morta, onde disse às ajudantes para que recolhessem os pertences dela, e que esvaziassem o quarto para o próximo enfermo.

Pediu perdão a Lena pelo que sentia — em meio à tristeza, ao horror, à revolta consigo mesma (como pudera ser tão cega?), o *alívio*. Estava desobrigada, e isso era uma sensação terrível e refrescante. Pois ela negava, mas também estava mais magra. Também sua pele estava ressequida e cinzenta, também perdera cabelo. Tornara-se mais relapsa em tomar banho, e menos entusiástica com os outros pacientes. Mas agora, que Lena a perdoasse, estava livre.

A doença da alma era, acima de tudo, altamente contagiosa.

Guardou para si o bilhete. Pensou nas palavras.

"Deixar de existir.

Desistir!"

Vallen estava furioso. Bateu na mesa da taverna, quase derrubando sua cerveja, e disse uma praga.

— Calma — Ellisa pousou a mão em seu braço.

— Como ele ousa? Como aquele fedelho borra-botas *ousa*? — mais uma praga.

— Talvez não seja culpa dele — Ellisa falava baixo, tentando abaixar também o tom de voz do amante. — Talvez seja como a família de Gregor.

— O diabo que é! Ei, aquele sujeito está olhando para cá?

— Não, Vallen, não está.

— Não, acho que está, sim. Mas se ele quiser me ver mais de perto, *é só vir aqui, covarde pederasta!* — elevando a voz aos poucos, raiva incontida, berrando na direção de um pobre-diabo que se encolhia num canto da taverna.

Estavam em Valkaria. A noite era quase tão clara quanto o dia — as nuvens espessas e baixas refletiam as centenas de luzes da cidade enorme, fazendo uma cobertura brilhante que enganava os olhos. E Vallen estava de mau humor, porque não pudera ver Ashlen.

— Como ele *ousa?* — repetiu, furando a mesa com uma adaga. — Como aquele moleque fedendo a leite *ousa?*

— Assim você vai estragar a mesa, Vallen.

Uma governanta uniformizada, que Vallen julgara ser a epítome do que havia de errado em Arton, comunicara ao casal de aventureiros que eles não poderiam ver o jovem senhor Ashlen. Vallen derrubaria a coitada e entraria à força na casa, se não fosse por Ellisa. Também porque havia muitos guardas — a mansão da família Ironsmith era muito, muito mais rica do que a propriedade dos Vahn, em Cosamhir.

E, de mau humor como estava, Vallen adiara mais uma vez o pedido.

— Faz poucos meses que nós nos separamos dele, Ellisa, e ele já me trata assim. Acredita? Depois de tudo que ensinei a ele?

— Tenho certeza de que não é culpa dele.

— Depois que você salvou o rabo magro dele em Thartann?

— Na verdade, ele me salvou também.

— Ora, vamos, você sabe que poderia ter feito tudo sozinha. Carregou ele nas costas.

— Claro, Vallen — a arqueira acariciava com cautela o ombro do amado.

— Isso não está certo, Ellisa, e eu vou lhe dizer por quê. Não está certo porque, não importa o que tenha acontecido e quanto dinheiro a família dele tenha, nós arriscamos a vida juntos, e isso é um vínculo muito maior do que simplesmente ter nascido com um sobrenome ou outro. É sério, eu ouvi Artorius e Nichaela discutindo algo assim, você sabe como eles leem e ficam conversando sobre esse tipo de coisas, e eles são uma fonte confiável. Por isso, o que Ashlen fez está errado, não importa se não é culpa dele. Porque é, de qualquer jeito, entende?

— Claro, Vallen — Ellisa sabia que, quando Vallen ficava assim, era melhor deixá-lo discursar contra o mundo. E sempre concordar.

— Chega de falar daquele estrume inútil! — Vallen ergueu a voz de novo. Levantou-se e tomou a mão dela. — Ele sempre foi inútil para o grupo, não é? Recolher informações! Qualquer um pode fazer isso.

"Ele está ainda mais magoado do que eu imaginava", pensou Ellisa.

— Vamos! — Vallen puxou-a pela mão. — Taverneiro, um quarto! Vou fazer amor com a minha mulher a noite toda!

Qualquer coisa para fazer ele se sentir másculo de novo, raciocinou Ellisa, escondendo o rosto de vergonha. *"Deixe que se exiba"*.

Depois, suados, sobre a palha:

— Porcaria — murmurou Vallen.

— O que foi? — Ellisa encostou a cabeça no seu peito, desfrutando do calor dos corpos e da descontração, da nudez e da intimidade. — Não fui boa o suficiente para você? Posso mandar chamar as filhas do taverneiro.

— É sério. É... Toda essa história com Ashlen.

Ela não disse nada.

— Eu não penso aquilo de verdade, sabe? Eu acho que ele *era* importante.

— Mesmo? — Ellisa pensava se ele não sabia o quanto era transparente.

— E eu sei que você sabe disso — Vallen fez um muxoxo. — É só que...

— Você sente falta dele.

O guerreiro concordou, beijando os cabelos da mulher.

— Eu *disse* que era cedo demais para essa visita — falou Ellisa.

— Eu sei.

— Você insistiu, mas eu *avisei* que provavelmente ele ainda estaria chocado demais.

— Eu sei.

— Isso é o que acontece quando você não me ouve.

— Certo, você não precisa também — foi interrompido por batidas na porta.

— Senhor Vallen Allond — a voz de um menino do outro lado.

Vallen vestiu as calças com pressa, e pegou uma espada. Ellisa se enrolou no lençol e também se armou. Ele abriu a porta. Um rapazote sujo e esfarrapado estendeu-lhe um pergaminho, e esperou, paciente e inconveniente, até que Vallen lhe desse algumas moedas. Foi então embora satisfeito, e o guerreiro fechou a porta, examinando o escrito.

— É uma mensagem? — disse Ellisa.

Vallen concordou. Olhou para ela.

— De Rufus.

E isso, Ellisa pressentiu, só podia significar problemas.

À chegada do homem enfiado em mantos elaborados, andando com dificuldade, carregando a barriga gorda e a mochila pesada, os vizinhos da fazenda ao lado comentaram: *"Lá vem de novo aquele menino dos Domat. Pensei que estivéssemos livres dele"*. Há anos Rufus não voltava à fazenda dos pais, mas descobriu que tudo continuava como ele se lembrava — partes iguais de alegria e desgosto. Quando cruzou a propriedade dos Huffard, para cortar caminho até o pequeno sítio, foi, como no passado, olhado de esguelha e interrogado.

— O que está fazendo na nossa terra? — espada na mão, Ygor Huffard, um dos rapazes com quem dividira a infância.

— Sou Rufus Domat, lembra de mim? Estou voltando para casa.

— Que seja — o homem deu um grunhido. — Vá logo.

— Sou mago agora!

— Que seja.

Era como se tivesse se ausentado por duas semanas, e o tempo ainda não tivesse apagado a inconveniência que ele fora para a família vizinha por tantos anos. Ainda só um pirralho esquisito.

Rufus entrou na propriedade de sua família e atravessou o minúsculo campo coberto de mato até a casa principal. Verificou que a propriedade havia diminuído — os vizinhos tinham tomado para si uns bons metros de terra que não estava sendo usada, mas isso não era importante. O importante é que ele tinha ainda a casa, e o livro, e um bom suprimento de achbuld e vinho. Abriu caminho, assim, pelo campo alto e cheio de ervas daninhas, até a porta apodrecida da casa decadente.

Uma multidão de baratas saiu correndo ante o movimento humano. O interior da casa fedia a esterco e mofo. Ele tossiu e espirrou quando os anos de pó acumulado assaltaram seu nariz e sua garganta, mas continuou, deixando pegadas na imundície do assoalho. Lá estavam, como ele se lembrava: a cozinha, a sala, os quartos. A umidade havia destruído a maior parte de mobília (e outra parte fora roubada), mas alguma coisa ainda estava lá. Fungos prosperavam, na forma de bolor negro e forte e cogumelos de aparência esquálida e exótica, pelas paredes e cantos. Algumas peças estavam bloqueadas por muralhas de teia de aranha, e uma diversidade alarmante de insetos e pequenos animais nojentos fugia e perambulava, num tributo à criatividade de Allihanna. Mas ali estava a casa. A casa onde ele crescera, a casa da qual saíra na primeira oportunidade — a casa onde seus pais haviam morrido.

As memórias daquela casa de fazenda eram quase tão nocivas quanto a imundície infestada de doenças. A infância de Rufus não fora diferente da sua vida adulta: uma farsa burlesca e trágica, onde ele, como um protagonista inepto, fugia de uma situação intolerável apenas para encontrar outra pior. Como temera aquela casa! Temera aquela vida, temera, mais do que tudo, ser um fazendeiro, como o pai. E o pai, com esforço e privação, pudera mandá-lo para Valkaria, para a Academia Arcana, a fim de se tornar um mago. Afinal, era isso o que garotos fracos faziam, não é? Tornavam-se magos, e então ficavam poderosos, e mostravam que, no fim, eram superiores aos garotos fortes. Mas a verdade é que Rufus deveria ter sido um fazendeiro. O mundo, mais tarde, agradeceria muito se ele tivesse sido só um fazendeiro: pelo menos, arruinaria apenas a *sua* vida.

Rufus procurou um lugar que estivesse menos imundo no chão; não encontrando nenhum, depositou a mochila num canto qualquer. Testou uma cadeira, verificando se sustentaria seu peso considerável, e então esparramou-se sobre ela. As baratas olhavam, curiosas e ousadas.

— Lar, doce lar — disse para si mesmo e para as baratas.

Quase podia beijar as criaturinhas nojentas — elas não falavam, não davam ordens, e ele podia matá-las com sua bota. Era bom estar sozinho. Estar livre. A casa era uma armadilha, um viveiro de infecções, mas era melhor do que estar com os aventureiros que lhe cuspiam comandos a todo momento. E a casa era pouco mais que uma ruína, mas parecia muito mais bela, agora que estava vazia. Rufus odiara seus pais e, com o passar dos anos, convencera a si mesmo que eles haviam feito por merecer esta raiva. Certamente, o velho Claudius Domat não era um pai sem defeitos — era só um homem simples, que aprendera a viver da terra e valorizar o trabalho duro. E certamente a falecida Wertha Domat não era uma mãe perfeita; só alguém que não via muito além dos limites do campo, e não pensava muito além da próxima colheita. Mas, na mente de Rufus, a simplicidade dos dois tornara-se uma ignorância furiosa e sufocante, as repreensões e desentendimentos, tiranias intoleráveis. E, quando viera a notícia da morte do pai, Rufus resolvera ignorar. Na verdade, soubera que um mensageiro o estava procurando, e esquivara-se como pudera, mas no final foi encontrado. Contudo, fingiu que não havia recebido nota nenhuma. Até mesmo ensaiara, na cabeça, o que dizer, caso encontrasse um conhecido (*"Meu pai? Morto? Que tragédia... Pois se não recebi um mero bilhete!"*). Sabia que a mãe, provavelmente, morreria à míngua sem Claudius, mas também foi capaz de convencer-se de que ela tinha parentes a quem recorrer. Talvez até fosse verdade.

E houve momentos em que a culpa o atacou como a peste, mas ele treinou em ignorá-los — entre a culpa e o achbuld, o achbuld era sempre mais forte.

Ninguém sabia desta história. Da trajetória mesquinha daquele homem fraco. Mas, para quem desejasse ouvir, ele já havia fabricado uma versão que julgava trágica e heroica (muitas vezes imaginara-se narrando-a para Ellisa). Ao pensar na arqueira, sentiu o baixo ventre se agitar. Misturou, num odre, um pouco de achbuld e vinho. Preparou-se para uma noite de sonhos e pensamentos lascivos. Às vezes, a planta era generosa, e fabricava sua deusa proibida, em alucinações deliciosas. Bebeu um gole.

Não precisaria limpar a casa, não precisaria expulsar os bichos, enquanto tivesse sua pequena dose de perfeição dissolvida em vinho. Lá fora, começava a trovejar.

Debaixo da névoa grossa de alucinações, Rufus demorou a perceber que chovia em sua cabeça. No sonho, o líquido era sangue de Observador, saliva de um dragão ou água do mar que espirrava de ondas no Cação Cego. Quando, finalmente, percebeu que o teto, muito esburacado, deixava os pingos grossos encharcarem o interior da casa, levantou-se, com equilíbrio incerto, para procurar um lugar seco. Cambaleou, segurando-se nas cadeiras meio podres, até se lembrar de que precisava, também, manter segura a mochila com as preciosidades — o livro e o alucinógeno. Vagou pela ruína que fora a sua casa, em meio a variações de Ellisa Thorn, violenta e provocante, e Vallen Allond, acusatório.

— Desculpe, Vallen — disse Rufus para a alucinação. — É que ela gosta mais de mim.

O Vallen do sonho começou uma arenga chorosa.

— Ah! — lembrou-se Rufus. — A mochila.

Fez um caminho de barata (as baratas de verdade espreitando nos cantos) até o pacote. Ergueu-o, quase perdendo o equilíbrio, e carregou-o até um espaço ainda seco. Os pingos de chuva viravam borboletas, morcegos, aves de todo tipo.

— Fora! — Rufus tentava enxotá-los. — Saiam daqui!

Os pingos eram desobedientes. Rufus se levantou de novo, abanando os braços para a chuva. Resvalou numa mistura de água e esterco de rato, e foi ao chão. Começou a gargalhar, riu até perder o fôlego e bater com a mão aberta sobre o assoalho podre.

À sua volta, Ellisa, Vallen, seu pai, o Senhor Zoldini. O céu rugia, derramava-se, explodia em luz, urrava trovões. Andilla, o Observador, Nastara Allond. Luz cegante, estrondo tremido. Sig Olho Negro, Balthazaar, Mestre Arsenal.

O albino.

— Olá, Rufus.

O medo o fez sóbrio instantaneamente.

As imagens do sonho se desfizeram, mas ele continuava lá. Um sorriso mau além de qualquer limite, o rosto branco e ossudo se dividindo em infinitos dentes.

— Temos muito a conversar.

Ellisa foi contra. Pediu, quase implorou. Argumentou, disse que o mago não valia a pena. Até mesmo contou sobre o que ele lhe dissera na Caverna do Saber.

— Não interessa — respondera Vallen. — Ele é um dos nossos.

Fazia seis meses que eles tinham se separado, quando Vallen e Ellisa conseguiram encontrar Artorius, o último que restava para que o grupo — ou o que sobrara dele — estivesse completo.

— Chega dessa bobagem de caminhos separados — Vallen com seu tom imediato, imperativo, contagiante. — Estamos de volta à ação.

CAPÍTULO 3

MEDO E DELÍRIO EM SAMBÚRDIA

EXISTE UMA DIFERENÇA ENTRE MEDO E HORROR.

Medo é a vontade de fugir. Horror é a descoberta de que não há para onde fugir. Rufus, lentamente, deixava de sentir medo. Era apresentado ao horror.

— *Você está morto* — gemia o mago, chorando como um bebê. — Vá embora, nós o matamos.

— Temos muito que conversar, Rufus — disse o albino.

— Nós o matamos.

— Vamos ficar a noite inteira conversando.

— Não é justo. Eu não fiz nada. Eles é que lutaram com você. Não é justo...

— Temos dias e dias para conversar.

Rufus estava encolhido no chão, soluçando. O albino, quase tão alto quanto o teto da casa em ruínas, apenas observava-o. Sorria uma maldade calma e constante, fácil, natural. Lá fora, a tempestade ainda tentava inundar o mundo. O paraíso de Rufus durara pouco.

— Só quero ficar sozinho. Não é justo... — a voz se afogava em muco.

O susto havia expulsado a maior parte das alucinações, mas, nos cantos dos olhos, os fantasmas do achbuld espreitavam, com caras debochadas e comentários jocosos. Rufus se via preso entre o medo das criações de sua mente e o terror muito real daquele homem que voltara dos mortos para atormentá-lo.

— Eu nunca quis participar daquela missão — choramingou o mago.

— O que você quer e não quer não tem a menor importância, Rufus. Você vai obedecer a mim porque posso matá-lo, assim como obedecia a Vallen Allond.

— Não! — Rufus teve coragem para olhar de frente a figura magra e alta. — Prefiro morrer.

— Não — disse o albino. — *Não, você não prefere*. Não tem coragem. Você é um covarde, Rufus Domat. Por isso é perfeito.

No meio da alucinação e do desespero, Rufus pegou-se imaginando: "*Como ele sabe o meu nome?*". Aquela pergunta dominaria sua mente no imensurável tempo seguinte, quando Rufus foi, de mais formas do que julgava possível, escravo do albino.

Aquele fora um inimigo estranho, desconhecido e incompreensível. O intruso, o assassino que cometera chacinas em lugares diversos do Reinado. O grupo o perseguira, odiara-o pelo que, indiretamente, os fizera passar — mas nenhuma vez, até o confronto decisivo, haviam estado frente a frente com ele. Não era o nêmesis de que falavam as histórias de heróis, o inimigo que se conhece quase tanto quanto a si mesmo. O adversário que se torna quase um amigo, quase um amante. Era apenas um homem estranho demais, com motivações indecifráveis, que fora um monstro e morrera sem um discurso final, sem explicar afinal as razões de seus atos.

Rufus fora o único que travara algum tipo de contato com ele, mas, por razões pequenas e distorcidas como ele mesmo, ocultara isso dos outros. Agora, o tal criminoso ressurgia, depois de esmagado sob uma torre, com o conhecimento do nome de Rufus e dos outros, e desejando alguma coisa dele. Caso Rufus fosse um estudioso por natureza, poderia ter sentido algum tipo de satisfação — ter a chance de descobrir, afinal, o que era o albino. Mas não: só queria se perder num mundo solitário de achbuld com vinho.

— *Está me ouvindo?* — o intruso jogou Rufus de encontro a uma parede, com um golpe de mão aberta.

— O que você quer? — balbuciou o mago.

O albino ergueu um braço e apontou a mochila que repousava em um canto, contra uma parede enegrecida. Uma pequena cascata de água da chuva encharcava seus cabelos brancos, mas o homem parecia não se importar.

— O livro — disse.

Rufus engatinhou até a mochila. "*Talvez ele só queira o livro de volta*", pensou. "*Sim, é isso. Ele veio pegar o livro de volta. Depois vai embora, e eu vou to-*

mar mais um pouco de vinho". Já quase sentia o gosto da bebida quanto botou as mãos trêmulas no tomo de capa de madeira. Estendeu-o para o outro.

— Não. Ele é seu.

Rufus, ajoelhado no chão, tremia de medo e frio. Um fio de saliva escorria de sua boca. A tempestade sacolejava o céu.

— O que você quer? — choramingou o mago. — Eu não...

— Uma magia — interrompeu o albino. — Você vai fazer uma magia para mim.

O albino tinha aprendido, naquele tempo enorme e insuportável naquele mundo patético, que os seus habitantes tinham certas capacidades até então desconhecidas. Uma delas, estranha e de utilidade duvidosa, era a de capturar coisas e ideias do ar e da mente, e prendê-las em pergaminho ou qualquer outra superfície. Utilizavam-se para isso de símbolos variados em um código que não fazia muito sentido — chamavam de "escrita". Outra capacidade exótica era a chamada "magia". Era algo fraco e também quase inútil; fazia pouco para tornar menos patéticas aquelas criaturas. Mas, naquele mundo, era a única coisa que podia abrir uma passagem de volta ao seu reino. E, o albino descobrira, as duas coisas andavam muitas vezes de mãos dadas — os habitantes do mundo prendiam a tal magia com seus símbolos combinados, em objetos chamados livros.

"Que seja uma magia simples", Rufus orou a Wynna. *"Que ele saia logo daqui"*.

— Você vai me mandar de volta para casa — disse o albino, por trás dos seus muitos dentes.

Rufus estremeceu.

— Vai achar neste livro algo que me mande de volta.

— Mas, assim eu terei de criar a magia. Pode levar meses...

— E eu estarei com você o tempo todo.

Lá fora, o céu explodiu de novo em som e luz. A casa de fazenda, que por tantos anos fora uma prisão, agora o era de novo, e pior do que nunca. O carcereiro se sentou em uma cadeira podre, calmo, pronto para esperar até que o trabalho estivesse concluído.

A descrição do lar do albino foi o suficiente para destruir Rufus. O homem falava de um lugar impossível, de um inferno que não podia ser traduzido em palavras. E, mesmo assim, as imagens pipocavam na mente de

Rufus Domat, e ele chorava em desespero, e tentava fingir que era apenas sua imaginação. Quando o albino terminou sua descrição, duas semanas haviam passado desde sua primeira visita.

No início, Rufus desejara muito que um membro da família Huffard viesse checar sua reclusão, e que chamasse alguém — heróis, milícia, um exército! — para expulsar de lá o intruso. No entanto, logo percebeu o que aconteceria, e rezou para que ninguém viesse.

— Se tivermos companhia — disse o albino. — Não precisaremos mais comer insetos.

Depois de algum tempo, o albino saiu para caçar — abençoadamente, só animais. Rufus não teve coragem de tentar escapar. A casa fedia ainda mais, com o cheiro enjoativo dos corpos apodrecendo, e a população que fazia companhia a Rufus e o albino se multiplicava, inúmeros novos habitantes atraídos pelos petiscos em decomposição.

Após as duas semanas de descrições, os cabelos de Rufus estavam tão brancos quanto os de seu interlocutor. Ele dormira poucas horas em todos aqueles dias — o albino não parecia compreender direito a necessidade humana de sono. Seu corpo estava em frangalhos, e sua mente fora estuprada pelos horrores relatados pelo estranho. E então, começou o trabalho de verdade.

Munido da descrição do local, Rufus tinha a tarefa de criar uma passagem até lá. Mirou por dias as páginas em branco de seu grimório. Quando surgiram letras incompreensíveis, foram outras semanas tentando fazer delas algum sentido. E, sempre, o albino olhando por cima de seu ombro.

O feitiço surgia nas páginas, mas também, de alguma forma, parecia ser criado pela mente de Rufus. E, ao mesmo tempo, o pior de tudo: parecia que já existia, que era uma entidade viva e alienígena em algum lugar, e que se insinuava, de forma igualmente brutal, no pergaminho encantado e na mente de Rufus. O mago perdera a noção do tempo — tudo o que havia era a casa, o livro e o albino — e sentia o resto da mente se destroçar. A presença da magia, mesmo antes de existir por completo, era infecciosa e corroía o seu habitat. E Rufus rezava para que isso fosse produto alucinatório dessa degeneração, mas tinha certeza de que seu corpo também respondia à presença do feitiço. Sentia a si mesmo, deformando-se, mudando, transformando-se em algo terrível, e sentia dores progressivas e *novas* — dores que, ele tinha certeza, ninguém jamais sentira.

Em muitos momentos (depois de um certo ponto, *constantemente*), Rufus se perguntava se tinha coragem suficiente para pôr um fim à própria vida e acabar com o sofrimento.

Não tinha.

Passaram-se três meses até que a magia estivesse pronta. Abriu-se um portal. Rufus olhou para o seu interior, e entendeu que tudo o que ele havia sofrido, todos os horrores, toda a dor e todo o terror, não eram nada — um vislumbre do outro lado foi muito pior.

O albino agradeceu e voltou para casa. Tinha cumprido a sua missão.

CAPÍTULO 4

O ESQUADRÃO DO INFERNO

UM INSETO ENORME E ESTRANHO RASTEJOU, MOROSO, pelo chão da casa de Rufus Domat. Com uma careta de nojo, Vallen esmagou-o.

— Como ele está? — perguntou o guerreiro.

Nichaela, que estava curvada sobre o corpo retorcido de Rufus, voltou-se com uma expressão tão doída como se fosse ela a sofrer as agonias.

— Nada bem. Nada bem mesmo — suspirou, e depois completou — Com a graça de Lena, acho que ele vai viver, mas não está nada bem.

Ela, Artorius e Gregor estavam examinando o ex-colega de grupo. À primeira vista, Rufus parecia doente; magro como um esqueleto, pálido, febril, delirante, com os membros retorcidos e endurecidos, como por alguma paralisia dos músculos. Havia sangue seco ao redor de sua boca, e ferimentos infeccionados por toda a sua pele. No entanto, o poder de curar doenças — uma dádiva de Thyatis — não surtira efeito sobre o mago. As bênçãos de Lena e Tauron também haviam feito pouco: fechado as feridas, impedido novos sangramentos, mas não restaurado a saúde do corpo. O que afligia Rufus era, de alguma forma, mais profundo.

— Tem algo mais — disse Nichaela. — O corpo dele está... mais fraco.

— Ora, isso é óbvio — disse Vallen.

— Não... Eu não consigo explicar direito. Como se fosse um desenho meio apagado, entende? Como se estivesse mais tênue. *Como se estivesse menos aqui.*

Vallen olhava intrigado. Gregor e Artorius, mesmo não sendo curandeiros tão competentes, concordavam com a estranha opinião de Nichaela.

— Vamos mandá-lo para um templo — disse Ellisa, impaciente e enojada pela casa decrépita. — Não há nada que possamos fazer.

Ellisa e Kodai, tendo pouco o que fazer naquela situação, haviam ficado mais atrás, longe do leito improvisado que havia sido feito para o mago. Ellisa, a toda oportunidade, repetia que julgava tolice insistir em ajudar Rufus. Kodai concordava, mas permanecia em silêncio.

— Podemos descobrir quem foi o desgraçado que fez isso com ele — disse Vallen.

— Vallen, ele só está doente! — exclamou Ellisa.

— Isso não é doença.

Rufus, que de forma alguma era um homem jovem, agora parecia velho como o tempo. Ninguém que o visse naquela condição — pele e osso, os raros cabelos completamente brancos, a maioria dos dentes tendo abandonado-o — julgaria que tivesse menos de oitenta invernos.

— Este estado não lembra ninguém? — disse Gregor, quase sorrindo, mas muito sério.

Todos assentiram. Foi Vallen quem falou:

— Balthazaar.

De fato, uma transformação tão rápida e violenta era um fato peculiar, e o vigarista de Collen era a única vítima que eles conheciam.

— Ambos viram o albino — disse Gregor. — Viram-no na sua forma verdadeira.

— Nós também o vimos — disse Vallen.

E Artorius verbalizou o que todos estavam pensando:

— Mas Rufus é fraco.

— Artorius! — Nichaela indignou-se. — Como pode...

— É verdade — interrompeu Ellisa. — Nichaela, admita. Se há neste grupo alguém que não podia lidar com este tipo de coisa, é Rufus.

A meio-elfa se calou.

Neste meio tempo, Rufus murmurava incoerências. Tentava falar sobre o albino, mas nunca era capaz de concatenar os pensamentos. Balbuciava coisas desencontradas sobre sua infância, sobre diversas partes de sua vida, sobre demônios e infernos.

— Bem, se for assim mesmo — Vallen chutou um pedaço de mobília quebrada. — Então não há nada que possamos fazer.

— *Isso mesmo!* — exclamou Ellisa. — Vamos embora.

— Discordo — disse Gregor, calmo mas firme. Os olhares se voltaram para ele. — Vamos ouvir o que ele tem a dizer. Pode nos dar alguma pista.

— Mesmo assim, o que vamos fazer? — vociferou Ellisa. — Ele está louco, é só!

Masato, que até então estivera mudo, disse:

— Às vezes, os loucos falam as verdades.

Vallen concordava. Argumentou que, ao menos, eles deviam ao ex-companheiro uma tentativa, e um pouco de atenção. Levaram Rufus, tremendo e convulsionando, para a casa vizinha — Nichaela julgava que ele não aguentaria uma viagem até a cidade mais próxima.

Por ironia, havia sido a família Huffard que descobrira o farrapo que se tornara Rufus, três dias depois da partida do albino. O mago conseguira coerência suficiente para implorar-lhes que mandassem uma mensagem — sabia, ao menos, que Vallen planejava ir para Valkaria. Ainda assim, a solidariedade não foi suficiente para acolher o enfermo dentro de casa; a família Huffard julgou que deixar um pouco de comida ao alcance do vizinho era ajuda mais do que suficiente.

Por infelicidade, Vallen e os outros sabiam ser incisivos, e o mago acabou dormindo em um dos quartos dos Huffard, de qualquer forma.

— Ele está falando do albino, com certeza — disse Nichaela, após uma semana escutando os delírios de Rufus. — De acordo com ele, ainda está vivo.

Vallen soltou uma praga.

— Fomos ingênuos — disse Gregor Vahn. — Achamos que só aquilo seria o bastante para matá-lo.

— A culpa foi do tal Mestre Arsenal — rosnou Vallen.

Nichaela continuou: segundo o que descobrira, Rufus recebera a visita do albino.

— E abriu para ele uma passagem para o inferno.

Todos se entreolharam.

— Então — disse Vallen. — É para lá que vamos.

— A questão é que — Nichaela se ergueu da cama do doente, falando como uma professora. — Tecnicamente, não existe inferno. Existem os Reinos dos Deuses, e alguns podem ser considerados infernais, por certas pessoas. Mas não existe *o inferno*.

— Poderia ter me dito isso antes de eu colocar um nome na minha espada.

— E aquela coisa — disse Artorius. — Também não é um demônio. Não como eles são conhecidos, ao menos. Se fosse, teria sido afetado pelos poderes dos clérigos em Ahlen.

Vallen pensou em silêncio por um tempo.

— Quer dizer que temos uma espécie desconhecida de demônio, que fugiu, provavelmente, para o Reino de um deus maligno qualquer?

Depois completou:

— Bem, só conheço uma pessoa que sabe como entrar em contato com demônios.

Foi uma viagem longa, mas encontraram Senomar em uma taverna numa pequena vila em Tyrondir.

— Se querem achar demônios, esta é a única forma que conheço — disse o jovem bardo, após beber de um gole um chifre de hidromel.

— Diabos, é muito longe — Vallen deixou a cabeça pender. Ao redor deles, a taverna seguia rude e animada, e muitos clientes já se impacientavam, exigindo a continuidade da apresentação furiosa de Senomar.

— Pelo que sei, a forma normal é achar um mago que abra um portal — Senomar deu de ombros.

— Foi isso que nos colocou nesta confusão.

— Existe um meio *normal* de achar demônios? — Gregor balançava a cabeça.

— Isso é tudo o que posso dizer, se vocês não dispõem de um mago.

Embora, depois da sua participação na batalha contra os goblinoides, Senomar tivesse ofertas de dinheiro e segurança, tocando para as tropas em Cosamhir, havia optado por continuar com a vida de andarilho. Segundo ele, a rotina de um exército tinha muito mais a ver com gente arrogante dando ordens absurdas do que com glórias guerreiras.

— Então, acho que é isso o que vamos fazer — Vallen resignou-se.

Senomar, desengonçado e magro como eles se lembravam, e ainda enfiado nas perpétuas roupas negras, pousou uma das grandes mãos no braço de Vallen.

— Tudo isso pelo seu amigo. Você é um bom sujeito.

Vallen descartou o comentário.

— Não, é verdade. Às vezes, parece que a regra neste mundo é que todos sejam canalhas. Quer dizer, não que todos precisem ser heróis, mas poderiam ser *decentes*. Pelo contrário. Parece que é preciso achar heróis apenas para encontrar alguém que não cuspa na sua bebida, quando você lhe der as costas.

— Talvez você só conheça as pessoas erradas.

— Tenho vontade de sair deste mundo. Todos têm um coração envenenado.

— É porque Nichaela pegou toda a bondade do mundo para si.

Riram.

— Bem, eles estão pedindo que eu volte a tocar.

Vallen abraçou-o.

— Atenda o seu público.

— Boa sorte e... Eu tinha muita coisa a dizer. Mas não consigo me lembrar agora.

Despediram-se do bardo. Trocaram o teto de sapé da taverna pela noite clara e estrelada, e sentiram o ar gelado e bom nos rostos.

— Antes de mais um passo sequer — disse Vallen — preciso esclarecer uma coisa.

O que ele iria dizer, é claro, era o que Ellisa insistia.

— Não tenho o direito de pedir que vocês venham comigo. Nós vamos, literalmente, para o inferno. Não quero que vocês venham, se não estiverem dispostos a morrer. Mas eu mesmo não posso deixar de ir.

— Você sabe que vamos acompanhá-lo — Ellisa, ácida e cortante.

— Não posso ser responsável por vocês, se fizerem algo que acham ser uma bobagem. Mas eu também não posso deixar de ir. Diabos, Rufus era minha responsabilidade e meu dever. Mesmo ele não sendo o membro mais poderoso do grupo; mesmo ele tentando me apunhalar pelas costas, ainda assim tenho que tentar ajudá-lo. Faria isso por qualquer um de vocês.

— Todos aqui vão segui-lo — disse Artorius.

— E não se sinta culpado — falou Kodai, em sua fala dura e truncada. — Nossa lealdade a você não é boa nem ruim, apenas *é*, como o correr do rio ou a força do vento.

— Não sejam leais a mim! — vociferou Vallen. — Sejam, agora, leais a Rufus.

— Para o diabo com isso — cuspiu Ellisa. — Não sou leal àquele mago inútil. Mas também não vou deixar o meu amado ir para o inferno sozinho.

Vallen sorriu.

— Está certo, então. Vamos todos.

Havia uma inevitabilidade no ar, uma sensação de destino e de certeza imutável, que era ao mesmo tempo assustadora e reconfortante. Acontecesse o que acontecesse, o céu era azul, o oceano era profundo, e aquelas seis pessoas estavam juntas.

— Vamos chutar os traseiros dos demônios, no seu próprio território — disse Vallen, com seu sorriso feroz. — Nós somos o Esquadrão do Inferno, e nossos inimigos não perdem por esperar.

— Esquadrão do Inferno? — riu Gregor.

— Ora precisamos de um nome, para que os menestréis saibam o que cantar!

Vallen parecia brilhar. Pôs as mãos em concha sobre a boca.

— Ouviu, Arton? Somos o Esquadrão do Inferno! Ninguém pode nos deter!

E, pelo menos por aquele momento, eles eram mesmo felizes e invencíveis.

— Responda-me de novo — disse Ellisa Thorn. — Por quê isto?

— Já disse: as coisas não estavam dando certo comigo de líder — respondeu Vallen.

O guerreiro os havia surpreendido; primeiro ao admitir que cometera diversos e graves erros em seu tempo como líder do grupo. Depois, com a solução proposta.

— Tem certeza de que é uma boa ideia? — insistiu Ellisa.

— É meu último ato como líder.

Estavam em Tollon, um reino conhecido por suas vastas florestas e sua madeira de propriedades mágicas. Mas procuravam lá algo que pouco ou nada tinha a ver com isso. Depois de uma busca demorada, haviam encontrado uma caverna, ao redor da qual, como uma cerca macabra, estavam fincados postes de madeira, com cabeças de animais diversos em suas pontas. Algumas eram apenas crânios secos, outras pareciam ter sido cortadas há poucas horas. As árvores ao redor estavam entalhadas com formas inquietantes — rostos em largos sorrisos, animais com expressões humanas, corpos de anatomia bizarra. De dentro da caverna, vinha um cheiro quase sufocante de perfume.

Vallen encheu os pulmões para se anunciar, mas foi interrompido por uma voz irregular e esganiçada, que veio do fundo da caverna:

— Entrem! Meu servo já me avisou da sua chegada.

Após hesitar um pouco, os aventureiros — o Esquadrão do Inferno — entraram na escuridão cercada de pedra.

— Luz — sussurrou Vallen, e uma tocha foi acesa.

As paredes da caverna eram totalmente cobertas de desenhos feitos a tinta. Alguns pareciam as pinturas toscas de uma criança, enquanto outros eram tão elaborados que ameaçavam se mover. O cheiro de perfume era cada vez mais forte, e já chegava a provocar dores de cabeça.

— Viemos falar com Kallyvaan — disse Vallen.

— Já sei! — súbito, um homem emergiu das profundezas da caverna, saltando e correndo alegremente, apoiando-se nos braços e dando cambalhotas. Tinha os cabelos muito compridos, e eles se juntavam a uma barba espessa e emaranhada. Trajava roupas que poderiam ter vestido cinco ou seis pessoas — camisas, casacos, mantas, uns por cima dos outros. Seus olhos, enormes e azuis e sempre em movimento, pareciam fora de lugar no rosto peludo. Era dele que vinha o perfume sufocante.

— Meu servo já me avisou — disse, apontando para um gafanhoto em sua palma. — Sou Kallyvaan, clérigo de Khalmyr.

O grupo quase foi jogado para trás.

— Pensei que era clérigo de Nimb — disse Nichaela.

— E faz diferença?

Por um momento, apenas tentaram se acostumar ao perfume. O gafanhoto ameaçou saltar, e o homem esmagou-o com um tapa violento e sonoro.

— Ele não era seu servo? — disse Nichaela.

— *Era*. Agora, é só um gafanhoto morto — chegou próximo a ela. Movia-se sem parar. — Tudo muda, sabe?

— É para isso que estamos aqui — Vallen tomou a palavra. — Para o Ritual da Troca.

Kallyvaan ponderou por um momento.

— Por quê?

Vallen limpou a garganta.

— Porque sou uma porcaria de líder. Somos um grupo de aventureiros e eu sou uma porcaria de líder. Precisamos de mudança.

— Que motivo fútil! — gargalhou o homem, pulando, animado. — Ótimo. Farei.

Nichaela estava inquieta. Artorius e Kodai, à beira de esbofetearem o tal clérigo. Ellisa considerava tudo um grande erro. Gregor entendia, embora achasse precipitado. Vallen estava resoluto.

— Estão cheios de dúvidas! — exclamou Kallyvaan. — Que maravilhoso!

O clérigo de Nimb (ou Khalmyr) seguiu para dentro da caverna, fazendo piruetas e micagens pelo caminho. Parou em frente a um cabide de madeira, no qual estavam penduradas inúmeras peças de roupa. Jogou várias ao chão, até encontrar um chapéu de três pontas.

— Este vai servir — decretou.

Os aventureiros apenas observavam.

— Digam-me o que são.

Hesitaram.

— Eu sou clériga de Lena — começou Nichaela.

— *Não!* — gritou o homem. — Digam-me o que são!

Demoraram a entender, mas, por fim, conseguiram botar em palavras o que Kallyvaan desejava. Ele tomou uma pena e um frasco de tinta e rabiscou em um pergaminho:

O líder.

A rocha.

O segundo.

A mãe.

O estrangeiro.

A consciência.

— Não há *"a vítima"* — disse Kallyvaan, em tom grave. — Isso não é bom.

Dobrou cada um dos papéis, misturou-os no chapéu e mandou que cada um dos aventureiros retirasse um.

— Está pronto — decretou.

— O quê? — exclamou Ellisa. — É um jogo de crianças!

— O que não é? — Kallyvaan gargalhou.

— Vallen, isto é um absurdo!

— Vamos embora — Vallen estava confuso, e um pouco desapontado.

Viraram as costas e caminharam. A coisa toda não demorara mais que meia hora. No fim, Vallen tinha retirado o pergaminho escrito *"o segundo"*. Artorius, *"o estrangeiro"*. Gregor, *"o líder"*. Masato, *"a mãe"*. Ellisa, *"a rocha"*. Nichaela, *"a consciência"*.

— Há coisas que nunca mudam — disse ainda Kallyvaan, enquanto eles saíam. — Infelizmente!

Deixaram a caverna, apagaram a tocha e afastaram-se do cheiro nauseante de perfume.

— Que bobagem — disse Masato.

— Bem — disse Gregor. — Não importa. Vamos seguir viagem. Rufus está esperando.

Puseram-se na estrada. Gregor tomou a frente.

Na casa da família Huffard, Magda, a ancestral viúva que ainda cuidava dos afazeres diários e regulava a vida dos quatro filhos, estava horrorizada demais para gritar. Simplesmente olhava, a boca congelada num berro mudo, incapaz de tirar os olhos do indesejável hóspede — o filho esquisito dos Domat, que nunca seria nada na vida.

Rufus expelia pela boca uma gigantesca lacraia.

Durante os próximos dias, aqueles insetos bizarros e imensos se tornaram visitantes frequentes na casa dos Huffard. Um deles se grudou nas costas de Ygor Huffard e, depois de algum tempo, o corpo do homem estava coberto por uma carapaça dura e negra.

Além disso, rugia no peito de Rufus um barulho forte, feroz, alto demais. Os Huffard rezavam para que fosse apenas tosse. Rufus também suava vermelho — os donos da casa achavam que era sangue.

Mas não era.

O PANTEÃO

TODOS JÁ ESPERAVAM O VENTO QUE, NA MESMA HORA PRECISA de todos os dias, dobrou todas as folhas de grama no mesmo exato ângulo. Todos sabiam quanto tempo duraria aquele sopro e, depois de alguns instantes, todas as folhas voltaram ao lugar onde estavam antes, ao mesmo tempo. Quatro moças de vinte e quatro anos lavavam cada uma dez peças de roupa, pertencentes aos seus dois irmãos, como faziam todos os dias. Duas de cada lado do rio. Elas sabiam que, depois de doze batidas compassadas de seus corações, passaria por ali um grupo de vinte gazelas em trote. As jovens cantaram a mesma canção de todos os dias, as vozes em uníssono perfeito, e observaram os animais em sua jornada conhecida. Dentro em breve terminariam os deveres ali no rio, e voltariam para casa antes da chuva, que caía todos os dias quando o sol se preparava para descer.

O rio traçava uma linha reta perfeita, no centro exato de um bosque retangular. Um número igual e par de árvores existia de cada lado do rio. Um número igual e par de pedregulhos repousava em cada margem. Um número igual e par de folhas em cada árvore, em cada moita. Não muito longe, depois de um labiríntico jardim de ângulos retos, erguia-se majestoso o tribunal de Khalmyr, o Deus da Justiça. No centro exato de seu Reino, com um número par de torres formando uma estrutura simétrica e perfeita, como perfeito era tudo ali. A chuva começou. Duraria exatas duas horas, e o mesmo número de gotas cairia, assim como caía todos os dias.

Os espíritos metódicos que habitavam aquele lugar, desde as jovens lavadeiras com seus dias invariáveis até os matemáticos de mente precisa ou os generais com suas estratégias minuciosas, sentiam quando algo era diferente. E, naquele dia, algo era diferente. Eles sentiam uma perturbação no ar, pois havia, no Reino perfeito de Khalmyr, visitantes desconhecidos. E pior: um número ímpar deles. Por todo o Reino infinito, aquela perturbação terrível inquietou as almas dos mortos ordeiros, mas eles não deixaram que isso abalasse seu cotidiano rijo. Naquele Reino havia apenas um centro, apenas um foco de poder imensurável e absoluto, mas os súditos do Deus da Justiça sentiam a presença de outros.

Gente nova! Acontecimentos imprevisíveis! Era o suficiente para enlouquecer.

Khalmyr estremecia de leve dentro da magnífica armadura de placas. Sentava-se num trono da melhor pedra e do melhor aço que existia em todas as realidades; tinha, de um lado, seu escudo reluzente e largo, e do outro, sua comprida espada afiada e cravejada com joias em número par. O Deus da Justiça, o líder do Panteão, o Rei dos Deuses, o Juiz Divino era tão afetado pela assimetria quanto qualquer um dos seus súditos, mas não demonstrava fraqueza em meio aos seus convidados.

Os deuses estavam ali, no tribunal de Khalmyr.

— Não se desespere, querido — cantarolou Wynna, a Deusa da Magia. — Ele é assim mesmo.

Khalmyr não respondeu, apenas dirigiu um sorriso cortês à mulher de beleza sobrenatural. Wynna, na forma de uma humana voluptuosa, trajada em fiapos de fogo, água, terra e ar, divertia-se em fabricar pequenas fadas. Tentava fazê-las em número ímpar, mas nunca conseguia. Tinha um sorriso inconsequente nos lábios grossos, pintados com diamante líquido, e deixava os longos cabelos de luz voejarem ao redor de seu corpo seminu.

— Quanto mais você se importar, garotinho bem-comportado — provocou Nimb. — Mais ele vai se atrasar.

Khalmyr dispensou o comentário maldoso do Deus do Caos. Lembrou que Nimb só estava lá para completar um número bom (par) de deuses no Reino. Nimb respondeu com uma gargalhada, mas a verdade é que ele próprio controlava a agonia que estava sentindo. Sempre que se reunia com Khalmyr no Tribunal, o Lorde Louco precisava contar com todas as forças apenas para sobreviver no mundo ordeiro. A simples existência das quantidades simétricas de pessoas e animais naquele lugar ameaçava o equilíbrio da mente de Nimb — ameaçava deixá-lo são. Ele podia sentir o fedor da previsibilidade em cada nascimento, em cada morte, em cada grão de areia que se movia. Sempre em linhas retas, em horários determinados, em padrões repetitivos. Sempre, após voltar de uma visita ao Reino de Khalmyr, Nimb se trancava num quarto de seu castelo e chorava. Mas sempre, após algumas horas de imersão em pesadelos e autotortura, estava deliciosamente louco de novo. É claro que o ato definitivo de desafio à ordem seria, algum dia, não voltar à insanidade.

Os dois deuses trocaram olhares afiados de respeito relutante e decidiram cessar as hostilidades. Cada um sabia que eram igualmente poderosos e igualmente vitais para a existência, e não desejavam se destruir. Khalmyr possuía o tabuleiro, mas Nimb movia as peças.

— Lute com ele — trovejou o minotauro em chamas.

Khalmyr suspirou.

— Não, Senhor da Força. Não haverá lutas hoje.

Tauron, o Deus da Força, bateu na mesa de diamante onde todos se reuniam. Seu punho massivo e flamejante fez rachaduras no tampo, mas estas eram simétricas e em curvas ordenadas. Momentos depois, rachaduras iguais se formaram do outro lado, tornando a peça de novo simétrica.

— Isto é desrespeito! — bradou Tauron. — Inadmissível!

— Pedir que Hynnin não se atrasasse — sorriu a mulher vestida de luz branca, que se sentava à frente de Tauron. — Seria o mesmo que exigir que você se curvasse, meu amado companheiro.

As chamas se ouriçaram em volta da cabeça de touro do Deus da Força, e ele mirou a Deusa da Paz com vontade de estrangulá-la. Mas, como sempre ocorria, aquele desejo passou. Marah riu de puro deleite.

— Você é fraca e patética — grunhiu Tauron. — Apenas fracos e patéticos toleram o desrespeito.

— Você tem razão — disse a Deusa da Paz, com toda a sinceridade. — Sou fraca. Sou patética. Por isso preciso de sua proteção, meu amigo.

Era o que sempre acontecia, e Tauron sempre se enfurecia com isto. Marah sempre iria preferir qualquer humilhação à violência. Olhar para ela era quase cegante: suas vestes eram feitas de luz pura e, embora fosse bela de uma forma simples e humilde, seu rosto franco impelia à compaixão, piedade e outros sentimentos que Tauron preferia ignorar.

Khalmyr sentia a balança divina se equilibrar. Como se por um desígnio mais forte do que eles mesmos, os deuses compensavam uns aos outros, e havia, senão paz, ao menos trégua. O inflexível Tauron desperdiçava sua ira na humilde Marah; a misteriosa e fantástica Wynna compensava a simplicidade inocente de Lena, a Deusa da Vida, que, na forma de uma criança, brincava em um canto do tribunal. Ele mesmo, a mais poderosa força da ordem na existência, encontrava seu necessário oponente na loucura selvagem de Nimb; apenas Lin-Wu, o honrado Deus-Dragão dos guerreiros de Tamu-ra, encontrava-se sem oponente, ainda aguardando Hyninn, o Trapaceiro, o Deus dos Ladrões. Que era a causa daquela reunião.

Lin-Wu, que naquele mundo escolhia adotar a forma de um guerreiro em elaboradas vestes tamuranianas, ainda não tinha dito uma palavra, afora as longas saudações e demonstrações de cortesia ao anfitrião. Lin-Wu, de todos, era o mais semelhante a Khalmyr, e o Deus da Justiça teria sentido prazer em conversar com ele. Na verdade, Lin-Wu por pouco não era o que era Khalmyr: um juiz inflexível, um guerreiro bondoso e eficiente, um general em guerra eterna pelo que era certo. Lin-Wu poderia ter sido tudo isso, se não tivesse escolhido um conjunto tão restrito de regras e valores para si mesmo, e deixado-se moldar a este código, até que ambos fossem uma coisa só. Khalmyr, por mais rígido que pudesse ser, não era tão exigente quanto o Deus-Dragão: este vivia por um senso de honra que importava mais que o universo, e apenas um pequeno povo escolhido parecia capaz de segui-lo. Lin-Wu, o Dragão de Tamu-ra, era um dos que tinha se ligado tanto a um pedaço de Arton que, praticamente, dele dependia sua sobrevivência. Isso não parecia incomodá-lo: o raciocínio de Lin-Wu era que, se ele próprio não fosse capaz de proteger seu povo, então nem deus nem povo mereciam viver.

Khalmyr, do topo de seu poder e de sua posição de liderança do Panteão, sentia-se solitário.

Nimb havia presenteado Lena com dois pequenos dados de seis faces, feitos de madeira de coelho, para que ela brincasse. A deusa, uma menina que não aparentava mais do que seis anos, sentava-se de pernas cruzadas no chão de mármore, jogando o dado. O resultado era sempre sete. Sete. Sete.

Nimb gargalhou e Khalmyr suspirou. O Deus do Caos adorava causar aquele tipo de paradoxo: no Reino de Khalmyr, sempre o que tinha a maior probabilidade de ocorrer realmente ocorria, e sempre ocorria o caminho do meio. Não havia variação, não havia sorte ou azar. O melhor guerreiro sempre venceria uma batalha, uma proeza muito difícil nunca seria realizada, uma pergunta simples sempre seria respondida. Dois dados de seis faces sempre cairiam mostrando o sete. Sete. Sete. Nimb assim criava uma corrente de números ímpares, provocando um distúrbio que fazia estremecer cada habitante do Reino. Khalmyr balançou a cabeça com a provocação.

— Lembre-se que está aqui a serviço da ordem — repetiu Khalmyr, olhando o rival. — Para que haja um número par de convivas.

Nimb não respondeu. Entretinha-se em retirar uma das pétalas de uma rosa, fazendo-a assimétrica. No entanto, a flor sempre fazia nascer mais uma pétala, ficando de novo perfeita.

— Quando você está sozinho aqui — Lena ergueu a cabecinha para falar com o orgulhoso guerreiro prateado. — Isso não faz um número ímpar?

Wynna, flutuando a alguns centímetros de sua cadeira, interrompeu a explicação do Deus da Justiça.

— Khalmyr está ao mesmo tempo em todos os tribunais em seu Reino, criança. E, é claro, eles são em número par.

Lena, de olhos arregalados e boca aberta como uma criança que aprende, assentiu com a cabeça. Voltou a jogar os dados. Sete. Sete. Sete.

Khalmyr era o único dos deuses que tinha apenas uma forma. Poderia, é claro, ser representado de maneiras diferentes pelos diferentes habitantes de Arton, e poderia se disfarçar, caso desejasse, ao mandar um corpo material para o mundo. Mas ele mesmo era imutável, apenas o guerreiro em armadura brilhante, ao contrário dos companheiros do Panteão, criaturas que tinham formas infinitas para acompanhar seu poder infinito.

Khalmyr era um só. Era rei. Um posto solitário.

Uma pequena raposa de pelo vermelho e branco correu pela grama encharcada. A chuva cessara, depois de exatas duas horas, e suas patinhas faziam chapinhar a água. Todos os animais disparavam em grupos ordenados, não só porque a raposa estava sozinha, mas porque tinha um fio de pelo a mais do lado esquerdo. Numa vila distante, quatorze pessoas desmaiaram. A raposa convenceu um casal de jovens a ajudá-la a passar pelo jardim-labirinto (depois, as mentes dos jovens não suportariam a experiência da conversa, e eles iriam esquecê-la por completo). Afinal, somente um espírito lógico poderia vencer o labirinto que cercava o tribunal de Khalmyr (Nimb tinha que ser conduzido, todas as vezes).

A raposa entrou na sala de mármore, junto com os outros deuses.

— Lorde Trapaceiro — cumprimentou Khalmyr, fazendo uma mesura cuidadosa.

Hyninn, o Deus dos Ladrões, tornou-se um esguio humano de cara branca e vestes coloridas. Seu chapéu com guizos chacoalhava enquanto ele dançava pelo ambiente simétrico, dirigindo um cumprimento elaborado a cada deus.

— Oh, que alegria, que felicidade sem par — Hyninn cabriolava entre os deuses. — Desculpem-me se os fiz esperar. Perdão não espero nenhum — puxou um buquê de margaridas azuis. — Mas, como desculpa, uma flor para cada um!

— Chega de tolices! — berrou Tauron.

Hyninn deixou cair o buquê e levou as duas mãos ao rosto, enquanto se afastava aos pulinhos do Deus da Força. Escondeu-se atrás de uma cadeira e ergueu a cabeça com um ar afetado de medo, espiando por sobre o encosto de pedra.

— Mil desculpas, mil perdões, um milhão de chibatadas para este bobo — choramingou Hyninn. — Pelo crime de fazer esperar lordes tão importantes. Nada mais de rimas, se este humilde bufão não os consegue divertir.

Lena e Wynna riram das cabriolas e micagens do Deus dos Ladrões. Tauron resmungou qualquer coisa e Lin-Wu se manteve impassível.

— Estamos todos aqui — proclamou Khalmyr. — Diga-nos, Trapaceiro, por que nos convocou.

Volteando sobre os dedos de um pé, Hyninn foi até a mesa de diamante, e ocupou seu lugar, irrequieto na cadeira. Lena levantou-se e deixou os dados caírem. Sete. Khalmyr e Nimb perceberam, mas não comentaram, que a deusa tinha feito a jogada por um número par de vezes.

— Temo agora ter me achado por demais valoroso — gemeu Hyninn. — Quem sou eu para pedir uma reunião de tais poderes? Oh, como sou tolo! Bufão de miolo mole! — fingiu dar socos na própria cabeça. Os guizos chacoalharam. — Oh, mas sou idiota! Reles Deus dos Ladrões, como ousa se botar à altura dos outros Lordes? Trapaceiro simplório! Oh, agora vejo como sou um bobo desgraçado. Vou-me embora!

Hyninn fazia gestos teatrais e chegou a se levantar da cadeira, mas ouviu a voz de Lin-Wu:

— Sente. Fale.

Gelou da cabeça aos guizos. Fez um muxoxo e sentou-se.

— O que venho aqui lhes falar, meus senhores, meus lordes, meus reis, meus mestres — um olhar de Lin-Wu fez com que ele voltasse ao assunto. — É sobre a tempestade de Glórienn.

Espalhou-se um burburinho. Todos já tinham quase a certeza de que seria este o assunto, mas, muito por falta de vontade de tocar no assunto pontiagudo da guerra de Ragnar e Glórienn, não haviam feito menção.

— Diga — Khalmyr ergueu a voz acima das outras e, batendo a espada no chão de mármore, cessou todo o barulho. — Diga o que tem a dizer.

Hyninn encolheu-se todo, como uma criança ou um servo que faz a uma figura de autoridade um pedido tão extravagante que o envergonha.

— Eu venho pedir, não! Implorar, não! Suplicar como o reles bobo que sou, meus senhores e senhoras, meu rei, para que a tempestade ocorra.

Ninguém falou. Todos olharam para Khalmyr, esperando o que ele diria.

— Era só isso? A resposta é não. Assunto resolvido.

Um novo burburinho inundou o tribunal. A voz de rocha de Tauron duelava com a estridente voz de Wynna, Lena tentava ser ouvida, Marah pedia calma, mas foi o som fino e cantado da voz de Hyninn que se ergueu acima de todos.

— Meus senhores! Damas e cavalheiros, grandes poderosos de toda a existência, meu rei, meu amado e magnânimo rei, ouçam-me! Eu suplico! Ouçam as tolices do bufão, apenas desta vez e, se julgarem que o que eu digo é absurdo, então irei me calar. Nunca mais ouvirão uma palavra idiota deste bobo, meus lordes, se assim ordenarem, mas eu me ajoelho ante vós e suplico — os guizos balouçando — Para que me ouçam, só desta vez!

Fez-se atenção. Hyninn limpou a garganta.

— Eu venho aqui para clamar por piedade, meus lordes, meu rei. Sim! Porque o trabalho do bufão é espalhar a alegria, não? E hoje eu olho para nosso mundo amado e vejo tanta tristeza! E o bufão, o bobo, o palhaço chora, meus senhores. Chora por Glórienn.

— Glórienn está cega — Wynna dispensou as palavras do Deus dos Ladrões, distraída.

— E quem dentre nós, eu pergunto, se é que ouso contradizer a poderosa Deusa da Magia, tão mais sábia do que eu, não estaria cego também, no lugar dela? Glórienn fez seus ideais, sua essência, em filhos, e estes filhos estão morrendo! Quem somos nós, eu cometo a ousadia de questionar, para negar-lhe uma arma, numa situação como esta? Digam-me!

— O que Glórienn quer é muito perigoso — disse Khalmyr. — É algo que não conhecemos, que está além de nosso controle. Ninguém sabe o que a tal tempestade pode fazer. E é fácil detê-la. Tudo depende de um grupo pequeno.

Nimb tremia de antecipação. Mal podia conter os tiques no rosto e as mãos irrequietas.

— Sim, é claro — Hyninn afetou uma expressão muito séria, espremendo os lábios em um bico. — É claro que eu não ouso, nem das mais abissais profundezas de minha tolice, contradizer a sabedoria do Rei dos Deuses, do Líder do Panteão, do Deus da Justiça — foi cortado por Tauron.

— De Khalmyr — um sorriso amarelo. — Mas! — Wynna bufou e revirou os olhos. — Ouçam-me. É só o que peço. Ouçam-me. Alguma vez já pedi uma reunião deste tipo?

Realmente, o Deus dos Ladrões nunca havia chamado seus companheiros para qualquer tipo de deliberação.

— E fiz questão que falássemos aqui, no lugar de poder do Deus da Justiça! Para que a justiça prevalecesse sobre as idiotices deste bufão — empertigou-se e continuou. — Sei muito bem que é algo perigoso, mas são ainda piores as alternativas. E a tempestade pode ser maravilhosa! Vejam — Tauron interrompeu de novo.

— Eu digo que venha a tempestade — proclamou. Os outros deuses miraram-no com bocas pendentes. — Tauron não se esquiva do perigo. Se não formos fortes, não somos deuses. Que venha a tempestade, e que morra quem tem de morrer. É o que eu digo.

— Oh, mas que alegria! — Hyninn bateu palmas. — É claro que um bobo covarde como eu não poderia ter pensado como o poderoso Tauron, mas que bom que concorda comigo! Agora tenho um aliado de valor. Não escutem a mim, senhores, senhoras, que sou um bobo fraco, escutem o forte Tauron!

Lena se apoiou na mesa, descansando o queixo sobre os antebraços cruzados.

— Nada que cause morte é bom — até para os outros deuses era inquietante ver uma criança tão pequena falando daquele jeito. — Já houve mortes demais. Chega.

— Mas, minha doce e sábia e tão querida e generosa Lena — Hyninn despenteou o cabelo da Deusa da Vida, que recebeu o afago com uma careta. — Já há a guerra. Já há mortes. Podemos deixar que Glórienn use uma arma — fez um sorriso franco. — Ou um exército.

Lena voltou a se sentar para trás. O que Hyninn falava tinha um sentido: se a guerra não pudesse ser evitada, então que ao menos se diminuísse o sangue. Não precisaria haver um exército de elfos, afinal. Era uma boa ideia.

Wynna leu o rosto da deusa-criança e balançou a cabeça em desaprovação. A inocência e simplicidade da Deusa da Vida provocavam engulhos na exuberante e sobrenatural Deusa da Magia, e ela não se surpreendera ao vê-la se deixar levar pelas palavras do Trapaceiro. Wynna era uma deusa do escondido, do maravilhoso e do fantástico; Lena era do cotidiano, do comum e necessário. E Wynna tinha arrepios ao pensar que a deusa dos partos e da fertilidade escolhia, em geral, aparecer como uma criança.

— Khalmyr tem razão — disse Wynna, com uma sobrancelha erguida. — É arriscado demais. Nós não temos razão para pôr toda a existência em jogo.

— Eu me rendo à poderosa Deusa da Magia! — bradou Hyninn, escondendo o rosto atrás das mãos. — Eu, o abjeto bufão, me rendo ao poder de Wynna. Por favor, não me transforme num sapo!

Os outros observavam.

— Mas me ouça... — de novo, um risinho envergonhado. — Nós vemos a tempestade como uma arma, mas ela também é... um universo! — Wynna apertou os olhos. — Quem sabe qual magia há neste novo lugar? Quais maravilhas e mistérios? Quem sabe o que pode estar escondido em um lugar tão diferente?

A curiosidade da Deusa da Magia começou a se acender.

— E, eu pergunto, e imploro que me digam se estiver falando uma estupidez, e se não houver por lá magia? A misericordiosa Wynna não deseja compartilhar sua dádiva maravilhosa com um povo tão desafortunado?

Wynna se curvou na direção do Trapaceiro, escutando com atenção suas palavras.

— Poderíamos aprender, sim (não eu, que sou um bobo burro), mas a esfuziante Wynna poderia ensinar tanto! Não deseja ensinar a este povo infeliz a magia tão esplendorosa?

Nos olhos de Wynna havia duas pequenas estrelas.

— Cale-me se falo bobagens, minha senhora!

— Você fala com sabedoria — sorriu a bela deusa. — Iremos compartilhar nossas dádivas, ou eu irei ao menos, mesmo se estiver sozinha!

Wynna empinou o nariz, altiva e desafiadora.

— Oh, mas tenho mais sorte do que mereço! — Hyninn se ergueu e deu pulinhos. — Um bobo tão rasteiro recebendo o apoio de deuses tão sábios. Eu lhes sou grato, minhas senhoras, meu senhor! Tão grato...

— Basta — Khalmyr não ergueu a voz, mas a sala congelou. — Não somos tolos aqui, Deus dos Ladrões. Nenhum de nós esqueceu que você é... o Trapaceiro.

Hyninn deu de ombros, como se pedisse desculpas.

— É verdade, meu rei. É verdade, eu sou um Trapaceiro, um ladrão, enquanto os senhores são guerreiros, donos dos presentes mais valiosos da Criação, lordes invencíveis — o Deus dos Ladrões parecia à beira das lágrimas. — E, se pudesse escolher, não teria escolhido este papel abjeto. Mas foi o que me coube, e eu o cumpro, com humildade — mais uma vez foi apressado por um olhar de aço do Deus da Justiça. — Mas, eu pergunto, e sei que o senhor tem a resposta, qual é o poder do Trapaceiro, se ele se apresenta como tal?

Khalmyr se remexeu no trono.

— A única situação em que o trapaceiro tem vantagem, meu lorde magnânimo, é quando ele se disfarça. Quando engana, quando se esconde, porque, frente a frente, ele não é páreo para seus superiores! E aqui eu me coloco — Hyninn fez uma mesura elaborada, e os guizos tilintaram. — Com toda a franqueza, admitindo que sou o Trapaceiro, e assim, me negando de qualquer vantagem. Não me disfarcei, não sussurrei a cada um em separado, não! Fiz questão de que todos os lordes estivessem aqui juntos, e neste lugar de justiça, para que eu não pudesse, mesmo que desejasse, utilizar de enganações.

Khalmyr estava em dúvida. Pediu a opinião de Lin-Wu, mas o Deus dos Ladrões interrompeu antes que o Deus-Dragão pudesse falar.

— Ouça-me, meu lorde! Não é honrado dar a Glórienn uma chance de lutar? É justo forçar uma rainha a se curvar, sem nem ao menos uma chance? Não há honra em fornecer aos dois combatentes condições iguais?

Lin-Wu assentiu, relutante.

— E Marah, minha Deusa da Paz! Que sempre a sua luz brilhe em Arton para proteger aqueles que, como eu, são muito débeis para lutar! Não é desejável que a guerra seja curta, minha senhora? Não é desejável que se acabe com ela de uma vez? A guerra já começou. Não há como impedi-la. Mas nós podemos pôr um fim a ela, com um só golpe, ao invés de deixar que ela se arraste por anos, décadas, séculos de metal contra metal!

Marah conjurou a imagem de um fim definitivo, uma última guerra que acabasse com as guerras, um só golpe final.

— É isso que tenho a dizer, meu rei — Hyninn curvou-se até que seus guizos encostaram no chão. — Se estiver falando tolices, diga-me e sairei daqui sem mais uma palavra.

Khalmyr segurava o queixo. Sentia a borda dura de seu escudo reluzente.

— O que pensa, Lorde Louco? — disse o Deus da Justiça.

Nimb dividiu seu rosto com um sorriso.

— Estou aqui apenas como ouvinte.

Khalmyr suspirou. Olhou em volta. Viu caras resolutas, e o bobo se humilhando. Talvez não fosse de todo ruim.

Então, sentiu algo estalar dentro de si. Hyninn voltou com sua cantilena, mas ele não mais ouvia. Ele fora o tolo! Quase caíra. No Reino da Justiça, sempre ocorria o mais provável. O melhor guerreiro vencia a batalha. As perguntas simples sempre eram respondidas. As tarefas difíceis nunca eram cumpridas.

Os maiores trapaceiros sempre conseguiam enganar.

Khalmyr percebeu isto num instante, e abriu a boca para ordenar aos outros que não ouvissem o bufão. Mas algo que Hyninn falava ressoou em sua mente, e ele percebeu que o Deus dos Ladrões tinha razão. Havia motivos para deixar que a tempestade viesse. Era desejável, até.

O bobo falava as verdades. Que viesse a tempestade.

— Como o senhor ordenou, Lorde Louco — Hyninn fez uma mesura. — Todos foram enredados.

Mas Nimb não lembrava de ter dado a ordem. Fora enganado também.

Gargalhou disso, e depois esqueceu.

CAPÍTULO 5

PEQUENA HISTÓRIA BRANCA

AS MONTANHAS UIVANTES ERAM UMA MANCHA BRANCA, brilhante e gelada no meio do Reinado. Um espinho frio encravado entre as regiões de clima ameno. A maior parte do seu território era mesmo uma grande cordilheira; montanhas escarpadas cobertas de gelo afiado, que desafiavam o mais experiente montanhês. Havia também vales, rios (congelados boa parte do ano) e planícies, mas todos igualmente inclementes. As paisagens mais confortáveis que as Uivantes tinham a oferecer eram florestas severas de altos pinheiros, e tundra árida.

Não se sabia a razão daquele frio anômalo bem no âmago da civilização artoniana. Especulava-se sobre um demônio do gelo; sobre uma maldição dos deuses; sobre ventos idiossincráticos que mantinham o calor do lado de fora. A verdade, contudo, era que Beluhga, a poderosa rainha dos dragões do gelo — e uma deusa menor — decretava que fosse assim o clima. Beluhga vivia lá porque era frio, e lá era frio por causa de Beluhga. A governante daquele território. Uma divindade austera, justa, inclemente e poderosa.

De todas as formas, as Montanhas Uivantes eram um dos lugares mais perigosos do mundo conhecido. Era uma péssima ideia atravessá-las.

E era exatamente isso que o Esquadrão do Inferno estava fazendo.

Decreto de Gregor. Precisavam chegar à Catedral de Gelo, uma mítica construção próxima à fronteira das Uivantes com Tapista, o Reino dos Minotauros. Em vez de tomarem a rota mais segura (Tollon, Petrynia, Tapista), estavam cruzando as geleiras. Por decreto de Gregor.

— Não importa o tempo que percamos — dissera o paladino. — Vamos fazer isso como uma penitência. Vamos chegar puros e limpos para salvar Rufus.

— Se ainda houver Rufus, quando chegarmos ao nosso objetivo — retrucara Kodai, as palavras despencando atabalhoadamente da língua.

Vallen apoiou a decisão de Gregor. Seu raciocínio: ele era o líder. Ellisa limitou-se a comprar mantas e equipamentos de escalada.

Equipamentos que tinham visto muito uso nas últimas horas, quando os aventureiros haviam subido um paredão reto e liso, de gelo branco e cegante. Artorius, o último a completar a escalada, tremia sobre os pés de cascos. Não tanto pelo frio — todos os minotauros tinham um pavor intrínseco de alturas. Por mais de uma vez, Artorius ameaçara perder a consciência devido ao pânico, e foi só a sua vontade pétrea que o fez ultrapassar o obstáculo.

— Tauron está satisfeito — grunhiu o minotauro, tentando ignorar que o chão estava muito, muito longe.

Eles vestiam peles de animais, gorros e cachecóis da lã mais grossa, luvas e botas forradas com pelo, e ainda assim sofriam com o fio cortante do vento gelado. As roupas, sempre que possível, eram das cores mais berrantes: fortes vermelhos, azuis e verdes. Na imensidão branca que se descortinava para todos os lados, aquilo era uma medida de segurança contra o desgarramento do grupo, um dos maiores inimigos dos viajantes.

E de fato, para todos os lados só se via branco, como se fosse um mar de neve e gelo em calmaria. Azgher era tímido e hesitante: quase não oferecia conforto. O próprio céu parecia mais pálido, sempre recoberto por uma camada grossa de nuvens austeras. O chão era traiçoeiro: branco e uniforme, nunca se sabia quando o gelo era grosso e perene, e quando escondia um lago ou rio solidificado. Por vezes, podia-se afundar até a cintura na neve, o que poderia resultar na morte por congelamento ou na perda de um dedo ou mesmo de um pé inteiro. E aquele era um dia bom: houvera momentos de tempestade de neve tão intensa que eles não conseguiam enxergar um palmo à frente. As poucas partes dos corpos que estavam expostas tornavam-se vermelhas ante o frio. Os organismos se enfraqueciam ante a provação.

A maior parte deles queria, mais do que qualquer coisa, um inimigo tangível, em quem pudessem bater.

— A pior parte da viagem já acabou — disse Gregor, sua respiração fazendo uma pequena nuvem branca.

— Mas ainda vamos para Giluk — disse Vallen, com uma gravidade incomum.

— Sim, vamos para Giluk.

Era o maior povoado das Uivantes. Terra dos bárbaros do gelo, os esquimós. Terra de Andilla.

— Nome estranho para uma cidade — disse Ellisa, tomando fôlego, apoiada em um cajado, escondida em seu capuz verde.

— Deve ter algum significado na língua deles — sugeriu Gregor.

— Parece mais o nome de algum lorde guerreiro.

Antes de retomar a jornada, Nichaela invocou as bênçãos de Lena para conjurar água. Eles não sabiam ao certo como evitar que a água dos cantis se congelasse, portanto haviam apelado para a ajuda divina para aplacar sua sede.

— Vamos embora logo, seu bando de velhotas — disse Vallen.

Gregor dirigiu-lhe um olhar de significado indeciso.

— Desculpe. Força do hábito.

Partiram. Já estavam há dois meses nas Uivantes, e era horrível, para a maior parte deles, demorar-se por tanto tempo em um só lugar. De início, a travessia fora fácil. Passaram pelas Terras dos Pequenos, o lar dos halflings do gelo. Cercados por florestas de taiga, os membros daquele diminuto povo que habitavam as montanhas eram cordiais e prestativos. Haviam guiado o Esquadrão do Inferno por um bom trecho. Deixaram um mapa e um conselho: "evitem lutar".

Não fora difícil segui-lo, já que o mais trabalhoso era encontrar uma viva alma com quem trocar golpes. Alguns animais selvagens, adaptados à vida no frio — ursos brancos, leões do gelo, lobos esquimós — haviam sido os únicos adversários. Os aventureiros tinham escutado histórias de trolls, ogros e hobgoblins ainda mais brutais e resistentes que viviam nas montanhas, mas, felizmente, ainda não os haviam encontrado.

Até Ellisa detectar um movimento suspeito e alertar:

— Cuidado!

Súbito, emergiram da neve uma dezena ou mais de criaturas humanoides cobertas de pelos brancos. Os deuses sabiam há quanto tempo aqueles seres estavam enterrados esperando por presas, mas o fato é que tinham encontrado, e urravam enquanto sacudiam a neve da pelagem espessa e comprida, balançando facas e machados.

— Fedem como goblinoides — rosnou Vallen.

Pior, na verdade. As criaturas, hobgoblins do gelo, tinham a aversão de toda a sua raça à higiene, mas também tinham uma saudável camada de gordura de iaque a recobrir seus corpos, para espantar o frio. Avançavam em uma corrida louca rumo aos aventureiros, que mal tiveram tempo de improvisar uma formação de combate. Tomados de um frenesi de pura fome, os hobgoblins não tinham tática ou planejamento — mas eram fortes.

"É assim que goblinoides devem se comportar", pensou Gregor Vahn, lembrando-se dos terríveis e organizados monstros que tinham encontrado em Tyrondir.

— Formem uma linha de defesa! — gritou o paladino. — Vallen, Artorius!

Os dois se colocaram, preparados, à frente de Nichaela e Ellisa. Masato, sem que fosse necessário uma ordem, avançou correndo pelo flanco, sua espada curva e brilhante já indo rumo a um dos monstros. As flechas de Ellisa começaram a voar.

— Batalha! — exultou Vallen.

Entenderam então o conselho dos halflings. Masato, que esperava matar pelo menos uma das criaturas antes que chegassem aos companheiros, viu que seus braços estavam morosos e enferrujados, como se o frio os tivesse congelado. O golpe saiu lento, previsível e fraco. Resvalou no grosso pelo recoberto de gordura do goblinoide, sem causar-lhe mal algum. As flechas de Ellisa erraram seus alvos — exceto duas — devido à mão inconstante de tremedeira. E, ao contrário do que todos pensavam, os goblinoides não seguiram avançando. Pularam todos em cima de Kodai. Não queriam matar inimigos: queriam comida.

— Vão devorá-lo! — gritou Gregor. — Carga!

Os três guerreiros correram para o monte de criaturas que se formara em cima do samurai. Pedaços dilacerados de suas roupas já voavam — mas, até agora, nenhum sangue. A carga demorou demais. As pernas estavam sobrecarregadas de proteções contra o frio. Os pés escorregavam no gelo ou afundavam na neve. Os joelhos rangiam e reclamavam. Quando o machado de Artorius encontrou as costas de um dos hobgoblins (o primeiro ferimento de verdade contra as criaturas), o amontoado se abriu para revelar o tamuraniano estirado no chão branco, quase nu. A instantes de morrer.

— *Tauron, preserve-lhe a vida!* — urrou Artorius, enquanto se jogava sobre o corpo de Masato e derramava uma bênção desesperada.

Gregor e Vallen tentavam manter os monstros afastados, mas descobriram-se ineficientes. O pé de Gregor, pesado da armadura de placas, afundou no branco fofo, e ele ficou preso até a coxa em neve. Vallen viu que Inverno não tinha efeito contra os inimigos — se algo, o frio mágico parecia revigorá-los. Mas sorriu quando o fogo de Inferno incendiou a gordura que recobria um deles.

— Gostam disso, aberrações? Vou queimar todos vivos!

Boa bravata, mas vazia. Uma patada forte logo arremessou Vallen a metros dos outros, os reflexos amortecidos demais para uma esquiva. Foi como um chamado para o jantar para os hobgoblins. Três deles, porém, tinham visto um petisco mais atraente em Nichaela. Ellisa recuava com a meio-elfa, e tentava manter as criaturas longe. Sem sucesso.

Súbito, um vulto esbranquiçado surgiu no meio do campo de batalha, e chocou-se contra um dos goblinoides. A criatura voou, as tripas deixando um rastro no ar, um vapor quente e fedorento emergindo da barriga aberta. No meio de aventureiros e monstros, um animal estranho. Sobre quatro patas grossas como troncos, equilibrava uma montanha de músculos cobertos de placas e pelo comprido. Sua cabeça, abaixada e soturna, escondia dois olhinhos negros de ferocidade estúpida, e ostentava um orgulhoso e afiado chifre, de onde, agora, pendia o intestino de um hobgoblin.

O animal pateou o chão, e investiu contra outro dos goblinoides. A criatura gritou e tentou fugir, mas a velocidade do recém-chegado era muito maior — o seu tamanho e massa não pareciam diminuí-la em nada. Um estalo molhado preencheu o ar branco quando o chifre longo do grande animal partiu a espinha do goblinoide em fuga. Os outros, gritando com vozes estridentes, dispersaram-se em caos, mas continuaram sendo perseguidos.

— Estão todos bem? — Gregor olhou em volta.

— Não graças a nós mesmos — Vallen segurava o queixo dolorido e se levantava com dificuldade.

— Ele não vai aguentar muito! — disse Artorius. Próximo a ele, Masato empalidecia a olhos vistos. Vestia agora o casaco do minotauro (que nunca admitiria que não iria durar muito também, sem o agasalho), e tinha a proteção de Tauron, mas mesmo assim o sangue fugia-lhe das faces.

Nichaela correu até ele, e invocou a proteção de Lena. Masato agarrou a vida com um pouco mais de tenacidade.

— Que animal era aquele? — disse Gregor. — Será que vai voltar?

— Um rinoceronte lanoso — disse uma voz de dentro da brancura.

Um passo à frente, e revelou-se a sua dona. Como se o vento branco se partisse para a sua entrada, fez-se visível uma mulher metida em peles de lobo. À primeira vista, era difícil discernir-lhe a idade, mas deveria ter seus trinta invernos. O rosto, contudo, trazia muito mais marcas do que seria esperado, rugas e sulcos e cicatrizes. A pele era escura de sol, o que significava que deveria tê-lo visto muito, pois Azgher precisava ser muito provocado para causar algum dano naquele lugar. Tinha os cabelos duros como espetos, divididos em chumaços pontudos e escuros. Por cima da própria cabeça, a cabeça morta do lobo cuja pele a esquentava. Sob a mandíbula do lobo, estava amarrada a galhada de um alce, num ornamento agressivo e estranho. A mulher tinha nas mãos um porrete enorme, coberto de pontas afiadas, e nos pés, botas estranhas, de solas imensas e chatas de madeira. Impediam que ela afundasse na neve.

— Chifres-verdes — disse a mulher, em tom de pouco caso, na direção dos aventureiros. Cuspiu no chão, e logo a cusparada se solidificou. — *Tsikut!* — chamou, com um assobio longo. O animal chamado rinoceronte veio, sujo de tripas e sangue fresco.

Os aventureiros se entreolharam. Claramente, tinham sido insultados. Masato já não ameaçava morrer. Haviam-no coberto com mantas e roupas de reserva. Nichaela obrigara Artorius a vestir seu casaco.

— Nós somos — começou Gregor, mas foi interrompido:

— Chifres-verdes! Não têm lugar aqui! O lugar de gente fraca é nas terras quentes.

— Nós estamos — tentou de novo.

— Nas terras quentes, sorvendo leite quente das tetas de suas mães fracas!

Gregor respirou fundo. O ar gelado doeu-lhe por dentro. Chegara mais perto da mulher, e notava que ela cheirava muito mal.

— Somos amigos de Andilla — Gregor insistiu. — Sabemos que Giluk fica perto.

A mulher cuspiu de novo. O rinoceronte agora estava ao seu lado, e ela o afagava com carinho bruto.

— Não conheço nenhuma vadia das terras quentes. Ninguém aqui conhece vadias das terras quentes.

Gregor começou a protestar, mas então se deteve. Balançou a cabeça, como se lembrasse de algo óbvio.

— Eu quis dizer Dente-de-Ferro. A filha do chefe de Giluk.

A expressão da mulher mudou, mas continuou hostil. Ela cuspiu de novo.

— Dente-de-Ferro? Então são vocês os que a corromperam.

— Somos amigos do chefe — Gregor estava firme. — Leve-nos a Giluk.

Ela ainda pareceu medi-los.

— Está certo — com relutância.

Artorius não entendia.

— O nome verdadeiro de Andilla — explicou Ellisa. — Não era Andilla. Era só Dente-de-Ferro. Andilla foi um nome que Vallen deu.

— Não é do seu tempo — sorriu Vallen.

— Seu povo se esconde em nomes de mentira! — bradou a mulher. — Inventam sons sem significado, porque têm medo de ostentar o legado do seu nome.

— Não é verdade — disse Ellisa, em voz calma e cortante. — O significado do meu nome, em anão, é...

— Artifícios! Não é preciso traduzir o nome, se tem orgulho dele. Meu nome é Espírito-de-Pedra — bateu com força no peito, e ergueu o punho fechado. — Sou druida do Grande Urso Branco.

— Allihanna — esclareceu Nichaela, em voz baixa.

— Mais mentiras! Mascaram os deuses com nomes sem significado. Como têm medo!

— A vontade de bater nas pessoas é algo que vem com o cargo de líder? — murmurou Gregor Vahn.

— No caso dela, vem com o cargo de ter sangue nas veias — respondeu Vallen, também em sussurro.

— Venham, chifres-verdes — Espírito-de-Pedra começou a andar. — Vou arrastar suas carcaças até Giluk. Como são patéticos: nem têm sapatos de neve!

— Não — trovejou Artorius.

Vallen e Gregor fizeram caretas. Espírito-de-Pedra, de tão surpresa, quase parecia em deleite. O rinoceronte Tsikut estava preparado e enfurecido.

— Homem-iaque — ela apontou para o minotauro. — Quer ficar aqui, perdido?

— Não tolero que me insultem — a voz de Artorius como uma muralha. — Muito menos que falem algo de meus chifres.

A druida riu, mostrando um monte de dentes podres.

— Chifres-verdes são os inexperientes nas terras de gelo.

— Guarde suas desculpas, mulher-bicho — disse Artorius. — Não irei matá-la aqui, porque é do povo de nossa amiga. Mas não irei aceitar sua ajuda.

— Homem-iaque — Espírito-de-Pedra apontou-lhe o dedo. — Se chegar até Giluk sem a minha ajuda, então terá meu respeito e meu pedido de perdão.

Artorius mirou-a por um tempo. Enquanto isso, Nichaela e os outros despejavam mil argumentos, que justificariam, sem uma mácula à sua honra, acompanhar o grupo. Nada surtiu efeito. Nichaela percebeu que, antes do Ritual da Troca, a simples perspectiva de estar por perto para defendê-la teria sido suficiente para dobrar o minotauro. Mas agora Artorius era O Estrangeiro.

— Farei mais do que isso — trovejou o clérigo de Tauron. E então, com movimentos controlados e sempre olhando nos olhos da druida, tirou todas as roupas. Nu, apenas com o machado nas mãos, proclamou: — Que a sua terra gelada faça o seu pior contra mim!

E nenhum pedido, súplica, ordem ou ameaça foi suficiente para demovê-lo. Partiram sem ele, com suas roupas.

— Esse cheiro... — arriscou Nichaela, para Espírito-de-Pedra, no meio da viagem.

— Bosta de mamute — disse a druida. — Deixa meus cabelos duros, assim.

Dois dias depois, chegando a Giluk, Nichaela descobriu o que era um mamute.

— Bonito, não é? — disse Ellisa, sentada fora da cabana do chefe, no meio da cidade de Giluk. O nascer do sol produzia uma festa explosiva de cores no céu.

— Bonito como as tetas de Marah — concordou Vallen.

Os aventureiros esperavam para serem recebidos pelo chefe de Giluk, Dente-de-Urso. O povo da cidade compensava em calor todo o frio do ambiente ao redor. Giluk era um lugar de casas esborrachadas de pedra, cobertas com palha e gravetos. Um cheiro almiscarado de bicho permeava o ar, mas era até bom, porque trazia consigo um confortável calor fedorento. Os gigantescos e peludos mamutes, que transportavam os guerreiros esquimós e faziam boa parte dos trabalhos pesados, circulavam livremente pela cidade. Apesar do seu tamanho e falta de agilidade, conseguiam evitar qualquer estrago.

— Estou preocupada com Artorius — disse, de novo, Nichaela.

— Artorius saberá se cuidar — Masato, resoluto. — Ou morrerá. Foi escolha dele.

— Estou preocupado com Dente-de-Urso — suspirou Gregor. — É bom estarmos preparados para correr...

Espírito-de-Pedra saiu da cabana do chefe, bufando e pisando duro. Ao vê-la, Tsikut se contorceu e fez alguns ruídos, no que deveria ser uma demonstração de afeto.

— Dente-de-Urso está pronto para vê-los — disse a druida.

Engolindo em seco, os aventureiros se levantaram e entraram na cabana do chefe. O cheiro de animal era muito mais forte ali, e estava misturado com cheiro de fumaça e aroma de ervas fortes. Um fogo de chão esquentava o ambiente, e preenchia-o com a tal fumaça. Inúmeros cães peludos se enroscavam pelos cantos, aproveitando o calor uns dos outros e dos seres humanos. Além deles, um elegante leopardo branco repousava, com uma dignidade preguiçosa, perto dos pés do chefe. Dente-de-Urso era um homem enorme, de cabelos louros longos como a eternidade, ornamentados com contas e trançados em uma variedade de padrões elaborados. Seus braços, inchados de músculos e cobertos de cicatrizes, eram quase a única parte de seu corpo que era visível — o resto estava coberto de peles e barba espessa. As sobrancelhas emergiam em imensos tufos louros, caindo em fios longos por cima dos olhos, como se quisessem competir com o cabelo e a barba. Uma jovem robusta e vermelha estava de pé, claramente pronta a servir os convivas. Esparramado numa cadeira, estava, todo barba e armadura, um anão do gelo. Uma visão rara, ele era — os anões eram uma raça reclusa, e os anões do gelo eram quase desconhecidos para o povo das "terras quentes". Sua mão repousava sobre um machado de lâmina de gelo. Mas o mais curioso de tudo era que, sentado como os outros dois homens, estava um gigantesco urso branco. A criatura não parecia ter nada em comum com os outros animais: seus olhos traíam uma inteligência feroz.

Dente-de-Urso se levantou. Abriu os braços e um largo sorriso. Apresentou-se.

— Temos muitos visitantes ilustres hoje! — rugiu, amistoso. — Estes são Goradar e Korakk, dos Escolhidos de Beluhga.

Os aventureiros emudeceram. Mesmo pouco familiares com as Montanhas Uivantes, conheciam a história daquele grupo: os guerreiros que protegiam a rainha dos dragões de gelo, a deusa Beluhga. Goradar, o anão, era o único paladino da dragoa. Korakk, o urso, era, pelos boatos, na verdade um homem com a habilidade de mudar de forma. Parecia muito mais à vontade, contudo, na forma bestial.

— Sou Gregor Vahn — leve gaguejar. — Estes são meus amigos.

— Éramos amigos de Dente-de-Ferro — completou Vallen.

O chefe pressentiu o que viria a seguir. Não respirou, mas também não fez a pergunta.

— Ela morreu — disse Vallen. — Morreu em batalha. Sob minha liderança.

O chefe Dente-de-Urso ponderou a história que acabara de ouvir. Não tinha se satisfeito com nada menos que todos os detalhes, por mais mórbidos que parecessem. Ficou em silêncio por um longo tempo.

— Menina — chamou por fim o imenso bárbaro. A moça de prontidão deu um pulo. — Traga *gullikin* para todos.

Dentro em pouco, chifres com a tal bebida foram distribuídos para todos os presentes.

— Leite de mamute — explicou o chefe, entornando seu chifre. Os aventureiros o imitaram.

— Não temos como compensá-lo — disse Vallen. Sua humildade era fruto de uma genuína e exaustiva tristeza, que já doía há tempo demais. — Se nos quiser fora de suas terras, iremos partir imediatamente. Mas pedimos que aceite nossas desculpas... *minhas* desculpas. A culpa foi minha.

Dente-de-Urso bebeu mais um gole de *gullikin*.

— A culpa — começou ele, vagarosamente. — A culpa foi do monstro que a fez sumir.

Vallen engoliu em seco. Não sabia se sentia alívio ou se, pelo contrário, desejava ser punido.

— E vocês o mataram. Não há mais nada a ser feito. A não ser beber em memória de Dente-de-Ferro.

O fio de tensão se rompeu na sala. Os cães se espreguiçaram. O leopardo torceu as orelhas. A jovem substituiu o leite de mamute por hidromel forte, que esquentava de dentro para fora, e eles beberam em nome de Andilla Dente-de-Ferro durante a manhã, como se fosse noite.

— Ela nasceu com dentes, sabiam? — o chefe sorria triste. — Fortes como a nevasca. Com cinco anos, usou-os para matar uma raposa — e ele tinha a pele da pequena raposa, para ilustrar a história.

Vallen contou a história de como Andilla tinha-lhe presenteado um pedaço de Gelo Eterno — o gelo mágico que tinha sido o principal componente na fabricação da espada Inverno. A bebida trouxe entusiasmo e depressão.

— Nós não temos como compensá-lo — a voz de Vallen já estava entorpecida. — Mas podemos ofertar um presente. O que temos de mais valioso.

Tirou da mochila as ferraduras que haviam surgido com o livro, a capa, o cálice e o escudo.

— Não sabemos para que servem. Mas sabemos que é o que temos de mais valioso.

Goradar, o anão, arregalou os olhos. Até ali, não tinha falado nada, mas disse:

— Este é um ótimo presente.

E era.

No meio da tarde, Artorius chegou, nu e à beira da morte, em Giluk. Os outros dormiam. Em algum lugar, Tauron achava aquilo uma demonstração excessiva.

Raposa Cinzenta, a druida, examinou as ferraduras dispostas no chão por um longo tempo, e se pôs a confabular com Dente-de-Urso e Goradar. Passara-se um dia inteiro desde que o Esquadrão do Inferno chegara a Giluk e, naquela manhã nova, pesavam-se os acontecimentos e as opções. Os três falavam na língua das montanhas. Os aventureiros notaram que, até ali, os nativos das Uivantes tinham feito o esforço e a cortesia de falar na língua comum — até mesmo Espírito-de-Pedra, embora não parecesse capaz de tal delicadeza.

A própria Espírito-de-Pedra estava mais atrás, tentando adivinhar o teor da conversa sussurrada. Era, eles haviam descoberto, discípula de Raposa Cinzenta, que, por sua vez, era conselheira de Dente-de-Urso. A mestra não possuía metade do azedume da pupila.

Chegaram a uma conclusão.

— Aceitamos o seu presente — disse Raposa Cinzenta. Era uma mulher velha mas sólida. Era como se o tempo tivesse devastado a sua pele, mas não fosse capaz de atingi-la por dentro. Como a outra, tinha os cabelos duros e pontudos de bosta de mamute. — Mas saibam disto: é algo muito poderoso o que nos oferecem. Não sabemos, também, o que as ferraduras fazem. Mas são uma relíquia notória. Goradar já as conhecia de fama.

— É o nosso presente — Vallen assentiu. — Tanto melhor que seja bom.

— Volto a avisar — disse Raposa Cinzenta. Tinha voz de cascalho. — Não deve haver arrependimentos, ou o espírito de Dente-de-Ferro não terá paz.

— Sem arrependimentos — disse Vallen.

Estavam sob o céu branco, numa espécie de praça central da cidade. Em Giluk, de alguma forma, o frio não parecia agressivo, mas estimulante. À volta, olhares curiosos de esquimós e mamutes.

— Nós aceitamos — disse a velha druida. O chefe repetiu as palavras.

E então, descobriram o poder das ferraduras. Ouviu-se primeiro um galopar vago, dissoluto, que em instantes tornou-se furioso e impactante. Os tímpanos de todos na praça e à sua volta vibravam com o som de cada pata invisível, como se o cavalo galopasse sobre suas cabeças, quando a criatura finalmente surgiu.

Era um animal magnífico: um cavalo-glacial. Era como um cavalo comum, mas muito mais extraordinário, e este era ainda mais notável que os outros de sua raça. O cavalo-glacial, adaptado a viver nas Uivantes, era peludo e branco, e comia carne, tendo dentes afiados. Este era maior que o mais impressionante dos cavalos de guerra. Seu corpo era todo músculos rígidos, explodindo em movimento, cobertos por um pelo branco imaculado que se derramava numa crina longa e esvoaçante. Os pelos também cobriam as patas, enormes, que faziam tremer o chão a cada passo. O animal surgiu cavalgando no céu, mas logo pisou na terra congelada e, numa sincronia perfeita, cada um de seus cascos martelou sobre uma ferradura. E então, sobre suas costas poderosas, surgiu Andilla Dente-de-Ferro.

Andilla, magnífica, forte e linda como nunca. Seu corpo de delícias e músculos estava perfeitamente equilibrado sobre o cavalo feroz, e ela trajava a sumária armadura de cota de malha e peles com que morrera. Seus cabelos louros brilhavam com a luz de Azgher, e as tranças, grossas como cordas de navio, caíam-lhe por sobre os ombros. Levava nas costas seu machado, e tinha no rosto um sorriso sincero e luminoso, de tranquilidade e vitória.

Por um momento, o coração de todos se acendeu com uma felicidade inesperada. Andilla estava lá, estava lá Dente-de-Ferro. Mas então souberam, não pela visão mas pelo que sentiam, nas tripas, no coração e no nó na garganta.

Ela continuava morta.

Por mais que quisessem abraçá-la, nenhum deles — nem seu pai nem seus amigos — ousou pousar-lhe a mão. Sabiam, de alguma forma, que sentiriam algo muito real, que tornaria verdadeira a presença da jovem morta.

Começaram os pedidos de perdão.

— Não! — exclamou Andilla. — Ninguém precisa pedir perdão. Nunca estive tão feliz fora da batalha. Estou vendo, de novo, meus amigos, meu pai e minha terra.

— Andilla! — mesmo assim, Vallen quase gritou. — Foi minha culpa. Eu era o líder. Eu deixei acontecer.

— Eu fui a responsável — disse Nichaela. — Desculpe. Não podia ter agido...

Mas o sorriso dela calou a todos.

Ela se aproximou, sobre o magnífico cavalo, de cada um. Aproximou a mão das cabeças, como se fosse tocá-los, mas evitando o contato.

— Não lamentem! Não lamentem, pois estou feliz. A vida em Arton era ótima. Tive a melhor das famílias, e os melhores dos amigos, e muitas batalhas de glória. E morri como quis: lutando. Meu único arrependimento foi não lhes ajudar mais. Mas se soubessem... Este mundo é só o começo.

Nunca nenhum deles tinha visto Andilla (ou Dente-de-Ferro) daquela forma. Uma doçura infinita emanava dos gestos e das palavras. Continuava ali, podia-se ver, a alma de guerreira. Mas era uma alma satisfeita.

Andilla demorou-se em falar com seu pai. Dirigiu-se ao povo de Giluk. Depois se voltou para os aventureiros. Para cada um disse algo.

— Vallen, não lamente. Você foi o melhor líder que poderíamos ter, e o líder que escolhemos. E todas as suas decisões foram boas ou necessárias, inclusive a decisão de deixar de ser o líder. Eu não o culpo, Vallen. Não se culpe também; apenas mate alguns inimigos por mim.

E falou com Gregor e com Ellisa.

— Nichaela, eu entendo o que você fez. E aprovo. O que me aconteceu não foi terrível, apenas *parece* assim para quem está deste lado. Você é a melhor, a mais sábia e mais capaz de nós, Nichaela. E foi capaz de entender que a minha morte não era mais importante do que o juramento de Lena.

A meio-elfa chorava. Na verdade, quase todos choravam. Dente-de-Urso derramava rios salgados por sua juba loura.

Falou a Kodai, mesmo que pouco o conhecesse.

— Artorius — ficou um tempo em silêncio. — Eu teria tido os seus filhos.

O cavalo deu alguns passos para trás, e ela olhou para todos.

— Não tenham medo da morte. Não tenham! A morte é maravilhosa! — tinha um largo sorriso no rosto. — Vão ver quando nos encontrarmos de novo, nos Reinos dos Deuses.

O cavalo relinchou e empinou as patas, mostrando seus dentes afiados.

— E que presente maravilhoso! Sabem qual é o poder das ferraduras? — ela deu uma risada. — Com elas, eu poderei viajar entre os Reinos de todos os deuses, livremente!

Andilla continuou falando: disse que, à morte, o espírito rumava para o Reino de um dos deuses — mas não havia como prever *qual*. E, salvo a intervenção divina, esta morada era imutável.

— Mas eu posso ir e vir, à vontade! Caçarei monstros no Reino de Megalokk, e desfrutarei das florestas de Allihanna. E festejarei no Reino de Marah, e lutarei no Reino de Keenn! Que presente maravilhoso! Meus amigos, selaram minha vida com o final perfeito.

O cavalo relinchou de novo, impaciente. Andilla Dente-de-Ferro riu de novo. Ergueu a mão em aceno, e todos os corações se aceleraram.

— Adeus!

E galopou. O som de cada pata era um trovão contra a terra congelada. Fazia tremer os tímpanos. Mas, depois de uns poucos passos furiosos, o cavalo desapareceu no ar branco.

Um mamute gritou do outro lado da cidade. O chefe Dente-de-Urso limpou o rosto.

— Bem — disse, com voz embargada. — Vocês têm a minha ajuda para o que quiserem. O que, afinal, os traz às Montanhas Uivantes?

Gregor deu um passo à frente. Empertigou-se.

— Procuramos um portal para o inferno.

— *Anaq!* — praguejou o chefe. Riu a mesma risada feroz de Andilla. — Partimos em dois dias.

Naquela noite, Artorius acabou na palha com Espírito-de-Pedra.

— Acho que ele gosta de bárbaras do gelo — riu Vallen.

— Não o deixe ouvi-lo falando assim — disse Ellisa.

Havia no ar uma urgência, e uma espécie de felicidade desesperada, como se as pessoas soubessem que nada iria durar muito.

E talvez soubessem.

Cavalgaram mamutes, acompanhados de Dente-de-Urso, Espírito-de-Pedra, Goradar e Korakk. Durante o resto da viagem, enfrentaram inimigos — goblinoides, feras, tribos bárbaras rivais — mas nada era páreo para eles. Durante aqueles dias, o Esquadrão do Inferno viajou com heróis.

Chegaram à Catedral de Gelo. Empoleirada no topo de uma montanha, era uma construção de Gelo Eterno. Ninguém sabia qual povo poderia ter feito tal maravilha, mas exibia uma arquitetura peculiar e gélida, toda transparente e indestrutível. Era um castelo, era um labirinto, era um complexo quimérico.

— É uma masmorra — resumiu Vallen.

Penetraram na Catedral. Logo na entrada, uma gigantesca estátua — também em Gelo Eterno — de um cavaleiro de armadura saudou-os, silenciosa. Havia criaturas hostis — goblinoides, lagartos brancos, uma hidra do gelo. Havia armadilhas, e corredores traiçoeiros. Enfim, era uma masmorra. Foi vencida e, no fundo, estava o prêmio dúbio: a porta de gelo que, uma vez aberta, levaria à dimensão infernal indicada por Senomar.

— Entraremos todos! — bradou Dente-de-Urso.

Mas Gregor proibiu. Haveria um preço qualquer a ser pago naquele lugar, e seria alto. O paladino, apoiado por Vallen, recusou-se a admitir que qualquer outro se arriscasse a pagá-lo.

— Esta briga é nossa — disse, por fim. — Mas obrigado.

— Da próxima vez, usem sapatos para neve — disse Espírito-de-Pedra. — Chifres-verdes.

Despediram-se dos heróis. Sobraram só os aventureiros. O portal iria se abrir pela manhã, de acordo com Senomar.

Começava a anoitecer. Eles se puseram à espera.

Ninguém pôde dormir.

— Fiquem de guarda, está certo? — disse Vallen, e puxou Ellisa e um cobertor para um aposento vizinho.

Os outros tentavam não ouvir o barulho que eles faziam.

— Isto não é hora... — Masato franziu o cenho.

— Qual hora é *melhor*? — disse Artorius. — Eles vão entrar no inferno. É melhor que aproveitem um ao outro, enquanto ainda podem.

Masato e Nichaela trocaram um olhar nervoso. Não foram para outro aposento, mas sentaram-se um ao lado do outro. E, em silêncio, deleitaram-se com o toque de uma mão sobre a outra.

Por fim, amanheceu. A porta de gelo começou a derreter. O branco compacto, cheio de entalhes e arabescos de significado desconhecido, foi se tornando transparente, os detalhes se mesclando em pingos e pequenos riachos. Derreteram os cantos, o que prendia a estranha porta na parede de gelo. O que restava ainda sólido caiu pesado, em um bloco que se espatifou.

Do outro lado, outro mundo.

Eles brindaram com hidromel no cálice mágico, e sentiram-se transbordando de vida.

— Vamos lá — disse Vallen.

O que mais dizer?

O outro lado era um lugar pequeno e mau, diferente do que eles imaginavam. Suas cabeças tinham conjurado imagens de mares de lava, caldeirões e almas torturadas. Monstros por toda parte, cachoeiras de sangue.

Mas só havia um ambiente minúsculo, não maior do que uma casa modesta. Cercado por todos os lados de paredes de pedra cinzenta, enegrecida por um tempo incalculável de fumaça constante. Havia uma infinidade de instrumentos, alguns de utilidade clara (uma forja, um grande alicate), outros de finalidade misteriosa. Havia o som incessante de metal contra metal, e um calor capaz de fazer o mais forte dos homens desmaiar. A única luz era o alaranjado do metal incandescente, que estava por toda parte. Armas e outros objetos estavam pendurados em todo canto. Era uma oficina de ferreiro.

Por um momento, os aventureiros hesitaram, como se tivessem chegado à casa de alguém e, na última hora, percebessem ser o endereço errado.

Mas então viram os vários trabalhadores ocupados.

Poder-se-ia confundi-los com mortais, caso não se avistasse os rostos. Eram cerca de doze criaturas magras, recurvadas, cobertas com aventais de couro. Tinham braços e pernas como qualquer homem e, embora os ossos aparecessem, salientes, em toda sorte de pontas improváveis, ainda eram semelhantes o bastante ao povo de Arton. Mas não seus rostos. O primeiro que olhou para o grupo saudou-os com um sorriso imenso e cheio de presas. Uma boca larga e horrenda, que não cabia na cabeça ossuda. Cada dente era grosso e comprido como uma estaca, e muito mais afiado. Os olhos eram quatro, e todos negros, minúsculos, inquietos. As criaturas não possuíam nariz, mas dois buracos malfeitos que chiavam a cada vez que sorviam o ar fervente. De alguma forma, a pele que recobria a cabeça se confundia com os ossos, desaparecendo em alguns pontos para dar lugar ao crânio descarnado. E as criaturas sorriam. Estavam deleitadas ao ver o grupo.

Eram demônios.

Gregor notou, embora não dissesse nada, que aqueles eram muito menos terríveis do que fora a coisa que era o albino. Poderiam inspirar pavor, sim, mas não acabar com a vontade de viver de um homem.

— *Visitantes!* — chiou uma das criaturas.

Elas se puseram num frenesi, saltando e fazendo piruetas por toda parte. Davam gargalhadas estridentes, com um fôlego infinito. Agora os aventureiros notavam que havia um cheiro de enxofre por toda aquela bizarra oficina. Olharam para trás e viram que a passagem pela qual haviam entrado não existia mais.

— Demônios — Gregor tomou a frente, e se postou com dignidade tensa. — Estamos aqui atrás de informações.

As gargalhadas se renovaram. De tanto entusiasmo, os diabretes se jogavam contra as paredes, batiam as cabeças contra objetos de metal, arrancavam os olhos uns dos outros.

— E que informações — um dos demônios fez uma mesura debochada. — Poderíamos lhes prover, ó senhores do mundo material? — Gregor ouvia o demônio falar na sua língua natal.

— Há um dos seus no nosso mundo — o paladino fez sua voz ressoar. Mantinha o controle contra a loucura dos interlocutores. — Na forma de um homem albino. Um de meus amigos — Gregor não pôde continuar. Quando mencionou o albino, os demônios foram possuídos de uma loucura ainda maior. Gargalhavam até vomitar sangue, enfiavam-se em forjas acesas, espancavam uns aos outros, arrancavam os próprios órgãos genitais.

— *O albino* — um dos demônios se controlou para dizer. — Ótimo. O que dão em troca desta informação?

Gregor fechou os olhos e inspirou, mas Vallen foi mais rápido:

— Minha alma!

O paladino se voltou, severo.

— Sou o líder agora. Eu devo fazer os sacrifícios.

— Gregor, você é um paladino. Eu vou para o inferno de qualquer jeito — e para o demônio, de novo: — Minha alma!

O ser examinou Vallen por um instante, lambeu o próprio rosto e riu:

— Sua alma não vale a bosta fedorenta de Ragnar — os outros acharam muita graça nisso, voltando ao seu êxtase de gargalhadas. — Mas aquela ali... — apontou para Nichaela.

Todos se puseram na frente da clériga.

— Eu me sacrifico! — disse ela, mas ninguém lhe deu atenção.

— Diga-me então o que quer — rosnou Vallen.

O diabrete comeu um verme que lhe saía pelo ouvido e fez um ar de enfado.

— Tesouros — esganiçou. — Artefatos. Magia.

Vallen jogou Inverno e Inferno aos pés da criatura.

— Pois tome! Agora fale!

O demônio se contorceu de riso novamente, e se entusiasmou tanto que vomitou uma onda de baratas e alfinetes.

— Brinquedos! — cuspiu. — Brinquedos para crianças tolas.

Vallen via rubro.

— O escudo — começou Gregor, estendendo o disco dourado com o sol.

— Tire essa porcaria daqui! — o demônio chiou. Protegeu o rosto horrível com as mãos ossudas. — Não queremos o excremento dos deuses fracos.

Gregor sentia fúria, mas, mais ainda, dúvida. Masato ofereceu suas espadas, mas, de novo, houve um pandemônio de risos.

— Diga-nos então! — gritou Vallen. — O que querem?

O demoniozinho deu um sorriso esperto. Lambeu os beiços finos.

— Podemos também fabricar tesouros, criança. Se nos derem os materiais certos.

Sem hesitar, Vallen bradou:

— Traremos os materiais! Diga-nos o que quer.

— Sua felicidade — o demônio, mal contendo o riso.

— Pois que seja.

Os demônios haviam parecido crianças más e loucas, sem uma ideia firme do que acontecia à sua volta. Mas, no instante em que as palavras deixaram a boca de Vallen, eles se puseram a trabalhar com uma diligência e velocidade incríveis. Dois operaram um fole, e Vallen Allond sentiu algo deixando-o. Em seguida, uma coisa pequena e muito brilhante surgiu numa forja, e cinco demônios já se punham em trabalho obcecado, martelando aquilo, e esquentando e temperando, até que, em instantes, moldaram-no na forma de um anel.

E Vallen percebeu que não tinha mais vontade de lutar. Não tinha mais vontade de ajudar Rufus. Sofria ao pensar em separar-se de Ellisa — mas não tinha prazer, nem lembrança nem antecipação, na sua presença.

O anel foi colocado à mostra na parede.

— O albino não é um de nós — disse o demônio. — Próxima pergunta?

Vallen suspirou e cerrou os punhos. *"Agora já não faz mais diferença"*.

— O que é o albino?

— Por sua coragem!

— Feito!

Selou o pacto com um brado. Sentiu, de novo, uma coisa indefinível saindo de si. O fole sugou aquela sensação, e um novo brilho surgiu na forja, e os demônios martelaram e moldaram, e mergulharam numa água fétida, até ficarem satisfeitos com a forma — uma adaga.

Vallen agora tremia dentro das botas. Não queria mais estar ali. Mas tinha medo demais do que poderia acontecer se desistisse. Olhou para os companheiros — cada um poderia o estar julgando, cada um poderia falar o que pensava. E, à frente, estava o inferno, mas atrás estava o mundo real, que era muito pior. Começou a suar.

Ellisa abraçou-o e sentiu sua tremedeira.

— Chega, meu amor, chega.

— O que é o albino? — repetiu Vallen (mas gaguejou).

— Vocês vão adorar essa — o demônio mal conseguia conter o riso.

Explicou que existiam outros lugares, além de Arton e dos Reinos dos Deuses. Existiam lugares infinitos, e cada um desses lugares tinha seus habitantes.

— Mas isso não interessa — disse o demônio.

Num desses lugares, existiam criaturas que eram, para os demônios, o que os demônios eram para os mortais. Seres de poder imensurável e maldade incompreensível, cuja mera existência servia para aterrorizar. Criaturas que faziam o mais profano dos demônios se comportar como o mais reles camponês de Arton.

— Isto é o albino.

Vallen respirou fundo.

— Pode nos levar até ele?

— Por sua juventude!

— Feito!

Ellisa gritou, tentou tapar-lhe a boca, mas foi muito lenta. O fole trabalhou, e Vallen sentiu-se ficando mais fraco. Os cabelos, no mesmo instante, tornaram-se grisalhos e ralos, a barba ficou branca. Curvaram-se as pernas, dobraram-se as costas. A cota de malha pesava tanto! As juntas rangiam. Caíram vários dentes. Os olhos tornaram-se embaçados. Os ruídos, mais distantes, como se usasse um capuz. E o mundo todo tornou-se mais tênue à sua volta. Vallen Allond era um velho.

Ellisa chorava, agarrada nele.

Havia uma nova manopla na parede. O demônio deu sua resposta:

— Sim — e mais um frenesi de riso.

Vallen tentou apertar os punhos, mas as mãos trêmulas e encarquilhadas mal respondiam. Ele fizera uma pergunta, e o demônio respondera. Idiota.

— Leve-nos até o albino!

— Por seu amor!

— Vallen, não!

— Feito!

O fole trabalhou, mas, desta vez, Vallen não sentiu nada.

Ellisa sentiu.

Ela chorava, chorava por ver seu amor — o homem que havia escolhido para dividir a vida — se esvair assim, em uma missão obstinada, por um pústula que nem deveria estar vivo. Ela sentia o coração apertar, e chorava.

E, de repente, não chorava mais.

Olhou para o homem nos seus braços. Um velho que fora algo, um dia. Um companheiro de grupo. Alguém que demonstrara valor e coragem (no passado), mas que, em última análise, era só teimoso demais. Teimoso ao ponto da estupidez. Um valentão.

Secou as lágrimas. Largou do braço de Vallen. Ele era seu colega de grupo, e ela o queria bem — mas nada mais.

Na parede, um novo escudo.

— Sigam-me — disse o demônio, mal cabendo em si de satisfação.

Uma porta se abriu atrás de uma forja. Para o mundo do albino.

— E foi uma bela barganha, não foi?

CAPÍTULO 6

OS INTRUSOS

É CRUEL PEDIR QUE SE DESCREVA O MUNDO DO ALBINO. E impossível.

Não há palavras que construam na mente uma imagem adequada do que era aquele lugar de horrores alienígenas. Mas o Esquadrão do Inferno entrou lá, e lá viajou. Portanto, o mínimo que podemos fazer é tentar compartilhar de uma fração do seu terror.

Entraram por um túnel escuro, que logo adquiriu uma luz oblíqua e amarelada. Seguiram pelo espaço cada vez mais estreito e serpenteante, e notavam que, gradualmente, Arton ficava mais longe. Logo viram-se pisando em uma escada, descendo para sempre, em direção a algum lugar oculto. Suas mentes começaram a resistir ao que viam, incapazes de compreender boa parte do ambiente, a consciência de cada um se retorcendo e guinchando como um animal ferido. E era só o começo.

A escada ocupava todos os lados do que fora o túnel, existindo no chão, teto e paredes. A passagem dobrava e se contorcia em ângulos impossíveis, e o caminho de degraus transformava, com o passar dos metros, o espaço ao redor dos aventureiros. Viam-se de cabeça para baixo em relação uns aos outros e, de alguma forma, aquilo estava certo. Espirais infinitas se formavam na escadaria, e distorções que levavam a direções inexistentes.

Os corpos dos seis começavam a responder àqueles estímulos estranhos. As cabeças doíam com intensidade, e a visão se turvava — um artifício da mente para bloquear algumas das visões que não conseguia compreender. Em pouco tempo, os olhos de Masato começaram a verter sangue. Logo depois, Ellisa parou e vomitou em um canto. Unhas cresciam em velocidade alarmante em alguns, enquanto que em outros, os cabelos adquiriam este vigor — não havia um padrão. Quando as primeiras memórias desapareceram, Nichaela percebeu: eles estavam em um lugar onde o tempo não existia. Seus corpos e espíritos estavam confusos por esta ausência. Era difícil determinar o que era passado e o que era futuro; os organismos estavam indecisos em relação à fase da vida à qual pertenciam.

No início, não havia barulho algum. Mas, mais à frente na jornada surgiram os primeiros sons. Gregor caiu de joelhos, os ouvidos sangrando, ao ser assaltado pelo primeiro ruído. Não era alto ou estridente — era só algo que um habitante de Arton não estava preparado para ouvir. Levantou-se, mas os ouvidos de todos também eram atacados pelos sons indecifráveis. E eles há muito (ou pouco?) já tinham perdido a noção do tempo quando Gregor, Nichaela e Artorius sentiram um vazio terrível.

Haviam chegado a um ponto onde seus deuses não alcançavam. E foram capazes de sentir a sua ausência. Os olhos dos deuses sobre eles eram como um ruído de fundo, que não se percebe até que suma. Era como se, por um sentido diferente dos cinco aos quais estavam habituados, eles pudessem sentir a proximidade de Lena, Thyatis e Tauron. Mas só haviam notado isso agora que eles estavam longe. Nichaela não se conteve e começou a chorar. Masato envolveu-a com um abraço constrangido, incerto do que fazer. Ele, assim como Ellisa e Vallen, também sentira, embora com menos intensidade, a ausência divina. Só podia imaginar como estava sendo terrível para a meio-elfa.

Nichaela em particular, mas os outros também, esperou sentir *algo*, a presença de *algum* tipo de deus, de qualquer coisa divina. Mas logo notou que não havia ali nada do gênero.

A escada seguia.

A loucura arranhava às portas dos espíritos. Era difícil distinguir os barulhos reais dos imaginados, e as visões reais das alucinações. Quase todos, uma vez ou outra, chegaram a esquecer o que estavam fazendo, quem eram os companheiros ou mesmo quem eles mesmos eram. Artorius e Masato foram os únicos a manter a sanidade sempre intacta. Uma gargalhada de Ellisa, que logo se transformou em choro convulsivo, quebrou a sinfonia de sons impossíveis. Gregor rilhou os dentes e tentou falar algo que os encorajasse.

— Sabe do que precisamos agora? — disse o paladino. — De uma das bravatas de Vallen.

Olharam para o antigo líder. Vallen, que se dissesse isso a seu favor, estava se portando com um estoicismo exemplar. Fazia-o por medo de voltar, por vergonha dos outros, porque não tinha coragem de fazer mais nada. Era quase um guerreiro.

— Nós vamos vencer... — balbuciou o velho. — E vamos... voltar para casa... — deixou a voz morrer. — Desculpem.

— Tudo bem, Vallen — disse Ellisa, com uma mão hesitante no ombro do ex-amado.

Lágrimas amargas correram-lhe pelas faces cheias de rugas, e Vallen foi tomado por um acesso de tosse.

E continuaram.

Talvez tivessem passado alguns minutos, ou talvez décadas. Mas a verdade é que não havia se passado tempo algum. Não havia tempo. O fato é que a escadaria chegou ao fim, e eles se viram de pé sobre a borda de um desfiladeiro, de onde podiam observar uma vasta paisagem de pesadelo.

Eles haviam tentado se preparar para aquilo, mas o pior que as suas mentes puderam conjurar era o paraíso perto do que era aquele mundo. Nenhuma cor era reconhecível, nenhuma forma fazia sentido, nada podia ser compreendido por um artoniano. Eles sentiram os corpos e espíritos convulsionando ante aquela avalanche de informações que não deveriam existir. E ainda assim resistiram. Talvez fosse o poder do Cálice dos Deuses. Talvez fosse o fato de que eles eram aventureiros, tipos empedernidos e durões, que achavam que podiam lidar com qualquer coisa. Talvez fosse simplesmente porque eles eram de Arton, porque eram criaturas abençoadamente versáteis, e quisessem sobreviver mais do que tudo. Começaram a ver e sentir aquele mundo de uma forma que pudessem suportar.

As cores desconhecidas foram adaptadas por suas mentes — quase tudo ficou vermelho. E as formas foram lentamente reconhecidas, associações foram feitas e, em certo momento, eles puderam aceitar o que presenciavam.

No mundo do albino não havia construções, não havia paisagem nem criaturas. Não como em Arton. Tudo — as habitações, o céu e o chão, as montanhas, os animais — era feito da mesma coisa, algo que, por falta de uma palavra melhor, parecia estar vivo. Não a vida que se conhecia em Arton (que respirava e tinha sangue e falava e sentia e dependia dos deuses), mas uma vida diferente e horrenda, que permeava todas as coisas. Os habitantes daquele lugar (e havia milhares à vista) tinham formas tão variadas quanto revoltantes, e suas mentes viram-nos como insetos, na única associação possível para tentar compreendê-los. A mesma matéria avermelhada compunha tudo que existia, num estado bizarro (duro e esponjoso, resistente e frágil) que não era sólido, líquido ou gasoso. Os aventureiros viam-se cobertos por minúsculas gotículas da substância vermelha, como se fosse orvalho.

Gregor sentia as "gotas" com as pontas dos dedos.

— Vocês estão vendo? — disse Nichaela. — Vocês veem? Estas gotas são... — engoliu. — *O universo deles*.

Começaram a sentir uma ardência em todo o corpo. Em contato com a pele, os fragmentos da substância de que aquele mundo era feito queimava e agredia.

— Vamos achá-lo logo! — trovejou Artorius. — E vamos embora daqui.

Mas ficava a questão: *como*? Ali estavam, à frente deles, milhares, milhões de criaturas tão estranhas e terríveis quanto o albino. Nenhuma parecia dar qualquer atenção a eles — diferentes como eram — e havia todo um mundo a explorar.

— Se ele for homem — disse Vallen, fraco. — Vai vir aqui para nos encarar.

O ex-líder deu um sorriso desdentado. Nichaela pôs a mão sobre a boca, e inspirou fundo para conter as lágrimas. O esforço de Vallen para dizer aquilo era evidente.

Ellisa balançou a cabeça ao notar que não tinha uma reação nem de perto tão forte.

E, de repente, eles ouviram atrás de si um som familiar. Uma voz. Palavras. Uma voz desconhecida, mas que só podia ter uma origem.

— Eu esperava por vocês.

— Thyatis! — bradou Gregor, sacando a espada.

— Tauron! — rugiu Artorius.

Era o albino.

— Vocês condenaram o seu mundo, sabiam? — disse o albino, depois de jogar Gregor contra a parede vermelha com um safanão. — Lembrem-se disso: *vocês mataram seu mundo*.

O paladino se ergueu, seu sangue se misturando com o orvalho vermelho. Agora, na pele de todos, a ardência era quase intolerável. As visões eram avassaladoras, os ouvidos não conseguiam mais suportar os sons. Graças a todos os deuses, havia algo a olhar, muito conhecido e compreensível: o inimigo alto de cabelos brancos.

O albino estava em seu disfarce humano, e era visível o desconforto que isso lhe causava. Aquela era uma forma frágil e patética, se comparada à forma original dele e de seus compatriotas. Mas o albino havia aprendido muitas coisas em Arton, e uma delas era a maldade. Desejava aquela forma, o humano alto e branco e nu, para poder espezinhar seus oponentes, e humilhá-los antes da morte.

Artorius atacou, e o albino bloqueou o machado com o antebraço. Arrancou a arma das mãos do minotauro, e usou-a para golpear Masato, que investia pela lateral. O peito do samurai se abriu e despejou vermelho farto.

Ellisa tinha o arco tenso e apontado, mas ainda não havia disparado. Vallen estava à frente dela, todos os membros tremendo, segurando sem força Inverno e Inferno.

— Por quê? — disse Ellisa, a voz oscilando. — O que é tudo isto? *Quem é você? O que é este lugar?*

Nichaela observava, horrorizada. Não podia invocar ali as bênçãos de Lena. Artorius, Gregor e Masato pararam, os músculos retesados. O albino sorria cheio de dentes.

— Quem eu sou? — riu a criatura.

O albino pronunciou seu nome. Era uma palavra tão terrível que não houve, entre os aventureiros, quem não se dobrasse de dor. Ele gargalhou.

— Aprendi isso com seu povo — disse ele. — Coisa estranha: *humor.*

— *Qual é a razão disso tudo?* — berrou Ellisa.

— Ainda não entenderam mesmo, não é? — o albino balançou a cabeça lentamente. — São criaturas tão burras.

Mas o albino explicou mesmo assim.

Havia um mundo que, assim como Arton, tinha seus deuses e suas criaturas. Era um lugar diferente, pois não havia lá a diferença entre o que era vivo e o que não era. E não havia, como se conhece em Arton, a magia ou a disciplina conhecida como ciência. Mas havia outras disciplinas, que cumpriam os mesmos papéis, e outras forças, que atuavam de forma semelhante. Os deuses daquele mundo fizeram seus filhos ambiciosos e criativos, e eles evoluíram.

Evoluíram mais do que os deuses previam. As criaturas daquele mundo se tornaram poderosas além da compreensão. Tinham uma capacidade monstruosa para o crescimento e o aprendizado. Seus corpos e mentes (embora eles não fizessem diferenciação entre os dois) se desenvolveram a pontos que ninguém em Arton seria capaz de conceber.

As criaturas se tornaram tão poderosas quanto os deuses que as haviam criado. E sabiam disso.

Todos os deuses foram assassinados, e seus Reinos foram tomados. E as criaturas continuaram a evoluir. Formou-se uma civilização de seres que eram mais do que os deuses jamais haviam sido. Cada parte daquele universo — os céus, a terra, os mares, os Reinos dos Deuses e outros lugares além do alcance — foram colonizados. Aquele povo venceu tudo o que se interpôs em seu caminho: os deuses, o tempo, a morte. Todos foram vencidos. E cada aspecto da sua vida — pensamento e força, magia e ciência — foi levado ao limite da perfeição.

Chegou um momento em que não havia mais como crescer.

— Estes somos nós — disse o albino.

— Ainda assim levou uma surra — disse Vallen, mas engasgou e começou a tossir no meio da bravata.

Mas, de alguma forma, os aventureiros sabiam que ele falava a verdade. Havia uma calma, um sentimento de obviedade naquele ser com a forma de um homem, que trazia um peso de verossimilhança. Ele falava como um adulto explicando fatos básicos do mundo a uma criança muito jovem.

— Nós sabíamos que existiam outros mundos — continuou o albino. — Só não nos interessávamos por conquistá-los.

E assim era. Arton e infinitos outros eram do conhecimento daquele povo. Mas eles, que já controlavam cada grão de areia no seu universo, não precisavam de outros universos para dominar.

Mas sentiam falta da evolução.

Não havia mais para onde crescer. Não havia mais o que fazer. Descobriram que a perfeição era absoluta e, da perfeição, só restava decair. Aquela civilização de conquistas monumentais começou a decair em guerras internas e disputas mesquinhas. Era o tédio.

Um conselho foi feito, e decidiu-se que algo novo deveria ser encontrado. Em algum lugar, em algum dos infinitos mundos que existiam, deveria haver algo que os motivasse de novo. Batedores foram enviados a milhares de mundos, em busca de algum poder ainda desconhecido.

E este foi achado em Arton.

— No seu mundo — sorriu o albino — qualquer um pode virar um deus.

Era algo que nunca havia sido feito. Era um lugar aonde nunca tinham ido. Era, finalmente, algo que nunca haviam sido. De todos os batedores, foi aquele — aquele que ficou conhecido como o albino — que teve sucesso em sua missão.

— Eu só queria aprender, entendem? Aprender os seus modos loucos.

Os aventureiros estavam paralisados. Encostavam-se no paredão, e sentiam a matéria vermelha corroer-lhes as carnes. Suas roupas e equipamentos também começavam a se dissolver em contato com o ambiente letal.

— Muitos irão para lá. Para se tornarem deuses.

A blasfêmia era tamanha que Artorius sentiu que iria perder o controle.

— Nunca foi feito, entendem? — o albino gargalhou com alegria genuína. — *Algo que nunca foi feito!*

— Silêncio! — urrou o minotauro.

Artorius golpeou o albino com os chifres, e tentou abraçá-lo.

— Vou matá-lo! Vou matar todos!

O albino segurou os dois chifres com as mãos e quebrou-os. Artorius berrou de dor e humilhação ao ouvir o som estilhaçado. Uma das vastas mãos do inimigo agarrou o rosto bestial do minotauro, as unhas penetrando no couro grosso. Artorius foi arremessado para longe.

Ainda estavam na beira do precipício. Havia bastante espaço para se movimentar ali, mas o senso de equilíbrio traía os aventureiros. As mentes deles haviam feito um acordo com aquelas imagens, mas, às vezes, as reais e incompreensíveis formas daquele lugar vazavam para dentro dos olhos, e era difícil se manter em pé.

— Seu mundo será assim — rosnou o albino. — Nós vamos levar o nosso universo até o seu. Era impossível até nos presentearem com a sua feitiçaria do papel.

Hesitaram por um momento.

— A escrita... — murmurou Nichaela.

— Desenvolveram um método para capturar as ideias e prendê-las com símbolos! Tamanho poder! — entusiasmou-se o albino. — O livro de seu amigo já está sendo estudado, e em breve nós vamos compreender esse truque. E então, nosso mundo vai chover sobre o seu.

— Cale-se e lute! — gritou Vallen.

O guerreiro correu na direção do albino, brandindo as duas espadas mágicas. No entanto, suas pernas eram lentas e seus braços eram fracos, e seus movimentos foram vagarosos e previsíveis. O albino segurou a lâmina flamejante de Inferno e, com um puxão forte, partiu-a. Fagulhas e chamas multicoloridas voaram para todos os lados. Engasgando um grito, Vallen conseguiu enfiar Inverno até o cabo no estômago da criatura, e sentiu, com satisfação, o frio mortal enregelando-lhe as entranhas. O albino olhou para baixo, para o rosto vincado e alquebrado, com surpresa e raiva.

— *Ninguém nos vence* — disse Vallen, infinitamente forte, dentro de sua fraqueza.

O albino fechou os dedos em sua garganta, e rasgou-a de fora a fora. Urrou e puxou o braço, com um grande pedaço do pescoço de Vallen Allond na mão.

O guerreiro tombou, sem um único som, em uma poça generosa do próprio sangue.

Ellisa gritou e deixou voar duas flechas. Sentia raiva do inimigo, e ainda mais raiva de si mesma, por não ter sofrido mais com a morte de Vallen. O albino investiu em sua direção, tirando Inverno de dentro das tripas congeladas. Foi cravejado de setas nos poucos passos até a mulher. Com Inverno na mão esquerda, golpeou, quebrando o arco de Ellisa. Mais uma vez, e cortou-lhe fundo o peito, na altura dos seios. O albino sentia o metal bicando em suas costas — eram Gregor e Masato, descendo as lâminas freneticamente em sua carne. Não lhes deu atenção: com uma estocada, cravou a espada curta no peito de Ellisa Thorn e, com um movimento displicente, arremessou a arqueira penhasco abaixo.

Ela teve tempo de pensar: *"Não valeu a pena"*.

Em outros tempos, talvez um deles tivesse gritado os nomes de Vallen e Ellisa. Mas, naquele momento, o horror era demasiado. Não havia o que dizer. Chamar os nomes de amigos mortos não oferecia nenhum conforto, nem mesmo uma ilusão de conforto — que seria muito bem-vinda. Eles agora eram tão incompreensíveis, tão desprovidos de sentido ou razão quanto aquele mundo medonho que prometia invadir o seu.

O albino avançou, as mãos pingando sangue, para Nichaela. A boca aberta em um júbilo de saliva e dentes.

— *Não ela!* — urrou Artorius.

O minotauro fora ferido e rebaixado. Seu rosto escorria sangue, e ele sentia os cotocos estilhaçados onde deveriam estar os chifres. Era melhor morrer que perder os chifres. Mas nada importava além de proteger Nichaela do monstro.

O albino, por mais rápido que fosse, não conseguiu bloquear o ataque de Artorius. O clérigo de Tauron se jogou por cima do oponente, e ambos rolaram pelo chão de matéria vermelha, a pele do albino e o couro de Artorius chiando e queimando em contato com a substância, e grudando no chão como comida queimada em uma panela, e se desprendendo dolorosamente do corpo. Os dois gritavam, e Artorius conseguiu se posicionar por cima do inimigo. Tomou-lhe a cabeça branca nas mãos e golpeou uma, duas, três vezes contra o chão. Ouviu-se o osso do crânio do albino se partir em um ruído úmido, e as coisas macias começaram a escorrer de dentro. Os olhos da criatura se esbugalharam, e ela teve de reverter à sua forma original.

De repente, era o inseto terrível que estava sob Artorius. Mesmo assim, ele continuou batendo, até que um dos braços da coisa se libertou, e desferiu um golpe largo contra o minotauro. Artorius voou e caiu sentado, deixando um rastro de sangue no ar. Tentou mover os braços e notou que não conseguia — e então viu os dois, jogados no chão, entre ele e o inimigo.

Nichaela, prensando a si mesma contra a parede vermelha, via o seu mundo desabar. O albino, agora a coisa insetoide, novamente se voltou para ela. Ergueu uma garra afiada, mas seu golpe foi interrompido.

Mesmo sem braços, mesmo sem chifres, Artorius atacava. Mordeu com força o tórax nojento da criatura, quebrando os dentes na carapaça pétrea. Mas atrapalhou o monstro. O golpe do albino acertou Nichaela de raspão, no rosto. Rasgou a pele, começando pela testa, e estendendo-se numa linha irregular até o queixo. E, em seu caminho, levara o olho esquerdo.

Gregor tentava raciocinar. A coisa não lutava como antes. Era tão rápida e forte quanto fora em Arton, mas aqui tinha novas capacidades — era muito mais mortal. As garras eram muito mais afiadas, e a coisa parecia ter uma percepção aguda de *onde* e *como* golpear. Cada ferimento era muito mais sério: não tirava apenas sangue, arrancava um pedaço da vítima. Gregor Vahn entendeu, então: lutando em Yuden, eles haviam estado *em vantagem*.

As garras do albino rasgaram o estômago de Artorius, que exibiu as entranhas, deixando-as penduradas sobre a cintura do clérigo.

— Sem morte — ele murmurou, sorrindo para Nichaela. Sua consciência foi vencida pela falta de sangue.

Gregor e Masato se puseram lado a lado, as espadas nas mãos, tentando estar preparados. Masato, em particular, sentia muito o ferimento no peito.

— Sinto-me honrado em morrer junto a você — disse Masato, grave, em seu sotaque quadrado.

— Não — sussurrou Gregor. — Não há morte.

Olhou em volta. Olhos arregalados.

— Eles não estão mortos.

O albino fazia barulhos incompreensíveis.

— *Não há morte!* — urrou o paladino. — Thyatis!

Gregor Vahn deixou cair o Escudo de Azgher e segurou sua espada com ambas as mãos. Gritando, investiu contra o inimigo. A coisa que fora o albino estava mais do que pronta, e preparou as garras para receber Gregor com um abraço de morte.

Mas, então, tropeçou.

A lâmina de Gregor fez um arco descendente e penetrou fundo na cabeça da criatura, partindo o crânio insetoide até a altura do que eram seus olhos (uma paródia repugnante de olhos). O albino errou seu golpe, pois algo trancou sua perna no chão.

Era a mão de Vallen. Talvez ele ainda estivesse vivo por causa do poder do Cálice dos Deuses, ou talvez por uma tenacidade sobrenatural. Ele preferia pensar que era porque ainda era um homem de verdade, e não um fraco que morria por qualquer motivo.

O albino voltou o arremedo de rosto para o chão.

— *Nunca* se meta comigo — disse o guerreiro moribundo.

O albino deu um passo para trás e pisou no pescoço de Vallen, que se partiu com um estalido alto. Gregor golpeou de novo, e um pedaço grande do peito da criatura se desprendeu, revelando a gosma cinzenta que havia por dentro.

— Não há morte! — urrou o paladino. — Vê? Não há morte!

A coisa fez um chiado horrível, e golpeou em arco com a garra. O sangue de Gregor Vahn choveu por toda parte, e sua cabeça girou no ar. E a coisa que era o albino já estava pronta para matar o próximo, quando o corpo de Gregor golpeou mais uma vez.

"Não há morte!" — as palavras do paladino ecoavam em algum lugar.

Foi o segundo milagre sangrento que aquela criatura presenciou naquele dia, e foi atravessada pela lâmina do oponente que deveria estar morto.

O corpo de Gregor sucumbiu à realidade e tombou. O monstro só teve o tempo de notar Masato Kodai logo atrás do corpo decapitado do companheiro, a elegante espada curva segura com as duas mãos, pronta.

— Não serei inútil na luta de minha morte — não um urro, mas uma colocação. Um fato. Masato Kodai golpeou, e o líquido pegajoso e cinzento espirrou de dentro do inimigo.

O monstro atacou, mas percebeu que já estava muito ferido. Tivera tanta certeza da vitória — afinal, sua raça *nunca era derrotada* — que nem chegara a considerar que pudesse ser vencido. E recebera os visitantes ansioso, querendo se provar como um soldado, como um guerreiro. Fizera questão de esperá-los, e de, à moda estranha do mundo deles, coroar a vitória com palavras e crueldades. Mas, ele percebia agora, naquela batalha tudo era maior do que antes. Assim como ele estava mais forte, longe das limitações tacanhas do outro mundo, seus inimigos também estavam mais fortes — simplesmente porque precisavam. Sabiam que ali se resolveria algo muito importante, e isso lhes fez mais perigosos.

O povo quase onipotente daquele universo vermelho estava atrás de um poder que só os artonianos tinham — a capacidade de se tornar um deus. Mas a criatura que fora o albino estava descobrindo o porquê deste poder existir: a alma dos artonianos era mais feroz do que qualquer monstro, e mais dura que qualquer pedra.

Masato golpeou de novo. A coisa bloqueou com uma garra, mas as protuberâncias que faziam as vezes de dedos foram decepadas. O mesmo golpe cortou-lhe fundo o que deveria ser o pescoço, e a cabeça deformada se tornou frouxa sobre o tronco. Tentou golpear, mas Masato se esquivou, e cortou-lhe o ventre. A lâmina reluzente e perfeita desprendeu-se do inimigo levando um grande pedaço de carapaça e carne cinzenta.

A criatura percebeu que iria perder.

Tentava atacar e desviar os golpes, mas o samurai estava possuído de um espírito magnífico e terrível. Movia-se com a velocidade de um deus, e cada golpe era tão preciso que chegava a ser maligno. Masato sabia estar lá sozinho — só ele e Nichaela — mas invocava para si os tantos antepassados mortos, e os mais recentes amigos estrangeiros. E tirava forças de algum lugar assustador de tão poderoso, que ficava dentro de si.

A coisa forçou-se a voltar à fraca forma humana. Pois viu que nada iria deter o samurai, e a morte na forma mais resistente de sua raça viria lenta e dolorosa. O albino, agora novamente como Arton o conheceu, caiu de joelhos, um farrapo sanguinolento, e sentiu o chão de matéria vermelha corroer-lhe as canelas até o osso.

— Diga-me como serão os ataques — proclamou Masato. — E irei lhe conceder um momento a mais de vida.

O albino, rebaixado a se ajoelhar frente àquele homem inferior, mirou-lhe nos olhos. Poderia muito bem ter negado, mas admitiu que fora vencido. Obedecia agora ao vencedor.

— Em Petrynia — o albino gorgolejou em sangue. — Numa praia. Próxima a Adolan.

Era estranho, ele pensou, como o mundo de Arton o havia mudado. Falava e entendia as línguas, lembrava-se dos nomes, reconhecia os valores daquele lugar. Mas ele também mudara Arton.

Masato ergueu a espada para a execução. O albino, de súbito, sentiu rastejando pelas entranhas outra coisa que aprendera em Arton — medo. Não queria morrer.

— *Apenas mais um instante* — suplicou a criatura.

— Não.

Masato Kodai decapitou o inimigo com um golpe limpo e preciso, assim como havia treinado durante toda a sua vida. O corpo destroçado do inimigo amoleceu.

O albino morrera.

O samurai olhou ao redor e viu o lodaçal de sangue e matéria cinzenta. Nichaela, a face rasgada horrivelmente, não estivera perdendo tempo: terminava de examinar os companheiros caídos.

— Artorius ainda está vivo — disse ela.

O sangue no chão fervia, lentamente destruído pelo contato com a matéria vermelha. A pele de Kodai e Nichaela se abria em feridas borbulhantes. Ambos sangravam pela boca, pelos olhos e ouvidos, além dos lugares onde o albino lhes havia acertado.

E, atrás deles, as criaturas daquele mundo tinham-lhes notado, e corriam, às centenas, para o paredão vermelho.

— Vamos embora — disse Kodai.

— Vamos levar Artorius e Gregor — e, ante a descrença de Masato: — Gregor nunca morre.

Eles correram para o túnel da escadaria, assim que as primeiras criaturas terminavam de escalar o penhasco. E os dois pediram perdão por deixar os corpos de Ellisa e Vallen, mas tinham que salvar os que ainda poderiam viver.

Fugiram.

Em algum lugar no meio de tudo isso, havia uma vitória.

E, em uma parte incompreensível daquele mundo estranho, os lordes daquele universo se reuniam. Cada um era capaz de matar de novo, caso fosse necessário, todos os seus deuses. Cada um decidia sobre a vida e a morte de um número incontável de súditos. Cada um podia destruir montanhas com um gesto.

Como frequentemente ocorre entre criaturas de grande poder, detestavam-se. Estavam reunidos por um motivo importante. Algo grave havia ocorrido — algo que não ocorria há milhões de anos, e há um tempo incalculável, pois o tempo fora há muito destruído.

Um de seus soldados fora morto.

— Devemos abandonar o projeto antigo — disse um dos seres.

Havia discordâncias, e alguns foram contrários à mudança. Mas o mais poderoso de todos decretou: não estariam mais em busca do poder que havia em Arton. Apenas vingança.

— Eles mataram um de nossos soldados. Vamos destruir o seu universo.

Antes de atravessarem o primeiro portal, numa sala feita de gelo e pedra, na última de suas masmorras, Vallen Allond e Ellisa Thorn. Abraçados sob um cobertor.

— Eu te amo — disse Vallen.

— Eu também te amo — disse Ellisa.

Que se registre isto, pois foi a coisa mais importante que disseram em suas vidas.

CAPÍTULO 7

TODOS QUE EU AMO ESTÃO MORTOS

MASATO E NICHAELA EMERGIRAM SOB UM CÉU ABENÇOA-damente azul, mas sobre um chão desconhecido. A visão do seu próprio mundo, após a paisagem enlouquecedora do mundo do albino, era como um sabor doce após anos de gosto amargo. Eles respiravam ar de novo, e de novo sentiam os cheiros e viam as cores. Nichaela estremeceu e fechou o olho que lhe restava, abrindo a boca em êxtase mudo, quando sentiu a presença de Lena lhe invadir em uma onda de prazer sagrado.

Mas não sabiam onde estavam.

Os sentidos eram soterrados por estímulos familiares dos quais eles sentiam uma falta imensa. Assim como lembranças boas revisitadas, vieram o gosto de sal no vento, o cheiro de maresia e peixe, o calor do sol na pele ferida, os gritos serenos dos pássaros, as minúsculas mordidas dos grãos de areia se chocando contra os corpos. Estavam em uma praia.

— *Lena, preserve a vida de meu irmão* — Nichaela se curvou sobre o corpo de Artorius, que se derramava em vermelho incessante, tingindo a areia. Kodai observava ainda tonto, as pernas bambas, enquanto as mãos da meio-elfa se iluminavam de brilho limpo, e o estômago aberto do minotauro se fechava, encerrando dentro de si o pouco que ainda restava de vida.

— Não se preocupe comigo — disse Artorius na menor das vozes. Por uma tenacidade prodigiosa, o clérigo havia recobrado um fiapo de consciência. — Ajude os que estão mal de verdade.

O único olho de Nichaela derramou lágrimas. Atrás dela, Masato apoiou-se sobre um joelho.

— *Tauron, permita-me lutar mais uma vez* — orou o minotauro. Todo o seu corpo se incendiou com uma luminosidade vermelha, e os cotocos de seus braços pararam de sangrar. Tauron então teve piedade, e ele caiu inconsciente.

Lena curava, através de sua serva, Masato Kodai, enquanto o corpo e a cabeça de Gregor Vahn jaziam ao lado.

— Onde estamos? — o samurai sentia se esvair o fluxo de emoção que lhe mantivera ativo. A dor era cada vez pior, mas o toque refrescante de Nichaela aliviava.

— Eu não sei — a meio-elfa estava atordoada, atarantada, e concentrava-se em curar, para ter controle sobre si mesma. — Eu não sei.

— Nós temos que impedir os ataques — disse Kodai.

— Nós não sabemos — começou a clériga.

— *Nós temos que impedir os ataques!* — Kodai sacudiu-a. Nichaela mal conteve uma careta ao ver que um dos braços do tamuraniano estava tão corroído que o osso branco aparecia em um extenso pedaço. — Pela vida, Nichaela. Pela vida de todos nós.

— Eu não sei como — ela gemeu.

— Você é a mais forte de todos, Nichaela — fez uma pausa. — A melhor de todos nós. Você precisa me ajudar.

— Eu sou só uma curandeira, Masato — ela mordia o lábio.

— *Não!* — ele gritou. — É a pessoa mais forte que eu já conheci.

Nichaela engoliu. Seu rosto tornou-se muito sério de repente, e sereno. Masato viu nele uma sombra de Artorius, e uma memória da confiança de Vallen.

— Vamos descobrir onde estamos — a luz de Lena brilhou mais forte do que nunca, e as dores de Masato cessaram.

— Você também precisa de cuidados — disse o samurai.

— Eu estou bem — o rosto coberto de sangue seco, dilacerado de cima a baixo, cada palavra dolorida.

Kodai abriu a boca para protestar, mas notou, no mar próximo a eles, uma visão familiar que não era bem-vinda. Um navio ancorado, não muito longe da areia. No casco, estava gravado o nome *"Cação Cego IV"*.

Masato Kodai escalou a amurada, disposto a tudo. A mão direita no cabo da espada longa e curva, repousada e pronta. Os marujos imundos cercaram o tamuraniano encharcado, mostrando os dentes amarelos e negros, segurando as armas, cerrando os punhos.

— Vocês irão me dizer que lugar é este — Masato, muito devagar, pronunciando duro cada sílaba. — E vão me ajudar. Nem que eu tenha que matar todos.

Um dos marujos, um sujeito de barba rala e rosto amassado, o crânio calvo recoberto por um lenço, tomou a frente. Estufou o peito nu, fazendo esticar a pele gretada do sol.

— Eu acho que me lembro de surrar-lhe há um tempo, estrangeiro.

Masato segurou o cabo da espada, deixando tensos os músculos.

— Não estou brincando. Vocês precisam me ajudar. Vou fazer com que ajudem.

— Você e qual bando de estrangeiros pederastas? — o marujo sacou sua lâmina.

De repente, uma voz feminina cortou o vento salgado entre Kodai e o pirata.

— *O que pensam que estão fazendo, seus ratos do mar?*

Uma figura baixa e elegante, de cabelos ruivos presos em uma trança frouxa. As roupas de homem coladas ao corpo por umidade e falta de modéstia, e uma espada esguia pendendo da cintura. Bater decidido do salto das botas que iam até os joelhos. Izzy Tarante emergiu da cabine do capitão, cuspindo ordens e insultos que mandaram os homens a correr para todos os lados.

— Olá, perdedor — Izzy fez um aceno de cabeça para o samurai, enviando seus cabelos ruivos para todas as direções. Azgher, que estava especialmente entusiasmado naquele dia, fez brilhar cada fio. — Quer dizer que precisa de nossa ajuda?

A seriedade de Masato não se derreteu.

— Todos podemos morrer se não nos ajudarem.

— Não foi uma feliz coincidência, então, que nos trouxe até aqui? — Izzy tinha uma expressão algo zombeteira, indecifrável.

— Onde estamos?

— No único lugar onde este tipo de sorte existe — a pirata riu, arreganhando os dentes. — Fortuna.

— Os deuses continuam nos ajudando — Nichaela surgiu, terminando de escalar a amurada. Seu rosto estava limpo, e o corte que lhe arrancara o olho era agora só uma cicatriz e uma órbita vazia. Masato protestou, dizendo que ela deveria ter ficado na praia.

— Os deuses? — riu Izzy. — Difícil. A menos que um deles seja um mago gordo, patético e doente.

Os olhos dos dois se arregalaram.

— Seu amiguinho covarde está aqui, sim — Izzy pôs a mão em viseira sobre os olhos, e mirou a praia. — Vamos, tragam seus preciosos cadáveres para bordo. Precisamos partir logo, e esses mortos não vão chegar sozinhos.

Dentro em pouco, já balançavam no mar aberto. Estavam, de fato, em Fortuna — o que significava que seu destino, Petrynia, não estava longe. Masato e Nichaela ainda tinham dificuldade em aceitar o que estava ocorrendo. Ao mesmo tempo, a batalha com o albino parecia ter acontecido há meras horas, ou há anos. Suas mentes, incapazes de se adequar à ausência de tempo no mundo vermelho, oscilavam em indecisão.

Mas o importante era que estavam viajando para Petrynia, para tentar impedir a destruição do seu mundo, e, de alguma forma, estavam a bordo do Cação Cego, junto a Rufus Domat.

Nichaela, assim que pôde botar seus pensamentos em ordem, quis conversar com Izzy, a quem os homens chamavam de capitã. Estavam ali quase todos os marujos de olhos desiguais de que ela se lembrava, menos Sig Olho Negro.

— Ele morreu, se é isso que quer saber — Izzy disparou.

— Eu sinto muito — disse Nichaela.

Izzy deu um meio sorriso, com uma boca semiaberta e incrédula.

— Sente muito? — balançou a cabeça. — Sig a humilhou de todas as formas que pôde imaginar.

— Mas ele era importante para você. E foi uma morte. E por isto eu sinto muito.

A fachada cortante da capitã Izzy quase caiu por um momento. Mas ela se recompôs, e virou o rosto para o sol, impedindo que Nichaela o visse.

— Seu amigo o matou.

A clériga não entendeu.

— Como era o nome dele? Vallen. Vallen Allond. Quis ir à forra. Achou o Cação, e matou Sig. Faz uns meses.

— Sinto muito.

— Cale a boca — não havia nada de amistoso naquele comentário.

Vallen e Ellisa não haviam entrado em detalhes sobre as suas andanças durante o tempo em que o grupo havia se separado, mas tinham sugerido a existência de algumas aventuras.

— E mesmo assim está nos ajudando?

— O ouro de Rufus é tão bom quanto qualquer outro — Izzy cuspiu no chão. — Agora me deixe em paz.

— Sinto muito.

— Vá embora — pôs-se a gritar ordens para os marujos. Nichaela se virou, mas foi detida pela voz: — Agradeça ao tal Vallen. Caso Sig estivesse vivo, nunca teria concordado em lhes ajudar. No máximo, iria enganar-lhes de novo.

"Mesmo morto, nos salvou", pensou Nichaela. Vallen não era homem de deixar algo como a morte detê-lo.

Ao pé da cama de Rufus.

O barco oscilava, o mago era pálido como um fantasma. O quarto improvisado no porão fedia a vômito.

Nichaela e Kodai se aproximaram com cautela. O samurai esmagou um inseto bizarro sob sua bota. Mesmo com o festival de horrores que haviam visto há tão pouco tempo, a figura do mago provocava arrepios.

Rufus estava inchado e balofo. Sua pele, branca como leite, parecia muito fina, prestes a se romper sob a carne rotunda. Quase transparente também: suas veias formavam um mapa circulatório, tentando fazer passar o sangue, espremidas. Rufus tentava se debater, aparentemente sentindo algum tipo de dor excruciante, mas o corpo era débil demais para movimentos muito bruscos. As juntas também estavam tão inchadas que os braços e pernas mal podiam se dobrar. Um lençol sujo era tudo que o cobria.

A clériga já vira muitos enfermos, e quase pôde aceitar aquilo, mas o samurai deixou escapar um ruído de asco.

Rufus não parecia ter consciência alguma do ambiente ao seu redor.

— Como ele...? — disse Masato, mas não terminou a frase.

Mesmo com a preocupação pelo companheiro, com o horror daquela enfermidade estranha, sobressaía-se uma curiosidade mórbida: como Rufus fora capaz de conseguir ouro, achar o Cação Cego e prever o local da chegada do grupo, *naquele estado*?

De repente, o mago soltou um guincho alto. Tentava abrir muito a boca, mas as bochechas volumosas soterravam os lábios. Sua língua gorda e seca se projetou, e a garganta continuou a produzir o som estridente. Nichaela deu um passo em sua direção quando, numa explosão negra, um milhão de insetos saíram em um jorro nauseabundo da boca aberta de Rufus.

Nichaela deu um grito. Era um verdadeiro enxame de criaturas de todos os tipos, mas todas grandes, muito grandes, e nenhuma conhecida dos aventureiros. Aqueles insetos pareciam criações equivocadas, paródias distorcidas dos que existiam em Arton. Lembravam mais os corpos insetoides dos habitantes do outro universo.

A clériga e o samurai protegeram os rostos do enxame. Os insetos, num frenesi de zumbidos, procuraram todas as saídas do porão, com um instinto preciso e ligeiro. Criou-se uma algazarra do lado de fora, mas, em meros instantes, todo o zumbido se desfez: o enxame havia ganho os céus, derramando-se em todas as direções, fora do barco.

Rufus ofegava.

Nichaela olhou para o mago e viu, chocada, que todo o inchaço desaparecera. Rufus agora era só ossos e a pele enorme e frouxa, como uma roupa grande demais. Escorria, branca e cheia de veias, marcando os ossos esquálidos que eram o corpo de Rufus Domat. Ele levantou um braço trêmulo e retirou o cobertor de pele que lhe tapava os olhos, voltando o rosto para os dois aventureiros.

— Vocês vieram... — tentou sorrir, mas a pele era tão frouxa que o rosto havia perdido toda a capacidade de produzir expressões.

A clériga imediatamente se pôs ao lado da cama suja.

— Rufus, o que aconteceu com você? — ela disse, afagando sem nojo o tapete de pele. — O que aconteceu com você?

A voz do mago era fraca e dolorida, mas ele agora era capaz de falar. Ainda não tinha uma lucidez perfeita, mas conseguia manter um raciocínio coerente por alguns minutos. Rufus contou a Nichaela e Kodai o que acontecera.

Ele começara a verter os grandes insetos assim que se hospedou na casa de seus antigos vizinhos. Logo depois, veio o suor vermelho, que corroía os tecidos. Rufus, nesse meio tempo, recobrara uma fagulha de sanidade, o suficiente para compreender o que acontecia. Os Huffard haviam tomado isso como um sinal de recuperação, pois expulsaram o mago de sua casa.

— Se Vallen os pegasse... — murmurou Nichaela.

Rufus então tentou viajar por Sambúrdia, em busca de um lugar que o acolhesse e pistas sobre os amigos. Mas não obteve sucesso.

— Então eu fiz uma magia... — gemeu, com uma satisfação patética.

Uma adivinhação simples: previu o destino do grupo, e decidiu que deveria ajudá-los. Ele, durante esse tempo, estivera se sentindo melhor — engordara de novo, podia passar várias horas acordado — e conseguiu ganhar algum dinheiro.

— Como? — perguntou Nichaela. Masato disse que era melhor não saber.

Mas Rufus contou mesmo assim: usara de magia para matar um pequeno grupo de viajantes, e roubara-lhes os Tibares. Nichaela cobriu a boca, incrédula, mas Masato não estava surpreso.

Logo Rufus voltou piorar. O suor vermelho havia desaparecido, e ele não mais vertia os insetos, mas o ganho de peso virara um inchaço mórbido. Por fim, quando foi incapaz de andar, hospedou-se em uma estalagem, e convalesceu por lá, sempre inchando, até o dia em que pariu um enxame gigantesco dos insetos bizarros. E vinha sendo assim desde então: Rufus passava a se sentir melhor quando as criaturinhas se avolumavam dentro de si, e em seguida ficava inchado demais para fazer qualquer coisa. Purgava então o enxame, e o processo continuava. O ciclo levava algumas semanas.

— Mas vem ficando mais e mais rápido — soprou o mago.

Em sua viagem entrecortada pela estranha doença, Rufus localizou o Cação Cego em Ahlen, e comprou a ajuda da capitã Izzy Tarante com o que lhe restava de ouro.

— Fiz bem?

Nichaela cobriu o rosto e voltou a chorar. O corpo soluçava, mas as lágrimas pareciam ter secado. Tinha chorado demais ultimamente. Decidiu que já bastava de pranto.

— Nós estamos com problemas — disse Masato, tentando um tom condescendente que não lhe caía bem.

Contaram tudo a Rufus. O mago se pôs em um choro mucoso, emporcalhando a pele que se dobrava e espalhava pela cama.

— Digam-me que não fui eu — uivava Rufus. — Digam-me que não fui eu que assassinei o mundo.

Nichaela suspirou.

— Fomos todos nós, Rufus — ela disse. — O albino por ser o criminoso, e Irynna por ser a vítima. Athela por nos pedir ajuda, e eu por aceitar. E Vallen por nos liderar, e nós por segui-lo. Raaltha por não nos impedir, os deuses por nos deixarem viver. Cada pessoa que cruzou o nosso caminho. Os goblinoides que não nos venceram. O mar que não nos engoliu. Fomos todos nós, Rufus.

Seguiram-se assim os dias. Artorius inconsciente e mutilado. Gregor ainda morto. Rufus inchando lentamente. Uma noite, Masato veio ao quarto de Nichaela.

— Não — ela disse. — Quando tudo isso acabar, depois de nos casarmos.

E isso foi o suficiente para quebrar o estoicismo do guerreiro tamuraniano, que segurou-a forte em seus braços, desejando congelar o tempo.

O mar ferveu, centenas de peixes morreram com os estômagos para cima, e, no limite da vista, uma nuvem negra que zumbia. Na praia de areia amarela, um círculo de vultos fazia uma espécie de dança estranha. Haviam chegado ao seu destino.

O Cação Cego redobrou a velocidade em direção ao evento, cortando a maré de peixes mortos, a água fervente e maculada de vermelho espirrando nos homens de vez em quando.

— É agora — rosnou Masato. — Hora de lutar de novo.

O navio valente se aproximava com rapidez, e, dentro em pouco, todos foram capazes de ver as cinco criaturas insetoides em um ritual estranho, cercadas pelo enxame. Nas mãos de um dos seres, um livro de capa de madeira.

— O que é isso? — gritou Izzy Tarante. — Nós também vamos ter de lutar?

— Se quiserem viver — disse Masato, entre dentes.

As ondas, ao contrário do que seria natural, ficavam cada vez maiores e mais ferozes, quanto mais perto se chegava da praia. A água fervente já derrubara dois homens, e o Cação Cego corcoveava, mal se segurando sobre a água. Izzy veio a Masato e Nichaela com um grande baú.

— As coisas que roubamos de vocês — ela disse. — Algumas.

Kodai abriu a caixa, segurando-se no mastro. Lá dentro, armas e armaduras. Ele escolheu o machado de Artorius, pegou-o e estendeu-o para Nichaela. A clériga afastou as mãos.

— Não! — ela disse. — Não posso lutar.

— Você não tem escolha — disse o samurai, com amargura. — Acabaram as escolhas, Nichaela. Acabaram as crenças.

— Lena sofrerá se eu fizer isso.

— Eles não estão vivos! — gritou Kodai. — Lena não tem nada a ver com isso. Eles não são como nós, Nichaela.

O samurai mergulhou seus olhos rasgados no olho da meio-elfa.

— Lena terá de se sacrificar.

O olhar da clériga oscilava entre a praia cada vez mais próxima e o machado que pertencera a Artorius.

Pegou a arma.

— Izzy! — chamou Nichaela. — Capitã!

Izzy Tarante, que, junto com seus homens, já preparava as armas, cambaleou pelo navio balouçante até os dois.

— Vire o navio. Vá embora — disse a meio-elfa.

Izzy protestou.

— Vá embora. Prometa que vai levar Artorius, Gregor e Rufus para um lugar seguro.

— Você é louca! — gritou a pirata.

— Prometa!

Izzy olhou dentro do único olho de Nichaela.

— Está bem. Eu prometo.

Nichaela, com uma das mãos, segurava o enorme machado de Artorius. A outra agarrava a mão de Masato Kodai.

— Você tem fé nos deuses, Masato?

— Tenho fé em você.

Levado por ela, Masato Kodai se jogou na água fervente. Com as mãos enlaçadas, os dois pousaram suavemente no mar revolto, e apenas a sola de suas botas encostou, da maneira mais leve, na superfície das ondas. Ficaram um momento de pé sobre o mar, e depois se puseram a correr sobre a água.

A espada de Kodai encontrou a primeira das criaturas, decepando-lhe a garra esquerda. Nichaela ergueu o machado enorme com as duas mãos, e deixou que seu peso descesse sobre a cabeça deformada do ser. A carne esponjosa e cinzenta se derramou da carapaça quebrada.

A nuvem de insetos se dispersou. A criatura que segurava o livro soltou--o sobre a areia, abandonando o ritual em nome da batalha.

E o mar rugiu, e a areia dançou furiosa ao vento. E Arton aplaudiu quando Masato e Nichaela lutaram.

HUMANIDADE. TRAIÇÃO. ELFOS.

VALKARIA, A DEUSA DA HUMANIDADE, VIU O QUE ESTAVA acontecendo. Mas, naquela época, ela era sua própria prisão, na forma de uma gigantesca estátua. Nada pôde fazer.

Sszzaas, o Deus da Traição e das Serpentes, no escuro, apenas sorria e sibilava...

Glórienn afinal percebeu o que fizera. Gritou em desespero.
Mas então já era tarde.

CAPÍTULO 8

O FINAL COM UM CASAMENTO

ERA OUTONO EM TAMU-RA, VÁRIOS MESES DEPOIS DE Masato Kodai e Nichaela vencerem, como deuses em desespero, a batalha por Arton. Tamu-ra, uma extensa ilha que por pouco não tocava o nordeste do Reinado, pintava-se de ouro e fogo, com as folhas das árvores se preparando para cair e dar lugar à renovação. O ar era gelado, o céu era azul, e Azgher abençoava aquele dia com uma cara redonda e sorridente, banhando de calor suave as pessoas que estavam reunidas no elaborado jardim do palácio do Imperador.

Era outono em Tamu-ra e, portanto, uma ótima época para um casamento.

O clérigo de Lin-Wu, o Deus-Dragão de Tamu-ra, já havia chegado. Não lhe foram poupadas honrarias, embora aquela fosse uma ocasião reluzente de prestígio. O próprio Imperador estava entre os presentes, e portava-se com uma altivez discreta que era adequada ao evento. Mais tarde, quando fosse realizado o banquete de comemoração, provavelmente as atenções estariam voltadas a ele, mas, naquele momento, todos esperavam pelos noivos. Masato Kodai, ex-Executor Imperial, e uma clériga meio-elfa do continente, que nem sobrenome possuía.

Foi um escândalo bonito o anúncio da união de Masato e Nichaela. Muitos comentavam, à boca pequena e aos eufemismos — bem da maneira tamuraniana — a inadequação da noiva, vinda das terras bárbaras, à posição do futuro marido. Ao mesmo tempo, as donzelas suspiravam com a história, e os guerreiros, mesmo que só na embriaguez, riam e recomendavam o jovem aos deuses. Em Tamu-ra, a maior parte dos casamentos era arranjada, numa tradição sensata que garantia o maior benefício para o casal e suas famílias. Aquela história de arrebatamento, de paixão improvável no meio de uma aventura, dava aos jovens esperança, e ressuscitava as memórias dos velhos. De fato, só os mais amargos conseguiam se manter gelados por completo. E, de qualquer forma, a bênção do Imperador calou todas as maldades.

Raramente se vira um estrangeiro sequer presenciar um casamento tradicional tamuraniano, e agora uma deles faria parte de um. Mesmo assim, os estrangeiros foram só dois entre os convidados: Ágata, a filha de Nichaela, e uma das irmãs de Lena, para tomar conta da menina. Quando as pessoas souberam da existência de uma criança, os ânimos se incendiaram de novo, e não houve escassez de garotinhas rindo em grupos pelos corredores. Mas, agora que chegara o dia, todos se portavam com a solenidade necessária. Todos os ancestrais, ao lado de Lin-Wu, estavam observando.

O casal de noivos lamentava a ausência dos companheiros que ainda viviam, mas nem Artorius nem Gregor haviam acordado ainda: os meses não haviam apagado seus ferimentos, embora os tivessem cicatrizado. Talvez a presença dos dois não fosse bem-vinda de qualquer forma, mas, caso fosse possível, Masato teria enfrentado até Lin-Wu para assegurar a presença de seus amigos do continente.

Quatro belas jovens trajadas de vermelho e branco passaram entre os convidados (pouco mais de uma dúzia), espirrando água perfumada e abençoada, e carregando incensos de fumaça doce e alegre. O vermelho e o branco, sendo cores da felicidade, eram abundantes nas vestes e na decoração. Mais tarde, durante o banquete, também estariam presentes na comida.

Nichaela, preparando-se para aparecer aos convidados, sorria. Ainda não se habituara — nem nunca se habituaria, ela suspeitava — com o vazio que a ausência de Lena lhe deixava no peito. Sua escolha por lutar naquela praia tinha-lhe arrancado os poderes de clériga, mas, de alguma forma, ela sentia que Lena aprovava. Por um lado, perdera sua deusa, sua mãe, mas agora se preparava para uma nova fase na vida. Não mais teria na cabeça as preocupações com dogmas e com o papel de missionária: cuidaria do marido, teria novos filhos, aprenderia novos costumes, comandaria uma casa. Trocara um amor pelo outro.

Era estranho, mas isso a fazia se sentir jovem de novo. Na verdade, era o natural — afinal, Nichaela era muito jovem — mas se habituara a um papel de mulher mais velha. Fora, por anos, a conselheira de um grupo que vivia pela espada. Fora mãe, fora curandeira, vira mais coisas (belas e horríveis) do que a maior parte dos mortais tem a chance de presenciar na vida toda. Agora, sentia-se como uma menina de novo. Por estar tão maravilhada com o futuro, por ter tanto a aprender e também por ter estado, por um momento, tão desamparada. As figuras do pai e da mãe eram, sob muitos pontos de vista, as mais importantes em um casamento tamuraniano. Eles conduziam, de acordo com o costume, o andamento da cerimônia, e eles deveriam ser agradados — até mais do que os noivos. Durante o banquete, eram muitas vezes os pais que recebiam as maiores homenagens: a linhagem dos noivos era exaltada, e não o próprio casal. Nichaela nunca tivera pais. Sua mãe era Lena, sua família havia sido as clérigas e, depois, o grupo. Chegara a sugerir que as homenagens fossem feitas a Lena, mas teve uma surpresa quente quando o próprio Imperador anunciou que faria as vezes de seu pai.

Era uma gente estranha, Nichaela pensava. Ao mesmo tempo tão calorosos e tão rígidos. Ela vira tantos sentimentos lá, tanto amor por Kodai, que sentia dificuldade em entender como podiam ser expressos em frases curtas e formais. O Imperador tomara os dois (pois Masato também não tinha parentes vivos) sob sua proteção. Era uma honra quase incompreensível. Talvez uma mulher tamuraniana fosse entrar em colapso com tamanha responsabilidade, mas Nichaela só desejava ir até aquele homem grande e benevolente, que era pouco menos que um deus naquela ilha, e dar-lhe um abraço. Sorriu de novo, ao pensar no escândalo que isto seria.

Uma menina, metida em um traje formal que lhe fazia parecer uma boneca, chegou para lhe sussurrar que chegara a hora da cerimônia. Nichaela ainda não entendia a língua, mas soube imediatamente o que a criança dissera, e se encheu de uma felicidade quase insuportável.

Kodai tinha pensamentos bem mais sombrios. Quem o visse, sentado com as costas curvadas num banco à sombra, amassando o seu traje de gala, pensaria que ele estava vestido para um funeral, e não para o próprio casamento.

Masato cobriu a face com as duas mãos. Foi assaltado de novo pelo jorro de opções, todas já conhecidas, que sua cabeça produzia a cada par de minutos. Tirou as mãos do rosto e cerrou os punhos, deixando aparecer seu rosto crispado, e deu um soco na madeira do banco. Baixou os olhos para as espadas em seu colo. Agarrou a menor, depois soltou-a. Repetiu o processo mais duas vezes, até que, com um silvo, retirou a pequena lâmina curva de sua bainha. Por um instante, seu coração se encheu de uma esperança tola e fulgurante, de que ele poderia ter estado errado, de que tivesse visto mal, de que algo tivesse mudado. Mas a imagem que o aço polido mostrou foi a mesma. Uma frustração morna invadiu-lhe de novo. E de novo as mesmas opções intoleráveis.

— *Senhor Kodai, chegou a hora* — disse uma voz jovem.

Masato não vira a chegada do garoto, embora ele certamente tivesse visto a sua angústia. Olhou-o por um instante, como se não entendesse, e o rapazinho disse mais uma vez: chegara a hora. Masato embainhou a espada curta e se ergueu. Prendeu o par de armas na cintura, suspirou pesado, e caminhou.

Não houve um coração que não tenha batido mais rápido quando os dois noivos se fizeram visíveis. Kodai, em um traje preto e branco, com algumas camadas de um tecido grosso que era digno de um lorde, parecia o orgulho de Tamu-ra personificado. Seu rosto era sério como se esperava de um samurai, e suas espadas repousavam como dois leões adormecidos, e cada movimento era rijo e preciso e econômico. Masato andou pelo jardim sob o sol, ao encontro de Nichaela.

A meio-elfa tentava o sorriso recatado que praticara tanto — o sorriso que era apropriado para uma dama de Tamu-ra. No entanto, sua felicidade rasgava-lhe a face de fora a fora, e ela mal podia conter o sorriso dentro do rosto. Seu traje era tão complexo, tão elaborado em suas camadas sobrepostas, que ela nunca seria capaz de repetir sozinha o processo de vesti-lo. Um verdadeiro quebra-cabeças em forma de roupa, que terminava com um belo tecido de fios sutilmente brilhantes em branco e vermelho. Equilibrava na cabeça, sobre o cabelo cuidadosamente armado, um enfeite de ângulos retos. Entre os sapatos desconhecidos, o traje hermético e o cuidado com o ornamento da cabeça, mal conseguia andar: dava passinhos curtos e calculados, que, na verdade, eram muito elegantes para uma noiva tamuraniana. O rosto de Nichaela fora maquiado com uma camada branca grossa, e seus lábios tinham sido pintados de vermelho vivo. Fora sugerido que a maquiagem fosse usada para esconder a cicatriz que atravessava o belo rosto da ex-clériga, mas ela se recusou. A falta do olho e a cicatriz alta eram medalhas. Todo o sofrimento que passara era uma medalha, e apagá-lo seria um desrespeito para com os companheiros.

Kodai viu sua noiva e, por um instante, duvidou que houvesse maldade no mundo.

O samurai então apressou o caminhar pétreo, e chegou muito perto de Nichaela. As pessoas se entreolharam, e imaginaram o que significaria aquele rompante. Mas não ouviram a voz grossa de Masato, que só viajou um centímetro até chegar ao ouvido da noiva.

— Nós falhamos.

Nichaela sentiu o corpo gelar. Sabia do que ele falava, mas mesmo assim perguntou:

— O que quer dizer?

— O ataque vai ocorrer. Agora. Aqui — o coração subia à garganta, e o nervoso lhe fazia pronunciar as palavras ainda pior do que de costume. — Vou morrer aqui, Nichaela.

Muitas vezes já tinham tido uma discussão em particular: Masato sugeria que olhassem, na lâmina de sua espada, a cena de suas mortes. Que se preparassem para garantir a segurança e felicidade de seus futuros filhos. Mas Nichaela se horrorizava com a ideia, e nunca permitira.

— Você olhou — ela disse, em um choque singelo.

— Desculpe. Mas é verdade. E é horrível, o mundo deles vai se mesclar ao nosso — engoliu. — E eu vou morrer.

— A espada pode estar errada.

— Não.

Nichaela suspirou.

— Vá embora — disse Kodai. — Tire todos daqui. Eu vou morrer de qualquer jeito, mas você pode se salvar.

Ela mergulhou seu único olho nos olhos rasgados do noivo.

— Não.

— A vida é mais importante para você.

— Não mais. Agora você é mais importante.

— Não tenho como escapar, Nichaela.

— Nem eu.

Olharam-se. E se uniram em um abraço doído, em um beijo desesperado, como se quisessem se mesclar naquele momento, e ser uma só pessoa. Houve um som geral de espanto entre os convidados, mas foi afogado por uma trovoada súbita.

A primeira nuvem vermelha surgiu.

— *Este lugar vai ser destruído!* — Kodai ergueu a voz. — Todos precisam sair daqui!

As nuvens rubras surgiam do nada, e se acumulavam em massas sólidas, tingindo a grama e fazendo os raios de Azgher brilharem com uma mácula doente.

— *Vão embora!* — gritou Nichaela. — *Vão todos embora daqui!*

As pessoas não tinham certeza do que fazer. Alguns se moviam para tentar algum tipo de fuga, mas outros pareciam presos demais ao protocolo.

— Vocês vão morrer! — gritou de novo Nichaela.

Kodai se ajoelhou frente ao Imperador.

— Eu suplico, majestade — disse o samurai, em voz embargada. — Por favor, salve o nosso povo. Tamu-ra vai morrer.

Mais um trovão sacudiu o palácio. O Imperador se ergueu e, a uma ordem sua, os convidados se puseram a correr. O grande homem se preparava para conjurar os poderes ancestrais que, talvez, salvassem alguns de seus súditos. Mas nem mesmo ele sabia da gravidade do que iria ocorrer ali.

— Como isto aconteceu? — disse Nichaela, para ninguém.

— Eles conseguiram — Kodai balançava a cabeça. Os dois eram os únicos que permaneciam quietos, no meio do jardim. Já se ouviam gritos de todos os lados, dentro e fora do palácio. — Apesar de tudo, eles conseguiram.

— Os deuses queiram que tenhamos feito alguma diferença.

Ágata, a filha de Nichaela, berrava em lágrimas. A clériga que mal a continha nos braços veio a Nichaela, as faces rubras.

— Vamos, minha irmã. Venha conosco.

Nichaela deu um sorriso triste.

— Não — beijou a filha, que mal reconheceu o gesto, no meio de seu medo. — Vão embora. Eu vou ficar com Masato.

Um inseto de tamanho prodigioso veio dos ceús, zumbindo com asas frenéticas. Masato cortou-o ao meio, num golpe quase invisível de sua espada longa.

— Nós vamos garantir que vocês escapem — disse o samurai.

As primeiras gotas vermelhas caíram, derretendo o que encontravam. Ao longe, se viam outros seres de pesadelo chegando do céu encarnado. A clériga de Lena viu que não conseguiria demover Nichaela de seu intento, e carregou Ágata para longe. Agora, apenas os dois no gramado. Mas notaram uma outra presença: o velho e venerável clérigo de Lin-Wu se mantinha frente ao altar.

— Vá embora! — gritou Kodai.

O velho lhes sorriu.

— Quer dizer que não querem mais se casar?

Nichaela cobriu a boca. Kodai deixou a cabeça pender.

— Sim — disse ele. — Mais do que tudo.

Eles se aproximaram do altar, enquanto o mundo desabava à sua volta. Fizeram as oferendas a Lin-Wu. Beberam três vezes de três cálices de vinho abençoado. Ouviram a prece do clérigo.

E, segundo Lin-Wu, eram marido e mulher.

Uma criatura insetoide chegou por trás dos dois, mas Masato foi rápido em decapitá-la. A chuva rubra já era uma garoa constante, arruinando suas roupas e cabelos. O velho clérigo, agredido pelo vermelho que caía do céu, sucumbiu logo após terminar a cerimônia. Nichaela tentou atendê-lo, mas não havia mais o que fazer.

Eram só os dois.

— Eu te amo — disse Masato.

— Eu te amo — disse Nichaela.

Ele enlaçou-a pela cintura e sacou de novo a espada. Esticando o braço, Nichaela pegou a espada curta da cintura do marido. As lâminas polidas refletiram o vermelho terrível do mundo.

E as criaturas insetoides chegavam do céu e do nada, e agora tudo já era cor de sangue, e a chuva vermelha era torrencial. As pessoas morriam aos gritos por toda a ilha, como em breve morreriam em outros lugares. As antigas construções caíam, as tradições e a vida eram substituídas por um cenário de loucura violenta.

Monstros, medo, chuva. Morte, nuvens, vermelho.

Tormenta.

Para acompanhar as novidades da Jambô e acessar conteúdos gratuitos de RPG, quadrinhos e literatura, visite nosso site e siga nossas redes sociais.

www.jamboeditora.com.br

facebook.com/jamboeditora

x.com/jamboeditora

bsky.app/profile/jamboeditora.com.br

instagram.com/jamboeditora

threads.net/@jamboeditora

youtube.com/jamboeditora

twitch.com/jamboeditora

Para ainda mais conteúdo, incluindo colunas, resenhas, quadrinhos, contos e material de jogo, faça parte da Dragão Brasil, a maior revista de cultura nerd do país.

Participe também de *Duelo de Dragões*, primeira grande campanhade RPG coletiva de *Tormenta 20*.
O Brasil todo está jogando!

www.dragaobrasil.com.br

www.catarse.me/revistatormenta20

Rua Coronel Genuíno, 209 • Centro Histórico
Porto Alegre, RS • 90010-350
contato@jamboeditora.com.br